Mechaniczny anioł

DIABELSKIE MASZYNY

Tom I

Mechaniczny anioł

CASSANDRA CLARE

Przełożyła Anna Reszka

Wydawnictwo MAG
Warszawa 2013

Tytuł oryginału:
The Clockwork Angel. The Infernal Devices – Book One

Redakcja:
Urszula Okrzeja

Korekta:
Magdalena Górnicka

Ilustracja na okładce:
Cliff Nielsen

Opracowanie graficzne okładki:
Piotr Chyliński

Projekt typograficzny, skład i łamanie:
Tomek Laisar Fruń

ISBN 978-83-7480-403-5
Wydanie III

Wydawca:
Wydawnictwo MAG
ul. Krypska 21 m. 63, 04-082 Warszawa
tel./fax 22 813 47 43
www.mag.com.pl

Wyłączny dystrybutor:
Dressler Dublin sp. z o. o.
ul. Poznańska 91, 05-850 Ożarów Maz.
tel. 22 733 50 10
www.dressler.com.pl

Jimowi i Kate

Pieśń Tamizy

Nuta soli
wpada i rzeka się podnosi,
wezbraną falą w kolorze herbaty
na spotkanie zieleni płynie.
Nad jej brzegami tryby i koła
monstrualnych maszyn
dźwięczą i wirują, duch
wnika w ich śruby,
szepcząc tajemnice.
Każdy złoty trybik ma zęby,
każde wielkie koło porusza
parę rąk, które zgarniają
wodę z rzeki,
pożerają ją, przetwarzają w parę,
zmuszają wielką maszynę do pracy
siłą jej rozpadu.
Łagodnie wzbiera fala,
niszcząc mechanizm.

Sól, rdza i szlam
spowalniają przekładnie.
Na brzegach
żelazne zbiorniki
uderzają w cumy
z głuchym łoskotem
gigantycznego dzwonu,
bębna i działa,
które krzyczą językiem grzmotu,
a rzeka toczy się w dole.

– Elka Cloke

Prolog

Londyn, kwiecień 1878

Demon eksplodował fontanną posoki i wnętrzności.

William Herondale błyskawicznie wyszarpnął sztylet, ale było już za późno. Żrący kwas krwi demona zaczął trawić lśniące ostrze. William zaklął i odrzucił broń; wylądowała w brudnej kałuży i zaczęła dymić jak zgaszona zapałka. Sam demon oczywiście zniknął; wrócił do piekielnego świata, z którego przybył, ale zostawił za sobą bałagan.

– Jem! – krzyknął Will, odwracając się. – Gdzie jesteś? Widziałeś to? Zabity jednym ciosem! Nieźle, co?

Nie usłyszał żadnej odpowiedzi. Z całą pewnością jeszcze kilka minut wcześniej partner od polowania stał za nim na mokrej, krętej ulicy i strzegł jego pleców. Teraz Will był sam w mroku. Z irytacją zmarszczył brwi. Co to za zabawa, skoro nie ma przed kim się popisać? Will obejrzał się za siebie. Ulica zwężała się i trochę dalej zmieniała w wąskie przejście, które prowadziło do czarnych, wezbranych wód Tamizy. W oddali majaczył las masztów, niczym bezlistny sad, i ciemne zarysy przycumowanych statków. Ale po Jemie nie było nawet śladu. Może wrócił na lepiej oświetloną Narrow Street? Will wzruszył ramionami i skierował się w stronę, z której przyszedł.

Narrow Street przecinała Limehouse, biegnąc między nabrzeżem rzeki a stłoczonymi ruderami, które ciągnęły się na zachód w stronę Whitechapel. Zgodnie z nazwą była wąska, zabudowana magazynami i krzywymi drewnianymi domami. Teraz wyglądała na całkiem opustoszałą. Nawet pijacy, wracający chwiejnym krokiem z Grapes do domu, znaleźli sobie miejsca na nocleg. Will lubił Limehouse, a zwłaszcza uczucie, że znajduje się na krańcu świata, z którego codziennie statki odpływają ku niewyobrażalnie odległym portom. Nie szkodziło również to, że okolicę upodobali sobie marynarze, w związku z czym roiło się tutaj od szulerni, palarni opium i burdeli. Łatwo było zatracić się w takim miejscu. Willa nie drażnił nawet zapach: dymu, brudu, ropy, smoły i egzotycznych przypraw, wymieszany z rzeczną wonią Tamizy.

Rozglądając się po pustej ulicy, rękawem płaszcza wytarł z twarzy piekącą posokę. Na materiale zostały zielone i czarne plamy. Na wierzchu dłoni też miał paskudną ranę. Przydałby mu się Znak uzdrawiający. Najlepiej zrobiony przez Charlotte, wyspecjalizowaną w rysowaniu *iratze*.

Nagle z mroku wyłoniła się jakaś postać i ruszyła w jego stronę. Po chwili okazało się jednak, że to nie Jem, tylko Przyziemny, policjant w hełmie w kształcie dzwonu, w ciężkiej pelerynie, z wyrazem konsternacji na twarzy. Gapił się na Willa, a raczej przez niego. Choć Will był przyzwyczajony do takich reakcji, jak zawsze odniósł dziwne wrażenie. Raptem ogarnęła go chęć, żeby wyrwać rewirowemu pałkę, a potem obserwować, jak biedak rozgląda się w osłupieniu. Jednakże już kilka razy zdarzyło się, że Jem go zbeształ za takie głupie zabawy i choć Will nie do końca potrafił zrozumieć obiekcje przyjaciela, wolał go nie denerwować.

Policjant wzruszył ramionami i minął Willa, kręcąc głową i mamrocząc pod nosem, że powinien zrezygnować z dżinu, jeśli nie chce mieć omamów. Will odsunął się, żeby go przepuścić, i zawołał:

– Jamesie Carstairs! Jem! Gdzie jesteś, ty nielojalny draniu?

Tym razem dobiegła go cicha odpowiedź:

– Tutaj. Idź za magicznym światłem.

Will ruszył w stronę głosu, dochodzącego z ciemnego przejścia między dwoma magazynami. W mroku była widoczna słaba poświata, niczym skaczący błędny ognik.

– Nie słyszałeś mnie wcześniej? Shax myślał, że dostanie mnie tymi swoimi cholernie wielkimi szczypcami, ale zapędziłem go w zaułek...

– Tak, słyszałem. – Młodzieniec, który pojawił się u wylotu uliczki, był w świetle lampy bardzo blady... bledszy niż zwykle, czyli wyjątkowo blady. Nie miał nakrycia głowy, przez co uwagę natychmiast przyciągały jego włosy o dziwnym jasnosrebrnym kolorze, jak świeżo bitego szylinga. Drobna twarz była kanciasta i tylko lekko skośne oczy, również srebrne, zdradzały pochodzenie chłopaka.

Na przodzie jego białej koszuli widniały ciemne plamy, dłonie były umazane na czerwono.

Will zmartwiał.

– Krwawisz. Co się stało?

Jem niedbale machnął ręką.

– To nie moja krew. – Skinął głową, wskazując za siebie. – Jej.

Will spojrzał w głąb ciemnego zaułka. W jego drugim końcu dostrzegł leżący, skulony kształt, zaledwie cień pośród mroku, ale kiedy wytężył wzrok, dostrzegł zarys białej ręki i kosmyk jasnych włosów.

– Martwa kobieta? – zapytał. – Przyziemna?

– Dziewczyna. Nie więcej jak czternaście lat.

Will zaklął głośno i siarczyście. Jem czekał cierpliwie.

– Gdybyśmy trafili tutaj chwilę wcześniej... – powiedział w końcu Will. – Ten przeklęty demon...

– To dziwna sprawa – przerwał mu Jem, marszcząc brwi. – Nie sądzę, żeby to była robota demona. Shaxy są pasożytami. Ten powinien raczej zaciągnąć ofiarę do swojego legowiska, żeby złożyć jaja w jej skórze, dopóki jeszcze żyła. Ale ta dziewczyna... została zabita nożem. Dźgnięto ją wiele razy. I nie sądzę, żeby stało się to w tym miejscu. W zaułku jest za mało krwi. Myślę, że zaatakowano ją gdzie indziej, a potem ona dowlokła się tutaj i umarła od ran.

Will zacisnął usta.

– Ale Shax...

– Mówię ci, że według mnie nie zrobił tego Shax. Myślę, że polował na nią z jakiegoś powodu albo z czyjegoś polecenia.

– Shaxy mają świetny węch – przyznał Will. – Słyszałem, że czarownicy wykorzystują je do tropienia zaginionych. A ten zachowywał się, jakby miał określony cel. – Spojrzał ponad ramieniem Jema na żałosną postać leżącą w zaułku. – Nie znalazłeś broni?

– Znalazłem. – Jem wyjął z kieszeni przedmiot owinięty w białe płótno. – To rodzaj mizerykordii albo noża myśliwskiego. Popatrz, jakie ma cienkie ostrze.

Will wziął broń do ręki. Ostrze rzeczywiście było cienkie, a rękojeść zrobiono z wypolerowanej kości; jedno i drugie było poplamione zaschniętą krwią. Will zmarszczył brwi i potarł nożem o szorstki materiał rękawa, aż ukazał się symbol wypalony na klindze: dwa węże połykające nawzajem swoje ogony i tworzące idealny krąg.

– *Ouroboros* – stwierdził Jem, pochylając się nad nożem. – Podwójny. Jak myślisz, co to znaczy?

– Koniec świata – odparł Will, patrząc na sztylet. W kąciku jego ust zatańczył uśmieszek. – I początek.

Jem zmarszczył brwi.

– Rozumiem symbolikę, Wiliamie. Chodziło mi o to, co według ciebie oznacza obecność tego znaku na nożu.

Wiatr od rzeki zmierzwił włosy Willa. Chłopak odgarnął je z oczu niecierpliwym gestem i wrócił do studiowania sztyletu.

– To symbol alchemiczny, a nie czarowników czy Podziemnych. Zwykle oznacza ludzi, głupich Przyziemnych, którzy myślą, że zabawy z magią to bilet do bogactwa i sławy.

– Takich, którzy zwykle kończą jako stosik zakrwawionych szmat wewnątrz pentagramu – stwierdził ponurym tonem Jem.

– I takich, którzy lubią kręcić się po okolicach naszego miasta odwiedzanych przez Podziemnych. – Wytarłszy starannie chusteczką ostrze, Will schował nóż do kieszeni kurtki. – Myślisz, że Charlotte pozwoli mi poprowadzić dochodzenie?

– Uważasz, że można ci zaufać w Podziemnym Świecie? Szulernie, gniazda rozpusty, kobiety lekkich obyczajów...

Will uśmiechnął się, niczym Lucyfer tuż przed upadkiem z nieba.

– Sądzisz, że jutro to za wcześnie, żeby rozpocząć poszukiwania?

Jem westchnął.
– Rób, jak chcesz, Will. Zawsze tak postępujesz.

Southampton, maj

Jak sięgnąć pamięcią, Tessa zawsze kochała mechanicznego anioła. Kiedyś należał do jej matki; nosiła go aż do śmierci. Potem leżał w szkatułce na biżuterię, aż jej brat Nathaniel wyjął go pewnego dnia, żeby sprawdzić, czy nadal działa.

Anioł był wielkości małego palca Tessy: mosiężny posążek ze złożonymi brązowymi skrzydłami nie większymi od skrzydełek świerszcza. Miał delikatną metalową twarz, zamknięte oczy w kształcie półksiężyców i ręce skrzyżowane z przodu na mieczu. Cienki łańcuszek umożliwiał noszenie go na szyi jak medalion.

W środku musiał znajdować się werk, bo kiedy Tessa przystawiała go do ucha, słyszała szmer mechanizmu podobny do tykania zegarka. Nate aż krzyknął ze zdumienia, że po tylu latach urządzenie nadal pracuje. Na próżno szukał jakiegoś pokrętła, śrubki czy innego sposobu nakręcania anioła. W końcu wzruszył ramionami i oddał anioła siostrze. Od tamtej chwili Tessa nie zdejmowała go z szyi. Nawet kiedy spała, aniołek leżał na jej piersi. Jego równomierne tik-tak, tik-tak było niczym bicie drugiego serca.

Teraz, kiedy *Main* lawirował między innymi masywnymi parowcami, szukając miejsca w porcie, trzymała go w palcach. Nate uparł się, żeby przyjechała do Southampton zamiast do Liverpoolu, dokąd zawijała większość transatlantyków. Twierdził, że jest to dużo przyjemniejsze miasto, więc Tessę trochę rozczarował pierwszy obraz Anglii. Było szaro i ponuro. Deszcz bębnił o iglice odległego kościoła, czarny dym buchający z kominów statków zasnuwał już i tak ołowiane niebo. Na nabrzeżu czekał tłum ludzi w ciemnych ubraniach, z parasolami w rękach. Tessa wytężyła wzrok, próbując dojrzeć wśród nich brata, ale mgła i wyziewy okazały się zbyt gęste, żeby mogła odróżnić szczegóły.

Zadrżała. Wiatr wiejący od morza był przenikliwie chłodny. We wszystkich listach Nate pisał, że Londyn jest piękny, że codziennie świeci w nim słońce. Tessa pomyślała z nadzieją, że w stolicy pogoda okaże się lepsza niż tutaj, bo nie miała żadnych ciepłych ubrań oprócz wełnianego szala, który należał do ciotki Harriet, i pary rękawiczek. Sprzedała większość rzeczy, żeby zapłacić za pogrzeb ciotki, była bowiem przekonana, że brat kupi jej co trzeba, kiedy zamieszka z nim w Londynie.

Nagle rozbrzmiał okrzyk. *Main* o czarnym i lśniącym od deszczu kadłubie zarzucił kotwicę i teraz mniejsze jednostki sunęły z trudem po rozkołysanej szarej wodzie, żeby przewieźć bagaże i pasażerów na brzeg. Ludzie pośpiesznie schodzili ze statku, najwyraźniej zdesperowani, żeby poczuć pod stopami stały ląd. Zupełnie inaczej niż wtedy, gdy wypływali z Nowego Jorku, pomyślała Tessa. Niebo było błękitne, grała orkiestra dęta. Chyba tylko ona nie czuła wtedy radosnego podniecenia – bo jej nie miał kto pożegnać.

Kuląc się, Tessa dołączyła do wysiadającego tłumu. Krople deszczu kłuły ją w gołą głowę i szyję niczym lodowate szpileczki, dłonie w lichych rękawiczkach były lepkie i wilgotne. Na nabrzeżu zaczęła gorączkowo wypatrywać Nate'a. Przez ostatnie dwa tygodnie z nikim nie rozmawiała. Na pokładzie *Maina* była zdana na własne towarzystwo. Już nie mogła się doczekać, żeby wreszcie zamienić z kimś słowo.

Niestety, po jej bracie nie było nawet śladu. Na kei leżały stosy bagaży, najróżniejsze pudła i skrzynie, a nawet góry owoców i warzyw moknących w deszczu. Obok właśnie odbijał od brzegu parowiec zmierzający do Hawru. Przemoczeni marynarze uwijali się, pokrzykując do siebie po francusku. Tessa próbowała usunąć się na bok, ale omal nie rozdeptał jej tłum pasażerów, biegnących pod wiatę dworca kolejowego.

Nate'a nadal nie było nigdzie widać.

– Panna Gray? – usłyszała gardłowy głos kogoś, kto mówił z silnym akcentem.

Przed Tessą pojawił się mężczyzna – był rosły, odziany w obszerny czarny płaszcz, a na głowie miał wysoki kapelusz, którego rondo gromadziło wodę jak zbiornik na deszczówkę. Oczy miał mocno wyłupiaste, niemal jak u żaby, jego skóra wyglądała jak świeża blizna. Tessa z trudem zwalczyła odruch, by się cofnąć. Ten człowiek znał jej nazwisko, więc musiał znać również Nate'a, prawda?

Skinęła głową.

– Tak.

– Przysłał mnie pani brat. Proszę pójść ze mną.

– Gdzie jest Nate? – zapytała Tessa, ale mężczyzna już ruszył przed siebie nierównym krokiem, jakby kulał od jakiejś starej rany.

Po chwili wahania Tessa zebrała spódnice i pośpieszyła za nim.

Mężczyzna szedł szybko, lawirując wśród tłumu. Ludzie rozstępowali się na boki, narzekając na jego maniery. Tessa musiała prawie biec, żeby za nim nadążyć. Raptem nieznajomy skręcił za stos pudeł i zatrzymał się przed dużym, lśniącym, czarnym powozem. Na boku wehikułu widniały czarne litery, ale deszcz i mgła były za gęste, by Tessa mogła je odczytać.

Drzwi pojazdu otworzyły się i ze środka wychyliła głowę kobieta. Wielki kapelusz z piórami zasłaniał jej twarz.

– Panna Theresa Gray?

Tessa skinęła głową. Tymczasem mężczyzna o wyłupiastych oczach pomógł pasażerce wysiąść z powozu. Za nią pojawiła się druga kobieta. Obie natychmiast otworzyły parasolki i wbiły wzrok w Tessę.

Stanowiły dziwną parę. Jedna – wysoka i chuda, o kościstej, pociągłej twarzy – miała bezbarwne włosy zebrane w kok, była odziana w suknię z jaskrawofioletowego jedwabiu. Druga kobieta – niska i pulchna, o małych, głęboko osadzonych oczach – miała duże dłonie w jasnoróżowych rękawiczkach, wyglądające jak kolorowe łapy.

– Thereso Gray, miło panią wreszcie poznać – odezwała się niższa z dwóch kobiet. – Jestem pani Black, a to moja siostra pani Dark. Pani brat przysłał nas, żebyśmy towarzyszyły pani do Londynu.

Tessa, mokra, zziębnięta i skonsternowana, mocniej otuliła się szalem.

– Nie rozumiem. Gdzie jest Nate? Dlaczego sam nie przyjechał?

– Interesy zatrzymały go w Londynie. Mortmain nie mógł się bez niego obejść. Ale brat napisał do pani list. – Pani Black podała jej zwitek papieru, mokry od deszczu.

Tessa wzięła go do ręki, rozwinęła i przeczytała. W krótkim liściku Nathaniel przepraszał ją, że nie przyjedzie do portu na spotkanie, ale zapewniał, że ze spokojnym sercem powierza ją opiece pani Black i pani Dark. „Nazywam je Mrocznymi

Siostrami, Tessie, z oczywistych powodów, a im najwyraźniej podoba się to określenie!". Wyjaśniał również, że są to jego gospodynie i jednocześnie zaufane przyjaciółki, na których może całkowicie polegać.

Te słowa ją przekonały. List z pewnością napisał Nate. Poznała charakter jego pisma, a poza tym nikt inny nie nazywał jej Tessie. Przełknęła ślinę, wsunęła liścik do rękawa i odwróciła się do sióstr.

– Dobrze – powiedziała, zwalczywszy uczucie rozczarowania. Nie mogła się już doczekać, żeby zobaczyć brata. – Wezwiemy tragarza po mój kufer?

– Nie trzeba, nie trzeba. – Wesoły ton pani Dark przeczył jej ściągniętym rysom. – Już wysłałyśmy go przodem. I tak nie zmieściłby się w powozie. – Pstryknęła palcami, a kiedy na ten znak wyłupiasty mężczyzna wskoczył na siedzenie woźnicy, położyła dłoń na ramieniu Tessy. – Chodź, dziecko. Schowajmy się przed deszczem.

Kiedy Tessa ruszyła w stronę powozu, popędzana kościstym uściskiem pani Dark, mgła się podniosła, odsłaniając złoty malunek na drzwiach pojazdu. Słowa „Klub Pandemonium" wiły się misternie wokół dwóch węży, które połykały nawzajem swoje ogony, tworząc krąg. Tessa zmarszczyła brwi.

– Co to oznacza?

– Nie musi pani zaprzątać sobie tym głowy – odparła pani Black, która pierwsza wsiadła do powozu i rozpostarła spódnice na jednym z wygodnych siedzeń. Wnętrze pojazdu było bogato udekorowane, ławki wyściełane miękkim fioletowym aksamitem, w oknach zawieszono złote zasłony z frędzlami.

Pani Dark pomogła Tessie wsiąść, po czym sama wgramoliła się do środka i usiadła obok niej. Pani Black zamknęła drzwi za siostrą, odcinając widok szarego nieba. Kiedy się uśmiechnęła, jej zęby zalśniły w mroku, jakby były z metalu.

– Rozgość się, Thereso. Długa podróż przed nami.

Tessa położyła dłoń na mechanicznym aniołku zawieszonym na szyi, czerpiąc otuchę z jego równomiernego tykania, gdy powóz z szarpnięciem ruszył w deszcz.

Sześć tygodni później

Rozdział pierwszy

Mroczny Dom

„Za tym padołem gniewu i łez
Majaczy groźny cień".
– William Ernest Henley, *Invictus*

– Siostry chciałyby panienkę widzieć w swoich komnatach, panno Gray.

Tessa odłożyła książkę na nocną szafkę i spojrzała na Mirandę, która stanęła w drzwiach jej małego pokoju... jak codziennie o tej porze, z tą samą wiadomością. Za chwilę Tessa poprosi ją, żeby zaczekała na korytarzu, a służąca wyjdzie z pokoju. Dziesięć minut później wróci i powie to samo. Jeśli Tessa nie pójdzie z nią posłusznie po kilku następnych próbach, Miranda chwyci ją i zwlecze po schodach – kopiącą i wrzeszczącą – do gorącego, cuchnącego pokoju, w którym czekają na nią Mroczne Siostry.

Działo się tak przez cały pierwszy tydzień, który Tessa spędziła w Mrocznym Domu – jak zaczęła go nazywać – aż w końcu zrozumiała, że krzyki i wierzganie zdadzą się na nic i są zwykłą stratą energii. Energii, którą lepiej oszczędzić na inne rzeczy.

– Chwileczkę, Mirando – powiedziała.

Pokojówka dygnęła niezdarnie, wyszła z sypialni i zamknęła za sobą drzwi.

Tessa wstała, rozejrzała się po pokoju, który od sześciu tygodni służył jako jej więzienie. Był mały, z kwiecistymi tapetami na ścianach, skąpo umeblowany: drewniany stół nakryty białym koronkowym obrusem, wąskie mosiężne łóżko, popękana umywalka i porcelanowy dzbanek do ablucji. Na parapecie, na którym trzymała książki, codziennie rano żłobiła w drewnie jedną kreskę dla zaznaczenia mijających dni.

Podeszła do lustra wiszącego na ścianie. Przygładziła włosy. Mroczne Siostry, które rzeczywiście chciały, żeby je tak nazywać, nie lubiły, kiedy wyglądała nieporządnie, choć poza tym raczej nie miały zastrzeżeń do jej powierzchowności. Na szczęście, pomyślała Tessa, krzywiąc się na widok swojego odbicia. Blady owal twarzy całkiem zdominowały puste szare oczy, wymizerowana, ściągnięta buzia bez kolorów, z wyrazem rezygnacji i braku nadziei. Miała na sobie niegustowną czarną, belferską suknię, którą zaraz po przybyciu tutaj dały jej Siostry. Wbrew obietnicom walizka nie dotarła na miejsce, tak że teraz było to jej jedyne ubranie. Pośpiesznie odwróciła wzrok od lustra.

Nie zawsze uciekała przed swoim odbiciem. W zgodnej opinii rodziny przystojny Nate jako jedyny odziedziczył słynną urodę matki, ale Tessa była całkiem zadowolona ze swoich prostych kasztanowych włosów i szarych oczu. Jane Eyre też miała kasztanowe włosy, podobnie jak wiele innych bohaterek powieści. Poza tym Tessa uważała, że nie jest źle być wysoką, co prawda wyższą od większości chłopców w jej wieku, ale ciotka Harriet zawsze mówiła, że dopóki rosła kobieta dobrze się porusza, zawsze wygląda po królewsku.

Teraz jednak Tessa wcale nie wyglądała po królewsku. Była mizerna, rozczochrana i przypominała raczej wystraszonego stracha na wróble. Zastanawiała się, czy Nate by ją rozpoznał, gdyby dzisiaj ją zobaczył.

Na tę myśl serce skurczyło się jej w piersi. *Nate*. Dla niego robiła to wszystko, ale czasami tak bardzo za nim tęskniła, że miała wrażenie, że połknęła tłuczone szkło. Poza nim nie miała na świecie nikogo. Nikogo nie obchodziło, czy ona żyje, czy umarła. Czasami ta straszna świadomość groziła całkowitym obezwładnieniem i pogrążeniem się w bezdennej ciemności, z której nie byłoby powrotu. Czy w ogóle istniała, skoro nikt się nią nie interesował?

Z zamyślenia wyrwał ją szczęk zamka. Drzwi się otworzyły, w progu stanęła Miranda.

– Czas, żeby panienka ze mną poszła – oznajmiła. – Pani Black i pani Dark czekają.

Tessa spojrzała na nią z odrazą. Nie potrafiła odgadnąć, ile Miranda ma lat. Dziewiętnaście? Dwadzieścia pięć? Z jej gładkiego, okrągłego oblicza trudno było odczytać wiek. Miała włosy koloru wody w rowie, mocno ściągnięte do tyłu, oczy wyłupiaste jak woźnica Mrocznych Sióstr, nadające jej twarzy wiecznie zdziwiony wyraz. Tessa przypuszczała, że ci dwoje są spokrewnieni.

Gdy schodziły na dół – Miranda człapała bez wdzięku, nierównym krokiem – Tessa dotknęła łańcuszka, na którym wisiał mechaniczny anioł. Stało się to jej nawykiem za każdym razem, kiedy musiała iść na spotkanie z Mrocznymi Siostrami. Wisiorek w jakiś sposób dodawał jej otuchy. Ściskała go w dłoni na kolejnych piętrach. W Mrocznym Domu było kilka kondygnacji, ale Tessa widziała do tej pory tylko komnaty pani Black i pani Dark, korytarze, schody i swój pokoik. W końcu dotarły do ciemnych piwnic. Na dole było wilgotno, ściany nieprzyjemnie kleiły się od pary, ale gospodyniom najwyraźniej to nie przeszkadzało. Ich biuro znajdowało się za szerokimi podwójnymi drzwiami. Wąski korytarz biegnący w przeciwnym kierunku znikał w mroku. Tessa nie miała pojęcia dokąd prowadzi, ale widząc gęste cienie, była zadowolona, że tego nie wie.

Drzwi do biura Sióstr stały otworem. Miranda bez wahania wkroczyła do środka. Tessa powlokła się za nią z ociąganiem. Nienawidziła tego pokoju najbardziej ze wszystkich miejsc na świecie.

Po pierwsze, zawsze było tutaj gorąco i mokro jak na bagnach, nawet kiedy na zewnątrz panowała szara i deszczowa pogoda. Ściany wręcz ociekały wilgocią, wyściełane krzesła i kanapy pokrywała warstwa pleśni. W dodatku dziwnie tu pachniało, jak na brzegu Hudsonu w gorący dzień: wodą, śmieciami i szlamem.

Siostry już na nią czekały, jak zawsze usadowione za ogromnym biurkiem stojącym na podwyższeniu. I jak zawsze, były ubrane w jaskrawe kolory: pani Black w suknię o żywej łososiowej barwie, pani Dark w pawi błękit. Przy jasnych, wesołych satynach ich twarze wyglądały jak przekłute szare balony. Mimo skwaru panującego w pokoju obie jak zwykle nosiły rękawiczki.

– Zostaw nas teraz, Mirando, i zamknij za sobą drzwi – rzuciła pani Black, obracając pulchnym palcem ciężki mosiężny globus stojący na biurku.

Tessa wiele razy próbowała mu się przyjrzeć – zarysy kontynentów wyglądały dziwnie, podobnie jak obszar w środku Europy – ale siostry nie pozwalały się jej do niego zbliżyć.

Miranda spełniła polecenie z kamienną twarzą, a Tessa próbowała się nie skrzywić, kiedy drzwi się zamknęły, odcinając nawet tę odrobinę świeżego powiewu w miejscu zupełnie pozbawionym powietrza.

Pani Dark przekrzywiła głowę.

– Podejdź tutaj, Thereso. – Była łagodniejsza, bardziej skłonna do pochlebstw i perswazji niż siostra, która wolała klapsy i groźby wypowiadane syczącym głosem. – I weź to.

Trzymała coś w wyciągniętej ręce. Tessa zobaczyła wstążkę. Zniszczony pasek różowego materiału, który mógł służyć do przewiązywania włosów.

Przywykła już do tego, że Mroczne Siostry dają jej różne rzeczy należące kiedyś do innych ludzi: spinki do krawata, zegarki, biżuterię, dziecięce zabawki. Raz dostała sznurowadła, kiedy indziej pojedynczy kolczyk poplamiony krwią.

– Weź to – powtórzyła pani Dark z nutą zniecierpliwienia w głosie. – I zmień się.

Tessa sięgnęła po wstążkę. Spoczęła na jej dłoni lekka jak skrzydło ćmy, Mroczne Siostry wpatrywały się w nią beznamiętnym wzrokiem. Tessie przypomniały się powieści, w których bohaterowie stali przed sądem, drżąc z napięcia i modląc się w duchu o werdykt, że są niewinni. Ona często czuła się w tym pokoju tak, jakby sama była sądzona, ale nawet nie wiedziała, o jaką zbrodnię jest oskarżona.

Obróciła wstążkę w ręce, wspominając pierwszy raz, kiedy to Mroczne Siostry wręczyły jej cudzy przedmiot: damską rękawiczkę zapinaną na perłowe guziki. Krzyczały na nią, żeby się zmieniła, policzkowały ją i potrząsały za ramiona, a ona powtarzała z rosnącą histerią, że nie ma pojęcia, czego od niej żądają.

Nie płakała, choć miała na to ochotę. Nienawidziła płakać, zwłaszcza przed ludźmi, którym nie ufała. A ze wszystkich osób, którym ufała, jedna nie żyła, a druga była uwięziona. Powiedziały jej to Mroczne Siostry. Oznajmiły, że mają Nate'a, i że jeśli Tessa nie zrobi tego, co jej każą, brat umrze. Na dowód pokazały jej pierścień, który kiedyś należał do ich ojca, teraz poplamiony krwią. Nie pozwoliły jej go dotknąć, ale ona poznała, że to pierścień brata.

Potem robiła wszystko, co jej kazały Mroczne Siostry. Piła wywary, które jej dawały, a następnie godzinami wykonywała męczące ćwiczenia, zmuszając się do myślenia w taki sposób, jak one chciały. Kazały jej sobie wyobrazić, że jest gliną formowaną na kole garncarskim, że jej postać jest amorficzna i podatna na zmiany. Mówiły, żeby sięgała w głąb przedmiotów, które jej dawały, wyobrażała je sobie jako żywe istoty i wydobywała z nich duszę.

Trwało to tygodniami, a kiedy pierwszy raz się Zmieniła, było to tak bolesne, że zwymiotowała i zemdlała. Kiedy się ocknęła, leżała na jednej z butwiejących kanap w pokoju Mrocznych Sióstr, z mokrym ręcznikiem na twarzy. Pani Black pochylała się nad nią, wyraźnie rozpromieniona. Jej oddech był kwaśny jak ocet.

– Dobrze się dzisiaj spisałaś, Thereso – powiedziała. – Bardzo dobrze.

Kiedy tamtego wieczoru Tessa wróciła do swojego pokoju, na szafce przy łóżku czekały na nią prezenty: dwie nowe powieści, *Wielkie nadzieje* i – tak! – *Małe kobietki*. Mroczne Siostry najwyraźniej zrozumiały, że czytanie to jej pasja. Tessa przycisnęła książki do piersi i, nareszcie sama, pozwoliła sobie na płacz.

Potem Zmiana przychodziła jej łatwiej. Tessa nie rozumiała, co właściwie się stało, ale zapamiętała serię kroków, których nauczyły ją Mroczne Siostry – tak jak ślepiec zapamiętuje liczbę kroków od łóżka do drzwi pokoju. Nie wiedziała, czym są te dziwne, ciemne miejsca, do których ją wysyłały, ale znała do nich drogę.

Teraz sięgnęła do tamtych wspomnień, ściskając w dłoni podarty skrawek różowego materiału. Otworzyła umysł i wpuściła do niego ciemność, więź, która łączyła ją z tasiemką i zamkniętym w niej duchem – upiornym echem właścicielki wstążki – rozwinęła niczym złotą nić prowadzącą przez mrok. Pokój, w którym się znajdowała, nieznośne gorąco, hałaśliwy oddech Mrocznych Sióstr, wszystko to znikało, w miarę jak podążała za nicią, w miarę jak światło wokół niej stawało się coraz silniejsze, a ona otulała się nim jak kocem.

Skóra zaczęła ją mrowić od tysięcy drobnych wstrząsów. To były najgorsze chwile. Wydawało się jej wtedy, że umiera. Teraz była już przyzwyczajona do tej udręki i znosiła ją stoicko, choć drżała od stóp do głów. Mechaniczny anioł zawieszony na szyi tykał szybciej, do rytmu jej galopującego serca. Ukłucia się nasilały. Tessa głośno wciągnęła powietrze… i raptownie otworzyła oczy. Przykre doznania zniknęły.

Było po wszystkim.

Tessa zamrugała oszołomiona. W pierwszej chwili po Zmianie zawsze mrugała powiekami, jakby po kąpieli strząsała z nich wodę. Spojrzała na siebie. Jej nowe ciało okazało się smukłe, niemal kruche, sukienka wisiała na nim luźno, zbierała się na podłodze wokół stóp. Splecione z przodu ręce były blade i chude, z obgryzionymi paznokciami i skórkami. Nieznajome obce dłonie.

– Jak masz na imię? – zapytała pani Black. Stała teraz i patrzyła z góry na Tessę płonącymi oczami. Sprawiała wrażenie wygłodniałej.

Tessa nie musiała odpowiadać. Dziewczynka, w której skórze teraz się znajdowała, odpowiedziała za nią, jak duchy przemawiające za pośrednictwem medium. Ale Tessa nie znosiła takiego porównania. Zmiana była dużo bardziej intymna, o wiele bardziej przerażająca.

– Emma – odparła cienkim głosem Tessa. – Panna Emma Bayliss, proszę pani.

– Kim jesteś, Emmo Bayliss?

Z ust Tessy zaczęły się wylewać słowa, przynosząc ze sobą silne obrazy. Urodzona w Cheapside Emma była jednym z sześciorga dzieci. Jej ojciec nie żył, matka sprzedawała wodę miętową z wózka na East Endzie. Emma jeszcze jako małe dziecko nauczyła się szyć, żeby zarabiać na chleb. Noce spędzała przy małym stole w kuchni, pracując przy blasku świecy. Czasami, kiedy łojówka się wypaliła i nie było pieniędzy na następną, dziewczynka wychodziła na ulicę i siadała pod latarnią gazową, żeby szyć przy jej świetle...

– To robiłaś na ulicy tej nocy, kiedy umarłaś, Emmo Bayliss? – zapytała pani Dark. Uśmiechała się, przesuwając językiem po dolnej wardze, jakby domyślała się odpowiedzi.

Tessa ujrzała wąskie, mroczne ulice spowite gęstym oparem, srebrną igłę śmigającą w słabym blasku latarni gazowej. Kroki stłumione przez mgłę. Z mroku wyłaniają się ręce, chwytają ją za ramiona, ciągną, krzyczącą, w zaułek. Igła wypada z rąk, podczas walki wstążka zsuwa się z włosów. Ochrypły głos krzyczy coś gniewnie. W ciemności błyska srebrne ostrze noża, przecina jej skórę. Pokazuje się krew, ból jest jak ogień, przerażenie nieporównywalne z niczym, co do tej pory znała. Kopnęła trzymającego ją mężczyznę, udało jej się wytrącić mu sztylet z ręki. Złapała broń i pobiegła przed siebie. Potykała się, słabnąc z upływu krwi, coraz szybszego. Upadła w zaułku, usłyszała za sobą głośny syk. Zrozumiała, że coś po nią idzie, i miała nadzieję, że umrze, zanim to coś do niej dotrze...

Obraz roztrzaskał się jak szkło. Tessa osunęła się z krzykiem na kolana, podarta wstążka wypadła jej z ręki. Z jej własnej dłoni. Emma zniknęła, Tessa była znowu sama w swoim umyśle.

Z daleka dobiegł głos pani Black:

– Thereso? Gdzie jest Emma?

– Nie żyje – wyszeptała Tessa. – Umarła w zaułku, wykrwawiła się na śmierć.

– Dobrze. – Pani Dark odetchnęła z satysfakcją. – Dobra robota, Thereso. Bardzo dobra.

Tessa nie odpowiedziała. Przód sukni miała poplamiony krwią, ale nie czuła bólu. Wiedziała, że to nie jej krew; coś takiego wydarzyło się nie po raz pierwszy. W głowie jej wirowało. Zamknęła oczy, nakazując sobie nie zemdleć.

– Powinnyśmy wcześniej ją do tego zmusić – stwierdziła pani Black. – Sprawa tej małej Bayliss od dawna mnie niepokoiła.

– Nie byłam pewna, czy jest do tego gotowa – odparła pani Dark. – Pamiętasz, co się stało z tą Adams.

Tessa od razu się zorientowała, o kim rozmawiają Mroczne Siostry. Parę tygodni wcześniej zmieniła się w kobietę, która zginęła od strzału w serce. Gdy krew wylała się na jej suknię, natychmiast przemieniła się z powrotem, krzycząc w histerycznym przerażeniu, dopóki Siostry nie pokazały jej, że nie jest ranna.

– Od tamtej pory zrobiła wielkie postępy, nie uważasz, siostro? – zapytała pani Black. – Zważywszy na to, od czego zaczynałyśmy. Dziewczyna nawet nie wiedziała, kim jest.

– Istotnie, była całkowicie nieuformowaną gliną – zgodziła się pani Dark. – Naprawdę dokonałyśmy cudu. Nie sądzę, żeby Mistrz miał powody do niezadowolenia.

Pani Black westchnęła cicho.

– Czy to znaczy... Myślisz, że już czas?

– Ależ tak, oczywiście, moja droga siostro. Nasza Theresa jest gotowa. Czas, żeby poznała swojego pana.

W głosie pani Dark pobrzmiewała chełpliwa nuta, tak nieprzyjemna, że przedarła się przez oszołomienie Tessy. O kim one mówiły? O jakim Mistrzu? Obserwowała spod przymkniętych powiek, jak pani Dark ciągnie za jedwabny sznurek dzwonka, żeby wezwać Mirandę. Wyglądało na to, że dzisiejsza lekcja dobiegła końca.

– Może jutro – powiedziała pani Black. – Albo nawet dzisiaj wieczorem. Jeśli powiemy Mistrzowi, że jest gotowa, nie wyobrażam sobie, żeby nie zwlekał z przybyciem.

Pani Dark zachichotała, wychodząc zza biurka.

– Rozumiem, że palisz się do tego, by otrzymać zapłatę za naszą pracę, Amelio. Ale Theresa nie może być tylko gotowa. Musi również dobrze się prezentować. Zgadzasz się ze mną, siostro?

Pani Black mruknęła coś w odpowiedzi, ale w tym momencie otworzyły się drzwi i do pokoju weszła Miranda. Miała taki sam jak zwykle beznamiętny wyraz twarzy. Widok zakrwawionej dziewczyny, skulonej na podłodze, nie zrobił na niej żadnego wrażenia. Pewnie widywała gorsze rzeczy w tym pokoju, pomyślała Tessa.

– Zaprowadź Theresę do pokoju, Mirando. – Z głosu pani Black zniknęło całe podniecenie, wróciła dawna szorstkość. – Weź rzeczy... wiesz, te, które ci pokazałyśmy, i pomóż jej się w nie ubrać.

– Rzeczy... które mi panie pokazały? – powtórzyła tępo Miranda.

Mroczne Siostry wymieniły zdegustowane spojrzenia i zbliżyły się do Mirandy, zasłaniając ją przed wzrokiem Tessy. Tessa usłyszała kilka wyszeptanych przez nie słów: „suknie", „garderoba" i „zrób, co potrafisz, żeby wyglądała ładnie". I na koniec padło dość okrutne stwierdzenie:

– Nie jestem pewna, czy Miranda jest dość bystra, żeby wypełnić tego rodzaju niejasne polecenia, siostro.

„Żeby wyglądała ładnie". Ale co je obchodził jej wygląd, skoro mogły ją zmusić, żeby przybrała dowolną postać? Co znaczyła jej prawdziwa powierzchowność? I dlaczego miałaby obchodzić Mistrza? Jednakże z zachowania Sióstr wynikało, że jej prezencja będzie dla niego ważna.

Pani Black ruszyła do drzwi, siostra jak zawsze podążyła za nią. W progu pani Dark się zatrzymała i spojrzała na Tessę.

– Pamiętaj, Thereso, że ten dzień... ta noc to ukoronowanie wszystkich naszych przygotowań. – Zebrała spódnice kościstymi rękami. – Nie zawiedź nas.

Zatrzasnęła za sobą drzwi. Tessa drgnęła, Miranda jak zwykle sprawiała wrażenie całkowicie nieporuszonej. Przez cały czas spędzony w Mrocznym Domu Tessa ani razu nie widziała, żeby cokolwiek wystraszyło albo zaskoczyło tę dziewczynę.

– Chodźmy, panienko – powiedziała służąca. – Musimy iść na górę.

Tessa wolno dźwignęła się z podłogi. W głowie jej wirowało. Życie w Mrocznym Domu było okropne, ale – uświadomiła sobie teraz – niemal się do niego przyzwyczaiła. Wiedziała, czego oczekiwać każdego dnia. Wiedziała, że Mroczne Siostry do czegoś ją przygotowują, ale nie miała pojęcia do czego. Wierzyła – może naiwnie – że jej nie zabiją. Po co marnować wiele tygodni szkolenia?

A jednak coś ją zaniepokoiło w tonie pani Dark. Nastąpiła jakaś zmiana. Mroczne Siostry osiągnęły to, co chciały. I teraz zamierzały odebrać „zapłatę". Ale kto miał płacić?

– Chodź, panienko – powtórzyła Miranda. – Musimy przygotować się dla Mistrza.

– Mirando. – Tessa mówiła cicho, jak do nerwowego kota. Pokojówka jeszcze nigdy nie odpowiedziała na żadne jej pytanie, ale to nie oznaczało, że nie warto próbować. – Kto to jest Mistrz?

Zapadła długa cisza. Miranda gapiła się przed siebie. Jej ciastowata twarz pozostawała bez wyrazu. W końcu, ku zaskoczeniu Tessy, odparła:

– Mistrz to wielki człowiek. To dla panienki zaszczyt, że wychodzi za niego za mąż.

– Wychodzę za niego za mąż? – Wstrząs był tak silny, że Tessa nagle wyraźnie zobaczyła cały pokój: Mirandę, zakrwawiony dywan, ciężki mosiężny globus na biurku, ustawiony w pozycji, w której zostawiła go pani Black. – Ja? Ale... Kto to jest?

– To wielki człowiek – powtórzyła Miranda. – To będzie zaszczyt. – Przysunęła się do Tessy. – A teraz musi panienka ze mną iść.

– Nie. – Tessa zaczęła się cofać, aż boleśnie uderzyła plecami o biurko. Rozejrzała się z rozpaczą. Mogła pobiec do drzwi, ale nie zdołałaby wyminąć Mirandy. W pokoju nie było innych wyjść ani okien. Gdyby schowała się za biurkiem, służąca po prostu wyciągnęłaby ją stamtąd i zawlokła do celi. – Mirando, proszę.

– Musi panienka iść teraz ze mną – powtórzyła Miranda, zbliżając się do niej. Tessa dostrzegła swoje odbicie w jej źrenicach, poczuła słaby, gorzki zapach spalenizny, który przywarł do ubrań i skóry pokojówki. – Musi...

Tessa chwyciła za podstawę mosiężnego globusa, uniosła go i z siłą, o którą siebie nie podejrzewała, cisnęła nim w głowę Mirandy.

Rozległ się nieprzyjemny odgłos, jakby rozgnieciono nogą szkło. Miranda zatoczyła się do tyłu... i szybko odzyskała równowagę. Tessa krzyknęła i upuściła globus, wytrzeszczając oczy. Cała lewa strona twarzy służącej zapadła się do środka jak papierowa maska. Kość policzkowa była wgnieciona, usta zmiażdżone o zęby, ale nie pokazała się nawet kropla krwi.

– Musi panienka iść teraz ze mną – powiedziała Miranda swoim zwykłym monotonnym głosem.

Tessa rozdziawiła usta.

– Musi panienka iść... ze mmm... musiiiiiii... musiiiii... iiii. – Głos drżał, rwał się, w końcu przeszedł w bełkot.

Miranda ruszyła na nią, chwiejąc się i dygocząc. Tessa zaczęła się cofać od biurka, podczas gdy ranna dziewczyna coraz szybciej szła przez pokój, zataczając się jak pijana, aż wreszcie z wrzaskiem wpadła na ścianę... co najwyraźniej ją zamroczyło. Runęła na podłogę i znieruchomiała.

Tessa rzuciła się do drzwi i wypadła z pokoju. Przystanęła tylko na chwilę, żeby się obejrzeć. Wydawało się jej, że z ciała Mirandy unosi się smużka czarnego dymu, ale nie miała czasu się przyglądać. Pobiegła korytarzem, zostawiając za sobą otwarte drzwi.

Ruszyła w górę po schodach, omal nie potykając się o spódnice. W pewnym momencie boleśnie obiła sobie kolano o stopień. Krzyknęła, ale nie zwolniła. Dotarłszy na pierwszy podest, popędziła długim krętym korytarzem, który w oddali ginął w cieniu. Po obu jego stronach ciągnęły się drzwi. Tessa zatrzymała się i spróbowała otworzyć jedne z nich, ale okazało się, że są zamknięte na klucz. Podobnie było z kilkorgiem następnych. Ale przecież w tym domu musiały gdzieś znajdować się frontowe drzwi?

Na końcu korytarza ujrzała kolejne schody prowadzące w dół. Gdy po nich zbiegła, trafiła do holu wejściowego. Kiedyś musiał wyglądać imponująco, teraz marmurowa podłoga była popękana i zaplamiona, wysokie okna po obu stronach zasłonięte kotarami. Przez koronki wlewało się do środka trochę blasku, oświetlającego ogromne podwoje. Serce Tessy podskoczyło. Sięgnęła do gałki, przekręciła ją i... drzwi stanęły otworem.

Za nimi Tessa ujrzała wąską brukowaną uliczkę z rzędami szeregowych domów po obu stronach. Zapach miasta był jak cios – od tak dawna nie oddychała świeżym powietrzem. Nadchodził zmrok, niebo zasnute pasmami mgły robiło się granatowe. Z oddali dobiegały głosy, krzyki bawiących się dzieci, stuk końskich podków, ale tutaj uliczka była opustoszała, nie licząc mężczyzny, który opierał się o latarnię gazową i czytał gazetę w jej świetle.

Mimo wszystko to był jakiś człowiek. Tessa zbiegła po stopniach, zbliżyła się do nieznajomego i chwyciła go za rękaw.

– Proszę pana... mógłby mi pan pomóc...

Mężczyzna odwrócił się i zmierzył ją wzrokiem.

Tessa stłumiła okrzyk na widok woskowatej twarzy, równie białej jak wtedy, kiedy pierwszy raz ją zobaczyła w porcie Southampton. Wyłupiaste oczy były takie same jak u Mirandy, zęby zalśniły metalicznie, kiedy uśmiechnął się szeroko.

Woźnica Mrocznych Sióstr.

Tessa rzuciła się do ucieczki. Niestety, za późno.

Rozdział drugi

Piekło jest zimne

„Życie się waha między dwoma światy:
Gwiazda wieczorna, co się na dnia słoni
Rąbek. Jak mało wiemy, czym przed laty
Byliśmy, czym dziś!”.

– Lord Byron, *Don Juan*
(Przełożył Edward Porębowicz)

– Ty głupia dziewczyno! – rzuciła z wściekłością pani Black, zaciskając pęta, którymi przywiązała jej ręce do ramy łóżka. – Co zamierzałaś zrobić? Co sobie myślałaś? Dokąd chciałaś uciec?

Tessa nie odpowiedziała, tylko uniosła brodę i wbiła wzrok w ścianę. Nie pozwoli, żeby pani Black albo jej okropna siostra zobaczyły, jak bliska jest łez i jak bardzo bolą ją od sznura kostki i nadgarstki.

– Zupełnie nie zdaje sobie sprawy, jaki zaszczyt ją spotkał – stwierdziła pani Dark, która stała przy drzwiach, jakby chciała mieć pewność, że Tessa nie uwolni się z więzów i nie ucieknie. – Aż przykro na to patrzeć.

– Zrobiłyśmy wszystko, żeby przygotować ją dla Mistrza – dodała pani Black i westchnęła ciężko. – Aż szkoda naszej pracy i jej talentu. To mała, podstępna głuptaska.

– Istotnie – zgodziła się siostra. – Ale przecież wie, co stanie się z jej bratem, jeśli znowu spróbuje nas nie posłuchać? Tym razem byłyśmy skłonne do pobłażliwości, lecz następnym... – Zasyczała przez zęby, a Tessie włoski zjeżyły się karku. – Nathaniel nie będzie miał tyle szczęścia.

Tessa już nie mogła dłużej znieść tych gróźb. Wiedziała, że nie powinna się odzywać, dawać im satysfakcji, ale nie zdołała się powstrzymać.

– Gdybyście mi powiedziały, kim jest Mistrz i czego ode mnie chce...

– Chce się z tobą ożenić, ty mała głuptasko. – Pani Black dokończyła wiązanie pęt i cofnęła się, żeby ocenić swoje dzieło. – Chce dać ci wszystko.

– Ale dlaczego? – wyszeptała Tessa. – Dlaczego ja?

– Z powodu twojego talentu – wyjaśniła pani Black. – Z powodu tego, kim jesteś i co potrafisz. Do czego cię wyszkoliłyśmy. Powinnaś być nam wdzięczna.

– Ale mój brat. – Łzy zapiekły Tessę w oczach. Nie będę płakać, nie będę płakać. Nie będę płakać. – Powiedziałyście mi, że jeśli zrobię wszystko, co każecie, wypuścicie go...

– Kiedy wyjdziesz za Mistrza, on da ci wszystko, czego zapragniesz. Na przykład, twojego brata. – W głosie pani Black nie było żadnych emocji.

Pani Dark zachichotała.

– Wiem, o czym ona myśli. Ona myśli, że gdyby mogła dostać wszystko, czego zapragnie, kazałaby nas zabić.

– Nie trać energii nawet na wyobrażanie sobie takiej możliwości. – Pani Black pogłaskała podbródek Tessy. – Mamy umowę z Mistrzem. On nie może ani nie chce zrobić nam krzywdy. Jest nam dużo winien za ciebie. – Pochyliła się i ściszyła głos do szeptu. – Chce ciebie zdrową i nietkniętą. Gdyby nie to, zbiłybyśmy cię do krwi. Jeśli jeszcze raz ośmielisz się nas nie posłuchać, zlekceważę jego życzenia i każe cię wychłostać, aż zejdzie ci skóra. Zrozumiałaś?

Tessa odwróciła twarz do ściany.

Pewnej nocy na *Maine*, kiedy mijali Nową Funlandię, Tessa nie mogła zasnąć. Wyszła na pokład, żeby zaczerpnąć świeżego powietrza, i zobaczyła, że czarne morze jest pełne białych lśniących gór lodowych, które, jak powiedział jej jeden z marynarzy, odłamały się od północnych lodowców z powodu ocieplenia. Dryfowały wolno po ciemnej wodzie niczym wieże zatopionego białego miasta. Tessa pomyślała wtedy, że właśnie tak wygląda prawdziwa samotność.

Teraz wiedziała, że to był zaledwie przedsmak samotności. Kiedy Siostry wyszły, stwierdziła, że już nie ma ochoty płakać. Pieczenie w oczach ustąpiło miejsca poczuciu głuchej rozpaczy. Pani Dark miała rację. Gdyby Tessa mogła je obie zabić, zrobiłaby to bez wahania.

Na próbę pociągnęła za sznurki, którymi przywiązano jej ręce i nogi do słupów łóżka. Pęta nawet nie drgnęły, tak były ciasne. Wpijały się w ciało i powodowały mrowienie w dłoniach i stopach, jakby kłuły ją dziesiątki szpilek. Tessa oceniała, że za kilka minut całkiem zdrętwieje.

Z jednej strony chciała zaprzestać walki, leżeć nieruchomo i czekać, aż przyjdzie po nią Mistrz. Pewnie niedługo, bo niebo już ciemniało za małym oknem. Może on naprawdę chciał się z nią ożenić? Może naprawdę chciał dać jej wszystko?

Nagle usłyszała w głowie głos ciotki Harriet: „Zapamiętaj, Teeso, że kiedy znajdziesz mężczyznę, który będzie chciał cię poślubić, poznasz, co to za człowiek, nie po tym, co mówi, ale po tym, co robi".

Ciotka Harriet oczywiście miała rację. Mężczyzna, którego pragnęłaby poślubić, nie dopuściłby do tego, żeby traktowano ją jak więźnia i niewolnicę, nie uwięziłby jej brata i nie torturował jej z powodu jakiegoś talentu. To była parodia. Tylko niebiosa wiedziały, co naprawdę zrobi z nią Mistrz, kiedy już dostanie ją w swoje ręce. Pewnie wkrótce żałowałaby, że przeżyła.

Boże, jakiż bezużyteczny był jej talent! Umiejętność zmieniania wyglądu? Gdyby miała moc podpalania przedmiotów albo łamania metalu, sprawiania, żeby z palców wyrastały jej noże! Czynienia siebie niewidzialną albo kurczenia się do wielkości myszy...

Nagle znieruchomiała, tak że wyraźnie usłyszała tykanie mechanicznego anioła na piersi. Przecież nie musiała kurczyć się do wielkości myszy. Wystarczyło zmniejszyć się na tyle, żeby pęta na nadgarstkach stały się luźne.

Potrafiła zmienić się w kogoś innego po raz drugi, nie dotykając rzeczy należącej do tej osoby. Siostry kazały jej zapamiętać, jak to się robi. Wreszcie była zadowolona, że zmusiły ją do nauki.

Leżąc na twardym materacu, przywołała wspomnienia. Kuchnia, ulica, śmiganie igły, blask latarni gazowej. Nakazała sobie Zmianę. *Jak masz na imię? Emma. Emma Bayliss...*

Transformacja przetoczyła się przez nią jak pociąg, niemal pozbawiła ją tchu. Zaczęły się przekształcać kości i skóra. Tessa stłumiła okrzyk, wygięła plecy w łuk...

I stało się. Tessa przez chwilę gapiła się w sufit, mrugając, potem zerknęła na boki, na swoje ręce, na pętającą je linę. Zobaczyła dłonie Emmy, chude i kruche. Lina wisiała luźno na drobnych nadgarstkach. Tessa triumfalnie uwolniła ręce i usiadła, masując czerwone pręgi na skórze.

Kostki nadal miała związane. Pochyliła się i zaczęła majstrować przy pętach. Okazało się, że pani Black potrafi wiązać węzły jak marynarz. Zanim lina opadła, palce Tessy były zakrwawione i obolałe. W końcu zerwała się z łóżka.

Cienkie i delikatne włosy Emmy wysunęły się ze spinek. Tessa niecierpliwym gestem odgarnęła je do tyłu i uwolniła się od dziewczynki. Po chwili poczuła pod palcami swoje włosy, gęste, znajome w dotyku. Zerknąwszy w lustro po drugiej stronie pokoju, zobaczyła, że znowu jest sobą. Mała Emma Bayliss zniknęła.

W tym momencie usłyszała za plecami hałas i odwróciła się pośpiesznie. Gałka obracała się w tę i z powrotem, jakby osoba stojąca po drugiej stronie miała trudności z otwarciem drzwi.

Pani Dark. Wróciła, żeby wychłostać ją do krwi. Wróciła, żeby zabrać ją do Mistrza. Tessa przebiegła przez pokój, chwyciła porcelanowy dzbanek z toaletki i podkradła się pod drzwi, mocno ściskając naczynie w zbielałej ręce.

Gałka obróciła się do końca, drzwi się uchyliły. W mroku Tessa dostrzegła jedynie cień, kiedy ktoś wszedł do pokoju. Skoczyła do przodu, z całej siły zamachnęła się dzbankiem...

Ciemna postać poruszyła się szybko jak bicz, ale nie dość szybko. Dzbanek trafił w wyciągniętą rękę, wyleciał z dłoni

Tessy i rozbił się na przeciwległej ścianie. Stłuczona porcelana posypała się na podłogę, intruz wrzasnął.

Głos był męski. Po okrzyku posypał się stek przekleństw.

Tessa popędziła do wyjścia... ale drzwi zatrzasnęły się jej przed nosem. Kiedy chwyciła za gałkę, ta nawet nie drgnęła. Pokój zalało jasne światło, jakby nagle wstało słońce. Tessa odwróciła się, zamrugała załzawionymi oczami... i osłupiała.

Przed nią stał chłopiec, niewiele starszy od niej. Mógł mieć jakieś siedemnaście, osiemnaście lat. Był ubrany w postrzępioną czarną kurtkę, spodnie i ciężkie buciory. Nie nosił kamizelki, jego pierś przecinały grube skórzane pasy. Zatknięta była za nie liczna broń: sztylety, składane noże, przedmioty, które wyglądały jak krótkie miecze z lodu. W prawej ręce trzymał coś, co wyglądało na kamień. I ten kamień jarzył się, wypełniając pokój światłem, które niemal oślepiło Tessę. Druga ręka – szczupła, o długich palcach – krwawiła w miejscu, gdzie Tessa skaleczyła ją dzbankiem.

Ale nie z powodu rany Tessa wytrzeszczyła oczy. Chłopak miał najpiękniejszą twarz, jaką kiedykolwiek widziała. Kręcone czarne włosy i oczy jak niebieskie szkło. Wyraźnie zarysowane kości policzkowe, pełne usta i długie, gęste rzęsy. Nawet podbródek był doskonały. Chłopak przypominał fikcyjnych bohaterów, których nieraz sobie wyobrażała. Tyle że w jej marzeniach ktoś taki nigdy nie przeklinał ani nie wygrażał jej zakrwawioną ręką.

Intruz zauważył osłupiałe spojrzenie Tessy i zamilkł na chwilę.

– Skaleczyła mnie pani – powiedział w końcu. Miał przyjemny głos. Brytyjski akcent. Całkiem zwyczajny. Z krytycznym zainteresowaniem popatrzył na swoją dłoń. – To może być śmiertelna rana.

Tessa spojrzała na niego wielkimi oczami.

– Pan jest Mistrzem?

Chłopak obrócił rękę. Ściekająca po niej krew splamiła podłogę.

– No tak, duża utrata krwi. Śmierć może nastąpić w każdej chwili.

– Pan jest Mistrzem?

– Mistrzem? – Chłopak wyglądał na lekko zaskoczonego gwałtownością jej tonu. – Opanowałem w życiu wiele umiejętności: nawigowanie po ulicach Londynu, mówienie po francusku bez akcentu, tańczenie kadryla, japońską sztukę układania kwiatów, oszukiwanie w grach, ukrywanie stanu odurzenia, zachwycanie młodych kobiet swoimi wdziękami...

Tessa wytrzeszczyła oczy. Miała coraz silniejsze wrażenie, że znalazła się w dziwnym śnie.

– Niestety, nikt nigdy nie zwracał się do mnie „mistrzu". Niestety...

– Jest pan teraz odurzony? – Tessa zdała pytanie z całą powagą, ale w chwili, kiedy wypowiedziała te słowa, uświadomiła sobie, że musiały zabrzmieć bardzo niegrzecznie albo, co gorsza, kokieteryjnie. Nieznajomy zresztą zbyt pewnie stał na nogach jak na pijanego. Wystarczająco dużo razy widziała Nate'a w tym stanie, żeby poznać różnicę. Może ten chłopak był tylko szalony.

– Jaka bezpośrednia! Ale przypuszczam, że wszystkie takie jesteście, wy, Amerykanki, prawda? – Chłopak wyglądał na rozbawionego. – Tak, zdradza panią akcent. Jak pani ma na imię?

Tessa popatrzyła na niego z niedowierzaniem.

– Jak mam na imię?

– Nie zna go pani?

– Pan... wpada do mojego pokoju, straszy mnie na śmierć, a teraz pyta, jak mam na imię? A pan jak się nazywa, do licha? I kim w ogóle pan jest?

– Nazywam się Herondale – odparł wesoło chłopak. – William Herondale, ale wszyscy mówią mi Will. To naprawdę jest pani pokój? Niezbyt ładny, co? – Podszedł do okna, zatrzymał się, spojrzał na stosy książek leżące na nocnej szafce, a potem na samo łóżko. Wskazał ręką na sznury. – Często śpi pani przywiązana do łóżka?

Tessa poczuła, że twarz jej płonie. Była zdumiona, że nawet w tych okolicznościach potrafi czuć się zakłopotana. Powinna powiedzieć mu prawdę? Czy to możliwe, żeby był Mistrzem? Przecież ktoś o takim wyglądzie nie musiałby porywać dziewczyn ani ich wiązać, żeby je zmusić do ślubu.

– Proszę. – Podał jej świecący kamień.

Tessa wzięła go do ręki, spodziewając się, że sparzy jej palce, ale okazał się zimny w dotyku. W chwili, gdy znalazł się w jej dłoni, światło przygasło do migotliwej poświaty. Tessa z konsternacją spojrzała na nieproszonego gościa, ale on podszedł do okna i wyjrzał przez nie, jak gdyby nigdy nic.

– Szkoda, że jesteśmy na trzecim piętrze. Ja mógłbym skoczyć, ale pani prawdopodobnie by zginęła. Nie. Musimy zaryzykować i wyjść normalną drogą.

– Wyjść... Co takiego? – Tessa potrząsnęła głową w niemal permanentnym stanie oszołomienia. – Nie rozumiem.

– Jak może pani nie rozumieć? – Wskazał na książki. – Czyta pani powieści. Przybyłem tutaj, żeby panią uratować. Nie wyglądam jak sir Galahad? – Dramatycznym gestem uniósł ramiona. – „Moja siła jest siłą dziesięciu, bo moje serce jest czyste...".

Z głębi domu dobiegło trzaśnięcie drzwiami.

Will wykrzyknął słowo, którego sir Galahad nigdy by nie wypowiedział, i odskoczył od okna. Skrzywił się, popatrzył na swoją skaleczoną rękę.

– Muszę później się tym zająć. Chodźmy... – Spojrzał na nią pytająco.

– Panna Gray – powiedziała Tessa słabym głosem. – Panna Theresa Gray.

– Panna Gray – powtórzył Herondale. – W takim razie chodźmy, panno Gray. – Wyminął ją i ruszył do drzwi. Sięgnął do gałki, przekręcił ją, szarpnął...

I nic.

– Nie można otworzyć tych drzwi od środka – poinformowała go Tessa.

Will uśmiechnął się drapieżnie.

– Naprawdę?

Sięgnął do pasa i z zatkniętych za nim przedmiotów wybrał coś w rodzaju długiej, smukłej witki, starannie obranej z mniejszych gałązek i wykonanej ze srebrzystobiałego materiału. Herondale przytknął jej koniec do drzwi i zaczął coś na nich rysować. Na to, co robił, nie było innego określenia. Z czubka giętkiego cylindra spiralą spływały grube czarne linie i z sykiem rozprzestrzeniały się po drewnianej powierzchni jak kleks z atramentu.

– Rysuje pan? – zapytała Tessa. – Naprawdę nie rozumiem, jak to może...

Rozległ się trzask, jakby pękło szkło. Gałka zaczęła się obracać, coraz szybciej, aż w końcu drzwi otworzyły się gwałtownie. Z zawiasów uniósł się dym.

– Gotowe – oznajmił Will, chowając z powrotem dziwny przedmiot. Skinął na Tessę. – Chodźmy.

O dziwo, Tessa się zawahała. Spojrzała przez ramię na pokój, który był jej więzieniem przez prawie dwa miesiące.

– Moje książki...

– Dam pani więcej książek.

Will bezceremonialnie wypchnął ją z pokoju i zamknął za sobą drzwi, po czym chwycił dziewczynę za nadgarstek i pociągnął korytarzem. Za rogiem były się schody, którymi Tessa wiele razy schodziła z Mirandą. Will zaczął po nich zbiegać, wlokąc ją za sobą. Słaby blask świecącego kamienia, który Tessa nadal trzymała w lewej ręce, tańczył po ścianach na przemian z cieniami.

Z góry dobiegł krzyk. Z całą pewnością wydała go pani Dark.

– Odkryli, że pani zniknęła – stwierdził Will.

Gdy dotarli na pierwsze półpiętro, Tessa zwolniła, ale Herondale szarpnął ją za sobą. Najwyraźniej nie miał ochoty się zatrzymywać.

– Nie wyjdziemy frontowymi drzwiami? – zapytała Tessa.

– Nie możemy. Budynek jest otoczony. Od frontu stoi rząd powozów. Zdaje się, że nieoczekiwanie przybyłem tu w ekscytującej chwili. – Ruszył w dół po schodach. Tessa podążyła za nim. – Wie pani, co zaplanowały na ten wieczór Mroczne Siostry?

Tessa pokręciła głową.

– Ale spodziewała się pani kogoś zwanego Mistrzem?

Znajdowali się teraz w piwnicy. Otynkowane ściany ustąpiły miejsca wilgotnemu kamieniowi. Bez lampy Mirandy było tu dość ciemno. Gorąco uderzyło w nich jak fala.

– Na Anioła, tu jest jak w dziewiątym kręgu piekła...

– Dziewiąty krąg piekła jest zimny – poprawiła go odruchowo Tessa.

Will zerknął na nią z ukosa.

– Co?

– Inferno. W piekle panuje zimno. Jest skute lodem.

Herondale gapił się na nią przez dłuższą chwilę. Kąciki jego ust drgały. W końcu wyciągnął rękę.

– Proszę mi oddać magiczne światło. – Widząc jej minę, Will syknął ze zniecierpliwieniem. – Kamień. Niech pani da mi kamień.

W chwili gdy dłoń Herondale'a zamknęła się wokół czarodziejskiego przedmiotu, ten znowu zapłonął pełnym blaskiem, przeświecającym między jego palcami. Po raz pierwszy Tessa zobaczyła na grzbiecie ręki Willa narysowany czarnym atramentem wzór w postaci otwartego oka.

– Jeśli chodzi o temperaturę piekła, panno Gray, pozwolę sobie udzielić pani pewnej rady – powiedział. – Przystojny młody człowiek, który próbuje panią uratować przed strasznym losem, nigdy się nie myli. Nawet kiedy mówi, że niebo jest fioletowe i zrobione z jeży.

On naprawdę jest szalony, pomyślała Tessa, ale nie odezwała się słowem. Była zbyt zaniepokojona tym, że jej wybawca ruszył w stronę szerokich podwójnych drzwi prowadzących do komnat Mrocznych Sióstr.

– Nie! – krzyknęła, łapiąc go za ramię i ciągnąc do tyłu. – Nie tędy. Tu nie ma wyjścia.

– Znowu mnie pani poprawia – stwierdził Will, ale odwrócił się i pomaszerował w drugą stronę, ku ciemnemu korytarzowi, którego Tessa zawsze się bała.

Przełknęła ślinę i ruszyła za nim.

Korytarz zwężał się stopniowo, ściany napierały na nich z obu stron. Panował tutaj jeszcze większy skwar. Włosy Tessy skręcały się w loki, kleiły do skroni i karku. Powietrze wydawało się tak gęste, że trudno było nim oddychać. Przez chwilę szli w milczeniu, aż w końcu Tessa nie wytrzymała napięcia. Musiała zadać pytanie, choć spodziewała się przeczącej odpowiedzi.

– Panie Herondale, czy przysłał pana mój brat?

Trochę się obawiała, że usłyszy jakąś zwariowaną uwagę, ale Will tylko spojrzał na nią ze zdziwieniem.

– Nigdy nie słyszałem o pani bracie – odparł krótko.

Tessa poczuła w sercu tępy ból rozczarowania, choć wiedziała, że nie mógł przysłać go Nate. Inaczej Herondale znałby jej imię, prawda?

– O pani również nie słyszałem jeszcze dziesięć minut temu. Od prawie dwóch miesięcy idę tropem martwej dziewczynki. Została zamordowana, wykrwawiła się w zaułku na śmierć. Przed czymś uciekała. – W tym miejscu korytarz się rozwidlał. Po chwili wahania Will skręcił w lewo. – Obok niej leżał sztylet umazany jej krwią. Był na nim wyryty symbol: dwa węże połykające nawzajem swoje ogony.

Tessa drgnęła. Wykrwawiła się na śmierć w zaułku Obok niej leżał sztylet. Z pewnością chodziło o ciało Emmy.

– Taki sam symbol widnieje na boku powozu Mrocznych Sióstr. Tak je nazywam, to znaczy panią Dark i panią Black...

– Nie tylko pani tak je nazywa. Inni Podziemni również. Przekonałem się o tym, badając symbol. Musiałem pokazać nóż w dziesiątkach najbardziej uczęszczanych miejsc Podziemnego Świata, szukając kogoś, kto by go rozpoznał. Zaoferowałem nagrodę za informację. W końcu do moich uszu dotarł przydomek Mroczne Siostry.

– Podziemny Świat? – powtórzyła Tessa. – To miejsce w Londynie?

– Nieważne – uciął Will. – Właśnie chwalę się swoimi umiejętnościami detektywistycznymi i wolałbym, żeby mi nie przerywano. Na czym skończyłem?

– Sztylet... – Tessa urwała raptownie, bo w korytarzu rozbrzmiał głos: wysoki, przymilny, znajomy.

– Panno Gray! – Głos panny Dark unosił się między ścianami jak snujący się dym. – Panno Graaay! Gdzie jesteś?

Tessa zamarła.

– O, Boże, dogoniły nas...

Will chwycił ją za nadgarstek i popędził przed siebie. Blask magicznego kamienia tworzył dzikie wzory ze światła i cienia na kamiennych murach, kiedy uciekali krętym korytarzem. Podłoga opadała w dół, kamienie pod nogami stawały się coraz bardziej śliskie i wilgotne, powietrze coraz gorętsze. Zupełnie, jakbyśmy biegli przez samo piekło, pomyślała Tessa, słuchając, jak głosy Mrocznych Sióstr odbijają się echem od ścian.

– Panno Graaaay! Nie pozwolimy ci uciec, przecież wiesz. Nie pozwolimy ci się ukryć! Znajdziemy cię, dziecino. Wiesz, że znajdziemy.

Will i Tessa pokonali zakręt i zatrzymali się raptownie. Korytarz kończył się wysokimi metalowymi drzwiami. Herondale puścił rękę Tessy i rzucił się na nie z impetem. Gdy ustąpiły, wpadł do środka, a Tessa za nim. Natychmiast zamknęła je za nimi. Były tak ciężkie, że musiała naprzeć na nie plecami.

Jedyne oświetlenie w pomieszczeniu stanowił magiczny kamień. Jego blask przygasł, ledwo żarzył się między palcami Willa, ale wydobywał jego postać z ciemności jak reflektor na scenie. Herondale z trudem zasunął rygiel pokryty rdzą. Stojąc blisko, nadal oparta plecami o drzwi, Tessa wyczuwała napięcie jego mięśni.

– Panno Gray? – Pochylił się do niej.

Wyraźnie słyszała jego galopujące serce... a może to było jej serce? Dziwna biała poświata rzucana przez kamień migotała na jego kościach policzkowych, na cienkiej warstwie potu na obojczykach. Tam również Tessa dostrzegła znaki, widoczne pod kołnierzem koszuli: czarne i grube, jakby ktoś namalował je atramentem na skórze.

– Gdzie my jesteśmy? – wyszeptała. – Czy tu jest bezpiecznie?

Will nie odpowiedział, tylko się cofnął i uniósł prawą rękę. Kamień zapłonął mocniej, oświetlając całe pomieszczenie.

Znajdowali się w czymś w rodzaju celi, tyle że ogromnej, całej z kamienia. Podłoga opadała do dużego otworu odpływowego. Było tam tylko jedno okno, osadzone wysoko w ścianie, zakratowane, i tylko jedne drzwi, te przez które weszli. Ale Tessa wstrzymała oddech z innego powodu.

To miejsce było rzeźnią. Przez całe pomieszczenie biegły długie drewniane stoły. Leżały na nich ciała... ludzkie ciała, nagie i blade. Każde miało na piersi nacięcie w kształcie litery Y, głowy zwieszały się z blatów. Włosy kobiet omiatały posadzkę jak miotły. Na środkowym stole leżały zakrwawione noże i części jakiejś maszynerii: miedziane tryby, mosiężne przekładnie oraz srebrne piły o ostrych zębach.

Tessa przycisnęła dłoń do ust, tłumiąc okrzyk. Poczuła smak krwi, kiedy przygryzła sobie palec. Will chyba tego nie zauważył. Rozglądał się i mamrotał coś pod nosem.

Nagle rozległ się huk i metalowe drzwi zatrzęsły się, jakby uderzyło w nie coś ciężkiego. Tessa opuściła rękę i krzyknęła:

– Panie Herondale!

Will odwrócił się, kiedy drzwi zadygotały ponownie. Z drugiej strony dobiegł głos:

– Panno Gray! Proszę wyjść natychmiast, nie zrobimy pani krzywdy!

– Kłamią – powiedziała szybko Tessa.

– Naprawdę tak pani myśli?

Will schował do kieszeni magiczny kamień i wskoczył na środkowy stół, pełen zakrwawionych narzędzi. Schylił się po ciężki mosiężny tryb, zważył go w dłoni i ze stęknięciem cisnął nim w zakratowane okno. Szkło się roztrzaskało, Will zawołał:

– Henry! Pomóż, proszę! Henry!

– Kto to jest Henry? – zapytała Tessa, ale w tym momencie drzwi zadrżały po raz trzeci i w metalu pojawiło się cienkie pęknięcie. Było widać, że nie wytrzymają długo.

Tessa popędziła do stołu i niemal na oślep chwyciła metalową piłę o nierównych zębach, taką, jakich używają rzeźnicy do cięcia kości. Ściskając broń w ręce, odwróciła się, kiedy drzwi otworzyły się gwałtownie.

W progu stanęły Mroczne Siostry. Pani Dark, wysoka i chuda jak szczapa w jaskrawozielonej lśniącej sukni, oraz pani Black, z czerwoną twarzą i oczami zmrużonymi do szparek. Otaczała je jasna aureola z niebieskich iskier, niczym małe fajerwerki. Ich spojrzenia prześliznęły się po Willu, który, nadal stojąc na stole, wydobył zza pasa jedno z lodowych ostrzy, i spoczęły na Tessie. Usta pani Black – czerwona szrama na bladej twarzy – rozciągnęły się w szerokim uśmiechu.

– Mała panna Gray. Powinnaś być mądrzejsza. Mówiłyśmy ci, co się stanie, jeśli znowu uciekniesz...

– Więc zróbcie to! Wychłoszczcie mnie do krwi. Zabijcie! Nic mnie to nie obchodzi! – krzyknęła Tessa i z zadowoleniem stwierdziła, że Mroczne Siostry są lekko zaskoczone jej wybuchem. Wcześniej była zbyt przerażona, żeby podnieść na nie głos. – Nie pozwolę, żebyście oddały mnie Mistrzowi! Raczej umrę!

– Jaki masz raptem ostry język, moja droga – rzuciła pani Black i wolno zaczęła ściągać rękawiczkę z prawej dłoni.

Tessa po raz pierwszy zobaczyła jej nagą rękę. Skóra na niej była szara i gruba jak u słonia, paznokcie przypominały długie ciemne szpony, ostre jak noże. Pani Black spojrzała na podopieczną z uśmiechem przyklejonym do twarzy.

– Może, gdybyśmy ucięły ci język, nauczyłabyś się przestrzegać manier.

Ruszyła w stronę Tessy, ale w tym momencie Will zeskoczył ze stołu i zastąpił jej drogę.

– Malik – powiedział. Białe lodowe ostrze jego broni rozbłysło jak spadająca gwiazda.

– Zejdź mi z drogi, wojowniku Nefilim – zażądała pani Black. – I zabierz swój seraficki nóż. To nie jest twoja bitwa.

– Myli się pani. – Will zmrużył oczy. – Słyszałem o pani różne rzeczy, milady. Szepcze się, że płyniecie przez Podziemny Świat jak rzeka czarnej trucizny. Mówiono mi, że pani i siostra szczodrze płacicie za ciała martwych ludzi i nie pytacie, w jaki sposób umarli.

– Tyle hałasu o paru Przyziemnych. – Pani Dark zachichotała i przysunęła się do siostry, tak że Will, z jaśniejącą bronią, znalazł się między nimi a Tessą. – Nie mamy nic do ciebie, Nocny Łowco, chyba że sam zaczniesz spór. Naruszyłeś nasze terytorium, a czyniąc to, złamałeś Przymierze. Moglibyśmy donieść na ciebie Clave...

– Clave nie pochwala wkraczania na cudzy teren, ale jeszcze bardziej nie podoba im się ucinanie głów i obdzieranie ludzi ze skóry – odparował Will. – Dziwnie wtedy wyglądają.

– Ludzi? – prychnęła pani Dark. – Mówimy o Przyziemnych, a oni nie obchodzą was bardziej niż nas. – Spojrzała na Tessę. – Powiedział ci, kim naprawdę jest? Nie człowiekiem...

– Tak pani twierdzi – wykrztusiła drżącym głosem Tessa.

– A czy ona wyznała panu, kim jest? – spytała pani Black. – Wspomniała o swoim talencie? O tym, co potrafi?

– Gdybym miał zgadywać, powiedziałbym, że ma to coś wspólnego z Mistrzem – rzekł Will.

Pani Dark zrobiła podejrzliwą minę.

– Wie pan o Mistrzu? – Łypnęła na Tessę. – A, rozumiem. Tylko to panu zdradziła. Mistrz, mój aniele, jest bardziej niebezpieczny, niż potrafisz sobie wyobrazić. I długo czekał na kogoś ze zdolnościami Tessy. Można nawet powiedzieć, że to dzięki niemu ona się urodziła...

Jej dalsze słowa zagłuszył potężny huk. Cała wschodnia ściana pomieszczenia nagle zapadła się do środka. Jak w starej obrazkowej Biblii Tessy, kiedy runęły mury Jerycha. W jednej chwili ściana stała, w następnej zniknęła bez śladu. Zamiast niej ziała czernią wielka prostokątna dziura, wypełniona duszącym pyłem.

Pani Dark wydała cienki okrzyk i chwyciła spódnice kościstymi palcami. Najwyraźniej nie spodziewała się takiej katastrofy.

Will chwycił Tessę za rękę, przyciągnął ją do siebie i zasłonił własnym ciałem, kiedy posypały się na nich kamienie i tynk. Gdy ją objął, Tessa usłyszała krzyk pani Black.

Wykręciła się w objęciach Willa, żeby zobaczyć, co się dzieje. Pani Dark drżącym palcem wskazywała czarną dziurę w ścianie. Pył zaczynał osiadać, tak że ciemne postacie kroczące w ich stronę przez pobojowisko przybrały wyraźniejsze kształty. Dwie ludzkie postacie dzierżyły broń świecącą niebiesko-białym blaskiem, taką samą jak Willa. Aniołowie, pomyślała Tessa. To światło, takie jasne... kim innym mogliby być?

Pani Black wrzasnęła i rzuciła się do ataku, wyciągając przed siebie ręce. Trysnęły z nich iskry, niczym eksplodujące fajerwerki. Tessa usłyszała, że ktoś krzyczy, i to bardzo ludzkim głosem. Will puścił ją, odwrócił się błyskawicznie i cisnął płonącym nożem w panią Black. Broń, obracając się, poszybowała w powietrzu i wbiła się w jej pierś. Kobieta zatoczyła się z wyciem do tyłu i runęła na jeden z upiornych stołów, a ten zawalił się pod jej ciężarem.

Will uśmiechnął się szeroko i niezbyt przyjemnie, po czym znów się odwrócił i spojrzał na Tessę. Przez chwilę patrzyli na siebie w milczeniu... a potem otoczyli go towarzysze, dwaj mężczyźni w dopasowanych ciemnych płaszczach, z jaśniejącą bronią w rękach. Poruszali się tak szybko, że w oczach Tessy wyglądali niemal jak zamazane plamy.

Cofnęła się pod przeciwległą ścianę, żeby uciec przed chaosem, który panował na środku pokoju, gdzie pani Dark, wykrzykując obelgi, powstrzymywała przeciwników iskrami sypiącymi się z jej rąk niczym ognisty deszcz. Pani Black wiła się na podłodze, a jej ciało otaczał czarny dym, jakby płonęła od środka.

Tessa ruszyła w stronę otwartych drzwi... lecz silne ręce chwyciły ją od tyłu i zatrzymały. Dziewczyna wrzasnęła i próbowała się wyrwać, ale jej barki opasywała żelazna obręcz. Przechyliła głowę i wbiła zęby w dłoń ściskającą jej lewe ramię. Ktoś krzyknął i puścił ją raptownie. Tessa odwróciła się i zobaczyła wysokiego mężczyznę z gęstą czupryną potarganych rudych włosów.

Nieznajomy patrzył na nią z wyrzutem i przyciskał do piersi krwawiącą dłoń.

– Will! – zawołał. – Will, dziewczyna mnie ugryzła!

– Naprawdę, Henry?

Herondale, niczym duch, wyłonił się z chaosu dymu i płomieni z jak zwykle rozbawioną miną. Za nim drugi z jego towarzyszy, muskularny młody mężczyzna o kasztanowych włosach, trzymał wyrywającą się panią Dark. Pani Black leżała nieruchomo na podłodze. Will uniósł brew.

– Bardzo brzydko jest gryźć ludzi – rzekł karcącym tonem. – Niegrzecznie. Nikt pani tego nigdy nie mówił?

– Niegrzecznie jest również znienacka obłapiać damy, którym nie zostało się przedstawionym – odparowała Tessa. – Nikt panu tego nigdy nie mówił?

Henry pomachał z żałosnym uśmiechem krwawiącą ręką. Miał miłą twarz. Tessa niemal poczuła się winna, że go ugryzła.

– Will! Uważaj! – krzyknął mężczyzna o kasztanowych włosach.

Herondale odwrócił się w chwili, w której coś pofrunęło w powietrzu, omal nie trafiło Henry'ego w głowę i rozbiło się o ścianę za Tessą. Był to duży mosiężny tryb. Uderzył w mur z taką siłą, że utknął w nim jak w miękkiej glinie. Tessa odwróciła się... i zobaczyła, że pani Black idzie w ich stronę z oczami płonącymi w białej twarzy jak rozżarzone węgle. Wokół rękojeści miecza sterczącego z jej piersi tańczyły języki czarnego ognia.

– Cholera... – Will sięgnął po kolejną broń zatkniętą za pas. – Myślałem, że ją zabiliśmy...

Pani Black zaatakowała, obnażając zęby. Will uskoczył jej z drogi, ale Henry nie był tak szybki. Gdy kobieta go uderzyła, aż zatoczył się do tyłu. Natychmiast wczepiła się w niego jak kleszcz i powaliła go na ziemię, warcząc i wbijając pazury w jego ramiona. Henry wrzasnął. Will uniósł nóż i wykrzyknął:

– Uriel!

Ostrze rozjarzyło się w jego dłoni niczym płonąca pochodnia. Tessa przywarła plecami do ściany, kiedy zamachnął się nożem. Pani Black rzuciła się na niego z wyciągniętymi szponami...

Ostrze gładko przecięło jej szyję, głowa spadła na kamienną posadzkę i potoczyła się po niej, podskakując. Tymczasem Henry, cały umazany czarną krwią, zrzucił z siebie martwe ciało, krzycząc z odrazą, i poderwał się na nogi.

W tym momencie powietrze rozdarł straszliwy wrzask.

– Nieeee!

Wydała go z siebie pani Dark. Mężczyzna o kasztanowych włosach puścił ją z nagłym okrzykiem, kiedy z jej rąk i oczu strzelił niebieski ogień. Wijąc się z bólu, upadł na bok, a pani Dark ruszyła w stronę Willa i Tessy. Jej oczy płonęły niczym czarne pochodnie. Syczała słowa w języku, którego Tessa nigdy nie słyszała. Brzmiały jak trzask płomieni. Kobieta uniosła rękę i cisnęła w Tessę czymś, co wyglądało jak niebieski piorun. Will z okrzykiem skoczył przed nią z wyciągniętą bronią. Błyskawica odbiła się od klingi i uderzyła w jedną z kamiennych ścian, a ta rozjarzyła się dziwnym światłem.

– Henry! – ryknął Will, nie odwracając się. – Zabierz pannę Gray w bezpieczne miejsce...

Kiedy Tessa poczuła na ramieniu dłoń Henry'ego, pani Dark cisnęła w nią kolejną zielononiebieską błyskawicę.

Dlaczego ona próbuje mnie zabić? – pomyślała ze zdziwieniem Tessa. Dlaczego nie Willa?

Gdy Henry pociągnął ją do siebie, z ostrza Herondale'a buchnęło więcej światła, które rozszczepiło się na dziesiątki gorejących odprysków. Tessa wpatrywała się w nie przez chwilę, zauroczona ich niezwykłym pięknem. Oprzytomniała, słysząc krzyk Henry'ego. Obrońca kazał jej paść na podłogę, ale niestety, było już za późno. Jedna z płonących drzazg trafiła ją w ramię z ogromną siłą. Impet wyrwał ją z uścisku Henry'ego i rzucił do tyłu, tak że mocno uderzyła głową w ścianę. Zanim świat zniknął, do jej uszu dotarł wysoki, skrzekliwy śmiech pani Dark.

Rozdział trzeci

Instytut

„Z pozoru świetny, nowy, nęcący tęczami
Świat, gościnnie rozwarte marzenia podwoje –
Ale naprawdę troski, bóle, niepokoje".
– Matthew Arnold, *Wybrzeże w Dover*
(Przełożył Stanisław Barańczak)

We śnie Tessa znowu leżała przywiązana do wąskiego mosiężnego łóżka w Mrocznym Domu. Pani Black i pani Dark pochylały się nad nią – dziewczyna słyszała szczękanie długich drutów do wełny i ostry, głośny śmiech sióstr. Po chwili ich postacie się zmieniły, oczy zagłębiły się w czaszki, włosy zaczęły wypadać, na ustach pojawiły się szwy. Tessa krzyknęła bezgłośnie, ale Siostry najwyraźniej jej nie usłyszały.

Potem zniknęły, a nad Tessą pojawiła się ciotka Harriet z twarzą płonącą od gorączki, jak w czasie tamtej strasznej choroby, która ją zabiła. Patrząc na nią z wielkim smutkiem, powiedziała: „Starałam się. Próbowałam cię kochać. Ale nie jest łatwo pokochać dziecko, które nie jest człowiekiem...".

– Nie jest człowiekiem? – rozległ się nieznajomy kobiecy głos. – Cóż, jeśli nie człowiekiem, Enochu, to kim ona jest? – Ton stał się ostrzejszy. – Co mam na myśli? Wszyscy są kimś. Ta dziewczyna nie może być nikim...

***

Tessa zbudziła się z krzykiem, otworzyła oczy i zobaczyła, że otacza ją gęsta ciemność. Ogarnięta paniką, słyszała zaledwie szmer głosów. Usiadła z trudem, rozkopując pościel. Poczuła, że koc jest gruby i ciężki, a nie cienki, rzadko tkany jak w Mrocznym Domu.

Tak jak we śnie, leżała w łóżku w wielkim kamiennym pokoju, w którym prawie nie było światła. Słyszała własny chrapliwy oddech i krzyk, który wyrwał się z jej gardła, kiedy odwróciła głowę. W ciemności przed nią wisiała twarz z koszmaru: wielka i biała jak księżyc. Wygolona czaszka lśniła niczym marmur. Zamiast oczu były w niej same wgłębienia... nie tak, jakby oczy zostały wyłupane, tylko jakby w ogóle nie wyrosły. Wargi były zespolone czarnymi szwami, twarz pokryta czarnymi znakami takimi samymi jak na skórze Willa, z tym że te wyglądały, jakby wycięto je nożem.

Tessa krzyknęła ponownie i tak mocno szarpnęła się do tyłu, że spadła z łóżka. Uderzyła o zimną kamienną posadzkę. Koszula nocna, którą miała na sobie, biała i obca – ktoś musiał ją w nią ubrać, podczas gdy ona była nieprzytomna – podarła się na rąbku, kiedy Tessa gramoliła się na kolana.

– Panno Gray.

Ktoś wypowiedział jej nazwisko, ale ona, ogarnięta paniką, stwierdziła tylko, że ów głos jest jej nieznany. Mówiącym nie był potwór, który stał przy łóżku i wpatrywał się w nią z beznamiętną twarzą poznaczoną bliznami. Nie poruszył się, kiedy wstała z podłogi, i choć najwyraźniej nie zamierzał jej dopaść, zaczęła cofać się ostrożnie, macając za sobą rękami w poszukiwaniu drzwi. W pomieszczeniu panował mrok. Tessa widziała tylko, że pokój jest owalny, a ściany i podłoga są z kamienia. Sufit ginął wysoko w czarnych cieniach, wysokie okna były łukowate jak w kościele. Przesączało się przez nie bardzo niewiele światła. Wyglądało na to, że na zewnątrz jest noc.

– Thereso Gray...

W końcu trafiła na drzwi, wyczuła metalową klamkę. Odwróciła się z ulgą, chwyciła ją i pociągnęła. I nic. W jej gardle wezbrał szloch.

– Panno Gray! – Nagle pokój zalało światło, ostre, srebrnobiałe, znajome. – Panno Gray, przepraszam. Nie zamierzaliśmy pani przestraszyć. – Głos należał do kobiety, młodej i zatroskanej. – Panno Gray, proszę.

Tessa odwróciła się powoli i przywarła plecami do drzwi. Teraz wszystko ujrzała wyraźnie. Znajdowała się w kamiennym pokoju, którego centralny punkt stanowiło duże łoże z baldachimem. Aksamitna narzuta była skotłowana i na pół ściągnięta z materaca, kotary rozsunięte, na podłodze leżał elegancki dywan. Poza tym pomieszczenie było niemal puste. Żadnych obrazów ani zdjęć na ścianach, żadnych ozdób na meblach z ciemnego drewna. Przy łóżku stały naprzeciwko siebie dwa krzesła, a między nimi mały stolik do kawy. Chiński parawan rozstawiony w kącie prawdopodobnie zasłaniał wannę i umywalkę.

Obok łóżka stał wysoki mężczyzna w szacie podobnej do mnisiej – długiej, z szorstkiej tkaniny o barwie pergaminu. Jej mankiety i rąbek zdobiły czerwono-brązowe runy. Nieznajomy trzymał w ręce srebrną laskę z aniołem wyrzeźbionym na gałce i runami na całej długości. Zsunięty kaptur odsłaniał białą twarz ślepca pokrytą bliznami.

Przy nim stała bardzo niska kobieta, niemal wzrostu dziecka, o gęstych kasztanowych włosach związanych na karku, drobnej twarzy i bystrych świetlistych ciemnych oczach jak u ptaka. Nie była właściwie ładna, ale jej spokój i łagodność podziałały na Tessę kojąco, choć nie umiała powiedzieć, dlaczego. Kobieta trzymała w ręce jarzący się biały kamień. Jego blask przeświecał między palcami, rozjaśniając pokój.

– Thereso Gray – przemówiła kobieta – jestem Charlotte Branwell, szefowa Londyńskiego Instytutu, a to Brat Enoch...

– Co to za potwór? – wyszeptała Tessa.

Brat Enoch milczał. Jego twarz pozostawała całkowicie bez wyrazu.

– Wiem, że na ziemi są potwory – ciągnęła Tessa. – Nie wmówicie mi, że jest inaczej. Sama je widziałam.

– Nie zamierzamy niczego pani wmawiać – zapewniła pani Branwell. – Gdyby świat nie roił się od potworów, nie byliby potrzebni Nocni Łowcy.

Nocny Łowca. Tak Mroczne Siostry nazwały Willa Herondale'a. Will.

– Ja byłam... z Willem w piwnicach – dodała drżącym głosem Tessa. – Will powiedział... – Urwała i skarciła się w duchu. Nie powinna mówić o nim, używając jego imienia. To sugerowało nieistniejącą zażyłość między nimi. – Gdzie jest pan Herondale?

– Tutaj – odparła spokojnie pani Branwell. – W Instytucie.

– Mnie też tutaj przyprowadził? – zapytała szeptem Tessa.

Pani Branwell skinęła głową.

– Tak, ale nie powinna pani czuć się zdradzona, panno Gray. Bardzo mocno uderzyła się pani w głowę i Will się o panią martwił. Brat Enoch, choć jego wygląd może przerażać, jest zdolnym medykiem. Stwierdził, że uraz jest lekki, a głównie ucierpiała pani na skutek szoku i strachu. Prawdę mówiąc, byłoby lepiej, gdyby pani usiadła. Stojąc na bosaka w drzwiach, może się pani tylko przeziębić.

– Chodzi o to, że nie mogę stąd odejść – domyśliła się Tessa. Oblizała suche wargi.

– Jeśli zechce pani odejść, pozwolę na to, kiedy porozmawiamy – uspokoiła ją pani Branwell. – Nefilim nie więżą Podziemnych. Zabraniają tego Porozumienia.

– Nie wiem, o czym pani mówi.

Pani Branwell zawahała się, a następnie odwróciła do brata Enocha i powiedziała coś do niego ściszonym głosem. Ku uldze Tessy mężczyzna nasunął na twarz kaptur pergaminowej szaty. Jednakże chwilę później ruszył w jej stronę. Tessa pośpiesznie odsunęła się od drzwi, a mężczyzna otworzył je i zatrzymał się w progu.

I przemówił do Tessy. Choć słowo „przemówił" nie było właściwym określeniem. W jej głowie rozbrzmiał głos miękki jak futerko kota.

„Jesteś eidolonem, Thereso Gray. Zmiennokształtną. Ale z rodzaju, który nie jest mi znany. Nie nosisz znaku demona".

Zmiennokształtna. Ten człowiek wiedział, kim ona jest. Tessa patrzyła na niego z bijącym sercem, kiedy wychodził z pokoju i zamykał za sobą drzwi. Czuła, że gdyby do nich podbiegła i chwyciła za klamkę, okazałyby się zamknięte, ale i tak opuściła ją już chęć ucieczki. Kolana miała jak z waty. Osunęła się na jedno z dużych krzeseł stojących przy łóżku.

– O co chodzi? – zapytała pani Branwell, siadając naprzeciwko Tessy. Jej suknia była tak luźna, że trudno było stwierdzić, czy nosi pod nią gorset. Kości nadgarstków miała drobne jak u dziecka. – Co pani powiedział Brat Enoch?

Tessa pokręciła głową i splotła dłonie na podołku, żeby pani Branwell nie zobaczyła, jak mocno drżą.

Kobieta zmierzyła ją uważnym spojrzeniem.

– Po pierwsze, proszę mi mówić Charlotte, panno Gray. Jak wszyscy w Instytucie.

Gdy odchyliła się lekko w tył na krześle, Tessa z zaskoczeniem zobaczyła, że ona też ma ciemne tatuaże... Kobieta z tatuażami! Znaki takie same jak u Willa: na nadgarstkach pod ciasnymi mankietami sukni i jeden w kształcie oka na wierzchu lewej dłoni.

– Po drugie, pozwól, że powiem, co już wiem na pani temat, Thereso. – Jej ton był spokojny, ale spojrzenie, choć nadal łagodne, przeszywało Tessę na wskroś. – Jest pani Amerykanką. Przybyła pani tutaj z Nowego Jorku, w ślad za bratem, który wysłał pani bilet na parowiec. Ma na imię Nathaniel.

Tessa zamarła.

– Skąd pani to wszystko wie?

– Wiem, że Will znalazł panią w domu Mrocznych Sióstr – ciągnęła Charlotte. – Oświadczyła pani, że wkrótce przyjdzie po panią ktoś zwany Mistrzem, ale nie ma pani pojęcia, kim on jest. W walce z Mrocznymi Siostrami straciła pani przytomność i została przyniesiona tutaj.

Słowa pani Branwell były jak klucz otwierający drzwi. Nagle Tessa wszystko sobie przypomniała – jak biegła z Willem korytarzem; metalowe drzwi i pokój pełen krwi; panią Black z uciętą głową; Willa rzucającego nożem...

– Pani Black – wyszeptała.

– Nie żyje – oznajmiła Charlotte. – Z całą pewnością. – Oparła się. Wyglądała jak dziecko siedzące na krześle rodziców.

– A pani Dark?

– Zniknęła. Przeszukaliśmy cały dom i jego okolice, ale jej nie znaleźliśmy.

– Cały dom? – Głos Tessy drżał lekko. – I nikogo w nim nie było? Nikogo żywego albo... martwego?

– Nie znaleźliśmy pani brata, panno Gray – powiedziała Charlotte łagodnym tonem. – Ani w domu, ani w żadnym z okolicznych budynków.

– Szukaliście go? – zdziwiła się Tessa.

– Nie znaleźliśmy go – powtórzyła Charlotte. – Ale znaleźliśmy pani listy.

– Moje listy?

– Listy, które pisała pani do brata, ale nigdy ich nie wysłała. Leżały schowane pod pani materacem.

– Przeczytaliście je?

– Musieliśmy przeczytać – odrzekła Charlotte tym samym łagodnym tonem. – Przepraszam. Nieczęsto do Instytutu trafia Podziemny albo ktoś, kto nie jest Nocnym Łowcą. To dla nas zawsze poważne zagrożenie. Musieliśmy się upewnić, że nie jest pani niebezpieczna.

Tessa odwróciła głowę w bok. Nie podobało się jej wcale, że ta obca kobieta przeczytała jej najskrytsze myśli, marzenia i obawy, które zapisywała, nie sądząc, że ktoś je kiedykolwiek zobaczy. Poczuła pieczenie w oczach, ale odpędziła łzy, wściekła na siebie, na wszystko.

– Stara się pani nie rozpłakać – stwierdziła Charlotte. – Mnie w takich sytuacjach czasami pomaga spojrzenie prosto w jasny blask. Niech pani spróbuje z magicznym światłem.

Tessa przesunęła wzrok na kamień w ręce pani Branwell. Gdy na niego spojrzała, zajaśniał jak wybuchające słońce.

– Więc uznaliście, że nie stanowię zagrożenia? – spytała mimo ściskania w gardle.

– Chyba że tylko dla siebie – odparła Charlotte. – Taka moc jak pani, moc zmieniania kształtu... Nic dziwnego, że Mroczne Siostry chciały dostać panią w swoje ręce. Inni też będą próbowali.

– Na przykład wy? – rzuciła chłodnym tonem Tessa. – Czy zamierzacie udawać, że wpuściliście mnie do swojego cennego Instytutu z litości?

Wyraz twarzy Charlotty świadczył o tym, że zrobiło jej się przykro. Szybko zniknął, ale był tak prawdziwy, że przekonał Tessę bardziej niż wszelkie zapewnienia.

– To nie litość, tylko nasza praca. Nasze powołanie.

Tessa spojrzała na nią pustym wzrokiem.

– Może będzie lepiej, jeśli pani wyjaśnię, kim jesteśmy i co robimy – rzekła Charlotte.

– Jesteście Nefilim – powiedziała Tessa. – Tak Mroczne Siostry nazwały pana Herondale'a. – Wskazała na czarne tatuaże na ręce Charlotte. – Pani też jest jedną z nich, prawda? To dlatego nosicie te... znaki?

Pani Branwell skinęła głową.

– Należę do Nefilim, Nocnych Łowców. Stanowimy... rasę ludzi o szczególnych zdolnościach. Jesteśmy silniejsi i szybsi niż większość zwykłych śmiertelników. Potrafimy ukrywać się pod czarami. A szczególnie zręczni jesteśmy w zabijaniu demonów.

– Demonów? Z piekła?

– Istnieją różne teorie co do pochodzenia demonów. Na pewno wiemy tylko to, że są złymi istotami. Z bardzo daleka przybywają na ten świat, żeby siać zniszczenie. Spustoszyłyby go doszczętnie i zabiły jego mieszkańców, gdybyśmy temu nie zapobiegali. – W głosie pani Branwell brzmiało napięcie. – Tak jak zadaniem policji jest chronić obywateli tego miasta przed sobą nawzajem, tak nasza praca polega na bronieniu ich przed demonami i innymi nadnaturalnymi niebezpieczeństwami. Kiedy są popełniane zbrodnie, które wpływają na Świat Cieni, kiedy łamane jest nasze prawo, musimy przeprowadzić śledztwo. Jesteśmy do tego zobowiązani, nawet jeśli usłyszymy tylko pogłoski o łamaniu Prawa Przymierza. Will opowiadał pani o dziewczynce zamordowanej w zaułku. Znaleziono tylko to jedno ciało, ale były inne zaginięcia, plotki o przyziemnych chłopcach i dziewczętach znikających z biedniejszych ulic miasta. Używanie magii do zabijania ludzi jest wbrew Prawu i dlatego podlega naszej jurysdykcji.

– Pan Herondale wydaje się bardzo młody jak na kogoś w rodzaju policjanta.

– Nocni Łowcy szybko dorastają, a Will nie prowadzi śledztw sam. – Charlotte nie wydawała się skłonna do rozwijana tematu. – Ale to nie wszystko, co robimy. Strzeżemy również Przymierza i Porozumień, od których zależy pokój w Podziemnym Świecie.

Will też użył tego określenia.

– Podziemny Świat? Co to za miejsce?

– Podziemni to istoty... osoby, których pochodzenie jest w części nadnaturalne. Wampiry, wilkołaki, faerie, czarownicy... oni wszyscy należą do Podziemnego Świata.

Tessa osłupiała. Skrzaty występują w bajkach dla dzieci, a wampiry w tanich powieściach grozy.

– Te stworzenia istnieją naprawdę?

– Pani też jest Podziemną – stwierdziła Charlotte. – Brat Enoch to potwierdził. Tylko nie wiemy, jakiego gatunku. Rodzaj magii, którą pani uprawia, nie jest czymś, co potrafiłby zrobić zwykły człowiek. Ani nikt z nas, Nocnych Łowców. Will sądzi, że najprawdopodobniej jest pani czarownicą, ja też tak uważam, ale wszyscy czarownicy mają pewne cechy, które ich wyróżniają spośród innych Podziemnych. Skrzydła, kopyta, błona między palcami albo, jak w przypadku pani Black, szpony. Ale pani z wyglądu jest człowiekiem. I z pani listów jasno wynika, że oboje pani rodzice byli ludźmi.

Tessa wytrzeszczyła oczy.

– Dlaczego mieliby nie być ludźmi?

Zanim Charlotte zdążyła odpowiedzieć, drzwi się otworzyły i do pokoju weszła smukła ciemnowłosa dziewczyna w białym czepku i fartuchu, niosąca tacę z herbatą. Postawiła ją na stoliku między nimi.

– Dziękuję, Sophie – powiedziała Charlotte z wyraźną ulgą w głosie. – To jest panna Gray. Będzie dziś wieczorem naszym gościem.

Pokojówka odwróciła się do Tessy i dygnęła.

– Proszę pani.

Tessa nie zdążyła się zdziwić z powodu tego „proszę pani", bo w tym momencie dziewczyna uniosła głowę i jej twarz stała się wyraźnie widoczna. Byłaby bardzo ładna – błyszczące orzechowe oczy, gładka skóra, usta miękkie, o delikatnym kształcie – gdyby nie gruba, srebrzysta blizna, która przecinała lewy policzek od kącika ust do skroni, zniekształcając rysy. Tessa próbowała ukryć wstrząs, ale najwyraźniej bez powodzenia, gdyż oczy służącej pociemniały.

– Sophie, przyniosłaś tę ciemnoczerwoną suknię, tak jak cię prosiłam? – spytała pani Branwell. – Możesz ją wyczyścić i przygotować dla Theresy?

Kiedy służąca kiwnęła głową i poszła do garderoby, Charlotte zwróciła się do Tessy:

– Pozwoliłam sobie wybrać dla pani jedną ze starych sukien naszej Jessamine. Ubranie, które miała pani na sobie, jest kompletnie zniszczone.

– Dziękuję – odparła sztywno Tessa. Nienawidziła być wdzięczna. Siostry przez cały czas twierdziły, że oddają jej przysługę, a co się okazało?

– Panno Gray. – Charlotte spojrzała na nią z powagą. – Nocni Łowcy i Podziemni nie są wrogami. Panująca między nami zgoda może nie jest łatwa, ale uważam, że Podziemnym można ufać, że od nich również zależy nasze ostateczne zwycięstwo w walce z królestwem demonów. Czy mogę jakoś panią przekonać, że nie zamierzamy pani wykorzystać?

– Ja... – Tessa wzięła głęboki wdech. – Kiedy Mroczne Siostry pierwszy raz powiedziały mi o mojej mocy, uznałam, że są szalone. Oświadczyłam, że coś takiego nie istnieje. Później wydawało mi się, że utknęłam w jakimś koszmarze razem z nimi. A potem zjawił się pan Herondale ze świecącym kamieniem i znał magię. Wtedy pomyślałam, że to jest ktoś, kto może mi pomóc. – Spojrzała na panią Branwell. – Ale wy najwyraźniej nie wiecie, dlaczego taka jestem ani nawet, kim jestem. A skoro nawet wy...

– Rzeczywiście nie jest łatwo dowiedzieć się, jak ten świat naprawdę wygląda, zobaczyć go w prawdziwej postaci – przyznała Charlotte. – Większość ludzi nigdy nie poznaje prawdy.

Większość nie potrafiłaby jej znieść. Ale ja czytałam pani listy. Wiem, że jest pani silna, panno Gray. Wytrzymała pani to, co zabiłoby inną młodą dziewczynę.

– Nie miałam wyboru. Zrobiłam to dla brata. Inaczej by go zabili.

– Niewiele osób by się na to zdobyło – stwierdziła pani Branwell. – Ale ja wiem z listów, że pani nigdy nawet nie rozważała takiej możliwości. – Pochyliła się. – Wywnioskowałam z nich również, że nie zna pani w Londynie nikogo, że oprócz brata nie ma pani żadnej rodziny.

Kiedy Tessa milczała, Charlotte dodała:

– Ma pani jakieś pojęcie, gdzie może być pani brat? Sądzi pani, że nie żyje?

Tessa wciągnęła z sykiem powietrze.

– Pani Branwell! – wykrzyknęła z naganą Sophie, podnosząc wzrok znad sukni koloru wina, którą czyściła szczotką.

Tessa osłupiała. Z książek, które w życiu przeczytała, wynikało jasno, że nie jest to kraj, gdzie służba karci pracodawców.

Tyle że Charlotte wcale się nie rozgniewała.

– Sophie to mój dobry anioł – powiedziała. – Prawdą jest, że czasami bywam zbyt bezpośrednia. Sądziłam, że może pani wie coś, co pomogłoby nam ustalić miejsce jego pobytu.

Tessa pokręciła głową.

– Mroczne Siostry powiedziały mi tylko, że jest zamknięty w bezpiecznym miejscu. Przypuszczam, że nadal tam przebywa, ale nie mam pojęcia, jak go znaleźć.

– Może zdołamy pani pomóc.

– Nie chcę waszej łaski ani nie oczekuję, że pozwolicie mi tutaj zostać – oświadczyła Tessa, zdając sobie sprawę, że to kłamstwo. – Mogę znaleźć sobie inne lokum.

– To nie byłaby żadna łaska. Prawo zobowiązuje nas do pomagania Podziemnym. Zostawienie pani na pastwę losu byłoby naruszeniem Porozumień, których bezwzględnie musimy przestrzegać. – Wzrok Charlotte był spokojny.

– I nie prosilibyście o nic w zamian? – W głosie Tessy brzmiała gorycz. – Nie wymagalibyście, żebym się zmieniała?

– Jeśli nie będzie pani chciała użyć swojej mocy, nie zmusimy pani do tego – zapewniła ją Charlotte. – Choć uważam, że umiejętność jej właściwego wykorzystania mogłaby się pani przydać...

– Nie! – Tessa krzyknęła tak głośno, że Sophie aż poskoczyła i upuściła szczotkę.

– Jak sobie pani życzy, panno Gray – oświadczyła Charlotte. – Mogłaby nam pani pomóc również w inny sposób. Z pewnością wie pani dużo o rzeczach, o których nie było mowy w listach. A my w zamian pomoglibyśmy pani w poszukiwaniach brata.

Tessa uniosła głowę.

– Naprawdę?

– Ma pani moje słowo. – Charlotte wstała z krzesła. Żadna z nich nie tknęła herbaty. – Sophie, pomożesz pannie Gray się ubrać i przyprowadzić ją na kolację?

– Kolację? – Po rewelacjach na temat Nefilim, Podziemnego Świata, wróżek, wampirów i demonów zaproszenie do stołu wydawało się niemal szokująco zwyczajną rzeczą.

– Oczywiście. Dochodzi siódma. Willa pani już zna. Teraz pozna pani innych. Może pani się przekona, że można nam ufać.

Ukłoniwszy się krótko, Charlotte wyszła z pokoju. Kiedy drzwi się za nią zamknęły, Tessa potrząsnęła głową. Ciotka Harriet była władcza, ale w porównaniu z panią Branwell...

– Jest surowa, ale naprawdę bardzo dobra – odezwała się Sophie, kładąc na łóżku wyczyszczoną suknię. – Nie znam nikogo o lepszym sercu.

Tessa dotknęła czubkiem palca rękawa z ciemnoczerwonej satyny. Jeszcze nigdy nie miała na sobie równie ładnej rzeczy. Suknia była w pasie i wzdłuż brzegu ozdobiona wstążką z czarnej mory.

– Chce pani, żebym pomogła jej się ubrać do kolacji? – zapytała Sophie.

Tessa przypomniała sobie słowa ciotki Harriet, że człowieka poznaje się nie po tym, co mówią o nim jego przyjaciele, ale po tym, jak traktuje służących. Skoro pokojówka uważała, że Charlotte ma dobre serce, pewnie tak było.

Uniosła głowę.

– Będę ci wdzięczna, Sophie.

***

Do tej pory Tessie pomagała przy ubieraniu tylko ciotka. Suknia najwyraźniej została uszyta dla drobniejszej dziewczyny, bo choć Tessa była szczupła, Sophie musiała mocno zasznurować jej gorset, żeby na nią pasowała. Robiąc to, cmokała cicho.

– Pani Branwell nie uznaje ciasnego sznurowania – wyjaśniła. – Mówi, że to powoduje bóle głowy i osłabienie, a Nocny Łowca nie może sobie pozwolić na słabość. Ale panna Jessamine lubi dopasowane suknie.

– Cóż, ja nie jestem Nocnym Łowcą – odparła Tessa, z trudem łapiąc oddech.

– Właśnie – zgodziła się Sophie, sprawnie posługując się małym haczykiem do zapinania guzików. – Gotowe. I co pani o tym sądzi?

Tessa spojrzała na swoje odbicie w lustrze i osłupiała. Suknia była wyraźnie na nią za ciasna, skrojona tak, żeby przylegać do ciała. Za bardzo opinała jej figurę od skromnego biustu aż do bioder, a tam pęczniała w fałdy udrapowane z tyłu. Odwinięte rękawy były przy mankietach ozdobione koronkami. Tessa stwierdziła, że w tym stroju wygląda... na starszą i trochę obcą, ale przynajmniej nie jak tragiczny strach na wróble, którego widywała w lustrze w Mrocznym Domu. A jeśli po którejś Zmianie nie wróciłam całkowicie do swojej postaci? Jeśli to nie jest moja prawdziwa twarz? Omal nie zemdlała na tę myśl.

– Jest pani trochę blada – stwierdziła Sophie, taksując wzrokiem jej odbicie w lustrze. Ale przynajmniej nie uznała, że suknia jest zbyt obcisła. – Może pani uszczypnąć się w policzki, żeby odzyskać kolory. Tak robi panna Jessamine.

Tessa skorzystała z tej rady, podziękowała Sophie i wyszła z sypialni na długi kamienny korytarz. Charlotte, która tam na nią czekała, szybkim krokiem ruszyła przed siebie, a Tessa podążyła za nią, lekko utykając. Mimo niskich obcasów czarne jedwabne buciki nie okazały się łaskawe dla jej obolałych stóp.

Instytut trochę przypominał zamek: sufit ginął w mroku, na ścianach wisiały gobeliny. Albo przynajmniej tak Tessa wyobrażała sobie wnętrze pałacu. Na arrasach powtarzały się motywy gwiazd, mieczy oraz takie same wzory, jakie widziała na skórze Willa i Charlotte. Najczęściej jednak pojawiał się na nich jeden obraz: anioła wstającego z jeziora, z mieczem w jednej dłoni i kielichem w drugiej.

– To był kiedyś kościół – wyjaśniła Charlotte, odpowiadając na niezadane pytanie Tessy. – Spłonął w czasie wielkiego pożaru Londynu. Potem my przejęliśmy ten teren i na ruinach starego kościoła zbudowaliśmy Instytut. Uświęcona ziemia jest bardzo ważna dla naszej działalności.

– Ludzie nie uważają za dziwne, że zbudowaliście sobie siedzibę na miejscu spalonej świątyni? – zapytała Tessa, starając się dotrzymać kroku gospodyni.

– Nie wiedzą o tym – odparła Charlotte. – Przyziemni, jak nazywamy zwykłych ludzi, nie są świadomi naszej obecności. Dla nich to miejsce wygląda jak pusta parcela. Poza tym, Przyziemni nie interesują się zbytnio tym, co ich bezpośrednio nie dotyczy.

Po tych słowach odsunęła się i przepuściła ją w drzwiach dużego, jasno oświetlonego pokoju.

Tessa zamrugała oślepiona. Pokój był tak duży, że mieścił się w nim stół na dwadzieścia osób. Ogromny żyrandol zalewał pomieszczenie żółtawym blaskiem. Nad kredensem zastawionym kosztowną porcelaną wisiało lustro w złoconych ramach, biegnące przez całą długość jadalni. Środek stołu zdobiła niska szklana czara z białymi kwiatami. Wszystko było gustowne i bardzo zwyczajne. Nic w tym pokoju nie zdradzało, kim są mieszkańcy domu.

Choć cały stół był nakryty białym obrusem, tylko jeden jego koniec zajmowała zastawa dla pięciu osób. Siedzieli przy nim Herondale i jasnowłosa dziewczyna mniej więcej w wieku Tessy, w lśniącej wydekoltowanej sukni. Ci dwoje starannie ignorowali się nawzajem. Kiedy Charlotte i Tessa weszły do jadalni, Will z wyraźną ulgą podniósł na nie wzrok.

– Will, pamiętasz pannę Gray? – spytała pani Branwell.

– Moje wspomnienia są bardzo żywe – odparł Will. Już nie miał na sobie dziwnego czarnego stroju, który nosił dzień wcześniej, tylko zwykłe spodnie i szarą marynarkę z czarnym aksamitnym kołnierzem, przy której jego oczy wydawały się jeszcze bardziej niebieskie. Uśmiechnął się szeroko, a Tessa zarumieniła się i szybko uciekła wzrokiem.

– A Jessamine... Jessie, spójrz, to jest panna Theresa Gray. Panno Gray, oto panna Jessamine Lovelace.

– Miło mi poznać – wymamrotała dziewczyna.

Tessa nie mogła oderwać od niej oczu. Panna Lovelace była wyjątkowo ładna. W powieściach takie osoby nazywano angielskimi różami: jasne włosy o srebrzystym połysku, piwne oczy i mleczna cera. Miała na sobie błękitną suknię i pierścionki na prawie wszystkich palcach. Nawet jeśli jej skórę znaczyły takie same tatuaże jak u Willa i pani Branwell, nie było ich widać.

Herondale zmierzył dziewczynę nienawistnym spojrzeniem i zwrócił się do Charlotte.

– Gdzie twój nawiedzony mąż?

Charlotte usiadła i wskazała Tessie miejsce naprzeciwko siebie, obok Willa.

– Henry jest w pracowni. Posłałam po niego Thomasa. Będzie za chwilę.

– A Jem?

Pani Branwell rzuciła mu ostrzegawcze spojrzenie i odparła krótko, że Jem nie czuje się dobrze.

– Ma jeden z tych swoich dni.

– On zawsze ma jeden z tych swoich dni – skomentowała z niechęcią panna Lovelace.

Tessa już miała zapytać, kim jest Jem, kiedy do jadalni weszła Sophie, a za nią pulchna kobieta w średnim wieku, z siwymi włosami wymykającymi się z koka. Obie zaczęły serwować potrawy stojące na kredensie: pieczone prosię, ziemniaki, pikantną zupę i świeże rogaliki z żółtym śmietankowym masłem. Tessie nagle zakręciło się w głowie, gdy uświadomiła sobie, jaka jest głodna. Łapczywie ugryzła rogalik, ale zmieszała się, widząc, że panna Lovelace na nią patrzy.

– Chyba nigdy wcześniej nie widziałam jedzącego czarownika – stwierdziła wyniośle dziewczyna. – Pewnie nie musi pani nawet dbać o linię? Może pani użyć magii, żeby pozostać szczupłą.

– Nie wiemy na pewno, czy ona jest czarownikiem, Jessie – odezwał się Will.

Panna Lovelace go zignorowała i nachyliła się do Tessy.

– To chyba okropne być takim złym? Boi się pani, że pójdzie do piekła? Jaki jest diabeł, pani zdaniem?

Tessa odłożyła widelec.

– Chciałaby go pani poznać? Mogę go wezwać w każdej chwili, jeśli pani chce.

Will parsknął śmiechem, Jessamine zmrużyła oczy.

– Nie ma potrzeby być nieuprzejmym... – zaczęła, ale urwała w pół zdania, kiedy Charlotte wyprostowała się na krześle i krzyknęła ze zdumieniem:

– Henry!

W łukowatych drzwiach jadalni stał znajomy, wysoki mężczyzna z szopą rudych włosów i orzechowymi oczami. Miał na sobie skórzany roboczy fartuch narzucony na koszulę i jaskrawą kamizelkę w paski. Jego spodnie były ubrudzone czymś, co wyglądało na pył węglowy. Ale nie z tego powodu pani Branwell krzyknęła. Z lewej ręki jej męża unosiły się smużki czarnego dymu, małe płomyki lizały rękaw powyżej łokcia.

– Charlotte, kochanie – powiedział Henry do żony, która wpatrywała się w niego z przerażeniem. Siedząca obok niej Jessamine też miała wytrzeszczone oczy. – Przepraszam za spóźnienie. Wiesz, chyba udało mi się uruchomić Sensor...

– Henry, ty płoniesz – przerwał mu Will. – Wiesz o tym, prawda?

– O, tak – z entuzjazmem potwierdził pan Branwell. Płomienie sięgały teraz jego barku. – Pracowałem jak opętany przez cały dzień. Charlotte, słyszałaś, co powiedziałem o Sensorze?

Jego żona odjęła dłoń od ust.

– Henry! – wrzasnęła. – Twoje ramię!

Pan Branwell spojrzał na swoją rękę i osłupiał.

– Cholera jasna! – Tylko tyle zdążył wykrztusić, bo Will, wykazując się przytomnością umysłu, zerwał się z krzesła, chwycił ze stołu wazon i chlusnął jego zawartością na Henry'ego.

Płomienie zgasły z cichym sykiem protestu. Branwell stał przemoczony w progu, z osmalonym rękawem marynarki i tuzinem mokrych białych kwiatów u stóp.

Po chwili uśmiechnął się szeroko i poklepał nadpalony materiał z wyrazem zadowolenia na twarzy.

– Wiecie, co to oznacza?

Will odstawił wazon na stół.

– Że się podpaliłeś i nawet tego nie zauważyłeś?

– Że niepalna mikstura, którą opracowałem w zeszłym tygodniu, działa! – oznajmił z dumą Henry. – Ten rękaw musiał płonąć od dobrych dziesięciu minut, a nawet nie przepalił się na wylot! – Zerknął na swoje ramię. – Może powinienem podpalić drugi, żeby zobaczyć, jak długo...

– Henry – odezwała się jego żona, która już zdążyła otrząsnąć się z szoku – jeśli z premedytacją się podpalisz, wystąpię o rozwód. Siadaj i jedz kolację. Ale najpierw przywitaj się z naszym gościem.

Henry usiadł posłusznie i spojrzał przez stół na Tessę. Zamrugał zdziwiony.

– Znam panią – stwierdził. – To pani mnie ugryzła! – Wyglądał na uradowanego, jakby przywołał miłe wspomnienie.

Charlotte posłała mężowi zrozpaczone spojrzenie.

– Pytałaś pannę Gray o Klub Pandemonium? – odezwał się Will.

Klub Pandemonium.

– Znam tę nazwę – oznajmiła Tessa. – Widziałam ją na boku powozu pani Dark.

– To organizacja – wyjaśniła Charlotte. – Stara organizacja Przyziemnych, którzy interesują się sztukami magicznymi. Na swoich spotkaniach próbują rzucać czary, wzywać demony i duchy. – Westchnęła ciężko.

Jessamine prychnęła.

– Zupełnie ich nie rozumiem – stwierdziła. – Bawią się w rzucanie czarów, noszą szaty z kapturami i wzniecają małe pożary. To śmieszne.

– O, robią dużo więcej rzeczy – rzekł Will. – Są w Podziemnym Świecie potężniejsi, niż sądzisz. Wiele bogatych i ważnych osobistości przyziemnego społeczeństwa to członkowie...

– Tym głupsze jest to wszystko – przerwała mu Jessamine, potrząsając głową. – Mają pieniądze i władzę. Po co bawią się magią?

– Dobre pytanie – poparła ją Charlotte. – Przyziemni angażujący się w sprawy, o których nie mają pojęcia, mogą bardzo źle skończyć.

Will wzruszył ramionami.

– Kiedy próbowałem wytropić źródło symbolu wyrytego na nożu, który znaleźliśmy z Jemem w zaułku, skierowano mnie do Klubu Pandemonium. Jego członkowie z kolei skierowali mnie do Mrocznych Sióstr. To ich symbol, dwa węże. Siostry nadzorują sieć tajnych domów gry odwiedzanych przez Podziemnych. Szulernie zwabiały Przyziemnych, a kiedy ci tracili pieniądze w magicznych grach i wpadali w długi, Mroczne Siostry wymuszały ich zwrot w zabójczych ratach. – Will spojrzał na Charlotte. – Prowadzą też inne, bardzo podejrzane interesy. Dom, w którym przetrzymywały Tessę, to burdel Podziemnych obsługujący Przyziemnych o nietypowych upodobaniach.

– Will, nie jestem pewna... – zaczęła pani Branwell.

– Hmm – mruknęła Jessamine. – Nic dziwnego, że tak się paliłeś, żeby tam pójść, Williamie.

Jeśli chciała zirytować Herondale'a, ta sztuka jej się nie udała. Równie dobrze mogła się nie odzywać, bo Will w ogóle nie zwrócił na nią uwagi. Patrzył przez stół na Tessę, lekko unosząc brwi.

– Obraziłem panią, panno Gray? Przypuszczam, że po tym, co pani widziała, nie jest łatwo panią wstrząsnąć.

– Nie jestem obrażona, panie Herondale. – Na przekór tym słowom Tessa poczuła, że jej twarz płonie. Dobrze wychowane młode damy nie wiedziały, co to jest burdel, a z pewnością nie wymawiały tego słowa w mieszanym towarzystwie. Morderstwo to jedna rzecz, ale coś takiego... – Ja... hm, nie rozumiem, jak to możliwe – powiedziała, siląc się na obojętny ton. – Nie widziałam, żeby ktoś tam przychodził. Nikt również tam nie mieszkał oprócz służącej i woźnicy.

– Rzeczywiście, dom był opuszczony – przyznał Will. – Najwyraźniej postanowili zawiesić interes, może po to, żeby panią odizolować. – Zerknął na Charlotte. – Myślisz, że brat panny Gray ma tę samą zdolność? Może dlatego Mroczne Siostry go porwały?

Tessa z ulgą przyjęła zmianę tematu.

– Mój brat nigdy nie wykazywał tego rodzaju uzdolnień... ale z drugiej strony, ja też nie, dopóki nie odnalazły mnie Mroczne Siostry.

– Jaki ma pani talent? – zainteresowała się panna Lovelace. – Charlotte nie chciała mi powiedzieć.

– Jessamine! – skarciła ją pani Branwell.

– Nie sądzę, żeby miała jakieś szczególne zdolności – ciągnęła dziewczyna. – Myślę, że po prostu jest zwykłą oszustką, która wie, że jeśli jej uwierzymy, będziemy musieli traktować ją dobrze ze względu na Porozumienia.

Tessa zacisnęła zęby i wspomniała słowa ciotki Harriet: „Nie trać opanowania i nie kłóć się z bratem tylko dlatego, że on się z tobą drażni". Ale teraz wszyscy na nią patrzyli: Henry z zaciekawieniem w orzechowych oczach, Charlotte spojrzeniem ostrym jak szkło, Jessamine z ledwo skrywaną pogardą, a Will z chłodnym rozbawieniem. A jeśli oni naprawdę myśleli tak samo jak panna Lovelace... nawet Charlotte? Jeśli sądzili, że żebrze o litość? Ciotka Harriet nie tylko nie pochwalała wybuchów gniewu, ale nigdy nie przyjęłaby jałmużny.

To Will odezwał się pierwszy, patrząc na nią z uwagą.

– Może pani zachować to w sekrecie – powiedział miękko. – Ale tajemnice bywają dużym ciężarem.

Tessa uniosła głowę.

– Nie chcę niczego ukrywać – oświadczyła. – Byłoby mi jednak łatwiej pokazać, co potrafię, niż o tym mówić.

– Doskonale! – ucieszył się Henry. – Lubię pokazy. Jeśli czegoś pani potrzebuje, na przykład, lampę duchów albo...

– To nie jest seans, Henry – powiedziała ze znużeniem Charlotte i zwróciła się do gościa. – Nie musi pani tego robić, jeśli pani nie chce, panno Gray.

Tessa nie zareagowała na jej słowa, tylko spojrzała na Jessamine.

– Właściwie... czegoś potrzebuję. Poproszę o jakiś drobiazg należący do pani. Pierścionek, chusteczkę...

Panna Lovelace zmarszczyła nos.

– Czyżby pani specjalnością były kradzieże kieszonkowe?

Will łypnął na nią z irytacją i warknął:

– Daj pierścionek pannie Gray, Jessie. Masz ich dość.

Jessamine buntowniczo zadarła brodę.

– A może ty jej coś daj.

– Nie, to musi być rzecz należąca do pani – oświadczyła twardo Tessa. – Ze wszystkich tu obecnych, pani jest najbardziej do mnie zbliżona posturą. Gdybym przemieniła się w Charlotte, ubranie po prostu by ze mnie spadło.

– Dobrze. – Jessamine z rozdrażnieniem zdjęła z małego palca pierścionek z czerwonym kamieniem i przesunęła go po stole w stronę Tessy. – Lepiej, żeby było warto.

Z pewnością będzie. Tessa położyła pierścionek na lewej dłoni, zacisnęła wokół niego palce i zamknęła oczy.

Jak zwykle najpierw nic się nie działo, a potem w głębi jej umysłu coś rozbłysło, jakby zapaliła się świeca w ciemnym pokoju. Po omacku ruszyła w stronę blasku, tak jak nauczyły ją Mroczne Siostry. Trudno było opanować strach i nieśmiałość, ale robiła to już tyle razy, że wiedziała, czego się spodziewać:

zbliżanie się do światła pośród ciemności, wrażenie ciepła, jakby naciągała na siebie ciężki gruby koc, zakrywając każdy skrawek skóry. Później jasność otaczała ją zewsząd, a ona znajdowała się w cudzym ciele. W cudzym umyśle.

W umyśle Jessamine.

Była zaledwie na jego skraju, jej myśli ślizgały się po powierzchni myśli Jessamine jak palce po powierzchni wody. Mimo to zaparło jej dech. Przelotnie ujrzała obraz cukierka z czymś ciemnym w środku, jakby robakiem w jabłku. Poczuła urazę, gorzką nienawiść, gniew, straszliwą, gwałtowną tęsknotę...

Otworzyła oczy. Siedziała przy, stole ściskając w dłoni pierścionek Jessamine. Jak zwykle przy transformacjach skóra piekła ją od ostrych ukłuć dziesiątków szpilek. Czuła ciężar innego ciała, muskanie delikatnych włosów na ramionach – zbyt gęste, żeby przytrzymała je spinka Tessy, opadały na jej kark jasną kaskadą.

– Na Anioła! – wyszeptała Charlotte.

Tessa rozejrzała się wokół stołu. Wszyscy się w nią wpatrywali. Charlotte i Henry z otwartymi ustami, Will oniemiały, ze szklanką wody przytkniętą do warg. A Jessamine... patrzyła na nią z przerażeniem, jakby zobaczyła własnego ducha. Tessę ogarnęło poczucie winy.

Ale tylko na chwilę, bo pobladła Jessamine wolno odjęła rękę od ust i wykrzyknęła ze zgrozą:

– O, rany, mój nos jest ogromny! Dlaczego nikt mi tego nie powiedział?

Rozdział czwarty

Jesteśmy cieniami

„Prochem i cieniem jesteśmy".

– Horacy, *Pieśni*

Gdy tylko Tessa wróciła do swojej postaci, została zasypana pytaniami. Jak na ludzi, którzy żyli w świecie magii, Nefilim zebrani wokół stołu wydawali się zadziwiająco poruszeni jej pokazem, co tylko utwierdziło Tessę w podejrzeniach, że jej talent jest czymś niezwykłym. Nawet Charlotte, która o nim już wcześniej wiedziała, wyglądała na zafascynowaną.

– Więc musi pani trzymać w ręce przedmiot należący do osoby, w którą się pani zmienia? – spytała pani Branwell po raz drugi.

Sophie i druga kobieta, zapewne kucharka, zdążyły zebrać naczynia i teraz serwowały ciasta i herbatę, ale nikt z obecnych nie tknął deserów.

– Nie może pani po prostu patrzeć na kogoś i... – kontynuowała Charlotte.

– Już to wyjaśniałam. – Tessę rozbolała głowa. – Muszę trzymać coś, co należy do danej osoby. Cokolwiek. Włos, rzęsę. Inaczej nic się nie stanie.

– Myśli pani, że mogłaby to być fiolka krwi? – wtrącił Will tonem akademickiego zainteresowania.

– Prawdopodobnie... Nie wiem. Nigdy tego nie próbowałam. – Tessa wypiła łyk herbaty, który już zdążyła ostygnąć.

– I twierdzi pani, że Mroczne Siostry wiedziały o pani talencie, jeszcze zanim pani się o nim dowiedziała? – dociekała Charlotte.

Po zimnej herbacie został Tessie w ustach gorzki posmak.

– Tak. Właśnie dlatego mnie porwały.

Henry pokręcił głową.

– Ale skąd wiedziały? Nie rozumiem.

– Nie mam pojęcia – odparła Tessa nie po raz pierwszy. – Nigdy mi tego nie wyjaśniły, ale dokładnie wiedziały, co potrafię robić i jak mają mnie wyszkolić. Codziennie spędzały ze mną wiele godzin... – Przełknęła ślinę, gdy zaatakowały ją wspomnienia: całe dnie w piwnicy Mrocznego Domu, groźby, że Nate umrze, jeśli ona nie potrafi się zmieniać, agonię, kiedy w końcu się tego nauczyła. – Z początku to bolało – wyszeptała. – Jakby moje kości pękały, roztapiały się w ciele. Zmuszały mnie do Zmiany dwa, trzy, dziesięć razy w ciągu dnia, aż w końcu traciłam przytomność. Następnego ranka zaczynały od nowa. Byłam zamknięta w swoim pokoju, więc nie mogłam uciec... – Zaczerpnęła tchu. – Ostatniego dnia kazały mi przybrać postać dziewczynki, która niedawno umarła. Z jej wspomnień wynikało, że została dźgnięta sztyletem, że coś ją ścigało i zapędziło w ślepą uliczkę...

– Może to ta dziewczyna, którą znaleźliśmy z Jemem? – Will wyprostował się na krześle, jego oczy rozbłysły. – Domyśliliśmy się, że przed czymś uciekała w tamtą noc. Sądzę, że wysłali za nią Shaksa, żeby sprowadził ją z powrotem, ale ja go zabiłem. Pewnie się zastanawiali, co się z nim stało.

– Dziewczynka, w którą się zmieniłam, nazywała się Emma Bayliss – wyszeptała Tessa. – Miała bardzo jasne włosy, związane różowymi wstążkami... i była jeszcze dzieckiem.

Will pokiwał głową, jakby rozpoznawał opis.

– Pani Dark i pani Black były ciekawe, co się z nią stało, i dlatego kazały mi się w nią zmienić. Kiedy im powiedziałam, że Emma nie żyje, odniosłam wrażenie, że poczuły ulgę.

– Biedactwo – rzekła ze współczuciem Charlotte. – Więc potrafi pani zmieniać się w martwych? Nie tylko w żywych?

– Tak. Ich głosy odzywają się w mojej głowie, kiedy się zmieniam. Różnica polega na tym, że wielu z nich pamięta chwilę swojej śmierci.

– Brr. – Jessamine zadrżała. – To makabryczne.

Tessa spojrzała na Willa. Pana Herondale'a, poprawiła się w duchu, choć trudno było jej myśleć o nim w taki sposób. Wydawało się jej, że zna go od dawna.

– Znaleźliście mnie, bo szukaliście Emmy Bayliss – stwierdziła. – Ale ona była tylko martwą dziewczynką, martwą... Przyziemną. Po co zadawaliście sobie tyle trudu, żeby odkryć, co się z nią stało?

Ciemnoniebieskie oczy Nocnego Łowcy na chwilę spotkały się z jej oczami. Wyraz jego twarzy się zmienił. Była to tylko lekka zmiana, ale Tessa ją dostrzegła, choć nie umiała powiedzieć, co ona oznacza.

– Ja nie traciłbym czasu na tę sprawę, ale Charlotte nalegała. Gdy Jem i ja zinfiltrowaliśmy Klub Pandemonium i usłyszeliśmy plotki o innych morderstwach, zrozumieliśmy, że chodzi o coś więcej niż tylko o śmierć tej dziewczynki. Nieważne, czy lubimy Przyziemnych, nie możemy pozwolić, żeby systematycznie ich zabijano. Po to właśnie jesteśmy.

Charlotte pochyliła się nad stołem.

– Mroczne Siostry nigdy nie wspominały, jak zamierzają wykorzystać pani zdolności?

– Mówiły, że szykują mnie dla Mistrza – odparła Tessa.

– Po co? – zapytał Will. – Żeby panią zjadł na kolację?

– Twierdziły, że chce mnie poślubić.

– Poślubić? – prychnęła Jessamine, nie kryjąc pogardy. – To niedorzeczne. Pewnie szykowali krwawą ofiarę i nie chcieli, żeby pani wpadła w panikę.

– Nic mi o tym nie wiadomo – oświadczył Will. – Przeszukałem kilka pokoi, zanim znalazłem Tessę. Pamiętam, że jeden był, o dziwo, przygotowany jak do ceremonii ślubnej. Białe zasłony udrapowane wokół ogromnego łoża. Biała suknia w garderobie. Mniej więcej na wzrost panny Gray. – Zmierzył Tessę wzrokiem.

– Rytualne małżeństwo, właściwie wykorzystane, mogłoby dać komuś kontrolę nad pani talentem, Tesso – stwierdziła pani Branwell, w zamyśleniu bębniąc palcami w stół. – Jeśli chodzi o „Mistrza", zajrzałam do archiwów. Tego określenia często używano wobec głowy sabatu czarownic albo grupy magików, z rodzaju tych, za jakich uważa się Klub Pandemonium. Odnoszę wrażenie, że Mistrz i Klub Pandemonium są ze sobą ściśle powiązani.

– Śledziliśmy ich już wcześniej i nigdy nie udało się nam przyłapać ich na nielegalnej działalności – przypomniał Henry. – Nie jest wbrew prawu być idiotą.

– Na szczęście dla ciebie – mruknęła Jessamine.

Pan Branwell zrobił urażoną minę, ale nic nie powiedział. Charlotte zmroziła dziewczynę wzrokiem.

– Henry ma rację – stwierdził Will. – Jem i ja przyłapaliśmy ich co najwyżej na piciu absyntu zmieszanego z demonicznymi proszkami, i tak dalej. Dopóki robią krzywdę tylko sobie, raczej nie warto się w tę sprawę angażować. Ale gdyby posunęli się do krzywdzenia innych...

– Znasz któregoś z nich? – spytał Henry.

– Przyziemnych nie – odparł lekceważąco Will. – Nigdy nie było powodu, żeby próbować się tego dowiedzieć, kiedy wielu z nich zjawiało się na klubowych wieczorach zamaskowanych albo w przebraniu. Rozpoznałem natomiast paru Podziemnych: Magnusa Bane'a, lady Belcourt, Ragnora Fella, de Quinceya...

– De Quinceya? – powtórzyła Charlotte, wyraźnie zaniepokojona. – Mam nadzieję, że nie łamie prawa. Wiesz, ile mieliśmy kłopotu ze znalezieniem wampira, który by pośredniczył w kontaktach z Dziećmi Nocy.

– Kiedy go widziałem, był aniołem – zapewnił ją z uśmiechem Will.

Posławszy mu twarde spojrzenie, Charlotte odwróciła się do Tessy.

– Czy służąca... Miranda miała podobne zdolności jak pani? A co z Emmą?

– Nie sądzę. Gdyby tak było, ją również Mroczne Siostry by szkoliły, nieprawdaż? A Emma też niczego takiego nie pamiętała.

– I nigdy nie wspomniały o Klubie Pandemonium? I swoich planach?

Tessa się zastanowiła. O czym rozmawiały Mroczne Siostry, kiedy myślały, że ona nie słyszy?

– Nie sądzę, żeby kiedykolwiek wymieniły nazwę klubu, ale czasami mówiły o spotkaniach, w których zamierzały wziąć udział, o tym, że inni członkowie będą zadowoleni, kiedy zobaczą, jak dobrze im ze mną idzie. Raz usłyszałam nazwisko... – Tessa zmarszczyła brwi, wysilając pamięć. – Ale pamiętam tylko, że brzmiało jakoś obco...

Pani Branwell pochyliła się nad stołem.

– Może pani spróbować sobie przypomnieć?

Charlotte nie miała żadnych złych zamiarów, ale jej głos przywołał wspomnienie innych głosów: ponaglających ją, żeby sięgnęła w głąb siebie, żeby wykorzystała swoją moc. Głosów, który stawały się twarde i zimne z byle powodu. Głosów, które jej pochlebiały, groziły, kłamały.

Tessa usiadła prosto i zapytała:

– Po pierwsze, co z moim bratem?

Charlotte zamrugała.

– Z pani bratem?

– Obiecała pani, że jeśli udzielę wam informacji na temat Mrocznych Sióstr, pomożecie mi znaleźć brata. Powiedziałam wam, co wiem, a nadal nie mam pojęcia, gdzie jest Nate.

– Och. – Charlotte odchyliła się na oparcie krzesła. – Jutro zaczniemy go szukać – zapewniła. – Zaczniemy od jego pracy, porozmawiamy z pracodawcą. Mamy kontakty w najróżniejszych miejscach, panno Gray. Podziemni plotkują tak samo jak Przyziemni. W końcu dotrzemy do osoby, która coś wie o pani bracie.

***

Po kolacji Tessa pożegnała się z ulgą i odrzuciła propozycję Charlotte odprowadzenia jej do pokoju. Chciała wreszcie zostać sama ze swoimi myślami.

Ruszyła korytarzem oświetlonym przez pochodnie, wspominając dzień, w którym zeszła ze statku w Southampton. Przybyła do Anglii, nie znając tu nikogo oprócz brata, i w rezultacie Mroczne Siostry zmusiły ją, żeby im służyła. Teraz trafiła na Nocnych Łowców, ale skąd wiadomo, czy oni potraktują ją lepiej? Zależało im na informacjach, które miała, a skoro już dowiedzieli się o jej mocy, może również zechcą ją wykorzystać, tak jak pani Black i pani Dark?

Pogrążona w myślach omal nie wpadła na ścianę. Zatrzymała się raptownie i rozejrzała, marszcząc brwi. Szła o wiele dłużej niż wcześniej do jadalni razem z Charlotte, ale jeszcze nie dotarła do swojego pokoju. Prawdę mówiąc, nie była nawet pewna, czy jest we właściwej części domu. Znajdowała się w holu z arrasami i pochodniami na ścianach, ale czy to był ten sam hol? Niektóre korytarze były bardzo jasne, niektóre mroczne, pochodnie płonęły zmiennym blaskiem. Czasami się rozjarzały, a potem przygasały, kiedy je mijała, jakby reagowały na bodziec, którego ona nie dostrzegała. Tutaj akurat panował półmrok. Tessa ruszyła ostrożnie w stronę miejsca, gdzie korytarz się rozwidlał.

– Zgubiła się pani? – usłyszała za sobą głos. Przeciągający sylaby, arogancki, znajomy.

Herondale.

Tessa odwróciła się i zobaczyła, że Will opiera się o ścianę w niedbałej pozie, ze skrzyżowanymi przed sobą stopami w zdartych butach. W ręce trzymał jaśniejący kamień. Kiedy na niego spojrzała, schował go do kieszeni. Światło zgasło.

– Powinienem oprowadzić panią po Instytucie, panno Gray, jeśli się pani zgodzi – zaproponował.

Tessa zmrużyła oczy.

– Oczywiście, może pani nadal wędrować po nim sama – ciągnął Will. – Powinienem jednak panią ostrzec, że co najmniej trojga z czworga drzwi Instytutu nie powinna pani otwierać. Jedne, na przykład, prowadzą do pokoju, w którym trzymamy schwytane demoniczne dusze, a one potrafią być dość niemiłe. Jest jeszcze zbrojownia. Niektóre rodzaje broni mają swój własny rozum i są ostre. I mamy też pokój wychodzący w pustkę, dla zmylenia intruzów, ale znajdując się na szczycie kościoła, nie chciałaby pani potknąć się przypadkiem i...

– Nie wierzę panu – przerwała mu Tessa. – Jest pan kiepskim kłamcą, panie Herondale. Mimo to... – Przygryzła wargę. – Nie chcę błądzić. Może mi pan pokazać Instytut, jeśli mi pan obieca jedną rzecz: żadnych sztuczek.

Will złożył obietnicę i ku zaskoczeniu Tessy dotrzymał słowa. Poprowadził ją ciągiem identycznych korytarzy, informując przy tym, ile pokoi jest w Instytucie (więcej niż można zliczyć), ilu Nocnych Łowców może w nim mieszkać jednocześnie (setki), pokazał jej dużą salę balową, w której co roku wydawano świąteczne przyjęcie dla Enklawy, czyli dla grupy Nocnych Łowców mieszkających w Londynie. (W Nowym Jorku, dodał Will, Nefilim używali określenia Konklawe. Amerykańscy Nocni Łowcy najwyraźniej mieli własne słownictwo).

Po sali balowej przyszła kolej na kuchnię, gdzie Herondale przedstawił kobietę, którą Tessa wcześniej widziała w jadalni. Agatha siedziała przy dużym stole, coś szyła i jednocześnie paliła wielką fajkę. Uśmiechnęła się pobłażliwie, kiedy Will wziął z talerza kilka jeszcze gorących ciasteczek czekoladowych. Jednym poczęstował Tessę, ale ona się wzdrygnęła.

– O, nie. Nie znoszę czekolady.

Herondale wyglądał na wstrząśniętego.

– Jak można nie znosić czekolady?

– On je wszystko, odkąd skończył dwanaście lat – odezwała się z łagodnym uśmiechem Agatha. – Pewnie tylko dzięki treningom nie tyje.

Rozbawiona myślą o grubym Willu, Tessa pochwaliła ogromną kuchnię, w której można było gotować dla setek ludzi, pełną przetworów, zup w słoikach i przypraw. Na wolnym ogniu piekł się na haku wielki kawał wołowiny.

– Dobre posunięcie z tymi komplementami – powiedział Will, kiedy wyszli z kuchni. – Teraz Agatha na pewno panią polubi. Nie jest dobrze, kiedy Agatha kogoś nie lubi. Wrzuca wtedy kamyki do owsianki.

– O, rany – mruknęła Tessa, ale nie zdołała ukryć uśmiechu.

Następnie udali się do pokoju muzycznego, w którym stały harfy i stary fortepian zbierający kurz. Kilka stopni niżej znajdowała się bawialnia, miłe pomieszczenie o ścianach wyłożonych tapetą w jasny wzór z liści i lilii zamiast nagiego kamienia. W dużym kominku płonął ogień, przed nim stało parę wygodnych foteli. Gdy Will powiedział, że przy wielkim drewnianym biurku Charlotte zajmuje się sprawami Instytutu, Tessie przemknęło przez myśl pytanie, co i gdzie robi Henry Branwell.

Dalej mieściła się zbrojownia, jak się okazało ciekawsza od muzeum. Na ścianach, oprócz kolekcji przeróżnych zbroi, od nagolenników po pełne kolczugi, wisiały setki maczug, siekier, sztyletów, mieczy i noży, a nawet kilka pistoletów. Za wysokim stołem siedział młody, potężnie zbudowany mężczyzna o ciemnobrązowych włosach i polerował krótkie sztylety. Uśmiechnął się szeroko, kiedy weszli.

– Dobry wieczór, panie Willu.

– Dobry wieczór, Thomasie. Poznaj pannę Gray. – Herondale wskazał na Tessę.

– Był pan w Mrocznym Domu! – wykrzyknęła Tessa, przyjrzawszy się Thomasowi. – Zjawił się pan razem z panem Branwellem. Myślałam...

– Że jestem Nocnym Łowcą? – Thomas uśmiechnął się szeroko. Miał miłą twarz i szopę kręconych włosów. Mimo młodego wieku był bardzo wysoki i muskularny, szerokie barki rozpychały rękawy koszuli rozpiętej pod szyją. – Nie jestem nim, panienko. Tylko wyszkolono mnie jak Nocnego Łowcę.

Will oparł się o ścianę.

– Przyszły już zamówione mizerykordie, Thomasie? – zapytał. – Natknąłem się ostatnio na sporo Shaksów i potrzebuję czegoś wąskiego do przebijanie pancerzy.

Thomas zaczął tłumaczyć, że dostawa się opóźnia z powodu pogody w Idrisie, ale uwagę Tessy przyciągnęło coś innego – wysokie pudełko ze złotego drewna, wypolerowanego do połysku, z wypalonym na froncie wzorem: wężem połykającym własny ogon.

– Czy to nie jest symbol Mrocznych Sióstr? – zapytała. – Co on tutaj robi?

– Niezupełnie – odparł Will. – To jest Pyxis. Demony nie mają dusz; ich świadomość pochodzi od rodzaju energii, którą czasami można uchwycić i przechować. Służy do tego właśnie Pyxis, a ten wzór to ouroboros, „pożeracz ogona", starożytny alchemiczny symbol, który oznacza różne wymiary, nasz świat we wnętrzu węża, reszta istnienia na zewnątrz. – Wzruszył ramionami. – Pierwszy raz widziałem, żeby ktoś, tak jak Siostry, narysował ouroborosa z dwoma wężami. O, nie! – zaprotestował, kiedy Tessa sięgnęła do pudełka. Błyskawicznie stanął tuż przed nią. – Pyxis nie wolno dotykać nikomu poza Nocnymi Łowcami, bo mogą się zdarzyć brzydkie rzeczy. A teraz chodźmy. Zajęliśmy Thomasowi dość czasu.

– Nie szkodzi – zapewnił Thomas, ale Will już ruszył do wyjścia.

W drzwiach Tessa się obejrzała. Thomas wrócił do polerowania broni, ale widząc napięcie jego ramion, Tessa uznała, że chyba czuje się trochę samotny.

– Nie wiedziałam, że pozwalacie Przyziemnym walczyć u swojego boku – zauważyła, kiedy wyszli ze zbrojowni. – Thomas jest służącym czy...

– Mieszka w Instytucie niemal przez całe swoje życie – odparł Will, prowadząc ją krętym korytarzem. – Są rodziny, które mają Wzrok i zawsze pełniły służbę u Nocnych Łowców. Rodzice Thomasa służyli rodzicom Charlotte w Instytucie, teraz Thomas służy Branwellom, a jego dzieci będą służyły ich dzieciom. Thomas robi wszystko: powozi, dba o nasze konie, Baliosa i Xantosa, i o broń. Sophie i Agatha zajmują się resztą, ale on im czasami pomaga. Podejrzewam, że durzy się w Sophie i nie chce, żeby za ciężko pracowała.

Tessę ucieszyły te słowa. Czuła się okropnie z powodu swojej reakcji na widok blizny Sophie, więc nowina, że dziewczyna ma adoratora – do tego przystojnego – nieco złagodziła jej wyrzuty sumienia.

– Może jest zakochany w Agacie – podsunęła.

– Mam nadzieję, że nie, bo ja zamierzam poślubić Agathę. Ma chyba z tysiąc lat, ale robi niezrównaną tartę. Uroda blaknie, gotowanie jest wieczne. – Herondale zatrzymał się przed dużymi, dębowymi drzwiami o grubych, mosiężnych zawiasach i oznajmił: – Jesteśmy na miejscu.

Pokój, do którego weszli, był jeszcze większy od sali balowej, którą Tessa niedawno widziała. Był długi, z prostokątnymi dębowymi stołami ustawionymi pośrodku i sięgającymi przeciwległej ściany, na której widniał obraz anioła. Każdy stół oświetlała szklana lampa o migotliwym białym blasku. W połowie wysokości pomieszczenia biegła wewnętrzna galeria z drewnianą poręczą. Wchodziło się na nią po spiralnych schodach znajdujących się po jej obu stronach. W pewnych odstępach od siebie, niczym wartownicy, stały rzędy regałów na książki z niszami we wszystkich kątach. Na górze też znajdowały się półki. Książki były ukryte za ekranami z metalu kutego w geometryczne ornamenty. Na każdym widniał wzór w postaci czterech C. Pod wielkimi witrażowymi oknami stały zniszczone kamienne ławki.

Na jednym ze stojaków ktoś zostawił duży tom, otwarty, zapraszający do czytania. Tessa do niego podeszła, sądząc, że to słownik, ale zobaczyła niezrozumiałe, iluminowane pismo i nieznane mapy.

– To Wielka Biblioteka – oznajmił Will. – Każdy Instytut ma bibliotekę, ale ta jest największa ze wszystkich, w każdym razie na zachodzie. – Oparł się o drzwi i skrzyżował ręce na piersi. – Obiecałem, że dam pani więcej książek, tak czy nie?

Tessa, kompletnie zaskoczona tym, że Herondale pamiętał o obietnicy, dopiero po chwili odzyskała głos:

– Ale wszystkie książki są za kratami! To coś w rodzaju literackiego więzienia!

Will uśmiechnął się szeroko.
– Niektóre z tych książek gryzą. Lepiej być ostrożnym.
– Zawsze trzeba być ostrożnym z książkami – stwierdziła Tessa. – I z tym, co w nich jest, bo słowa mają moc zmieniania ludzi.
– Nie jestem pewien, czy jakaś książka kiedykolwiek mnie zmieniła – powiedział Will. – Cóż, jeden z woluminów zawiera wskazówki, jak zmienić się w stado owiec...
– Tylko słabi na umyśle nie chcą się poddać wpływowi literatury – skomentowała Tessa, zdecydowana przejąć kontrolę nad rozmową.
– Dlaczego ktoś chciałby być całym stadem owiec, to oczywiście całkiem inna kwestia – dokończył Will. – Ma pani ochotę przeczytać którąś z tych pozycji, panno Gray? Proszę wymienić tytuł, a ja spróbuję uwolnić książkę z więzienia.
– Myśli pan, że znajdzie się tutaj *The Wide, Wide World*? Albo *Małe kobietki*?
– Nigdy o nich nie słyszałem – przyznał się Will. – Nie mamy wielu powieści.
– A chcę właśnie powieści – oznajmiła Tessa. – Albo poezji. Książki są do czytania, a nie szukania porad, jak zmienić się w inwentarz.
Willowi rozbłysły oczy.
– Chyba możemy mieć egzemplarz *Alicji w Krainie Czarów*.
Tessa zmarszczyła nos.
– Dla dzieci? Nigdy tego nie lubiłam. Za dużo nonsensów.
– Czasami jest dużo sensu w nonsensie, jeśli zechce się go poszukać – odparł Will. Jego oczy były bardzo niebieskie.
Tymczasem Tessa wypatrzyła znajomy tom na półce i pobiegła się z nim przywitać jak ze starym przyjacielem.

– *Oliver Twist*! – wykrzyknęła. – Macie inne powieści Dickensa? – Klasnęła w dłonie. – O, jest! *Opowieść o dwóch miastach*?

– Ta głupotka? Mężczyźni, którzy dają sobie uciąć głowę z miłości? Niedorzeczne. – Will odsunął się od drzwi i ruszył w stronę Tessy. Szerokim gestem wskazał na ogromną liczbę otaczających ich książek. – Tutaj pani znajdzie wszelkiego rodzaju porady, jak uciąć głowę komuś innemu, jeśli pani tego potrzebuje. To dużo bardziej użyteczne.

– Nie! – zaprotestowała Tessa. – To znaczy, nie potrzebuję nikomu ucinać głowy. Poza tym, czy jest sens posiadać dużo książek, których nikt nie chce czytać? Naprawdę nie macie tutaj żadnych powieści?

– Chyba że *Sekret lady Audley*, która w wolnym czasie zabija demony. – Will wspiął się na jedną z drabinek i zdjął tom z półki. – Znajdę pani jeszcze coś do czytania. Proszę łapać. – Nie patrząc, rzucił książkę, a Tessa musiała podbiec, żeby uchronić ją przed upadkiem na podłogę.

Duży wolumin był oprawiony w granatowy aksamit. Na okładce widniał zawiły symbol przypominający tatuaże na skórze Willa. Tłoczone srebrne litery głosiły: *Kodeks Nocnych Łowców*. Tessa spojrzała na Willa.

– Co to jest?

– Tytuł chyba wszystko mówi – stwierdził Will. – Uznałem, że chciałaby pani lepiej poznać Nocnych Łowców, zważywszy na to, że obecnie mieszka pani w naszym *sanctum sanctorum*, że się tak wyrażę. Z tej książki powinna się pani dowiedzieć wielu rzeczy o nas, o naszej historii, a nawet o Podziemnych takich jak pani. – Herondale spoważniał. – Proszę jednak uważać. Księga liczy sobie sześćset lat i jest jedynym egzemplarzem tego rodzaju. Zgubienie jej albo uszkodzenie prawo karze śmiercią.

Tessa odrzuciła książkę jak oparzona.

– Chyba nie mówi pan poważnie.

– Istotnie. – Will zeskoczył z drabinki i wylądował przed nią lekko. – Wierzy pani we wszystko, co mówię? To dlatego, że mam twarz godną zaufania?

Zamiast odpowiedzieć, Tessa łypnęła na niego spode łba i pomaszerowała przez bibliotekę do kamiennej ławki stojącej w niszy okiennej. Opadła na nią, otworzyła *Kodeks* i zaczęła czytać. Kiedy Will usiadł obok niej, całkowicie go zignorowała, choć czuła na sobie ciężar jego wzroku.

Na pierwszej stronie księgi Nefilim zobaczyła taki sam obraz jak na tapiseriach w korytarzach: anioł wstający z jeziora, z mieczem w jednej ręce i kielichem w drugiej. Pod ilustracją widniał podpis: „Anioł Razjel i Dary Anioła".

– Oto jak wszystko się zaczęło – powiedział wesoło Will, jakby nieświadomy tego, że Tessa go ignoruje. – Trochę czaru wzywającego, trochę anielskiej krwi i ma pani receptę na niezniszczalnych ludzkich wojowników. Nigdy nas pani nie zrozumie, czytając tę księgę, ale zawsze to jakiś początek.

– Trudno ich nazwać ludzkimi wojownikami, to raczej anioły mściciele – stwierdziła Tessa, przewracając kartki.

Były tam niezliczone obrazy aniołów, które spadały z nieba, siejąc piórami jak gwiazda iskrami. I jeszcze więcej rysunków Razjela, trzymającego otwartą księgę o stronicach pokrytych runami, które jarzyły się jak ogień. Wokół niego klęczeli ludzie ze Znakami na skórze. A także wizerunki mężczyzn takich jak ten z nocnego koszmaru: bez oczu i z zaszytymi ustami. Oraz Nocnych Łowców z płonącymi mieczami. Tessa podniosła wzrok na Willa.

– Tym jesteście, tak? Po części aniołami?

Will nie odpowiedział. Patrzył za okno, przez przezroczystą dolną szybkę. Tessa podążyła za jego wzrokiem.

Okno wychodziło na front Instytutu i kolisty dziedziniec otoczony murami. Przez pręty wysokiej żelaznej bramy zwieńczonej łukiem Tessa dostrzegła kawałek ulicy, oświetlonej przez słabą żółtą latarnię gazową. Na łuku z kutego żelaza były wyryte litery, ale ona widziała je od tyłu. Zmrużyła oczy, żeby je odczytać.

– *Pulvis et umbra sumus* – odezwał się Will. – To strofa z Horacego. „Prochem i cieniem jesteśmy". Stosowne, nie sądzi pani? Zabójcy demonów nie mają długiego życia. Umieramy młodo, palą nasze ciała, proch do prochu, w dosłownym znaczeniu. Potem znikamy w mrokach historii i nawet ślad nie pozostaje na stronicach przyziemnej książki, żeby przypominać światu, że w ogóle kiedyś istnieliśmy.

Tessa spojrzała na Herondale'a. Miał minę, którą uznała za dziwną i frapującą: powierzchowne rozbawienie, jakby wszystko na świecie było bardzo śmieszne i zarazem nieskończenie tragiczne. Zastanawiała się przez chwilę, co go takim uczyniło, że różnił się od innych Nocnych Łowców, których do tej pory poznała. Może jego fascynacja mrocznymi stronami życia wzięła się od rodziców... ale jakich rodziców?

– Czy pan kiedykolwiek się martwi, że to wszystko kiedyś się tu zjawi? – spytała cicho.

– Demony i inne nieprzyjemności? – próbował dociec Will, ale Tessa nie była pewna, czy właśnie to miała na myśli, czy chodziło jej o zło świata w ogólności. Herondale dotknął ściany. – Zaprawa spajająca te kamienie została wymieszana z krwią Nocnych Łowców. Wszystkie belki są wyciosane z jarzębiny. Każdy gwóźdź użyty do ich połączenia zrobiono ze srebra, żelaza albo elektrum. Całość jest chroniona czarami. Frontowe drzwi może otworzyć tylko ktoś, kto ma w sobie krew Nocnego Łowcy. Inaczej pozostaną zamknięte na zawsze. To miejsce jest fortecą. A więc, nie, nie martwię się.

– Ale po co mieszkać w fortecy? – Widząc zdziwione spojrzenie Herondale'a, Tessa dodała: – Najwyraźniej nie jest pan spokrewniony z Charlotte i Henrym, a oni nie są aż tacy starzy, żeby mogli pana adoptować, zresztą nie wszystkie dzieci Nocnych Łowców tutaj mieszkają, bo wtedy byłoby was więcej niż tylko pan i Jessamine...

– I Jem – przypomniał Will.

– Tak, ale rozumie pan, co mam na myśli. Dlaczego nie mieszkacie ze swoimi rodzinami?

– Bo nie mamy nikogo. Rodzice Jessamine zginęli w pożarze, Jema... cóż, Jem przybył tu z daleka po tym, jak jego rodzice zostali zabici przez demony. Zgodnie z prawem Przymierza, za sieroty po Nocnych Łowcach mające mniej niż osiemnaście lat jest odpowiedzialne Clave.

– Więc jesteście rodziną dla siebie nawzajem.

– Jeśli woli pani ująć to romantycznie, pewnie tak. Pod dachem Instytutu wszyscy jesteśmy braćmi i siostrami. Pani także, panno Gray, aczkolwiek tymczasowo.

– W takim razie chyba wolałabym, żeby zwracał się pan do mnie po imieniu, tak jak do panny Lovelace – zaproponowała Tessa, czując, że krew napływa jej do twarzy.

Will spojrzał na nią twardo, a potem się uśmiechnął. Jego niebieskie oczy zabłysły.

– Więc tak samo musi pani zwracać się do mnie, Tesso.

Nigdy wcześniej nie zastanawiała się nad swoim imieniem, ale kiedy Will je wymówił, było tak, jakby usłyszała je po raz pierwszy. Twarde T, pieszczota podwójnego S, koniec na bezdechu. Jej oddech też był krótki, kiedy powiedziała cicho:

– Will.

– Tak? – W jego oczach znowu pojawiło się rozbawienie.

Tessa uświadomiła sobie z konsternacją, że wcale nie chciała zadawać mu żadnego pytania, tylko wypowiedzieć na głos jego imię. Rzuciła pośpiesznie:

– Jak uczycie się walki, rysowania magicznych symboli i całej reszty?

Will się uśmiechnął.

– Mieliśmy nauczyciela, który trenował z nami sztukę walki, ale wyjechał do Idrisu i teraz Charlotte szuka zastępcy, a sama uczy nas historii i języków starożytnych.

– Więc pani Branwell jest waszą guwernantką?

Przez twarz Willa przemknął wyraz wesołości.

– Można tak powiedzieć. Ale na twoim miejscu nie nazywałbym jej guwernantką, jeśli chcesz zachować wszystkie członki. Trudno się tego domyślić, patrząc na nią, ale jest zręczna w obchodzeniu się z różnego rodzaju bronią, ta nasza Charlotte.

Tessa zamrugała zdumiona.

– Chyba nie masz na myśli... Charlotte nie walczy, prawda? Tak jak ty i Henry.

– Oczywiście, że tak. Dlaczego miałaby nie walczyć?

– Bo jest kobietą – odparła Tessa.

– Podobnie jak Boadycea.

– Kto?

– „I tak królowa Boadycea...". – Will urwał, widząc minę Tessy, i uśmiechnął się szeroko. – Gdybyś była Angielką, wiedziałabyś. Przypomnij mi, żebym znalazł ci książkę o niej. W każdym razie Boadycea była potężną królową i wojowniczką. Kiedy w końcu została pokonana, zażyła truciznę, żeby nie pojmali jej Rzymianie. Była dzielniejsza od wielu mężczyzn. Lubię myśleć, że Charlotte jest ulepiona z tej samej gliny, choć trochę mniejsza.

– Ale przecież nie może być w tym dobra. To znaczy, kobiety nie znają tego rodzaju uczuć.

– Jakich uczuć?

– Żądzy krwi, na przykład – powiedziała po chwili namysłu Tessa. – Gwałtowności. Uczuć wojownika.

– Sam widziałem, jak wymachiwałaś piłą przed Mrocznymi Siostrami – zauważył Will. – Jeśli dobrze sobie przypominam, sekret lady Audley polegał na tym, że była morderczynią.

– Więc to czytałeś! – triumfalnie wykrzyknęła Tessa.

Will wyglądał na rozbawionego.

– Wolę *The Trail of the Serpent*. Więcej przygody, mniej domowych dramatów. Ale najlepszy jest *Kamień księżycowy*. Czytałaś Collinsa?

– Och, uwielbiam Collinsa! – z entuzjazmem potwierdziła Tessa. – *Armadale*! *Kobieta w bieli*. Śmiejesz się ze mnie?

– Nie z ciebie. – Will uśmiechnął się szeroko. – Raczej z twojego powodu. Nigdy nie widziałem, żeby ktoś tak ekscytował się książkami. Można by pomyśleć, że to diamenty.

– Przecież są diamentami, nie uważasz? Czy kochasz coś równie mocno? Tylko nie mów „getry", „tenis ziemny" czy coś równie głupiego.

– Dobry Panie – westchnął Will z udawanym przerażeniem. – Ona już mnie zna.

– Każdy ma coś, bez czego nie może żyć. – Tessa zamierzała mówić lekkim tonem, ale na widok miny Willa zawiesiła głos.

Herondale patrzył na nią nieruchomym wzrokiem. Jego oczy były tak samo granatowe jak aksamit, w który była oprawiona książka. Przesunął wzrokiem po jej twarzy, szyi, talii, wrócił do ust i tam go zatrzymał. Serce Tessy dudniło, jakby wbiegła po schodach. Czuła ściskanie w piersi. Czegoś pragnęła, ale nie wiedziała czego...

– Jest późno – stwierdził nagle Will, odrywając od niej spojrzenie. – Powinienem zaprowadzić cię do twojego pokoju.

– Ja... – zaczęła Tessa, ale nie miała powodu protestować.

Rzeczywiście zrobiło się późno. Za oknem było widać punkciki gwiazd. Wstała z ławki, przyciskając książkę do piersi, i wyszła za Willem na korytarz.

– Jest kilka sztuczek, jak nauczyć się drogi przez Instytut – rzucił Herondale, nie patrząc na nią. Zachowywał się wobec niej inaczej niż jeszcze przed chwilą, jakby Tessa czymś go uraziła. Ale czym? – Sposobów rozpoznawania drzwi i zakrętów...

Urwał w pół zdania, a Tessa zobaczyła, że ktoś idzie korytarzem w ich stronę. Sophie z koszem z praniem pod pachą. Na ich widok zatrzymała się z czujnym wyrazem twarzy.

– Sophie! – Rezerwa Willa zmieniła się w złośliwość. – Już skończyłaś sprzątać mój pokój?

– Tak. – Dziewczyna nie odwzajemniła uśmiechu. – Był bardzo brudny. Mam nadzieję, że w przyszłości powstrzyma się pan od rozwłóczenia po domu szczątków martwych demonów.

Tessa osłupiała. Jak służąca mogła tak mówić do dżentelmena, nawet młodszego od niej?

Herondale nie wyglądał na oburzonego.

– Na tym polega twoja praca, Sophie – powiedział.

– Pani Branwell i pan Carstairs raczej nie mają kłopotów z czyszczeniem butów – ciągnęła Sophie, łypiąc ponuro to na Willa, to na Tessę. – Mógłby pan brać z nich przykład.

– Może – zgodził się Will. – Ale wątpię.

Sophie łypnęła na niego spode łba i ruszyła dalej sztywnymi krokiem.

Tessa ze zdumieniem spojrzała na Willa.

– Co to było?

Herondale leniwie wzruszył ramionami.

– Sophie udaje, że mnie nie lubi.

– Nie lubi? Ona cię nienawidzi! – W innych okolicznościach mogłaby zapytać, czy Will i Sophie ze sobą zerwali, ale nikt nie rozstaje się ze służącą, tylko po prostu ją zwalnia. – Czy coś... coś zaszło między wami?

– Tesso, dość tego – uciął Will. – Są rzeczy, których nie jesteś w stanie zrozumieć.

Tessa wręcz nienawidziła, kiedy ktoś jej mówił, że są rzeczy, których nie potrafi zrozumieć. Bo jest młoda, bo jest dziewczyną... z tysiąca nieistotnych powodów. Buntowniczo uniosła podbródek.

– Na pewno nie zrozumiem, jeśli mi tego nie wyjaśnisz. A ja wtedy powiem, że według mnie ona cię nienawidzi, bo zrobiłeś jej coś okropnego.

Will spochmurniał.

– Możesz myśleć, co chcesz. Nic o mnie nie wiesz.

– Wiem, że nie lubisz udzielać prostych odpowiedzi na pytania. Wiem, że masz około siedemnastu lat. Wiem, że lubisz Tennysona, bo cytowałeś go w Mrocznym Domu. Wiem, że jesteś sierotą, tak jak ja...

– Nigdy nie mówiłem, że jestem sierotą – przerwał jej Will z nieoczekiwaną gwałtownością. – I nienawidzę poezji. Jak widać, nic o mnie nie wiesz.

Po czym odwrócił się na pięcie i odszedł.

Rozdział piąty

Kodeks Nocnych Łowców

„Sny są prawdziwe, dopóki trwają, a czyż my nie żyjemy w snach?”.

– Alfred, lord Tennyson

Całą wieczność chodziła w ponurym nastroju po identycznych korytarzach, zanim, szczęśliwym trafem, poznała rozdarcie na jednej z niezliczonych tapiserii i zorientowała się, że jej sypialnia musi znajdować się niedaleko. Po kilku próbach i błędach w końcu z ulgą zamknęła za sobą i zaryglowała właściwe drzwi.

Przebrała się w koszulę nocną, wsunęła pod kołdrę i otworzyła *Kodeks Nocnych Łowców*. „Nigdy nas nie zrozumiesz po przeczytaniu książki”, uprzedził Will, ale to nie było dla niej najważniejsze. On nie wiedział, co znaczą dla niej książki. Że są symbolami prawdy i sensu, potwierdzeniem jej istnienia i tego, że są na świecie ludzie tacy jak ona. Trzymając teraz w rękach księgę, czuła, że wszystko, co jej się przydarzyło w ciągu sześciu ostatnich tygodni, było prawdziwe.

Z *Kodeksu* dowiedziała się, że wszyscy Nocni Łowcy pochodzą od archanioła Razjela, który dał pierwszemu z ich *Szarą Księgę* zapisaną „językiem nieba", czarnymi runami, takimi samymi jakie widnieją na skórze wyszkolonych Nocnych Łowców. Tatuaże wykonywano narzędziem podobnym do rylca, zwanym stelą. Takim samym dziwnym przedmiotem Will rysował wzór na drzwiach Mrocznego Domu. Znaki zapewniały Nefilim różnego rodzaju ochronę, uzdrawiały, dawały nadludzką siłę, szybkość i nocne widzenie, a nawet pozwalały im ukrywać się przed wzrokiem Przyziemnych dzięki czarom. Nie był to jednak dar, z którego każdy mógł korzystać. Zrobienie Znaków na skórze Podziemnego albo Przyziemnego, wyjątkowo bolesne, skończyłoby się jego śmiercią albo obłędem.

Pierwsi Nocni Łowcy dostali również od Razjela potężne magiczne przedmioty zwane Darami Anioła i ojczyznę, czyli kawałek ziemi wykrojony z dawnego świętego Imperium Rzymskiego i chroniony czarami przed wtargnięciem intruzów. Ten kraj nazywał się Idris.

Lampa zaczęła migotać, powieki Tessy opadały coraz niżej. „Podziemni", czytała, „to nadprzyrodzone istoty, takie jak faerie, wilkołaki, wampiry i czarownicy. Wampiry i wilkołaki były ludźmi zainfekowanymi demoniczną chorobą, faerie pół demonami, pół aniołami, dlatego cechowała je zarówno wielka uroda, jak i zła natura, a czarownicy byli potomstwem ludzi i demonów". Nic dziwnego, że Charlotte pytała, czy oboje jej rodzice byli ludźmi. To znaczy, że nie mogę być czarownikiem, pomyślała Tessa, i dzięki Bogu. Spojrzała na ilustrację przedstawiającą wysokiego, kudłatego mężczyznę stojącego pośrodku pentagramu narysowanego kredą na kamiennej podłodze. Wyglądał zupełnie normalnie, nie licząc pionowych źrenic jak u kota. Na każdym z pięciu rogów gwiazdy płonęły świece. Płomienie łączyły się ze sobą, obraz się zamazywał... Tessa zamknęła oczy i prawie natychmiast zaczęła śnić.

We śnie tańczyła w zadymionym korytarzu z lustrami po obu stronach. Każde lustro, które mijała, ukazywało inną jej twarz. Słyszała piękną, porywającą muzykę, która dochodziła z daleka, ale otaczała ją zewsząd. Przed nią szedł mężczyzna, a właściwie chłopiec, smukły i bez brody. Choć nie widziała jego twarzy, czuła, że go zna. Mógł być jej bratem, Willem albo kimś zupełnie innym. Podążała za nim, ale on oddalał się korytarzem, jakby unosił go dym. Muzyka narastała...

Tessa obudziła się raptownie. Oddychała ciężko. Kiedy usiadła, książka zsunęła się jej z kolan. Sen się skończył, ale muzyka nadal dźwięczała – przenikliwa, urzekająca. Tessa podeszła do drzwi i wyjrzała.

W korytarzu muzyka rozbrzmiewała głośniej. Dochodziła z pokoju znajdującego się naprzeciwko. Drzwi były lekko uchylone, tony wylewały się przez szczelinę jak woda przez wąską szyjkę wazonu.

Jak we śnie, Tessa przecięła hol i delikatnie położyła rękę na drzwiach, a one odchyliły się pod jej dotykiem. Pokój był ciemny, oświetlony tylko blaskiem księżyca, podobny do jej sypialni: takie samo łoże z baldachimem, takie same ciężkie ciemne meble. Zasłony były rozsunięte, przez wysokie okno wlewało się niczym deszcz igiełek bladosrebrne światło. W kwadratowej plamie księżycowego blasku ktoś stał. Chłopiec... zbyt szczupły jak na dorosłego mężczyznę. Pod brodą trzymał skrzypce i z zamkniętymi oczami wodził smyczkiem po strunach, wydobywając z nich tony tak piękne i doskonałe, że Tessa jeszcze nigdy takich nie słyszała.

– Will? – zapytał, nie rozchylając powiek ani nie przestając grać. – Will, to ty?

Tessa nie odpowiedziała. Nie chciała zakłócać muzyki, ale po chwili nieznajomy opuścił smyczek i otworzył oczy. Zmarszczył brwi.

– Will... – zaczął i na widok nieproszonego gościa ze zdumienia rozchylił usta.

Nie był zirytowany, tylko zaciekawiony, choć Tessa wtargnęła do jego pokoju w środku nocy i zaskoczyła go grającego na skrzypcach w piżamie czy też w stroju, który wzięła za piżamę. Chłopiec miał na sobie lekkie luźne spodnie i koszulę bez kołnierzyka, a na to narzucony jedwabny czarny szlafrok. Rzeczywiście był młody, pewnie w tym samym wieku co Will, ale tak szczupły, że wyglądał jeszcze młodziej. Spod kołnierza koszuli wysuwały się brzegi czarnych zawijasów, takich samych jak te, które Tessa wcześniej zauważyła u Willa i Charlotte.

Teraz już wiedziała, że to są Znaki. I wiedziała, że nieznajomy jest Nefilim, potomkiem ludzi i aniołów. Nic dziwnego, że w blasku księżyca jego blada skóra lśniła jak magiczny kamień Willa. Włosy i skośne oczy też miał srebrne.

– Bardzo przepraszam – powiedziała, odchrząknąwszy. Jej głos zabrzmiał ostro i donośnie w ciszy panującej w pokoju. Tessa miała ochotę uciec. – Ja... nie chciałam tak wchodzić bez zaproszenia... Mój pokój jest po drugiej stronie korytarza i...

– Wszystko w porządku. – Chłopak opuścił skrzypce. – Panna Gray, prawda? Zmiennokształtna. Will trochę mi o pani opowiadał.

– O... – bąknęła Tessa.

– O? – Chłopak uniósł brwi. – Nie wydaje się pani zbytnio zadowolona z tego, że wiem, kim pani jest.

– Chodzi o to, że chyba Will jest na mnie zły – wyjaśniła Tessa. – Więc cokolwiek panu opowiadał...

Chłopak się roześmiał.

– Will jest zły na wszystkich – powiedział. – Nie pozwalam, żeby to wpływało na mój osąd.

Blask księżyca odbił się od wypolerowanej powierzchni skrzypiec, kiedy chłopak położył je na komodzie razem ze smyczkiem. Odwrócił się do Tessy i zobaczyła na jego twarzy uśmiech.

– Powinienem najpierw się przedstawić – stwierdził. – Jestem James Carstairs. Proszę mówić mi Jem, jak wszyscy.

– Och, a więc ty jesteś Jem. Nie było cię na kolacji. Charlotte mówiła, że jesteś chory. Już lepiej się czujesz?

– Masz dużo pytań.

– Mój brat zawsze powtarza, że ciekawość to mój główny grzech.

– Jeśli chodzi o grzechy, ten wcale nie jest najgorszy. – Jem usiadł na kufrze stojącym w nogach łóżka i spojrzał na nią z powagą i zaciekawieniem. – A więc śmiało. Pytaj mnie, o co chcesz. I tak nie mogę spać. Każda rozrywka jest mile widziana.

W głowie Tessy rozbrzmiał głos Willa: „Rodzice Jema zostali zabici przez demony". Ale przecież nie mogę go o to zapytać, pomyślała.

– Will wspomniał, że pochodzisz z bardzo daleka. Gdzie mieszkałeś wcześniej?

– W Szanghaju. Wiesz, gdzie to jest?

– W Chinach – odparła z lekką urazą Tessa. – Chyba wszyscy to wiedzą?

Jem uśmiechnął się szeroko.

– Byłabyś zdziwiona.

– Co robiłeś w Chinach? – spytała Tessa ze szczerym zainteresowaniem.

Nie potrafiła wyobrazić sobie miejsca, z którego przyjechał Jem. Kiedy myślała o Chinach, przychodził jej do głowy Marco Polo i herbata. Miała wrażenie, że leżą bardzo, bardzo daleko, na krańcu świata, na wschód od słońca i na zachód od księżyca, jak powiedziałaby ciotka Harriet.

– Myślałam, że nikt tam nie jeździ oprócz misjonarzy i marynarzy.

– Nocni Łowcy mieszkają na całym świecie. Moja matka była Chinką, a ojciec Brytyjczykiem. Poznali się w Londynie i przenieśli do Szanghaju, kiedy zaproponowano mu prowadzenie tamtejszego Instytutu.

Tessa się zdziwiła. Skoro matka Jema była Chinką, kim był on? Wiedziała, że w Nowym Jorku są chińscy emigranci. Głównie pracowali w pralniach albo sprzedawali ręcznie zwijane cygara z ulicznych stoisk. Nigdy nie widziała żadnego, który wyglądałby jak Jem, z tymi dziwnymi srebrnymi włosami i oczami. Może dlatego, że był Nocnym Łowcą? Ale nie miała pojęcia, jak o to zapytać, żeby nie okazać się niegrzeczną.

Na szczęście Jem nie oczekiwał, że ona będzie kontynuować rozmowę.

– Przepraszam, że pytam, ale... twoi rodzice nie żyją, tak? – zapytał.

– Will ci powiedział?

– Nie musiał. My, sieroty, uczymy się rozpoznawać siebie nawzajem. Jeśli mogę zapytać... byłaś mała, kiedy to się stało?

– Miałam trzy lata, kiedy zginęli w wypadku powozu. Prawie ich nie pamiętam. – Tylko drobiazgi, na przykład: zapach dymu tytoniowego albo bladofioletową suknię matki. – Wychowała mnie ciotka. I mój brat Nathaniel. Ale ciotka... – O dziwo, ścisnęło się jej gardło, a w umyśle pojawił się żywy obraz cioci Harriet leżącej na wąskim mosiężnym łóżku, z oczami błyszczącymi od gorączki. Pod koniec nie poznawała Tessy i nazywała ją imieniem jej matki, Elizabeth. Kiedy umierała w obecności księdza, Tessa trzymała ją za rękę. Pomyślała wtedy, że już naprawdę została całkiem sama. – Umarła niedawno. Nieoczekiwanie dostała gorączki. Nigdy nie była zbyt silna.

– Przykro mi to słyszeć. – Jem mówił szczerze.

– To było straszne, bo mój brat wyjechał do Anglii miesiąc wcześniej. Przysyłał nam prezenty: herbatę od Fortnuma i Masona, czekoladę. Potem ciotka zachorowała i umarła, a ja pisałam do niego wiele razy. Niestety, moje listy wracały. Byłam w rozpaczy. Aż w końcu przyszedł bilet na parowiec linii North German Lloyd do Southampton i list od Nate'a, że wyjdzie po mnie do portu. Teraz nie sądzę, żeby to on napisał ten list... – Tessa urwała. Piekły ją oczy. – Przepraszam, że cię nudzę. Nie musisz tego wszystkiego wysłuchiwać.

– Jakim człowiekiem jest twój brat?

Tessa spojrzała na Jema z lekkim zaskoczeniem. Inni pytali ją, co zrobił, że znalazł się w takiej sytuacji, czy ona wie, gdzie mogą go przetrzymywać Mroczne Siostry, i czy ma taką samą moc jak Tessa. Ale jeszcze nikt się nie zainteresował, jaki jest Nate.

– Ciotka twierdziła, że jest marzycielem. Zawsze żył w swoim świecie. Nigdy nie obchodziło go, jak wygląda rzeczywistość, myślał tylko o tym, co będzie kiedyś, gdy on już dostanie wszystko, czego pragnie. Kiedy my będziemy mieli wszystko – poprawiła się. – Grał w karty, chyba dlatego, że nie potrafił sobie wyobrazić, że przegrywa... to nie mieściło się w jego marzeniach.

– Marzenia potrafią być niebezpieczną rzeczą.

– Nie... nie. – Tessa potrząsnęła głową. – Nie o to mi chodziło. Był wspaniałym bratem. On... – Charlotte miała rację. Łatwiej jest zwalczyć łzy, kiedy znajdzie się jakiś obiekt, w którym można utkwić wzrok. Spojrzała na ręce Jema. Były smukłe i długie. Na grzbietach miały taki sam wzór jak u Willa: otwarte oko. Wskazała na nie. – Co to oznacza?

Jem nie zwrócił uwagi na to, że zmieniła temat.

– To Znak. Wiesz, o czym mówię? – Wyciągnął do niej dłoń. – Ten oznacza Wzrok. Dzięki niemu widzimy Podziemny Świat. – Obrócił rękę i podciągnął rękaw koszuli. Na wewnętrznej stronie nadgarstka i przedramienia biegło więcej Znaków, bardzo czarnych na białej skórze. Przeplatały się z siatką żył, jakby w nich również płynęła krew. – Szybkość, nocne widzenie, anielska moc, szybkie zdrowienie – przeczytał na głos. – Tak naprawdę ich nazwy są bardziej skomplikowane i nie pochodzą z języka angielskiego.

– Bolą?

– Boli, kiedy się je rysuje. Teraz już nie. – Jem opuścił rękaw i uśmiechnął się. – Tylko mi nie mów, że już zadałaś wszystkie pytania.

Och, mam ich więcej, niż myślisz.

– Dlaczego nie możesz spać?

Wyraźnie go zaskoczyła. Po jego twarzy przemknął wyraz wahania. Dlaczego? Przecież zawsze mógł skłamać albo zrobić unik, tak jak miał w zwyczaju Will. Wyczuwała jednak instynktownie, że Jem nie potrafił kłamać.

– Miewam złe sny.

– Mnie też się coś przyśniło – powiedziała Tessa. – Twoja muzyka.

Jem uśmiechnął się szeroko.

– To był koszmar?

– Nie. Najpiękniejsza rzecz, jaką słyszałam, odkąd przyjechałam do tego okropnego miasta.

– Londyn wcale nie jest okropny – zaprotestował Jem. – Po prostu trzeba go poznać. Musisz pewnego dnia wyjść ze mną do miasta. Pokażę ci okolice, które są piękne... które kocham.

– Śpiewasz pochwały na cześć naszego cudownego miasta? – dobiegł od drzwi kpiący głos.

Tessa się obróciła i zobaczyła Willa opartego o framugę. Światło padające z korytarza tworzyło wokół jego wilgotnych włosów złotą aureolę. Rąbek czarnego płaszcza i czarne buty były pokryte błotem; Will miał zaróżowione policzki, jakby właśnie wrócił dworu. Jak zwykle nie miał nakrycia głowy.

– Dobrze cię tutaj traktujemy, prawda, James? Wątpię, czy ja miałbym takie szczęście w Szanghaju. Jak tam nazywacie Brytoli?

– *Yang guizi* – odparł Jem, najwyraźniej niezaskoczony nagłym pojawieniem się Willa. – Zagraniczne diabły.

– Słyszysz, Tesso? Jestem diabłem. Ty też.

Will odsunął się od drzwi i wolnym krokiem wszedł do pokoju. Usiadł na brzegu łóżka, rozpiął płaszcz z pelerynką, bardzo elegancki, podszyty niebieskim jedwabiem.

– Masz mokre włosy – zauważył Jem. – Gdzie byłeś?

– Tu i tam. – Will uśmiechnął się szeroko. Mimo zwykłego wdzięku, w jego sposobie poruszania się było coś... i jeszcze ten rumieniec na policzkach, błysk w oczach...

– Podchmielony? – rzucił Jem. Z sympatią.

Will niedbale machnął ręką.

– Wcale nie.

Jest pijany, pomyślała Tessa. Wystarczająco często widywała brata pod wpływem alkoholu, by rozpoznać objawy. Dziwne, ale poczuła lekkie rozczarowanie.

Jem uśmiechnął się szeroko.

– Gdzie byłeś? W „Niebieskim Smoku"? W „Syrence"?

– W „Diabelskiej Tawernie", jeśli już musisz wiedzieć. – Will westchnął i oparł się o jeden ze słupów łoża. – Miałem właśnie takie plany na dzisiejszy wieczór. Moim celem były upadłe kobiety i upojenie. Niestety, kiedy piłem trzeciego drinka, rozkoszna dziecina sprzedająca kwiaty zaczęła mnie nagabywać, żądając dwa pensy za stokrotkę. Cena wydała mi się wygórowana, więc odmówiłem, a wtedy dziewczyna próbowała mnie obrabować.

– Mała dziewczynka cię obrabowała? – zdziwiła się Tessa.

– Właściwie nie mała dziewczynka, tylko karzeł w sukni, ze skłonnością do przemocy, znany jako Sześciopalczasta Nigel.

– Łatwo popełnić błąd – skomentował Jem.

– Przyłapałem go w chwili, kiedy wsuwał mi rękę do kieszeni. – Will żywo gestykulował smukłymi dłońmi. – Nie mogłem oczywiście na to pozwolić, więc doszło do walki. Miałem przewagę, ale wtedy Nigel wskoczył na bar i uderzył mnie w głowę butelką dżinu.

– A, to wyjaśnia, dlaczego masz mokre włosy – powiedział Jem.

– To była uczciwa walka, ale właściciel „Diabelskiej" miał inny pogląd na tę kwestię. Wyrzucił mnie. Nie mogę się tam pokazać przez dwa tygodnie.

– I bardzo dobrze – skwitował bez współczucia Jem. – Cieszę się, że to ta sama historia co zwykle. Przez chwilę się martwiłem, że wróciłeś do domu wcześniej, żeby sprawdzić, czy czuję się lepiej.

– Zdaje się, że doskonale sobie radzisz beze mnie. Widzę, że już poznałeś naszą zmiennokształtną tajemniczą kobietę – powiedział Will, zerkając na Tessę. Po raz pierwszy, odkąd stanął w drzwiach, zwrócił uwagę na jej obecność. – Często pojawiasz się w sypialni dżentelmena w środku nocy? Gdybym wiedział, walczyłbym zażarciej, żeby Charlotte pozwoliła ci zostać.

– Nie rozumiem, co cię to obchodzi – odparowała Tessa. – Zwłaszcza że zostawiłeś mnie na korytarzu, żebym sama znalazła drogę do swojego pokoju.

– I zamiast tego znalazłaś drogę do pokoju Jema?

– To przez skrzypce – wtrącił się Jem. – Usłyszała, jak ćwiczę.

– Upiorne rzępolenie, prawda? – Will zwrócił się do Tessy. – Nie wiem, jakim cudem wszystkie koty w okolicy nie uciekają za każdym razem, kiedy on gra.

– Ja uważam, że to było ładne.

– Bo było – poparł ją Jem bez fałszywej skromności.

Will wycelował w nich palec oskarżycielskim gestem.

– Zmawiacie się przeciwko mnie. Tak będzie od tej pory? Stanę się piątym kołem u wozu? Dobry Boże, będę musiał zaprzyjaźnić się z Jessamine.

– Jessamine cię nie znosi – zauważył Jem.

– Więc z Henrym.

– Henry cię podpali.

– Thomas – nie rezygnował Will.

– Thomas... – zaczął Jem i nagle zgiął się wpół w ataku kaszlu tak gwałtownego, że zsunął się z kufra na kolana.

Tessa była zbyt wstrząśnięta, żeby się ruszyć. Mogła tylko patrzeć, jak Will – który najwyraźniej błyskawicznie otrzeźwiał – zerwał się z łóżka i ukląkł przy Jemie, kładąc mu dłoń na ramieniu.

– James – powiedział cicho. – Gdzie to jest?

Przyjaciel odpędził go gestem ręki. Spazmatyczne oddechy wstrząsały jego chudą postacią.

– Nie potrzebuję... już dobrze...

Gdy znowu zakaszlał, na podłogę chlusnęła krew.

Will mocniej zacisnął dłoń na ramieniu przyjaciela. Tessa zobaczyła, że jego kostki zbielały.

– Gdzie to jest? Gdzie to położyłeś?

Jem słabo machnął ręką w stronę łóżka.

– Na... – wysapał – półce... nad kominkiem... w pudełku... srebrnym...

– Przyniosę. – Will mówił łagodnym tonem, jakiego Tessa dotąd u niego nie słyszała. – Zostań tutaj.

– Nigdzie się nie wybieram. – Jem otarł usta wierzchem dłoni. Otwarte oko zabarwiło się na czerwono.

Will wstał, odwrócił się i... znieruchomiał na widok Tessy, jakby zapomniał o jej obecności.

– Will – szepnęła Tessa. – Czy coś...

– Chodź ze mną. – Wziął ją pod rękę i poprowadził w stronę otwartych drzwi. Lekko wypchnął ją na korytarz i stanął w progu, zasłaniając pokój. – Dobranoc, Tesso.

– Ale on kaszle krwią – zaprotestowała cicho Tessa. – Może powinnam sprowadzić Charlotte...

– Nie. – Will zerknął przez ramię i wrócił do niej spojrzeniem.

Tessa czuła jego palce wpijające się w jej ciało. Stali dostatecznie blisko siebie, żeby czuła aromat nocnego powietrza na jego skórze, woń metalu, dymu i mgły. Czegoś jej w tych zapachach brakowało, ale nie potrafiła określić, czego.

Will odezwał się ściszonym głosem:

– On ma lekarstwo. Dam mu je. Nie ma potrzeby, żeby Charlotte się o tym dowiedziała.

– Ale jeśli jest chory...

– Proszę, Tesso. – W niebieskich oczach Willa pojawił się błagalny wyraz. – Byłoby lepiej, gdybyś nic o tym nie wspomniała.

Tessa stwierdziła, że nie potrafi odmówić.

– Ja... dobrze.

– Dziękuję. – Will puścił jej ramię i dotknął policzka... tak lekko, że równie dobrze mogła to sobie tylko wyobrazić.

Zbyt zaskoczona, żeby coś powiedzieć, stała w milczeniu, kiedy zamykał za sobą drzwi. Usłyszawszy szczęk zamka, uświadomiła sobie, co ją zaskoczyło, kiedy Will się ku niej nachylił. Twierdził, że pił przez całą noc i że na jego głowie roztrzaskano butelkę dżinu, ale w ogóle nie było od niego czuć alkoholu.

***

Minęło dużo czasu, zanim Tessa zasnęła tej nocy. Leżała rozbudzona, z otwartym *Kodeksem* przy boku, mechaniczny anioł tykał na jej piersi, a ona patrzyła, jak migotliwe światło lampy kreśli wzory na suficie.

***

Tessa patrzyła na siebie w lustrze wiszącym nad toaletką, podczas gdy Sophie zapinała guziki jej sukni. W porannym świetle, które wlewało się przez wysokie okna, wyglądała bardzo blado, pod oczami miała cienie.

Nigdy nie należała do osób spędzających godziny przed lustrem. Co najwyżej krótkie zerknięcie, żeby sprawdzić, czy włosy są uczesane i czy nie ma plam na ubraniu. Teraz nie mogła oderwać wzroku od chudej, bladej twarzy, która falowała jak odbicie w wodzie albo jak w chwilach tuż przed Zmianą. Przybierała tyle różnych postaci, patrzyła cudzymi oczami, że nie mogła mieć pewności, czy to naprawdę jej własna twarz, ta, którą dostała przy narodzinach? Skąd mogła wiedzieć, że po każdym powrocie nie zachodziła w niej jakaś drobna zmiana, tak że powoli przestawała być sobą? Czy w ogóle miało znaczenie to, jak wygląda? Czy jej twarz była tylko maską, nieistotną dla jej prawdziwego ja?

Widziała w lustrze również odbicie Sophie, która stała w taki sposób, że było widać oszpecony policzek. Blizna wyglądała jaszcze straszniej w dziennym świetle. Zupełnie jakby patrzyło się na ładny obraz pocięty nożem. Tessę korciło, żeby zapytać, co się stało, ale miała wątpliwości, czy może to zrobić.

– Jestem ci bardzo wdzięczna, że pomagasz mi z tą suknią – powiedziała w końcu.

– Cieszę się, że mogę panience służyć. – Głos Sophie był beznamiętny.

– Chciałam tylko spytać... – zaczęła Tessa i zobaczyła, że Sophie sztywnieje. Myśli, że chodzi mi o jej twarz. – Zaskoczył mnie sposób, w jaki rozmawiałaś wczoraj na korytarzu z panem Herondale'em...

Sophie się zaśmiała, krótko, ale szczerze.

– Wolno mi mówić do pana Herondale'a, jak chcę i kiedy chcę. To jeden z warunków mojej umowy o pracę.

– Charlotte pozwala wam stawiać własne warunki?

– Po prostu nie ma nikogo innego, kto mógłby pracować w Instytucie – wyjaśniła Sophie. – Trzeba mieć choć trochę Wzroku. Agatha go ma i Thomas też. Pani Branwell zatrudniła mnie od razu, jak się dowiedziała, że ja też go mam. Podobno całe wieki szukała pokojówki dla panny Jessemine. Ostrzegła mnie, że pan Herondale może być dla mnie niegrzeczny i nazbyt poufały. Powiedziała, że ja też mogę być wobec niego niegrzeczna i nikt nie będzie miał nic przeciwko temu.

– Ktoś powinien być dla niego niegrzeczny, skoro on wszystkich tak traktuje.

– Tak właśnie myślała pani Branwell. – Sophie wymieniła z Tessą uśmiech w lustrze. Mimo blizny była urocza, kiedy się uśmiechała.

– Lubisz Charlotte, prawda? – zapytała Tessa. – Wydaje się bardzo miła.

Sophie wzruszyła ramionami.

– W poprzednim domu, w którym służyłam, pani Atkins, gospodyni, pilnowała każdej świecy i każdego kawałka mydła. Musieliśmy je całkiem zużyć, zanim dała nam nowe. Pani Branwell daje mi mydło, kiedy tylko chcę. – Zabrzmiało to jak najlepsze potwierdzenie dobrego charakteru Charlotte.

– Widać mają w Instytucie dużo pieniędzy. – Tessa pomyślała o imponującym umeblowaniu i wielkości samego domu.

– Może. Ale napracowałam się dosyć nad sukniami pani Branwell, by wiedzieć, że nie kupuje nowych.

Tessa pomyślała o niebieskiej sukni, którą Jessamine miała na sobie poprzedniego wieczoru przy kolacji.

– A panna Lovelace?

– Ona ma własne pieniądze – odparła z niechęcią służąca i odsunęła się od Tessy. – Gotowe. Teraz można panią oglądać.

Tessa się uśmiechnęła.

– Dziękuję, Sophie.

***

Kiedy Tessa weszła do jadalni, wszyscy byli już w połowie śniadania. Charlotte, w prostej szarej sukni, smarowała tost dżemem, Henry siedział ukryty za gazetą, Jessamine z gracją jadła owsiankę. Will z apetytem zmiatał z talerza stos jajek i bekonu, co było niezwykłe jak na kogoś, kto podobno przez całą noc pił.

– Mówiliśmy o pani – odezwała się Jessamine, kiedy Tessa usiadła. Pchnęła w jej stronę srebrną tacę. – Bekonu?

Tessa wzięła widelec i z niepokojem popatrzyła po obecnych.

– O mnie?

– Zastanawialiśmy się, co z tobą zrobić. Podziemni nie mogą wiecznie mieszkać w Instytucie – wyjaśnił Will. – Ja zaproponowałem, żeby cię sprzedać Cyganom z Hampstead Heath. – Przeniósł wzrok na Charlotte. – Słyszałem, że kupują kobiety jak konie.

– Will, przestań – skarciła go pani Branwell. – To niedorzeczne.

Herondale odchylił się na oparcie krzesła.

– Masz rację. Nigdy by jej nie kupili. Jest zbyt chuda.

– Dość tego – ucięła Charlotte. – Panna Gray zostaje. Chociażby z tego powodu, że jesteśmy w trakcie śledztwa, które wymaga jej pomocy. Już wysłałam wiadomość do Clave, że zatrzymamy ją tutaj, dopóki nie wyjaśni się sprawa Klubu Pandemonium i jej brat nie zostanie odnaleziony. Tak, Henry?

– Oczywiście – mruknął pan Branwell, odkładając gazetę. – Kwestia Pandemonium to priorytet.

– Lepiej porozmawiajcie z Benedictem Lightwoodem – poradził Will. – Wiecie, jak on to przyjmie.

Charlotte lekko zbladła.

– Will, chciałabym, żebyś dzisiaj złożył ponownie wizytę w domu Mrocznych Sióstr – powiedziała. – Jest opuszczony, ale warto go jeszcze raz przeszukać. Weź ze sobą Jema...

W tym momencie rozbawienie zniknęło z twarzy Willa.

– Czy on się czuje dostatecznie dobrze?

– Całkiem dobrze. – Głos nie należał do Charlotte, tylko do Jema, który wszedł cicho do jadalni i teraz stał przy kredensie z rękoma skrzyżowanymi na piersi. Nie był już taki blady jak w nocy, a czerwona kamizelka, którą miał na sobie, dodawała lekkich kolorów jego policzkom. – Jest gotowy i czeka na ciebie.

– Powinieneś najpierw zjeść śniadanie – stwierdziła Charlotte, podsuwając mu koszyk z grzankami. – Och, Jem, to jest panna Gray...

– Już się poznaliśmy – powiedział z uśmiechem chłopak, siadając przy stole.

Tessa poczuła, że się rumieni. Nie mogła się powstrzymać od patrzenia na niego, kiedy smarował chleb masłem. Trudno było sobie wyobrazić, że ktoś tak eteryczny może jeść grzankę.

– Tak? – zdziwiła się pani Branwell.

– Zeszłej nocy spotkałem pannę Gray na korytarzu i przedstawiłem się. Chyba trochę ją przestraszyłem. – Jego srebrne oczy spotkały się nad stołem z oczami Tessy. Błyszczały w nich iskierki wesołości.

Charlotte wzruszyła ramionami.

– Świetnie. A więc chciałabym, żebyś poszedł z Willem. Tymczasem pani, panno Gray...

– Proszę mówić mi Tessa.

– Dobrze, Tesso – powiedziała z lekkim uśmiechem pani Branwell. – Henry i ja złożymy wizytę panu Axelowi Mortmainowi, pracodawcy twojego brata, żeby wybadać, czy on albo jego pracownicy mają jakieś informacje na temat miejsca pobytu Nathaniela.

– Dziękuję. – Tessa była zaskoczona. Nocni Łowcy obiecali, że poszukają jej brata, i rzeczywiście zamierzali to zrobić.

– Słyszałem o Axelu Mortmainie – odezwał się Jem. – To taipan, jeden z ważnych ludzi interesu w Szanghaju. Jego firma ma biura przy Bundzie.

– Tak – potwierdziła Charlotte. – W gazetach piszą, że zbił fortunę na imporcie jedwabiu i herbaty.

– Hm, raczej na opium. – Jem mówił lekkim tonem, ale w jego głosie brzmiało napięcie. – Tak jak oni wszyscy. Kupują opium w Indiach, wysyłają je do Kantonu, wymieniają na towary.

– On nie łamał prawa, James. – Charlotte pchnęła przez stół prasę w stronę Jessamine. – Jessie, tymczasem ty i Tessa mogłybyście to przejrzeć i zwrócić uwagę na wszystko, co może mieć związek z naszym śledztwem...

Panna Lovelace odsunęła się od gazety, jakby to był wąż.

– Dama nie czyta gazet. Co najwyżej kronikę towarzyską albo wiadomości teatralne, a nie te brudy.

– Ty nie jesteś damą, Jessamine... – zaczęła Charlotte.

– Gorzka prawda z samego rana nie jest dobra na trawienie – wtrącił się Will.

– Miałam na myśli to, że jesteś przede wszystkim Nocnym Łowcą, a dopiero potem damą – wyjaśniła pani Branwell.

– Mów za siebie – odparowała Jessamine, wstając od stołu. Jej policzki przybrały niepokojąco czerwoną barwę. – Nie spodziewałam się, że to zauważysz, ale jedyne, co ma do włożenia na grzbiet Tessa, to ta okropna czerwona suknia, która zresztą na nią nie pasuje. Na mnie też, a ona jest wyższa ode mnie.

– Nie może Sophie...

– Suknię można zwęzić, ale powiększenie jej dwa razy to zupełnie inna rzecz. Doprawdy, Charlotte. – Jessamine prychnęła z irytacją. – Myślę, że powinnaś pozwolić mi zabrać biedną Tessę do miasta na zakupy. Inaczej przy pierwszym głębszym oddechu suknia na niej pęknie.

Will popatrzył na Tessę z zainteresowaniem.

– Chyba powinna teraz spróbować, żeby zobaczyć, co się stanie.

– Och – bąknęła Tessa, mocno zakłopotana. Dlaczego Jessamine nagle zrobiła się dla niej taka miła, skoro zaledwie dzień wcześniej potraktowała ją z niechęcią? – Nie, to naprawdę nie jest konieczne...

– Jest – twardo oświadczyła Jessamine.

Charlotte potrząsnęła głową.

– Jessie, dopóki mieszkasz w Instytucie, jesteś jedną z nas i musisz...

– To wy się upieracie, żeby przyjmować Podziemnych, którzy mają kłopoty, karmić ich i chronić – przypomniała Jessamine. – Jestem pewna, że obejmuje to również ich ubieranie. Moim wkładem będzie... zadbanie o Tessę.

Henry pochylił się nad stołem ku żonie.

– Lepiej jej pozwól – doradził. – Pamiętasz, jak ostatnim razem próbowałaś nauczyć ją posługiwania się sztyletami, a ona użyła ich do pocięcia całej bielizny?

– Potrzebowaliśmy nowej pościeli – wyjaśniła Jessamine bez cienia wstydu.

– Dobrze – warknęła Charlotte. – Szczerze mówiąc, czasami doprowadzacie mnie do rozpaczy.

– A co ja takiego zrobiłem? – obruszył się Jem. – Dopiero co przyszedłem.

Charlotte ukryła twarz w dłoniach. Gdy Henry zaczął klepać żonę po ramieniu i wydawać kojące pomruki, Will pochylił się do Jema, całkowicie ignorując Tessę.

– Idziemy?

– Muszę najpierw skończyć herbatę – odparł Jem. – Poza tym nie rozumiem, dlaczego tak ci się śpieszy. Sam mówiłeś, że to miejsce od wieków nie było wykorzystywane jako burdel.

– Chcę wrócić przed zmrokiem – odparł Will. Niemal opierał się o kolana Tessy, tak że czuła słaby zapach skóry i metalu, który chyba na stałe przywarł do jego ciała i włosów. – Mam dziś wieczorem w Soho spotkanie z kimś atrakcyjnym.

– Mój Boże! – mruknęła Tessa do tyłu jego głowy. – Jak tak dalej pójdzie, w końcu Sześciopalczasty Nigel zacznie oczekiwać oświadczyn.

Jem zakrztusił się herbatą.

***

Dzień z Jessamine okazał się tak okropny, jak Tessa się obawiała. Ruch uliczny był jeszcze gorszy niż w zatłoczonym Nowym Jorku. W środku dnia na Strandzie kłębił się warczący tłum, powozy toczyły się obok wózków załadowanych owocami i warzywami, kobiety w szalach, z płytkimi koszami pełnymi kwiatów, lawirowały wśród pojazdów, próbując zainteresować swoim towarem ich pasażerów. Dorożki zatrzymywały się na środku jezdni, żeby woźnice mogli do siebie powrzeszczeć i jeszcze bardziej zwiększyć straszliwy harmider. Sprzedawcy lodów wołali: „Tylko pens za kulkę!", gazeciarze wykrzykiwali nagłówki, ktoś grał na katarynce. Tessa zastanawiała się, jakim cudem wszyscy ludzie, którzy pracują i mieszkają w Londynie, nie są głusi.

W pewnym momencie za oknem powozu pojawiła się stara kobieta z metalową klatką pełną trzepoczących kolorowych ptaków. Kiedy odwróciła głowę, Tessa zobaczyła, że jej skóra jest zielona jak pióra papugi, oczy są duże i czarne jak u ptaka, a z jej głowy zamiast włosów sterczą wielobarwne pióra. Tessa drgnęła, a Jessamine, podążywszy za jej wzrokiem, zmarszczyła brwi.

– Zaciągnij zasłonki – powiedziała. – Chronią przed kurzem. – I, sięgnąwszy obok niej, sama to zrobiła. Drobne usta miała zaciśnięte w wąską kreskę.

Tessa na nią popatrzyła.

– Widziałaś...

– Nie – przerwała jej Jessamine, śląc jej spojrzenie określane w powieściach jako „mordercze".

Tessa pośpiesznie odwróciła wzrok.

Kiedy wreszcie dotarły do modnego West Endu, sprawy przybrały jeszcze gorszy obrót. Zostawiwszy Thomasa przy koniach, Jessamine zaciągnęła Tessę do salonów krawieckich. Tam oglądała wzory i wybierała najładniejszą sprzedawczynię na modelkę do przymierzania strojów. (Prawdziwa dama nie pozwalała, żeby suknia, która mogła być noszona przez obcą osobę, dotknęła jej skóry). W każdym sklepie podawała inne fałszywe nazwisko i opowiadała inną bajeczkę. Wszyscy właściciele byli zachwyceni jej wyglądem i zamożnością. Obsługiwali ją z wielkim zapałem. Tessa, przeważnie ignorowana, stała z boku i śmiertelnie się nudziła.

W jednym z salonów, udając młodą wdowę, Jessamine obejrzała nawet czarną żałobną suknię z krepy i koronki. Tessa musiała przyznać, że kolor pasowałby do jej bladej cery.

– Wyglądałaby w niej pani absolutnie pięknie i z pewnością nie miałaby trudności z ponownym korzystnym zamążpójściem. – Krawiec mrugnął konspiracyjnie. – A przy okazji, wie pani, jak się nazywa ten model? Pułapka ponownie zastawiona.

Panna Lovelace zachichotała, krawiec uśmiechnął się znacząco, a Tessa rozważyła pomysł, czyby nie wybiec na ulicę i nie skończyć z udręką, rzucając się pod powóz. Jessamine zerknęła na nią z protekcjonalnym uśmiechem, jakby wyczuła jej rozdrażnienie.

– Szukam również kilku strojów dla mojej kuzynki z Ameryki – powiedziała. – Tamtejsze ubrania są po prostu okropne. Dziewczyna jest wprawdzie pospolitej urody, ale pan na pewno coś dla niej znajdzie.

Krawiec zamrugał, jakby dopiero teraz zobaczył Tessę. I możliwe, że tak było.

– Chciałaby pani wybrać wzór, proszę pani?

Zamieszanie, które potem nastąpiło, stanowiło dla Tessy coś w rodzaju objawienia. W Nowym Jorku ciotka kupowała jej gotowe ubrania, które trzeba było przerabiać, zawsze z taniego materiału w odcieniach szarej zieleni albo granatu. Nikt jej nie nauczył, tak jak teraz, że pasuje do niej kolor niebieski, bo podkreśla jej szaroniebieskie oczy. Albo że powinna nosić różowy, żeby przydać kolorów policzkom. Kiedy brano z niej miarę, tocząc przy tym rozmowę o princeskach, gorsetach i o kimś, kto nazywał się Charles Worth, Tessa stała i patrzyła na swoją twarz w lustrze z lekką obawą, że jej rysy zaczną się zmieniać.

Ale pozostała sobą i na koniec tych wszystkich nieprzyjemności miała zamówione cztery suknie, z dostawą pod koniec tygodnia: jedną różową, jedną żółtą, jedną w niebieskie i białe paski z kościanymi guzikami i jedną ze złotego i czarnego jedwabiu, a ponadto dwa eleganckie żakiety, w tym jeden z mankietami ozdobionymi tiulem wysadzanym koralikami.

– Przypuszczam, że możesz wyglądać całkiem ładnie w tym ostatnim stroju – stwierdziła Jessamine, kiedy wsiadały do powozu. – Zdumiewające, co może zdziałać moda.

Tessa w duchu policzyła do dziesięciu, zanim odpowiedziała:

– Jestem ci bardzo wdzięczna za wszystko, Jessamine. Wracamy teraz do Instytutu?

W tym momencie dziewczyna spochmurniała. Ona naprawdę nienawidzi tamtego miejsca, pomyślała Tessa, szczerze zaskoczona. Co takiego strasznego było w Instytucie? Oczywiście, sam powód jego istnienia wydawał się dość dziwny, ale przecież panna Lovelace była Nocnym Łowcą, tak jak reszta jego mieszkańców.

– Jest taki ładny dzień, a ty jeszcze nie widziałaś Londynu – stwierdziła Jessamine. – Myślę, że spacer po Hyde Parku dobrze nam zrobi. A potem możemy pojechać do Guntera i wysłać Thomasa po lody!

Tessa wyjrzała przez okno. Niebo było zamglone i szare z pasmami błękitu w miejscach, gdzie wiatr rozpędził chmury. W Nowym Jorku nikt nie uznałby takiego dnia za ładny, ale widać Londyn miał standardy, jeśli chodzi o pogodę. Poza tym, była coś winna Jessamine, a dziewczyna najwyraźniej nie chciała jeszcze wracać do domu.

– Uwielbiam parki – powiedziała Tessa.

Jessamine prawie się uśmiechnęła.

***

– Nie powiedziałaś pannie Gray o trybach – zauważył Henry.

Charlotte podniosła wzrok znad notatek i westchnęła. Zawsze ją bolało, że choć wiele razy prosiła o drugi powóz, Clave pozwalało Instytutowi tylko na jeden. Na szczęście ten był całkiem porządny – miejska kareta – a Thomas doskonale sprawował się jako woźnica. Niestety, kiedy Nocni Łowcy się rozdzielali, jak dzisiaj, Charlotte musiała pożyczać pojazd od Benedicta Lightwooda, który nie należał do jej ulubieńców. W dodatku pożyczony powozik był mały i niewygodny. Biedny Henry obijał się głową o niski dach.

– Nie. Biedna dziewczyna już i tak wydaje się zdezorientowana. Nie mogłam jej powiedzieć, że mechaniczne urządzenia, które znaleźliśmy w piwnicy, zostały wyprodukowane przez firmę, która zatrudniała jej brata. Ona się o niego martwi.

– To może nic nie znaczyć, kochanie – uspokoił ją Henry. – Mortmain and Company produkuje większość mechanicznych narzędzi używanych w Anglii. Ten człowiek jest prawdziwym geniuszem. Opatentował...

– Tak, tak. – Charlotte z trudem opanowała zniecierpliwienie. – Chyba powinniśmy jej powiedzieć. Uznałam jednak, że najlepiej będzie, jeśli najpierw porozmawiamy z Mortmainem. Masz rację. On może nic nie wiedzieć, ale to byłby naprawdę dziwny zbieg okoliczności. A w takich wypadkach staję się czujna.

Wróciła do notatek. Axel Mortmain był jedynym (i prawdopodobnie nieślubnym) synem dr. Holligwortha Mortmaina, który zaczynał od stanowiska chirurga okrętowego na statku handlowym kursującym do Chin, a w końcu został bogatym prywatnym przedsiębiorcą handlującym przyprawami, cukrem, jedwabiem, herbatą i – choć w biografii nie było takiej informacji, to Charlotte zgadzała się w tej kwestii z Jemem – opium. Kiedy dr Mortmain umarł wkrótce po podpisaniu Traktatu Nankińskiego, jego syn Axel w wieku zaledwie dwudziestu lat odziedziczył fortunę ojca i natychmiast zainwestował ją w zbudowanie floty statków szybszych i zwinniejszych niż inne jednostki przemierzające morza. W ciągu dekady młody Mortmain podwoił, a następnie czterokrotnie powiększył majątek ojca.

W ostatnich latach wycofał się z interesów w Szanghaju i przyjechał do Londynu, sprzedał statki handlowe, a za uzyskane pieniądze kupił dużą spółkę, która produkowała urządzenia mechaniczne do zegarków, poczynając od kieszonkowych, a kończąc na szafkowych. Był bardzo bogatym człowiekiem.

Powóz zajechał przed front jednego z szeregowych białych domów o wysokich oknach wychodzących na plac. Henry wychylił się z powozu i odczytał numer na mosiężnej tabliczce przytwierdzonej do bramy.

– To musi być tutaj. – Sięgnął do drzwi.

– Henry. – Charlotte położyła mu dłoń na ramieniu. – Pamiętaj, o czym rozmawialiśmy dzisiaj rano, dobrze?

Mąż uśmiechnął się smutno.

– Zrobię wszystko, żeby nie wprawić cię w zakłopotanie ani nie utrudnić dochodzenia. Szczerze mówiąc, czasami zastanawiam się, dlaczego w ogóle zabierasz mnie ze sobą. Wiesz, że jestem patałachem, jeśli chodzi o ludzi.

– Nie jesteś patałachem, Henry – powiedziała łagodnie Charlotte.

Miała ochotę pogłaskać męża po twarzy, odgarnąć mu włosy z czoła i dodać otuchy, ale się powstrzymała. Przekonała się wiele razy, że nie należy narzucać się Henry'emu z czułościami, których on prawdopodobnie nie chce.

Zostawiwszy powóz pod opieką woźnicy Lightwoodów, wspięli się po schodach i zadzwonili do drzwi. Otworzył im lokaj w granatowej liberii, ze srogą miną.

– Dzień dobry – rzucił szorstko. – Mogę zapytać, co państwa sprowadza?

Charlotte zerknęła z ukosa na Henry'ego, ale na jego twarzy malował się nieobecny wyraz. Bóg wie, o czym myślał jej mąż – z pewnością o trybach, przekładniach i najróżniejszych urządzeniach, tylko nie o obecnej sytuacji. Westchnąwszy w duchu, powiedziała:

– Jestem pani Gray, a to mój mąż Henry Gray. Szukamy naszego kuzyna Nathaniela Graya. Nie mamy od niego wiadomości od sześciu tygodni. Ten młody człowiek jest albo był jednym z pracowników pana Mortmaina...

Zdawało się jej, że dostrzegła błysk niepokoju w oczach lokaja, ale może to była tylko wyobraźnia.

– Pan Mortmain jest właścicielem dużej spółki – oświadczył służący. – Nie można oczekiwać, że będzie znał miejsca pobytu wszystkich, którzy dla niego pracują. To wykluczone. Może powinniście państwo zapytać na policji.

Charlotte zmrużyła oczy. Zanim opuścili Instytut, narysowała na przedramionach runy perswazji. Niestety, trafiła na jednego z nielicznych Przyziemnych, którzy byli całkowicie odporni na ich wpływ.

– Zrobiliśmy to, ale najwyraźniej policja nie poczyniła żadnych postępów w tej sprawie. To straszne, tak martwimy się o Nate'a, rozumie pan. Gdybyśmy mogli zobaczyć się z panem Mortmainem...

Odprężyła się, kiedy lokaj powoli skinął głową. Sprawiał wrażenie niemal wystraszonego, jakby zaskoczyła go własna ustępliwość.

– Poinformuję pana Mortmaina o państwa wizycie – oznajmił. – Proszę zaczekać w westybulu.

Otworzył szeroko drzwi. Charlotte weszła do środka, Henry za nią. Choć lokaj nie zaproponował jej, żeby usiadła – brak uprzejmości przypisała oszołomieniu spowodowanemu przez runy perswazji – wziął od niej etolę oraz płaszcz i kapelusz od Henry'ego, po czym zostawił ich rozglądających się z ciekawością po holu.

Pokój był wysoki, ale dość skromnie urządzony, bez spodziewanych sielskich pejzaży i rodzinnych portretów. Zamiast tego z sufitu zwisały długie pasy jedwabiu z namalowanymi na nich chińskimi literami. W jednym rogu stał indyjski talerz z kutego srebra, na ścianach wisiały atramentowe szkice słynnych obiektów. Charlotte rozpoznała górę Kilimandżaro, piramidy egipskie, Tadż Mahal w Agrze i część chińskiego Wielkiego Muru. Mortmain najwyraźniej dużo podróżował i był z tego dumny.

Charlotte spojrzała na męża, ale on patrzył w stronę schodów, znowu pogrążony w swoich myślach. Zanim zdążyła się odezwać, wrócił lokaj z miłym uśmiechem na twarzy.

– Proszę za mną.

Sługa zaprowadził ich na koniec korytarza, otworzył wypolerowane dębowe drzwi i zaprosił ich gestem do środka.

Znaleźli się w okazałym gabinecie z dużymi oknami wychodzącymi na plac. Ciemnozielone kotary odsunięto, żeby wpuścić do pokoju światło. Charlotte dostrzegła pożyczony powozik czekający przy krawężniku, konia z łbem zanurzonym w torbie z obrokiem, woźnicę czytającego gazetę na wysokim siedzisku. Zielone gałęzie drzew, które po drugiej stronie ulicy tworzyły szmaragdowy baldachim, poruszały się, ale w środku panowała cisza. Szyby tłumiły wszelkie dźwięki. W pomieszczeniu było słychać tylko słabe tykanie ściennego zegara z wygrawerowanym złotym napisem: Mortmain and Company.

Meble były solidne, z ciemnego drewna z czarnymi słojami, na ścianach wisiały głowy zwierząt – tygrysa, antylopy i lamparta – oraz zagraniczne pejzaże. Pośrodku stało wielkie mahoniowe biurko, na którym leżały starannie ułożone stosy papieru, przyciśnięte ciężkimi miedzianymi przekładniami. Do jednego rogu był przytwierdzony mosiężny globus z legendą: „Kula ziemska Wylda wraz z najnowszymi odkryciami". Kraje pod rządami imperium brytyjskiego miały kolor ciemnoróżowy. Oglądając mapy Przyziemnych, Charlotte zawsze odnosiła dziwne wrażenie. Ich świat wyglądał trochę inaczej niż ten, który ona znała.

Za biurkiem siedział mężczyzna. Wstał na powitanie. Był w średnim wieku, niski i energiczny, o siwiejących bokobrodach. Skórę miał wysmaganą wiatrem, jakby często przebywał na świeżym powietrzu, oczy jasnoszare, wyraz twarzy miły. Mimo eleganckiego i kosztownego ubrania łatwo było wyobrazić go sobie na pokładzie statku, spoglądającego bystrym wzrokiem w dal.

– Dobry wieczór – powiedział. – Walker napomknął mi, że szukacie państwo pana Nathaniela Graya.

– Tak – odezwał się Henry ku zaskoczeniu Charlotte. Jej mąż rzadko, jeśli w ogóle, przejmował inicjatywę w rozmowie z obcymi. Przyszło jej do głowy, że jego zachowanie może mieć coś wspólnego z leżącym na biurku skomplikowanym planem.

Henry patrzył na niego jak na smakowity kąsek. – Jesteśmy jego kuzynami.

– Jesteśmy wdzięczni, że znalazł pan czas, żeby z nami porozmawiać, panie Mortmain – wtrąciła pośpiesznie Charlotte. – Wiemy, że Nathaniel był jednym z pańskich pracowników, jednym z dziesiątków pracowników...

– Setek – poprawił ją pan Mortmain. Mówił przyjemnym barytonem, w którym pobrzmiewała teraz nuta rozbawienia. – To prawda, że nie mogę ich wszystkich mieć na oku. Ale pana Graya pamiętam. Choć muszę wyznać, że nie przypominam sobie, żeby kiedykolwiek wspominał o kuzynach Nocnych Łowcach.

Rozdział szósty

Dziwna ziemia

„Nie wolno nam patrzeć na gobliny,
Nie wolno nam kupować ich owoców:
Kto wie, jaka ziemia karmiła
Ich głodne, spragnione korzenie?".

– Christina Rossetti, *Targ goblinów*

– Wiesz, nie sądziłem, że tak wygląda burdel.

Stali przed wejściem do Mrocznego Domu przy Whitechapel High Street. Dom wyglądał na ciemniejszy i bardziej zaniedbany niż ostatnio, jakby ktoś pokrył go dodatkową warstwą brudu.

– A co właściwie sobie wyobrażałeś, James? Królowe nocy machające z balkonów? Nagie posągi w holu?

– Chyba tak – przyznał Jem. – Spodziewałem się czegoś mniej obskurnego.

Will pomyślał to samo, kiedy był tutaj po raz pierwszy. Po wejściu do Mrocznego Domu doznawało się przytłaczającego wrażenia, że nikt tego miejsca nigdy nie traktował jak dom.

Zaryglowane okna wyglądały na brudne, zaciągnięte zasłony nieprane od wieków.

Will podwinął rękawy.

– Chyba będziemy musieli wyważyć drzwi...

– Albo nie – powiedział Jem, sięgając do gałki.

Drzwi się otworzyły, ukazując prostokąt ciemności.

– Nie, to zwykłe lenistwo – skomentował Will.

Wyjąwszy nóż myśliwski zza pasa, wszedł ostrożnie do środka. Jem ruszył za nim, mocno ściskając laskę z jadeitową główką. Mieli zwyczaj kolejno wchodzić jako pierwsi do niebezpiecznych miejsc, ale Jem zwykle wolał stanowić tylną straż. Will zawsze zapominał oglądać się za siebie.

Drzwi zamknęły się za nimi, więżąc ich w półmroku. Przedsionek wyglądał prawie tak samo jak wtedy, gdy Will pierwszy raz go zobaczył: te same kręte schody prowadzące w górę, ta sama elegancka, choć popękana marmurowa podłoga, to samo powietrze przesycone kurzem.

Jem uniósł rękę i magiczny kamień ożył, płosząc stado czarnych żuków. Gdy czmychnęły w kąty, Will aż się skrzywił.

– Miłe miejsce, co? Miejmy nadzieję, że zostawili po sobie coś więcej niż brud. Nowe adresy, kilka uciętych kończyn, jedna albo dwie prostytutki...

– Tak, jeśli będziemy mieli szczęście, złapiemy syfilis.

– Albo demoniczną ospę – dopowiedział Will, próbując otworzyć drzwi pod schodami. Uchyliły się, niezamknięte na klucz podobnie jak wejściowe.

– Demoniczna ospa nie istnieje.

– O, ty, człowieku małej wiary. – Will zniknął w ciemności pod schodami.

Razem starannie przeszukali piwnicę i pomieszczenia na parterze, ale znaleźli tylko kurz i śmieci. Z pokoju, w którym Tessa i Will walczyli z Mrocznymi Siostrami, usunięto wszystko. Po długim myszkowaniu Herondale odkrył na ścianie coś, co wyglądało jak plama krwi, ale nie znaleźli jej źródła. Jem podsunął, że to po prostu może być farba.

Opuściwszy piwnicę, weszli na górę i zobaczyli długi, znany Willowi korytarz z drzwiami po obu stronach. Niedawno nim biegł, ciągnąc za sobą Tessę. Zajrzał teraz do pierwszego pokoju po prawej. To tam znalazł pannę Gray. Nie pozostał w nim żaden ślad po dziewczynie o dzikim wzroku, która uderzyła go wazonem. Sypialnia była pusta, meble zabrano do Cichego Miasta, żeby dokładnie je przeszukać. Cztery wgłębiania w podłodze wskazywały miejsce, gdzie kiedyś stało łóżko.

Inne pomieszczenia wyglądały podobnie. Will próbował w jednym otworzyć okno, kiedy usłyszał, jak Jem go woła. Przyjaciel znajdował się na końcu korytarza po lewej stronie. Will popędził tam i zastał go stojącego na środku dużego kwadratowego pomieszczenia z magicznym kamieniem w ręce. Nie był sam. Uchował się tutaj jeden mebel, wyściełany fotel. Siedziała w nim kobieta.

Była młoda – pewnie niewiele starsza od Jessamine – w taniej perkalowej sukni, z mysimi włosami zebranymi na karku. Ręce miała czerwone, oczy szeroko otwarte, wytrzeszczone.

– O rany! – wykrztusił Will zaskoczony. – Czy ona...

– Nie żyje – potwierdził Jem.

– Jesteś pewien?

Will nie mógł oderwać wzroku od twarzy kobiety. Była blada, ale nie trupią bladością. Ręce miała złożone na kolanach, palce lekko zgięte. Herondale zbliżył się i położył dłoń na jej ramieniu. Okazało się sztywne i zimne.

– Cóż, nie reaguje na moje awanse, więc musi być martwa – stwierdził z udawaną lekkością.

– Albo ma dobry gust i trochę rozsądku.

Jem ukląkł i spojrzał w górę na twarz kobiety. Jej oczy były jasnoniebieskie i wyłupiaste. Wpatrywały się w dal, martwe, jak namalowane.

– Proszę pani. – Sięgnął do jej nadgarstka, żeby zbadać puls.

Drgnęła pod jego dotykiem i wydała z siebie cichy nieludzki jęk.

Jem wstał pośpiesznie.

– Co, do...

Kobieta uniosła głowę. Jej oczy nadal były martwe, niewidzące, ale z ust wydobył się metaliczny dźwięk.

– Strzeżcie się! – Jej wrzask odbił się echem w pokoju.

Will odskoczył z krzykiem.

Głos kobiety brzmiał, jak zgrzyt ocierających się o siebie trybów.

– Strzeżcie się, Nefilim! Tak jak zabijacie innych, sami zostaniecie zabici. Wasz anioł nie ochroni was przed tym, co nie zostało stworzone przez Boga ani diabła, przed armią niezrodzoną z nieba ani z piekła. Strzeżcie się ręki człowieka. Strzeżcie się mechanicznego anioła. Strzeżcie się. – Jej głos przeszedł w wysoki, zgrzytliwy krzyk. Kobieta zaczęła się miotać w fotelu w przód i w tył jak marionetka pociągana za niewidoczne sznurki. – Strzeżcie sięstrzeżciestrzeżcie...

– Dobry Boże – mruknął Jem.

– Strzeżcie się! – wrzasnęła kobieta po raz ostatni, przewróciła się do przodu i znieruchomiała na podłodze, nagle milcząca.

Will gapił się na nią z otwartymi ustami.

– Czy ona... – zaczął.

– Tak – powiedział Jem. – Myślę, że tym razem naprawdę nie żyje.

Ale Herondale pokręcił głową.

– Wiesz, nie sądzę.

– Więc co myślisz?

Zamiast odpowiedzieć, Will ukląkł przy ciele. Przyłożył dwa palce do policzka kobiety i łagodnie odwrócił jej twarz w ich stronę. Miała otwarte usta, prawe oko wpatrywało się w sufit. Lewe wisiało na zwoju miedzianego drutu sterczącego z oczodołu.

– Ona nie jest żywa, ale i nie martwa – orzekł Will. – Może być... jak jedna z tych zabawek Henry'ego. Kto mógł ją zrobić?

– Nie mam pojęcia. Ale nazwała nas Nefilim. Wiedziała, kim jesteśmy.

– Nie sądzę, żeby wiedziała cokolwiek – stwierdził Wil. – Myślę, że to maszyna, taka jak zegarek. I zepsuła się. – Wstał. – Tak czy inaczej, najlepiej zabierzmy ją do Instytutu. Henry z pewnością będzie chciał ją obejrzeć.

Jem nie odpowiedział. Patrzył na kobietę leżącą na podłodze. Spod rąbka sukni wystawały brudne stopy. Usta były rozdziawione, tak że widział błysk metalu w jej gardle, oko dyndało upiornie na kawałku miedzi. Na zewnątrz Big Ben zaczął wybijać południe.

***

W parku Tessa nieco się odprężyła. Nie była w tak pełnym zieleni, spokojnym miejscu, odkąd przyjechała do Londynu.

Prawie z niechęcią stwierdziła, że cieszy ją widok trawy i drzew, choć uznała, że ten park nawet w przybliżeniu nie jest taki ładny jak Central Park w Nowym Jorku. Powietrze było tutaj mniej zamglone niż nad resztą miasta, niebo osiągnęło kolor niemal zbliżony do niebieskiego.

Thomas czekał w powozie, podczas gdy Tessa i Jessamine wybrały się na spacer. Kiedy szły szeroką aleją, zwaną Rotten Row, Jessamine przez cały czas paplała. Mimo niefortunnej nazwy było to miejsce, w którym człowiek mógł się pokazać i przy okazji obserwować innych. Środkiem paradowali jeźdźcy, mężczyźni w pięknych strojach, kobiety z powiewającymi woalkami. Ich śmiech rozbrzmiewał w letnim powietrzu. Po bokach przechadzali się piesi. Pod drzewami stały krzesła i ławki, na których siedziały damy, kręcąc nad głowami kolorowymi parasolkami i sącząc wodę z miętą. Obok nich dżentelmeni z bokobrodami palili cygara, zapach tytoniu mieszał się z wonią skoszonej trawy i koni.

Choć nikt się nie zatrzymał, żeby z nimi porozmawiać, Jessamine chyba znała ich wszystkich. Wiedziała, kto się ożenił, kto szuka męża, kto ma romans z czyją żoną, o którym wszyscy wiedzą. Tessie trochę kręciło się od tego w głowie, więc była zadowolona, kiedy w końcu zeszły z głównej alei na węższą ścieżkę biegnącą przez park.

Jessamine wzięła Tessę pod ramię i uścisnęła jej dłoń.

– Nawet nie wiesz, jaka to ulga nareszcie znaleźć się w towarzystwie innej dziewczyny – powiedziała wesoło. – To znaczy, Charlotte jest w porządku, ale jest nudna i zamężna.

– Pozostaje jeszcze Sophie.

Jessamine prychnęła.

– Sophie to służąca.

– Znałam dziewczyny, które były w zażyłych stosunkach ze swoimi paniami – zaprotestowała Tessa.

Nie była to do końca prawda. Osobiście nie znała żadnej takiej dziewczyny, tylko o nich czytała. W każdym razie w powieściach główną funkcją pokojówek było wysłuchiwanie pani zwierzającej się ze swojego tragicznego życia miłosnego. Czasami milady przebierała się za służącą, żeby uniknąć porwania przez łotra. Tessa nie mogła jednak sobie wyobrazić Sophie w roli powierniczki Jessamine.

– Widziałaś jej twarz. Jest straszna i przez to zgorzkniała. Pokojówka powinna być ładna i mówić po francusku, a Sophie tego też nie potrafi. Zwróciłam na to uwagę Charlotte, kiedy sprowadziła tę dziewczynę do domu, ale nie chciała mnie słuchać. Nigdy mnie nie słucha.

– Nie rozumiem dlaczego – powiedziała Tessa.

Skręciły w wąską dróżkę, która wiła się między drzewami. W oddali połyskiwała rzeka, gałęzie splatały się w górze, tworząc baldachim, przesłaniający słońce.

– Ja też nie rozumiem! – Jessamine uniosła twarz do słońca, które przedzierało się przez listowie. – Charlotte nigdy nikogo nie słucha. Rządzi biednym Henrym. Nie wiem, dlaczego on w ogóle ją poślubił.

– Może dlatego, że ją kochał?

Jessamine prychnęła.

– Nikt tak nie uważa. Henry chciał mieć wstęp do Instytutu, żeby móc robić w piwnicy te swoje eksperymenty i nie musieć walczyć. Nie sądzę, żeby chciał ożenić się z Charlotte czy w ogóle z jakąkolwiek kobietą, ale gdyby ktoś inny prowadził Instytut, on wziąłby ślub z tym kimś. – Dziewczyna sapnęła. – I są jeszcze chłopcy, Will i Jem. Jem jest dość miły, ale wiesz, jacy są cudzoziemcy. Niegodni zaufania, z zasady samolubni i leniwi. On siedzi zawsze w swoim pokoju, udaje chorego, odmawia pomocy innym. – Jessamine dalej paplała beztrosko, najwyraźniej zapomniawszy, że Herondale i Carstairs w tej chwili przeszukują Mroczny Dom, podczas gdy ona spaceruje sobie po parku. – A Will jest zbyt skupiony na sobie i można odnieść wrażenie, że wychowali go dzicy. Nie ma szacunku dla nikogo i niczego, nie wie, jak powinien zachowywać się dżentelmen. Pewnie dlatego, że jest Walijczykiem.

– Walijczykiem? – zdziwiła się Tessa.

„A co w tym złego?" – chciała dodać, ale Jessamine źle zrozumiała jej pytanie i dalej ciągnęła swój wywód.

– O, tak. Patrząc na te czarne włosy, nie można mieć wątpliwości. Jego matka była Walijką. Ojciec zakochał się w niej i opuścił Nefilim. Może ona rzuciła na niego urok. – Jessamine się roześmiała. – W Walii znają starą magię i różne takie rzeczy, wiesz.

Tessa nie wiedziała.

– Co się stało z rodzicami Willa? Nie żyją?

– Pewnie tak, bo inaczej chybaby go szukali? – Jessamine zmarszczyła czoło. – Zresztą, mniejsza o to. Nie chcę już rozmawiać o Instytucie. – Spojrzała na Tessę. – Pewnie się zastanawiasz, dlaczego jestem dla ciebie taka miła.

– Eee... – Rzeczywiście, Tessa się dziwiła. W powieściach dziewczęta, których rodzice kiedyś mieli pieniądze, ale je stracili, często są przyjmowane przez szlachetnych, bogatych opiekunów, którzy zapewniają im dobrą edukację. (Nie, chodziło o to, że coś było źle z jej edukacją. Ciotka Harriet była równie wykształcona jak każda guwernantka). Oczywiście Jessamine pod żadnym względem nie przypominała świętych starszych dam, które postępowały całkowicie bezinteresownie. – Czytałaś *Latarnika*?

– Oczywiście, że nie. Dziewczęta nie powinny czytać powieści. – Jessamine mówiła takim tonem, jakby recytowała zasłyszaną opinię. – Tak czy inaczej, panno Gray, mam dla pani propozycję.

– Tesso – poprawiła ją automatycznie.

– Oczywiście, bo już jesteśmy najlepszymi przyjaciółkami – zgodziła się Jessamine – i wkrótce będziemy jeszcze lepszymi.

Tessa popatrzyła na nią z konsternacją.

– Co masz na myśli?

– Jak zapewne powiedział ci ten okropny Will, mój drogi papa i mama nie żyją. Ale zostawili mi niewielki spadek. Pieniądze zostały złożone w funduszu powierniczym i otrzymam je w dniu moich osiemnastych urodzin, co jest tylko kwestią paru miesięcy. Oczywiście rozumiesz problem.

Tessa, która nie rozumiała problemu, bąknęła:

– Tak?

– Nie jestem Nocnym Łowcą, Tesso. Nigdy nie chciałam nim być. Pogardzam wszystkim, co wiąże się z Nefilim. Najbardziej ze wszystkiego pragnę opuścić Instytut i nigdy więcej nie rozmawiać z osobami, które w nim rezydują.

– Ale myślałam, że twoi rodzice byli Nocnymi Łowcami...

– Nie trzeba być Nocnym Łowcą, jeśli się nie chce – odburknęła Jessamine. – Moi rodzice nie chcieli. Opuścili Clave, kiedy byli młodzi. Mama zawsze wyrażała się jasno, że nie chce w pobliżu mnie żadnych Nocnych Łowców. Nie życzyła sobie takiego życia dla dziewczyny. Pragnęła dla mnie czegoś innego. Że będę miała debiut, poznam królową, znajdę dobrego męża i urodzę słodkie małe bobasy. Zwyczajne życie. – Wypowiadała te słowa z uczuciem bliskim wielkiemu głodowi. – Teraz w tym mieście inne dziewczęta w moim wieku, nie tak ładne jak ja, tańczą, flirtują, śmieją się i łapią mężów. Biorą lekcje francuskiego. A ja uczę się okropnych demonicznych języków. To niesprawiedliwe.

– Przecież możesz wyjść za mąż. – Tessa była zdziwiona. – Każdy mężczyzna...

– Mogłabym poślubić co najwyżej Nocnego Łowcę. – Jessamine dwa ostatnie słowa wymówiła z pogardą. – Żyć jak Charlotte, ubierać się jak mężczyzna i walczyć jak mężczyzna. To okropne. Kobiety nie powinny się tak zachowywać, tylko z wdziękiem rządzić w swoich uroczych domach. Dekorować je dla mężów, podnosić ich na duchu łagodną, anielską obecnością.

Panna Lovelace nie była ani łagodna, ani anielska, ale Tessa nie wyraziła na głos tej opinii.

– Nie rozumiem, jak...

Jessamine gwałtownie chwyciła ją za ramię.

– Mogę opuścić Instytut, Tesso, ale nie mogę mieszkać sama. To byłoby niestosowne. Co innego, gdybym była wdową, ale jestem tylko dziewczyną. Tego się po prostu nie robi. Ale gdybym miała towarzyszkę... siostrę...

– Chcesz, żebym udawała twoją siostrę? – wykrztusiła Tessa.

– Dlaczego nie? – powiedziała Jessamine, jakby to była najbardziej rozsądna propozycja na świecie. – Albo mogłabyś być moją kuzynką z Ameryki. Tak, to dobry pomysł. Rozumiem, że nie masz dokąd pójść, prawda? Jestem pewna, że szybko złapałybyśmy mężów.

Tessa, którą rozbolała głowa, marzyła o tym, żeby Jessamine przestała mówić o „łapaniu mężów", jakby chodziło o szukanie kota, który uciekł.

– Mogłabym przedstawić cię najlepszym kandydatom – ciągnęła Jessamine. – Byłyby bale, kolacje... – Nagle urwała i rozejrzała się, wyraźnie zdezorientowana. – Ale gdzie my właściwie jesteśmy?

Tessa również się rozejrzała. Ścieżka zmieniła się w wąski ciemny dukt biegnący między wysokimi, poskręcanymi drzewami. Nie było widać nieba, nie dochodziły tutaj żadne głosy. Jessamine, idąca obok niej, zatrzymała się nagle. Jej twarz wykrzywił strach.

– Zabłądziłyśmy – wyszeptała.

– Przecież możemy znaleźć drogę powrotną, prawda? – Tessa obróciła się, szukając prześwitu między drzewami, smugi światła słonecznego. – Myślę, że przyszłyśmy stamtąd...

Jessamine nagle złapała ją za ramię. Jej palce były jak szpony. Na ścieżce przed nimi wyrosło coś, albo raczej ktoś.

Postać była mała, tak mała, że przez chwilę Tessa myślała, że ma przed sobą dziecko. Ale kiedy ten ktoś wyszedł na oświetlony skrawek ścieżki, zobaczyła, że to mężczyzna – zgarbiony starzec ubrany jak handlarz uliczny, w łachmanach i zniszczonym kapeluszu zsuniętym na tył głowy. Jego twarz była pomarszczona i biała jak stare jabłko pokryte pleśnią; czarne oczy spoglądały spomiędzy grubych fałdów skóry.

Uśmiechnął się szeroko, pokazując zęby ostre jak igły.

– Ładne dziewczynki.

Tessa zerknęła na Jessamine. Jej towarzyszka stała sztywna, z wytrzeszczonymi oczami. Jej usta stanowiły białą kreskę.

– Powinnyśmy iść – wyszeptała Tessa i pociągnęła Nocną Łowczynię za ramię.

Jessamine bezwolnie pozwoliła się obrócić w kierunku, z którego przyszły...

Mężczyzna raptem znowu pojawił się przed nimi na ścieżce, zagradzając im drogę. W oddali Tessa widziała park, niczym polanę zalaną światłem. Wyglądało to tak, jakby leżał poza ich zasięgiem.

– Zeszłyście ze ścieżki – stwierdził nieznajomy śpiewnym, rytmicznym głosem. – Ładne dziewczęta, zeszłyście ze ścieżki. Wiecie, co się dzieje z takimi dziewczynami.

Zrobił krok do przodu. Jessamine, nadal sztywna, ściskała parasolkę niczym linę ratunkową.

– Goblin – powiedziała. – Kimkolwiek jesteś, nie chcemy żadnych kłótni z faerie, ale jeśli nas tkniesz...

– Zeszłyście ze ścieżki – zaśpiewał mały człowieczek, podchodząc bliżej. Tessa zobaczyła, że jego lśniące buty wcale nie są butami, tylko raciczkami. – Głupie Nefilim, żeby przychodzić w to miejsce bez Znaków. Ten teren jest starszy niż wszelkie Porozumienia. To dziwna ziemia. Jeśli spadnie na nią twoja anielska krew, wykiełkuje z niej złota winorośl z diamentami na czubkach. I ja żądam twojej krwi.

Tessa pociągnęła Jessamine za ramię.

– Chodźmy...

– Cicho, Tesso! – syknęła Jessamine i uwolniwszy rękę, wycelowała parasolką w goblina. – Wcale tego nie chcesz. Nie chcesz...

Stwór skoczył. Kiedy pędził w ich stronę, jego usta się rozwarły, skóra popękała. Tessa zobaczyła pod nią inną twarz: z kłami, groźną. Krzyknęła i zatoczyła się do tyłu. Zahaczyła butem o korzeń drzewa. Kiedy runęła na ziemię, Jessamine uniosła parasolkę i otworzyła ją jak kwiat.

Goblin zawył, upadł do tyłu i potoczył się po ścieżce, nadal wrzeszcząc. Z rany na policzku ciekła krew, plamiła jego podartą szarą kurtkę.

– Ostrzegałam cię – powiedziała Jessamine. Oddychała ciężko, jakby przebiegła przez cały park. – Mówiłam ci, żebyś zostawił nas w spokoju, ty paskudny karle...

Gdy znowu uderzyła napastnika, Tessa zobaczyła, że brzegi parasolki jarzą się dziwną złoto-białą poświatą i są ostre jak brzytwy. Kwiecisty materiał był obryzgany krwią.

Goblin wrzasnął i zasłonił się rękoma. Wyglądał teraz jak garbaty starzec i choć Tessa wiedziała, że to iluzja, ogarnęło ją współczucie.

– Litości, panienko, miłosierdzia...

– Miłosierdzia? – warknęła Jessamine. – Chciałeś wyhodować kwiaty z mojej krwi! Obrzydliwe stworzenie!

Ponownie cięła go parasolką. I jeszcze raz. Goblin miotał się z wrzaskiem.

Tessa usiadła, strzepnęła ziemię z włosów i chwiejnie dźwignęła się na nogi. Panna Lovelace krzyczała, wymachując parasolką, a stwór leżący na ziemi podrygiwał po każdym jej ciosie.

– Nienawidzę cię! – wrzeszczała piskliwym głosem Jessamine. – Nienawidzę wszystkich Podziemnych takich jak ty, obrzydliwych, wstrętnych...

– Jessamine! – Tessa podbiegła do niej, oplotła ją rękoma i przytrzymała jej ręce.

Gdy Jessamine się szarpnęła, Tessa uświadomiła sobie, że nie da rady jej utrzymać. Nocna Łowczyni była silna, mięśnie pod delikatną kobiecą skórą miała twarde i napięte jak postronki. Nagle osunęła się na Tesę bezwładnie, opuściła rękę ściskającą parasolkę. Oddychała spazmatycznie.

– Nie! – zaczęła zawodzić. – Nie. Ja nie chciałam. Nie zamierzałam. Nie...

Tessa spojrzała na ścieżkę. Ciało goblina leżało bez ruchu u ich stóp. Krew rozlewała się po ziemi strużkami, tworzącymi wzór, który przypominał ciemną winorośl. Ciekawe, co tu teraz wykiełkuje, przemknęło Tessie przez głowę.

***

Jak można się było spodziewać, to Charlotte pierwsza otrząsnęła się ze zdumienia.

– Panie Mortmain, nie jestem pewna, czy pan...

– Oczywiście, że nimi jesteście. – Psotny uśmiech przeciął szczupłą twarz gospodarza od ucha do ucha. – Nocnymi Łowcami. Nefilim. Tak siebie nazywacie, prawda? Bękarty ludzi i aniołów. Dziwne, bo Nefilim w Biblii byli strasznymi potworami.

– Wie pan, to niekoniecznie jest prawda. – W Branwellu odezwał się pedant. – Chodzi o kwestię tłumaczenia z oryginalnego aramejskiego...

– Henry! – rzuciła ostrzegawczo Charlotte.

– Naprawdę więzicie dusze zabitych demonów w gigantycznym krysztale? – zapytał z roziskrzonymi oczami Mortmain. – Imponujące!

– Ma pan na myśli Pyxis? – Henry wyglądał na skonsternowanego. – To nie jest kryształ, tylko drewniane pudełko, a demony nie mają dusz, tylko energię...

– Milcz, Henry – syknęła Charlotte.

– Proszę się nie trudzić – powiedział Mortmain wesołym tonem. – Wiem o was wszystko. Pani jest Charlotte Branwell, prawda? A to pani mąż Henry Branwell. Prowadzicie Londyński Instytut w miejscu, gdzie kiedyś stał kościół All-Hallows-the-Less. Naprawdę myśleliście, że się nie zorientuję, z kim mam do czynienia? Zwłaszcza po tym, jak próbowała pani zaczarować mojego lokaja? On źle znosi czary, dostaje od nich wysypki.

Charlotte zmrużyła oczy i spytała:

– Jak pan zdobył te informacje?

Mortmain pochylił się i złożył dłonie w piramidkę.

– Jestem studentem okultyzmu. Od czasu mojego pobytu w Indiach, kiedy jako młody człowiek po raz pierwszy dowiedziałem się o królestwie cieni, jestem nim zafascynowany. Dla człowieka o mojej pozycji, z wystarczającymi funduszami i dostateczną ilością czasu, wiele drzwi jest otwartych. Są książki, które można kupić, informacje, za które można zapłacić. Wiedza o was nie jest aż takim sekretem, jak wam się zdaje.

– Możliwe, ale wie pan, że to niebezpieczne – powiedział Henry, wyraźnie nieszczęśliwy. – Zabijanie demonów to nie strzelanie do tygrysów. One też mogą na pana polować, tak jak pan na nie.

Mortmain się zaśmiał.

– Mój chłopcze, nie mam zamiaru tropić demonów ani z nimi walczyć gołymi rękami. Oczywiście, że tego rodzaju informacje mogą być niebezpieczne, jeśli zdobędą je lekkomyślni zapaleńcy, ale ja jestem ostrożnym i rozsądnym człowiekiem. Chodzi mi tylko o poszerzenie wiedzy o świecie i nic więcej. – Rozejrzał się po pokoju. – Muszę wyznać, że jeszcze nie miałem zaszczytu rozmawiać z Nefilim. W literaturze często się o was wspomina, ale czytać o czymś i naprawdę tego doświadczyć to dwie różne rzeczy. Na pewno się pan ze mną zgodzi. Jest tyle rzeczy, których moglibyście mnie nauczyć...

– Dość tego! – rzuciła Charlotte lodowatym tonem.

Gospodarz spojrzał na nią zaskoczony.

– Słucham?

– Ponieważ tyle pan wie o Nefilim, panie Mortmain, mogę spytać, czy pan wie, jakie jest nasze zadanie?

– Niszczyć demony – odparł Mortmain, wyraźnie zadowolony z siebie. – Chronić ludzkość, to znaczy Przyziemnych, jak nas nazywacie.

– Tak – potwierdziła Charlotte. – I dużo czasu poświęcamy na chronienie ludzi przed ich własną głupotą. Widzę, że nie jest pan wyjątkiem od tej zasady.

Osłupiały Mortmain powędrował wzrokiem ku Henry'emu. Charlotte znała to spojrzenie. Wymieniali je między sobą mężczyźni, a oznaczało ono: „Nie ma pan władzy nad swoją żoną, sir?". Pan Branwell go nie odczytał, bo akurat oglądał do góry nogami plany rozłożone na biurku i nie poświęcał zbytniej uwagi rozmowie toczącej się w gabinecie.

– Sądzi pan, że wiedza okultystyczna, którą pan zdobył, czyni pana bardzo mądrym – ciągnęła Charlotte – ale widziałam w życiu wielu martwych Przyziemnych, panie Mortmain. Nie potrafię zliczyć, ile razy badaliśmy szczątki ludzi, który uważali siebie za ekspertów od magicznych praktyk. Pamiętam, jak kiedyś wezwano mnie do domu pewnego adwokata. Człowiek ten należał do jakiegoś głupiego kręgu ludzi, którzy uważali siebie za magików. Spędzali czas na strojeniu się w szaty, śpiewaniu i rysowaniu pentagramów na ziemi. Pewnego wieczoru adwokat uznał, że jego umiejętności są wystarczające, żeby spróbować wezwać demona.

– I były?

– Tak. Wezwał demona Maraksa, a ten zabił adwokata i całą jego rodzinę. – Charlotte mówiła rzeczowym tonem. – Znaleźliśmy ich w powozowni, bez głów, wiszących nogami do góry.

Najmłodsze z dzieci piekło się na rożnie. Maraksa nigdy nie dopadliśmy.

Mortmain zbladł, ale zachował panowanie nad sobą.

– Zawsze są tacy, którzy przeceniają swoje możliwości – stwierdził. – Ale ja...

– Pan nigdy nie byłby taki głupi – dokończyła za niego Charlotte. – Tylko że właśnie w tym momencie wykazuje się pan głupotą. Patrzy pan na Henry'ego i na mnie i zamiast się bać, dobrze się pan bawi! Bajka ożyła! – Uderzyła mocno dłonią w biurko, aż gospodarz podskoczył. – Za nami stoi potęga Clave – oświadczyła zimnym tonem. – Naszym zadaniem jest chronić ludzi. Takich jak Nathaniel Gray. On zniknął i jego zniknięcie wiąże się z praktykami magicznymi. I oto trafiamy na jego byłego pracodawcę, najwyraźniej biegłego w kwestiach okultyzmu. Trudno uwierzyć, że te fakty nie są ze sobą powiązane.

– Ja... Pan Gray zniknął? – wykrztusił Mortmain.

– Tak. Przyszła do nas jego siostra. Dwie czarownice ostrzegły ją, że Nathaniel jest w poważnym niebezpieczeństwie. Podczas gdy pan świetnie się bawi, on być może umiera. A Clave nie patrzy łaskawie na tych, którzy przeszkadzają mu w wypełnianiu obowiązków.

Mortmain przeciągnął dłonią po twarzy. Kiedy opuścił rękę, jego oblicze było szare.

– Oczywiście powiem wam wszystko, co chcecie wiedzieć.

– Doskonale. – Serce Charlotte biło szybko, ale głos nie zdradzał niepokoju.

– Znałem jego ojca. Ojca Nathaniela. Zatrudniałem go przez ponad dwadzieścia lat, kiedy Mortmain był przede wszystkim spółką żeglugową. Miałem oddziały w Hongkongu, Szanghaju,

Tianjinie... – Urwał, kiedy Charlotte zabębniła niecierpliwie palcami po biurku. – Richard Gray pracował dla mnie tutaj, w Londynie. Był kierownikiem biura, dobrym i bystrym człowiekiem. Żałowałem, że go tracę, kiedy przeniósł się z rodziną do Ameryki. Kiedy Nathaniel do mnie napisał, kim jest, od razu zaproponowałem mu pracę.

– Panie Mortmain. – Ton Charlotte był stalowy. – To nie jest...

– Ależ tak – zapewnił gospodarz. – Widzi pani, moja wiedza okultystyczna zawsze pomagała mi w interesach. Kilka lat temu, na przykład, zbankrutował znany bank z Lombard Street, pociągając za sobą kilkadziesiąt dużych firm. Znajomość z pewnym czarownikiem pomogła mi uniknąć katastrofy. Zdołałem wycofać fundusze, zanim bank ogłosił upadłość. To uratowało moją firmę, wzbudziło jednak podejrzenia Richarda. Przeprowadził własne śledztwo i przyszedł do mnie ze swoją wiedzą o Klubie Pandemonium.

– Więc należy pan do tego klubu – stwierdziła Charlotte. – Oczywiście.

– Zaproponowałem Richardowi członkostwo klubu, nawet zabrałem go na jedno czy dwa spotkania, ale nie był zainteresowany. Wkrótce potem przeniósł się z rodziną do Ameryki. – Mortmain rozpostarł dłonie. – Klub Pandemonium nie jest dla każdego. Podróżując tak dużo, słyszałem historie o podobnych organizacjach w wielu miastach, o grupach ludzi, którzy chcą dzielić się swoją wiedzą o Świecie Cieni i osiągnięciami, ale za członkostwo płaci się wysoką cenę tajemnicy.

– Płaci się o wiele wyższą cenę.

– To nie jest zła organizacja – zaprotestował Mortmain niemal z urazą. – Dokonała wielu poważnych wynalazków. Sam widziałem, jak pewien czarownik stworzył srebrny pierścień, który, kiedy przekręciło się go na palcu, potrafił przenieść właściciela do domu. Albo drzwi, przez które można było dotrzeć do dowolnego miejsca na świecie. Widziałem ludzi ratowanych w ostatniej chwili od śmierci...

– Wiem, co potrafi magia, panie Mortmain. – Charlotte zerknęła na męża, który uważnie studiował plan jakiegoś mechanicznego urządzenia wiszący na ścianie. – Dręczy mnie pewna kwestia. Czarownice, które porwały pana Graya, są w jakiś sposób powiązane z klubem. Zawsze słyszałam, że jest to klub dla Przyziemnych. Skąd zatem wzięli się w nim Podziemni?

Mortmain zmarszczył czoło.

– Podziemni? Ma pani na myśli czarowników, wilkołaki i tym podobne nadnaturalne istoty? Istnieją różne poziomy członkostwa, pani Branwell. Przyziemny taki jak ja może zostać członkiem klubu, ale ci, którzy kierują całym przedsięwzięciem, są Podziemnymi. Czarownicy, likantropy i wampiry. Natomiast faerie nas unikają. Jak na ich gust jest tam zbyt wielu rekinów przemysłu. One nienawidzą takich rzeczy. – Pokręcił głową. – Urocze istoty te faerie, ale obawiam się, że postęp będzie dla nich zgubą.

Charlotte nie była zainteresowana przemyśleniami Mortmaina na temat faerie. W głowie miała mętlik.

– Niech zgadnę – powiedziała. – Wprowadził pan Nathaniela Graya do klubu, tak jak wcześniej jego ojca.

Mortmain, który już zdążył odzyskać część swojej zwykłej pewności siebie, teraz znowu ją stracił.

– Nathaniel pracował w moim biurze w Londynie zaledwie od kilku dni, kiedy to zjawił się u mnie z prośbą. Sądzę, że usłyszał o klubie od swojego ojca i zapragnął dowiedzieć się więcej. Nie mogłem odmówić. Wprowadziłem go na spotkanie, bo myślałem, że na tym się skończy. Tak się jednak nie stało. – Gospodarz pokręcił głową. – Nathaniela ciągnęło do klubu jak kaczkę do wody. Kilka tygodni po tamtym pierwszym spotkaniu zniknął ze swojego pensjonatu. Przysłał mi list, w którym informował, że rezygnuje z posady u mnie, ponieważ zamierza pracować dla innego członka Klubu Pandemonium, który najwyraźniej był gotów zapłacić Grayowi tyle, żeby wystarczyło mu na hazard. – Mortmain westchnął. – Nie muszę mówić, że nie zostawił nowego adresu.

– I to wszystko? – W głosie Charlotte brzmiało niedowierzanie. – Nie próbował go pan szukać?

– Człowiek może wybierać sobie pracę – odparł Mortmain. – Nie było powodu sądzić, że...

– I nie widział go pan od tamtej pory?

– Nie. Mówiłem pani...

Charlotte mu przerwała:

– Twierdzi pan, że ciągnęło go do Klubu Pandemonium jak kaczkę do wody, ale nie widział go pan na żadnym spotkaniu, odkąd rzucił pracę u pana?

W oczach Mortmaina pojawił się błysk paniki.

– Ja... ja nie byłem od tamtej pory na ani jednym spotkaniu. Bardzo absorbowała mnie praca.

Charlotte spojrzała na niego twardo. Zawsze uważała, że jest dobrym sędzią charakterów. Już spotykała w życiu takich ludzi jak Axel Mortmain. Bezpośrednich, genialnych, pewnych siebie ludzi, którzy byli przekonani, że taki sam sukces jak w interesach osiągną zajmując się sztukami magicznymi. Znowu pomyślała o adwokacie, o ścianach domu w Knightsbridge, pomalowanych na szkarłatno krwią jego rodziny. Wyobraziła sobie jego przerażenie w ostatnich chwilach życia. Zacząłek podobnego strachu dostrzegła teraz w oczach Axela Mortmaina.

– Nie jestem głupia – powiedziała. – Wiem, że coś pan przede mną ukrywa. – Wyjęła z torebki jeden z trybów, które Will zabrał z domu Mrocznych Sióstr. Położyła go na biurku. – To wygląda na produkt z jednej z pańskich fabryk, panie Mortmain.

Gospodarz zerknął z roztargnieniem na mały kawałek metalu.

– Tak. To jeden z moich trybów. I co z tego?

– Dwie czarownice zwane Mrocznymi Siostrami, członkinie Klubu Pandemonium, mordowały ludzi. Młode dziewczęta, prawie dzieci. Znaleźliśmy tę rzecz w piwnicy ich domu.

– Nie mam nic wspólnego z żadnymi morderstwami! – wykrzyknął Mortmain. – Ja nigdy... Myślałem... – Zaczął się pocić.

– Co pan myślał? – zapytała cicho Charlotte.

Mortmain wziął tryb w drżące palce.

– Nie potrafi pani sobie wyobrazić... – Zawiesił głos. – Kilka miesięcy temu przyszedł do mnie jeden z członków rady Klubu, stary i bardzo wpływowy Podziemny, i poprosił, żebym sprzedał mu tanio trochę mechanicznych urządzeń. Trybów, krzywek i tym podobnych. Nie pytałem, po co mu one. Dlaczego miałbym pytać? Nie dostrzegłem niczego niezwykłego w tej prośbie.

– Czy przypadkiem nie był to ten sam człowiek, u którego zatrudnił się Nathaniel po odejściu od pana?

Mortmain wypuścił z palców trybik, a kiedy ten potoczył się po biurku, zatrzymał go, kładąc na nim rękę. Choć nic nie odpowiedział, Charlotte stwierdziła po błysku w jego oczach, że jej domysł był słuszny. Przeszedł ją dreszcz triumfu.

– Jego nazwisko – powiedziała krótko. – Proszę mi zdradzić jego nazwisko.

Mortmain wpatrywał się w biurko.

– Kosztowałoby mnie to życie.

– A co z życiem Nathaniela? – zapytała Charlotte.

Nie patrząc jej w oczy, Mortmain pokręcił głową.

– Nie ma pani pojęcia, jak potężny jest ten człowiek. Jaki niebezpieczny.

Charlotte się wyprostowała.

– Henry, podaj Wzywacza – poprosiła.

Branwell odwrócił się od ściany i popatrzył na nią oszołomiony.

– Ależ, kochanie...

– Podaj mi urządzenie! – warknęła Charlotte. Nienawidziła krzyczeć na Henry'ego. Było to jak kopanie szczeniaka. Niestety, czasami musiała.

Kiedy pan Branwell podszedł do żony i wyjął coś z kieszeni marynarki, wyraz konsternacji nadal gościł na jego twarzy. Charlotte wzięła od niego metalowy owalny przedmiot z szeregiem dziwnych pokręteł z przodu i pomachała nim przed gospodarzem.

– To jest Wzywacz – oznajmiła. – Służy zwoływaniu Clave. W ciągu trzech minut Nefilim otoczą pański dom, siłą wywloką pana z tego gabinetu i poddadzą najwymyślniejszym torturom. Wie pan, co się dzieje z człowiekiem, kiedy demoniczna krew kapie mu do oczu?

Mężczyzna zbladł, ale nic nie powiedział.

– Proszę nie wystawiać mnie na próbę, panie Mortmain. – Urządzenie w dłoni Charlotte było śliskie od potu, ale jej głos pozostał spokojny. – Nie chciałabym patrzeć, jak pan umiera.

– Dobry Boże, powiedz jej, człowieku! – wybuchnął Henry. – Po co to panu? Tylko pogarsza pan sprawę.

Mortmain zakrył twarz dłońmi. Zawsze chciał spotkać prawdziwych Nocnych Łowców, pomyślała Charlotte, patrząc na niego. I wreszcie spotkał.

– De Quincey – wykrztusił w końcu. – Nie znam jego imienia. Po prostu de Quincey.

Na Anioła! Charlotte wolno odetchnęła i opuściła rękę z urządzeniem.

– De Quincey? Niemożliwe...

– Wie pani, kto to jest? – Głos Mortmaina brzmiał głucho. – No tak, przypuszczam, że tak.

– Jest głową potężnego londyńskiego klanu wampirów – niechętnie wyjaśniła Charlotte. – I bardzo wpływowym Podziemnym, sojusznikiem Clave. Nie mogę sobie wyobrazić, że on...

– Jest szefem klubu – powiedział Mortmain. Wyglądał na wyczerpanego. Był szary na twarzy. – Wszyscy przed nim odpowiadają.

– Szefem klubu? Ma jakiś tytuł?

Mortmain wyglądał na lekko zaskoczonego tym pytaniem.

– Mistrz.

Lekko drżącą dłonią Charlotte wsunęła urządzenie do rękawa.

– Dziękuję, panie Mortmain. Był pan bardzo pomocny.

Gospodarz spojrzał na nią z czymś w rodzaju rezygnacji i zarazem urazy.

– De Quincey dowie się, że pani powiedziałem. Każe mnie zabić.

– Clave na to nie pozwoli. Nie zdradzimy pana nazwiska. De Quincey nigdy się nie dowie, że rozmawiał pan z nami.

– Zrobicie to? – spytał cicho Mortmain. – Dla kogo? Dla głupiego Przyziemnego?

– Wiążemy z panem duże nadzieje, panie Mortmain. Zdaje się, że zrozumiał pan własną lekkomyślność. Clave będzie pana obserwować, nie tylko po to, żeby chronić, ale mieć pewność, że trzyma się pan z dala od Klubu Pandemonium i innych tego rodzaju organizacji. Ze względu na pańskie dobro mam nadzieję, że uzna pan nasze spotkanie za ostrzeżenie.

Mortmain pokiwał głową. Charlotte ruszyła do drzwi, Henry za nią. Już miała je otworzyć, kiedy gospodarz powiedział cicho:

– To były tylko tryby. I zwykłe przekładnie. Zupełnie nieszkodliwe.

Ku zaskoczeniu Charlotte odpowiedział mu Henry, nie odwracając głowy.

– Obiekty nieożywione rzeczywiście są nieszkodliwe, panie Mortmain. Ale nie zawsze można to samo powiedzieć o ludziach, którzy ich używają.

Kiedy dwoje Nocnych Łowców wychodziło z gabinetu, Mortmain milczał.

Chwilę później Branwellowie znaleźli się na placu i odetchnęli świeżym – jak na londyńskie standardy – powietrzem. Może być gęste od dymu węglowego i kurzu, pomyślała Charlotte, ale przynajmniej jest wolne od strachu i desperacji, które wisiały w gabinecie Mortmaina.

Wyjąwszy urządzenie z rękawa, podała je mężowi.

– Chyba powinnam cię zapytać, co to jest, Henry? – powiedziała, kiedy mąż przyjął je z poważną miną.

– Coś, nad czym ostatnio pracowałem – odparł Branwell, z czułością patrząc na swój wynalazek. – Urządzenie, które wyczuwa demoniczną energię. Zamierzałem nazwać je Sensorem. Jeszcze nie działa, ale kiedy zacznie...

– Na pewno będzie wspaniałe.

Henry przeniósł czułe spojrzenie z urządzenia na żonę, co zdarzało się dość rzadko.

– To było genialne posunięcie, Charlotte. Udawanie, że możesz wezwać Clave, żeby zmusić tego człowieka do mówienia! Ale skąd wiedziałaś, że mam przy sobie Sensor?

– Najważniejsze, że go miałeś, kochanie, prawda? – odparła Charlotte.

Jej mąż zrobił zmieszaną minę.

– Jesteś równie przerażająca jak cudowna, moja droga.

– Dziękuję, Henry.

***

Jazda powrotna do Instytutu odbywała się w ciszy. Jessamine wyglądała przez okno na hałaśliwy ruch uliczny i nie odzywała się. Trzymała parasolkę na kolanach, nie zważając na to, że krew, która przywarła do jej brzegów, plami taftowy żakiet. Kiedy dotarli na dziedziniec kościoła, pozwoliła, żeby Thomas pomógł jej wysiąść z powozu, a następnie chwyciła Tessę za rękę.

Zaskoczona tym gestem Tessa, tylko na nią popatrzyła. Palce Jessamine były lodowate.

– Chodź – rzuciła niecierpliwie panna Lovelace i pociągnęła ją do drzwi Instytutu.

Tessa pozwoliła się zaprowadzić po schodach na górę i dalej długim korytarzem, niemal identycznym jak ten przy jej pokoju. Jessamine otworzyła jakieś drzwi, wepchnęła przez nie Tessę i sama weszła do środka.

– Chcę ci coś pokazać – oznajmiła.

Tessa się rozejrzała. Znajdowała się w kolejnej dużej sypialni, których w Instytucie najwyraźniej nie brakowało. Tę jednak urządzono według gustu panny Lovelace. Powyżej boazerii ściany wyłożono tapetą z różowego jedwabiu. Narzuta na łóżku miała kwiatowy wzór. Cały blat białej toaletki zajmowały kosztowne z wyglądu przedmioty: szkatułka na biżuterię, buteleczka wody kwiatowej, szczotka do włosów o srebrnej rączce i lusterko.

– Ładny pokój – pochwaliła Tessa, niezbyt szczerze.

– O wiele za mały – stwierdziła Jessamine. – Ale chodź tutaj.

Rzuciła zakrwawioną parasolkę na łóżko i pomaszerowała do kąta przy oknie. Tessa podążyła za nią trochę zdziwiona. W rogu pokoju stał jedynie wysoki stolik, a na nim dom dla lalek. Nie zwyczajny z kartonu, dwupokojowy, taki jak ten, który Tessa miała w dzieciństwie, tylko piękna miniatura prawdziwej londyńskiej rezydencji. Kiedy Jessamine go dotknęła, frontowe drzwi otworzyły się na maleńkich zawiasach.

Tessa wstrzymała oddech. W środku zobaczyła piękne maleńkie pokoiki urządzone mebelkami w odpowiedniej skali: od drewnianych krzeseł z poduszkami po żeliwny piec w kuchni. Były tam też małe porcelanowe laleczki i prawdziwe olejne obrazy na ścianach.

– To był mój dom. – Jessamine uklękła, tak że jej oczy znalazły się na wysokości domku. Skinęła na Tessę, żeby zrobiła to samo.

Tessa zrobiła to niezdarnie, starając się nie uklęknąć na spódnicach Jessamine.

– Miałaś ten dom dla lalek, kiedy byłaś mała? – zapytała Tessa.

– Nie, tak wyglądał mój prawdziwy dom. – Jessamine mówiła z irytacją. – Ojciec kazał go dla mnie zrobić, kiedy miałam sześć lat. Był wzorowany na tym, w którym mieszkaliśmy, przy Curzon Street. Taką tapetę mieliśmy w jadalni... – pokazała – ... a dokładnie takie krzesła stały w gabinecie ojca. Widzisz?

Wpatrywała się w nią z takim napięciem, jakby oczekiwała, że Tessa zauważy coś więcej niż tylko bardzo drogą zabawkę, z której dorosła panna powinna dawno wyrosnąć.

– Jest bardzo ładny – bąknęła w końcu Tessa. Nie miała pojęcia, czego spodziewa się Jessamine.

– Widzisz, tutaj w salonie to mama – powiedziała Jessamine, dotykając małej laleczki siedzącej w pluszowym fotelu. – W gabinecie tata czyta książkę. – Przesunęła dłonią po małej porcelanowej figurce. – A na górze w pokoju dziecinnym leży w kołysce mała Jessie. – Spod kołderki lalce wystawała tylko głowa. – Będziemy jedli kolację w jadalni, a potem mama i tata usiądą w bawialni przy kominku. W niektóre wieczory chodzili do teatru, na bal albo na proszoną kolację. – Ściszyła głos, jakby recytowała dobrze zapamiętaną litanię. – Później mama pocałuje tatę na dobranoc i pójdą do swoich pokojów. Prześpią spokojnie całą noc. Nie będzie żadnych wezwań od Clave, które wyciągną ich z łóżek w środku nocy, żeby walczyli po ciemku z demonami. Nie będzie wnoszenia krwi do domu. Nikt nie straci ręki ani oka po ataku wilkołaka ani nie będzie musiał pić wody święconej po ataku wampira.

Dobry Boże, pomyślała Tessa.

Jessamine skrzywiła się, jakby potrafiła czytać jej w myślach.

– Kiedy nasz dom spłonął, nie miałam gdzie się podziać. Wszyscy krewni mamy i taty byli Nocnymi Łowcami i nie rozmawiali z nimi, odkąd moi rodzice zerwali z Clave. Tę parasolkę zrobił mi Henry. Wiedziałaś? Uważałam, że jest całkiem ładna, dopóki mi nie powiedział, że tkanina ma brzegi z elektrum, ostre jak brzytwa. Od początku była pomyślana jako broń.

– Uratowałaś nas dzisiaj w parku – przypomniała Tessa. – Gdybyś nie zrobiła tego, co zrobiłaś...

– Nie powinnam była tego robić. – Jessamine patrzyła na dom dla lalek pustym wzrokiem. – Nie chcę takiego życia, Tesso. Nieważne, czego się ode mnie oczekuje. Nie chcę tak żyć. Wolę umrzeć.

Zaniepokojona Tessa już miała jej powiedzieć, żeby tak nie mówiła, kiedy drzwi sypialni się otworzyły. W progu stanęła Sophie w białym czepku i skromnej, ciemnej sukni.

– Panno Tesso, pan Branwell chce panią widzieć w swoim gabinecie. Mówi, że to ważne.

Tessa spojrzała na Jessamine, ale z twarzy dziewczyny zniknął gniew. Zniknęły wszelkie emocje i wróciła zimna maska.

– Idź, skoro Henry cię wzywa – powiedziała Jessamine. – Zresztą, już jestem tobą zmęczona i chyba zaczyna boleć mnie głowa. Sophie, wymasujesz mi później skronie wodą kolońską.

Oczy służącej spotkały się przez pokój z oczami Tessy. Malowało się w nich lekkie rozbawienie.

– Jak sobie panienka życzy.

Rozdział siódmy

Mechaniczna dziewczyna

„Stwórca, który z nicości wywiódł ten świat cały,
Przecz własne swoje twory rozbija w kawały?
Jeśli się nie udały, kogóż za to winić?
Ale dlaczego niszczy, jeśli się udały?".

– Omar Chajjam, *Rubajaty*
(Przełożył Andrzej Gawroński)

Na dworze się ściemniło. Kiedy pokojówka prowadziła Tessę kolejnymi kamiennymi schodami, lampa rzucała na ściany dziwne tańczące cienie. Stopnie były stare, pośrodku wydeptane przez całe pokolenia stąpających. W pewnym momencie okienka, osadzone wysoko i w dużych odstępach w murze z grubo ciosanego kamienia, skończyły się, co oznaczało, że Sophie i Tessa znajdują się pod ziemią.

– Sophie – odezwała się Tessa. Nerwy miała podrażnione ciemnością i ciszą. – Idziemy do kościelnej krypty?

Służąca zachichotała, blask lampy zamigotał na ścianach.

– To kiedyś była krypta, zanim pan Branwell kazał ją przerobić na laboratorium. Od tamtej pory siedzi tu na dole, bawi się swoimi zabawkami i eksperymentami, czym doprowadza panią Branwell do szału.

– Co robi? – Tessa potknęła się na nierównym stopniu i musiała przytrzymać się muru.

– Różne rzeczy – odparła pokojówka. Jej głos odbijał się echem od ścian. – Wymyśla nową broń i sprzęt ochronny dla Nocnych Łowców. Kocha zegary, mechanizmy i tego rodzaju rzeczy. Pani Branwell mówi, że mąż kochałby ją bardziej, gdyby tykała jak zegarek. – Sophie się roześmiała.

– Zdaje się, że ich lubisz – zauważyła Tessa. – To znaczy, pana i panią Branwell.

Służąca nie odpowiedziała, a jej wyprostowane plecy lekko zesztywniały.

– W każdym razie bardziej niż Willa – dodała Tessa, w nadziei że dziewczyna się rozchmurzy.

– A, jego. – W głosie Sophie było wyraźnie słychać niechęć. – On jest... niedobry. Przypomina mi syna mojego ostatniego pracodawcy. Też był dumny jak pan Herondale. I od dnia, kiedy się urodził, dostawał, co chciał. A jeśli nie dostawał, cóż... – Sophie odruchowo uniosła rękę i dotknęła twarzy w miejscu, gdzie przecinała ją blizna.

– Wtedy co?

– Wtedy wpadał w szał, to wszystko. – Pokojówka na powrót zrobiła się szorstka. Przełożyła lampę do drugiej ręki i spojrzała w mrok pełen cieni. – Proszę uważać, panienko. Te schody potrafią być strasznie wilgotne i śliskie.

Tessa przysunęła się bliżej ściany. Kamień był chłodny pod jej dłonią.

– Myślisz, że to wszystko dlatego, że Will jest Nocnym Łowcą? – zapytała. – Oni uważają się za lepszych, prawda? Jessamine też...

– Ale pan Carstairs nie jest taki jak inni. Pan i pani Branwell też.

Zanim Tessa zdążyła odpowiedzieć, dotarły do stóp schodów. Zatrzymały się przed ciężkimi dębowymi drzwiami z kratą, za którą było widać tylko cienie. Sophie pchnęła mocno w dół szeroką żelazną sztabę.

Za drzwiami ukazało się ogromne, jasno oświetlone pomieszczenie. Tessa weszła do niego z szeroko otwartymi oczami. Kiedyś musiała to być krypta kościoła, który stał w tym miejscu. Sklepienie ginące wysoko w ciemności podtrzymywały przysadziste kolumny. Posadzka była zrobiona z wielkich kamiennych płyt, pociemniałych ze starości. Na niektórych wyryto jakieś napisy. Tessa domyśliła się, że stoi na nagrobkach – i kościach – tych, którzy zostali pochowani w krypcie. Nie było tu okien, ale magiczne kamienie umieszczone w mosiężnych uchwytach przymocowanych do kolumn rozsiewały jasne białe światło.

Środek pomieszczenia zajmowały duże drewniane stoły, na których leżały wszelkiego rodzaju części mechanizmów: tryby, przekładnie z lśniącego mosiądzu i żelaza, zwoje drutu miedzianego, szklane zlewki z płynami o różnych kolorach; z niektórych wydobywały się smużki dymu albo gorzki odór. Powietrze pachniało ostro i metalicznie jak przed burzą. Jeden stół był cały zasłany bronią o ostrzach lśniących w magicznym świetle. Na drucianej ramie przy wielkim kamiennym stole, którego powierzchnię zakrywały grube wełniane koce, wisiała niedokończona zbroja z cienkich metalowych łusek.

Za stołem stał Henry, a obok niego Charlotte. Pan Branwell pokazywał jej coś, co trzymał w ręce: miedziane kółko, może trybik, mówił do niej ściszonym głosem. Na ubranie miał narzuconą luźną brezentową koszulę, jak fartuch rybaka, brudną i zaplamioną. Ale najbardziej uderzyła Tessę pewność siebie, z jaką przemawiał do żony. Nie było w nim nic ze zwykłej nieśmiałości. Jego orzechowe oczy, kiedy uniósł wzrok i spojrzał na Tessę, były czyste i spokojne.

– Panna Gray! A więc Sophie przyprowadziła panią na dół? Dobra dziewczyna.

– Tak, ona... – zaczęła się jąkać Tessa. Obejrzała się za siebie, ale Sophie już nie było. Musiała bezszelestnie pójść schodami na górę. – Tak. Powiedziała, że chce pan się ze mną zobaczyć.

– Istotnie. Przydałaby się nam pani pomoc w pewnej kwestii. Może pani podejść tutaj na chwilę?

Skinął na nią ręką. Kiedy Tessa zbliżyła się do stołu, zobaczyła, że twarz Charlotte jest biała i ściągnięta, a oczy pochmurne. Pani Branwell spojrzała na Tessę, przygryzła wargę i przeniosła wzrok na stół, na którym... stos koców się poruszył.

Tessa zamrugała. Czyżby wyobraźnia spłatała jej figla? Ale nie, znowu dostrzegła ruch, a kiedy podeszła bliżej, zobaczyła, że na blacie leżą nie koce, tylko coś wielkości i kształtu ludzkiego ciała, przykryte materiałem. Zatrzymała się w pół kroku, kiedy Henry chwycił za róg płachty i ją odciągnął.

Nagle zakręciło się jej w głowie, tak że musiała chwycić za brzegu stołu.

– Miranda.

Martwa dziewczyna leżała na plecach, z rękami wyciągniętymi po bokach. Ciemnokasztanowe włosy rozsypały się wokół ramion. Oczy, które tak niepokoiły Tessę – niebieskie i wyłupiaste – zniknęły. W białej twarzy ziały puste czarne oczodoły. Tania suknia była rozcięta z przodu, pierś obnażona. Tessa skrzywiła się i uciekła wzrokiem, ale zaraz spojrzała znowu, z niedowierzaniem. Nie zobaczyła śladu krwi ani nagiego ciała, choć klatka piersiowa Mirandy została przecięta i rozchylona na boki. Pod groteskowym okaleczeniem lśnił... metal?

Tessa podeszła jeszcze bliżej i stanęła naprzeciwko Henry'ego. Zamiast krwi, rozerwanych mięśni i ziejących ran ujrzała dwa płaty białej skóry, a pod nimi metalowy pancerz. Pierś była zrobiona z arkuszy blachy miedzianej, misternie połączonych i przechodzących płynnie w brzuch Mirandy, czyli klatkę z miedzi i giętkiego mosiądzu. Na środku tułowia brakowało kawałka metalu mniej więcej wielkości dłoni. Pod spodem ziała dziura.

– Tesso – Charlotte mówiła cichym, ale stanowczym głosem. – Will i Jem znaleźli to... to ciało w domu, w którym cię przetrzymywano. Dom był zupełnie pusty, nie licząc tej istoty. Zostawiono ją samą w pokoju.

Tessa kiwnęła głową, nie odrywając zafascynowanego wzroku od ciała.

– To Miranda, pokojówka Mrocznych Sióstr.

– Wiesz coś o niej? Kto to może być? Znasz jej przeszłość?

– Nie. Ja myślałam... to znaczy, ona prawie się nie odzywała, a i wtedy tylko powtarzała to, co mówiły Siostry.

Henry chwycił za dolną wargę Mirandy i rozchylił jej usta.

– Ma szczątkowy metalowy język, ale jej jama ustna nie została skonstruowana do mówienia ani do jedzenia. Nie ma przełyku i zapewne żołądka. Usta kończą się kawałkiem metalu zaraz za zębami. – Obrócił dziewczynę na bok i zmrużył oczy.

– Ale kim ona jest? – spytała Tessa. – Jakimś gatunkiem Podziemnego czy demonem?

– Nie. – Henry puścił szczękę Mirandy. – Właściwie w ogóle nie jest żywą istotą, tylko automatem. Mechanicznym stworzeniem, które wygląda i porusza się jak człowiek. Podobne zaprojektował Leonardo da Vinci. Można je zobaczyć na jego rysunkach. Mechanizm, który potrafi siadać, chodzić i obracać głową. On pierwszy twierdził, że ludzie to tylko złożone maszyny, a nasze wnętrza to nic innego jak tryby, tłoki i krzywki, tyle że zrobione z mięśni. Dlaczego więc nie zastąpić ich miedzią i żelazem? Dlaczego nie zbudować człowieka? Ale to? Jaquet i Maillardet nawet nie śnili o czymś takim. Prawdziwy biomechaniczny automat, poruszający się samodzielnie, obleczony w ludzkie ciało. – Oczy Branwella jaśniały. – Jest piękna.

– Henry – odezwała się ściśniętym głosem Charlotte. – To ciało, które tak podziwiasz, skądś pochodzi.

Jej mąż przesunął wierzchem dłoni po czole. Światło w jego oczach zgasło.

– Tak... tamte ciała w piwnicy.

– Cisi Bracia je zbadali. Większości brakuje organów wewnętrznych: serca, wątroby. Niektórym kości i chrząstek, a nawet włosów. Narzuca się wniosek, że Mroczne Siostry gromadziły je na części, żeby budować z nich swoje mechaniczne istoty. Takie jak Miranda.

– I woźnica – dodała Tessa. – Myślę, że też był automatem. Ale dlaczego ktoś miałby robić takie rzeczy?

– Jest coś więcej – powiedziała Charlotte. – Narzędzia znalezione w piwnicy Mrocznych Sióstr zostały wyprodukowane przez Mortmain and Company. Firmę, w której pracował twój brat.

– Mortmain! – Tessa oderwała wzrok od Mirandy. – Spotkała się z nim pani? Co powiedział o Nathanielu?

Charlotte zawahała się i zerknęła na męża. Tessa znała to spojrzenie. Właśnie takie wymieniali ludzie, gdy ze sobą spiskowali. Albo Nathaniel i ona, kiedy starali się zachować sekret przed ciotką Harriet.

– Coś przede mną ukrywacie – stwierdziła oskarżycielskim tonem. – Gdzie jest mój brat? Co Mortmain wie?

Charlotte westchnęła.

– Mortmain jest głęboko zaangażowany w nielegalny okultyzm. Należy do Klubu Pandemonium, który prowadzą Podziemni.

– Ale co to ma wspólnego z moim bratem?

– Twój brat dowiedział się o klubie i uległ fascynacji. Zatrudnił się u wampira de Quinceya. Bardzo wpływowego Podziemnego. De Quincey jest szefem Klubu Pandemonium. – Charlotte była wyraźnie zdegustowana. – Zdaje się, że z tym zajęciem wiąże się tytuł.

Tessie nagle zakręciło się w głowie. Chwyciła się brzegu stołu.

– Mistrz?

Charlotte spojrzała na męża, który akurat włożył rękę do klatki piersiowej automatu i coś z niej wyciągnął: ludzkie serce, czerwone i mięsiste, ale twarde i lśniące jak polakierowane. Było oplecione miedzianymi i srebrnymi drutami. Choć słabo, nadal biło.

– Chciałaby pani je potrzymać? – zapytał Branwell. – Musi pani być ostrożna. Te miedziane rurki przenoszą olej i inne palne płyny. Jeszcze ich wszystkich dobrze nie poznałem.

Tessa pokręciła głową.

– Dobrze. – Henry wyglądał na rozczarowanego. – Chciałbym, żeby pani coś obejrzała. Proszę tu spojrzeć... – Ostrożnie obrócił serce w dłoniach i pokazał znajdującą się z drugiej strony metalową płytkę z pieczęcią: dużym Q i małym D w środku.

– Znak de Quinceya – powiedziała z posępną miną Charlotte. – Widziałam go na korespondencji od niego. Zawsze był sojusznikiem Clave, w każdym razie tak myślałam. Uczestniczył w podpisywaniu Porozumień. Jest potężnym człowiekiem. Ma władzę nad wszystkimi Nocnymi Dziećmi w zachodniej części miasta. Mortmain twierdzi, że de Quincey kupił od niego części, i chyba tak jest rzeczywiście. Wygląda na to, że nie była pani jedyną istotą w domu Mrocznych Sióstr szykowaną dla Mistrza. Te mechaniczne stworzenia również.

– Jeśli ten wampir jest Mistrzem, to on kazał Mrocznym Siostrom mnie porwać i to on zmusił Nate'a, żeby napisał do mnie list – stwierdziła Tessa. – Musi wiedzieć, gdzie jest mój brat.

Charlotte niemal się uśmiechnęła.

– Jesteś zdeterminowana, co?

– Muszę się dowiedzieć, czego chce ode mnie Mistrz. – Głos Tessy był twardy. – Dlaczego kazał mnie uwięzić i szkolić. I skąd, u licha, wiedział o mojej zdolności. Nie przepuszczę okazji do zemsty. – Urywanie zaczerpnęła tchu. – Mój brat jest wszystkim, co mam. Muszę go odnaleźć.

– Znajdziemy go, Tesso – zapewniła z powagą Charlotte. – Wszystko to: Mroczne Siostry, Nathaniel, twój dar i zaangażowanie de Quinceya pasuje do siebie jak puzzle. Po prostu jeszcze nie znaleźliśmy brakujących kawałków.

– Mam nadzieję, że wkrótce je znajdziemy – odezwał się Henry, patrząc na automat. – Po co wampirowi tylu pół mechanicznych ludzi? To wszystko nie ma sensu.

– Na razie nie – zgodziła się Charlotte, unosząc głowę. – Ale go odkryjemy.

Kiedy oznajmiła, że pora iść na kolację, jej mąż oświadczył, że jeszcze trochę zostanie w laboratorium, i niedługo przyjdzie na górę. Z roztargnieniem machnął im ręką na pożegnanie, a Charlotte tylko pokręciła głową.

– Laboratorium Henry'ego... nigdy czegoś takiego nie widziałam – powiedziała Tessa w połowie schodów. Już brakowało jej tchu, natomiast Charlotte wspinała się równym tempem i wcale nie wyglądała na zmęczoną.

– Tak – rzuciła z lekkim smutkiem. – Henry spędzałby tu całe noce i dnie, gdybym mu pozwoliła.

„Gdybym mu pozwoliła". Te słowa zaskoczyły Tessę. Czy to nie mąż decydował, co wolno, a co nie, i jak powinien funkcjonować dom? Obowiązkiem żony było po prostu spełniać jego życzenia, zapewniać mu spokój i ucieczkę od chaosu świata. Spokojny azyl. Tyle że Instytut raczej nie był takim miejscem – jednocześnie ognisko domowe, internat i posterunek. Jeśli ktoś nim dowodził, to z pewnością nie Henry.

Charlotte zatrzymała się nagle z cichym okrzykiem zdumienia.

– Jessamine! O co chodzi?

Tessa spojrzała w górę. Na szczycie schodów, w otwartych drzwiach stała panna Lovelace. Nadal miała na sobie dzienny strój, ale włosy już były ułożone na wieczór w wymyślne loki, bez wątpienia przez zawsze cierpliwą Sophie. Dziewczyna wyglądała jak gradowa chmura.

– Chodzi o Willa – powiedziała. – Zachowuje się w jadalni całkiem niedorzecznie.

Charlotte zrobiła zdziwioną minę.

– A czym się różni ta niedorzeczność od tej w bibliotece, zbrojowni czy innym miejscu, gdzie zwykle jest niedorzeczny?

– Bo tam musimy – odparła Jessamine, jakby to było oczywiste. Odwróciła się na pięcie i pomaszerowała korytarzem, zerkając przez ramię, by się upewnić, że Tessa i Charlotte idą za nią.

Tessa nie zdołała powstrzymać uśmiechu.

– Są trochę jak wasze dzieci, prawda?

Charlotte westchnęła.

– Tak, tylko że dzieci powinny mnie kochać.

Tessie nie przyszła do głowy żadna odpowiedź.

***

Ponieważ Charlotte oznajmiła, że przed kolacją musi jeszcze coś zrobić w bawialni, Tessa poszła do jadalni sama. Gdy tam dotarła – dumna z siebie, że się nie zgubiła – zobaczyła, że Will stoi na jednym z kredensów i majstruje przy żyrandolu.

Jem siedział na krześle i przyglądał mu się z powątpiewaniem.

– Będziesz miał nauczkę, jak to urwiesz – rzucił zrzędliwie i ukłonił się na widok Tessy. – Dobry wieczór, panno Gray. – Idąc za jej spojrzeniem, uśmiechnął się szeroko. – Will właśnie usiłuje naprawić żyrandol.

Tessa nie zauważyła, żeby coś było nie w porządku z żyrandolem, ale zanim zdążyła powiedzieć to na głos, do jadalni wkroczyła Jessamine i spiorunowała Willa wzrokiem.

– Doprawdy! Nie mogłeś polecić Thomasowi, żeby to zrobił? Dżentelmen nie powinien...

– Masz krew na rękawie, Jessie? – spytał Will, zerknąwszy w dół.

Twarz panny Lovelace stężała. Dziewczyna bez słowa okręciła się na pięcie i pomaszerowała do drugiego końca stołu. Usiadła na krześle i kamiennym wzrokiem zaczęła patrzeć prosto przed siebie.

– Coś się stało, kiedy was nie było? – Jem wyglądał na szczerze zatroskanego.

Tessa dostrzegła, że na jego szyi lśni coś zielonego.

– Nie, nic takiego... – zaczęła.

– Działa! – Henry triumfalnie wkroczył do jadalni, pokazując coś, co wyglądało na miedzianą rurkę z czarnym przyciskiem z boku. – Na pewno nie wierzyliście, że mi się uda, co?

Will porzucił swoje wysiłki i zmierzył Henry'ego wzrokiem.

– Nie mamy pojęcia, o czym bredzisz – oświadczył.

– W końcu udało mi się uruchomić Fosfor. – Pan Branwell z dumą zaprezentował swój wynalazek. – Działa na zasadzie magicznego kamienia, ale jest pięć razy silniejszy. Wystarczy wcisnąć guzik, a zobaczycie światło, jakiego nigdy nie widzieliście.

W pokoju zapadła cisza.

– Więc to jest po prostu bardzo, bardzo jasny magiczny kamień? – spytał w końcu Will.

– Właśnie – odparł Henry, zadowolony z siebie.

– Jest użyteczny? – zainteresował się Jem. – Magiczny kamień służy tylko do oświetlania. Nie jest niebezpieczny...

– Poczekaj, aż zobaczysz! – przerwał mu Henry, unosząc przedmiot. – Patrzcie.

Will już miał zaprotestować, ale nie zdążył. Branwell wcisnął guzik, rozbłysło oślepiające światło, rozległ się świst i jadalnia pogrążyła się w ciemności. Tessa wydała okrzyk zaskoczenia, Jem zaśmiał się cicho.

– Jestem ślepy? – W ciemności rozległ się głos Willa, zabarwiony irytacją. – Nie będę zadowolony, jeśli mnie oślepiłeś, Henry.

– Nie, zdaje się, że Fosfor... – Branwell był wyraźnie zmartwiony. – Chyba zgasły wszystkie światła w pokoju.

– A nie powinno tak się stać? – zapytał Jem, tonem łagodnym jak zawsze.

– E... nie – bąknął Henry.

Will wymamrotał coś pod nosem. Tessa nie usłyszała go dokładnie, ale wychwyciła słowa „Henry" i „durny". Chwilę później rozległ się potężny huk.

– Will! – wykrzyknął ktoś z przerażeniem.

Pokój wypełniło tak jasne światło, że Tessa zaczęła mrugać. W drzwiach stała Charlotte z uniesioną magiczną lampą w ręce. Will leżał na podłodze u jej stóp pośród rozbitych naczyń, które spadły z kredensu.

– Co, u licha...

– Próbowałem naprawić żyrandol – wyjaśnił z rozdrażnieniem Will, strzepując okruchy porcelany z koszuli.

– Thomas mógł to zrobić. A ty zniszczyłeś połowę zastawy.

– To przez twojego męża idiotę. – Will spojrzał na siebie. – Chyba sobie coś złamałem. Boli jak diabli.

– Wydaje mi się, że jesteś cały. – Charlotte była bezlitosna. – Wstawaj. Dzisiaj będziemy jedli przy magicznym świetle.

Jessamine, która przez cały ten czas siedziała przy stole, prychnęła. To był pierwszy dźwięk, jaki z siebie wydała, odkąd Will zapytał ją o krew na żakiecie.

– Nienawidzę magicznego światła. Cera wygląda w nim na zieloną.

Mimo tak niekorzystnego działania, Tessa stwierdziła, że podoba się jej rozproszony biały blask, w którym nawet groszek i cebula wyglądały romantycznie i tajemniczo. Krojąc rogalik ciężkim srebrnym nożem, pomyślała o małym nowojorskim mieszkanku, w którym ona, jej brat i ciotka jadali skromne posiłki przy zwyczajnym stole z miękkiego drewna, oświetlonym przez kilka świec. Ciotka Harriet zawsze dbała o to, żeby wszystko było nienagannie czyste: od białych koronkowych zasłon w oknach po lśniący miedziany czajnik stojący na piecu. Zawsze powtarzała, że im mniej się ma, tym bardziej trzeba o to dbać. Tessa zastanawiała się przez chwilę, czy Nocni Łowcy też kierują się tą zasadą.

Podczas kolacji Branwellowie opowiedzieli o swojej wizycie u Mortmaina. Jem i Will słuchali ich uważnie, natomiast Jessamine gapiła się ze znudzoną miną w okno. Jema szczególnie zainteresował opis domu Mortmaina, z pamiątkami ze wszystkich stron świata.

– Mówiłem wam, że to tai-pan – przypomniał. – Oni wszyscy uważają się za ważnych ludzi. Stojących ponad prawem.

– Tak – przyznała Charlotte. – Zachowywał się tak, jakby był przyzwyczajony, że się go słucha. Tacy ludzie często są łatwym celem dla tych, którzy chcą wciągnąć ich w Świat Cieni. Przyzwyczajeni do władzy, oczekują, że bez trudu dostaną jej jeszcze więcej małym kosztem. Nie mają pojęcia, jak wysoka jest cena za władzę w Podziemnym Świecie. – W tym momencie odwróciła się z surową miną do Willa i Jessamine, którzy najwyraźniej o coś się kłócili. – O co chodzi?

Tessa skorzystała z okazji, żeby zagadnąć Jema, który siedział po jej prawej stronie.

– Szanghaj, to brzmi fascynująco – powiedziała cicho. – Chciałabym tam pojechać. Zawsze marzyłam o podróżach.

Kiedy Jem uśmiechnął się do niej, znowu dostrzegła błysk na jego szyi. Z bliska zobaczyła, że to wisiorek z zielonego kamienia.

– I podróżujesz – stwierdził Jem. – Przecież tu jesteś, prawda?

– Wcześniej podróżowałam tylko w świecie książek. Wiem, że to brzmi głupio, ale...

Nagle Jessamine rzuciła widelec na stół i zażądała:

– Charlotte, powiedz Willowi, żeby zostawił mnie w spokoju.

Winowajca rozpierał się na krześle. Jego niebieskie oczy błyszczały.

– Jeśli ona powie, dlaczego ma krew na ubraniu, zostawię ją w spokoju. Niech zgadnę, Jessie. Wpadłaś w parku na jakąś biedną kobietę, która miała nieszczęście nosić suknię w kolorze gryzącym się z twoją, więc poderżnęłaś jej gardło tą swoją sprytną parasoleczką. Mam rację?

– Jesteś śmieszny – warknęła panna Lovelace, obnażając zęby.

– Racja – poparła ją Charlotte.

– Ja noszę niebieski kolor, a on pasuje do wszystkiego – wyjaśniła Jessamine. – Naprawdę powinieneś to wiedzieć. Sam jesteś próżny, jeśli chodzi o twoje stroje.

– Niebieski wcale nie pasuje do wszystkiego – sprzeciwił się Will. – Na przykład, nie pasuje do czerwonego.

– Mam kamizelkę w czerwone i niebieskie paski – wtrącił się Henry, sięgając po groszek.

– I jeśli to nie jest dowód, że te dwa kolory nigdy nie powinny być widziane razem, to nie wiem, co nim jest.

– Will! – odezwała się ostro Charlotte. – Nie mów tak do Henry'ego. On...

Pan Branwell uniósł głowę znad stołu.

– Tak?

Jego żona westchnęła.

– Nakładasz groszek na talerz Jessamine, a nie na swój. Uważaj, kochanie.

Kiedy Henry ze zdziwieniem spojrzał w dół, drzwi się otworzyły i do pokoju weszła Sophie. Głowę miała spuszczoną, jej ciemne włosy lśniły. Kiedy nachyliła się do Charlotte i coś do niej cicho powiedziała, magiczne światło sprawiło, że blizna zalśniła srebrno na jej twarzy.

Na twarzy pani Branwell rozlał się wyraz ulgi. Chwilę później Charlotte wstała i pośpiesznie wyszła z jadalni, po drodze lekko dotykając ramienia męża.

Brązowe oczy Jessamine się rozszerzyły.

– Dokąd ona idzie?

Will spojrzał na Sophie i przesunął po niej wzrokiem w taki sposób, jakby gładził jej skórę opuszkami palców.

– Właśnie, dokąd poszła Charlotte, moja droga Sophie? – zapytał.

Służąca posłała mu jadowite spojrzenie.

– Gdyby pani Branwell chciała, żeby pan wiedział, na pewno by panu powiedziała – oświadczyła i wybiegła z jadalni za swoją panią.

Henry odstawił groszek i uśmiechnął się miło.

– No więc, o czym to mówiliśmy? – zapytał.

– O niczym – odburknął Will. – Chcemy wiedzieć, dokąd poszła Charlotte. Coś się stało?

– Nie, to znaczy, nie sądzę... – Branwell rozejrzał się po pokoju, a kiedy zobaczył utkwione w nim spojrzenie czterech par oczu, westchnął. – Charlotte nie zawsze mi mówi, co robi. Przecież wiecie. – Uśmiechnął się. – Po prawdzie, wcale się jej nie dziwię. Nie można liczyć na mój rozsądek.

Tessa żałowała, że nie potrafi jakoś go pocieszyć. Coś w Henrym przypominało jej Nate'a, kiedy był młodszy: trochę niezdarny i podatny na zranienie. W zamyśleniu dotknęła anioła zawieszonego na szyi, szukając otuchy w jego równomiernym tykaniu.

Pan Branwell zatrzymał na niej spojrzenie.

– Ten mechanizm, który pani nosi na szyi... Mógłbym go obejrzeć?

Tessa się zawahała, ale potem skinęła głową. To był przecież tylko Henry. Odpięła klamerkę, zdjęła wisiorek i podała go panu Branwellowi.

– Bardzo zmyślna rzecz – stwierdził Henry, obracając aniołka w rękach. – Skąd pani go ma?

– Należał do mojej matki.

– A więc to coś w rodzaju talizmanu. – Henry podniósł na nią wzrok. – Miałaby pani coś przeciwko temu, żebym go zbadał w laboratorium?

– Och... – Tessa nie zdołała ukryć niepokoju. – Jeśli będzie pan ostrożny. To wszystko, co zostało mi po matce. Gdyby się zepsuł...

– Henry go nie zepsuje – uspokoił ją Jem. – Naprawdę jest dobry w tego rodzaju sprawach.

– To prawda – zgodził się Henry, tak skromnie i rzeczowo, że w jego stwierdzeniu nie było krzty przechwałki. – Zwrócę go pani w nienaruszonym stanie.

– Cóż... – Tessa nadal się wahała.

– Nie rozumiem, o co tyle hałasu – odezwała się Jessamine, która wyglądała na znudzoną tą rozmową. – Przecież nie ma w nim diamentów.

– Dla niektórych wartość sentymentalna jest ważniejsza niż diamenty – dobiegł ich głos od drzwi. W progu stała Charlotte. Wyglądała na zmartwioną. – Ktoś chciałby z tobą porozmawiać, Tesso.

– Ze mną? – zdziwiła się Tessa i na chwilę zapomniała o mechanicznym aniele.

– Kto to jest? – spytał Will. – Musisz trzymać nas w niepewności?

Charlotte westchnęła.

– Lady Belcourt. Czeka na dole, w Sanktuarium.

– Teraz? – Will zmarszczył brwi. – Coś się stało?

– Skontaktowałam się z nią wcześniej – wyjaśniła Charlotte. – W sprawie de Quinceya. Tuż przed kolacją. Pomyślałam, że będzie miała jakieś informacje, i ma, ale nalega, żeby najpierw zobaczyć się z Tessą. Zdaje się, że mimo naszych środków ostrożności plotki o niej dotarły do Podziemnego Świata i lady Belcourt jest nią zainteresowana.

Tessa odłożyła z brzękiem widelec.

– Zainteresowana czym? – Rozejrzała się wokół stołu i zobaczyła, że teraz oczy wszystkich są skierowane na nią. – Kto to jest lady Belcourt? – Gdy nikt nie odpowiedział, odwróciła się do Jema. – To Nocna Łowczyni?

– Wampirzyca – odparł Jem. – Nasza informatorka. Dba o to, żebyśmy byli na bieżąco z tym, co się dzieje w społeczności Nocnych Dzieci.

– Nie musisz z nią rozmawiać, jeśli nie chcesz, Tesso – powiedziała Charlotte. – Mogę ją odprawić.

– Nie. – Tessa odsunęła talerz. – Jeśli jest dobrze poinformowana, może wie coś o Nathanielu. Nie mogę ryzykować, że zmarnuję szansę. Pójdę do niej.

– Nie chcesz nawet wiedzieć, czego od ciebie chce? – zapytał Will.

Tessa zmierzyła go wzrokiem. W magicznym świetle jego skóra była bledsza, a oczy intensywnie niebieskie, koloru wód północnego Atlantyku, gdzie lód dryfował po granatowej powierzchni morza niczym śnieg przyklejający się do ciemnych szyb okiennych.

– Nigdy nie spotkałam innego Podziemnego oprócz Mrocznych Sióstr. Jestem ciekawa.

– Tesso... – zaczął Jem, ale ona już wstała od stołu.

Nie oglądając się na nikogo, wyszła szybko z jadalni za Charlotte.

Rozdział ósmy

Camille

„Blade i bezimienne
W jałowych łanach zbóż,
Gną się ku ziemi, senne,
Całą noc, póki z zórz
Nie wzejdzie świt, jak z oków
Rozkuty, z mgieł, obłoków
Oswobodzony, z mroków
Przybyły zastęp dusz".

– Algernon Charles Swinburne, *Ogród Persefony*
(Przełożył Stanisław Barańczak)

Tessa była dopiero w połowie korytarza, kiedy Will i Jem podeszli do niej z obu stron.

– Chyba nie myślałaś, że nie pójdziemy za tobą? – zapytał Will, unosząc rękę.

Magiczne światło rozbłysło między jego palcami i oświetliło korytarz jak w dzień. Charlotte, idąca przed nimi, odwróciła się i zmarszczyła brwi, ale nic nie powiedziała.

– Wiem, że nie potrafisz zostawić nikogo w spokoju – odparowała Tessa, patrząc prosto przed siebie. – Ale o Jemie miałam lepsze zdanie.

– Gdzie Will, tam ja – oświadczył pogodnie James. – Poza tym, jestem równie ciekawski jak on.

– To raczej nie powód, żeby się chwalić – skomentowała Tessa i zaraz spytała z niepokojem: – Dokąd idziemy? Źle skręciliśmy? – Za nimi hol tonął w mroku, przed nimi właśnie się skończył.

– Cierpliwość to cnota, panno Gray – powiedział Herondale.

Dotarli do długiego korytarza, który stromo opadał w dół. Tutaj nie było na ścianach tapiserii ani pochodni. Tessa zrozumiała, dlaczego Will wziął ze sobą magiczny kamień.

– Idziemy do naszego Sanktuarium – wyjaśniła Charlotte. – Najbezpieczniejszego pomieszczenia w Instytucie. Gdyby cały budynek się zawalił albo spalił, ono pozostałoby nietknięte. To również miejsce, gdzie spotykamy się z tymi, którzy z jakichś powodów nie mogą wejść na poświęconą ziemię. Z przeklętymi. Z wampirami.

– Bycie wampirem to klątwa? – zapytała Tessa.

Charlotte pokręciła głową.

– Nie. Uważamy, że to coś w rodzaju demonicznej przypadłości. Większość chorób, na które zapadają demony, nie przenosi się na ludzkie istoty, ale czasami to się zdarza, zwykle w wyniku ugryzienia albo zadrapania. Wampiryzm, likantropia...

– Demoniczna ospa – dodał Will.

– Will, nie ma czegoś takiego jak demoniczna ospa, dobrze o tym wiesz – skarciła go Charlotte. – Na czym to ja skończyłam?

– Że bycie wampirem to nie jest klątwa, tylko choroba – przypomniała Tessa. – Ale wampiry nie mogą wchodzić na poświęconą ziemię, tak? Czy to oznacza, że są przeklęte?

– To zależy, w co się wierzy – odparł Jem. – I czy w ogóle wierzy się w potępienie.

– Ale przecież wy polujecie na demony. Musicie wierzyć w potępienie!

– Ja wierzę w dobro i zło – powiedział Jem. – I w to, że dusza jest wieczna. Ale nie wierzę w piekło, widły, płonącą smołę i wieczną mękę. Nie wierzę, że można groźbą zmusić ludzi do dobrego.

Tessa spojrzała na Willa.

– A ty w co wierzysz?

– *Pulvis et umbra sumus* – odparł Herondale, nie patrząc na nią. – Wierzę, że jesteśmy prochem i cieniem. Co oprócz nich istnieje?

– W cokolwiek wierzysz, proszę, nie daj do zrozumienia lady Belcourt, że uważasz ją za przeklętą – ostrzegła Charlotte. Zatrzymała się przed wysokimi, żelaznymi drzwiami z wyrytym na nich dziwnym symbolem, który wyglądał jak dwie litery C zwrócone do siebie brzuszkami. Powiodła spojrzeniem po trójce podopiecznych. – Lady Belcourt sama zaproponowała nam pomoc, więc nie ma sensu jej obrażać. To dotyczy zwłaszcza ciebie, Will. Jeśli nie zdobędziesz się na uprzejmość, wyrzucę cię z Sanktuarium. Jem, mam nadzieję, że jak zwykle będziesz czarujący. Tesso... – Pani Branwell spojrzała na nią z powagą. – Postaraj się nie okazywać strachu.

Wyjęła z kieszeni sukni klucz z główką w kształcie anioła. Kiedy Charlotte przekręciła klucz w zamku, rozpostarte skrzydła anioła zalśniły. Drzwi się otworzyły.

Znajdujące się za nimi pomieszczenie wyglądało jak skarbiec. Nie miało okien ani drugiego wejścia. Sufit ginął w mroku, podtrzymywany przez ogromne kamienne filary, oświetlone rzędem kandelabrów. Na kolumnach były wyryte runy, układające się w skomplikowane wzory, które drażniły oko. Na ścianach wisiały ogromne tapiserie, wszystkie ozdobione pojedynczym znakiem. Wielkie lustro w złoconej ramie dwukrotnie powiększało kryptę. Na środku wznosiła się masywna kamienna fontanna o okrągłej podstawie. Z oczu anioła ze złożonymi skrzydłami wypływały rzeki łez i z pluskiem wpadały do basenu.

Obok fontanny, między dwoma filarami, stały krzesła wyściełane czarnym aksamitem. Kobieta, która siedziała na najwyższym z nich, była smukła i wytworna. Jej kapelusz zsunięty na przód głowy zdobiło duże czarne pióro. Suknia z ciemnoczerwonego aksamitu, podkreślającego lodowato białą skórę, miała dopasowany stanik, ale wydatna pierś kobiety nie unosiła się ani nie opadała wraz z oddechem. Jej szyję opasywał niczym blizna sznur rubinów. Twarz okalały gęste jasnoblond włosy skręcone w loki i opadające na kark. Jasnozielone oczy błyszczały jak kocie.

Tessa wstrzymała oddech. A więc Podziemni mogą być piękni.

– Zgaś światło, Will – poleciła Charlotte i ruszyła na powitanie gościa. – Dziękuję, że pani na nas czekała, baronowo. Mam nadzieję, że Sanktuarium było dostatecznie wygodne jak na pani gust?

– Jak zwykle, Charlotte – odparła znudzonym głosem kobieta.

– Pozwoli pani, że przedstawię jej pannę Theresę Gray.

Charlotte wskazała na Tessę, która, nie wiedząc, co zrobić, ukłoniła się grzecznie, próbując sobie przypomnieć, jak należy się zwracać do baronowej.

– Obok niej stoi pan James Carstairs, jeden z naszych młodych Nocnych Łowców, a przy nim...

Spojrzenie zielonych oczu lady Belcourt już spoczywało na Willu.

– William Herondale – powiedziała baronowa z uśmiechem. Jej zęby wyglądały zupełnie normalnie; żadnych ostrych kłów. – Przyszedłeś mnie powitać?

– Znacie się? – Charlotte była zdumiona.

– William wygrał ode mnie dwadzieścia funtów w faroona – wyjaśniła lady Belcourt, patrząc na niego w sposób, od którego Tessę przeszedł dreszcz. – Kilka tygodni temu w domu gry dla Podziemnych, prowadzonym przez Klub Pandemonium.

– Tak? – Pani Branwell spojrzała na Willa.

Herondale wzruszył ramionami.

– Prowadziłem śledztwo. Udawałem głupiego Przyziemnego, który zjawił się tam, żeby spróbować hazardu – wyjaśnił. – Wzbudziłbym podejrzenia, gdybym odmówił gry na pieniądze.

Charlotte zacisnęła zęby.

– W takim razie pieniądze, które wygrałeś, są dowodem. Powinieneś oddać je Clave.

– Wydałem je na dżin.

– Will!

Chłopak ponownie wzruszył ramionami.

– Gry hazardowe to uciążliwe zadanie.

– Zdaje się, że łatwo sobie z nim radzisz – skomentował Jem z rozbawieniem w srebrnych oczach.

Charlotte wyrzuciła w górę ręce.

– Później się z tobą rozmówię, Williamie – zapowiedziała. – Lady Belcourt, mam rozumieć, że pani również jest członkiem Klubu Pandemonium?

Baronowa zrobiła przerażoną minę.

– Oczywiście, że nie. Byłam tamtej nocy w domu gry, ponieważ mój przyjaciel czarownik miał nadzieję wygrać w karty trochę łatwych pieniędzy. Klub jest otwarty dla większości Podziemnych. Jego członkowie lubią, kiedy pojawiają się tam tacy jak my. Nasza obecność robi wrażenie na Przyziemnych i otwiera ich portfele. Wiem, że ten interes prowadzą Podziemni, ale ja nigdy się do nich nie przyłączyłam. Byłaby to dla mnie deklasacja.

– De Quincey jest członkiem klubu – powiedziała Charlotte z błyskiem w oczach. – Podobno nawet jego przewodniczącym. Wiedziała pani o tym?

Lady Belcourt, na której ta informacja najwyraźniej nie zrobiła wrażenia, pokręciła głową.

– De Quincey i ja byliśmy przed laty blisko ze sobą, ale już nie jesteśmy. Oznajmiłam mu wprost, że klub mnie nie interesuje. Możliwe, że jest jego przewodniczącym. To śmieszna organizacja, jeśli pyta mnie pani o zdanie, ale bez wątpienia bardzo lukratywna. – Pochyliła się, składając na kolanach dłonie w rękawiczkach. Było coś fascynującego w jej ruchach, nawet najdrobniejszych. Miały w sobie dziwny, koci wdzięk. – Przede wszystkim musi pani zrozumieć, że de Quincey jest najbardziej niebezpiecznym wampirem w Londynie. Dotarł na szczyt najpotężniejszego klanu w mieście. Podlega mu każde londyńskie Dziecko Nocy. – Lady Belcourt zacisnęła szkarłatne wargi. – Po drugie, on jest stary, nawet jak na wampira. Większość życia przeżył przed Porozumieniami i dlatego ich nienawidzi. Nie znosi podporządkowania rygorom Prawa. A przede wszystkim nienawidzi Nefilim.

Tessa zauważyła, że Jem nachyla się i szepcze coś do przyjaciela. Will skrzywił kącik ust i powiedział:

– Doprawdy, jak można nas nienawidzić, skoro jesteśmy tacy czarujący?

– Na pewno wiecie, że większość Podziemnych was nie kocha.

– Ale myśleliśmy, że de Quincey jest naszym sojusznikiem. – Charlotte oparła szczupłe dłonie o poręcz jednego z krzeseł. – Zawsze współpracował z Clave.

– To pozory. Współpraca z wami leży w jego interesie, więc współpracuje. Ale byłby szczęśliwy, widząc, jak wszyscy toniecie w morzu.

Charlotte zbladła, ale szybko się opanowała.

– I nic pani nie wie o jego kontaktach z dwiema kobietami znanymi jako Mroczne Siostry? O jego zainteresowaniu automatami... mechanicznymi istotami?

– Mroczne Siostry, brr! – Lady Belcourt zadrżała. – Bardzo brzydkie, nieprzyjemne stworzenia. Czarownice, zdaje się. Zawsze ich unikałam. Były znane z tego, że zaspokajały potrzeby członków klubu o specyficznych zainteresowaniach. Opium, prostytutki z Podziemnego Świata, tego rodzaju rzeczy.

– A automaty?

Baronowa machnęła delikatną ręką, wyrażając znudzenie.

– Jeśli de Quincey przejawia fascynację częściami zegarków, to ja nic o tym nie wiem. Prawdę mówiąc, kiedy pierwszy raz skontaktowała się pani ze mną w sprawie de Quinceya, Charlotte, nie miałam zamiaru w ogóle udzielać pani żadnych informacji. Jedna rzecz to podzielić się paroma sekretami Podziemnych z Clave, natomiast zdradzić najpotężniejszego wampira w Londynie to zupełnie co innego. Tak było, dopóki nie usłyszałam o waszej małej zmiennokształtnej. – Popatrzyła na Tessę. Czerwone wargi rozchyliły się w uśmiechu. – Widzę rodzinne podobieństwo.

Tessa wytrzeszczyła oczy.

– Podobieństwo do kogo?

– Jak to, oczywiście do Nathaniela. Pani brata.

Tessa poczuła się tak, jakby wlano jej za kołnierz lodowatą wodę.

– Widziała pani mojego brata?

Lady Belcourt uśmiechnęła się jak osoba, która wie, że trzyma wszystkich obecnych w garści.

– Widywałam go na przyjęciach de Quinceya. Często brał w nich udział. Był wyraźnie zafascynowany de Quinceyem i jego towarzystwem. Miły chłopiec, ten pani brat. Trochę pechowy.

– Ale żyje? – spytała Tessa. – Widziała go pani żywego?

– Jakieś dwa tygodnie temu, tak. – Lady Belcourt machnęła ręką. Jej rękawiczki były szkarłatne, dłonie wyglądały jak unurzane we krwi. – A wracając do naszej sprawy, proszę mi powiedzieć, Charlotte, wiedziała pani, że de Quincey urządza przyjęcia w swoim domu przy Carleton Square?

Pani Branwell zabrała dłonie z oparcia krzesła.

– Słyszałam.

– Niestety, chyba zapomniał nas zaprosić – wtrącił Will. – Albo może nasze zaproszenia leżą gdzieś na poczcie.

– Na tych przyjęciach – ciągnęła lady Belcourt – są torturowani i zabijani ludzie. Sądzę, że ich ciała są wrzucane do Tamizy. Wiedzieliście o tym?

Nawet Will wyglądał na zaskoczonego.

– Przecież mordowania ludzi zabrania Dzieciom Nocy Prawo... – zaczęła Charlotte.

– De Quincey gardzi Prawem. Robi to, żeby drażnić się z Nefilim. I dlatego, że lubi zabijać.

Wargi Charlotte były bezkrwiste.

– Od jak dawna to się dzieje, Camille?

A więc tak ma na imię, pomyślała Tessa. Camille. Imię francuskie z brzmienia. Może stąd jej akcent.

– Co najmniej od roku, może dłużej. – Ton wampirzycy był chłodny, obojętny.

– I mówi nam to pani dopiero teraz, bo... – Charlotte sprawiała wrażenie obruszonej.

– Karą za wyjawienie sekretów Pana Londynu jest śmierć – odparła Camille, a jej zielone oczy pociemniały. – Wam też nie wyszłoby na dobre, gdybym wam powiedziała. De Quincey jest jednym z waszych sojuszników. Nie macie powodu ani pretekstu, żeby wpadać do jego domu, jakby był zwykłym przestępcą. Zwłaszcza bez dowodów winy. Zgodnie z nowymi Porozumieniami, wampira trzeba przyłapać na krzywdzeniu człowieka, zanim Nefilim będą mogli przystąpić do działania, prawda?

– Tak – przyznała niechętnie Charlotte. – Ale gdybyśmy mogli wziąć udział w jednym z tych przyjęć...

Lady Belcourt zaśmiała się krótko.

– De Quincey nigdy by na to nie pozwolił! Na widok Nocnego Łowcy zamknąłby dom na cztery spusty. Nigdy by was nie wpuścił.

– Ale pani mogłaby nam pomóc – stwierdziła Charlotte. – Mogłaby pani zabrać tam ze sobą jedno z nas...

Pióro na kapeluszu zadrżało, kiedy wampirzyca gwałtownie pokręciła głową.

– I ryzykować życie?

– Przecież pani nie żyje, prawda? – zauważył Will.

– Cenię swoją egzystencję tak samo jak ty, Nocny Łowco – oświadczyła lady Belcourt, mrużąc oczy. – Dobrze byście zrobili, przyswajając tę lekcję. Nie zaszkodziłoby, gdyby Nefilim przestali myśleć, że ci, którzy żyją inaczej niż oni, wcale nie żyją.

W tym momencie po raz pierwszy od przybycia do Sanktuarium odezwał się Jem.

– Lady Belcourt, jeśli wolno mi zapytać, czego właściwie pani chce od panny Gray?

Camille spojrzała na Tessę. Jej zielone oczy lśniły jak klejnoty.

– Potrafi pani zmienić się w każdą osobę, tak? Przejąć wszystko: jej wygląd, głos i zachowanie? Tak słyszałam.

– Tak – odparła z wahaniem Tessa. – To znaczy, tak mi mówiono. Ja nie wiem, czy moja transformacja jest doskonała.

Camille zmierzyła ją wzrokiem.

– Musiałaby być idealna. Gdyby miała pani zmienić się we mnie...

– W panią? – wykrztusiła Charlotte. – Lady Belcourt, nie rozumiem...

– A ja rozumiem! – wykrzyknął Will. – Gdyby Tessa przybrała postać lady Belcourt, mogłaby wejść na jedno z przyjęć de Quinceya i być świadkiem łamania Prawa. Wtedy Clave mogłoby zaatakować, nie naruszając Porozumień.

– Mały strateg z ciebie. – Camille się uśmiechnęła, obnażając białe zęby.

– I byłaby to świetna okazja, żeby przeszukać rezydencję de Quinceya – dodał Jem. – Dowiedzieć się czegoś więcej o jego zainteresowaniu automatami. Jeśli on rzeczywiście morduje Przyziemnych, nie ma powodu sądzić, że jego jedynym celem jest zwykła zabawa. – Posłał Charlotte znaczące spojrzenie, a Tessa zrozumiała, że chodzi mu o ciała znalezione w piwnicach Mrocznego Domu.

– Musielibyśmy wymyślić sposób, jak dać znak Clave z przyjęcia u de Quinceya. – Niebieskie oczy Willa się jarzyły. – Może Henry wpadnie na jakiś pomysł. Bardzo przydałyby się plany domu...

– Will – zaprotestowała Tessa. – Ja nie...

– Oczywiście, że nie poszłabyś tam sama, tylko ze mną – przerwał jej Will niecierpliwym tonem. – Nie pozwoliłbym, żeby coś ci się stało.

– Nie, Will – zaprotestowała Charlotte. – Ty i Tessa sami w domu pełnym wampirów? Zabraniam.

– Więc z kim ją poślesz, jeśli nie ze mną? – zapytał Will. – Wiesz, że potrafię ją ochronić...

– Ja mogłabym pójść. Albo Henry...

Camille, która obserwowała ich z mieszaniną znudzenia i rozbawienia na twarzy, powiedziała:

– A ja zgadzam się z Willem. Jedynymi osobami wpuszczanymi na przyjęcia są bliscy przyjaciele de Quinceya, wampiry i ich ludzcy niewolnicy. De Quincey już poznał Willa jako Przyziemnego zafascynowanego okultyzmem. Nie będzie zaskoczony, kiedy się dowie, że awansował na niewolnika wampira.

Niewolnik wampira. Tessa czytała o nich w *Kodeksie*, o Przyziemnych, którzy przysięgali służyć wampirowi. Zapewniali mu towarzystwo i pokarm, a w zamian otrzymywali od czasu do czasu małe transfuzje jego krwi, która wiązała ich z panem i po śmierci umożliwiają zostanie wampirem.

– Ale Will ma dopiero siedemnaście lat – przypomniała Charlotte.

– Większość niewolników jest młodych – zaoponował Will. – Wtedy przyjemniej się na nich patrzy i jest mniejsze zagrożenie, że ich krew będzie skażona chorobą. No i żyją trochę dłużej, choć niewiele. – Herondale wyglądał na zadowolonego z siebie. – Mało kto z Enklawy mógłby przekonująco odegrać rolę przystojnego młodego sługi wampira...

– Bo reszta z nas jest szkaradna, tak? – zapytał Jem, wyraźnie rozbawiony. – Na przykład ja?

– Nie. Dobrze wiesz, dlaczego to nie możesz być ty. – Will powiedział to bez nacisku.

Przyjaciel patrzył na niego przez chwilę, a następnie wzruszył ramionami i odwrócił wzrok.

– Nie jestem pewna. – W głosie pani Branwell brzmiała niepewność. – Kiedy ma się odbyć następne przyjęcie, Camille?

– W sobotnią noc.

Charlotte wzięła głęboki wdech.

– Będę musiała porozmawiać z Enklawą, zanim wyrażę zgodę. Panna Gray też będzie musiała się zgodzić.

Wszyscy spojrzeli na Tessę, a ona nerwowo oblizała wargi.

– Czy pani zdaniem istnieje szansa, że mój brat może tam być obecny? – spytała, zwracając się do lady Belcourt.

– Niczego nie mogę obiecać, ale to całkiem prawdopodobne. Nathaniel Gray często bywał na przyjęciach de Quinceya. Jest tam bardzo lubiany.

Tessa poczuła chłód.

– Czy on... jest jednym z ludzkich niewolników?

– Nie – odparła Camille po chwili wahania.

Kłamie, pomyślała Tessa. Zrobiło się jej słabo.

– Zrobię to – oznajmiła. – Ale żądam obietnicy, że jeśli Nate będzie na przyjęciu, zabierzmy go stamtąd. Chcę mieć pewność, że nie chodzi tylko o przyłapanie de Quinceya na gorącym uczynku. Musimy również uratować Nathaniela.

– Oczywiście – zapewniła ją Charlotte. – Tyle że to będzie bardzo niebezpieczne, Tesso...

– Czy kiedykolwiek zmieniłaś się w Podziemnego? – zapytał Will. – Wiesz w ogóle, czy to jest możliwe?

Tessa pokręciła głową.

– Nigdy czegoś takiego nie robiłam... ale mogę spróbować. – Odwróciła się do lady Belcourt. – Mogłabym coś od pani dostać? Pierścionek, chusteczkę...

Camille sięgnęła rękami za głowę, odgarnęła ciężkie sploty srebrzystych włosów opadających na kark i odpięła naszyjnik. Zawiesiła go na smukłym palcu i wyciągnęła przed siebie.

– Proszę.

Jem sięgnął po naszyjnik i przekazał go Tessie. Wisiorek z rubinem wielkości kurzego jaja okazał się ciężki i zimny w dotyku, jakby leżał na śniegu. Gdy Tessa zamknęła na nim dłoń, odniosła wrażenie, że trzyma sopel lodu. Odetchnęła głęboko i zamknęła oczy.

Tym razem transformacja przebiegała inaczej, jakoś dziwnie. Szybko otoczyła ją gęsta ciemność, a blask, który zobaczyła w oddali, był zimną srebrną poświatą. Chłód, jaki od niej płynął, aż parzył. Tessa przyciągnęła to piekące, lodowate światło ku sobie i zaczęła przeciskać się do jego jądra. Otoczyły ją migoczące białe ściany...

Poczuła ostry ból w piersi i przez chwilę wszystko widziała na czerwono, w intensywnym szkarłatnym kolorze krwi. Wpadła w panikę, próbowała się wydostać, otworzyła powieki...

Znajdowała się w Sanktuarium, obecni przewiercali ją wzrokiem. Camille uśmiechała się lekko. Pozostali wyglądali na zaskoczonych, nawet wstrząśniętych, jak wtedy, gdy zmieniła się w Jessamine.

Ale coś było nie w porządku. Gdzieś w niej ziała wielka pustka. Nic nie bolało, ale miała uczucie, że czegoś jej brakuje. Zaczęła się dławić. Ogarnięta panicznym lękiem, opadła na fotel i przycisnęła ręce do piersi. Cała drżała.

– Tesso? – Jem kucnął i ujął jej dłoń.

Zobaczyła siebie w lustrze wiszącym na przeciwległej ścianie. Albo raczej lady Belcourt, nałożoną na jej odbicie, jak zawsze, gdy widziała swoje zmienione ja. Rozpuszczone włosy Camille opadały lśniącą kaskadą na białe ramiona, stanik zbyt ciasnej sukni opinał ciało w taki sposób, że Tessa by się zarumieniła... gdyby mogła. Przypomniała sobie z rosnącym strachem, że wampiry nie oddychają, w ich żyłach nie płynie krew, nie jest im gorąco ani zimno, nie mają serc bijących w piersi.

To stąd się brało dziwne uczucie pustki. Jej serce było nieruchome, jak martwe. Z drżeniem zaczerpnęła tchu. Gdy poczuła ból, uświadomiła sobie, że choć może oddychać, jej nowe ciało tego nie chce ani nie potrzebuje.

– O, Boże – powiedziała szeptem do Jema. – Moje serce nie bije. Czuję się, jakbym umarła.

Jem pogłaskał ją po ręce kojącym gestem. Wyraz jego srebrzystych oczu nie zmienił się wraz z jej transformacją. Chłopak patrzył na nią tak, jakby nadal była Tessą Gray.

– Żyjesz – zapewnił ją głosem tak cichym, że tylko ona mogła go usłyszeć. – W innej skórze, ale jesteś Tessą i żyjesz. Wiesz, skąd to wiem?

Pokręciła głową.

– Bo powiedziałaś słowo „Bóg", a żaden wampir nie jest w stanie go wymówić. – Ścisnął jej rękę. – Masz swoją duszę.

Tessa zamknęła oczy i przez chwilę siedziała bez ruchu, koncentrując się na cieple jego dłoni dotykającej jej lodowatej skóry. Powoli drżenie, które wstrząsało jej ciałem, zaczęło ustępować. W końcu otworzyła oczy i posłała Jemowi słaby uśmiech.

– Tesso – odezwała się pani Branwell. – Czy ty... Wszystko w porządku?

Tessa oderwała wzrok od Jema i przeniosła go na Charlotte. Nocna Łowczyni patrzyła na nią z niepokojem. Stojący obok niej Will miał nieodgadniony wyraz twarzy.

– Będzie pani musiała trochę poćwiczyć sposób poruszania się, jeśli chce pani przekonać de Quinceya, że jest mną – stwierdziła lady Belcourt. – Ja nigdy tak się nie garbię na krześle. – Przekrzywiła głowę. – Ale ogólnie to imponujące przedstawienie. Ktoś dobrze panią wyszkolił.

Tessa pomyślała o Mrocznych Siostrach. Dobrze ją wyszkoliły? Oddały jej przysługę, budząc uśpioną w niej moc, choć ona nienawidziła ich obu i swojego daru? Może byłoby lepiej, gdyby nigdy się nie dowiedziała, że jest inna?

Powoli zrzuciła z siebie skórę Camille. Poczuła się tak, jakby wstawała z zimnej wody. Kiedy od stóp do głów przebiegł ją lodowaty dreszcz, zacisnęła rękę na dłoni Jema. Coś podskoczyło w jej piersi. Serce zatrzepotało jak oszołomiony ptak, który wleciał przez okno do pokoju i zbiera siły, żeby się wzbić w powietrze. Potem znowu zaczęło bić. Tessa uniosła ręce do piersi, chcąc poczuć jego rytm. Powietrze wypełniło jej płuca.

Spojrzała w lustro. Znowu była sobą: Tessą Gray, a nie piękną wampirzycą. Ogarnęła ją wielka ulga.

– Mój naszyjnik – powiedziała chłodno lady Belcourt, wyciągając szczupłą rękę.

Podając Jemowi rubinowy wisiorek, Tessa zobaczyła słowa wyryte na srebrnej obrączce: *Amor verus moritur numquam*.

Nie wiadomo dlaczego spojrzała przez pokój na Willa i stwierdziła, że on też na nią patrzy. Oboje pośpiesznie odwrócili wzrok.

– Lady Belcourt – odezwał się Herondale. – Ponieważ żadne z nas nie było w domu de Quinceya, czy mogłaby pani dostarczyć nam jego plan albo rysunek?

– Dam wam coś lepszego. – Lady Belcourt zapięła wisiorek na szyi. – Magnusa Bane'a.

– Czarownika? – Charlotte uniosła brwi.

– Właśnie. Magnus zna ten dom równie dobrze jak ja, bo jest często zapraszany na przyjęcia de Quinceya. Ale, podobnie jak ja, nie brał udziału w tych, na których popełniano morderstwa.

– To szlachetne z jego strony – mruknął Will.

– Spotka się tam z wami i oprowadzi was po domu. Nikt nie będzie zaskoczony, kiedy zobaczy nas razem. Magnus jest moim kochankiem.

Tessa lekko rozchyliła usta. O takich rzeczach damy nie rozmawiały w towarzystwie. Ale może u wampirów było inaczej? Wszyscy inni wyglądali na równie skonsternowanych jak ona, z wyjątkiem Willa, który jak zwykle sprawiał wrażenie kogoś, kto stara się nie roześmiać.

– Jakie to miłe – bąknęła w końcu Charlotte.

– Istotnie. – Camille wstała. – Może ktoś mnie odprowadzi? Robi się późno, a ja jeszcze nic nie jadłam.

Charlotte, która z troską patrzyła na Tessę, powiedziała:

– Will, Jem, pójdziecie z lady Belcourt?

Dwaj Nocni Łowcy stanęli po bokach Camille jak żołnierze i ruszyli razem z nią do drzwi Sanktuarium. W progu wampirzyca zatrzymała się i obejrzała przez ramię. Jasne loki musnęły jej policzki. Była taka piękna, że Tessa poczuła ukłucie zazdrości, która na chwilę przeważyła nad instynktowną niechęcią.

– Jeśli uda ci się ta sztuka, mała zmiennokształtna, to nieważne, czy znajdziesz brata czy nie, obiecuję, że tego nie pożałujesz – zapowiedziała lady Belcourt.

Tessa zmarszczyła brwi, ale Camille poruszała się tak szybko, że zniknęła między jednym jej oddechem a drugim.

– Co ona miała na myśli, mówiąc, że tego nie pożałuję? – spytała Tessa, zwracając się do Charlotte.

Pani Branwell pokręciła głową.

– Nie wiem. – Westchnęła. – Chciałabym myśleć, że chodziło jej o to, że świadomość dobrego uczynku będzie dla ciebie pocieszeniem, ale to Camille, więc...

– Wszystkie wampiry są takie zimne?

– Wiele z nich żyje już bardzo długo – odpowiedziała dyplomatycznie Charlotte. – Na wiele rzeczy patrzą inaczej niż my.

Tessa dotknęła bolących skroni.

– Istotnie.

Spośród wszystkiego, co Willa niepokoiło w wampirach – bezszelestny sposób poruszania się, niski, nieludzki tembr głosu – najbardziej drażnił go zapach. Albo raczej brak zapachu. Wszyscy ludzie czymś pachnieli – potem, mydłem, perfumami – natomiast wampiry nie wydzielały żadnej woni, zupełnie jak woskowe manekiny.

Idący przed nim Jem przytrzymał ostatnie drzwi prowadzące z Sanktuarium do foyer. Wszystkie te miejsca zostały zdekonsekrowane, żeby mogły z nich korzystać wampiry i tym podobne istoty, ale Camille nie mogła wejść dalej do Instytutu. Eskortowanie jej na zewnątrz było czymś więcej niż kurtuazją. Nocni Łowcy pilnowali, żeby lady Belcourt przypadkiem nie weszła na poświęconą ziemię, mogłoby się to bowiem okazać niebezpieczne dla wszystkich zainteresowanych.

Camille wyminęła Jema, patrząc na niego twardo. Will podążył za nią, zatrzymując się tylko na chwilę, żeby szepnąć do przyjaciela:

– Ona niczym nie pachnie.

Jem zrobił przestraszoną minę.

– Wąchałeś ją?

Lady Belcourt, która czekała przy następnych drzwiach, odwróciła głowę i uśmiechnęła się do nich.

– Słyszę wszystko, co mówicie – powiedziała. – To prawda, że wampiry nie mają zapachu. Dzięki temu są lepszymi drapieżnikami.

– I dzięki świetnemu słuchowi – dodał Jem.

Znajdowali się teraz w małym kwadratowym przedsionku. Camille trzymała rękę na gałce frontowych drzwi, ale nie było widać po niej pośpiechu.

– Spójrzcie na siebie: jeden czarny, drugi srebrny. Ty mógłbyś być wampirem – zwróciła się do Jema – z tą twoją bladością i wyglądem. A ty... – przeniosła wzrok na Willa – nie sądzę, by ktoś u de Quinceya miał wątpliwości, czy naprawdę jesteś ludzkim niewolnikiem.

Jem popatrzył na wampirzycę wzrokiem, który zdaniem Willa mógłby przeciąć szkło.

– Dlaczego pani to robi, lady Belcourt? Pani plan, de Quincey i cała reszta... dlaczego?

Camille się uśmiechnęła. Była piękna, Will musiał to przyznać. Z drugiej strony, wiele wampirów wyróżniało się urodą, ale zawsze kojarzyła mu się ona z ciętymi kwiatami – ślicznymi, ale martwymi.

– Bo świadomość tego, co on robi, ciąży mi na sumieniu – odparła lady Belcourt.

Jem pokręcił głową.

– Nie sądzę. Może i należy pani do osób, które poświęciłyby się na ołtarzu zasad, ale raczej w to wątpię. Większość z nas robi różne rzeczy z powodów czysto osobistych. Z miłości albo nienawiści.

– Albo dla zemsty – dodał Will. – Ostatecznie, od roku wiedziała pani, co się dzieje, a przyszła pani do nas dopiero teraz.

– To z powodu panny Gray.

– Tak, ale nie tylko, prawda? – naciskał Jem. – Tessa to okazja do złożenia wizyty, ale pani motyw jest inny. – Przekrzywił głowę. – Dlaczego pani tak bardzo nienawidzi de Quinceya?

– Nie sądzę, żeby to była twoja sprawa, srebrzysty wojowniku – odparła Camille i rozchyliła czerwone wargi, pokazując kły. Will wiedział, że wampiry mogą to robić na zawołanie, ale mimo wszystko poczuł lekki niepokój. – Dlaczego w ogóle interesują was moje pobudki?

– Bo nie znając ich, nie możemy pani zaufać – odpowiedział za Jema Will. – Może wysyła nas pani prosto w pułapkę, choć Charlotte nie potrafiłaby w to uwierzyć.

– Wysłać was w pułapkę? – Camille mówiła drwiącym tonem. – I ściągnąć na siebie gniew Clave? Co za pomysł!

– Lady Belcourt, nie wiem, co Charlotte pani obiecała, ale jeśli pani chce od nas pomocy, odpowie pani na nasze pytanie – oświadczył Jem.

– Dobrze. Widzę, że nie będziesz usatysfakcjonowany, dopóki nie uzyskasz wyjaśnienia. Ty, Nocny Łowco, masz rację. – Skinieniem głowy wskazała na Willa. – Zdaje się, że dużo wiesz o miłości i zemście jak na takiego młodego człowieka. Musimy kiedyś o tym porozmawiać. – Uśmiech nie objął jej oczu. – Miałam kiedyś kochanka, likantropa. Nocnym Dzieciom nie wolno zadawać się z Dziećmi Księżyca. Byliśmy ostrożni, ale de Quincey nas nakrył i zamordował go w taki sposób, w jaki zabije jakiegoś biednego Przyziemnego na swoim następnym przyjęciu. – Jej oczy jarzyły się niczym zielone lampy. – Kochałam go, a de Quincey go zabił, a inni z mojego rodzaju mu pomogli. Nie wybaczę im tego nigdy. Zabiję ich wszystkich.

***

„Zawarcie Porozumień, obowiązujących od dziesięciu lat, było historyczną chwilą zarówno dla Nefilim, jak i dla Podziemnych. Te dwie grupy, zamiast się zwalczać, zjednoczyły się przeciwko wspólnemu wrogowi: demonom. W podpisaniu Porozumień wzięło udział w Idrisie pięćdziesiąt osób: dziesięcioro Nocnych Dzieci, dziesięcioro Dzieci Lilith, znanych jako czarownicy; dziesięcioro faerie, dziesięcioro Dzieci Księżyca i dziesięcioro potomków Razjela...".

Tessa ocknęła się, słysząc pukanie. Najwyraźniej przysnęła, palcem zakładając miejsce w Kodeksie Nocnych Łowców. Odłożyła książkę, ale ledwo zdążyła usiąść i naciągnąć na siebie kołdrę, a drzwi się otworzyły.

Do środka weszła Charlotte, niosąc lampę. Tessa poczuła lekkie ukłucie rozczarowania. A właściwie kogo się spodziewała? Mimo późnej pory pani Branwell była ubrana jak do wyjścia. Minę miała bardzo poważną, pod oczami widniały cienie.

– Nie śpisz jeszcze?

Tessa uniosła książkę.

– Studiuję.

Charlotte nic nie odpowiedziała, tylko przecięła pokój i usiadła w nogach łóżka. Wyciągnęła rękę. Coś zalśniło w jej dłoni. Aniołek Tessy.

– Zostawiłaś to Henry'emu.

Tessa odłożyła *Kodeks* i wzięła od niej wisiorek. Przełożyła łańcuszek przez głowę i, kiedy znajomy ciężar spoczął w zagłębieniu jej szyi, poczuła spokój.

– Dokonał jakiegoś odkrycia? – zapytała.

– Nie jestem pewna. Powiedział, że w środku znalazł całe pokłady rdzy, więc to cud, że mechanizm w ogóle działał. Henry go wyczyścił, ale chyba niewiele się zmieniło. Tyka teraz bardziej regularnie?

– Może. – Tessie wystarczało, że ma z powrotem aniołka, pamiątkę po matce i życiu w Nowym Jorku.

Charlotte złożyła ręce na kolanach.

– Thereso, jest coś, czego ci nie powiedziałam – zaczęła z powagą.

Serce Tessy zaczęło bić szybciej.

– Co takiego?

– Mortmain... – Pani Branwell się zawahała. – Kiedy powiedziałam, że Mortmain wprowadził twojego brata do Klubu Pandemonium, to była prawda, ale nie cała. Nathaniel już wcześniej wiedział o Świecie Cieni. Zdaje się, że usłyszał o nim od waszego ojca.

Zdumiona Tessa milczała.

– Ile miałaś lat, kiedy umarli twoi rodzice? – zapytała Charlotte.

– To był wypadek – odparła Tessa, trochę oszołomiona. – Ja miałam trzy lata, Nate sześć.

Charlotte zmarszczyła brwi.

– Trochę za mały na wysłuchiwanie ojcowskich wyznań, ale... pewnie to możliwe.

– Nie. Nie rozumie pani. Odebrałam najzwyczajniejsze w świecie wychowanie. Ciotka Harriet była najbardziej praktyczną kobietą na świecie. Musiałaby coś wiedzieć, prawda? Była młodszą siostrą mojej matki. Moi rodzice zabrali ją ze sobą, kiedy przyjechali z Londynu do Ameryki.

– Ludzie strzegą swoich tajemnic, Tesso, czasami nawet przed tymi, których kochają. – Charlotte przesunęła palcami po okładce *Kodeksu* i po wytłoczonej pieczęci. – Musisz przyznać, że to ma sens.

– Sens? To nie ma żadnego sensu!

– Tesso... – Charlotte westchnęła. – Nie wiemy, skąd masz ten swój dar. Ale jeśli jedno z twoich rodziców było w jakiś sposób związane z magicznym światem, to czy nie tutaj należałoby szukać przyczyn? Jeśli twój ojciec był członkiem Klubu Pandemonium, czy nie od niego de Quincey mógł się o tobie dowiedzieć?

– Pewnie tak – przyznała niechętnie Tessa. – Ja tylko... Kiedy przyjechałam do Londynu, mocno wierzyłam, że wszystko, co mnie spotyka, to sen. Że moje wcześniejsze życie było prawdziwe, a to jest jakiś koszmar. Myślałam, że jeśli znajdę Nate'a, wrócę do dawnych czasów. – Podniosła wzrok na Charlotte. – Ale teraz się zastanawiam, czy moje poprzednie życie nie było snem, a to wszystko teraz rzeczywistością. Jeśli moi rodzice wiedzieli o Klubie Pandemonium, jeśli należeli do Świata Cieni, nie mam dokąd wrócić.

Charlotte popatrzyła na nią.

– Czy kiedykolwiek zastanawiałaś się, dlaczego Sophie ma bliznę na twarzy?

Zaskoczona Tessa zdołała jedynie wyjąkać:

– Ja... ja zastanawiałam się, ale... nie chciałam pytać.

– I nie powinnaś. – Głos Charlotte był chłodny i twardy. – Kiedy pierwszy raz zobaczyłam Sophie, kuliła się w bramie, brudna, z zakrwawioną szmatą przyciśniętą do policzka. Zobaczyła mnie, kiedy przechodziłam, mimo że chronił mnie czar. I tym zwróciła na siebie moją uwagę. Miała Wzrok, podobnie jak Thomas i Agatha. Zaproponowałam jej pieniądze, ale nie chciała ich przyjąć. Nakłoniłam ją więc, żeby poszła ze mną do herbaciarni, a wtedy ona opowiedziała mi, co się jej przytrafiło. Była pokojówką w pewnym domu w St. John's Wood. Służące podające do stołu są oczywiście wybierane ze względu na wygląd, a Sophie była piękna, co okazało się dla niej zarówno wielkim atutem, jak i nieszczęściem. Jak można się było spodziewać, syn jej państwa postanowił ją uwieść. Sophie odtrącała go wiele razy, aż w końcu on z wściekłości wziął nóż i pociął jej twarz, żeby już nikt więcej jej nie zechciał.

– Straszne – wyszeptała Tessa.

– Sophie poszła do swojej pani, ale chłopak oświadczył, że to ona próbowała go uwieść, a wtedy chwycił nóż, żeby obronić swoją cnotę. Oczywiście, państwo wyrzucili dziewczynę na ulicę. Kiedy ją znalazłam, jej policzek był paskudnie zainfekowany. Przyprowadziłam ją tutaj i kazałam Cichym Braciom się nią zająć, ale choć wyleczyli infekcję, nie zdołali usunąć blizny.

Tessa odruchowo uniosła dłoń do twarzy.

– Biedna Sophie.

Charlotte przekrzywiła głowę i spojrzała na nią. Miała taką silną osobowość, że czasami zapominało się, jaka jest drobna i krucha.

– Sophie ma dar – ciągnęła pani Branwell. – Wzrok. Widzi to, czego inni nie widzą. W swoim dawnym życiu często zastanawiała się, czy nie jest szalona. Teraz wie, że nie jest szalona, tylko wyjątkowa. Byłaby tylko pokojówką i straciła posadę po tym, jak zblakłaby jej uroda. Tutaj jest cenionym domownikiem, utalentowaną dziewczyną, która ma wiele do zaoferowania. – Charlotte się pochyliła. – Patrzysz wstecz na swoje życie, Tesso, i wydaje ci się ono bezpieczne w porównaniu z obecnym. Ale ty i twoja ciotka byłyście bardzo biedne, jeśli się nie mylę. Gdybyś nie przyjechała do Londynu, gdzie byś się podziała po jej śmierci? Co byś robiła? Trafiłabyś zapłakana do zaułka jak nasza Sophie? – Charlotte pokręciła głową. – Masz nieocenioną moc. Nie musisz nikogo o nic prosić. Nie musisz na nikim polegać. Jesteś wolna i ta wolność jest darem.

– Trudno myśleć o czymś jako o darze, kiedy się było z jego powodu więzionym i dręczonym – stwierdziła Tessa.

Charlotte potrząsnęła głową.

– Sophie powiedziała mi kiedyś, że jest zadowolona, że ma bliznę, bo jeśli teraz ktoś ją pokocha, będzie to szczere uczucie, a nie zauroczenie ładną twarzą. Ty jesteś prawdziwa, Tesso, z tym swoim darem. Kto teraz obdarzy cię miłością, pokocha cię taką, jaka jesteś naprawdę.

Tessa wzięła do ręki *Kodeks* i przycisnęła go do piersi.

– Więc mówi pani, że mam rację. Że to jest prawdziwe życie, a wcześniejsze było snem.

– Tak. – Charlotte łagodnie poklepała ją po ramieniu, a Tessa omal nie podskoczyła. Już od dawna nikt nie dotykał jej po macierzyńsku. Pomyślała o ciotce Harriet i zabolało ją serce. – I pora się obudzić.

Rozdział dziewiąty

Enklawa

„Aż wyschną głębie wszystkich mórz, do dna,
Aż słońce stopi głaz;
Będę cię kochał, miła, aż do dnia
Gdy biec przestanie czas".
– Robert Burns, *Och, moja miła jest jak róży pąk*
(Przełożył Stanisław Barańczak)

– Spróbuj jeszcze raz – zaproponował Will. – Po prostu przejdź z jednego końca pokoju do drugiego, a my powiemy ci, czy wyglądasz wiarygodnie.

Tessa westchnęła. Głowa ją bolała, oczy piekły. Uczenie się, jak udawać wampira, było wyczerpujące.

Dwa dni, które minęły od wizyty lady Belcourt, Tessa niemal w całości poświęciła na próby przekonującej transformacji w wampirzycę. Niestety, bez wielkiego sukcesu. Nadal odnosiła wrażenie, jakby ślizgała się po powierzchni umysłu Camille, niezdolna sięgnąć w głąb, odczytać jej myśli czy zrozumieć osobowość. I dlatego nie wiedziała, jak ma chodzić, jak rozmawiać, jaki wyraz twarzy przybrać, kiedy na przyjęciu u de Quinceya spotka wampiry, które lady Belcourt na pewno bardzo dobrze znała i które ona również powinna znać.

Od obiadu ćwiczyła w bibliotece posuwisty chód Camille i jej sposób mówienia. Do piersi miała przypiętą broszkę z klejnotem, którą przyniósł jej jeden z ludzkich niewolników lady Belcourt, pomarszczony człowieczek o imieniu Archer. W kufrze znajdowała się również suknia na przyjęcie u de Quinceya, ale była zbyt ciężka i strojna jak na tę porę dnia. Tessa włożyła więc swoją nową, biało-niebieską suknię, krępująco ciasną w biuście i zbyt luźną w pasie, kiedy zmieniała się w Camille.

Jem i Will rozłożyli się obozem przy jednym z długich bibliotecznych stołów, pod pretekstem, że będą jej pomagać i doradzać, a w rzeczywistości, żeby drwić i śmiać się z jej zakłopotania.

– Robisz za duże kroki – stwierdził Will. Zajęty czyszczeniem jabłka o przód koszuli, najwyraźniej nie zauważył, że Tessa piorunuje go wzrokiem. – Camille chodzi delikatnie jak faun po lesie, a nie jak kaczka.

– Nie chodzę jak kaczka.

– Lubię kaczki – wtrącił dyplomatycznie Jem. – Zwłaszcza te z Hyde Parku. – Zerknął z ukosa na przyjaciela. Obaj siedzieli na brzegu wysokiego stołu, z nogami zwieszonymi nad podłogą. – Pamiętasz, jak próbowałeś kiedyś mnie namówić, żebym rzucił im pieróg nadziewany mięsem, bo chciałeś sprawdzić, czy uda się wyhodować rasę kaczek kanibali?

– I zjadły go – przypomniał Will. – Krwiożercze małe bestie. Nigdy nie ufaj kaczkom.

– Dość tego! – krzyknęła Tessa. – Jeśli nie zamierzacie mi pomóc, możecie równie dobrze wyjść. Nie pozwoliłam wam tu zostać po to, żeby wysłuchiwać waszych pogawędek o drobiu.

– Niecierpliwość nie przystoi damie – rzucił Will i uśmiechnął się do niej szeroko znad jabłka. – Może natura Camille zaczyna brać górę nad twoją?

Mówił wesołym tonem. To dziwne, pomyślała Tessa. Zaledwie kilka dni temu warknął na nią, kiedy napomknęła o jego rodzicach, a później błagał, żeby zachowała w tajemnicy atak kaszlu Jema. Jego twarz wtedy płonęła, a teraz droczył się z nią, jakby była młodszą siostrą przyjaciela, którą zna i lubi, ale wobec której nie żywi żadnych głębszych uczuć.

Tessa przygryzła wargę... i skrzywiła się, czując ostry ból. Kłami Camille sterował instynkt, którego nie potrafiła zrozumieć. Wysuwały się bez ostrzeżenia i bez udziału jej woli, tak że dowiadywała się o nich, kiedy raptem przecinały jej delikatną skórę. Poczuła krew w ustach – swoją własną, słoną i gorącą. Przycisnęła palce do warg. Kiedy je opuściła, widniały na nich czerwone plamki.

– Zostaw to – poradził Will, odkładając jabłko i wstając ze stołu. – Zobaczysz, że samo szybko się zagoi.

Tessa dotknęła językiem lewego kła. Teraz był zupełnie normalny.

– Nie rozumiem, dlaczego się wysuwają!

– Z głodu – stwierdził Jem. – Pomyślałaś o krwi?

– Nie.

– O zjedzeniu mnie? – spytał Will.

– Nie!

– Nikt by cię nie winił – powiedział Jem. – On bywa irytujący.

Tessa westchnęła.

– Zupełnie nie rozumiem Camille. Nie potrafię nią być.

Jem popatrzył na nią uważnie.

– Możesz sięgnąć do jej myśli? Tak jak do myśli tych, w których się zmieniałaś?

– Jeszcze nie. Próbowałam, ale widzę tylko przebłyski, obrazy. Jej umysł najwyraźniej chroni jakaś bariera.

– Cóż, miejmy nadzieję, że przedrzesz się przez nią do jutra – skwitował Herondale. – Bo inaczej słabo oceniam nasze szanse.

– Will! – burknął na niego Jem. – Nie mów tak.

– Masz rację. Nie powinienem lekceważyć własnych umiejętności. Jeśli Tessa zawiedzie, na pewno dam radę wywalczyć drogę do wolności przez tłum śliniących się wampirów.

Jem zignorował uwagę przyjaciela. Często tak robił, jak zauważyła Tessa.

– Może potrafisz odczytywać jedynie myśli zmarłych, Tesso? Może większość przedmiotów, które dawały ci Mroczne Siostry, należała do zamordowanych ludzi?

– Nie. Dotknęłam myśli Jessamine, kiedy się w nią zmieniłam, więc na szczęście nie o to chodzi. Inaczej to byłby upiorny dar.

Jem patrzył na nią w zamyśleniu srebrnymi oczami. Intensywność jego spojrzenia wprawiła ją w zakłopotanie.

– Jak wyraźnie odczytujesz myśli zmarłych? – spytał w końcu. – Na przykład, jeśli dam ci rzecz, która kiedyś należała do mojego ojca, będziesz wiedziała, co myślał, kiedy umierał?

Teraz z kolei Will się obruszył.

– James, nie sądzę....

Urwał, kiedy drzwi się otworzyły i do biblioteki weszła Charlotte. Nie była sama. Podążało za nią co najmniej dwanaście osób, których Tessa nigdy wcześniej nie widziała.

– Enklawa – wyszeptał Will i skinął na nich oboje, żeby schowali się za jeden z trzymetrowych regałów na książki.

Z ukrycia obserwowali, jak pokój zapełnia się Nocnymi Łowcami, w większości mężczyznami. Były tam tylko dwie kobiety.

Tessa nie mogła oderwać od nich wzroku. Pamiętała, co Will mówił o Boadycei. Te kobiety również mogły być wojownikami. Wyższa z nich, wzrostu mężczyzny, o królewskiej postawie, wyglądała na sześćdziesiąt kilka lat. Pudrowobiałe włosy miała splecione w warkocz upięty z tyłu głowy. Druga była młodsza, o ciemnych włosach, kocich oczach i zamkniętej twarzy.

Mężczyźni stanowili bardziej urozmaiconą grupę. Najstarszy był wysokim mężczyzną ubranym na szaro. Włosy i skórę też miał szare, twarz kościstą, o zapadniętych policzkach, cienki nos i ostry podbródek. W kącikach zaczerwienionych oczu rysowały się wyraźne zmarszczki. Obok niego stał najmłodszy z grupy, chłopiec niewiele starszy od Jema czy Willa. Był przystojny na swój sposób, o ostrych, ale regularnych rysach i czujnym wyrazie twarzy.

Jem syknął z zaskoczenia i niechęci.

– Gabriel Lightwood – mruknął do przyjaciela. – Co on tutaj robi? Myślałem, że jest w szkole w Idrisie.

Will nie odpowiedział. Wpatrywał się w ciemnowłosego chłopca, unosząc brwi. Na jego wargach igrał słaby uśmiech.

– Tylko nie wdaj się z nim w bójkę, Will – ostrzegł go pośpiesznie Jem. – Nie tutaj. Tylko o to cię proszę.

– Nie prosisz o zbyt wiele? – rzucił Herondale, nie patrząc na Jema. Wychylił się zza regału i obserwował, jak Charlotte prowadzi gości do dużego stołu i wskazuje im krzesła.

– Frederick Ashdown i Michael Penhallow, tutaj, proszę. Lilian Highsmith, mogłabyś usiąść przy mapie...

– A gdzie jest Henry? – zapytał z szorstką uprzejmością siwowłosy mężczyzna. – Powinienem tutaj być jako jeden z szefów Instytutu.

Pani Branwell zawahała się ułamek sekundy, nim przywołała uśmiech na twarz.

– Już tu idzie, panie Lightwood – powiedziała.

Tessa uświadomiła sobie dwie sprawy. Po pierwsze, siwowłosy najprawdopodobniej był ojcem Gabriela, a po drugie, Charlotte kłamała.

– Lepiej, żeby tak było – skwitował Lightwood. – Zebranie Enklawy bez szefa Instytutu... to wbrew regulaminowi. – Nagle się odwrócił i zmrużył oczy. Choć Will uskoczył za szafę, było już za późno. – Kto tam jest? Wyjdź i pokaż się!

Will zerknął na Jema. Przyjaciel wzruszył ramionami i wyszeptał:

– Nie ma sensu się ukrywać, bo i tak nas stąd wyciągną, nie sądzisz?

– Mów za siebie – syknęła Tessa. – Nie chcę, żeby Charlotte była na mnie zła, skoro nie powinno nas tu być.

– Nie denerwuj się – powiedział Will. – Przecież nie miałaś pojęcia o spotkaniu Enklawy, i Charlotte doskonale zdaje sobie z tego sprawę. Ona zawsze dobrze wie, kogo obwinić. – Uśmiechnął się szeroko. – Ale lepiej wróć do swojej postaci. Nie ma potrzeby jeszcze bardziej szokować starszyzny.

– Och! – Tessa niemal zapomniała, że nadal jest przemieniona w Camille. Pośpiesznie dokonała transformacji i zanim wszyscy troje wyszli zza regału, była na powrót sobą.

– Will. – Charlotte westchnęła i pokręciła głową na widok ich trojga. – Mówiłam wam, że o czwartej zaczyna się tu spotkanie Enklawy.

– Mówiłaś? – rzucił Will. – Musiałem zapomnieć. To straszne. – Spojrzał w bok i uśmiechnął się szeroko. – Witaj, Gabrielu.

Młody Lightwood spiorunował go wzrokiem. Miał bardzo jasne zielone oczy; zacisnął usta.

– William – odezwał się w końcu z pewnym wysiłkiem i skierował spojrzenie na Jema. – James. Nie jesteście trochę za młodzi, żeby zakradać się na spotkania Enklawy?

– A ty? – odparował Jem.

– Skończyłem osiemnaście lat w czerwcu – oznajmił Gabriel, odchylając się na oparcie, tak że przednie nogi krzesła oderwały się od podłogi. – Mam wszelkie prawo brać udział w działaniach Enklawy.

– Fascynujące – odezwała się białowłosa kobieta o królewskim wyglądzie. – A więc to ona, Lottie? Czarownica, o której nam opowiadałaś? – Pytanie było skierowane do Charlotte, ale wzrok kobiety spoczywał na Tessie. – Wcale na nią nie wygląda.

– Podobnie jak Magnus Bane, kiedy go pierwszy raz zobaczyłem – wtrącił pan Lightwood, kierując zaciekawiony wzrok na Tessę. – Proszę nam pokazać, co pani umie.

– Nie jestem czarownicą – zaprotestowała Tessa.

– Cóż, z pewnością kimś jesteś, dziewczyno – stwierdziła kobieta. – Jeśli nie czarownicą, to kim?

– Nieważne. – Charlotte się wyprostowała. – Panna Gray już udowodniła swoją wiarygodność przede mnę i panem Branwellem. Na razie to musi wystarczyć... przynajmniej dopóki Enklawa nie podejmie decyzji, że życzy sobie wykorzystać jej talenty.

– Oczywiście, że tak – wtrącił się Will. – Nie ma szans na przeprowadzenie naszego planu bez niej...

Przednie nogi krzesła Gabriela opadły z trzaskiem na kamienną posadzkę.

– Pani Branwell, czy William nie jest za młody, żeby brać udział w zebraniach Enklawy? – spytał z wściekłością.

Charlotte przeniosła wzrok z jego zaczerwienionej twarzy na beznamiętne oblicze Willa i westchnęła.

– Jest – przyznała. – Will, Jem, poczekajcie, proszę, razem z Tessą na korytarzu.

Herondale'owi stężała twarz, ale przyjaciel posłał mu ostrzegawcze spojrzenie. Gabriel Lightwood popatrzył na nich triumfująco.

– Odprowadzę was – oznajmił, podrywając się z krzesła. Wyszedł na korytarz z całą trójką. – Ty! – rzucił do Willa, ściszając głos tak, żeby obecni w bibliotece go nie usłyszeli. – Przynosisz hańbę imieniu Nocnych Łowców.

Will oparł się o ścianę i zmierzył go chłodnymi spojrzeniem.

– Nie wiedziałem, że jest jeszcze co hańbić po tym, jak twój ojciec...

– Byłbym ci wdzięczny, gdybyś nie mówił o mojej rodzinie – warknął Gabriel, zamykając za sobą drzwi biblioteki.

– Jaka szkoda, że perspektywa twojej wdzięczności nie jest dla mnie kusząca – odparował Will.

Gabriel wbił w niego wzrok – jego zielone oczy jarzyły się wściekłością. Włosy miał lekko potargane. W tym momencie przypominał kogoś Tessie, ale nie potrafiła powiedzieć, kogo.

– Co?

– Will ma na myśli, że nie obchodzą go twoje podziękowania – wyjaśnił Jem.

Policzki Lightwooda zrobiły się szkarłatne.

– Gdybyś nie był nieletni, Herondale, wyzwałbym cię na pojedynek. Tylko ty i ja, do śmierci. Posiekałbym cię na krwawe kawałki...

– Przestań, Gabrielu – przerwał mu Jem, zanim przyjaciel zdążył odpowiedzieć. – Wyzywanie Willa na pojedynek byłoby tym samym co karanie psa po tym, jak się go zbiło za to, że cię ugryzł. Wiesz, jaki on jest.

– Wielkie dzięki, James – rzucił Herondale, nie odrywając wzroku od Gabriela. – Doceniam tę pochwałę mojego charakteru.

Jem wzruszył ramionami.

– Taka jest prawda.

Gabriel posłał mu ponure spojrzenie.

– Trzymaj się od nas z dala, Carstairs. Ta sprawa ciebie nie dotyczy.

Jem przysunął się do drzwi i do Willa, który stał bez ruchu, mierząc się wzrokiem z Gabrielem.

– Jeśli dotyczy Willa, dotyczy również mnie – oświadczył Jem.

Młody Lightwood potrząsnął głową.

– Jesteś całkiem dobrym Nocnym Łowcą, James – powiedział. – I dżentelmenem. Masz swoją... słabość, ale nikt cię za to nie wini. Ale ten... śmieć – skrzywił usta i wskazał palcem na Willa – pociągnie cię na dno. Znajdź kogoś innego na swojego *parabatai*. Nikt się nie spodziewa, że William Herondale dożyje dziewiętnastu lat. Zresztą, nikt nie będzie go żałował...

Tego było już za wiele dla Tessy. Niewiele myśląc, wykrzyknęła z oburzeniem:

– A cóż to za słowa!

Gabriel, któremu przerwano tyradę, był tak wstrząśnięty, jakby jedna z tapiserii nagle zaczęła mówić.

– Słucham?

– Słyszał mnie pan. Chodzi o mówienie komuś, że nikt go nie będzie żałował po śmierci! To niewybaczalne! – Chwyciła

Willa za rękaw. – Chodźmy. Ten... osobnik nie jest wart tego, żeby tracić na niego czas.

Herondale wyglądał na mocno rozbawionego.

– To prawda.

– Pani... pani... – Gabriel zaczął się jąkać, patrząc na Tessę z dziwnym przestrachem. – Nie ma pani najmniejszego pojęcia o rzeczach, które on robił...

– I nic mnie to nie obchodzi. Wszyscy jesteście Nefilim, prawda? Tak czy nie? Powinniście być po tej samej stronie. – Tessa przeszyła Gabriela wzrokiem. – Myślę, że jest pan winien Willowi przeprosiny.

– Prędzej wyrwę sobie wnętrzności i zawiążę je na supeł niż przeproszę takiego robaka – oświadczył Lightwood.

– No, no – wtrącił Jem łagodnym tonem. – Chyba nie mówisz poważnie, oczywiście nie o Willu, tylko o tych wnętrznościach. To brzmi okropnie.

– Mówię poważnie – oświadczył Gabriel, zapalając się do tematu. – Wolałbym zostać wrzucony do kadzi z jadem Malphasa i rozpuścić się powoli, aż zostaną tylko kości.

– Naprawdę? – powiedział Will. – Tak się składa, że znam pewnego człowieka, który może sprzedać kadź...

W tym momencie drzwi biblioteki się otworzyły i w progu stanął pan Lightwood.

– Gabrielu, zamierzasz wziąć udział w zebraniu Enklawy, twoim pierwszym, że ci przypomnę, czy wolisz pobawić się na korytarzu z resztą dzieci? – spytał lodowatym tonem.

Nikt nie wyglądał na zadowolonego z tych słów, zwłaszcza Gabriel. Chłopak przełknął ślinę, kiwnął głową, posłał groźne spojrzenie Willowi, wszedł za ojcem do biblioteki i zatrzasnął za sobą drzwi.

– Cóż – mruknął Jem, kiedy zostali sami. – Było tak źle, jak się spodziewałem. Widzisz go po raz pierwszy od zeszłorocznego świątecznego przyjęcia?

– Tak – odparł Will. – Myślisz, że powinienem był mu powiedzieć, że za nim tęskniłem?

– Nie.

– On zawsze jest taki okropny? – spytała Tessa.

– Powinnaś zobaczyć jego starszego brata – odparł Jem. – Nienawidzi Willa jeszcze bardziej niż Gabriel, o ile to możliwe. Przy nim Gabriel wydaje się słodszy od piernika.

Will tylko uśmiechnął się szeroko, po czym ruszył przed siebie korytarzem, pogwizdując. Po chwili wahania Jem podążył za nim, skinąwszy wpierw na Tessę.

– Dlaczego Gabriel Lightwood cię nienawidzi, Will? – zapytała, kiedy go dogonili. – Co mu zrobiłeś?

– Nic mu nie zrobiłem – odparł Herondale. – Chodzi o to, co zrobiłem jego siostrze.

Tessa zerknęła w bok na Jema, a on wzruszył ramionami.

– Tam, gdzie pojawia się nasz Will, zaraz tuzin rozgniewanych dziewczyn twierdzi, że nastawał na ich cnotę.

– To prawda? – dociekała Tessa, starając się dotrzymać kroku chłopcom.

Nie mogła iść szybciej w ciężkich spódnicach, które plątały się jej wokół kostek. Przed dwoma dniami przysłano zamówione stroje z Bond Street, tak że dopiero przyzwyczajała się do ich noszenia. Pamiętała lekkie suknie, w których jako mała dziewczynka mogła podbiec do brata, kopnąć go w goleń i uciec przed zemstą. Zastanawiała się przez chwilę, co by się stało, gdyby spróbowała tego samego z Willem. Wątpiła, czy wyszłoby jej to na dobre, choć sam pomysł nawet się jej spodobał.

– Nastawałeś na jej cnotę?

– Masz dużo pytań – stwierdził Will, skręcając ostro w lewo, ku wąskim schodom prowadzącym w górę.

– Tak – przyznała Tessa. Obcasy jej butów stukały głośno o kamienne stopnie, kiedy za nim ruszyła. – Co to jest *parabatai*? I co miałeś na myśli, mówiąc, że ojciec Gabriela jest hańbą dla Nocnych Łowców?

– *Parabatai* to po grecku znaczy „żołnierz połączony w parę z woźnicą rydwanu" – odparł Jem – ale kiedy tak mówią Nefilim, mają na myśli dobrany zespół wojowników złożony z dwóch mężczyzn, którzy przysięgają, że będą strzec nawzajem swoich pleców.

– Mężczyzn? – powtórzyła Tessa. – Nie może być zespołów złożonych z kobiet albo z kobiety i mężczyzny?

– Mówiłaś, zdaje się, że kobiety nie mają w sobie żądzy krwi – przypomniał Will, nie odwracając się. – Jeśli chodzi o ojca Gabriela, ma taką reputację, że lubi demony i Podziemnych bardziej, niż powinien. Byłbym zaskoczony, gdyby po niektórych nocnych wizytach w pewnych domach w Shadwell starszemu Lightwoodowi nie została pamiątka w postaci demonicznej ospy.

– Demonicznej ospy? – Tessa była jednocześnie przerażona i zafascynowana.

– On zmyśla – pośpiesznie uspokoił ją Jem. – Doprawdy, Will. Ile razy musimy ci powtarzać, że nie istnieje coś takiego jak demoniczna ospa?

Herondale zatrzymał się przed wąskimi drzwiami na zakręcie klatki schodowej.

– Myślę, że tu powinien być magazyn – mruknął i pokręcił gałką, niestety, bezskutecznie.

Wtedy wyjął z kieszeni stelę i narysował czarny Znak na drzwiach. Gdy się otworzyły, ze środka buchnął kurz.

Jem i Tessa weszli za nim do małego pomieszczenia, którego jedyne oświetlenie pochodziło z łukowatego okna osadzonego wysoko w murze. Wlewające się przez nie wodniste światło padało na liczne kufry i pudła. Mógłby to być składzik w dowolnym domu, gdyby nie zgromadzone w kątach stosy czegoś, co wyglądało na starą broń: ciężkie zardzewiałe żelastwo o szerokich ostrzach i najeżone kolcami metalowe pałki z łańcuchami.

Will chwycił jedną ze skrzyń i przesunął ją w bok, oczyszczając środek podłogi. W górę wzbiło się jeszcze więcej kurzu. Jem zakaszlał i posłał przyjacielowi spojrzenie pełne wyrzutu.

– Można by pomyśleć, że przyprowadziłeś nas tutaj, żeby zamordować, gdyby nie to, że w najlepszym razie twoje motywy byłyby bardzo niejasne – stwierdził.

– Zaczekaj – wysapał Will. – Muszę przesunąć jeszcze jeden kufer.

Tessa zerknęła na Jema.

– Co Gabriel miał na myśli, mówiąc o twojej słabości? – zapytała ściszonym głosem, żeby Will jej nie usłyszał.

Srebrne oczy Jema rozszerzyły się odrobinę.

– Moje słabe zdrowie – odparł krótko.

Kłamał. Miał takie samo spojrzenie jak Nate w podobnych sytuacjach: zbyt czyste i niewinne, żeby można mu uwierzyć. Ale zanim zdążyła powiedzieć coś więcej, Will się wyprostował i oznajmił:

– Gotowe. Siadajcie.

Usiadł na zakurzonej, brudnej podłodze. Jem usadowił się obok niego, natomiast Tessa wahała się przez chwilę. Will, który trzymał w ręce stelę, spojrzał na nią z krzywym uśmiechem.

– Nie dołączysz do nas, Tesso? Zapewne nie chcesz pobrudzić pięknej sukni, którą kupiła ci Jessamine.

To była prawda. Tessie nie uśmiechała się perspektywa zniszczenia najładniejszej rzeczy, jaką w życiu miała. Ale jeszcze gorszy okazał się drwiący ton Willa, więc zacisnęła zęby i usiadła naprzeciwko Nocnych Łowców, tak że razem utworzyli trójkąt.

Will przytknął stelę do podłogi i zaczął nią poruszać. Na deskach pojawiły się grube czarne linie. Zafascynowana Tessa obserwowała proces rysowania, który nie wyglądał tak, jakby z czubka narzędzia spływał atrament, tylko jakby te wzory zawsze tam były, a Will jedynie je odsłaniał.

Jeszcze nie dokończył swojej pracy, kiedy Jem wydał okrzyk. Najwyraźniej rozpoznał Znak, który kreślił przyjaciel.

– Co ty... – zaczął, ale Will uciszył go gestem wolnej ręki.

– Jeśli się pomylę, spadniemy na sam dół – ostrzegł.

Jem przewrócił oczami, ale Will już uniósł stelę znad gotowego dzieła. Tessa krzyknęła cicho, kiedy wypaczone deski między nimi zaczęły falować... a następnie zrobiły się przezroczyste jak szyba. Pochyliła się, całkiem zapominając o sukni, i spojrzała w narysowane okno.

Spoglądając w dół, uświadomiła sobie, że widzi bibliotekę, duży okrągły stół i siedzącą przy nim Enklawę: Charlotte między Benedictem Lightwoodem i elegancką kobietą o siwych włosach. Panią Branwell łatwo było rozpoznać po schludnym koku z kasztanowych włosów i szybkich ruchach małych rąk, kiedy mówiła.

– Dlaczego tutaj, a nie w zbrojowni? – spytał cicho Jem. – Przecież to obok biblioteki.

– Bo stąd równie dobrze słychać – odparł Will. – Poza tym, kto powiedział, że któreś z nich w połowie narady nie postanowi złożyć wizyty w zbrojowni, żeby zobaczyć, co tam mamy? Wcześniej już się to zdarzało.

Tessa, nadal patrząc w dół, stwierdziła, że istotnie słyszy głosy.

– A czy oni mogą nas usłyszeć? – zaniepokoiła się nagle.

Will pokręcił głową.

– Czar działa tylko w jedną stronę. – Zmarszczył brwi i pochylił się do okna. – O czym rozmawiają?

Wszyscy troje umilkli. W ciszy, która zapadła w magazynie, do ich uszu wyraźnie dotarł głos Benedicta Lightwooda:

– Nic o tym nie wiem, Charlotte. Cały ten plan wydaje się bardzo ryzykowny.

– Ale nie możemy dopuścić do tego, żeby Quincey dalej działał tak jak do tej pory – sprzeciwiła się pani Branwell. – To najważniejszy londyński wampir. Nocne Dzieci widzą w nim przywódcę. Jeśli pozwolimy, żeby nadal łamał Prawo, jaką wiadomość przekażemy w ten sposób Podziemnemu Światu? Że Nefilim zaniedbali się w swoich obowiązkach?

– A zatem wierzysz w słowa lady Belcourt, że de Quincey, stary sojusznik Clave, morduje Przyziemnych w swoim własnym domu?

– Nie wiem, dlaczego jesteś zaskoczony, Benedikcie. – W głosie Charlotte pobrzmiewała irytacja. – Sugerujesz, żebyśmy zlekceważyli doniesienie lady Belcourt, choć w przeszłości jej informacje zawsze były wiarygodne? Chcesz, żeby krew wszystkich, których od tej pory zabije de Quincey, splamiła nasze ręce?

– I nie zważając na to, że Prawo zobowiązuje nas do sprawdzania wszystkich zgłoszeń o łamaniu Przymierza – odezwał się smukły ciemnowłosy mężczyzna siedzący w drugim końcu stołu. – Wiesz o tym równie dobrze jak my, Benedikcie. Po prostu jesteś uparty.

Twarz Lightwooda pociemniała.

– Dziękuję, Michaelu – powiedziała pani Branwell. – Jestem ci wdzięczna.

Wysoka kobieta zaśmiała się cicho i przemówiła:

– Nie bądź taka dramatyczna, Charlotte. Musisz przyznać, że cała ta sprawa jest dziwaczna. Zmiennokształtna dziewczyna, która może być czarownicą albo nie, burdele pełne martwych ciał i informator, który przysięga, że sprzedał de Quinceyowi jakieś części... co najwyraźniej uważasz za bardzo mocny dowód, ale odmawiasz podania nam jego nazwiska.

– Przyrzekłam, że nie zdradzę nikomu jego tożsamości. On boi się de Quinceya.

– To Nocny Łowca? – zapytał Lightwood. – Bo jeśli nie, to nie jest godny zaufania.

– Doprawdy, Benedikcie, twoje poglądy są przestarzałe – stwierdziła kobieta o kocich oczach. – Rozmawiając z tobą, można by sądzić, że nigdy nie było Porozumień.

– Lilian ma rację – poparł ją Michael. – Jesteś śmieszny, Benedikcie. Szukanie całkowicie wiarygodnego informatora jest jak szukanie cnotliwej kochanki. Gdyby były cnotliwe, byłyby raczej mało użyteczne. Informator jedynie dostarcza informacje, a naszym zadaniem jest zweryfikowanie ich, co właśnie proponuje Charlotte.

To bardzo dziwne, pomyślała Tessa, że ci eleganccy dorośli zwracają się do siebie tak poufale, po imieniu. Ale najwyraźniej takie zwyczaje panowały wśród Nocnych Łowców.

– Ja po prostu bardzo bym nie chciał, żeby siły Enklawy zostały źle użyte – oświadczył Lightwood jedwabistym tonem. – Jeśli, na przykład, jakiś wampir żywiłby urazę wobec przywódcy klanu i chciał odsunąć go od władzy, jaki byłby lepszy sposób niż nakłonienie Clave, żeby wykonało za niego brudną robotę?

– Do diabła! – syknął Will, wymieniając spojrzenie z przyjacielem. – Skąd on o tym wie?

Jem tylko potrząsnął głową.

– O czym? – spytała cicho Tessa, ale jej szept został zagłuszony wymianą zdań dobiegającą z dołu.

– Camille nigdy by tego nie zrobiła! – zaprotestowała Charlotte. – Nie jest głupia. Wie, jaka kara grozi za okłamywanie Clave!

– Benedict ma rację – stwierdziła siwowłosa kobieta. – Byłoby lepiej, gdyby jakiś Nocny Łowca był świadkiem, jak de Quincey łamie Prawo...

– Ale przecież właśnie o to chodzi w naszym planie – przypomniała pani Branwell z nutą zdenerwowania w głosie. – O przyłapanie de Quinceya na łamaniu Prawa, ciociu Callido.

Tessa zrobiła zaskoczoną minę.

– Tak, to ciotka Charlotte – powiedział Jem. – Jej brat, ojciec Charlotte, prowadził kiedyś Instytut, więc ona lubi mówić ludziom, co mają robić. Ale sama oczywiście postępuje jak chce.

– O, tak – potwierdził Will. – Wiesz, że kiedyś złożyła mi propozycję?

Nie wyglądało na to, żeby Jem mu uwierzył.

– Naprawdę – upierał się Will. – Zachowała się skandalicznie, ale mógłbym się nawet zgodzić, gdyby tak bardzo mnie nie przestraszyła.

Jem tylko pokręcił głową i wrócił do obserwowania narady odbywającej się w bibliotece.

– Jest również kwestia pieczęci de Quinceya, którą znaleźliśmy w ciele mechanicznej dziewczyny – mówiła Charlotte. – Po prostu mamy zbyt wiele dowodów, żeby nie przeprowadzić śledztwa.

– Zgadzam się – powiedziała Lilian. – Mnie na przykład niepokoi sprawa tych automatów. Produkowanie mechanicznych służących to jedno, ale co będzie, jeśli on stworzy mechaniczną armię?

– To czysta spekulacja, Lilian – stwierdził Michael.

Kobieta zbyła go machnięciem ręki.

– Automat nie jest serafem ani demonem, nie jest dzieckiem Boga ani diabła. Byłby więc odporny na naszą broń?

– Uważam, że wymyślasz problem, który nie istnieje – oświadczył Benedict Lightwood. – Automaty są znane od lat. Przyziemni się nimi fascynują, ale te mechaniczne istoty nie stanowią dla nas zagrożenia.

– Do tej pory nie tworzono ich przy użyciu magii – zauważyła Charlotte.

– O której byśmy wiedzieli. – Lightwood wyglądał na zniecierpliwionego.

Pani Branwell wyprostowała plecy. Tylko Tessa i jej dwaj towarzysze widzieli z góry, że ręce trzyma ciasno splecione na kolanach.

– Najwyraźniej obawiasz się, Benedikcie, że niesprawiedliwie ukarzemy de Quinceya za zbrodnie, których nie popełnił, i tym samym narazimy na szwank stosunki między Nocnymi Dziećmi i Nefilim. Mam rację?

Benedict Lightwood skinął głową.

– Ale jedyne, czego wymaga od nas plan Willa, to obserwowanie de Quinceya. Jeśli nie przyłapiemy go na łamaniu Prawa, nie rozpoczniemy żadnych działań przeciwko niemu i nasze stosunki pozostaną niezagrożone. W przeciwnym razie nie możemy pozwolić na naruszanie Przymierza... choćby było nam wygodnie to ignorować.

– Zgadzam się z Charlotte. – Ku zaskoczeniu Tessy po raz pierwszy zabrał głos Gabriel Lightwood. – Uważam, że to dobry plan. Z jednym wyjątkiem. Wysłaniem Willa Herondale'e ze zmiennokształtną. On jest za młody, żeby brać udział w tej naradzie, więc jak można mu powierzyć tak trudną misję?

– Ty fałszywy gnojku! – warknął Will, pochylając się, jakby chciał sięgnąć przez magiczne okno i udusić Gabriela. – Kiedy go dopadnę samego...

– Ja powinienem iść zamiast niego – mówił dalej młody Lightwood. – Lepiej potrafię ją ochronić... zamiast tylko pilnować siebie.

– Powieszenie to dla niego zbyt łagodna kara – stwierdził Jem z taką miną, jakby starał się nie roześmiać.

– Tessa zna Willa i mu ufa – przypomniała Charlotte.

– Tego bym nie powiedziała – mruknęła Tessa.

– Poza tym – ciągnęła pani Branwell – to Will wymyślił ten plan. To on rozpozna de Quinceya z Klubu Pandemonium. On wie, czego szukać w domu de Quinceya, żeby powiązać go z mechanicznymi istotami i zamordowanymi Przyziemnymi. Will jest doskonałym śledczym, Gabrielu, i dobrym Nocnym Łowcą. Musisz mu to oddać.

Lightwood odchylił się na oparcie krzesła i skrzyżował ręce na piersi.

– Nie muszę niczego mu oddawać.

– Zatem Will i twoja czarownica pójdą na przyjęcie de Quinceya, a kiedy zauważą coś sprzecznego z Prawem, dadzą znak reszcie, tak? – spytała Lilian. – W jaki sposób?

– Za pomocą wynalazku Henry'ego – odparła Charlotte. Jej głos lekko, bardzo lekko, drżał, kiedy to mówiła. – Fosfor wyśle błysk jaskrawego magicznego światła, rozświetlając na chwilę wszystkie okna domu de Quinceya. To będzie sygnał.

– O, dobry Panie! – jęknął Michael. – Tylko nie znowu jeden z wynalazków Henry'ego.

– Na początku były pewne komplikacje z Fosforem, ale Henry zademonstrował mi go zeszłej nocy – powiedziała Charlotte. – Działa doskonale.

Michael prychnął.

– Pamiętasz, jak ostatnim razem twój mąż zaproponował nam użycie jednego ze swoich urządzeń? Potem wszyscy przez wiele dni czyściliśmy sprzęt z rybich wnętrzności.

– Bo nie należało używać go w pobliżu wody... – zaczęła Charlotte nadal lekko drżącym głosem, ale pozostali ją zagłuszyli, wspominając z ożywieniem nieudane wynalazki Henry'ego i ich fatalne skutki. Pani Branwell umilkła.

Biedna Charlotte, pomyślała Tessa. Niezwykle ważny był dla niej własny autorytet i jego zachowanie wiele ją kosztowało.

– Dranie – mruknął cicho Will. – Nie powinni tak przy niej gadać.

Tessa spojrzała na niego zdumiona. Nocny Łowca obserwował w napięciu scenę rozgrywającą się na dole. Pięści miał zaciśnięte po bokach. Lubił Charlotte. Tessę zaskoczyła własna radość, kiedy sobie to uświadomiła. Może jednak Will miał jakieś ludzkie uczucia?

Zresztą, czy naprawdę ją to obchodzi? Pośpiesznie przeniosła wzrok na Jema. On też wydawał się skonsternowany. Przygryzał wargę.

– Gdzie jest Henry? Nie powinien już dawno przyjść?

Jakby w odpowiedzi, drzwi magazynu otworzyły się z hukiem. Wszyscy troje odwrócili się i zobaczyli, że w progu stoi pan Branwell z rozwianymi włosami i dzikim wzrokiem. Trzymał coś w ręce: miedzianą rurkę z czarnym guzikiem z boku, tę samą, przez którą Will omal nie złamał sobie ręki, spadając z kredensu w jadalni.

Teraz Herondale spojrzał na nią z obawą.

– Zabieraj stąd to przeklęte urządzenie.

Henry, czerwony na twarzy i spocony, popatrzył na nich z konsternacją.

– Do diabła! – wykrztusił. – Szukałem biblioteki. Enklawa...

– Ma tam naradę – dokończył Jem. – Tak, wiemy. To piętro niżej, Henry. Trzecie drzwi po prawej. Lepiej już idź. Charlotte na ciebie czeka.

– Wiem – jęknął Branwell. – Cholera, cholera, cholera! Próbowałem naprawić Fosfor, to wszystko.

– Charlotte cię potrzebuje – przypomniał mu Jem.

– Racja. – Henry już miał odwrócić się na pięcie, ale raptem znieruchomiał w progu i zmierzył ich wzrokiem. Po jego piegowatej twarzy przemknął wyraz zdziwienia, jakby Branwell dopiero teraz zaczął się zastanawiać, dlaczego Will, Tessa i Jem siedzą w kręgu w nieużywanym magazynie. – A co wy tutaj robicie, tak przy okazji?

Will przekrzywił głowę i odparł z uśmiechem:

– Gramy w szarady.

– W takim razie dobrze – skwitował Henry i jak burza wypadł na korytarz.

Drzwi zatrzasnęły się za nim z hukiem.

– Szarady – prychnął z odrazą Jem i zaraz nachylił się do magicznego okna, bo z dołu dobiegł głos Callidy.

– Kiedy wreszcie przyznasz, Charlotte, że Henry nie ma nic wspólnego z prowadzeniem Instytutu i że ty wszystko robisz sama? No, może z pomocą Jamesa Carstairsa i Willa Herondale'a, ale oni mają po siedemnaście lat. Na ile mogą być przydatni?

Pani Branwell odmruknęła coś niewyraźnie.

– To za wiele obowiązków jak na jedną osobę, zwłaszcza w twoim wieku – wtrącił Benedict. – Masz dopiero dwadzieścia trzy lata. Gdybyś chciała...

Dwadzieścia trzy! Tessa była zdumiona. Myślała, że Charlotte jest dużo starsza, pewnie dlatego, że tak sprawnie i zdecydowanie działała.

– Konsul Wayland powierzył prowadzenie Instytutem mnie i mojemu mężowi pięć lat temu – przypomniała ostrym tonem Charlotte, w końcu odzyskawszy głos. – Jeśli nie podoba wam się ten wybór, powinniście jemu przedstawić swoje wątpliwości. Tymczasem ja będę kierowała Instytutem, jak uznam za stosowne.

– Co oznacza, mam nadzieję, że plany takie jak ten, który proponujesz, nadal podlegają głosowaniu? – spytał Benedict. – A może sprawujesz rządy absolutne?

– Nie bądź śmieszny, Lightwood, oczywiście, że to podlega głosowaniu – zgasił go Michael, uprzedzając Charlotte. – Ci, którzy są za tym, żeby zająć się de Quinceyem, niech powiedzą „tak".

Ku zaskoczeniu Tessy w bibliotece rozległ się zgodny chór głosów wyrażających aprobatę. Sądząc po wcześniejszej dyskusji, należało oczekiwać, że co najmniej jeden z Nocnych Łowców sprzeciwi się planowanej akcji. Jem dostrzegł jej zdziwione spojrzenie, uśmiechnął się i powiedział:

– Oni tak zawsze. Lubią walczyć o władzę, ale w takiej sprawie nikt nie zagłosuje przeciwko, bo zostałby uznany za tchórza.

– Dobrze, a zatem jutro – rzekł Benedict. – Wszyscy są gotowi? Czy...

Drzwi biblioteki otworzyły się z hukiem i do środka wpadł pan Branwell. O ile to możliwe, miał jeszcze bardziej rozwichrzone włosy i jeszcze dziksze spojrzenie.

– Jestem! – wykrzyknął. – Nie za późno?

Charlotte zakryła twarz dłońmi.

– Henry, jak miło cię widzieć – rzucił cierpko Benedict Lightwood. – Twoja żona wspomniała nam o twoim najnowszym wynalazku. O Fosforze, tak?

– Tak! – Branwell z dumą zaprezentował urządzenie. – Oto on. I mogę was zapewnić, że działa, jak należy. Chcecie zobaczyć?

– Nie ma potrzeby robić teraz pokazu – zaczął pośpiesznie Benedict, ale było już za późno.

Henry wcisnął guzik. Nastąpił jasny rozbłysk, światła w bibliotece zgasły. Zamiast okna w podłodze Tessa miała teraz przed sobą czarny kwadrat. Z dołu dobiegło zbiorowe głośne westchnienie, a po nim wrzask. Coś roztrzaskało się o kamienną posadzkę. Ponad harmider wybiły się siarczyste przekleństwa Benedicta Lightwooda.

Will uśmiechnął się szeroko.

– Oczywiście, trochę szkoda Henry'ego, ale zabawa niezła, nie uważacie?

Tessa nie mogła się z nim nie zgodzić. W obu kwestiach.

Rozdział dziesiąty

Bladzi królowie i książęta

„Śmiertelnie bladzi, we śnie wołali
Władcy, Książęta i Rycerze”.
– John Keats, *La Belle Dame Sans Merci*
(Przełożył Stanisław Barańczak)

Kiedy powóz z turkotem jechał Strandem, Will odsunął aksamitną zasłonkę, wpuszczając żółty blask latarni gazowych do ciemnego wnętrza.

– Wygląda na to, że dziś w nocy może padać – stwierdził.

Tessa podążyła za jego wzrokiem. Niebo za oknem było stalowoszare, zachmurzone.

Jak zwykle w Londynie, pomyślała.

Mężczyźni w kapeluszach i długich płaszczach śpieszyli chodnikami, skuleni przed silnym wiatrem, niosącym ze sobą pył węglowy, odór końskiego nawozu i wszelkiego rodzaju śmieci oraz słabą woń rzeki.

– Kościół na samym środku ulicy? – spytała zdziwiona.

– St. Mary le Strand – odparł Will. – Ma długą historię, ale nie zamierzam jej teraz opowiadać. Słuchałaś w ogóle tego, co do ciebie mówiłem?

– Tak, dopóki nie wspomniałeś o deszczu. Kogo obchodzi deszcz? Jesteśmy w drodze na przyjęcie wampirów, nie mam pojęcia, jak się tam zachować, a ty na razie niewiele mi pomogłeś.

Kącik ust Willa lekko się uniósł.

– Po prostu bądź ostrożna. Kiedy już dotrzemy na miejsce, nie możesz prosić mnie o pomoc czy instrukcje. Pamiętaj, że jestem tylko twoim ludzkim niewolnikiem. Trzymasz mnie przy sobie wyłącznie po to, żeby mieć krew, kiedy jej zapragniesz.

– Więc nie będziesz się dzisiaj odzywał – zażądała Tessa. – W ogóle.

– Chyba że mi pozwolisz – dodał Will.

– Zdaje się, że ten wieczór będzie bardziej udany, niż sądziłam.

Will zachowywał się tak, jakby jej nie usłyszał. Prawą ręką mocował na lewym nadgarstku metalowy mankiet do noszenia noża. Patrzył przy tym za okno, jakby widział tam coś, co dla niej było niewidoczne.

– Możesz uważać wampiry za zdziczałe monstra, ale tutejsze nie są takie. Są okrutne, ale cywilizowane. Ostre noże w porównaniu z tępym mieczem ludzkości. – Linia jego szczęki rysowała się wyraźnie w przyćmionym świetle. – Będziesz musiała się postarać. I, na litość boską, lepiej nic nie mów. Wampiry mają zawiłe i niejasne wymagania etykiety. Poważna towarzyska gafa może oznaczać natychmiastową śmierć.

Tessa zacisnęła zimne dłonie na kolanach. Czuła chłód skóry Camille nawet przez rękawiczki.

– Żartujesz? Tak jak wtedy w bibliotece?

– Nie. – Ton jego głosu był nieobecny.

– Will, przerażasz mnie – wyrwało się Tessie i teraz w napięciu czekała na drwiącą uwagę.

Nocny Łowca oderwał wzrok od okna i spojrzał na nią, jakby coś przyszło mu do głowy.

– Tess, wiesz, że nie musisz tego robić, jeśli nie chcesz – powiedział.

Jeszcze nikt nie nazywał jej „Tess". Tylko czasami brat mówił do niej „Tessie". Odetchnęła głęboko.

– I co? Zawrócimy powóz i pojedziemy do domu?

Will ujął jej dłonie, tak małe, że prawie zniknęły w jego czarnych rękawiczkach.

– Jeden za wszystkich, wszyscy za jednego – wyrecytował.

Tessa uśmiechnęła się słabo.

– *Trzej muszkieterowie*?

Wytrzymał jej wzrok. Jego niebieskie oczy były bardzo ciemne. Jeszcze nigdy takich nie widziała. Miały kolor nieba tuż przed nocą. Ocieniały je długie rzęsy.

– Czasami, kiedy muszę zrobić coś, na co nie mam ochoty, udaję postać z książki – wyznał. – Łatwiej mi wtedy podejmować decyzje.

– Naprawdę? A kogo udajesz? D'Artagnana?

– „To, co czynię teraz, jest o tyle, tyle piękniejsze od tego, co czyniłem dotychczas" – zacytował Will. – „A tam, dokąd idę, znajdę spokój o wiele większy, niż kiedykolwiek doznałem".

– Sydney Carton? Przecież mówiłeś, że nie znosisz *Opowieści o dwóch miastach*!

– Niezupełnie.

– Ale Sydney Carton był pijakiem.

– Właśnie. Wiedział, że jest bezwartościowy, ale, chociaż próbował utopić swoją duszę, jakaś jego część była zdolna do wielkich czynów. – Will ściszył głos. – Co powiedział do Lucie Manette? Że chociaż jest słaby, nadal może płonąć.

Tessa, która czytała *Opowieść o dwóch miastach* więcej razy, niż potrafiła zliczyć, wyrecytowała cicho:

– „A jednak byłem na tyle słaby i jestem na tyle słaby, by pragnąć, aby pani dowiedziała się, jaką władzę ma pani nade mną, że z garstki popiołu, którą jestem, zmieniam się w płomień". – Zawahała się. – Ale to dlatego, że ją kochał.

– Tak. Kochał ją na tyle mocno, by wiedzieć, że będzie jej lepiej bez niego.

Żar jego dłoni palił ją przez rękawiczki. Wcześniej, kiedy szli przez dziedziniec Instytutu do powozu, zimny wiatr zmierzwił jego atramentowoczarne włosy. Wyglądał przez to młodziej i bardziej bezbronnie. Jego oczy były otwarte jak drzwi. I patrzył na nią w taki sposób... Nie sądziła, że Will potrafi albo chce tak na kogoś patrzeć. Gdyby mogła się zarumienić, byłaby teraz czerwona jak piwonia.

I zaraz pożałowała, że o tym pomyślała. Bo ta myśl nieuchronnie doprowadziła do następnej, dość nieprzyjemnej. Patrzył na nią czy na Camillę, która rzeczywiście była wyjątkowo piękna? Czy dlatego zmienił się wyraz jego twarzy? Dostrzegał Tessę pod przebraniem czy widział tylko jej powłokę?

Cofnęła się i zabrała ręce, choć trzymał je mocno.

– Tesso... – zaczął, ale nagle powóz zatrzymał się z szarpnięciem, aż zakołysały się aksamitne zasłony.

Z siedzenia woźnicy dobiegł okrzyk Thomasa:

– Jesteśmy na miejscu!

Will wziął głęboki wdech, otworzył drzwi i zeskoczył na chodnik. Następnie odwrócił się i podał jej rękę.

Wysiadając z powozu, Tessa schyliła głowę, żeby nie zgnieść róż na kapeluszu Camille. Choć oboje nosili rękawiczki, niemal czuła pulsowanie krwi pod jego skórą mimo podwójnej warstwy tkaniny, która ich oddzielała. Will miał rumieńce na policzkach, a ona zastanawiała się, czy to od chłodnego wiatru, czy z innego powodu.

Stali przed wysokim białym domem z białymi kolumnami przy wejściu. Z obu stron otaczały go podobne budynki. Na szczycie białych schodów znajdowały się podwójne drzwi pomalowane na czarno. Były szeroko otwarte. Z wnętrza sączył się migotliwy blask świec.

Tessa odwróciła się do Willa. Za nim na siedzeniu woźnicy zobaczyła Thomasa z twarzą zasłoniętą czapką. Z kieszeni jego kamizelki wystawał kawałek srebrnej rękojeści pistoletu.

Gdzieś w tyle głowy Tessa usłyszała śmiech lady Belcourt. I zorientowała się, nie wiadomo w jaki sposób, że wampirzycę rozbawił jej podziw dla Willa. Nareszcie, pomyślała Tessa, czując ulgę mimo irytacji. Już zaczęła się obawiać, że wewnętrzny głos Camille nigdy do niej nie dotrze.

Odsunęła się od Willa i uniosła głowę. Wyniosła poza nie była dla niej naturalna, ale dla Camille owszem.

– Nie zwracaj się do mnie po imieniu, tylko tak, jak powinien niewolnik – zażądała, wydymając usta. – A teraz chodźmy. – Władczym skinieniem głowy wskazała na schody i, nie oglądając się, ruszyła po nich w górę.

Na szczycie schodów czekał na nią elegancko ubrany lokaj.

– Jaśnie Pani – powiedział cicho, a kiedy się ukłonił, Tessa zobaczyła dwa ukłucia po kłach na jego szyi, tuż nad kołnierzem.

Obejrzała się na Willa i już miała go przedstawić lokajowi, kiedy głos Camille szepnął jej w głowie: „Nie przedstawiamy sobie nawzajem naszych ludzkich pupilów. To bezimienna własność, chyba że postanowimy nadać im imiona".

O rany, pomyślała Tessa. Zniesmaczona, nawet nie patrzyła, dokąd prowadzi ją lokaj, dopóki nie znaleźli się w dużym pokoju o marmurowej posadzce. Tam sługa ukłonił się ponownie i odszedł. Will stanął u jej boku i przez chwilę oboje patrzyli na salę.

Pomieszczenie rozjaśniał tylko blask świec. Grube i białe, płonęły w dziesiątkach złotych kandelabrów rozmieszczonych po całej sali, szkarłatne, trzymane przez białe ręce z marmuru wystające ze ścian, ociekały czerwonym woskiem i wyglądały jak kwiaty róż.

Wśród świec krążyły wampiry o twarzach białych jak chmury. Ich ruchy były wdzięczne, płynne i dziwne. Tessę uderzyło ich podobieństwo do Camille: porcelanowa skóra, oczy w kolorze klejnotów, blade policzki muśnięte różem. Niektóre miały więcej ludzkich cech, sporo było ubranych zgodnie z modą obowiązującą w dawnych czasach: bryczesy i fulary, krynoliny albo suknie z trenami, koronkowe mankiety i żaboty. Tessa gorączkowo przesuwała wzrokiem po sali, szukając znajomej jasnowłosej postaci, ale nigdzie nie dostrzegła Nathaniela. Zamiast niego trafiła spojrzeniem na wysoką, chudą jak szkielet kobietę w wielkiej peruce, upudrowanej zgodnie z modą sprzed stu lat. Nieznajoma miała surową, straszną twarz, jeszcze bielszą niż puder pokrywający jej włosy. To lady Delilah, szepnął w jej głowie głos Camille. Lady Delilah trzymała za rękę jakąś drobną osóbkę. Dziecko, w tym miejscu? – zdziwiła się Tessa, ale kiedy towarzysz kobiety się odwrócił, zobaczyła, że to też wampir, o zapadniętych ciemnych oczach, które w okrągłej dziecięcej twarzy wyglądały niczym jamy. Uśmiechnął się do Tessy, obnażając kły.

– Musimy poszukać Magnusa Bane'a – szepnął Will. – On nami pokieruje w tym zamieszaniu. Pokażę ci go, kiedy go zobaczę.

Tessa już miała powiedzieć, że Camille też rozpozna Magnusa, ale w tym momencie zauważyła smukłego mężczyznę z szopą jasnych włosów, w czarnym fraku. Jej serce podskoczyło... ale kiedy ten człowiek się odwrócił, przeżyła gorzkie rozczarowanie. To nie był Nathaniel, tylko wampir o bladej, kościstej twarzy. Jego włosy były złociste jak u Nate'a, lecz w blasku świec niemal bezbarwne. Mrugnął do Tessy i ruszył w jej stronę, przepychając się przez tłum, który składał się nie z samych wampirów, ale również z ich ludzkich niewolników. Ci ostatni nosili tace z pustymi kieliszkami i srebrnymi, wąskimi narzędziami o ostrych czubkach, podobnymi do tych, których szewcy używają do robienia dziurek w skórze.

Jeden ze sług, blady chłopiec w szarej marynarce, zatrzymał się przy kobiecie w białej peruce. Gdy wampirzyca władczo pstryknęła palcami, niewolnik posłusznie odwrócił głowę w bok. Lady Delilah kościstymi palcami wzięła z tacy cienkie narzędzie i przeciągnęła jego ostrym końcem po szyi chłopca tuż pod szczęką. Szkło zabrzęczało na tacy, kiedy ręka sługi zadrżała, ale on nie upuścił jej nawet wtedy, gdy wampirzyca przycisnęła kieliszek do nacięcia i wąskim strumyczkiem zaczęła do niego spływać krew.

Tessie żołądek wywrócił się z obrzydzenia... i głodu, silniejszego od pragnienia. Właśnie tak, mimo że głodna była Camille, a nie ona. Patrzyła zafascynowana, jak kobieta unosi kieliszek do ust, podczas gdy chłopiec stał obok niej z szarą twarzą, drżący. To jest przypomnienie, pomyślała, być może konieczne, że wampiry wprawdzie lubią ludzi, ale mimo wszystko są potworami.

Chciała sięgnąć po dłoń Willa, ale uświadomiła sobie w porę, że baronowa nigdy nie wzięłaby za rękę ludzkiego niewolnika. Wyprostowała plecy i pstryknęła na niego palcami. Nocny Łowca spojrzał na nią zaskoczony, ale zbliżył się, wyraźnie walcząc ze sobą i z trudem kryjąc irytację.

– Nie odchodź nigdzie, Williamie – zażądała. – Nie chcę, żebyś się zgubił w tłumie.

Will zacisnął zęby.

– Zaczynam odnosić dziwne wrażenie, że podoba ci się ta cała sytuacja – rzucił szeptem.

– Nie ma w tym nic dziwnego. – Ośmielona Tessa zachichotała, zasłaniając usta koronkowym wachlarzem. – Po prostu bądź grzeczny.

– Tak trudno ich wyszkolić, prawda? – Mężczyzna o bezbarwnych włosach wyłonił się z tłumu i skłonił przed nią głowę. – To znaczy, ludzkich niewolników – dodał, mylnie interpretując jej zaskoczoną minę. – Ale kiedy już się ich porządnie wyszkoli, i tak umierają. Delikatne istoty, ci ludzie. Żyją krótko jak motyle.

Uśmiechnął się, pokazując zęby. Jego skóra miała niebieskawy odcień lodu. Włosy, prawie białe, proste i długie do ramion, muskały kołnierz eleganckiego fraka. Kamizelka była z szarego jedwabiu, ozdobiona zawiłymi srebrnymi symbolami. Mężczyzna wyglądał jak rosyjski książę z powieści.

– Miło panią widzieć, lady Belcourt – powiedział z wyraźnym akcentem, ale nie francuskim, tylko raczej słowiańskim.

„Alexei de Quincey”, rozbrzmiał głos Camille. W głowie Tessy nagle pojawiły się obrazy, jakby odkręcono fontannę tryskającą wizjami zamiast wodą. Zobaczyła siebie tańczącą z de Quinceyem, swoje dłonie na jego ramionach. Stała nad czarnym strumieniem pod północnym białym niebem i patrzyła, jak on się pożywia, schylony nad leżącą na trawie bladą postacią. Siedziała bez ruchu przy długim stole razem z innymi wampirami, a de Quincey, zajmujący miejsce w jego szczycie, wrzeszczał na nią i nagle tak mocno uderzył pięścią w marmurowy stół, że aż popękał blat. Krzyczał coś o wilkołaku i o związku, którego ona długo będzie żałować. Potem płakała, sama w ciemnym pokoju, a de Quincey przyszedł, ukląkł obok jej krzesła i wziął ją za rękę, żeby ją pocieszyć, choć to on był przyczyną jej bólu.

Wampiry potrafią płakać? – zdziwiła się Tessa. Ale przecież znają się od dawna, Alexei de Quincey i Camille Belcourt. Kiedyś byli przyjaciółmi, a on uważa, że nadal nimi są.

– Pana również miło widzieć, Alexei – odrzekła, podając mu rękę. Stała nieruchomo, kiedy całował ją zimnymi wargami.

De Quincey przesunęły wzrok z Tessy na Willa. Oblizał wargi.

– Widzę, że masz coraz lepszy gust. Ten jest całkiem milutki. – Wyciągnął bladą rękę i przesunął palcem po policzku Willa. – Jaka cera! I te oczy.

– Dziękuję – powiedziała Tessa w taki sposób, jakby usłyszała komplement za to, że doskonale wybrała tapetę.

Patrzyła z niepokojem, jak de Quincey przysuwa się do Willa, coraz bledszego i bardziej zdenerwowanego. Wyglądał, jakby z trudem panował nad sobą, podczas gdy wszystkie nerwy w nim krzyczały: „Wróg! Wróg!”.

De Quincey przesunął opuszek palca ze szczęki Willa na jego szyję, do miejsca, gdzie tuż przy obojczyku bił puls. Uśmiechnął się, obnażając białe kły, ostre jak igły. Jego powieki opadły ciężko.

– Nie miałabyś nic przeciwko temu, Camille, gdybym trochę... – zaczął ochrypłym głosem.

W tym momencie Tessa zobaczyła de Quinceya i przód jego koszuli szkarłatny od krwi. I ciało wiszące na drzewie przy brzegu ciemnego strumienia, głową do dołu, tak że blade palce dotykały czarnej wody...

Błyskawicznym ruchem chwyciła nadgarstek de Quinceya.

– Nie, mój drogi – powiedziała przymilnym tonem. – Tak bym chciała jeszcze trochę zatrzymać go dla siebie. Wiesz, jak szybko czasami przechodzi ci apetyt. – Spuściła wzrok.

De Quincey zaśmiał się i uwolnił rękę z jej uścisku.

– Dla ciebie, Camille, poćwiczę wstrzemięźliwość. – Mimo uwodzicielskiej pozy Tessa dostrzegła w jego oczach przelotny błysk gniewu. – Ze względu na naszą długą znajomość.

– Dziękuję, Alexei.

– Zastanawiałaś się, kochanie, nad moją propozycją członkostwa w Klubie Pandemonium? – spytał. – Wiem, że Przyziemni cię nudzą, ale są jedynie źródłem pieniędzy, niczym więcej. Jesteśmy bliscy... bardzo ekscytujących odkryć. Władzy przekraczającej twoje najśmielsze marzenia, Camille.

Tessa czekała, ale wewnętrzny głos milczał. Dlaczego? Opanowała panikę i udało się jej uśmiechnąć.

– Moje marzenia już są śmielsze niż sobie wyobrażasz – powiedziała z nadzieją, że de Quincey uzna chrypkę w jej głosie za wynik rozbawienia, a nie strachu.

Will posłał jej zdziwione spojrzenie, ale szybko się opanował i uciekł wzrokiem. De Quincey się uśmiechnął. Jego oczy błyszczały.

– Proszę cię tylko, żebyś rozważyła moją propozycję, Camille. A teraz muszę zająć się innymi gośćmi. Mam nadzieję, że zobaczymy się na przedstawieniu?

Oszołomiona Tessa skinęła głową.

– Oczywiście.

De Quincey ukłonił się, odwrócił i zniknął w tłumie. Tessa wypuściła powietrze z płuc. Nie wiedziała nawet, że wstrzymuje oddech.

– Nie – powiedział cicho Will u jej boku. – Wampiry nie muszą oddychać, pamiętaj.

– Mój Boże, Will. – Tessa uświadomiła sobie, że drży. – Omal cię nie ugryzł.

Oczy Nocnego Łowcy pociemniały z gniewu.

– Prędzej bym go zabił.

– Wtedy oboje bylibyście martwi – usłyszeli za plecami czyjś głos.

Tessa obejrzała się i zobaczyła wysokiego mężczyznę, który pojawił się obok nich bezszelestnie jak dym. Miał na sobie wyszukaną brokatową marynarkę rodem z ubiegłego stulecia, z bogactwem białych koronek przy kołnierzu i mankietach, a do kompletu spodnie do kolan i wysokie buty z klamerkami. Jego włosy były jak czarny jedwab z niebieskawym połyskiem miał brązowa skórę i rysy podobne do Jema, świadczące o domieszce obcej krwi. W jednym uchu pyszniło się srebrne kółko z diamentowym wisiorkiem wielkości palca, iskrzącym się w blasku świec. Główka srebrnej laski również była wysadzana diamentami. Nieznajomy cały niemal lśnił jak magiczny kamień. Tessa wytrzeszczyła oczy. Jeszcze nigdy nie widziała człowieka ubranego tak ekstrawagancko.

– To jest Magnus – powiedział cicho Will, z wyraźną ulgą w głosie. – Magnus Bane.

– Moja droga Camille. – Magnus pochylił się nad jej dłonią i musnął wargami rękawiczkę. – Tak dawno się nie widzieliśmy.

W chwili, gdy jej dotknął, zalały ją wspomnienia Camille: Magnusa, który ją tulił, całował, dotykał w zażyły, intymny sposób. Tessa gwałtownie zabrała rękę. Teraz łaskawie się pojawiłaś, pomyślała z urazą.

– Rozumiem – mruknął Magnus, prostując się.

Tessa niemal osłupiała, kiedy uniósł wzrok. Jego oczy były złotozielone z pionowymi źrenicami jak u kota. Iskrzyły się wesołością. Inaczej niż u Willa, w oczach którego czaił się cień smutku, nawet kiedy on sam wydawał się rozbawiony. Magnus spojrzał w drugi koniec sali i skinieniem głowy dał Tessie znak, żeby z nim poszła.

– Tam jest prywatny pokój, w którym możemy porozmawiać.

Tessa podążyła w oszołomieniu za czarownikiem, z Willem u boku. Czyżby białe twarze wampirów obracały się za nią, kiedy je mijała? Rudowłosa kobieta w szykownej niebieskiej sukni spiorunowała ją wzrokiem. Głos Camille szepnął jej w głowie, że kobieta jest zazdrosna o de Quinceya. Tessa odetchnęła z ulgą, kiedy wreszcie dotarli do drzwi, tak sprytnie osadzonych w ścianie wyłożonej boazerią, że prawie nie było ich widać. Bane wyjął klucz i otworzył je cicho.

Biblioteka, do której weszli, wyglądała na rzadko używaną. Regały z książkami ustawione wzdłuż ścian pokrywała warstwa kurzu, podobnie jak aksamitne zasłony w oknach. Kiedy drzwi zamknęły się za nimi, w pomieszczeniu zrobiło się ciemno. Zanim Tessa zdążyła coś powiedzieć, Magnus pstryknął palcami i w dwóch kominkach znajdujących się w przeciwległych końcach pokoju strzeliły płomienie. Ogień był niebieski i wydzielał silny zapach palonych kadzidełek.

– Och! – Tessa nie zdołała powstrzymać cichego okrzyku zaskoczenia.

Bane usiadł z szerokim uśmiechem na wielkim marmurowym stole zajmującym środek biblioteki, a następnie wyciągnął się na nim na boku i oparł głowę na ręce.

– Nigdy wcześniej nie widziałaś, jak czarownik robi sztuki magiczne?

Will westchnął teatralnie.

– Proszę, powstrzymaj się od kpin, Magnusie. Camille chyba ci powiedziała, że ona bardzo mało wie o Świecie Cieni.

– Istotnie – przyznał Bane bez cienia skruchy. – Ale trudno w to uwierzyć, zważywszy na jej dar. – Jego wzrok spoczął na Tessie. – Widziałem twoją twarz, kiedy pocałowałem cię w rękę. Od razu wiedziałaś, kim jestem, prawda? Wiesz to, co wie Camille. Są czarownicy i demony, potrafiący się zmieniać, przybierać dowolny kształt. Ale nigdy nie słyszałem o kimś, kto umie robić to, co ty.

– Nie można stwierdzić na pewno, że jestem czarownicą – odezwała się Tessa. – Charlotte twierdzi, że nie jestem naznaczona jak każdy czarownik.

– Ależ jesteś czarownicą. Uwierz mi. Tylko dlatego, że nie masz uszu nietoperza... – Magnus zobaczył, że Tessa marszczy brwi. – A ty nie chcesz być czarownicą, prawda? Nie podoba ci się ta myśl.

– Nigdy nie przyszło mi do głowy... – zaczęła cicho Tessa – że jestem kimś innym niż człowiekiem.

– Biedactwo. – W głosie Bane'a zabrzmiała nuta współczucia. – Teraz, kiedy znasz prawdę, dawne czasy nie wrócą.

– Zostaw ją w spokoju, Magnusie. – Ton Willa był ostry. – Muszę przeszukać pokój. Jeśli nie chcesz mi pomóc, przynajmniej postaraj się nie dręczyć Tessy.

Podszedł do dużego dębowego biurka stojącego w rogu biblioteki i zaczął grzebać w papierach.

Magnus zerknął na Tessę, mrugnął do niej i rzucił konspiracyjnym szeptem:

– Myślę, że jest zazdrosny.

Tessa tylko pokręciła głową i podeszła do najbliższego regału. Na jego środku, jak na wystawie, stała otwarta książka. Jej kartki były zapełnione misternym pismem i ilustracjami, które lśniły tak, jakby namalowano je złotem na pergaminie. Tessa wykrzyknęła ze zdumieniem:

– To Biblia!

– Co w tym dziwnego? – spytał Magnus.

– Myślałam, że wampiry nie mogą dotykać świętych rzeczy.

– To zależy od wampira. Od tego, jak długo żyje, jaka była jego wiara. De Quincey zbiera stare Biblie. Mówi, że trudno znaleźć drugą księgę, w której byłoby tyle krwi.

Tessa zerknęła w stronę zamkniętych drzwi. Dobiegał zza nich słaby szmer głosów.

– Nie sprowokujemy komentarzy, ukrywając się tutaj? – spytała. – Widziałam, jak inni goście... wampiry patrzyły na nas, kiedy tu wchodziliśmy.

– Gapiły się na Willa. – Choć Magnus nie miał kłów, jego uśmiech był pod pewnymi względami równie niepokojący jak u wampira. – Herondale zwraca na siebie uwagę.

Tessa zerknęła na Willa, który dłońmi w rękawiczkach przewracał papiery leżące na biurku.

– Ty za to zupełnie nie rzucasz się w oczy – odciął się Nocny Łowca.

Bane go zignorował.

– Will nie zachowuje się jak inni ludzcy niewolnicy. Na przykład, nie wpatruje się w swoją panią ze ślepą adoracją.

– Bo odstręcza mnie ten jej koszmarny kapelusz – powiedział Will.

– Ludzcy niewolnicy nigdy nie czują obrzydzenia – wyjaśnił Magnus. – Adorują swoich panów, niezależnie od ich wyglądu i stroju. Oczywiście, goście gapili się również dlatego, że wiedzą o moim związku z Camille i zastanawiają się, co robimy w bibliotece... sami.

Poruszył brwiami, patrząc na Tessę, a ona pomyślała o niedawnych wizjach.

– De Quincey powiedział, że Camille pożałuje swojego związku z wilkołakiem. Zabrzmiało to tak, jakby popełniła wielką zbrodnię.

Magnus, który teraz leżał na plecach i obracał laskę nad głową, wzruszył ramionami.

– W jego oczach tak mogło być. Wampiry i wilkołaki gardzą sobą nawzajem. Twierdzą, że dwie rasy demonów, które ich spłodziły, toczyły ze sobą krwawą wojnę, ale moim zdaniem chodzi po prostu o to, że jedni i drudzy są drapieżnikami, a drapieżniki nienawidzą, kiedy narusza się ich terytorium. Co prawda, wampiry nie przepadają za faerie albo za moim gatunkiem, ale de Quincey raczej mnie lubi. Uważa, że jesteśmy przyjaciółmi. Prawdę mówiąc, podejrzewam, że chciałby być kimś więcej niż przyjacielem. – Magnus uśmiechnął się szeroko, ku zmieszaniu Tessy. – Ale ja nim gardzę, choć on o tym nie wie.

– Więc dlaczego w ogóle spędzasz z nim czas? – zapytał Will, który tymczasem przeszedł do wysokiego sekretarzyka stojącego między oknami i teraz badał jego zawartość. – Dlaczego przychodzisz do jego domu?

– Polityka – odparł Magnus, wzruszając ramionami. – On jest głową klanu. Gdyby Camille nie przychodziła na jego przyjęcia, zostałoby to uznane za obrazę. A jeśli chodzi o mnie, puszczenie jej samej byłoby... lekkomyślne. De Quincey jest niebezpieczny, również dla swoich. Zwłaszcza dla tych, którzy w przeszłości mu się narazili.

– Zatem powinieneś... – zaczął Will, urwał nagle i po chwili oznajmił zmienionym głosem: – Coś mam. Może powinieneś na to spojrzeć, Magnusie. – Podszedł do stołu i położył na nim coś, co wyglądało jak długi zwój papieru. – Na biurku nie było niczego ciekawego, ale to znalazłem ukryte w fałszywej szufladzie sekretarzyka. Co o tym myślisz?

Tessa stanęła obok Willa i spojrzała na rysunek ludzkiego szkieletu zbudowanego z tłoków, trybów i płyt z kutego metalu. Czaszka miała szczękę na zawiasach, puste oczodoły zamiast oczu i usta kończące się tuż za zębami. Klatka piersiowa wyglądała jak u Mirandy. Cały lewy brzeg kartki zajmowały notatki w języku, którego Tessa nie umiała odszyfrować. Litery były jej zupełnie nieznane.

– Plany automatu – stwierdził Magnus, przekrzywiając głowę. – Sztucznego człowieka. Ludzi zawsze fascynowały takie istoty. Pewnie dlatego, że są humanoidalne, nie umierają i nie można ich zranić. Czytałeś *Księgę wiedzy o pomysłowych mechanicznych urządzeniach*?

– Nigdy nawet o niej nie słyszałem – odparł Will i spojrzał na Tessę. – To nie jest również twój ulubiony gatunek literacki, jak sądzę?

Tessa pokręciła głową.

– Napisał ją arabski uczony dwa wieki przed Leonardem da Vinci – powiedział Magnus. – Wyjaśniał w niej, jak zbudować maszyny, które będą naśladować zachowania ludzi. Cóż, nie ma w tych planach nic niepokojącego, ale martwi mnie to. – Bane przesunął długim palcem po notatkach znajdujących się po lewej stronie kartki.

Will pochylił się nad stołem. Jego rękaw musnął dłoń Tessy.

– Właśnie o to chciałem cię zapytać. To czar?

Magnus pokiwał głową.

– Czar wiążący, który przekazuje demoniczną energię do przedmiotu martwego i w ten sposób go ożywia. Widziałem już działanie tego czaru. Przed Porozumieniami wampiry lubiły zabawiać się tworzeniem małych diabelskich urządzeń, takich jak pozytywki, które grały tylko w nocy, mechaniczne konie, które mogły jeździć tylko po zachodzie słońca, i tego rodzaju głupoty. – Bane postukał w zamyśleniu palcem w główkę laski. – Jednym z głównych problemów przy konstruowaniu przekonujących automatów był oczywiście ich wygląd. Żaden materiał nie przypomina do złudzenia ludzkiego ciała.

– Ale gdyby go użyć... to znaczy, ludzkiego ciała? – podsunęła Tessa.

Magnus się zawahał.

– Wtedy konstruktor staje przed kolejnym, oczywistym wyzwaniem. Konserwując ciało, niszczy się jego wygląd. Trzeba by użyć magii. A potem znowu, żeby połączyć demoniczną energię z mechanicznym ciałem.

– I jaki byłby rezultat? – zapytał z napięciem w głosie Will.

– Budowano automaty, które potrafią pisać poezje, malować pejzaże... ale tylko takie, do których tworzenia je zaprojektowano. Brakuje im inwencji twórczej i wyobraźni. Co prawda, ożywiony przez demoniczną energię mechanizm miałby trochę woli i zdolności myślenia, ale, ponieważ każdy uwięziony duch jest niewolnikiem, w nieunikniony sposób byłby całkowicie posłuszny temu, kto rzucił na niego czar wiążący.

– Mechaniczna armia – powiedział Will z nutą cierpkiego humoru w głosie. – Nie zrodzona ani z nieba, ani z piekła.

– Nie posuwałbym się tak daleko – rzekł Magnus. – Demoniczną energię niełatwo jest okiełznać. Trzeba wezwać demony, potem związać je czarem, a wiesz, jaki to trudny proces. Uzyskanie wystarczającej ilości energii, żeby stworzyć armię, byłoby prawie niemożliwe i wyjątkowo ryzykowne. Nawet dla takiego perfidnego łotra jak de Quincey.

– Rozumiem. – Will zwinął rysunek i wsunął go do kieszeni marynarki. – Jestem ci bardzo wdzięczny za pomoc, Magnusie.

Bane zrobił lekko zdziwioną minę, ale odpowiedział z kurtuazją:

– Oczywiście.

– Domyślam się, że nie byłoby ci przykro, gdyby de Quincey zniknął i inny wampir zajął jego miejsce – powiedział Will. – Zaobserwowałeś, żeby łamał Prawo?

– Raz. Zaproszono mnie na przedstawienie teatralne... – Magnus sposępniał, co było u niego niezwykłe. – Pokażę wam.

Odwrócił się i podszedł do półki, która wcześniej zainteresowała Tessę. Skinął na nich, żeby się do niego zbliżyli, po czym pstryknął palcami. Kiedy posypały się niebieskie iskry, ilustrowana Biblia przesunęła się w bok, odsłaniając małą dziurkę wyciętą w drewnianych plecach regału. Gdy zaskoczona Tessa przysunęła oko do otworu, zobaczyła elegancki pokój muzyczny. Przynajmniej tak uznała w pierwszej chwili: rzędy krzeseł zwróconych w głąb pomieszczenia tworzyły coś w rodzaju sali teatralnej. Oświetlały ją liczne kandelabry. Przeciwległą ścianę zasłaniały czerwone satynowe zasłony, przed nimi stało pojedyncze krzesło z wysokim drewnianym oparciem.

Przymocowane do jego poręczy stalowe kajdanki lśniły w blasku świec jak skorupy owadów. Na drewnie tu i ówdzie widniały brunatne plamki. Nogi były przybite do podłogi.

– To tutaj odbywają się ich małe... przedstawienia – powiedział Magnus z nutą odrazy w głosie. – Przyprowadzają człowieka i unieruchamiają go na krześle. Potem kolejno wysysają z niego krew, a tłum to obserwuje i bije brawo.

– I bawią się bólem przyziemnych? – spytał z oburzeniem i niesmakiem Will. – Ich strachem?

– Nie wszystkie Nocne Dzieci są takie – zapewnił cicho Magnus. – Te są najgorsze.

– A ofiary? – drążył Will. – Gdzie je znajdują?

– To głównie przestępcy – odparł Bane – pijacy, narkomani, dziwki. Zapomniani i straceni. Tacy, za którymi nikt nie będzie tęsknił. – Spojrzał w oczy Nocnemu Łowcy. – Podasz mi szczegóły swojego planu?

– Wkroczymy, kiedy zobaczymy, że jest łamane Prawo – powiedział Will. – W chwili gdy wampir spróbuje skrzywdzić człowieka, dam znak Enklawie. Wtedy zaatakują.

– A jak wejdą? – zainteresował się Magnus.

– Nie martw się o to. – Will nie stracił rezonu. – Twoim zadaniem jest bezpiecznie wydostać stąd Tessę. Thomas czeka na zewnątrz w powozie. Wsiądźcie do niego, a on zawiezie was do Instytutu.

– Zdaje się, że pilnowanie dziewczyny umiarkowanych rozmiarów jest marnowaniem moich talentów – stwierdził Magnus. – Z pewnością moglibyście wykorzystać mnie...

– To sprawa Nocnych Łowców – przerwał mu Will. – My tworzymy Prawo i my pilnujemy przestrzegania go. Pomoc, której nam do tej pory udzieliłeś, była nieoceniona, ale nie wymagamy od ciebie więcej.

Magnus spojrzał na Tessę ponad ramieniem Herondale'a. Jego spojrzenie było kpiarskie.

– Dumna izolacja Nefilim – skomentował. – Wykorzystują cię wtedy, gdy jesteś im potrzebny, ale nie są w stanie dzielić się zwycięstwem z Podziemnym.

– Mnie też odsyłasz, zanim rozpoczęła się walka? – spytała Tessa, zwracając się do Willa.

– Muszę – odparł. – Będzie lepiej dla Camille, jeśli nikt nie zobaczy, że współdziała z Nocnymi Łowcami.

– To nonsens – stwierdziła Tessa. – De Quincey się domyśli, że to ja... że ona sprowadziła was tutaj. Że skłamała na twój temat. Czy Camille się łudzi, że reszta klanu się nie dowie, że to ona jest zdrajczynią?

Gdzieś w głębi jej głowy rozbrzmiał cichy śmiech. Lady Belcourt nie sprawiała wrażenia przestraszonej.

Will i Magnus wymienili spojrzenia.

– Ona się nie spodziewa, żeby choć jeden z obecnych tu wampirów przeżył tę noc i ją potem oskarżył – powiedział Magnus.

– Martwi nie mają głosu – dodał cicho Will. Migotliwe światło malowało jego twarz w zmieniające się wzory: czarne i złote. Linia szczęki była mocno zarysowana. Nocny Łowca zajrzał w otwór. – Patrzcie.

Wszyscy troje stłoczyli się przy wizjerze i zobaczyli, że w drugim końcu pokoju muzycznego otwierają się drzwi i z dużego salonu oświetlonego świecami zaczynają wchodzić wampiry i zajmować miejsca przed sceną.

– Już czas – szepnął Magnus i zamknął otwór.

***

Pokój muzyczny był prawie pełny. Tessa, stojąc obok Magnusa, patrzyła, jak Will kroczy przez tłum, szukając trzech miejsc obok siebie. Głowę trzymał pochyloną, wzrok miał utkwiony w podłodze, ale mimo to...

– Nadal na niego patrzą – szepnęła Tessa do Bane'a.

– Oczywiście, że tak. – Oczy czarownika odbijały światło jak kocie, kiedy wodził nimi po pokoju. – Spójrz na niego. Twarz złego anioła i oczy jak nocne niebo w piekle. Jest bardzo ładny, a wampiry to lubią. Szczerze mówiąc, jego uroda mnie też nie przeszkadza. – Magnus uśmiechnął się szeroko. – Czarne włosy i niebieskie oczy to moje ulubione połączenie.

Tessa odruchowo sięgnęła do jasnych loków Camille.

Bane wzruszył ramionami.

– Nikt nie jest doskonały.

Tessa nie musiała odpowiadać, bo Will znalazł trzy krzesła stojące obok siebie i przyzywał ich teraz dłonią w rękawiczce. Idąc do niego z Magnusem, starała się nie zwracać uwagi na sposób, w jaki na Nocnego Łowcę patrzą wampiry. To prawda, że był piękny, ale przecież dla nich stanowił tylko pożywienie.

Usiadła między Magnusem i Willem. Jej taftowe spódnice szeleściły jak liście na silnym wietrze. W salonie było zimno – inaczej niż w pomieszczeniu pełnym ludzkich istot, które oddawałyby ciepło swoich ciał. Kiedy Will sięgnął do kieszeni kamizelki, Tessa zauważyła gęsią skórkę na jego ręce. Ciekawe, czy ludzkim towarzyszom wampirów zawsze jest zimno?

Nagle przez salę przebiegły szepty. Tessa oderwała wzrok od Willa i spojrzała w głąb pokoju. Nie docierał tam blask kandelabrów, tak że nawet ona, mimo oczu wampira, nie mogła dostrzec, co się porusza w cieniu, dopóki na scenę nie wyszedł de Quincey.

Widownia umilkła. De Quincey uśmiechnął się szeroko, pokazując kły. Jego twarz się zmieniła. Wyglądał dziko i groźnie, jak wilk. Przez pokój przebiegł szmer aprobaty. W taki sposób ludzka widownia mogłaby okazać aktorowi podziw za szczególnie udany występ.

– Dobry wieczór – przemówił gospodarz wieczoru. – Witajcie, przyjaciele. Nasi nowi goście... – uśmiechnął się do Tessy, która była zbyt zdenerwowana, żeby robić coś innego niż tylko patrzeć bez słowa – ...są dumnymi synami i córkami Nocnych Dzieci. Nie chylimy karków przed opresyjnym jarzmem zwanym Prawem. Nie odpowiadamy przed Nefilim. Ani nie porzucimy naszych pradawnych zwyczajów na ich życzenie.

Trudno było nie zauważyć, jaki wpływ na Willa ma przemowa de Quinceya. Nocny Łowca był napięty jak struna, ręce trzymał zaciśnięte na kolanach, żyły nabrzmiały mu na szyi.

– Mamy więźnia – ciągnął de Quincey. – Jego zbrodnią jest zdrada Nocnych Dzieci. – Przesunął wzrokiem po widowni. – A jaka jest kara za taką zdradę?

– Śmierć! – wykrzyknął ktoś. Delilah. Pochylała się na krześle, ze straszliwym wyrazem podniecenia na twarzy.

Inne wampiry podjęły okrzyk.

– Śmierć! Śmierć!

W półmroku na skraju sceny pojawiło się więcej cieni. Dwa wampiry trzymały między sobą szarpiącego się człowieka. Jego twarz zasłaniał czarny kaptur. Tessa widziała tylko, że jest smukły, zapewne młody... i brudny. Jego piękne ubranie było podarte i złachmanione. Nagie stopy zostawiały krwawe ślady na deskach, kiedy mężczyźni wlekli go w stronę krzesła. Z gardła Tessy wyrwał się stłumiony okrzyk współczucia. Wyczuła, że mięśnie Willa się napinają.

Więzień nadal rzucał się słabo, jak insekt na końcu szpilki, kiedy wampiry przypinały jego nadgarstki i kostki do krzesła. De Quincey znowu się wyszczerzył, spoglądając na tłum. Kły miał wysunięte. Tessa wyczuwała niepokój wampirów... i silniejszy od niego głód. Zebrani już nie przypominali dobrze wychowanej widowni w teatrze, tylko lwy, które poczuły zdobycz. Siedzieli na brzegach krzeseł, z płonącymi oczami i półotwartymi ustami.

– Kiedy możesz wezwać Enklawę? – szepnęła nagląco Tessa do Willa.

– Kiedy pokaże się krew. – Głos Willa zdradzał napięcie. – Musimy ją zobaczyć.

– Will...

– Cicho bądź – syknął, ściskając jej palce.

Tessa niechętnie skierowała uwagę na scenę, na której de Quincey zbliżał się do więźnia zakutego w kajdanki. Zatrzymał się przy krześle i wyciągnął rękę. Jego chude, blade palce dotknęły ramienia mężczyzny lekko jak odnóża pająka. Jeniec szarpnął się w rozpaczliwym przerażeniu, kiedy dłoń wampira zsunęła się na jego szyję. De Quincey przyłożył do niej dwa białe palce, jak lekarz mierzący puls pacjenta.

De Quincey nosił na palcu srebrny pierścień, który w jednym miejscu był ostry jak igła. Wampir zacisnął dłoń w pięść, błysnęło srebro, więzień krzyknął. Po raz pierwszy wydał z siebie głos. Było w nim coś znajomego.

Na szyi jeńca pojawiła się cienka czerwona linia, jak pętla z drutu. Krew pociekła we wgłębienie obojczyka. Więzień zaczął się miotać i walczyć, kiedy de Quincey, z twarzą zastygłą w wygłodniałą maskę, sięgnął dwoma palcami do szkarłatnej cieczy, po czym uniósł je do ust. Zebrani syczeli i jęczeli, z trudem pozostając na miejscach. Tessa zerknęła na kobietę w kapeluszu z białym piórem. Jej usta były otwarte, broda mokra od śliny.

– Will, proszę – szepnęła Tessa.

Nocny Łowca spojrzał na Bane'a.

– Magnus, zabierz ją stąd.

W Tessie wszystko się burzyło na myśl, że zostaje odesłana jak dziecko.

– Nic mi nie będzie...

– Już to omówiliśmy. – Głos Willa był cichy, ale jego oczy płonęły. – Idź, bo nie wezwę Enklawy. Idź albo ten człowiek umrze.

– Chodź. – Magnus wziął ją za łokieć i pociągnął w górę.

Tessa niechętnie pozwoliła czarownikowi dźwignąć się z krzesła i poprowadzić do drzwi. Rozejrzała się z niepokojem, by sprawdzić, czy ktoś zauważył ich ucieczkę, ale nikt na nich nie patrzył. Uwaga wszystkich była skierowana na de Quinceya i więźnia. Wampiry wstawały, syczały, pokrzykiwały, wydawały nieludzkie dźwięki.

Wśród szalejącej widowni Will siedział nieruchomo, czujny jak pies myśliwski, gotowy do spuszczenia ze smyczy. W pewnym momencie wsunął do kieszeni kamizelki lewą rękę i wyjął z niej coś miedzianego.

Fosfor.

Magnus otworzył drzwi.

– Pośpiesz się.

Tessa zawahała się i obejrzała na scenę. De Quincey stał teraz za więźniem. Jego rozciągnięte w uśmiechu usta były umazane krwią. Wyciągnął rękę do kaptura jeńca.

Will wstał z krzesła, uniósł Fosfor. Magnus zaklął i pociągnął Tessę za ramię, a ona zrobiła krok do wyjścia i nagle zamarła, kiedy de Quincey szarpnięciem zdjął więźniowi kaptur.

Twarz skazańca była posiniaczona od bicia, jedno oko czarne i spuchnięte, blond włosy sklejone krwią i potem. Ale Tessa i tak poznałaby go wszędzie. Teraz zrozumiała, dlaczego okrzyk bólu wydał jej się znajomy.

To był Nathaniel.

Rozdział jedenasty

Niewiele jest aniołów

„Lecz jesteśmy ludźmi;
Z natury słabi, upadamy nieraz;
Niewielka liczba aniołów na ziemi".

– Szekspir, *Henryk VIII*
(Przełożył Leon Ulrich)

Tessa krzyknęła.

Nie był to krzyk człowieka, tylko wampira. Ledwo rozpoznała dźwięk, który wydobył się z jej własnego gardła. Zabrzmiał jak brzęk tłuczonego szkła. Dopiero później uświadomiła sobie, że wywrzaskuje słowa. Ale nie imię brata, jak można by sądzić.

– Will! Will, teraz! Zrób to teraz!

Przez salę przebiegł głośny pomruk. Dziesiątki białych twarzy obróciły się nagle w jej stronę, gdy rozpaczliwy krzyk przebił się nawet przez ich żądzę krwi. De Quincey stał bez ruchu na scenie. Nawet Nathaniel patrzył na nią oszołomiony i zdezorientowany, jakby się zastanawiał, czy to, co widzi, nie jest przedśmiertnym majaczeniem.

Will się zawahał, z palcem na guziku urządzenia. Jego oczy napotkały wzrok Tessy. Spojrzenie trwało tylko ułamek sekundy, ale de Quincey je zauważył i wyraz jego twarzy się zmienił.

– Chłopak! – zawołał, wskazując ręką na Willa. – Powstrzymać go!

Herondale oderwał wzrok od Tessy. Wampiry już ruszyły w jego stronę. Ich oczy jarzyły się wściekłością i głodem. Will spojrzał na de Quinceya, który podszedł do brzegu sceny i patrzył na niego z furią. Na twarzy Nocnego Łowcy nie było strachu, zaskoczenia ani wahania.

– Nie jestem żadnym chłopcem, tylko Nefilim – oświadczył.

I nacisnął guzik.

Tessa przygotowała się na rozbłysk białego światła, ale jedynie usłyszała głośny świst. Płomienie świec strzeliły pod sufit, buchnęły iskry i zaczęły spadać na podłogę, na zasłony, na suknie kobiet. Nagle pomieszczenie wypełnił skłębiony czarny dym i krzyki, nieludzkie i przeraźliwe.

Tessa już nie widziała Willa. Zrobiła krok do przodu, ale Magnus, o którym niemal zapomniała, chwycił ją mocno za nadgarstek.

– Nie, panno Gray. – Kiedy próbowała wyszarpnąć rękę, czarownik podniósł głos: – Tesso! Jesteś teraz wampirem! Jeśli zajmiesz się ogniem, spłoniesz jak chrust...

Jakby dla zilustrowania tych słów, zabłąkana iskra wylądowała na białych włosach lady Delilah. Peruka buchnęła ogniem. Kobieta próbowała z krzykiem zerwać ją z głowy, ale kiedy dotknęła płomieni, jej ręce też się zapaliły, jakby były z papieru. Po chwili obie płonęły jak pochodnie. Wampirzyca rzuciła się z wyciem do drzwi, ale ogień był od niej szybszy. W miejscu, gdzie stała lady Delilah, Tessa zobaczyła ognisko, a w jego środku sylwetkę miotającej się, wrzeszczącej istoty.

– Widzisz, co mam na myśli?! – ryknął jej Magnus do ucha, żeby przekrzyczeć wycie wampirów, które miotały się po pokoju, uciekając przed płomieniami.

– Proszę mnie puścić! – wrzasnęła Tessa. – Tam jest mój brat! Mój brat!

De Quincey rzucił się w kłębowisko. Nathaniel został sam na scenie, przykuty kajdankami do krzesła, najwyraźniej nieprzytomny.

Magnus wytrzeszczył oczy. Korzystając z jego osłupienia, Tessa uwolniła rękę i pobiegła w stronę sceny. W pomieszczeniu panował chaos. Wampiry biegały we wszystkie strony, część pędziła do drzwi. Te, które dotarły w pobliże wyjścia, przepychały się do niego, inne zmieniły kurs i popłynęły falą ku drzwiom balkonowym wychodzącym na ogród.

Tessa skręciła gwałtownie, żeby ominąć przewrócone krzesło, i omal nie runęła jak długa na rudowłosą wampirzycę w niebieskiej sukni, która wcześniej łypała na nią groźnie. Teraz była przerażona. Skoczyła w stronę Tessy, ale się potknęła. Kiedy otworzyła usta do krzyku, chlusnęła z nich krew. Jej twarz się pomarszczyła, skóra obróciła w proch i osypała z czaszki. Czerwone włosy skręciły się i poszarzały. Potem zaczęły się topić ramiona. Kobieta osunęła się na podłogę z ostatnim rozpaczliwym wrzaskiem i zmieniła w kupkę zwęglonych kości na pustej satynowej sukni.

Tessę zemdliło. Oderwała wzrok od szczątków i zobaczyła Willa. Stał tuż przed nią. Ściskał w ręce długi, srebrny nóż o zakrwawionym ostrzu. Twarz Nocnego Łowcy też była umazana krwią, oczy dzikie.

– Co tutaj robisz, do diabła?! – wrzasnął. – Jesteś niewiarygodnie głupia...

Tessa usłyszała dziwny odgłos wcześniej niż on – cienki, jękliwy dźwięk, jakby wydawała go popsuta maszyneria. Na Willa pędził jasnowłosy chłopiec w szarej marynarce, a piskliwe zawodzenie wydobywało się z jego gardła. Ludzki niewolnik lady Delilah miał twarz usmarowaną krwią i łzami. Niósł oderwaną nogę krzesła, poszarpaną z jednego końca i najeżoną ostrymi drzazgami.

– Will, uważaj! – krzyknęła Tessa.

Nocny Łowca zareagował błyskawicznie. Jego ruch był zamazaną plamą, nóż – błyskiem srebra w mroku wypełnionym dymem. Chwilę później napastnik leżał na podłodze, a z jego piersi sterczało ostrze. Wokół niego zbierała się krew, gęściejsza i ciemniejsza od wampirycznej.

Will patrzył na niego popielaty na twarzy.

– Myślałem...

– Zabiłby cię – powiedziała Tessa.

– Milcz! – warknął Herondale i potrząsnął głową, jakby uciekał od jej głosu albo od widoku chłopca. Niewolnik lady Delilah wyglądał bardzo młodo, jego wykrzywiona twarz złagodniała po śmierci. – Kazałem ci stąd iść...

– Tam jest mój brat – przerwała mu Tessa, wskazując w głąb pokoju. Nathaniel nadal był przykuty kajdankami do krzesła i nieprzytomny. Gdyby nie krew cieknąca z rany na szyi, można by pomyśleć, że nie żyje. – Nathaniel.

Oczy Willa rozszerzyły się ze zdumienia.

– Ale jak...

Nie dokończył pytania, bo w tym momencie rozległ się brzęk tłuczonego szkła. Okno balkonowe wpadło do środka, salę nagle wypełnili Nocni Łowcy w ciemnych strojach bojowych. Pędzili przed sobą grupę wrzeszczących, obdartych wampirów, które zdążyły uciec do ogrodu. Kolejni Nefilim wlewali się przez drzwi, popędzając drugą czeredę wampirów, jak psy pasterskie zaganiające owce do zagrody. De Quincey szedł chwiejnie na czele tłumu. Jego blada twarz była umazana czarną sadzą, zęby obnażone.

Tessa dostrzegła wśród Nefilim Henry'ego, którego płomiennorude włosy z daleka rzucały się w oczy. Charlotte też tam była, ubrana po męsku, jak kobieta na rysunku w *Kodeksie*. Mimo drobnej postury wyglądała na zdeterminowaną i niebezpieczną. A Jem w ciemnym stroju wydawał się jeszcze bardziej blady. Czarne Znaki odznaczały się na jego skórze jak atrament na papierze. W gromadzie wojowników Tessa rozpoznała jeszcze Gabriela Lightwooda, jego ojca Benedicta i smukłą, czarnowłosą panią Highsmith. Za nimi kroczył Magnus, a kiedy gestykulował, z jego rąk sypały się niebieskie iskry.

Will odetchnął, rumieńce wróciły mu na twarz.

– Nie byłem pewien, czy przyjdą po tej porażce z Fosforem – powiedział cicho. – Oderwał wzrok od swoich przyjaciół i spojrzał na Tessę. – Idź zajmij się bratem. Unikniesz najgorszego. Mam nadzieję.

Odwrócił się i ruszył do towarzyszy, nie oglądając się na nią. Tymczasem Nefilim otoczyli kręgiem Podziemnych, którzy nie zostali zabici przez ogień albo przez Willa. De Quincey górował wzrostem nad grupą, bladą twarz miał wykrzywioną z wściekłości, koszulę poplamioną krwią, niekoniecznie jego własną. Wampiry tłoczyły się za nim jak dzieci za rodzicem. Wyglądały groźnie i zarazem żałośnie.

– Prawo nas chroni! – ryknął de Quincey, gdy Benedict Lightwood ruszył ku niemu, trzymając w prawej ręce nóż z czarnymi runami na lśniącym ostrzu. – Poddajemy się wam. Prawo...

– Złamałeś Prawo i dlatego ochrona cię nie obejmuje! – zagrzmiał Nocny Łowca. – Wyrok brzmi: śmierć.

– Jeden Przyziemny, który również złamał Prawo Przymierza... – zaczął de Quincey, rzucając spojrzenie na Nathaniela.

– Ono nie dotyczy Przyziemnych. Nie oczekuje się od nich, że będą przestrzegać praw świata, o którym nic nie wiedzą.

– Jest bezwartościowy – stwierdził de Quincey. – Nawet nie wiecie, jak mało jest wart. Naprawdę chcecie zerwać nasz sojusz z powodu nędznego Przyziemnego?

– To coś więcej niż tylko jeden Przyziemny! – krzyknęła pani Branwell, wyjmując z kieszeni kurtki papier, który Will zabrał z biblioteki. (Tessa nie widziała, żeby Herondale podawał go Charlotte, ale najwyraźniej musiał to zrobić). – A co z tymi czarami? Myślałeś, że ich nie odkryjemy? Czarna magia jest surowo zakazana przez Przymierze!

Na twarzy de Quinceya odmalował się cień zaskoczenia.

– Gdzie to znaleźliście?

– To bez znaczenia. – Charlotte zacisnęła usta w wąską kreskę.

– Cokolwiek wam się wydaje... – zaczął de Quincey.

– Wiemy wystarczająco dużo! – W głosie Charlotte brzmiał gniew. – Wiemy, że nas nienawidzisz i nami pogardzasz! Wiemy, że twoja współpraca z nami była oszustwem!

– A czy to raptem jest wbrew Prawu nie lubić Nocnych Łowców? – rzucił de Quincey, ale już bez nuty szyderstwa w głosie. Sprawiał wrażenie znużonego i udręczonego.

– Nie igraj z nami! – warknął Benedict. – Po tym, co dla was zrobiliśmy, po tym, jak przekuliśmy Porozumienia na Prawo... Dlaczego? Staraliśmy się uczynić was równymi sobie...

De Quincey wykrzywił twarz.

– Równymi? Nie macie pojęcia, co znaczy to słowo. Nie potraficie nawet na chwilę wyzbyć się przekonania o swojej wrodzonej wyższości, żeby chociaż zastanowić się nad jego sensem. Gdzie są nasze miejsca w Radzie? Gdzie nasza ambasada w Idrisie?

– To jest... niedorzeczne – rzuciła Charlotte, ale wyraźnie zbladła.

Benedict posłał jej niecierpliwe spojrzenie.

– I nieistotne. Nic nie usprawiedliwia twojego postępowania, de Quincey. Zasiadałeś z nami w Radzie, udając, że jesteś zainteresowany pokojem, a za naszymi plecami łamałeś Prawo i drwiłeś z naszej władzy. Poddaj się, odpowiedz na nasze pytania, to może pozwolimy twojemu klanowi przetrwać. Inaczej nie będzie litości.

– Gdybyśmy potrzebowali jeszcze innego dowodu, że Nefilim nigdy nie zamierzali dotrzymać swoich obietnic, oto go mamy – przemówił inny wampir, jeden z tych, którzy przywiązywali Nathaniela do krzesła, duży płomiennowłosy mężczyzna o gniewnej twarzy. – Odważcie się nas zaatakować, Nocni Łowcy, a będziecie odpowiedzialni za wybuch wojny!

Benedict tylko się uśmiechnął.

– Więc niech się zacznie wojna – powiedział i cisnął nożem w de Quinceya.

Broń śmignęła w powietrzu i wbiła się po rękojeść w pierś rudowłosego, który zasłonił przywódcę klanu własnym ciałem. Z ciała mężczyzny eksplodowała fontanna krwi, jego towarzysze wrzasnęli. De Quincey ruszył z wyciem na Lightwooda. Pozostałe wampiry najwyraźniej ocknęły się ze stuporu i szybko podążyły w jego ślady. W pokoju zapanowały wrzawa i chaos.

Nagłe zamieszanie obudziło również Tessę. Chwyciła za spódnice, pobiegła na scenę i opadła na kolana obok krzesła. Nathaniel miał głowę zwieszoną na bok, oczy zamknięte. Z rany na szyi ciekła wąskim strumyczkiem krew. Tessa chwyciła brata za rękaw.

– Nate – wyszeptała. – Nate, to ja.

Nathaniel tylko jęknął w odpowiedzi. Tessa przygryzła wargę i zaczęła się mocować z kajdankami. Były z twardego żelaza, przybite rzędami gwoździ do mocnych oparć krzesła, najwyraźniej zaprojektowane tak, żeby wytrzymać siłę wampira. Palce Tessy zaczęły krwawić, a one nawet nie drgnęły. Gdyby tak miała przy sobie jeden z noży Willa.

Spojrzała na pokój, nadal ciemny od dymu. W mroku zobaczyła jasne błyski białych sztyletów, którymi posługiwali się Nocni Łowcy. Już wiedziała, że są to serafickie noże, które zaczynały świecić po nadaniu im imion aniołów przez Nefilim. Ich ostrza spływały rubinową krwią wampirów. Tessa uświadomiła sobie z zaskoczeniem – bo wampiry początkowo ją przerażały – że są tutaj wyraźnie słabsze. Choć Nocne Dzieci były bezwzględne i szybkie, Nocni Łowcy dorównywali im szybkością, a po swojej stronie mieli broń i wyszkolenie. Kolejne wampiry padały pod ciosami serafickich noży. Krew płynęła strumieniami po podłodze, wsiąkała w perskie dywany.

W jednym miejscu dym się rozwiał i Tessa dostrzegła panią Branwell, która przeciągnęła ostrzem po szyi krzepkiego przeciwnika w szarej marynarce. Krew trysnęła na ścianę, wampir osunął się, warcząc, na kolana, Nocna Łowczyni dobiła go pchnięciem w pierś.

Za Charlotte coś się poruszyło. To był Will, a za nim wampir o dzikich oczach, ze srebrnym pistoletem w ręce. Wycelował z niego w Nocnego Łowcę i strzelił. Herondale uskoczył w bok i pośliznął się na zakrwawionej podłodze. Przetoczył się po niej, wstał błyskawicznie i wskoczył na wyściełane krzesło. Uchylił się przed następnym strzałem i ku zdumieniu Tessy zaczął lekko biec po oparciach foteli. Zeskoczył z ostatniego i odwrócił się w stronę wampira, który teraz znajdował się po drugiej stronie pokoju. W jego ręce błysnął krótki nóż, choć Tessa nie widziała, żeby go wyciągał. Rzucił nim, przeciwnik się uchylił, ale nie dość szybko. Ostrze wbiło się w jego ramię. Wampir zawył z bólu i sięgnął po nóż, a wtedy nie wiadomo skąd wyrósł przed nim czarny cień. W powietrzu coś śmignęło, trysnęła krew i Podziemny rozpadł się w proch. Tessa zobaczyła Jema i jego uniesioną laskę z główką w kształcie smoka. Nocny Łowca uśmiechał się, ale nie do niej. Kopnął srebrny pistolet, leżący wśród szczątków wampira, a ten przesunął się po podłodze i zatrzymał u stóp Willa. Herondale skinął głową przyjacielowi, podniósł broń i wsunął ją za pasek.

– Will! – krzyknęła Tessa, ale nie była pewna, czy usłyszał ją w bitewnej wrzawie. – Will...

Nagle coś złapało ją za tył sukni, szarpnęło do tyłu, a następnie cisnęło przez pokój. Było tak, jakby dostała się w szpony ogromnego ptaka. Tessa runęła z wrzaskiem na podłogę i zaczęła po niej sunąć. Uderzyła w stertę krzeseł, a te przewróciły się z ogłuszającym rumorem. Tessa wygramoliła się spośród nich z okrzykiem bólu i spojrzała w górę.

Nad nią stał de Quincey. Oczy miał dzikie, czerwone. Białe włosy opadały mu w strąkach na twarz, koszula była rozcięta z przodu i przesiąknięta krwią. Musiał zostać ranny, ale niezbyt poważnie, bo skaleczenie już zdążyło się zagoić i jego skóra wyglądała teraz na nietkniętą.

– Suka! – warknął. – Kłamliwa, zdradziecka suka. Przyprowadziłaś tutaj tego chłopaka. Nefilim.

Tessa zaczęła się cofać, aż trafiła plecami w mur z przewróconych krzeseł.

– Przyjąłem cię z powrotem do klanu po twoim niesmacznym... interludium z likantropem. Toleruję tego twojego śmiesznego czarownika. I oto jak mi odpłacasz. Odpłacasz nam. – Wyciągnął do niej ręce pobrudzone czarnym popiołem. – Widzisz? To prochy naszych. Martwych wampirów. A ty zdradziłaś ich dla Nefilim. – Wypluł to słowo jak truciznę.

Coś wezbrało w gardle Tessy. Śmiech. Nie jej, tylko Camille.

– Niesmaczne interludium? – Tessa nie zdołała powstrzymać tych słów. Było tak, jakby nie miała kontroli nad tym, co mówi. – Kochałam go tak, jak ty nigdy mnie nie kochałeś, jak nigdy nie kochałeś nikogo. I zabiłeś go tylko po to, żeby pokazać klanowi, na co się stać. Chcę, żebyś wiedział, jak to jest utracić wszystko co dla ciebie ważne. Chcę, żebyś wiedział, jak to jest, kiedy płonie twój dom, klan obraca się w popiół, a twoje żałosne życie się kończy. I ja to wszystko sprawiłam.

Głos Camille umilkł równie szybko, jak rozbrzmiał. Tessa czuła się wyczerpana i wstrząśnięta, ale to nie powstrzymało jej od wciśnięcia się między rozbite krzesła. Musiało tam być coś, czego mogłaby użyć jako broń. De Quincey wpatrywał się w nią oniemiały. Prawdopodobnie jeszcze nikt tak do niego nie mówił. A z pewnością nie inny wampir.

– Może cię nie doceniłem – odezwał się w końcu. – Może mnie zniszczysz. – Ruszył do niej z wyciągniętymi rękami. – Ale zabiorę cię ze sobą...

Palce Tessy zacisnęły się wokół nogi krzesła. Nawet o tym nie myśląc, uniosła je i z całej siły opuściła na plecy de Quinceya.

Poczuła radość, kiedy wrzasnął i zatoczył się do tyłu. Dźwignęła się na nogi, a kiedy wampir stanął prosto, zamachnęła się na niego ponownie. Tym razem poszarpany fragment zniszczonej poręczy trafił go w twarz i zostawił na niej długie czerwone rozcięcie. Rana prawie natychmiast się zamknęła, De Quincey obnażył zęby w cichym warknięciu i skoczył jak sprężyna. Nie było lepszego określenia na to, co zrobił. Powalił Tessę na ziemię, wylądował na niej i wytrącił jej krzesło z ręki. Następnie rzucił się do jej gardła z wysuniętymi kłami, a ona rozorała mu paznokciami policzek, zaczęła go bić i kopać. Kropla jego krwi, która kapnęła na jej skórę, paliła jak kwas. Tessa krzyknęła i uderzyła go mocniej, ale on tylko się roześmiał. Jego źrenice zniknęły w czerni oczu, tak że wyglądał teraz nieludzko, niczym monstrualny wąż.

Chwycił ją za nadgarstki i przycisnął je mocno do podłogi.

– Camille – powiedział ochrypłym głosem, pochylając się nad nią. – Nie ruszaj się, mała Camille. Za chwilę będzie po wszystkim...

Odchylił głowę do tyłu jak atakująca kobra. Przerażona Tessa spróbowała uwolnić przygwożdżone nogi, żeby kopnąć go jak najmocniej...

De Quincey wrzasnął i zaczął się miotać, a Tessa zobaczyła we włosach wampira rękę, która szarpnięciem odciągnęła jego głowę do tyłu i dźwignęła go z podłogi. Dłoń była cała pokryta czarnymi Znakami.

De Quincey został postawiony na nogi. Przyciskał ręce do głowy i wył. Will odepchnął go od siebie z pogardą. Już się nie uśmiechał, ale jego oczy błyszczały, a Tessa zrozumiała, dlaczego Magnus orzekł, że mają kolor nieba w piekle.

– Nefilim. – De Quincey zachwiał się, wyprostował i splunął pod nogi Herondale'a. – Wściekły pies.

– Lubię psy – stwierdził Will. – To więcej niż mogę powiedzieć o twoim rodzaju. – Wyjął pistolet zza pasa i wycelował go w przeciwnika. – Jesteście diabelskim pomiotem. Nie zasługujecie na to, żeby dzielić z nami ten świat, jednak z litości pozwoliliśmy wam żyć, a wy rzuciliście nam ten dar w twarz.

– Jakbyśmy potrzebowali waszej litości – warknął de Quincey. – Jakbyśmy byli gorsi od was. Wy, Nefilim, myślicie, że jesteście... – Urwał raptownie. Był umazany krwią, ale wyglądało na to, że cięcie na jego policzku już się zagoiło.

– Kim? – Will odbezpieczył pistolet. Szczęknięcie było słyszalne nawet pośród bitewnej wrzawy. – Powiedz to.

Oczy wampira płonęły.

– Co?

– Bóg. Zamierzałeś powiedzieć, że my, Nefilim, bawimy się w Boga, prawda? Tylko że nawet nie jesteś w stanie wymówić tego słowa. Możesz drwić z Biblii, ile chcesz, ale nie potrafisz tego wykrztusić. – Jego palec zbielał na spuście. – Mów, a pozwolę ci żyć.

Wampir obnażył zęby.

– Nie możesz mnie zabić tą głupią ludzką zabaweczką.

– Jeśli kula przejdzie przez serce, umrzesz – odparł Will. Jego ręka nawet nie drgnęła.

Tessa stała jak wmurowana i obserwowała rozgrywającą się przed nią scenę. Chciała się wycofać, podejść do Nathaniela, ale bała się poruszyć.

De Quincey uniósł głowę i otworzył usta, ale kiedy spróbował sformułować słowo, na wymówienie którego nie pozwalał mu mózg, wydobył się z nich tylko cichy charkot. Wampir zakrztusił się, przytknął rękę do gardła.

Will się roześmiał...

De Quincey zawył i skoczył na Nocnego Łowcę z twarzą wykrzywioną w maskę wściekłości i bólu. Poruszał się tak szybko, że wyglądał jak zamazana plama. W tym samym momencie wystrzelił pistolet, trysnęła krew. Will runął na podłogę jak długi, broń wypadła mu z ręki. Wampir przygniótł Nocnego Łowcę swoim ciałem. Tessa rzuciła się po pistolet i chwyciła go z podłogi, a kiedy się odwróciła, zobaczyła, że de Quincey objął przedramieniem szyję Willa i zaczął go dusić.

Uniosła broń drżącą ręką, ale nie miała pojęcia, jak zastrzelić wampira, nie raniąc Willa. Do twarzy Herondale'a napłynęła krew. De Quincey warknął coś i wzmocnił uścisk...

Nocny Łowca pochylił głowę i ugryzł napastnika w przedramię. De Quincey wrzasnął i gwałtownie zabrał rękę. Will rzucił się w bok i przetoczył po podłodze. Następnie dźwignął się na kolana i splunął krwią na scenę. Kiedy uniósł głowę, na brodzie miał rozmazaną krew. Jego zęby również były czerwone, kiedy uśmiechnął się szeroko i zapytał, patrząc na de Quinceya:

– I jak ci się to podoba, wampirze? Zamierzałeś ugryźć tego Przyziemnego. Teraz już wiesz, jak to jest?

De Quincey, też na kolanach, przeniósł wzrok z Nocnego Łowcy na brzydką czerwoną dziurę w przedramieniu. Rana już zaczynała się zasklepiać, ale ciemna krew jeszcze z niej płynęła cienką strużką.

– Zginiesz za to, Nefilim – oświadczył.

Will rozłożył ręce i, nadal klęcząc, wyszczerzył się demonicznie. Krew kapała mu z ust, i ledwo przypominał człowieka.

– Chodź i spróbuj.

De Quincey zebrał się do skoku... Tessa strzeliła. Silny odrzut sprawił, że zabolała ją dłoń, ale wampir upadł na bok. Z jego ramienia ciekła krew. Nie trafiła go w serce! Do licha!

De Quincey zaczął się gramolić z rykiem na nogi. Tessa uniosła rękę i znowu pociągnęła za spust. Słysząc ciche kliknięcie, zrozumiała, że broń jest nienabita.

Wampir się zaśmiał. Trzymał się za ramię, choć rana już nie krwawiła.

– Wrócę po ciebie, Camille – zapowiedział. – A wtedy pożałujesz, że się urodziłaś.

Tessa poczuła chłód w żołądku, nie tylko swój strach, ale również lęk Camille. De Quincey po raz ostatni obnażył zęby, odwrócił się i z niewiarygodną szybkością popędził przez pokój prosto w wysokie okno. Roztrzaskana szyba wyleciała na zewnątrz w deszczu odłamków i poniosła go ze sobą niczym szklana fala. Przywódca wampirów zniknął pośród nocy.

Will zaklął.

– Nie możemy go zgubić...

Już miał rzucić się w pościg za uciekinierem, kiedy Tessa wrzasnęła. Tuż za nią wyrósł jak duch obszarpany wampir i chwycił ją za ramiona. Próbowała się uwolnić, ale trzymał ją mocno i szeptał jej do ucha straszne słowa – że jest zdrajczynią Nocnych Dzieci i on zaraz rozpruje ją zębami.

– Tessa! – krzyknął Will, a ona nie była pewna, czy jest rozgniewany, czy przerażony.

Sięgnął po lśniącą broń zatkniętą za pas i zamknął dłoń na rękojeści serafickiego noża w chwili, gdy wampir obrócił Tessę do siebie. Zobaczyła jego szyderczą białą twarz, wysunięte kły ociekające krwią...

Napastnik eksplodował w fontannie krwi i rozpadł się w proch, poczynając od twarzy i rąk. Tessa przez chwilę widziała sczerniały szkielet, a potem on również się rozsypał, tak że na podłodze została tylko sterta ubrań. I lśniący srebrny nóż.

Tessa podniosła wzrok. Kilka stóp dalej stał Jem. Był bardzo blady. W lewej ręce trzymał nóż, prawą miał pustą. Jego policzek przecinało długie nacięcie, ale poza tym wydawał się nietknięty. Włosy i oczy jaśniały srebrzyście w blasku dogasających płomieni.

– Myślę, że to był ostatni – stwierdził.

Zaskoczona Tessa rozejrzała się po pokoju, w którym jeszcze przed chwilą panował chaos. Nocni Łowcy chodzili po pobojowisku, inni siedzieli na krzesłach, opatrywani przez uzdrowicieli ze stelami, ale nie widziała ani jednego wampira. Dym też się rozwiał, choć biały popiół ze spalonych zasłon nadal wirował w powietrzu jak niespodziewany śnieg.

Will, z brodą nadal umazaną krwią, spojrzał na Jema, unosząc brwi.

– Ładny rzut – pochwalił.

Przyjaciel pokręcił głową.

– Ugryzłeś de Quinceya. Jesteś głupcem. Wiesz, co to znaczy ugryźć wampira.

– Nie miałem wyjścia – odparł Herondale. – Dusił mnie.

– Wiem – powiedział Jem. – Ale doprawdy, Will, znowu?

***

To w końcu Henry uwolnił Graya z krzesła tortur, po prostu rozbijając je płazem miecza, aż kajdanki puściły. Nathaniel osunął się z jękiem na podłogę. Tessa wzięła go w ramiona, a pani Branwell przyniosła mokre płótno, żeby wytrzeć mu twarz. Nakryła go oddartym kawałkiem zasłony i pobiegła do Benedicta Lightwooda. Wdała się z nim w ożywioną rozmowę, podczas której na zmianę wskazywała na rodzeństwo Grayów albo dramatycznie wymachiwała rękami. Tessa, mocno oszołomiona i wyczerpana, zastanawiała się, co, u licha, wyprawia Charlotte.

Zresztą nie miało to znaczenia. Wszystko wydawało się snem. Tessa siedziała na podłodze z Nathanielem, a wokół niej Nocni Łowcy rysowali po sobie nawzajem stelami. Obrażenia znikały błyskawicznie, gdy tylko uzdrawiające runy pojawiały się na ich skórze. W pewnym momencie Jem, krzywiąc się, rozpiął koszulę i pokazał długie cięcie na bladym ramieniu. Odwrócił wzrok i zacisnął usta, kiedy Will ostrożnie zaczął kreślić Znak poniżej rany.

Dopiero kiedy Will podszedł do niej nieśpiesznie, Tessa uświadomiła sobie, jak bardzo jest zmęczona.

– Widzę, że już wróciłaś do swojej postaci – powiedział. Trzymał w ręce wilgotny ręcznik i niedbale wycierał zaschniętą krew z twarzy i szyi.

Tessa spojrzała na siebie. To była prawda. W pewnym momencie porzuciła Camille i stała się na powrót sobą. Musiała rzeczywiście być oszołomiona, skoro nie zauważyła, że znowu bije jej serce. Dudniło w klatce piersiowej jak werbel.

– Nie wiedziałem, że umiesz strzelać z pistoletu – rzucił Will.

– Nie umiem – odparła Tessa. – Ale myślę, że Camille tak. To był... odruch. – Przygryzła wargę. – Zresztą, to nieistotne, skoro broń nie wypaliła.

– Rzadko ich używamy. Rycie runów w metalu utrudnia zapłon prochu. Nikt nie wie dlaczego. Henry oczywiście próbował rozwiązać ten problem, jednak bez powodzenia. Wampiry umierają, jeśli strzeli się im w serce, ale jeśli chybisz, atakują cię jeszcze bardziej zaciekle. Broń z runami działa dużo lepiej. Nawet jeśli nie trafisz w serce, choć my zwykle trafiamy, ostrze pokryte Znakami obezwładnia je na dłuższą chwilę.

Tessa popatrzyła na niego spokojnym wzrokiem.

– To trudne?

Will odrzucił na bok ręcznik, cały szkarłatny od krwi.

– Co?

– Zabijanie wampirów. Może nie są ludźmi, ale wyglądają jak ludzie. Czują jak ludzie. Krzyczą i krwawią. Nie jest trudno je mordować?

Will zacisnął zęby.

– Nie – odparł po chwili. – I gdybyś naprawdę coś o nich wiedziała...

– Camille czuje. Kocha i nienawidzi.

– I nadal żyje. Wszyscy mają wybór, Tesso. Tamtych wampirów nie byłoby tu dzisiaj, gdyby dokonały właściwego wyboru. – Zerknął na Nathaniela, leżącego bezwładnie na jej kolanach. – Ani, jak sądzę, nie byłoby tutaj twojego brata.

– Nie wiem dlaczego de Quincey chciał go zabić – powiedziała cicho Tessa. – Nie wiem, co Nate zrobił, że wzbudził taki gniew w wampirach.

– Tesso! – To była Charlotte. Pędziła w ich stronę jak strzała. Nadal wydawała się krucha i nieszkodliwa, mimo stroju bojowego i czarnych Znaków wijących się na jej skórze jak węże. – Dostaliśmy pozwolenie, żeby zabrać twojego brata do Instytutu – oznajmiła, wskazując na Nathaniela. – Wampiry mogły podać mu narkotyk. Z pewnością został ugryziony i kto wie, co jeszcze? Może się zmienić w niewolnika albo coś gorszego, jeśli temu nie zapobiegniemy. Wątpię, czy w przyziemnym szpitalu byliby w stanie mu pomóc. U nas przynajmniej obejrzą biedaka Cisi Bracia.

– Biedaka? – powtórzył Will dość niegrzecznym tonem. – Sam się w to wpakował, tak czy nie? Nikt nie kazał mu uciekać i zadawać się z bandą Podziemnych.

– Doprawdy, Will. – Charlotte obrzuciła go chłodnym spojrzeniem. – Nie możesz okazać trochę empatii?

– Dobry Boże – mruknął Herondale, przenosząc wzrok z Charlotte na Nathaniela i z powrotem. – Czy jest coś, co bardziej ogłupia kobiety niż widok rannego młodego mężczyzny?

Tessa zmrużyła oczy.

– Może starłbyś resztę krwi z twarzy zamiast wygadywać takie rzeczy.

Will wyrzucił ręce w powietrze i odmaszerował sztywnym krokiem. Charlotte spojrzała na Tessę. W kąciku jej ust tańczył półuśmiech.

– Muszę przyznać, że podoba mi się, jak radzisz sobie z Willem.

Tessa potrząsnęła głową.

– Nikt nie radzi sobie z Willem.

***

Szybko postanowiono, że Tessa i Nathaniel pojadą dużym powozem z Branwellami, a Will i Jem mniejszym, pożyczonym od ciotki Charlotte, z Thomasem jako woźnicą. Lightwoodowie i reszta Enklawy mieli zostać i przeszukać dom de Quinceya oraz usunąć do rana wszelkie ślady walki. Will też chciał wziąć udział w poszukiwaniach, ale Charlotte okazała się nieugięta.

Herondale połknął krew wampira, więc musiał jak najszybciej wrócić do Instytutu, żeby rozpocząć stosowną kurację.

Jednakże Thomas nie chciał wpuścić go do powozu, bo chłopak był cały umazany krwią. Woźnica oznajmił, że zaraz wróci, i ruszył na poszukiwanie wilgotnej szmaty. Will oparł się o bok pojazdu i obserwował krzątaninę Nocnych Łowców, którzy ratowali dokumenty i meble z dogasającego pożaru.

Wróciwszy z namydloną ścierką, woźnica podał ją Willowi i sam z kolei oparł się o pojazd, a ten aż się zakołysał pod jego sporym ciężarem. Charlotte zawsze zachęcała Thomasa, żeby razem z Jemem i Willem brał udział w treningach, więc w miarę upływu lat z chuchrowatego dziecka wyrósł na mężczyznę tak muskularnego, że krawcy załamywali ręce nad jego wymiarami. Will był lepszym wojownikiem – miał to we krwi – ale Thomas imponował posturą.

Czasami Will wspominał, jak Thomas pierwszy raz zjawił się w Instytucie. Należał do rodziny, która służyła Nefilim od lat, ale urodził się taki słaby, że nie spodziewano się, by przeżył. Wysłano go do Instytutu, kiedy skończył dwanaście lat, ale wyglądał wtedy na dziesięć. Will śmiał się z Charlotte, że chce go zatrudnić, ale w duchu miał nadzieję, że chłopak zostanie, a on będzie miał w domu rówieśnika. I zostali kimś w rodzaju przyjaciół, Nocny Łowca i służący, aż pojawił się Jem i Will niemal całkiem zapomniał o koledze. Thomas nigdy nie miał mu tego za złe, traktował go zawsze z taką samą życzliwością jak wszystkich innych.

– Zawsze się zbiegają, żeby zobaczyć, co się dzieje, a na razie nie pokazał się nikt z sąsiedztwa – stwierdził teraz, rozglądając się po ulicy.

– Działają tutaj silne czary – powiedział Will, wycierając twarz i szyję. – Przypuszczam, że na tej ulicy wszyscy poza Przyziemnymi wiedzą, że lepiej pilnować własnego nosa, kiedy w sprawę angażują się Nocni Łowcy.

– Tak, jesteście bardzo groźni, to prawda – potwierdził Thomas takim tonem, że Will zaczął podejrzewać go o kpiny. – Jutro będziesz miał siniaki, jeśli nie narysujesz *iratze*.

– Może chcę mieć podbite oczy – oparł z rozdrażnieniem Will. – Nie pomyślałeś o tym?

Thomas tylko uśmiechnął się szeroko i wskoczył na siedzenie woźnicy, a Nocny Łowca wrócił do zmywania krwi wampira z dłoni i ramion. Zadanie było na tyle absorbujące, że niemal zignorował Gabriela Lightwooda, kiedy ten wyłonił się z cienia i podszedł do niego wolnym krokiem, z uśmiechem wyższości przyklejonym do twarzy.

– Świetna robota, Herondale – rzucił. – Podpalenie domu. Dobrze, że byliśmy pod ręką, żeby po tobie posprzątać, bo inaczej cały plan razem z resztkami twojej reputacji poszedłby z dymem.

– Sugerujesz, że resztki mojej reputacji pozostały nietknięte? – zapytał Will z udawanym przerażeniem. – Najwyraźniej coś źle zrobiłem. Albo nie zrobiłem czegoś złego, tak też może być. – Zabębnił pięścią w bok powozu. – Thomas! Musimy natychmiast ruszać do najbliższego burdelu! Szukam skandalu i podejrzanego towarzystwa.

Thomas prychnął i wymamrotał coś pod nosem, ale Herondale go zignorował.

Gabriel spochmurniał.

– Jest coś, z czego nie stroisz sobie żartów?

– Nic nie przychodzi mi do głowy – odparł Will.

– Wiesz, kiedyś myślałem, że moglibyśmy zostać przyjaciółmi – powiedział Lightwood.

– A ja kiedyś myślałem, że jestem fretką, ale okazało się, że to tylko zamroczenie opium – odparował Will. – Wiedziałeś, że ono właśnie tak działa? Bo ja nie.

– Na twoim miejscu zastanowiłbym się, czy żarty na temat opium są śmieszne albo stosowne, zważywszy na... sytuację twojego przyjaciela Carstairsa.

Will znieruchomiał, ale zapytał niezmienionym tonem:

– Masz na myśli jego słabość?

Gabriel zamrugał.

– Co?

– Tak to określiłeś w Instytucie. „Słabość". – Will odrzucił zakrwawioną szmatę. – I jeszcze się zastanawiasz, dlaczego nie jesteśmy przyjaciółmi.

– Po prostu się zastanawiałem, czy kiedykolwiek masz dosyć – rzekł Gabriel z większą powściągliwością.

– Dosyć czego?

– Zachowywania się w taki sposób.

Will skrzyżował ręce na piersi. W jego oczach pojawił się niebezpieczny błysk.

– Ja nigdy nie mam dość. Tak się składa, że właśnie to powiedziała twoja siostra, kiedy...

Drzwi powozu się otworzyły. Ze środka wystrzeliła ręka, chwyciła Willa za tył koszuli i wciągnęła go do środka. Thomas wyprostował się na koźle jak struna i chwycił wodze. Pojazd potoczył się z turkotem w noc, a osamotniony Gabriel odprowadził go wściekłym wzrokiem.

***

– Co sobie myślałeś? – Jem pchnął Willa na siedzenie naprzeciwko siebie i pokręcił głową. Jego srebrne oczy lśniły w półmroku. Ręka spoczywała lekko na głowie smoka wieńczącej laskę, która kiedyś należała do jego ojca i została wykonana w Pekinie przez człowieka wytwarzającego broń dla Nocnych Łowców. – Drażnić się w taki sposób z Gabrielem Lightwoodem... Dlaczego to robisz? Jaki w tym jest sens?

– Słyszałeś, co powiedział o tobie...

– Nie obchodzi mnie, co on o mnie mówi. Wszyscy tak myślą. On po prostu ma odwagę, żeby powiedzieć to na głos. – Jem pochylił się i oparł brodę na dłoni. – Wiesz, że nie mogę normalnie funkcjonować, kiedy ty tracisz instynkt samozachowawczy. W końcu musisz się nauczyć radzić sobie beze mnie.

Will jak zawsze zlekceważył wyrzuty przyjaciela.

– Gabriel Lightwood nie stanowi wielkiego zagrożenia.

– Więc o nim zapomnij. Jest jakiś szczególny powód, dla którego wciąż gryziesz wampiry?

Will dotknął zaschniętej krwi na nadgarstkach i uśmiechnął się lekko.

– Bo się tego nie spodziewają.

– Oczywiście, że nie. Wiedzą, co się z nami dzieje, kiedy spróbujemy ich krwi. Pewnie oczekują po tobie więcej rozsądku.

– I to oczekiwanie nigdy nie wychodzi im na dobre, nie sądzisz?

– Tobie również. – Jem spojrzał na przyjaciela. Tylko on jeden nigdy nie tracił przy nim opanowania. Cokolwiek Will zrobił, jego najbardziej skrajną reakcją była łagodna irytacja. – Co właściwie się tam stało? Czekaliśmy na sygnał...

– Cholerny Fosfor Henry'ego nie zadziałał. Zamiast spowodować błysk światła, podpalił zasłony.

Jem się zakrztusił.

Will spiorunował go wzrokiem.

– Naprawdę myślałeś, że nie wkroczymy, kiedy cały dom stanął w płomieniach? – zapytał James rozsądnie. – Równie dobrze mogli cię piec na rożnie.

– A Tessa, ta głupia istota, miała wyjść z Magnusem, ale nie chciała...

– Jej brat był przykuty kajdankami do krzesła – przypomniał Jem. – Nie jestem pewien, czy ja bym wyszedł w takiej sytuacji.

– Widzę, że nie chcesz mnie zrozumieć.

– Jeśli chodzi ci o to, że w pokoju była ładna dziewczyna, i to cię rozpraszało, bardzo dobrze cię zrozumiałem.

– Sądzisz, że jest ładna? – Will był zaskoczony. Przyjaciel rzadko wyrażał opinie w tego rodzaju sprawach.

– Tak. Ty też tak myślisz.

– Ja nie zwróciłem na to uwagi, naprawdę.

– Ale ja zwróciłem uwagę, że ty zwróciłeś uwagę. – Jem się uśmiechał.

Mimo trudów bitwy wyglądał dzisiaj zdrowo. Miał rumieńce na policzkach, a oczy były ciemnosrebrne. Bywało, że kiedy jego stan się pogarszał, nawet z nich odpływał kolor, tak że robiły się niemal białe z czarną kropką źrenicy pośrodku niczym plama sadzy na śniegu. Will przytrzymywał Jema, kiedy ten miotał się i krzyczał w obcym języku, a jego oczy wywracały się w głąb czaszki. Za każdym razem, kiedy tak się działo, Will myślał, że tym razem przyjaciel naprawdę umrze. Czasami się zastanawiał, co wtedy zrobi, ale nie potrafił sobie tego wyobrazić, tak jak nie potrafił spojrzeć wstecz i przypomnieć sobie, jak wyglądało jego życie, zanim przyszedł do Instytutu. Nie mógł za długo rozmyślać o jednym ani o drugim.

Ale były też chwile takie jak ta – kiedy patrzył na Jema i nie widział żadnych oznak choroby i zastanawiał się, jak to by było, gdyby przyjaciel nie umierał. Tych myśli też nie potrafił znieść. Miał w sobie straszne, czarne miejsce i właśnie stamtąd pochodził lęk i posępny głos, który mógł uciszyć tylko gniewem, ryzykiem i bólem.

– Will. – Głos Jema wdarł się w jego nieprzyjemne rozmyślania. – Słyszałeś choć jedno słowo z tego, co mówiłem przez ostatnie pięć minut?

– Niezupełnie.

– Nie musimy rozmawiać o Tessie, jeśli nie chcesz.

– Nie chodzi o Tessę. – To była prawda. Nie myślał o pannie Gray. Był naprawdę dobry w niemyśleniu o niej; wystarczyła do tego jedynie determinacja i praktyka. – Jeden z wampirów miał ludzkiego niewolnika, który się na mnie rzucił. Zabiłem go bez chwili wahania. Był tylko głupim chłopakiem, a ja go zabiłem.

– Był niewolnikiem – powiedział Jem. – Prędzej czy później zmieniłby się w wampira.

– Był tylko chłopcem – powtórzył Will i odwrócił się do okna, choć mógł zobaczyć jedynie odbicie własnej twarzy w szybie. – Zamierzam się upić, kiedy dojedziemy do domu. Chyba będę musiał.

– Nie – zaprotestował Jem. – Dobrze wiesz, co się stanie, kiedy wrócimy do domu.

Miał rację. Will spochmurniał.

***

W pierwszym powozie Tessa siedziała na wyściełanej ławce naprzeciwko Branwellów, którzy rozmawiali ściszonymi głosami o nocnych wydarzeniach. Sens ich słów ledwo do niej docierał. Zginęło tylko dwóch Nocnych Łowców, ale ucieczka de Quinceya była porażką. Charlotte obawiała się reakcji Enklawy. Mąż próbował ją uspokoić, ale pani Branwell wydawała się niepocieszona. Tessa martwiłaby się z jej powodu, gdyby miała energię, żeby w ogóle coś czuć.

Brat leżał na siedzeniu z głową na jej kolanach. Pochyliła się nad nim i pogłaskała jego zmierzwione włosy dłonią w rękawiczce.

– Nate – powiedziała cicho. – Już dobrze. Wszystko w porządku.

Rzęsy Nathaniela zatrzepotały, oczy się otworzyły. Brat uniósł rękę – paznokcie miał połamane, stawy spuchnięte i wykręcone – chwycił jej dłoń, splótł palce z jej palcami.

– Nie odchodź – wychrypiał i jego powieki znowu opadły. Najwyraźniej tracił i odzyskiwał świadomość, o ile w ogóle bywał przytomny. – Tessie, zostań.

Nikt inny tak jej nie nazywał. Tessa zamknęła oczy, walcząc ze łzami. Nie chciała, żeby jakikolwiek Nocny Łowca zobaczył, że ona płacze.

Rozdział dwunasty

Krew i woda

„U bram ogrodu, blada,
W wieńcu z nasennych ziół,
Stoi ta, co przykłada
Chłodne dłonie do czół;
Od ust miłości słodsze
Jej usta – i kto dotrze
Tu, ten się jej nie oprze,
Gdy smak ten będzie czuł".
– Algernon Charles Swinburne, *Ogród Persefony*
(Przełożył Stanisław Barańczak)

Kiedy dotarli do Instytutu, Sophie i Agatha czekały, stojąc z lampami w otwartych drzwiach. Gdy Tessa wysiadała z pojazdu, potknęła się ze zmęczenia. Była zaskoczona – i wdzięczna – kiedy Sophie podeszła, żeby pomóc jej wejść po schodach. Charlotte i Henry na pół wnieśli Nathaniela. Chwilę później powóz z Willem i Jemem wjechał z turkotem przez bramę i w chłodnym nocnym powietrzu rozbrzmiał powitalny okrzyk Thomasa.

Jessamine nie było nigdzie widać, co wcale nie zaskoczyło Tessy. Umieścili Nathaniela w pokoju podobnym do jej sypialni – takie same ciężkie meble z ciemnego drewna, wielkie łoże i szafa. Charlotte i Agatha położyły Nate'a do łóżka, a Tessa opadła na stojące przy nim krzesło, rozgorączkowana ze zmartwienia i wyczerpania. Otaczały ją ciche głosy, stosowne w pokoju chorego. Słyszała, jak Charlotte mówi coś o Cichych Braciach, a Henry o ognistych posłańcach czy listach. W pewnym momencie zjawiła się Sophie i namówiła Tessę do wypicia czegoś gorącego i słodko-gorzkiego, co sprawiło, że w jej żyły powoli wpłynęła energia. Wkrótce mogła usiąść i się rozejrzeć. Ze zdziwieniem stwierdziła, że oprócz niej i brata w pomieszczeniu nie ma nikogo. Wszyscy sobie poszli.

Spojrzała na Nathaniela. Leżał nieruchomo jak trup, z posiniaczoną twarzą i zmierzwionymi włosami rozrzuconymi na poduszce. Tessa przypomniała sobie z bólem, jak zawsze pięknie był ubrany, jak starannie wyszczotkowane i ułożone zawsze miał włosy, nieskazitelne buty i mankiety. Ten chłopak zupełnie nie przypominał jasnowłosego młodzieńca, który porywał siostrę do tańca i wirował z nią po pokoju, nucąc pod nosem z czystej radości życia.

Pochyliła się, żeby dokładniej przyjrzeć się jego twarzy, i kątem oka dostrzegła ruch. Odwróciła głowę i zobaczyła swoje odbicie w lustrze wiszącym na przeciwległej ścianie. W sukni Camille sprawiała wrażenie dziecka, które dla zabawy przebrało się za dorosłego. Była zbyt drobnej budowy jak na wyrafinowany styl lady Belcourt. Wyglądała jak dziecko... głupie dziecko. Nic dziwnego, że Will...

– Tessie? – Głos Nathaniela, słaby i drżący, wyrwał ją z rozmyślań. – Tessie, nie opuszczaj mnie. Chyba jestem chory.

– Nate. – Sięgnęła po jego rękę i ścisnęła ją w dłoniach. – Wszystko będzie dobrze. Posłali po doktorów...

– Kto? – Z jego gardła wydobył się cienki okrzyk. – Gdzie jesteśmy? Nie znam tego miejsca.

– To jest Instytut. Będziesz tutaj bezpieczny.

Nathaniel zamrugał. Pod oczami miał ciemne kręgi, niemal czarne, na wargach coś, co wyglądało na zaschniętą krew. Jego wzrok był rozbiegany.

– Nocni Łowcy. – Wyszeptał to słowo na wydechu. – Nie sądziłem, że naprawdę istnieją. Mistrz... – Tessa drgnęła – mówił, że oni są Prawem. Mówił, że należy się ich bać. Ale w tym świecie nie istnieje prawo. Nie ma kary, tylko zabijanie. – Podniósł głos. – Tessie, przepraszam... za wszystko...

– Mistrz? – powtórzyła Tessa. – Masz na myśl de Quinceya?

Nathaniel wydał zdławiony dźwięk, patrząc poza nią z wyrazem potwornego strachu na twarzy. Puściła jego rękę i odwróciła się, żeby zobaczyć, co go tak wystraszyło.

Do pokoju niemal bezszelestnie weszła pani Branwell. Nadal miała na sobie męskie ubranie, ale na wierzch zarzuciła staromodny długi płaszcz z podwójną klamrą przy szyi. Wyglądała na bardzo małą, między innymi dlatego, że za nią stał brat Enoch, rzucając duży cień na podłogę. Miał na sobie tę samą co wcześniej szatę w kolorze pergaminu, ale teraz jego laska była czarna, a jej główka wyrzeźbiona w kształt ciemnych skrzydeł. Kaptur miał podniesiony, twarz ukrytą w jego cieniu.

– Tesso, pamiętasz Brata Enocha – odezwała się Charlotte. – Jest tutaj, żeby pomóc Nathanielowi.

Nate chwycił Tessę za nadgarstek ze zwierzęcym wyciem przerażenia, a ona spojrzała na niego osłupiała.

– Co się stało?

– De Quincey mi o nich opowiadał – wykrztusił Nathaniel. – Gregori, Cisi Bracia. Potrafią zabić człowieka myślą. – Zadrżał i dodał szeptem: – Tesso, popatrz na jego twarz.

Podczas ich krótkiej rozmowy brat Enoch odrzucił kaptur. W jego oczodołach odbijało się magiczne światło – blask podkreślał czerwień szwów na ustach.

Charlotte zrobiła krok do przodu.

– Gdyby brat Enoch mógł zbadać pana Graya...

– Nie! – krzyknęła Tessa. Zerwała się z krzesła i stanęła między nim a dwójką intruzów. – Nie dotykajcie go.

Charlotte zatrzymała się ze zmartwioną miną.

– Cisi Bracia są naszymi najlepszymi uzdrowicielami. Bez brata Enocha Nathaniel... – Urwała. – Cóż, niewiele możemy dla niego zrobić.

Panno Gray.

Minęła chwila, zanim Tessa sobie uświadomiła, że jej nazwisko nie zostało wypowiedziane, tylko rozbrzmiało echem w jej głowie. Ta myśl była obca, nieprzyjazna... inna. Głos brata Enocha. Tak samo przemówił do niej pierwszego dnia w Instytucie, kiedy wychodził z jej pokoju.

Interesujące, panno Gary, że jest pani Podziemną, a pani brat nie. Jak to możliwe?

Tessa znieruchomiała.

– Pan... może pan to stwierdzić, tylko patrząc na niego?

– Tessie! – Nathaniel dźwignął się i oparł o poduszki. Twarz miał rozpaloną. – Co ty wyprawiasz? Rozmawiasz z Gregori? On jest niebezpieczny!

– Wszystko w porządku, Nate – zapewniła go Tessa, nie odrywając wzroku od brata Enocha. Powinna być przestraszona, ale tak naprawdę czuła tylko lekki zawód. – Ma pan na myśli to, że nie ma niczego niezwykłego w Nathanielu? – spytała cicho. – Niczego nadprzyrodzonego?

Nic zupełnie – odparł Cichy Brat.

Tessa nie zdawała sobie sprawy, jak bardzo pragnęła, żeby brat okazał się taki jak ona. Z powodu rozczarowania do jej głosu wkradły się ostre tony.

– Skoro pan tak dużo wie, może mi pan powie, kim ja jestem? Czarownicą?

Nie znam odpowiedzi na to pytanie. Są w pani rzeczy, które wskazują na pochodzenie od Dzieci Lilith, ale nie ma na pani znaku demona.

– Ja też to zauważyłam – odezwała się Charlotte, co oznaczało, że ona też słyszy głos brata Enocha. – Pomyślałam sobie, że panna Gray chyba nie jest czarownicą. Niektórzy ludzie rodzą się z pewną mocą, na przykład, ze Wzrokiem. Albo może mieć w sobie krew faerie...

Nie jest człowiekiem. Jest czymś innym. Przestudiuję tę kwestię. Może znajdę w archiwach jakieś wskazówki. Choć był bezoki, można było odnieść wrażenie, że brat Enoch przygląda się twarzy Tessy. *Wyczuwam w pani moc, której nie mają inni czarownicy.*

– Moc Zmiany.

Nie. Nie to miałem na myśli.

– Więc co? – zdziwiła się Tessa. – Co mogłabym...

Urwała raptownie, słysząc za sobą szamotaninę. Odwróciła się i zobaczyła, że Nathaniel uwolnił się od koców i do połowy zsunął się z łóżka, jakby próbował wstać. Twarz miał spoconą i śmiertelnie bladą. Ogarnęły ją wyrzuty sumienia. Zaaferowana tym, co mówił brat Enoch, zapomniała o własnym bracie.

Podbiegła teraz do niego i z pomocą Charlotte ułożyła go z powrotem na poduszkach. Naciągnęła na niego koce. Wydawało się, że Nathaniel jest w dużo gorszym stanie niż jeszcze chwilę wcześniej. Kiedy Tessa go przykrywała, chwycił ją za rękę. Miał dziki wzrok.

– On wie? – zapytał. – Wie, gdzie jestem?

– Kogo masz na myśli? De Quinceya?

– Tessie. – Ścisnął mocniej jej nadgarstek, przyciągnął ją do siebie i wyszeptał jej do ucha: – Wybacz mi. Mówił, że będziesz ich królową. Twierdził, że zamierzają mnie zabić. Nie chcę umierać, Tessie. Nie chcę umierać.

– Oczywiście, że nie – powiedziała Tessa kojącym tonem, ale Nate chyba jej nie słyszał. Jego oczy nagle zrobiły się białe.

– Trzymaj to z dala ode mnie! – zawył. – Trzymaj z dala ode mnie! – Odepchnął ją, zaczął miotać głową po poduszce. – Dobry Boże, nie pozwólcie temu mnie dotknąć!

Przerażona Tessa zabrała rękę i odwróciła się, ale zamiast Charlotte obok łóżka stał brat Enoch. Jego bezoka twarz była nieruchoma.

Musi mi pani pomóc przy bracie. Inaczej on umrze.

– O czym on bredzi? – spytała z rozpaczą Tessa. – Co mu jest?

Wampiry dały mu narkotyk, żeby go uspokoić, podczas gdy one będą piły jego krew. Jeśli się go nie wyleczy, narkotyk doprowadzi go do szaleństwa, a potem zabije. Już zaczynają się halucynacje.

– To nie moja wina! – zaczął wrzeszczeć Nathaniel. – Nie miałem wyboru! To nie moja wina!

Odwrócił twarz do Tessy, a ona z przerażeniem zobaczyła, że jego oczy zrobiły się teraz czarne, jak u insekta. Krzyknęła cicho i cofnęła się o krok.

– Pomóżcie mu. Proszę mu pomóc.

Chwyciła brata Enocha za rękaw i natychmiast tego pożałowała. Jego ramię było twarde jak marmur i zimne w dotyku.

Gwałtownie zabrała dłoń, ale Cichy Brat chyba nic nie zauważył. Minął ją i położył palce na czole chorego. Nathaniel opadł na poduszki, jego oczy się zamknęły.

Musi pani wyjść. Brat Enoch mówił, nie odwracając głowy od łóżka. *Pani obecność tylko opóźnia jego wyzdrowienie.*

– Ale Nate prosił mnie, żebym została...

Idź. Głos, który rozbrzmiał w głowie Tessy, był lodowaty.

Spojrzała na brata. Leżał nieruchomo, jego twarz się rozluźniła. Tessa odwróciła się do pani Branwell, żeby zaprotestować, Charlotte jednak odpowiedziała na jej niemą prośbę, lekko kręcąc głową. Jej oczy były pełne współczucia, ale nieustępliwe.

– Obiecuję, że cię powiadomię, gdy tylko stan twojego brata się zmieni – powiedziała.

Tessa przeniosła wzrok na Enocha. Cichy Brat otworzył sakiewkę wiszącą u boku, zaczął wyjmować z niej różne przedmioty i powoli, metodycznie ustawiać je na szafce obok łóżka: szklane fiolki z proszkami i płynami, pęki suszonych roślin, laski czarnej substancji przypominającej miękki węgiel.

– Jeśli coś się stanie Nate'owi, nigdy panu tego nie wybaczę – zapowiedziała. – Nigdy.

Równie dobrze mogłaby mówić do posągu. Brat Enoch nie zareagował nawet gestem.

Tessa wybiegła z pokoju.

***

Po półmroku panującym w sypialni chorego blask kinkietów oświetlających korytarz zakłuł ją w oczy. Oparła się o ścianę przy drzwiach, walcząc ze łzami. Już po raz drugi tego wieczoru omal się nie rozpłakała i była na siebie zła z tego powodu.

Zacisnęła prawą dłoń w pięść i uderzyła nią mocno w ścianę. Ból skuteczne przepędził łzy i rozjaśnił jej w głowie.

– Chyba zabolało.

Tessa się odwróciła i zobaczyła Jema, który nadszedł korytarzem cicho jak kot. Zdążył się przebrać. Miał teraz na sobie luźne czarne spodnie związane w pasie i białą koszulę zaledwie kilka odcieni jaśniejszą niż jego skóra. Jasne włosy były wilgotne i splotły się w pierścionki na skroniach i karku.

– Tak. – Tessa przytuliła dłoń do piersi.

– Twój brat wyzdrowieje? – zapytał Jem.

– Nie wiem. Jest u niego jeden z tych... mnichów.

– Brat Enoch. – Carstairs popatrzył na nią ze współczuciem. – Wiem, jak wyglądają Cisi Bracia, ale naprawdę są bardzo dobrymi lekarzami. Przywiązują wielką wagę do sztuki medycznej. Żyją długo i dużo wiedzą.

– Chyba nie warto żyć długo, jeśli się tak wygląda.

Kącik ust Jema drgnął.

– To chyba zależy od tego, po co się żyje. – Spojrzał na nią uważniej.

Patrzył tak, jakby potrafił przejrzeć ją na wylot. Ale nic, co zobaczył w drugim człowieku lub usłyszał, nie mogło go zdenerwować, zasmucić albo rozczarować, pomyślała Tessa.

– Wiesz, co powiedział brat Enoch? – spytała. – Że Nate nie jest taki jak ja. Że jest w pełni człowiekiem. Nie ma żadnych szczególnych mocy.

– I to cię zirytowało?

– Nie wiem. Z jednej strony nie życzyłabym jemu czy komukolwiek swojego daru. Z drugiej jednak, skoro nie jest taki jak ja, to oznacza, że nie całkiem jest moim bratem, a więc czyją ja jestem córką?

– Nie powinnaś się tym zadręczać. Z pewnością byłoby cudownie, gdybyśmy wszyscy dokładnie wiedzieli, kim jesteśmy. Jednakże ta wiedza nie pochodzi z zewnątrz, tylko z wewnątrz. „Poznaj siebie", mówi wyrocznia. – Jem uśmiechnął się szeroko. – Wybacz, że się wymądrzam, ale ja tylko mówię to, czego się nauczyłem z własnego doświadczenia.

– Ja nie znam siebie. – Tessa pokręciła głową. – Przykro mi. Po tym, jak walczyłeś u de Quinceya, pewnie myślisz, że jestem strasznym tchórzem. Płaczę, że mój brat nie jest potworem, a sama nie mam odwagi nim być.

– Nie jesteś potworem – zaprotestował Jem. – Ani tchórzem. Przeciwnie, byłem pod wrażeniem, kiedy strzeliłaś do de Quinceya. Z pewnością byś go zabiła, gdyby w pistolecie było więcej kul.

– Tak, myślę, że tak. Chciałam pozabijać ich wszystkich.

– Właśnie o to prosiła nas Camille. „Zabijcie ich wszystkich". Może odbierałaś jej emocje?

– Tyle że Camille nie miała powodu troszczyć się o Nate'a ani o to, co się z nim stanie, a właśnie wtedy poczułam największą żądzę mordu. Kiedy go zobaczyłam i uświadomiłam sobie, że zamierzali... – Urywanie zaczerpnęła tchu. – Nie mam pojęcia, ile w tym wszystkim było Camille, a ile mnie. I nie wiem nawet, czy dobrze jest żywić takie uczucia...

– Masz na myśli to, że dziewczyna nie powinna mieć takich uczuć? – zapytał Jem.

– Ktokolwiek. Nie wiem. Może chodziło mi o dziewczynę.

Wydawało się, że Jem patrzy poza nią, jakby próbował dojrzeć coś, co znajduje się na zewnątrz Instytutu.

– Kimkolwiek jesteś, mężczyzną czy kobietą, osobą silną czy słabą, zdrową czy chorą... wszystkie te rzeczy liczą się mniej niż to, co masz w sercu. Jeśli masz duszę wojownika, jesteś wojownikiem. Te inne rzeczy to szkło, które otacza lampę, a ty jesteś światłem w środku. – Uśmiechnął się z lekkim zakłopotaniem. – Właśnie w to wierzę.

Zanim Tessa zdążyła odpowiedzieć, drzwi się otworzyły i z sypialni wyszła Charlotte. Na pytające spojrzenie Tessy odpowiedziała znużonym skinieniem głowy.

– Brat Enoch bardzo pomógł twojemu bratu, ale zostało jeszcze dużo do zrobienia. Dopiero rano będziemy wiedzieli więcej. Proponuję, żebyś poszła spać, Tesso. Nie pomożesz Nathanielowi, doprowadzając się do stanu wyczerpania.

Dużym wysiłkiem woli Tessa zmusiła się do tego, żeby skinąć głową, nie zarzucając Charlotte gradem pytań, na które i tak nie dostałaby odpowiedzi.

– Jem. – Pani Branwell przeniosła wzrok na Nocnego Łowcę. – Mogę z tobą chwilę porozmawiać? Odprowadzisz mnie do biblioteki?

– Oczywiście. – Jem uśmiechnął się do Tessy i ukłonił. – A zatem do jutra.

Gdy tylko zniknęli za rogiem, Tessa sięgnęła do klamki, ale okazało się, że drzwi sypialni Nate'a są zamknięte na klucz. Z westchnieniem ruszyła korytarzem. Może Charlotte ma rację. Może powinna trochę się przespać.

W połowie drogi usłyszała jakiś hałas. Trzasnęły drzwi i w holu nagle pojawiła się Sophie z żeliwnymi wiadrami w obu rękach. Wyglądała na wściekłą.

– Jego Wysokość jest dzisiaj w wyjątkowo dobrym humorze – oznajmiła na jej widok. – Rzucił kubłem w moją głowę.

– Kto? – spytała Tessa i po chwili zrozumiała. – Och, masz na myśli Willa. Wszystko z nim w porządku?

– Na tyle w porządku, żeby rzucać wiadrami – odparła ze złością Sophie. – I brzydko mnie wyzywać. Nawet nie wiem, co to znaczy. Myślę, że to było francusku. – Zacisnęła wargi. – Lepiej pobiegnę po panią Branwell. Może ona go zmusi, żeby zażył lekarstwo, bo ja nie potrafię.

– Lekarstwo?

– Musi to wypić. – Sophie pokazała jej kubełek. Jego zawartość wyglądała na zwykłą wodę. – Musi. Bo inaczej wolę nie mówić, co się stanie.

– Ja go zmuszę – oświadczyła Tessa pod wpływem szalonego impulsu. – Gdzie on jest?

– Na górze. Na poddaszu. Ale nie robiłabym tego na miejscu panienki. W takim stanie on potrafi być bardzo nieprzyjemny.

– Nieważne – powiedziała Tessa i sięgnęła po wiadro.

Sophie oddała je z ulgą i lękiem. Wypełniony po brzegi wodą kubeł okazał się zaskakująco ciężki.

– Will Herondale musi się nauczyć zażywać lekarstwo jak mężczyzna – dodała Tessa i otworzyła drzwi prowadzące na poddasze.

Mina Sophie wyraźnie mówiła, że panna Gray postradała rozum.

Za drzwiami znajdowały się wąskie schody biegnące w górę. Idąc po nich, Tessa trzymała wiaderko przed sobą, a że było pełne, woda wychlapywała się z niego na jej suknię. Zanim dotarła na szczyt, dyszała i miała gęsią skórkę.

Na górze nie było kolejnych drzwi. Schody kończyły się w ogromnym pomieszczeniu bez mebli, o dachu tak spadzistym, że odnosiło się wrażenie, że sufit znajduje się bardzo nisko. Tuż nad głową Tessy przez całą jego długość biegły krokwie. Bardzo nisko na ścianach, w równych odstępach, znajdowały się kwadratowe okna, przez które wpadało blade, szarawe światło poranka. Podłoga była zrobiona z nagich wypolerowanych desek. Jeszcze węższe schody prowadziły do zamkniętej klapy w suficie.

Na środku poddasza leżał Will, na plecach, bosy. Otaczała go cała bateria wiaderek, a deski wokół niego były mokre. Woda płynęła po nich strużkami i zbierała się w nierównościach podłogi. Jej część była zabarwiona na różowo.

Will zasłaniał oczy ramieniem. Nie leżał nieruchomo, tylko wiercił się niespokojnie, jakby go coś bolało. Kiedy Tessa się zbliżyła, cichym głosem powiedział coś, co zabrzmiało jak: „Cecily". Tak, wymówił imię Cecily.

– Z kim rozmawiasz? – zapytała.

– Wróciłaś, Sophie? – burknął Will, nie unosząc głowy. – Mówiłem ci, że jeśli przyniesiesz mi jeszcze jeden z tych cholernych kubełków...

– To ja, Tessa.

Przez chwilę Will milczał i się nie poruszał, nie licząc opadania i unoszenia się klatki piersiowej przy oddechu. Miał na sobie ciemne spodnie i białą koszulę, mokre tak jak podłoga wokół niego. Przemoczona tkanina oblepiała ciało, czarne włosy kleiły się do głowy jak mokre płótno. Musiał marznąć.

– Przysłali cię? – spytał w końcu.

– Tak – powiedziała Tessa, choć to niezupełnie była prawda.

Will rozchylił powieki i odwrócił głowę w jej stronę. Nawet w półmroku Tessa dostrzegła intensywny kolor jego oczu.

– Dobrze, więc zostaw wodę i idź.

Tessa spojrzała na kubełek. Z jakiegoś powodu jej ręce nie chciały puścić metalowej rączki.

– Co to jest? Co właściwie ci przyniosłam?

– Nie powiedzieli ci? – zdziwił się Will. – To woda święcona. Wypala truciznę, która jest we mnie.

Tessa zamrugała.

– Masz na myśli...

– Wciąż zapominam, że nic nie wiesz – stwierdził Will. – Pamiętasz, jak ugryzłem de Quinceya? Połknąłem trochę jego krwi. Niewiele, ale nie trzeba jej dużo.

– Do czego?

– Żeby zmienić się w wampira.

Tessa omal nie upuściła kubełka.

– Zmieniasz się w wampira?

Will oparł się na łokciu i wyszczerzył zęby.

– Nie bój się. Trzeba dni, żeby dokonała się transformacja, a i tak musiałbym najpierw umrzeć. Ta odrobina krwi sprawia, że nieodparcie ciągnie mnie do wampirów, w nadziei że uczynią mnie jednym z nich. Tak jak ich ludzkich niewolników.

– A woda święcona...

– Przeciwdziała skutkom połknięcia krwi. Muszę wciąż ją pić, aż robi mi się od niej niedobrze. Wymiotuję krwią.

– Dobry Boże. – Tessa podsunęła mu wiaderko. – Chyba lepiej ci je dam.

– Chyba tak.

Will usiadł i wziął od niej kubełek. Łypnął z niechęcią na zawartość, po czym podniósł go do ust. Po kilku łykach skrzywił się i resztę wody wylał sobie na głowę. Puste wiaderko cisnął na bok.

– Pomaga? – zapytała Tessa, szczerze zaciekawiona. – Polewanie się wodą?

Will wydał z siebie zduszony dźwięk podobny do śmiechu.

– Te twoje pytania... – Potrząsnął głową, a kropelki wody spadły z jego włosów na ubranie Tessy.

Mokra biała koszula Nocnego Łowcy zrobiła się przezroczysta, tak że wyraźnie rysowały się pod nią twarde mięśnie, kości obojczyka, Znaki jak czarne płomienie. Tessa przełknęła ślinę.

– Od krwi wampira mam gorączkę, piecze mnie skóra. Nie mogę się ochłodzić. Ale tak, woda pomaga.

Tessa tylko mu się przyglądała. Kiedy wszedł do jej pokoju w Mrocznym Domu, pomyślała, że jest najpiękniejszym chłopcem, jakiego w życiu widziała, ale teraz uświadomiła sobie, że jeszcze nigdy na żadnego chłopca nie patrzyła w taki sposób. Od samego patrzenia dostawała rumieńców i czuła ucisk w piersi. A najbardziej ze wszystkiego pragnęła go dotknąć, sprawdzić, czy jego ramiona są tak twarde, jak na to wyglądają, czy zgrubiałe dłonie są szorstkie, a mokre włosy miękkie. Chciała przyłożyć policzek do jego policzka, poczuć, jak jego rzęsy muskają jej skórę. Takie długie rzęsy...

– Will. – Własny głos zabrzmiał cienko w uszach Tessy. – Chcę cię zapytać...

Podniósł na nią wzrok. Jego rzęsy pozlepiały się od wody.

– O co?

– Zachowujesz się, jakby na niczym ci nie zależało – wyrzuciła z siebie jednym tchem. Miała wrażenie, jakby się wspięła na wzgórze, a teraz zbiegała z niego po drugiej stronie i nie mogła się zatrzymać. – Ale wszystkim na czymś zależy, prawda?

– Tak? – mruknął Will. Kiedy nie odpowiedziała, podparł się z tyłu rękami. – Podejdź i usiądź przy mnie, Tesso.

Posłuchała go, choć podłoga była zimna i mokra. Skromnie zebrała wokół siebie spódnice, tak że wystawały spod nich tylko czubki butów. Spojrzała na Willa. Ich twarze znajdowały się blisko siebie. W szarym świetle profil Nocnego Łowcy był ostro zarysowany, tylko usta miały odrobinę miękkości.

– Nigdy się nie śmiejesz – stwierdziła. – Zachowujesz się, jakby wszystko cię bawiło, ale nigdy się nie śmiejesz. Czasami tylko się uśmiechasz, kiedy sądzisz, że nikt nie patrzy.

Will milczał przez chwilę.

– Ty doprowadzasz mnie do śmiechu – powiedział w końcu niechętnie. – Od chwili, kiedy uderzyłaś mnie butelką.

– To był dzbanek – poprawiła go odruchowo.

Jego usta wykrzywiły się w kącikach.

– Nie wspominając o tym, że zawsze mnie poprawiasz z tą zabawną miną. I pamiętam, jak krzyczałaś na Gabriela Lightwooda. I nawet to, jak rozmawiałaś z de Quinceyem. Sprawiasz, że...

Urwał, patrząc na nią, a ona zastanawiała się, czy widać po niej, jak się czuje. Że jest oszołomiona i brak jej tchu.

– Pokaż mi dłonie – poprosił nagle.

Podała mu ręce, ale sama nie mogła oderwać wzroku od jego twarzy.

– Nadal masz krew na rękawiczkach – zauważył.

Tessa spojrzała w dół na skórzane białe rękawiczki Camille, których jeszcze nie zdążyła zdjąć. Rzeczywiście były poplamione krwią, brudne i postrzępione na palcach od mocowania się z kajdankami Nathaniela.

– Och – bąknęła.

Chciała zabrać ręce, ale Will puścił tylko jej lewą dłoń. Prawą nadal lekko trzymał nadgarstek dziewczyny. Na prawym palcu wskazującym nosił ciężki srebrny pierścień, z wygrawerowanym delikatnym wzorem z ptaków w locie. Głowę miał pochyloną, wilgotne włosy opadały mu na czoło, tak że nie widziała jego twarzy. Przesunął opuszkami po jej rękawiczce. Cztery perłowe guziki rozpięły się, jego kciuk dotknął skóry nadgarstka, gdzie pulsowały niebieskie żyły.

Tessa omal nie wyskoczyła ze skóry.

– Will!

– Słucham, Tesso.

Nadal głaskał wewnętrzną stronę nadgarstka, a jego dotyk powodował rozkoszne doznania. Kiedy się odezwała, drżał jej głos.

– Ja... chcę cię zrozumieć.

Spojrzał na nią spod rzęs.

– Czy to naprawdę konieczne?

– Nie wiem. Nie jestem pewna, czy w ogóle ktoś cię rozumie, może oprócz Jema.

– Jem mnie nie rozumie, tylko kocha... jak brat – powiedział Will. – To nie to samo.

– Nie chcesz, żeby cię rozumiał?

– Dobry Boże, nie. Dlaczego miałby znać powody mojego zachowania?

– Może po prostu chciałby wiedzieć, że istnieje taki powód – podsunęła Tessa.

– A czy to ma znaczenie? – spytał cicho Will i szybkim ruchem zsunął rękawiczkę z jej dłoni. Chłodne powietrze było szokiem dla nagiej skóry palców. Po ciele Tessy przebiegł dreszcz, jakby nagle stanęła bez ubrania na mrozie. – Czy powody mają znaczenie, kiedy i tak nic nie można zmienić?

Tessa przez chwilę zastanawiała się nad odpowiedzią, ale żadna nie przyszła jej do głowy. Zresztą drżała zbyt mocno, żeby mówić.

– Zimno ci? – Will splótł palce z jej palcami i przytulił jej dłoń do swojego rozpalonego policzka. – Tess.

Głos miał zachrypnięty. Tessa pochyliła się ku niemu jak drzewo o gałęziach ciężkich od śniegu. Czuła wielką tęsknotę. Miała wrażenie, że w jej wnętrzu zieje straszliwa pustka. Widziała najdrobniejsze szczegóły: słabe niebieskie lśnienie pod na wpół zamkniętymi powiekami Willa, cień zarostu na szczęce, drobne białe blizny na ramionach i szyi... a przede wszystkim jego usta, ich półksiężycowy kształt, niewielkie wgłębienie w dolnej wardze. Kiedy się nachylił i musnął nimi jej wargi, objęła go, jakby się bała utonąć.

Przez chwilę ich usta przywierały do siebie. Wolną rękę Will wplótł w jej włosy. Tessa głośno wciągnęła powietrze, kiedy ją objął. Zamiotła spódnicami podłogę, gdy przyciągnął ją mocno do siebie. Położyła lekko dłonie na jego karku. Skóra Willa aż parzyła. Przez cienki mokry materiał koszuli Tessa czuła mięśnie ramion, twarde i gładkie. Jego palce odnalazły klamerkę do włosów i ją pociągnęły. Włosy rozsypały się po ramionach, spinka z brzękiem upadła na podłogę. Tessa wydała cichy okrzyk zaskoczenia, z ustami przy jego ustach. Nagle, bez ostrzeżenia, Will odepchnął ją od siebie tak mocno, że omal nie przewróciła się do tyłu. Niezdarnie oparła się rękami o podłogę za sobą.

Siedziała z włosami otaczającymi ją jak kurtyna i patrzyła na niego ze zdumieniem. Will klęczał, jego pierś unosiła się i opadała szybko jak po długim biegu. Był blady, nie licząc dwóch czerwonych plam na policzkach.

– Boże! – wyszeptał. – Co to było?

Tessa poczuła, że jej twarz robi się szkarłatna. Czy to nie Will powinien wiedzieć, co się stało, i czy to nie ona powinna go odepchnąć?

– Nie mogę. – Ręce miał zaciśnięte w pięści po bokach. Widać było, że drżą. – Tesso, lepiej będzie, jak już pójdziesz.

– Mam iść? – W głowie miała zamęt. Czuła się, jakby raptem wyrzucono ją z ciepłego, bezpiecznego miejsca w zimną, pustą ciemność. – Ja... nie powinnam być taka śmiała, przepraszam...

Po jego twarzy przemknął wyraz bólu.

– Boże, Tesso. – Zdawało się, że z trudem wydobywa z siebie słowa. – Proszę. Po prostu idź. Nie możesz tu zostać. To niemożliwe.

– Will, proszę...

– Nie. – Oderwał od niej wzrok i wbił go w podłogę. – Jutro powiem ci wszystko, co chcesz wiedzieć. Wszystko. A teraz zostaw mnie samego. – Głos mu się rwał. – Tesso, błagam. Rozumiesz? Błagam cię. Wyjdź, proszę.

– Dobrze – powiedziała Tessa.

Ze zdumieniem i bólem zobaczyła, że napięcie znika z jego ramion. Czy jej obecność była aż taką straszną rzeczą, a odejście taką wielką ulgą? Wstała z podłogi. Suknię miała mokrą, zimną i ciężką. Omal nie pośliznęła się na mokrych deskach. Will nie poruszył się ani nie uniósł wzroku, tylko klęczał i wpatrywał się w podłogę, kiedy Tessa, nie oglądając się, szła przez pokój do schodów.

***

Jakiś czas później leżała w łóżku w swoim pokoju oświetlonym bladą poświatą londyńskiego wschodu słońca, zbyt wyczerpana, żeby zdjąć ubranie, a nawet, żeby zasnąć. To był dzień nowych przeżyć. Pierwszy raz użyła swojej mocy zgodnie z własną wolą i dobrze się czuła się z tego powodu. Po raz pierwszy strzelała z pistoletu. I po raz pierwszy się całowała, o czym marzyła przez lata.

Przekręciła się na bok i ukryła twarz w poduszce. Przez tyle lat wyobrażała sobie tę chwilę. Zastanawiała się, czy on będzie przystojny, czy będzie ją kochał, czy będzie dla niej dobry. Nie przypuszczała, że pocałunek okaże się taki krótki, rozpaczliwy i dziki. Ani że będzie smakował wodą święconą. Święconą wodą i krwią.

Rozdział trzynasty

Coś mrocznego

„Czasami mniej jesteśmy nieszczęśliwi, kiedy kochana osoba nas oszukuje, niż kiedy nam otworzy oczy".
– François La Rochefoucauld, *Maksymy*

Tessa obudziła się w chwili, gdy pokojówka zapaliła lampę przy jej łóżku. Z jękiem zakryła oczy.

– No, panienko – odezwała się Sophie ze zwykłą energią. – Wzięła panienka i przespała cały dzień. Już po ósmej wieczorem i pani Branwell kazała mi panienkę obudzić.

– Po ósmej? Wieczorem?

Tessa odrzuciła koce i ze zdziwieniem stwierdziła, że nadal ma na sobie suknię Camille, i to nie dość, że brudną, to jeszcze teraz pomiętą. Musiała paść na łóżko w ubraniu. Wspomnienia poprzedniej nocy zalały jej umysł: białe twarze wampirów, płomienie liżące zasłony, roześmiany Magnus Bane, de Quincey, Nathaniel, Will. O, Boże, pomyślała. Will.

Odepchnęła od siebie tę myśl i usiadła. Z niepokojem spojrzała na Sophie.

– Mój brat. Czy on...

Pokojówka uśmiechnęła się niepewnie.

– Nie jest gorzej ani lepiej. – Widząc minę Tessy, dodała: – Gorąca kąpiel i jedzenie, oto czego panienka potrzebuje. Bratu się nie poprawi od tego, że panienka będzie głodować i zarastać brudem.

Tessa spojrzała na siebie. Suknia Camille była całkowicie zniszczona: podarta, umazana sadzą i poplamiona krwią w wielu miejscach. Jedwabne pończochy były w strzępach, stopy brudne, ręce również. O stanie włosów wolała nie myśleć.

– Chyba masz rację – przyznała.

W kącie pokoju, ukryta za japońskim parawanem, stała owalna wanna na łapach. Gorąca woda, którą napełniła ją Sophie, już zaczynała stygnąć. Tessa weszła za parawan, rozebrała się i zanurzyła w kąpieli. Woda sięgnęła jej do ramion. Przez chwilę Tessa siedziała bez ruchu, pozwalając, żeby ciepło dotarło do jej zmarzniętych kości. Powoli zaczęła się odprężać, zamknęła oczy...

Zalały ją wspomnienia. Will na poddaszu. Sposób, w jaki dotykał jej ręki. W jaki ją całował, a potem odepchnął.

Zanurzyła się pod wodę, jakby tam mogła się ukryć przed upokarzającym przeżyciem. Nie podziałało. Utonięcie nic ci nie pomoże, zbeształa siebie surowo. Natomiast utopienie Willa... Usiadła i sięgnęła po lawendowe mydło leżące na brzegu wanny. Wyszorowała ciało i włosy, aż woda zrobiła się czarna od sadzy. Może nie da się szorowaniem pozbyć niechcianych myśli, ale co szkodzi spróbować.

Sophie już czekała na nią z kanapkami i herbatą, ale najpierw pomogła jej ubrać się w żółtą suknię ozdobioną czarną koronką. Tessa nie przepadała za wymyślnymi strojami, ale Jessamine bardzo spodobał się w sklepie ten wzór. „Ja nie mogę nosić tego koloru, ale żółty pasuje do kasztanowych włosów jak twoje", powiedziała.

Dotyk szczotki na włosach działał kojąco. Przypominał jej czasy, gdy była małą dziewczynką i ciotka Harriet ją czesała. Kiedy Sophie się odezwała, Tessa lekko drgnęła, jak wyrwana z letargu.

– Udało się panience wczoraj zmusić pana Herondale'a, żeby zażył lekarstwo?

– Och, ja... – Tessa próbowała się opanować, ale szkarłat już wypełzł na jej szyję i twarz. – Nie chciał, ale w końcu go przekonałam.

– Rozumiem. – Wyraz twarzy pokojówki się nie zmienił, ale rytmiczne pociągnięcia szczotki stały się szybsze. – Wiem, że to nie moja sprawa, ale...

– Sophie, możesz naprawdę mówić mi wszystko, co chcesz.

– Chodzi o to, że... pan Will nie jest kimś, na kim powinno panience zależeć – wyrzuciła z siebie służąca jednym tchem. – Nie można mu ufać ani na nim polegać. On... on nie jest taki, jak panienka myśli.

Tessa splotła dłonie na kolanach. Miała mgliste wrażenie nierealności. Czyżby sprawy rzeczywiście zaszły tak daleko, że trzeba ją było ostrzegać przed Willem? Ale dobrze, że mogła z kimś o nim porozmawiać. Czuła się trochę tak, jakby po długim głodowaniu dostała jedzenie.

– Nie wiem, co o nim sądzę, Sophie. Potrafi zmienić się w jednej chwili, jak wiatr, a ja nie wiem dlaczego ani co się stało...

– Nic się nie stało. On po prostu nie troszczy się o nikogo oprócz siebie.

– Troszczy się o Jema – stwierdziła cicho Tessa.

Szczotka znieruchomiała. Sophie najwyraźniej chciała coś powiedzieć, ale zmilczała?

Po chwili szczotka znowu zaczęła się poruszać.

– To za mało – mruknęła służąca.

– Masz na myśli to, że nie powinnam tracić głowy dla chłopca, który nigdy mnie nie pokocha...

– Nie! – zaprotestowała Sophie. – Są gorsze rzeczy. Można kochać kogoś bez wzajemności, dopóki jest wart uczucia. Dopóki zasługuje na miłość.

Zaskoczona pasją w jej głosie Tessa odwróciła się, żeby na nią spojrzeć.

– Sophie, kochasz kogoś? Thomasa?

Pokojówka zrobiła zdumioną minę.

– Thomasa? Skąd panience przyszedł do głowy taki pomysł?

– Bo sądzę, że on cię kocha – odparła Tessa. – Widziałam, jak na ciebie patrzy, kiedy jesteś w pokoju. Myślałam, że...

Zawiesiła głos, widząc osłupienie Sophie.

– Thomas? Nie, to niemożliwe. On na pewno tak o mnie nie myśli.

Tessa nic nie powiedziała. Najwyraźniej Sophie nie odwzajemniała uczuć, które, być może, żywił do niej Thomas. Pozostawał więc tylko...

– Will? Kiedyś zależało ci na Willu? – Zważywszy na to, jak William Herondale traktował dziewczęta, które mu się podobały, jej gorycz i niechęć byłyby całkiem zrozumiałe.

– Will? – Sophie wyglądała na przerażoną. Aż zapomniała o właściwym tytułowaniu Nocnego Łowcy. – Pyta mnie panienka, czy kiedyś go kochałam?

– Cóż, myślałam... to znaczy, on jest strasznie przystojny. – Tessa stwierdziła, że zabrzmiało to dość słabo.

– Sam wygląd nie wystarczy, żeby kogoś pokochać. Mój ostatni pracodawca... – przy tych słowach Sophie na chwilę zapomniała o starannej wymowie – często jeździł na safari do Afryki i Indii. Strzelał tam do tygrysów i innych zwierząt. Opowiadał mi, że jadowitego węża można poznać po tym, że ma ładne, wyraźne wzory na skórze. Im jest ładniejszy, tym bardziej niebezpieczny. Taki też jest panicz Will. Pod piękną twarzą i całą resztą kryje się zepsute wnętrze.

– Sophie, nie wiem...

– Jest w nim coś mrocznego – dodała pokojówka. – On coś ukrywa. Ma jakiś sekret z tych, co to zżerają człowieka od środka. – Odłożyła szczotkę na toaletkę. Ręka jej drżała.- Niech panienka zapamięta moje słowa.

***

Kiedy Tessa została sama, wzięła z szafki przy łóżku mechanicznego aniołka i założyła go na szyję. Gdy zawisł na jej dekolcie, od razu się uspokoiła. Brakowało jej go, kiedy była przebrana za Camille. Jego obecność dodawała otuchy. Choć to głupie, Tessa pomyślała, że jeśli odwiedzi z nim Nathaniela, on też może poczuje się lepiej.

Dotykała go, zamykając za sobą drzwi sypialni i idąc korytarzem. Zapukała cicho do drzwi brata. Gdy nie usłyszała odpowiedzi, chwyciła za gałkę. W pokoju panował półmrok, zasłony były zaciągnięte. Tessa zobaczyła, że Nate śpi oparty plecami o stos poduszek. Jedną rękę zarzucił na czoło, policzki miał rozpalone od gorączki.

Ale nie był sam. W fotelu przy łóżku siedziała panna Lovelace z otwartą książką na kolanach. Na zdziwione spojrzenie Tessy odpowiedziała chłodnym, spokojnym wzrokiem.

– Ja... – zaczęła Tessa. – Co tutaj robisz?

– Pomyślałam, że trochę poczytam twojemu bratu – odparła Jessamine. – Wszyscy spali przez pół dnia i strasznie go zaniedbali. Tylko Sophie do niego zajrzała, a na nią nie można liczyć, jeśli chodzi o porządną konwersację.

– Nate nie potrzebuje konwersacji. Jest nieprzytomny.

– Nie możesz być tego pewna – oświadczyła Jessamine. – Słyszałam, że ludzie słyszą, co się do nich mówi, nawet jeśli nie są całkiem przytomni. Albo nawet kiedy są martwi.

– On nie jest martwy.

– Oczywiście, że nie. – Jessamine popatrzyła na śpiącego. – Jest zbyt przystojny, żeby umrzeć. Ma żonę, Tesso? A może w Nowym Jorku czeka na niego jakaś dziewczyna?

– Na Nate'a? – Tessa wytrzeszczyła oczy. Wokół jej brata zawsze kręciły się jakieś kobiety, ale on był niestały jak motyl fruwający z kwiatka na kwiatek. – Naprawdę, teraz nie pora, żeby...

– On wyzdrowieje – powiedziała z przekonaniem Jessamine. – A wtedy się dowie, że to ja go pielęgnowałam. Mężczyźni zawsze zakochują się w kobiecie, która dba o nich w czasie choroby. – Widząc przerażone spojrzenie Tessy, spochmurniała. – O co chodzi? Nie jestem dość dobra dla twojego cennego braciszka?

– On nie ma pieniędzy, Jessie...

– Ja mam pieniądze dla nas obojga. Po prostu potrzebuję kogoś, kto mnie stąd zabierze. Już ci to mówiłam.

– Pytałaś mnie, czy ja bym tego nie zrobiła.

– Czy to właśnie ci przeszkadza? – zapytała Jessamine. – Doprawdy, Tesso, jako szwagierki nadal możemy być najlepszymi przyjaciółkami, ale w tego rodzaju sprawach mężczyzna zawsze jest lepszy od kobiety, nie uważasz?

Tessie nie przyszła do głowy żadna odpowiedź.

Jessamine wzruszyła ramionami.

– A tak przy okazji, Charlotte chce cię widzieć. Miałam ci przekazać, że czeka w bawialni. Nie musisz się martwić o Nathaniela. Co kwadrans mierzę mu temperaturę i kładę na czoło zimne kompresy.

Tessa nie wiedziała, czy ma jej wierzyć, ale ponieważ Jessamine najwyraźniej nie zamierzała zrezygnować z czuwania przy łóżku Nathaniela, odwróciła się z ciężkim westchnieniem i wyszła z pokoju.

Drzwi bawialni były lekko uchylone. Ze środka dobiegały głosy. Tessa już miała zapukać, kiedy nagle usłyszała swoje imię. Zamarła z uniesioną ręką.

– To nie londyński szpital – mówił podniesionym głosem Will. – Brata Tessy nie powinno tu być! Nie jest Podziemnym, tylko głupim Przyziemnym, który wplątał się w coś, z czym nie umiał sobie poradzić...

– Przyziemni lekarze nie potrafią go wyleczyć – odparła Charlotte. – Bądź rozsądny, Will.

– On już wie o Podziemnym Świecie. – Spokojny głos należał do Jema. – Może nawet mieć ważne informacje, których my nie mamy. Mortmain twierdzi, że Nathaniel pracował dla de Quinceya. Może coś wiedzieć o jego planach, o automatach, o całej tej historii z Mistrzem. Przecież de Quincey chciał go zabić. Może dlatego, że Nathaniel za dużo wie.

W pokoju zapadła długa cisza.

– Możemy wezwać Cichych Braci – odezwał się w końcu Will. – Oni przeszukają jego umysł. Nie musimy czekać, aż się obudzi.

– Wiesz, że to delikatny proces, jeśli chodzi o Przyziemnych – zaprotestowała Charlotte. – Brat Enoch stwierdził, że gorączka spowodowała halucynacje u pana Graya. Nie da się określić, co w jego umyśle jest prawdą, a co gorączkowym majaczeniem. W każdym razie, bez uszkodzenia mózgu, być może trwałego.

– Wątpię, żeby jeszcze bardziej można go uszkodzić. – W tonie Willa brzmiała pogarda.

Żołądek Tessy skurczył się z gniewu.

– Nic nie wiesz o tym człowieku – powiedział chłodniejszym tonem Jem. – Nie mam pojęcia, co cię wpędza w ten nastrój, Will, ale takie zachowanie nie przynosi ci zaszczytu.

– A ja wiem – oświadczyła Charlotte.

– Tak? – mruknął Will.

– Poprzednia noc wytrąciła cię z równowagi tak jak i mnie. Mieliśmy tylko dwie ofiary śmiertelne, to prawda, ale ucieczka de Quinceya nie wpłynęła dobrze na nasze morale. To był mój plan. Ja go narzuciłam Enklawie i teraz wszyscy będą mnie winić za wszystko, co poszło źle. Nie wspominając o tym, że lady Belcourt musiała się ukryć, ponieważ nie mamy pojęcia, gdzie jest de Quincey, który pewnie już wyznaczył cenę za jej głowę. I oczywiście Magnus Bane jest na nas wściekły, że Camille zniknęła. Tak więc nasz najlepszy informator i nasz najlepszy czarownik są na razie dla nas straceni.

– Ale powstrzymaliśmy de Quinceya przed zabiciem brata Tessy i kto wie ilu jeszcze Przyziemnych – zauważył Jem. – To powinno coś znaczyć. Benedict Lightwood nie chciał z początku uwierzyć w zdradę de Quinceya. Teraz widzi, że miałaś rację.

– Co tylko jeszcze bardziej go rozgniewa – skwitowała Charlotte.

– Może – przyznał Will. – I możliwe, że gdybyś nie nalegała na wykorzystanie jednego z niedorzecznych wynalazków

Henry'ego, nie prowadzilibyśmy teraz tej rozmowy. Mów co chcesz, ale powodem, dla którego wszystko poszło źle zeszłej nocy, jest to, że nie zadziałał Fosfor. Wszystko, co wymyśli Henry, nie działa. Gdybyś po prostu przyznała, że twój mąż jest bezużytecznym głupcem, byłoby lepiej dla nas wszystkich.

– Will! – syknął Jem.

– Nie, James. – Głos pani Branwell drżał. – Henry jest dobrym, miłym człowiekiem i kocha cię, Williamie.

– Nie bądź ckliwa, Charlotte – rzucił kpiącym tonem Herondale.

– On cię zna od dziecka. Troszczy się o ciebie, jakbyś był jego młodszym bratem. Ja też zawsze cię kochałam, Will...

– To prawda, ale wolałbym, żebyś nie kochała.

Charlotte wydała zduszony jęk.

– Wiem, że nie mówisz tego poważnie.

– Zawsze mówię poważnie – odparł Will. – Zwłaszcza kiedy radzę, żeby już teraz przeszukać umysł Nathaniela, a nie później. Jeśli jesteś zbyt sentymentalna, żeby to zrobić...

Tego było już za wiele dla Tessy. Gwałtownie otworzyła drzwi i wmaszerowała do pokoju. Bawialnię rozjaśniał huczący ogień, ponieważ nikłe światło pochmurnego zmierzchu jedynie zabarwiało szyby na ciemnoszaro. Charlotte siedziała za dużym biurkiem, Jem na krześle obok niej, natomiast Will stał oparty o kominek. Był czerwony z gniewu, jego oczy płonęły, kołnierzyk koszuli miał przekrzywiony. Gdy zobaczył Tessę, na jego twarzy odmalowało się czyste zdumienie. Wszelka nadzieja, że może w magiczny sposób zapomniał, co się wydarzyło na poddaszu, prysła jak bańka mydlana, kiedy zarumienił się na jej widok, a jego niebieskie oczy pociemniały. Szybko odwrócił wzrok, jakby nie mógł znieść jej spojrzenia.

– Podsłuchiwałaś? – rzucił drwiąco. – I teraz zamierzasz podzielić się ze mną swoją opinią na temat twojego drogocennego brata?

– Przynajmniej mam jakąś opinię, w przeciwieństwie do Nathaniela, który twoim zdaniem nie grzeszy rozumem – odparowała Tessa i zwróciła się do Charlotte. – Nie pozwolę, żeby brat Enoch grzebał w umyśle mojego brata. Nate jest bardzo chory, więc to pewnie by go zabiło.

Charlotte potrząsnęła głową. Wyglądała na wyczerpaną, twarz miała szarą, oczy podkrążone. Ciekawe, czy w ogóle spała tej nocy.

– Oczywiście najpierw pozwolimy mu wyzdrowieć – zapewniła.

– A jeśli będzie chory przez wiele tygodni? – zapytał Will. – Albo miesięcy? Możemy nie mieć tyle czasu.

– Dlaczego? – warknęła Tessa. – Co jest takiego pilnego, żeby ryzykować życie mojego brata?

Oczy Willa były jak okruchy niebieskiego szkła.

– Od początku zależało ci jedynie na znalezieniu brata. Teraz go znalazłaś, i dobrze. Ale to nigdy nie było naszym celem. Chyba rozumiesz, że zwykle nie zadajemy sobie tyle trudu z powodu jednego Przyziemnego o niezbyt czystym sumieniu.

– Will na swój mało uprzejmy sposób próbuje powiedzieć... – Jem z westchnieniem machnął ręką. – De Quincey podobno ufał twojemu bratu, a teraz zniknął, a my nie mamy pojęcia, gdzie się ukrywa. Notatki, które znaleźliśmy w jego biurze, wskazują, że według niego, prędzej czy później wybuchnie między Podziemnymi a Nocnymi Łowcami wojna i dużą rolę odegrają w niej mechaniczne istoty, nad którymi pracował.

Rozumiesz zatem, dlaczego musimy się dowiedzieć, gdzie on jest, a do tego potrzebujemy twojego brata.

– To nie moja walka – oświadczyła Tessa. – Nie jestem Nocnym Łowcą.

– Nie myśl, że o tym nie wiemy – wtrącił Will.

– Milcz, Williamie – rzuciła surowym tonem Charlotte i przeniosła spojrzenie na Tessę. Jej piwne oczy miały błagalny wyraz. – Ufamy ci, Tesso, i ty też musisz nam zaufać.

– Nie ufam. – Tessa poczuła na sobie spojrzenie Willa i nagle ogarnęła ją wściekłość. Jak on śmie być na nią zły? Co takiego zrobiła? Pozwoliła mu jedynie, żeby ją pocałował. A on zachowywał się tak, jakby jej niedawny udział w walce i dzielność raptem przestały mieć znaczenie. – Podobnie jak Mroczne Siostry, chcieliście mnie wykorzystać i kiedy przyszła lady Belcourt, od razu skorzystaliście z okazji. Nieważne, jak bardzo to było niebezpieczne! To wasz świat, wasze Prawo, wasze Porozumienia, i wy macie nim rządzić. To nie moja wina, że kiepsko wykonujecie swoje obowiązki!

Tessa zobaczyła, że pani Branwell blednie i odchyla się na oparcie krzesła. Poczuła w sercu silne ukłucie żalu. To nie Charlotte chciała zranić. Nie mogła się jednak powstrzymać, słowa same wypływały z jej ust.

– Wciąż mówicie o Podziemnych i o tym, jak oni was nienawidzą. Ale to wszystko tylko puste słowa. A jeśli chodzi o Przyziemnych, to czy kiedyś przyszło wam do głowy, że może byście lepiej ich chronili, gdybyście nie pogardzali nimi tak bardzo? – Spojrzała na Willa. Był blady, oczy mu płonęły. Wyglądał... sama nie wiedziała, jak opisać wyraz jego twarzy. Wstrząśnięty, ale nie jej przemową. Prawdziwy strach krył się w nim głębiej.

– Tesso... – zaczęła Charlotte, ale ona już ruszyła do drzwi. W progu obejrzała się i zobaczyła, że wszyscy na nią patrzą.

– Trzymajcie się z dala od mojego brata – rzuciła przez ramię. – I nie idźcie za mną.

***

Gniew sprawia satysfakcję, dopóki się mu poddajemy, pomyślała Tessa. Wykrzyczenie swojej złości, aż zabraknie słów, przynosiło ulgę.

Oczywiście, potem było mniej przyjemnie. Kiedy już oznajmiła wszystkim, że ich nienawidzi, i zażądała, żeby zostawili ją w spokoju, dokąd właściwie miała pójść? Gdyby wróciła do swojej sypialni, równałoby się to przyznaniu, że po prostu musiała na kimś wyładować kiepski humor. Nie mogła również zanieść złego nastroju do pokoju chorego, a snucie się po korytarzach Instytutu oznaczało, że taką naburmuszoną zobaczy ją Sophie albo Agatha.

W końcu dotarła wąskimi, krętymi schodami do foyer oświetlonego przez magiczne kamienie i wyszła na szerokie frontowe stopnie kościoła. Usiadła na najwyższym i objęła się rękoma, drżąc na nadspodziewanie zimnym wietrze. Musiało padać w ciągu dnia, bo schody były mokre, a czarne kamienie dziedzińca lśniły jak lustro. Księżyc przeświecał pomiędzy pędzącymi chmurami; wielka żelazna brama połyskiwała w jego kapryśnym blasku. „Prochem i cieniem jesteśmy".

– Wiem, o czym myślisz. – Głos, który dobiegł od drzwi, był tak cichy, że można by go wziąć za szelest wiatru wśród listowia.

Tessa się odwróciła. Na progu stał Jem. W białym magicznym świetle padającym od tyłu jego włosy lśniły jak metal, ale twarz była ukryta w cieniu. W prawej ręce trzymał laskę; oczy rzeźbionego smoka jarzyły się, obserwując Tessę.

– Nie sądzę – powiedziała.

– Myślisz sobie: „Jeśli tę wilgoć i chłód nazywają latem, to jak musi wyglądać zima?". Byłabyś zdziwiona. Zima wygląda mniej więcej tak samo. – Jem podszedł do niej i usiadł na stopniu, nie za blisko. – Naprawdę ładna jest wiosna.

– Tak? – bąknęła Tessa bez zbytniego zainteresowania.

– Właściwie jest mglista i mokra. – Jem zerknął na nią z ukosa. – Mówiłaś, żeby zostawić cię w spokoju, ale uznałem, że te słowa odnosiły się do Willa.

– Tak. – Tessa odwzajemniła spojrzenie. – Nie powinnam była tak krzyczeć.

– Miałaś rację. My, Nocni Łowcy, od tak dawna izolujemy się od innych, że często zapominamy spojrzeć na sytuację z czyjegoś punktu widzenia. Obchodzi nas tylko to, czy coś jest dobre, czy złe dla Nefilim. Czasami zapominamy spytać, czy to jest dobre, czy złe dla świata.

– Nie chciałam zranić Charlotte.

– Jest bardzo drażliwa, jeśli chodzi o sposób prowadzenia przez nią Instytutu. Jako kobieta musi walczyć, żeby jej wysłuchano, a nawet wtedy jej polecenia są kwestionowane. Słyszałaś Benedicta Lightwooda na spotkaniu Enklawy. Charlotte uważa, że nie ma prawa popełnić błędu.

– A my? Albo ktokolwiek z was? Wszystko jest dla was kwestią życia i śmierci. – Tessa odetchnęła mglistym powietrzem. Smakowało miastem: metalem, popiołem, końmi i rzeką. – Czasami wydaje mi się, że tego wszystkiego nie zniosę. Lepiej, żebym nigdy się nie dowiedziała, kim jestem. Wolałabym, żeby Nate został w domu i żeby nic się nie wydarzyło!

– Czasami nasze życie zmienia się tak szybko, że za tą zmianą nie nadążają umysły i serca – powiedział Jem. – I kiedy tęsknimy za tym, co było, właśnie wtedy czujemy największy ból. Mogę cię jednak zapewnić, bo wiem to z doświadczenia, że przyzwyczaisz się do nowego życia i nie będziesz potrafiła sobie przypomnieć, jak wyglądało stare.

– Twierdzisz, że przyzwyczaję się do tego, że jestem czarownicą czy nie wiadomo kim?

– Zawsze byłaś tym, kim jesteś teraz. Musisz jedynie oswoić się ze świadomością, że jesteś, kim jesteś.

Tessa wzięła głęboki wdech i wolno wypuściła powietrze.

– Tam, w salonie, nie mówiłam tego wszystkiego poważnie. Wcale nie uważam, że Nefilim są aż tacy okropni.

– Wiem, że nie miałaś tego na myśli. Inaczej nie byłoby cię tutaj, tylko siedziałabyś przy łóżku brata i strzegła go przed naszymi niecnymi zamiarami.

– Will też nie mówił poważnie – stwierdziła po chwili Tessa. – Nie skrzywdziłby Nate'a.

– Masz rację. – Jem spojrzał w stronę bramy. – Ale jestem zaskoczony, że to wiesz. Ja potrzebowałem lat, żeby zrozumieć Willa. Żeby wiedzieć, kiedy mówi poważnie, a kiedy nie.

– Więc nigdy się na niego nie gniewasz?

Jem zaśmiał się głośno.

– Tego bym nie powiedział. Czasami mam ochotę go udusić.

– Jak, u licha, się powstrzymujesz?

– Idę do mojego ulubionego miejsca w Londynie, stoję, patrzę na wodę, rozmyślam o ciągłości życia, o tym, jak toczy się rzeka, niepomna na nasze małe troski.

Tessa słuchała go zafascynowana.

– To działa?

– Niezupełnie, ale potem sobie myślę, że gdybym naprawdę chciał, mógłbym go zabić we śnie, i wtedy czuję się lepiej.

Tessa zachichotała.

– Gdzie jest to twoje ulubione miejsce?

Jem zastanawiał się przez chwilę, po czym wstał ze stopnia i wyciągnął do niej rękę.

– Chodź, pokażę ci.

– To daleko?

– Nie. Zaledwie pół godziny spaceru. – Uśmiechnął się.

Ma uroczy uśmiech, pomyślała Tessa... i zaraźliwy. I po raz pierwszy od wieków ona też uśmiechnęła się w odpowiedzi.

Ujęła dłoń Jema, ciepłą i zaskakująco silną. Stojąc na schodach, obejrzała się na Instytut i po krótkim wahaniu pozwoliła się zaprowadzić do żelaznej bramy i dalej w nocne miasto.

Rozdział czternasty

Most Blackfriars

„Dwadzieścia mostów od Tower do Kew
Chciało wiedzieć to, co rzeka wie".
– Rudyard Kipling, *The River's Tale*

Wychodząc przez bramę Instytutu, Tessa poczuła się jak Śpiąca Królewna, która opuszcza zamek otoczony cierniową gęstwiną. Od Instytutu stojącego pośrodku placu ulice biegły we wszystkich głównych kierunkach, prowadząc w wąskie, kamienne labirynty. Jem poprowadził ją wąskim przejściem między budynkami, nadal kurtuazyjnie trzymając dłoń na jej łokciu. Niebo w górze było stalowe, ziemia nadal wilgotna po deszczu, ściany domów – które jakby napierały na siebie – pokryte plamami wilgoci i czarnego osadu.

Jem przez całą drogę podtrzymywał rozmowę na zwyczajne tematy. Opowiadał jej o swoich pierwszych wrażeniach po przyjeździe do Londynu. Wszystko wydawało mu się wtedy jednolicie szare, nawet ludzie! Nie potrafił uwierzyć, że w jednym miejscu może tyle padać, i to nieprzerwanie. Wilgoć przenikała do jego kości i myślał, że w końcu pokryje się mchem jak drzewo.

– Przyzwyczaj się do deszczu – poradził, kiedy wyszli z wąskiego pasażu na szeroką Fleet Street. – Nawet jeśli czasami czujesz, że można by cię wykręcić jak szmatkę.

Tessa jeszcze miała w pamięci chaos panujący za dnia, tak że ucieszyła się, widząc, o ile spokojniej jest tu wieczorem. Zamiast tłumów tylko nieliczni przechodnie kroczyli chodnikiem ze spuszczonymi głowami, trzymając się ciemniejszych miejsc. Nadal jeździły powozy, trafiali się pojedynczy jeźdźcy, ale żaden chyba ich nie zauważył. Czar? Nie spytała o to Jema, tylko z przyjemnością go słuchała. Dowiedziała się od niego, że jest to najstarsza część miasta, że właśnie tutaj narodził się Londyn. Sklepy stojące wzdłuż ulicy były zamknięte, żaluzje opuszczone, ale z każdej powierzchni krzyczały ogłoszenia i reklamy: od mydła Pearsa i toniku do lamp parafinowych po wykłady o spirytyzmie. Idąc, Tessa widziała między budynkami iglice Instytutu i zastanawiała się, czy jeszcze ktoś może je zobaczyć. Pamiętała kobietę o zielonej skórze, z piórami. Czy Instytut rzeczywiście był ukryty w najbardziej widocznym miejscu? Ciekawość w końcu zwyciężyła. Tessa zapytała Jema.

– Pokażę ci coś – powiedział. – Zatrzymaj się tutaj. – Wziął ją pod łokieć i obrócił tak, że stanęła twarzą do ulicy. Wyciągnął rękę. – Co tam widzisz?

Tessa zmrużyła oczy i popatrzyła na drugą stronę ulicy. Znajdowali się blisko skrzyżowania Fleet Street z Chancery Lane. Wydawało się, że w tym miejscu nie ma nic godnego uwagi.

– Front banku.

– A teraz pozwól swojemu umysłowi zejść z utartych ścieżek – rzekł Jem tym samym cichym głosem. – Spójrz na coś innego, ale nie wprost, tylko tak, jak patrzyłabyś na kota, żeby go nie spłoszyć. Zerknij jeszcze raz na bank, kątem oka. A teraz popatrz bezpośrednio i bardzo szybko!

Tessa spełniła polecenie... i wytrzeszczyła oczy. Bank zniknął. Na jego miejscu stała tawerna o ścianach z muru pruskiego, z wielkimi oknami o szybach w kształcie rombów. Światło jarzące się w środku barwiło je na czerwonawo. Podobny kolor miał blask, który wylewał się na chodnik przez otwarte frontowe drzwi. Za szybami, wśród dymu, poruszały się czarne cienie. Nie znajome, ludzkie postacie, tylko bardzo wysokie i chude, dziwnie wydłużone albo ze zbyt wieloma kończynami. Wybuchy śmiechu mieszały się z wysokimi tonami pięknej muzyki, zniewalającej i uwodzicielskiej. Nad drzwiami wisiał szyld z człowiekiem ciągnącym za nos rogatego demona. Napis pod rysunkiem głosił: „Diabelska Tawerna".

To tutaj Will był przedwczoraj. Tessa spojrzała na Jema. Wpatrywał się w gospodę, trzymając dłoń na jej ramieniu. Czerwone światło odbijało się w jego srebrnych oczach jak zachód słońca na wodzie.

– To jego ulubione miejsce? – zapytała.

Jem drgnął, jakby się obudził. Popatrzył na nią i się roześmiał.

– O, Panie, nie. Po prostu chciałem, żebyś to zobaczyła.

W tym momencie z tawerny wyszedł mężczyzna w długiej czarnej pelerynie i eleganckim kapeluszu z mory. Kiedy spojrzał w górę ulicy, Tessa zobaczyła, że jego skóra ma atramentową barwę, a włosy i broda są białe jak śnieg. Nieznajomy ruszył na wschód w stronę Strandu, a Tessa ze zdziwieniem stwierdziła, że wcale nie ściąga na siebie zaciekawionych spojrzeń. Przechodnie go nie dostrzegali, jakby był duchem. Prawdę mówiąc, wszyscy

Przyziemni, którzy mijali Diabelską Tawernę, zachowywali się tak, jakby jej nie widzieli, nawet kiedy wytoczyło się z niej kilka pająkowatych, trajkoczących istot i omal nie wpadło na zmęczonego człowieka, który pchał pusty wózek. Mężczyzna zatrzymał się na chwilę i rozejrzał zdziwiony, po czym wzruszył ramionami i poszedł dalej.

– Była tu kiedyś zupełnie zwyczajna karczma – powiedział Jem. – W miarę jak zaczęło ją odwiedzać coraz więcej Podziemnych, Nefilim zaniepokoiło to mieszanie się Świata Cieni ze światem Przyziemnych. Dlatego otoczyli ją czarem, żeby ludzie uznali, że gospoda została zburzona, a w jej miejsce postawiono bank. Teraz do Diabelskiej Tawerny przychodzą prawie wyłącznie Podziemni. – Jem spojrzał na księżyc i zmarszczył brwi. – Robi się późno. Lepiej już chodźmy.

Zerknąwszy jeszcze raz na Diabelską Tawernę, Tessa ruszyła za nim. Po drodze Jem nadal mówił i pokazywał jej ciekawe rzeczy: Temple Church, w którym teraz mieściły się sądy, a kiedyś templariusze pokrzepiali pielgrzymów zmierzających do Ziemi Świętej.

– Rycerze byli przyjaciółmi Nefilim. Przyziemnymi, ale wiedzieli o Świecie Cieni. Niektórzy uważają – dodał Jem, kiedy wyszli z sieci ulic na most Blackfriars – że Cisi Bracia to dawni Black Friars, choć nikt nie potrafi tego udowodnić.

Tessa zaczęła się zastanawiać, dlaczego Jem tak lubi to miejsce. Niski granitowy most z licznymi łukami, spinający brzegi Tamizy, miał ciemnoczerwone, pozłacane balustrady, lśniące w księżycowej poświacie. Byłby ładny, gdyby nie most kolejowy, biegł po jego wschodniej stronie, brzydka żelazna konstrukcja znikająca w ciemnościach na przeciwległym brzegu rzeki.

– Wiem, o czym myślisz – powiedział znowu Jem. – Most kolejowy jest okropny. Ale to oznacza, że ludzie rzadko tutaj przychodzą, żeby podziwiać widok. Lubię samotność. I tylko spójrz na rzekę, taką cichą w blasku księżyca.

Gdy dotarli do środka mostu, Tessa oparła się o granitową balustradę i spojrzała w dół. Tamiza była czarna, po obu jej stronach rozciągał się Londyn, wielka kopuła katedry św. Pawła majaczyła w oddali niczym biały duch, wszystko spowijała mgła, która kładła się welonem na mieście, łagodząc jego surowe zarysy.

Od wody bił zapach soli i rozkładu, mieszając się z wonią mgły. Jednakże w londyńskiej rzece było coś dostojnego, jakby jej nurt niósł ze sobą brzemię przeszłości.

– „Słodka Tamiza, płynie cicho, póki nie skończę swojej pieśni" – wyrecytowała Tessa.

Normalnie nigdy nie deklamowała poezji, ale czuła, że Jem nie będzie jej oceniał, niezależnie od tego, co ona zrobi.

– Słyszałem już wcześniej tę strofę – powiedział tylko. – Will ją recytował. Co to jest?

– *Prothalamion*. – Tessa zmarszczyła brwi. – Nie sądziłam, że Will zna jakieś wiersze.

– On bardzo dużo czyta i ma doskonałą pamięć. Zapamiętuje mnóstwo rzeczy. – Oprócz zwykłego stwierdzenia faktu w głosie Jema było coś, co przydawało wagi jego słowom.

– Lubisz Willa, prawda? – zapytała Tessa.

– Kocham go jak brata – odparł rzeczowym tonem Jem.

– To widać – stwierdziła Tessa. – Wszystkich innych traktuje okropnie, ale dla ciebie jest dobry. Bo cię kocha. Czym sobie zasłużyłeś na specjalne względy?

Jem oparł się bokiem o balustradę. Patrzył na Tessę, ale spojrzenie miał nieobecne. W zamyśleniu stukał palcami w jadeitowy czubek laski. Korzystając z jego wyraźnego roztargnienia, Tessa przyjrzała mu się uważnie, podziwiając w blasku księżyca trochę dziwną urodę Jema. Był cały bielą, szarością i srebrem, nie taki jak Will z jego wyrazistymi kolorami: niebieskim, czarnym i złotym.

– Nie wiem, naprawdę – powiedział w końcu. – Może uznał, że jesteśmy tacy sami, bo obaj nie mamy rodziców. Tak zawsze myślałem...

– Ja też jestem sierotą – przypomniała Tessa. – I Jessamine. A Will wcale nie uważa, że jest taki jak my.

– Istotnie – przyznał Jem. Miał czujne oczy, jakby nie wszystko mówił.

– Nie rozumiem go – poskarżyła się Tessa. – W jednej chwili potrafi być miły, a w następnej okropny. Nie mogę się zdecydować, czy jest dobry, czy okrutny, kochający czy nienawistny...

– A czy to ma znaczenie? Musisz koniecznie dojść do jakiegoś wniosku?

– Przedwczoraj, gdy Will przyszedł do twojego pokoju, powiedział, że pił przez całą noc, ale później, kiedy ty... natychmiast wytrzeźwiał. Widywałam mojego brata pijanego. Wiem, że ten stan nie mija w jednej chwili. Nawet kiedy moja ciotka chlustała Nate'owi w twarz kubełkiem wody, to nic nie dawało. A Will nie cuchnął alkoholem ani nie wyglądał na chorego następnego ranka. Ale dlaczego miałby kłamać, że jest pijany, skoro nie był?

– Oto wielka tajemnica Williama Herondale'a – skwitował Jem. – Sam się nad tym zastanawiałem. Jak można pić tyle, ile on twierdzi, że pije, i przeżyć, nie mówiąc o tym, żeby walczyć tak jak on. Dlatego pewnej nocy go śledziłem.

– Śledziłeś go?

Jem uśmiechnął się krzywo.

– Tak. Oznajmił, że ma coś do załatwienia, i wyszedł z Instytutu, a ja ruszyłem za nim. Gdybym wiedział, czego się spodziewać, włożyłbym mocniejsze buty. Przez całą noc chodził po mieście, od św. Pawła do Spitafields Market i Whitechapel High Street. Dotarł do rzeki i przez jakiś czas włóczył się po porcie. Nie zatrzymał się ani razu, żeby porozmawiać z choć jedną osobą. To było jak śledzenie ducha. Następnego ranka miał gotową niegrzeczną bajeczkę o swoich przygodach, a ja nie przyparłem go do muru. Skoro mnie okłamuje, musi mieć jakiś powód.

– Okłamuje cię, a jednak mu ufasz?

– Tak. Ufam mu.

– Ale...

– Kłamie konsekwentnie. Zawsze wymyśla historyjkę, która przedstawia go w jak najgorszym świetle.

– Opowiadał ci, co się stało z jego rodzicami? – zapytała Tessa. – Prawdę czy kłamstwa?

– Właściwie niewiele – odparł po dłuższej chwili Jem. – Wiem, że jego ojciec opuścił Nefilim, zanim Will się urodził. Zakochał się w Przyziemnej, a kiedy Rada nie chciała uczynić z niej Nocnego Łowcy, opuścił Clave i przeniósł się z dziewczyną do odległej części Walii, gdzie sądzili, że będą mieli spokój. Clave było wściekłe.

– Matka Willa była Przyziemną? To znaczy, że on jest tylko w połowie Nocnym Łowcą?

– Krew Nefilim jest dominująca – wyjaśnił Jem. – Dlatego opuszczających Clave obowiązują trzy zasady. Po pierwsze, muszą zerwać kontakty ze wszystkimi Nocnymi Łowcami, których znają, nawet z własną rodziną. Nie mogą nigdy więcej z nimi rozmawiać. Po drugie, nie wolno im zwracać się do Clave o pomoc, nieważne, jak wielkie jest zagrożenie. I po trzecie...

– Co po trzecie?

– Nawet jeśli ty opuścisz Clave, twoje dzieci będą należały do Nefilim – dokończył Jem.

Po plecach Tessy przebiegł lekki dreszcz. Jem wpatrywał się w rzekę, jakby mógł zobaczyć Willa na jej posrebrzonej powierzchni.

– Co sześć lat aż do czasu, kiedy dziecko skończy osiemnaście, zjawia się przedstawiciel Clave i pyta je, czy chce opuścić rodzinę i dołączyć do Nefilim.

– Nie wyobrażam sobie, żeby ktokolwiek się zgodził – powiedziała wstrząśnięta Tessa. – Chyba ktoś taki nigdy więcej nie mógłby kontaktować się z rodziną, tak?

Jem skinął głową.

– A Will się zgodził? Mimo to dołączył do Nocnych Łowców?

– Odmówił. Dwa razy odmawiał. Aż pewnego dnia, kiedy miał dwanaście lat albo coś koło tego, rozległo się pukanie do drzwi Instytutu. Otworzyła je Charlotte. Miała wtedy jakieś osiemnaście lat. Na stopniach stał Will. Podobno cały był pokryty kurzem i brudem, jakby spał w rowach. Oświadczył: „Jestem Nocnym Łowcą. Jednym z was. Musicie mnie przyjąć. Nie mam dokąd pójść".

– Tak powiedział? – zdziwiła się Tessa. – „Nie mam dokąd pójść"?

Jem się zawahał.

– Wszystko to usłyszałem od Charlotte. Od Willa ani słowa. Ale ona twierdzi, że tak właśnie powiedział.

– Nie rozumiem. Jego rodzice nie żyją, prawda? Bo inaczej chyba przyszliby go szukać?

– Przyszli – powiedział cicho Jem. – Charlotte mi mówiła, że kilka tygodni po Willu pojawili się jego rodzice. Zapukali do drzwi Instytutu i zaczęli go wołać. Charlotte poszła zapytać Willa, czy chce się z nimi zobaczyć, a on wpełzł pod łóżko i zakrył uszy rękami. Nie chciał wyjść za żadne skarby. Nie chciał się z nimi zobaczyć. Charlotte chyba w końcu zeszła na dół i odprawiła ich albo sami odeszli, nie jestem pewien...

– Odprawiła ich? Przecież w Instytucie było ich dziecko. Mieli prawo...

– Nie mieli prawa. – Jem mówił łagodnym tonem, ale w jego głosie pobrzmiewał obcy ton, odległy jak księżyc. – Will postanowił przyłączyć się do Nocnych Łowców. Gdy już dokonał wyboru, rodzice stracili do niego wszelkie prawa. Obowiązkiem Clave było ich odprawić.

– I nigdy nie pytałeś go, dlaczego?

– Sam by mi powiedział, gdyby chciał – odparł Jem. – Pytałaś, dlaczego mnie traktuje lepiej niż innych ludzi. Sądzę, że właśnie dlatego, że nigdy nie zadawałem mu pytań.

Uśmiechnął się krzywo. Zimne powietrze wychłostało mu twarz, tak że jego policzki się zaróżowiły, a oczy błyszczały. Ręce jego i Tess opierały się o balustradę blisko siebie. Przez krótką, niezręczną chwilę Tessa myślała, że może Jem położy dłoń na jej dłoni, ale on skierował wzrok w dal i zmarszczył brwi.

– Trochę za późno na spacer, nie uważasz?

Idąc za jego spojrzeniem, Tessa dostrzegła dwie postacie idące mostem w ich stronę. Mężczyzna miał na głowie pilśniowy kapelusz robotnika i był ubrany w ciemny wełniany płaszcz, kobieta trzymała dłoń na jego ramieniu i przysuwała ku niemu twarz.

– Pewnie to samo myślą o nas – powiedziała Tessa i spojrzała Jemowi w oczy. – Ty też zjawiłeś się w Instytucie, bo nie miałeś dokąd pójść? Dlaczego nie zostałeś w Szanghaju?

– Moi rodzice prowadzili tam Instytut, ale zostali zabici przez demona Yanluo. – Głos Jema był bardzo spokojny. – Po ich śmierci wszyscy uznali, że najbezpieczniejszą rzeczą dla mnie będzie opuszczenie kraju, na wypadek gdyby demon i jego kohorty chcieli mnie również dopaść.

– Ale dlaczego Anglia?

– Mój ojciec był Brytyjczykiem. Mówiłem po angielsku. Taki wybór wydawał się rozsądny. – Mówił niezmienionym tonem, ale Tessa wyczuła, że coś ukrywa. – Sądziłem, że tutaj poczuję się bardziej jak w domu, bo w Idrisie ani ja, ani moi rodzice nigdy nie byliśmy.

Para spacerująca w drugim końcu mostu zatrzymała się przy balustradzie. Mężczyzna pokazywał coś na moście kolejowym, kobieta kiwała głową.

– I co? Poczułeś się jak w domu?

– Niezupełnie – odparł Jem. – Od razu po przyjeździe uświadomiłem sobie, że mój ojciec nigdy nie myślał o sobie jako o Brytyjczyku, w każdym razie, nie tak jak Anglik. Prawdziwy Anglik jest przede wszystkim Brytyjczykiem, a po drugie dżentelmenem. Dopiero na trzecim miejscu stawia swoją pozycję: lekarza, sędziego czy właściciela ziemskiego. U Nocnych Łowców wygląda to inaczej. Po pierwsze i najważniejsze, czujemy się Nefilim, a dopiero na drugim miejscu jest kraj, w którym się urodziliśmy albo wychowaliśmy. A jeśli chodzi o trzecie, to nie ma trzeciego. Zawsze jesteśmy Nocnymi Łowcami. Kiedy inny

Nefilim na mnie patrzy, widzi tylko Nocnego Łowcę. Nie tak jak Przyziemni, którzy widzą chłopca, nie całkiem cudzoziemca, ale i nie jednego z nich.

– Mieszańca – powiedziała Tessa. – Jak ja. Ale ty wiesz, że jesteś człowiekiem.

Rysy Jema złagodniały.

– Tak jak ty. Pod wszystkim względami, które się liczą.

Tessę poczuła pieczenie pod powiekami. Spojrzała w górę i zobaczyła, że księżyc schował się za chmurę, przydając jej perłowego blasku.

– Chyba powinniśmy wracać – stwierdził Jem. – Będą się o nas martwić.

Podał jej ramię... i zamarł. Spacerująca para nagle wyrosła tuż przed nimi, odcinając im drogę. Musieli iść bardzo szybko, żeby w tak krótkim czasie pokonać prawie całą długość mostu, ale teraz stali dziwnie nieruchomo, trzymając się pod rękę. Twarz kobiety była ukryta w cieniu prostego czepka, mężczyzny pod rondem kapelusza.

Jem zacisnął dłoń na ramieniu Tessy, ale kiedy się odezwał, jego głos był spokojny.

– Dobry wieczór. Możemy w czymś pomóc?

Tamci się nie odezwali, tylko przysunęli o krok. Spódnica kobiety zaszeleściła na wietrze. Tessa się rozejrzała, ale na moście i na obu nabrzeżach nie było nikogo. Londyn wydawał się całkowicie opustoszały pod zamglonym księżycem.

– Przepraszam – powiedział Jem. – Byłbym wdzięczny, gdyby państwo przepuścili mnie i moją towarzyszkę.

Oboje zrobili krok do przodu. Znajdowali się teraz tak blisko milczącej pary, że kiedy księżyc wyszedł za chmury, zalał most srebrzystym blaskiem i oświetlił twarz mężczyzny, Tessa natychmiast go rozpoznała.

Zmierzwione włosy, szeroki, złamany nos, broda przecięta blizną, a przede wszystkim wyłupiaste oczy, identyczne jak u jego towarzyszki. Kobieta utkwiła w Tessie puste spojrzenie, takie samo jak kiedyś Miranda.

Ale przecież ty nie żyjesz. Will cię zabił. Widziałam twoje ciało.

– To on, woźnica – wyszeptała. – Należy do Mrocznych Sióstr.

Mężczyzna się zaśmiał.

– Należę do Mistrza – oświadczył. – Mroczne Siostry służyły jemu, a ja im. Teraz służę tylko jemu.

Jego głos brzmiał inaczej, niż zapamiętała Tessa. Był mniej ochrypły, ale groźniejszy, mowa wyraźniejsza, język gładszy.

– Kim jesteście? – zapytał Jem. – Dlaczego nas śledzicie?

– Mistrz nam kazał – odparł woźnica. – Jesteście Nefilim. To wy zniszczyliście jego dom i jego ludzi, Dzieci Nocy. Mamy wam przekazać wypowiedzenie wojny. I zabrać dziewczynę. – Skierował wzrok na Tessę. – Jest własnością Mistrza i on się jej domaga.

– Mistrz? – Oczy Jema były srebrne w blasku księżyca. – Masz na myśli de Quinceya?

– Nazwisko nie jest ważne. On jest Mistrzem. Kazał nam dostarczyć wiadomość. Ta wiadomość to wojna.

Ręka Jema zacisnęła się na główce laski.

– Służycie de Quinceyowi, ale nie wyglądacie na wampiry. Kim więc jesteście?

Kobieta stojąca obok woźnicy wydała dziwne westchnienie, które przypominało gwizd pociągu.

– Strzeżcie się, Nefilim. Tak jak zabijacie innych, sami zostaniecie zabici. Wasz anioł nie zdoła was obronić przed tym, czego nie stworzył Bóg ani diabeł.

Zanim Tessa zdążyła się odwrócić do Jema, on już uniósł rękę. Błysnęła stal, z końca laski wysunął się ostry, lśniący sztylet. Nocny Łowca wykonał szybki półobrót i ciął woźnicę przez pierś. Mężczyzna zatoczył się do tyłu, z jego gardła wyrwał się ni to okrzyk zaskoczenia, ni to warkot.

Tessa gwałtownie nabrała tchu. Przecięta koszula woźnicy rozchyliła się, a pod nią ukazało się nie ciało, tylko lśniący metal, rozpłatany ostrzem Nocnego Łowcy.

Jem cofnął broń, odetchnął z ulgą i satysfakcją.

– Wiedziałem...

Woźnica warknął. Sięgnął do kieszeni płaszcza i wyciągnął z niej długi, ząbkowany nóż, jakich rzeźnicy używają do krojenia kości. Kobieta też nagle ożyła i ruszyła z wyciągniętymi rękami w stronę Tessy. Ruchy obojga były sztywne i nierówne, ale bardzo szybkie, dużo szybsze, niż Tessa się spodziewała. Napastniczka zbliżała się do niej z twarzą bez wyrazu i na wpół otwartymi ustami. W ich wnętrzu coś lśniło metalicznie... stal albo miedź.

Tessa zaczęła się cofać, aż trafiła plecami na balustradę. Rzuciła spojrzenie w stronę Jema i w tym momencie woźnica przypuścił atak. Nocny Łowca ciął go nożem, ale to nie zatrzymało przeciwnika. Płaszcz i koszula wisiały na nim w strzępach, tak że pod spodem wyraźnie było widać metalowy korpus.

Tymczasem kobieta rzuciła się do przodu, Tessa uskoczyła w bok. Napastniczka uderzyła siłą rozpędu w balustradę. Najwyraźniej, tak jak woźnica, nie czuła bólu. Wyprostowała się sztywno i odwróciła. Chyba uszkodziła sobie lewe ramię, bo teraz wisiało zgięte przy boku. Kobieta zamachnęła się i chwyciła Tessę za nadgarstek. Jej uścisk był na tyle mocny, że drobne kości przeszył ból. Tessa krzyknęła, złapała za rękę trzymającą ją jak imadło i wbiła palce w gładką, miękką skórę, a kiedy ta odeszła jak skórka owocu, jej paznokcie zadrapały o metal z takim odgłosem, że przeszły ją ciarki.

Próbowała wyszarpnąć rękę, ale udało jej się jedynie przyciągnąć napastniczkę do siebie. Kobieta wydawała terkoczący odgłos, który brzmiał nieprzyjemnie, jak brzęczenie owada. Z bliska jej oczy były czarne i pozbawione źrenic. Tessa zrobiła wymach nogą...

Nagle rozległ się szczęk metalu o metal. Ostrze Jema spadło z góry i odcięło ramię napastniczki w łokciu. Uwolniona Tessa zatoczyła się do tyłu, stalowa ręka spadła na ziemię u jej stóp. Kobieta okręciła się w stronę nowego przeciwnika, wydając z siebie dziwny dźwięk: *wrr-klik*, *wrr-klik*. Jem ruszył do przodu i zdzielił ją mocno laską, tak że cofnęła się o krok, potem następny i następny, aż uderzyła w balustradę mostu z takim impetem, że nad nią przeleciała. Tessa podbiegła do poręczy w samą porę, by zobaczyć, jak kobieta wpada do wody. Na powierzchnię nie uniosły się bąbelki, która wskazałyby miejsce, gdzie zniknęła.

Tessa odwróciła się do Jema. Nocny Łowca oddychał ciężko. Z boku twarzy miał rozcięcie, z którego płynęła krew, ale poza tym był cały. Ściskał laskę i patrzył na ciemną postać skuloną na ziemi u jego stóp. Pomiędzy wstęgami posiekanego ubrania przeświecał metal. Dopiero kiedy Tessa podeszła bliżej, zobaczyła, że to drgające ciało woźnicy. Jego głowa była równo odcięta, z kikuta szyi wyciekała ciemna oleista substancja, plamiąc ziemię.

Jem odgarnął z twarzy spocone włosy, rozmazując przy tym krew na policzku. Jego ręka drżała. Tessa z wahaniem dotknęła jego ramienia.

– Wszystko w porządku?

Jego uśmiech był słaby.

– To ja powinienem ciebie o to zapytać. – Wzdrygnął się lekko. – Te mechaniczne istoty działają mi na nerwy. One... – Umilkł, patrząc ponad jej głową.

Na południowym końcu mostu pojawiło się co najmniej pół tuzina automatów i maszerowało ku nim w ostrym rytmie staccato. Mimo zacinających się ruchów zbliżały się szybko, niemal biegły. Pokonały już jedną trzecią drogi.

Sztylet schował się w lasce z głośnym szczęknięciem. Jem chwycił Tessę za rękę i rzucił zdyszany:

– Uciekajmy.

Biegnąc, Tessa mocno ściskała jego rękę. Przerażona, obejrzała się tylko raz. Istoty dotarły do środka mostu i coraz bardziej przyśpieszały. Były to męskie osobniki, ubrane w takie same czarne wełniane płaszcze i filcowe kapelusze jak woźnica. Ich twarze błyszczały w świetle księżyca.

Uciekinierzy dopadli schodów na końcu mostu i zaczęli po nich zbiegać. Gdy Tessa poślizgnęła się na wilgotnym kamieniu, Jem uratował ją przed upadkiem, ale przy okazji niechcący uderzył ją w plecy laską. Jego pierś unosiła się i opadała spazmatycznie. Ale przecież nie mógł stracić tchu? Był Nocnym Łowcą. Z *Kodeksu* wynikało, że Nefilim są w stanie pokonywać całe mile bez zmęczenia. Kiedy Jem się odsunął, Tessa zobaczyła, że jego twarz jest ściągnięta, jakby z bólu. Chciała go zapytać, czy jest ranny, ale nie zdążyła. W górze na kamiennych stopniach zadudniły kroki. Jem bez słowa złapał ją za nadgarstek i pociągnął za sobą.

Minęli oświetlone przez latarnie nabrzeże, po czym Jem skręcił między dwa budynki oddzielone wąskim zaułkiem. Powietrze było tutaj wilgotne, bruk śliski od brudu. W oknach, niczym duchy, powiewała wyprana bielizna. Tessę bolały stopy zmaltretowane w modnych butach, serce tłukło się o żebra, ale nie było mowy o tym, żeby zwolnić. Za sobą słyszała *wrr-klik*, *wrr-klik*, coraz bliższe i głośniejsze.

Zaułek doprowadził ich do szerokiej ulicy, a tam wyrósł przed nimi gmach Instytutu. Gdy wpadli na dziedziniec, Jem puścił jej rękę i zatrzasnął za sobą furtę. Automaty dotarły do niej w chwili, kiedy zasuwy trafiły na miejsce. Stwory z donośnym łoskotem uderzyły w bramę jak nakręcane zabawki, które same nie mogą się zatrzymać.

Tessa wytrzeszczyła oczy i zaczęła się cofać. Mechaniczne istoty przywierały do bramy, sięgały rękami przez szczeliny między prętami. Spojrzała na Jema, który stał obok niej. Był biały jak papier, jedną ręką trzymał się za bok. Tessa sięgnęła po jego dłoń, ale on się odsunął.

– Tesso... idź do Instytutu... musisz wejść do środka. – Mówił urywanym głosem.

– Jesteś ranny? Jem?

– Nie – wykrztusił w odpowiedzi.

Słysząc donośny grzechot, Tessa spojrzała w stronę bramy. Jeden z mężczyzn przecisnął rękę między prętami i teraz ciągnął za łańcuch z taką siłą, że skóra zaczęła schodzić mu z metalowych dłoni. Najwyraźniej w jego rękach kryła się ogromna siła, bo żelazne ogniwa wyginały się i skręcały. Było widać, że łańcuch zaraz pęknie.

Tessa chwyciła Jema za ramię. Jego skóra parzyła nawet przez ubranie.

– Chodźmy.

Nocny Łowca, z jękiem, pozwolił się zaciągnąć do drzwi kościoła. Chwiał się i opierał ciężko na Tessie, oddech świszczał mu w piersi. Gdy wgramolili się po schodach, opadł na kolana w ataku dławiącego kaszlu. Całym jego ciałem wstrząsały spazmy.

W tym momencie brama otworzyła się gwałtownie. Mechaniczne stwory wpadły na podjazd, prowadzone przez tego, który rozerwał łańcuch. Jego pozbawione skóry ręce lśniły w blasku księżyca.

Tessa sięgnęła do dzwonka i mocno pociągnęła za sznurek, ale nie usłyszała żadnego dźwięku. Wtedy przypomniała sobie słowa Willa, że trzeba mieć w sobie krew Nocnych Łowców, żeby drzwi się otworzyły. Zrozpaczona odwróciła się do Jema, który nadal klęczał na schodach.

– Jem! Musisz mi pomóc...

Nocny Łowca uniósł głowę. Jego oczy były białe jak marmur. Odbijał się w nich księżyc.

– Jem!

Próbował wstać, ale kolana się pod nim ugięły, a z kącików ust pociekła krew. Laska wypadła mu z ręki i potoczyła się niemal pod nogi Tessy.

Tymczasem automaty już dotarły do schodów i zaczęły się po nich wspinać. Na czele szedł mężczyzna z nagimi metalowymi rękami. Tessa rzuciła się do drzwi i zabębniła w nie pięściami. Usłyszała głuche echo swoich ciosów dobiegające z drugiej strony. Wpadła w rozpacz. Instytut był ogromny, a czasu tak mało.

W końcu się poddała. Odwróciła się od drzwi i z przerażeniem zobaczyła, że przywódca mechanicznych istot pochyla się teraz nad Nocnym Łowcą i kładzie ręce z metalu na jego piersi.

Z krzykiem chwyciła laskę Jema i wrzasnęła:

– Odejdź od niego!

Stwór się wyprostował i w świetle księżyca Tessa po raz pierwszy zobaczyła jego twarz. Była gładka, niemal bez rysów, bez nosa, tylko z wgłębieniami w miejscu oczu i ust. Automat uniósł zakrwawione dłonie. Jem leżał bez ruchu, w podartej koszuli. Wokół niego zbierała się krew. Mechaniczny człowiek pomachał przerażonej Tessie czerwoną dłonią w groteskowej parodii pożegnania, po czym odwrócił się i zbiegł ze schodów, czmychając niemal jak pająk. Wypadł za bramę i zniknął.

Tessa zrobiła krok w stronę Jema, ale pozostałe automaty przesunęły się sztywno i zatarasowały jej drogę. Wszystkie miały puste twarze, tak jak ich przywódca. Armia identycznych wojowników, niedokończonych z braku czasu.

Para metalowych rąk sięgnęła do niej ze szczękaniem. Tessa zamachnęła się laską, niemal na oślep, i trafiła mechanicznego człowieka w głowę. Od uderzenia drewna o metal aż zabolało ją ramię. Stwór się zachwiał, ale błyskawicznie odzyskał równowagę. Tessa wymierzyła mu kolejny cios, tym razem w bark. Przeciwnik upadł, ale w jej stronę wystrzeliły inne ręce, chwyciły laskę i wyrwały ją z taką siłą, że zapiekła ją skóra dłoni. Automat, który zabrał broń, ze zdumiewającą łatwością przełamał ją na kolanie.

Laska pękła na pół z głośnym trzaskiem. Tessa rzuciła się do ucieczki, ale metalowe ręce chwyciły ją za ramiona i szarpnęły do tyłu...

Drzwi Instytutu otworzyły się gwałtownie. Światło, które wylało się z kościoła, na chwilę oślepiło Tessę, tak że widziała tylko ciemne sylwetki otoczone jasnym blaskiem. Coś świsnęło jej koło głowy, zadrapało policzek. Rozległ się zgrzyt metalu o metal, mechaniczny stwór puścił ją tak nagle, że upadła do przodu na schody.

Gdy uniosła wzrok, zobaczyła, że nad nią stoi Charlotte z zastygłą, bladą twarzą i z ostrym metalowym dyskiem w ręce. Drugi, identyczny dysk tkwił w piersi mechanicznego napastnika, a ten podrygiwał na ziemi jak zepsuta zabawka. Niebieskie iskry sypały się z rany na jego szyi.

Wokół niego miotały się pozostałe automaty, atakowane przez Nocnych Łowców. Henry rozpłatał serafickim nożem pierś jednego z mechanicznych ludzi, a ten, dygocząc, odtoczył się w mrok. Stojący obok Branwella Will wymachiwał czymś w rodzaju sierpa i ciął przeciwników z taką furią, że w górę leciały niebieskie iskry. Zbiegając po schodach, Charlotte rzuciła drugim dyskiem. Jego ostry brzeg wbił się z nieprzyjemnym zgrzytem w głowę metalowego potwora. Golem runął na ziemię, z rany zaczął wyciekać czarny olej.

Pozostałe dwie istoty najwyraźniej jeszcze raz rozważyły sytuację, bo odwróciły się i puściły biegiem w stronę bramy. Henry popędził za nimi razem z Charlotte, natomiast Will rzucił broń i skoczył do schodów.

– Co się stało?! – krzyknął do Tessy, a ona tylko wytrzeszczyła oczy, zbyt oszołomiona, żeby odpowiedzieć. – Jesteś ranna? – W głosie Willa zabrzmiała panika. – Gdzie Jem?

– Nie jestem ranna – wyszeptała Tessa. – A Jem... upadł. Tam. – Wskazała nieruchomą postać leżącą w cieniu przy drzwiach.

Twarz Willa zrobiła się pusta jak tablica wytarta z kredy. Nocny Łowca wbiegł po schodach, pochylił się nad przyjacielem i cichym głosem zadał mu jakieś pytanie. Kiedy nie dostał odpowiedzi, zawołał Thomasa, żeby mu pomógł. Krzyknął coś jeszcze, ale Tessa nie usłyszała co. Może na nią wrzeszczał? Może uważał, że to wszystko jej wina? Gdyby nie wpadła w złość, nie wybiegła z Instytutu i w ten sposób nie zmusiła Jema, żeby poszedł za nią...

W oświetlonych drzwiach zamajaczył czarny cień. Thomas, rozczochrany i poważny, bez słowa podszedł do Willa. Razem postawili Jema na nogi, zarzucając sobie jego ramiona na plecy. Nie oglądając się, szybko weszli do Instytutu.

Oszołomiona Tessa spojrzała na dziedziniec. Było jakoś inaczej, dziwnie. Po wrzawie i zamieszaniu raptem zapadła cisza. Zniszczone mechaniczne istoty leżały roztrzaskane na podjeździe, ziemia była śliska od żrących płynów, brama szeroko otwarta, a księżyc oświetlał to wszystko tak samo jak wcześniej.

Rozdział piętnasty

Zagraniczne błoto

„Czas, nieposłuszny sokół,
Nie wraca sponad pól
Na naszą dłoń; rozpaczą
Dławione, serca płaczą,
Gdy na swym dnie zobaczą
Nic tylko grząski muł".
– Algernon Charles Swinburne, *Ogród Persefony*
(Przełożył Stanisław Barańczak)

– Panno Tesso. – Głos należał do Sophie. Pokojówka stała w progu, z lampą kołyszącą się w ręce. – Wszystko w porządku?

Na widok dziewczyny Tessę ogarnęła ulga i wdzięczność. Czuła się taka samotna.

– Nie jestem ranna. Henry pobiegł za automatami, a Charlotte...

– Nic im się nie stanie. – Sophie dotknęła łokcia Tessy. – Chodźmy do środka. Panienka krwawi.

– Ja? – Zdziwiona Tessa dotknęła czoła. Gdy opuściła rękę, palce miała czerwone. – Musiałam uderzyć się w głowę, kiedy upadłam na schody. Nic nie poczułam.

– To szok – stwierdziła ze spokojem pokojówka. Ciekawe, ile razy musiała robić takie rzeczy jak opatrywanie ran czy bandażowanie. – Przyłożę panience kompres.

Tessa kiwnęła głową. Rzuciwszy ostatnie spojrzenie na pobojowisko, pozwoliła zaprowadzić się do Instytutu. Sophie pomogła jej wejść na górę i posadziła ją w fotelu w bawialni, a następnie wybiegła z pokoju i wkrótce wróciła z Agathą. Kucharka wcisnęła Tessie do ręki kubek czegoś gorącego.

Tessa już po zapachu poznała, co to jest: brandy z wodą. Pomyślała o Nathanielu i zawahała się, ale kiedy wypiła kilka łyków, w głowie jej się przejaśniło. Gdy wrócili Branwellowie, przynieśli ze sobą zapach metalu i walki. Z zaciśniętymi ustami Charlotte odłożyła broń na stół i zawołała Willa. Zamiast niego korytarzem nadbiegł Thomas w ubraniu poplamionym krwią. Poinformował ich, że Will jest z przyjacielem i że Jem wydobrzeje.

– Te istoty go zraniły i stracił trochę krwi – powiedział, przeczesując ręką zmierzwione ciemne włosy. Patrzył przy tym na Sophie: – Ale Will narysował mu *iratze*...

– A lekarstwo? – zapytała szybko pokojówka. – Zażył je?

Thomas kiwnął głową i ramiona Sophie trochę się rozluźniły. Wzrok Charlotte też złagodniał.

– Dziękuję, Thomasie – powiedziała pani Branwell. – Może sprawdzisz, czy Jem jeszcze czegoś nie potrzebuje?

Thomas skinął głową. Wychodząc z bawialni, rzucił ostatnie spojrzenie na Sophie, ale ona najwyraźniej nic nie zauważyła. Charlotte opadła na kanapę i poprosiła Tessę:

– Możesz nam opowiedzieć, co się stało?

Tessa zadrżała. Ręce miała zimne, mimo że trzymała w nich ciepły kubek.

– Złapaliście te... metalowe monstra, które uciekły? – zapytała.

Charlotte pokręciła głową.

– Goniliśmy je ulicami, ale zniknęły, kiedy dotarliśmy do mostu Hungerford. Henry uważa, że stało się to za sprawą jakiejś magii.

– Albo ukrytego tunelu, moja droga – wtrącił pan Branwell. Jego przyjazna twarz była usmarowana krwią i olejem, kamizelka w jasne paski pocięta i rozerwana w kilku miejscach. Wyglądał jak uczniak, który wdał się w bójkę. – Widziała może pani, żeby wychodziły z tunelu, panno Gray?

– Nie – odparła Tessa niemal szeptem.

Przełknęła kolejny łyk napoju, który dała jej Agatha, i odstawiła kubek. Następnie opowiedziała Branwellom o moście, woźnicy, pościgu, o słowach mechanicznego mężczyzny, o tym, jak napastnicy sforsowali bramę Instytutu. Charlotte słuchała ze ściągniętą białą twarzą. Nawet Henry miał posępną minę. Sophie, która siedziała cicho na krześle, słuchała tej opowieści z uwagą pilnej uczennicy.

– Oznajmił, że to jest wypowiedzenie wojny – dokończyła Tessa. – Że wywrą na nas, to znaczy na was, zemstę za to, co się stało z de Quinceyem.

– I nazwał go Mistrzem? – zapytała Charlotte.

Tessa zacisnęła drżące wargi.

– Tak. Mistrz kazał mnie sprowadzić, swoją własność. To moja wina, Charlotte. Gdyby nie ja, de Quincey nie wysłałby tych stworów, i Jem... – Spojrzała na swoje ręce. – Może powinniście oddać mnie de Quinceyowi.

Charlotte pokręciła głową.

– Słyszałaś go zeszłej nocy. On nienawidzi Nocnych Łowców. Tak czy inaczej zaatakowałby Clave. A jeśli oddamy mu ciebie, w ten sposób wręczymy mu cenną broń. – Spojrzała na męża. – Zastanawiam się, dlaczego czekał tak długo. Dlaczego nie porwał Tessy, kiedy była na zakupach z Jessamine? W przeciwieństwie do demonów, te mechaniczne stwory mogą chodzić za dnia po mieście.

– Tak, ale wtedy zaalarmowałyby mieszkańców – powiedział Henry. – Na razie nie wyglądają jak zwykłe ludzkie istoty, żeby nie wzbudzać zainteresowania. – Wyjął z kieszeni lśniącą przekładnię i uniósł ją. – Zbadałem szczątki automatów leżących na dziedzińcu. Te, które de Quincey wysłał na most, nie są takie same jak te znalezione w krypcie. Są bardziej wyrafinowane, zrobione z lepszego metalu, dopracowane w szczegółach, a przez to szybsze i groźniejsze. Ktoś ulepszył projekt.

Ale jak ulepszył?

– Na planach, które znalazł Will, był czar – odezwała się Tessa. – Magnus go odszyfrował...

– Czar wiążący energię demona z automatem. – Charlotte spojrzała na męża. – Czy de Quinceyowi...?

– Udało mu się tego dokonać? – Henry potrząsnął głową. – Nie. Te stwory nie są ożywione. Przypominają pozytywki. Nie mają inteligencji ani własnej woli. I nie ma w nich nic demonicznego.

Charlotte odetchnęła z ulgą.

– Musimy znaleźć de Quinceya, zanim uda mu się osiągnąć cel. Te istoty już są groźnymi przeciwnikami. Nie wiadomo, ile ich wyprodukował i jak trudno będzie je zabić, kiedy uzyskają spryt demonów.

– Armia nie zrodzona ani z nieba, ani z piekła – powiedziała cicho Tessa.

– Właśnie – potwierdził Henry. – De Quinceya trzeba odnaleźć i powstrzymać. Tesso, musisz zostać w Instytucie. Nie chcemy cię tutaj trzymać jako więźnia, ale byłoby bezpieczniej, gdybyś na razie nie wychodziła.

– Ale jak długo... – Tessa umilkła na widok miny Sophie.

Pokojówka patrzyła ponad jej ramieniem wielkimi orzechowymi oczami.

Tessa podążyła za jej wzrokiem.

W drzwiach bawialni stał Will. Na białej koszuli miał smugę krwi, która wyglądała jak farba. Jego twarz była nieruchoma, prawie jak maska, wzrok miał utkwiony w Tessie. Kiedy ich spojrzenia się spotkały, jej puls przyśpieszył.

– On chce z tobą mówić – oznajmił Will.

W pokoju przez chwilę panowała cisza. Wszyscy patrzyli na Herondale'a. Pod jego pozornym spokojem wyczuwało się napięcie. Jest jak bomba, która zaraz wybuchnie, pomyślała Tessa. Sophie podniosła rękę do szyi, zaczęła nerwowo bawić się kołnierzykiem.

– Masz na myśli Jema? – spytała w końcu Charlotte. – Jak on się czuje?

– Jest przytomny, może mówić – odparł Will. Przeniósł wzrok na Sophie, a ona spuściła głowę, jakby chciała ukryć wyraz twarzy. – Teraz chce rozmawiać z Tessą.

– Ale... – Tessa z wahaniem spojrzała na Charlotte. – Czuje się na tyle silny?

– Chce z tobą rozmawiać – powtórzył Will z naciskiem. Wyraz jego twarzy się nie zmienił. – Może więc wstaniesz i pójdziesz ze mną?

– Will... – zaczęła Charlotte ostrym tonem, ale Tessa już dźwignęła się z fotela i wygładziła pogniecione spódnice.

Pani Branwell popatrzyła na nią z troską, ale nic więcej nie powiedziała.

Will milczał, kiedy szli korytarzem. W blasku magicznych kinkietów ich wydłużone cienie przesuwały się po ścianach. Na białej koszuli i na policzku Nocny Łowca miał, oprócz plam krwi, również ślady czarnego oleju. Jego włosy były zmierzwione, zęby zaciśnięte.

Tessa zastanawiała się, czy w ogóle spał od chwili, kiedy o świcie zostawiła go na poddaszu. Niestety, on całym sobą – postawą, milczeniem, sztywnością ramion – zniechęcał do zadawania wścibskich pytań.

Gdy dotarli do pokoju Jema, otworzył drzwi i przepuścił ją w progu.

Sypialnię rozjaśniało jedynie przyćmione magiczne światło. Jem leżał pod kołdrą na wysokim rzeźbionym łożu. Był biały jak jego nocna koszula, powieki miał granatowe. O szafkę nocną stała oparta laska z jadeitową główką. Została naprawiona i znowu lśniła jak nowa.

Słysząc szczęk drzwi, Jem odwrócił głowę na poduszce, ale nie otworzył oczu.

– Will?

I wtedy Herondale zrobił coś, co zdumiało Tessę. Zmusił się do uśmiechu i odpowiedział w miarę wesołym tonem:

– Przyprowadziłem ją, tak jak prosiłeś.

Jem uniósł powieki i Tessa z ulgą zobaczyła, że jego oczy odzyskały normalny kolor. Mimo to w bladej twarzy Jema nadal wyglądały jak ciemne dziury.

– Przepraszam, Tesso – wyszeptał.

Tessa z wahaniem spojrzała na Willa, ale on gapił się wprost przed siebie. Najwyraźniej nie zamierzał jej pomóc, więc przeszła przez pokój i opadła na krzesło stojące obok łóżka.

– Jem, nie musisz czuć się winien ani przepraszać – zapewniła go cichym głosem. – Nie zrobiłeś nic złego. To ja powinnam cię przeprosić. To ja byłam celem tych mechanicznych istot, nie ty. – Położyła dłoń na kołdrze. Chciała dotknąć jego ręki, ale nie miała odwagi. – Gdyby nie ja, nie zostałbyś ranny.

– Ranny. – Jem wymówi to słowo niemal z obrzydzeniem. – Nie zostałem ranny.

– James. – W głosie Willa zabrzmiała ostrzegawcza nuta.

– Ona powinna się dowiedzieć, Williamie. Inaczej będzie się obwiniać.

– Miałeś atak – rzekł Will, nie patrząc na Tessę. – To niczyja wina. – Umilkł na chwilę. – Po prostu uważam, że powinieneś być ostrożny. Rozmowa cię wyczerpie.

– Są rzeczy ważniejsze niż ostrożność. – Jem dźwignął się z trudem, aż wystąpiły mu żyły na szyi, i oparł się o poduszki. Kiedy ponownie się odezwał, był lekko zdyszany. – Jeśli ci się to nie podoba, Will, nie musisz tu zostawać.

Tessa usłyszała, jak za jej plecami drzwi otwierają się i zamykają z cichym trzaśnięciem. Will wyszedł, a ona mimo woli poczuła lekkie ukłucie żalu w sercu.

Jem westchnął.

– Jest taki uparty.

– Miał rację – stwierdziła Tessa. – Przynajmniej co do tego, że nie musisz mi nic mówić, jeśli nie chcesz. Wiem, że to nie była twoja wina.

– Nie chodzi o winę – powiedział Jem. – Po prostu myślę, że równie dobrze możesz poznać prawdę. Jej ukrywanie rzadko w czymkolwiek pomaga. – Przez chwilę patrzył na drzwi, jakby jego słowa były skierowane także do nieobecnego przyjaciela. W końcu westchnął i przeczesał włosy palcami. – Wiesz, że przez większość mojego życia mieszkałem w Szanghaju z rodzicami? Że wychowywałem się w tamtejszym Instytucie?

– Tak – odparła Tessa, zastanawiając się, czy Jem nadal nie jest lekko zamroczony. – Mówiłeś mi o tym na moście. I wiem też, że twoich rodziców zabił demon.

– Yanluo. – W głosie Jema brzmiała nienawiść. – Żywił urazę do mojej matki, bo była odpowiedzialna za śmierć części jego potomstwa. On i jego ród mieli siedlisko w niedużym mieście Lijiang i żywili się miejscowymi dziećmi. Mama spaliła jego kryjówkę i uciekła, zanim demon ją dopadł. Yanluo czekał cierpliwie przez lata, bo Wielkie Demony żyją wiecznie, ale nigdy nie zapomniał. Kiedy skończyłem jedenaście lat, znalazł słaby punkt w łańcuchu czarów chroniących Instytut i dostał się do środka. Zabił strażników i wziął w niewolę mnie i moją rodzinę. Przywiązał nas do krzeseł w dużym pokoju. I zabrał się do pracy. Torturował mnie na oczach rodziców. – Głos Jema był głuchy. – Wstrzykiwał mi piekącą demoniczną truciznę, która paliła moje żyły i atakowała mózg. Przez dwa dni miałem halucynacje i sny. Widziałem świat zatopiony przez rzeki krwi, słyszałem krzyki martwych i umierających w ciągu całej jego historii. Widziałam płonący Londyn i wielkie metalowe stwory kroczące po ziemi jak ogromne pająki... – Jemowi zabrakło tchu. Był bardzo blady, nocna koszula kleiła mu się do piersi. Widząc zatroskaną minę Tessy, machnął ręką. – Co kilka godzin wracałem do rzeczywistości i wtedy słyszałem, jak rodzice do mnie krzyczą. Drugiego dnia, kiedy oprzytomniałem, usłyszałem tylko matkę. Jej głos był ochrypły, ale wciąż powtarzała moje imię. Nie angielskie, tylko to, które mi nadała, kiedy się urodziłem: Jian. Nadal czasami słyszę jej wołanie.

Tak mocno ściskał poduszkę, że jego kostki zbielały.

– Jem, nie musisz mi teraz tego wszystkiego opowiadać – powiedziała cicho Tessa.

– Pamiętasz, jak mówiłem, że Mortmain prawdopodobnie zarobił pieniądze na szmuglowaniu opium? – zapytał Jem. – Brytyjczycy sprowadzali je do Chin tonami. Zrobili z nas naród uzależnionych. Po chińsku nazywamy je „zagranicznym błotem" albo „czarnym dymem". Można powiedzieć, że Szanghaj jest zbudowany na opium. Nie istniałby bez niego. W mieście jest mnóstwo palarni, w których mężczyźni o zapadniętych oczach głodzą się na śmierć, bo jedyne, czego pragną, to narkotyk, więcej narkotyku. Oddaliby za niego wszystko. Kiedyś nienawidziłem takich ludzi. Nie mogłem zrozumieć, jak mogą być tacy słabi. – Wziął głęboki wdech. – Kiedy szanghajskie Konklawe zaniepokoiło się brakiem wieści i włamało do Instytutu, żeby nas uratować, moi rodzice już nie żyli. Ja byłem w delirium. Zabrali mnie do Cichych Braci, a oni wyleczyli moje ciało, ale jednej rzeczy nie zdołali naprawić. Uzależniłem się od substancji, którą zatruwał mnie demon. Mój organizm się jej domagał, tak jak organizm narkomana domaga się opium. Próbowali odzwyczaić mnie od trucizny, ale jej brak powodował straszliwy ból. Nawet kiedy udało im się uśmierzyć ból czarami, głód narkotyczny omal nie doprowadził do mojej śmierci. Po tygodniach eksperymentów Cisi Bracia uznali, że nic nie da się zrobić. Nie mogłem żyć bez narkotyku. Jego zażywanie oznaczało powolną śmierć, natomiast odstawienie – bardzo szybką.

– Tygodnie eksperymentów? – powtórzyła Tessa. – I miałeś wtedy jedenaście lat? To okrutne.

– Niekoniecznie – powiedział Jem. – Obok ciebie na szafce nocnej leży pudełko. Możesz mi je podać?

Tessa spełniła jego prośbę. Szkatułka ze srebra miała wieczko ozdobione inkrustacją, która przedstawiała smukłą, bosą kobietę w białej szacie, wylewającą wodę z dzbanka do strumienia.

– Kto to jest? – zapytała Tessa, podając Jemowi szkatułkę.

– Quan Yin, bogini miłosierdzia i współczucia. Słyszy każdą modlitwę, każdy krzyk cierpienia i stara się na nie odpowiedzieć. Pomyślałem, że jeśli zamknę przyczynę mojego cierpienia w pudełku z jej wizerunkiem, może stanie się trochę mniejsze. – Otworzył klamerkę i pokrywka odskoczyła. W środku znajdowało się coś, co Tessa w pierwszej chwili wzięła za popiół, ale kiedy się przyjrzała, zobaczyła, że to srebrny proszek, niemal takiego samego koloru jak oczy Jema.

– To jest właśnie ten narkotyk – powiedział Jem. – Pochodzi od czarownika i handlarza z Limehouse. Zażywam go kilka razy dziennie. Właśnie dlatego wyglądam... tak upiornie. Proszek wyciąga kolor z moich oczu, włosów, a nawet skóry. Zastanawiam się czasami, czy moi rodzice by mnie poznali... Jeśli muszę walczyć, biorę go więcej. Mniejsza ilość mnie osłabia. Dzisiaj przed pójściem na most nie zażyłem nic. Dlatego osłabłem. Nie po starciu z mechanicznymi istotami, tylko z powodu narkotyku. Bez niego walka, a potem bieg to było dla mnie zbyt wiele. Zemdlałem, bo moje ciało zaczęło się żywić samym sobą. – Z trzaskiem zamknął pudełko i podał je Tessie. – Odłóż je na miejsce.

– Nie potrzebujesz go?

– Nie. Dość już dzisiaj wziąłem.

– Mówiłeś, że ten narkotyk oznacza powolną śmierć, że cię zabija – przypomniała Tessa.

Jem skinął głową. Kosmyki jasnych włosów opadły mu na czoło.

Serce Tessy ścisnęło się boleśnie.

– A kiedy walczysz, bierzesz więcej? Więc dlaczego nie przestaniesz walczyć? Will i inni...

– Zrozumieliby – dokończył za nią Jem. – Wiem, że by zrozumieli. Ale nie chodzi o to, żeby się czepiać życia za wszelką cenę. Jestem Nocnym Łowcą. Nie mógłbym żyć bez walki.

– Raczej nie chcesz.

Will byłby zły, gdyby usłyszał od niej takie słowa, ale Jem tylko spojrzał na nią uważnie.

– Nie chcę. Przez długi czas szukałem lekarstwa, ale w końcu przestałem i o to samo poprosiłem Willa i resztę. Narkotyk nie ma nade mną całkowitej władzy. Wierzę, że jestem coś wart. Chodzi o moje życie, a nie o to, kiedy i jak ono się skończy.

– A ja nie chcę, żebyś umarł – oświadczyła Tessa. – Nie wiem dlaczego odczuwam to tak mocno... dopiero cię poznałam, ale nie chcę, żebyś umarł.

– I ja ci wierzę. Nie wiem dlaczego, bo dopiero cię poznałem, ale wierzę.

Jego ręce już nie ściskały poduszki, tylko leżały płasko i nieruchomo na kołdrze. Były chude, o wydatnych kostkach, smukłych, zwężających się palcach, z cienką białą blizną biegnącą przez prawy kciuk. Tessa miała ochotę je pogłaskać, uścisnąć mocno, pocieszyć Jema...

– Bardzo wzruszające. – Will bezszelestnie wszedł do pokoju i teraz stał w progu. Zdążył się pozbyć zakrwawionej koszuli i chyba umył się pośpiesznie. Włosy miał wilgotne, twarz wyszorowaną, ale paznokcie nadal czarne od brudu i oleju. Przeniósł wzrok z Jema na Tessę i z powrotem. Jego twarz zachowała nieprzenikniony wyraz. – Widzę, że jej powiedziałeś.

– Tak. – W głosie Jema nie było wyzywającego tonu. Jak zwykle, nie dał się sprowokować przyjacielowi. – Stało się. Już nie musisz się tym przejmować.

– Pozwolisz, że się z tobą nie zgodzę – rzekł Will i posłał Tessie znaczące spojrzenie.

Przypomniawszy sobie, że ma nie męczyć Jema, Tessa wstała z krzesła i wygładziła spódnice.

Jem popatrzył na nią z żalem.

– Już idziesz? Miałem nadzieję, że zostaniesz i będziesz moim aniołem opiekuńczym, ale skoro musisz iść, to musisz.

– Ja zostanę – oświadczył Will z lekkim rozdrażnieniem i rzucił się na krzesło, które zwolniła Tessa. – Potrafię doglądać chorego jak anioł.

– Niestety, nie jesteś taki ładny jak Tessa – stwierdził Jem, zamknął oczy i położył głowę na poduszce.

– To było niegrzeczne. Wiele osób porównywało patrzenie na mnie z wpatrywaniem się w blask słońca.

Jem nie rozchylił powiek.

– Jeśli mieli na myśli to, że potrafisz przyprawić o ból głowy, to się nie mylili.

– Poza tym, to okrutne trzymać Tessę z dala od brata – dodał Will. – Biedna dziewczyna od rana nie miała okazji go widzieć.

– To prawda. – Oczy Jema otworzyły się na chwilę. Były srebrzysto-czarne, senne. – Przepraszam, Tesso. Zapomniałem.

Nic nie odpowiedziała, skonsternowana tym, że nie tylko on zapomniał o Nathanielu. Chciała powiedzieć, że nic się nie stało, ale Jem miał zamknięte oczy, więc pomyślała, że zasnął. Will pochylił się i okrył go kołdrą.

Tessa wyszła z pokoju na palcach.

Światło na korytarzach było przygaszone albo tak się jej wydawało. Odczekała chwilę, aż wzrok przyzwyczai się do półmroku. Drgnęła, słysząc kroki.

– Sophie?

Pokojówka miała bladą twarz, w ręce trzymała za troczki biały czepek.

– Sophie? – powtórzyła Tessa. – Coś się stało?

– Dobrze się czuje? – zapytała służąca zdławionym głosem. – Nic mu nie będzie?

– Kto? – zdziwiła się Tessa.

W oczach Sophie malowała się rozpacz.

– Jem.

Nie panicz Jem ani pan Carstairs, tylko Jem. Tessa popatrzyła na nią z osłupieniem i nagle zrozumiała. „To w porządku kochać kogoś bez wzajemności, dopóki ten ktoś jest wart miłości. Dopóki na nią zasługuje".

Oczywiście. Ale jestem głupia. To w Jemie jest zakochana Sophie.

– Czuje się dobrze – odpowiedziała łagodnie. – Siada i rozmawia, ale musi dużo odpoczywać. Wkrótce całkiem wydobrzeje, jestem pewna. Jeśli chcesz go zobaczyć...

– Nie! – wykrzyknęła Sophie. – Nie, to byłoby niewłaściwe. – Jej oczy zalśniły. – Jestem panience bardzo wdzięczna. Ja...

Odwróciła się i pośpieszyła dalej korytarzem. Tessa patrzyła za nią, zmartwiona i zakłopotana. Jak mogła wcześniej tego nie zauważyć? Jak mogła być taka ślepa? Jak to możliwe, żeby mieć dar zmieniania się w innych ludzi i jednocześnie być niezdolną do postawienia się na ich miejscu.

***

Drzwi do pokoju Nate'a były lekko uchylone. Tessa pchnęła je cicho i zajrzała do środka.

Brat leżał zagrzebany pod górą koców. Migotliwy blask świecy stojącej na szafce nocnej tańczył na jego jasnych włosach rozsypanych na poduszce. Nathaniel miał zamknięte oczy, jego pierś unosiła się i opadała równomiernie.

W fotelu obok łóżka siedziała Jessamine. Ona też spała. Jej blond włosy wymknęły się ze starannie ułożonego koka, sploty opadły na ramiona. Ktoś zarzucił na nią ciężki wełniany koc, ręce trzymała splecione na piersi. Wyglądała młodo i krucho. Nie było w niej nic z dziewczyny, która niedawno zabiła faerie w parku.

Dziwne, co czułość potrafi wydobyć z ludzi, pomyślała Tessa. Najciszej, jak mogła, odwróciła się i zamknęła za sobą drzwi.

Tej nocy spała niespokojnie, często budziła się z koszmarów o mechanicznych istotach idących ku niej z wyciągniętymi metalowymi rękami. Potem przyśnił się jej Jem. Sypał się na niego z góry srebrny proszek, wypalając dziury w kołdrze, aż w końcu całe łóżko płonęło, a Nocny Łowca dalej spał głęboko, mimo ostrzegawczych krzyków Tessy.

W jej snach pojawił się też Will. Stał na kopule katedry św. Pawła w blasku białego księżyca. Miał na sobie czarny frak, na jego karku i rękach wyraźnie rysowały się Znaki. Patrzył w dół na miasto niczym zły anioł, zobowiązany do chronienia go przed najgorszymi snami, a tymczasem Londyn spał w dole, obojętny i niczego nieświadomy.

Tessę wyrwał ze snu głos tuż nad uchem i dłoń energicznie potrząsająca jej ramieniem.

– Panienko! – Sophie mówiła ostrym tonem. – Panno Gray, musi się panienka obudzić. Panienki brat.

Tessa usiadła raptownie, rozkopując koce. Popołudniowe słońce wlewało się przez okna, oświetlając sypialnię... i niespokojną twarz Sophie.

– Nate się obudził? Dobrze się czuje?

– Tak... to znaczy, nie wiem, panienko. – W głosie pokojówki zabrzmiała nuta wahania. – Widzi panienka, on zniknął.

Rozdział szesnasty

Czar wiążący

„Raz czy dwa razy rzucić kości z kubka,
Na to marnego nie powie nikt słowa,
Ale kto z Grzechem na hazard iść pragnie,
Ten się przed Hańbą w tej grze nie uchowa".

– Oscar Wilde, *Ballada o więzieniu w Reading*
(Przełożył Adam Włodek)

– Jessamine! Jessamine, co się dzieje? Gdzie jest Nate?

Panna Lovelace stała na korytarzu pod drzwiami pokoju Nathaniela. Oczy miała czerwone, wyraz twarzy gniewny. Luźne sploty wymknęły się ze zwykle starannie ułożonego koka i rozsypały po karku.

– Nie wiem – odburknęła. – Zasnęłam w fotelu przy jego łóżku, a kiedy się obudziłam, nie było go... po prostu zniknął! – Zmierzyła ją wzrokiem. – Boże, wyglądasz strasznie.

Tessa spojrzała na siebie. Nie zawracała sobie głowy krynoliną ani butami. Po prostu włożyła suknię i wsunęła bose stopy w pantofle. Włosy opadały jej na ramiona. Pewnie wyglądała jak obłąkana dziewczyna, którą pan Rochester z *Jane Eyre* trzymał na strychu.

– Nate nie mógł daleko odejść w takim stanie – stwierdziła. – Nikt go nie szuka?

Jessamine wyrzuciła ręce w górę.

– Wszyscy go szukają. Will, Charlotte, Henry, Thomas, nawet Agatha. Chyba nie chcesz wygonić z łóżka biednego Jema, żeby on też wziął udział w poszukiwaniach?

Tessa potrząsnęła głową.

– Szczerze mówiąc, Jessamine... Ja też pójdę się rozejrzeć. Możesz tu zostać, jeśli chcesz.

– Chcę. – Jessie zadarła brodę.

Tessa odwróciła się na pięcie i pomaszerowała korytarzem. Miała mętlik w głowie. Dokąd, u licha, mógł pójść Nate? Majaczył w gorączce? Wstał z łóżka i zdezorientowany ruszył na poszukiwania siostry? Na tę myśl ścisnęło się jej serce. Instytut był prawdziwym labiryntem identycznych korytarzy z tapiseriami na ścianach. Sama z trudem odnajdowała w nim drogę, a co dopiero Nate...

– Panno Gray?

Tessa odwróciła się i zobaczyła Thomasa wychodzącego z jednego z pokojów. Był w samej koszuli, włosy miał jak zwykle potargane, spojrzenie bardzo poważne. O, Boże, ma złe wieści, pomyślała z przerażeniem.

– Tak?

– Znalazłem pani brata – oznajmił sługa ku jej zdumieniu.

– Gdzie?

– W bawialni. Znalazł sobie niezłą kryjówkę, za kotarami. – Thomas mówił szybko, wyraźnie zmieszany. – Kiedy mnie zobaczył, zaczął wrzeszczeć. Próbował przemknąć obok mnie. Prawie musiałem zdzielić go w głowę, żeby go uciszyć... – Widząc minę Tessy, odchrząknął. – To znaczy, obawiam się, że mogłem go przestraszyć, panienko.

Tessa zakryła usta ręką.

– O, Boże! Ale nic mu nie jest?

Thomas nie wiedział, w którą stronę patrzeć, zakłopotany, że znalazł pana Graya ukrywającego się za kotarami. Tessa poczuła oburzenie. Nate nie był Nocnym Łowcą, nie dorastał, zabijając i ryzykując życie. Nic dziwnego, że się przeraził. A w dodatku miał wysoką gorączkę.

– Lepiej do niego pójdę – powiedziała. – Sama, rozumiesz? Dobrze będzie, jeśli on zobaczy znajomą twarz.

Thomas odetchnął z ulgą.

– Tak, panienko. Ja tu zaczekam, a panienka w razie czego da mi znać, żebym wezwał innych.

Tessa skinęła głową, wyminęła Thomasa i otworzyła drzwi. W bawialni panował półmrok, rozjaśniony tylko popołudniowym światłem wlewającym się przez wysokie okna. Kanapy i fotele rozstawione w pokoju wyglądały jak przykucnięte bestie. Przy kominku, w jednym z nich siedział Nate w zakrwawionej koszuli i spodniach, które miał na sobie u de Quinceya. Musiał gdzieś je znaleźć. Był boso, łokcie opierał na kolanach, twarz ukrył w dłoniach. Wyglądał żałośnie.

– Nate?

Uniósł głowę... i zerwał się na równe nogi z wyrazem niedowierzania i szczęścia na twarzy.

– Tessie!

Tessa z cichym okrzykiem przebiegła przez pokój, objęła brata i uściskała mocno. Usłyszała cichy jęk bólu, ale Nate odwzajemnił uścisk, a ona na chwilę przeniosła się do małej kuchni w Nowym Jorku, wypełnionej zapachem jedzenia i cichym śmiechem ciotki, która beształa ich za to, że hałasują.

Nathaniel pierwszy się odsunął i powiódł po niej wzrokiem.

– Boże, Tessie, wyglądasz inaczej...

Tessę przebiegł ją dreszcz.

– Co masz na myśli?

Brat pogłaskał ją po policzku, niemal z roztargnieniem.

– Jesteś starsza i chudsza. Kiedy wyjeżdżałem z Nowego Jorku, byłaś małą dziewczynką o okrągłej buzi. A może po prostu taką cię zapamiętałem? I ten naszyjnik, który wtedy nosiłaś, aniołek matki. Powiedz mi, że nie zginął. Zawsze stanowił część ciebie, Tessie.

Tessa zapewniła go, że nie zgubiła wisiorka, ale tak naprawdę myślała o czymś innym, patrząc z troską na brata. Już nie był taki szary na twarzy, ale nadal blady i cały w niebieskich, czarnych i żółtych siniakach.

– Nate...

– Wyglądam gorzej, niż się czuję – powiedział, widząc jej niepokój.

– Powinieneś być w łóżku, odpoczywać. Co tutaj robisz?

– Próbowałem cię znaleźć. Wiedziałem, że tu jesteś. Domyśliłem się, że ciebie też uwięzili. Zamierzałem nas stąd wydostać.

– Uwięzili? Nate, to nie tak. – Tessa pokręcił głową. – Jesteśmy tutaj bezpieczni.

Nathaniel zmrużył oczy.

– To jest Instytut, prawda? Ostrzegałem cię przed tym miejscem. De Quincey mówił, że prowadzą go szaleńcy, którzy nazywają siebie Nefilim. Trzymają przeklęte dusze w czymś w rodzaju pudła...

– Pyxis? Jest w nim zamknięta demoniczna energia, Nate, a nie ludzkie dusze! Jest zupełnie nieszkodliwe. Pokażę ci je później, w zbrojowni, jeśli mi nie wierzysz.

Nate nadal miał ponurą minę.

– De Quincey mówił, że jeśli Nefilim dostaną mnie w swoje ręce, rozerwą na strzępy za złamanie ich Praw.

Po plecach Tessy przebiegł zimny dreszcz. Cofnęła się o krok i zobaczyła, że jedno z okien bawialni jest otwarte, zasłony powiewają na wietrze.

– Ty otworzyłeś okno, Nate? Zimno tu.

Brat pokręcił głową.

– Było otwarte, kiedy tu wszedłem.

Tessa przeszła przez pokój i zamknęła okno.

– Przeziębisz się na śmierć...

– Mniejsza o mnie – rzucił z irytacją Nathaniel. – Co z Nocnymi Łowcami? Twierdzisz, że cię tu nie więżą?

– Nie. – Tessa odwróciła się od okna. – To dziwni ludzie, ale byli dla mnie dobrzy. Chciałam tu zostać, a oni okazali się na tyle wspaniałomyślni, że mi pozwolili.

Nate pokręcił głową.

– Nie rozumiem.

Tessa poczuła iskrę gniewu, ale szybko ją stłumiła. To nie była wina Nathaniela. Tylu rzeczy nie wiedział.

– A gdzie miałam się podziać? – spytała, zbliżając się do brata i biorąc go pod ramię. Poprowadziła go do fotela. – Odpocznij. Jesteś wyczerpany.

Nate usiadł posłusznie i spojrzał na nią w sposób, który Tessa dobrze znała. Taki wyraz oczu oznaczał, że jej brat wymyśla jakiś plan, snuje niedorzeczne marzenia.

– Nadal możemy się stąd wydostać – stwierdził. – Pojechać do Liverpoolu, wsiąść na statek. Wrócić do Nowego Jorku.

– I co? – zapytała Tessa najłagodniej, jak umiała. – Nic tam na nas nie czeka. Po śmierci cioci sprzedałam wszystkie rzeczy, żeby zapłacić za pogrzeb. Mieszkanie straciliśmy, bo nie było pieniędzy na czynsz. Nie ma dla nas miejsca w Nowym Jorku, Nate.

– To je znajdziemy. Nowe życie.

Tessa ze smutkiem spojrzała na brata. Nie mogła bez bólu patrzeć na niego w takim stanie, z twarzą pełną beznadziejnego błagania, z siniakami na policzkach i szyi, z jasnymi włosami posklejanymi krwią. Nate nie był taki jak inni ludzie. Ciotka Harriet zawsze to powtarzała. Mówiła też, że jego piękną niewinność trzeba chronić za wszelką cenę.

I Tessa przez całe lata starała się to robić. Obie z ciotką ukrywały przed Nathanielem jego własne słabości, konsekwencje błędów i niepowodzeń. Nigdy mu nie mówiły o pracy, którą musiała podejmować ciotka Harriet, żeby zarobić pieniądze na pokrycie jego długów hazardowych, o przykrościach, które musiała znosić Tessa, gdy inne dzieci wyzywały jej brata od pijaków i obiboków. Ukrywały przed nim to wszystko, żeby go nie ranić. Ale jego i tak spotkała krzywda, pomyślała Tessa. Może Jem miał rację? Może prawda zawsze jest najlepsza?

Usiadła na otomanie naprzeciwko brata i zmierzyła go spokojnym wzrokiem.

– Jeszcze nie teraz, Nate – powiedziała. – Nie uciekniemy przed kłopotami, w których się teraz znaleźliśmy. A jeśli stąd wyjedziemy, będziemy sami, kiedy te kłopoty w końcu nas dopadną. Nikt nam nie pomoże ani nas nie ochroni. Potrzebujemy Instytutu, potrzebujemy Nefilim.

– Chyba tak – przyznał w końcu Nate, a Tessę nagle ogarnęła tęsknota za domem, bo od dwóch miesięcy słyszała tylko brytyjski akcent. – To przeze mnie tutaj jesteś. De Quincey mnie torturował. Kazał mi napisać tamte listy, wysłać bilet na statek. Obiecał, że nie zrobi ci krzywdy, ale z drugiej strony nie pozwolił mi się z tobą zobaczyć, a ja myślałem... myślałem... – Uniósł głowę i spojrzał na nią ze smutkiem. – Powinnaś mnie nienawidzić.

– Nie mogłabym cię nienawidzić. – Ton Tessy był stanowczy. – Jesteś moim bratem, moją rodziną.

– Myślisz, że będziemy mogli wrócić do domu, kiedy to wszystko się skończy? – zapytał Nate. – Zapomnieć o tym, co się stało? Prowadzić normalne życie?

„Prowadzić normalne życie". Po tych słowach pojawił się w jej umyśle obraz małego, słonecznego mieszkania. Nate znalazłby inną pracę, ona mogłaby dla niego gotować i sprzątać, a w weekendy oboje spacerowaliby po parku albo jechali pociągiem na Coney Island, żeby pokręcić się na karuzeli albo z Żelaznej Wieży pooglądać nocą fajerwerki nad Manhattan Beach Hotel. Zawsze świeciłoby słońce, nie tak jak tutaj, a ona byłaby zwyczajną dziewczyną, która lubi książki, twardo stąpa po znajomym nowojorskim bruku.

Jednakże po chwili wizja zniknęła jak pajęczyna porwana przez wiatr, a Tessa zobaczyła twarz Willa, Jema, Charlotte, a nawet Magnusa. Czarownik mówił: „Biedactwo. Teraz kiedy znasz prawdę, nie możesz wrócić".

– Ale my nie jesteśmy normalni – powiedziała. – Ja nie jestem normalna. Dobrze o tym wiesz, Nate.

Brat opuścił wzrok.

– Tak. – Bezradnie machnął ręką. – Więc to prawda. Jesteś taka, jak mówił de Quincey. Powiedział, że masz dar zmieniania postaci, że możesz stać się wszystkim, czym chcesz.

– Uwierzyłeś mu? Tak, to prawda... no, prawie, i ja sama ledwo mogłam w nią z początku uwierzyć. To takie dziwne...

– Widywałem dziwniejsze rzeczy. – Głos Nathaniela był głuchy. – Boże, to powinienem być ja.

Tessa zmarszczyła brwi.

– Co masz na myśli?

Nim brat zdążył odpowiedzieć, otworzyły się drzwi bawialni. W progu stanął Thomas z przepraszającą miną.

– Panno Gray, panicz Will...

– Panicz Will jest tutaj.

Herondale zręcznie ominął Thomasa, mimo jego pokaźnych rozmiarów. Ubranie, w które przebrał się zeszłej nocy, było pogniecione. Ciekawe, czy spał w nim w fotelu przy łóżku Jema. Wyglądał na zmęczonego, oczy miał podkrążone, ale na widok Nathaniela zabłysła w nich... Ulga? Rozbawienie? Tessa nie umiała odczytać ich wyrazu.

– Nasz zbłąkany wędrowiec w końcu odnaleziony – powiedział. – Thomas mówi, że ukrywał się pan za zasłonami?

Nate spojrzał na niego pustym wzrokiem.

– Kim pan jest?

Tessa szybko dokonała prezentacji, choć żaden nie wydawał się zbytnio uszczęśliwiony spotkaniem. Nate wyglądał, jakby był bliski śmierci, a Will mierzył go wzrokiem, jakby zobaczył nowy, niezbyt ciekawy eksponat.

– Więc jesteś Nocnym Łowcą – powiedział Nate. – De Quincey mówił, że jesteście potworami.

– To było przed tym czy po tym, jak próbował wyssać z ciebie krew? – odparował Will.

Tessa szybko wstała z kanapy.

– Will, możemy porozmawiać na korytarzu?

Spodziewała się oporu, ale ku jej zaskoczeniu Will rzucił Nathanielowi ostatnie wrogie spojrzenie i skinął głową. Wyszedłszy z nią cicho do holu, zamknął za sobą drzwi bawialni.

Magiczne lampy oświetlające pozbawiony okien korytarz rzucały wokół siebie nieduże kręgi jasności, które nie dotykały się nawzajem. Will i Tessa stanęli w cieniu między sadzawkami światła i spojrzeli na siebie czujnie, jak rozwścieczone koty okrążające się w zaułku.

Milczenie przerwał Will.

– Masz, co chciałaś. Jesteś ze mną sam na sam...

– Tak, tak – przerwała mu Tessa niecierpliwie. – Tysiące kobiet w całej Anglii zapłaciłoby sowicie za taki przywilej. Możesz na chwilę odłożyć na bok swoje fajerwerki dowcipu? To ważna sprawa.

– Chcesz, żebym przeprosił, tak? – domyślił się Will. – Za to, co się stało na strychu?

Zaskoczona Tessa wytrzeszczyła oczy.

– Na strychu?

– Chcesz, żebym przeprosił, że cię pocałowałem.

Wspomnienie tamtej chwili ogarnęło Tessę z nieoczekiwaną klarownością: palce Willa w jej włosach, dotyk jego dłoni na jej rękawiczce, jego usta na jej ustach.

Poczuła, że się rumieni. Miała tylko nadzieję, że nie widać tego w półmroku.

– Co... nie. Nie!

– Więc nie chcesz, żebym przepraszał – stwierdził Will. Uśmiechał się teraz jak małe dziecko, dumne z zamku, który zbudowało z klocków i natychmiast zburzyło go jednym ruchem ręki.

– Nie obchodzi mnie, czy jest ci przykro, czy nie – oświadczyła Tessa. – Nie o tym chciałam z tobą porozmawiać. Zależy mi na tym, żebyś był miły dla mojego brata. On bardzo dużo przeszedł. Nie musi być przesłuchiwany jak jakiś przestępca.

– Rozumiem – odparł Will łagodniej, niż się spodziewała. – Ale jeśli coś ukrywa...

– Każdy człowiek coś ukrywa! – wybuchła Tessa, zaskakując samą siebie. – Są rzeczy, których Nate się wstydzi, ale one wcale nie muszą mieć dla ciebie znaczenia. Ty też chyba nie mówisz wszystkim wszystkiego, prawda?

Will spojrzał na nią uważnie.

– O czym mówisz?

O twoich rodzicach. Dlaczego nie chciałeś się z nimi zobaczyć? Dlaczego nie miałeś gdzie się podziać? I dlaczego na strychu mnie odtrąciłeś? – pytała w myślach, ale nie zadała mu tych pytań na głos.

– Co z Jemem? Dlaczego mi nie powiedziałeś, że jest chory?

– Jem? – Zdziwienie Willa wydawało się szczere. – On nie chciał, żebym ci mówił. Uważa, że to jego sprawa. I ma rację. Jak może sobie przypominasz, byłem przeciwny nawet temu, żeby on sam wyznał ci prawdę. Twierdził, że jest ci winien wyjaśnienie, ale ja się z nim nie zgadzałem. Jem nic nikomu nie jest winien. To, co go spotkało, to nie jego wina, a jednak on się wstydzi...

– Nie ma czego się wstydzić.

– Ty tak myślisz, ale inni nie widzą różnicy między jego chorobą a uzależnieniem i gardzą nim za słabość. A on po prostu nie mógłby przestać brać narkotyku, nawet gdyby miał dość silnej woli. – W głosie Willa brzmiała gorycz. – Mówią mu to czasami w twarz. Nie chciałem, żeby usłyszał to samo od ciebie.

– Nigdy bym czegoś takiego nie powiedziała.

– Skąd miałem wiedzieć? Przecież tak naprawdę wcale cię nie znam. Podobnie jak ty mnie.

– Bo ty nie chcesz, żeby ktoś cię lepiej poznał – wyrzuciła z siebie Tessa. – I bardzo dobrze, nawet nie będę próbować. Ale nie wmawiaj mi, że Jem jest taki jak ty. Może on woli, żeby ludzie znali prawdę o nim.

– Nie. – Niebieskie oczy Willa pociemniały. – Nie myśl, że znasz Jema lepiej niż ja.

– Jeśli tak bardzo ci na nim zależy, dlaczego nie zrobisz czegoś, żeby mu pomóc? Dlaczego nie szukasz lekarstwa?

– Myślisz, że nie szukaliśmy? Ja, Charlotte, Henry. Myślisz, że nie zatrudnialiśmy czarowników, nie płaciliśmy za informacje, nie prosiliśmy o przysługi? Wyobrażasz sobie, że bez walki pogodziliśmy się z rychłą śmiercią Jema?

– Jem podobno was prosił, żebyście przestali szukać – powiedziała Tessa, reagując spokojem na gniew Willa. – I że go posłuchaliście. To prawda?

– Tak ci powiedział?

– Przestaliście?

– Nie ma dla niego lekarstwa, Tesso.

– Tego nie wiecie. Mogliście dalej szukać i nawet mu o tym nie mówić. Może istnieje jakaś szansa, choćby najmniejsza...

Will uniósł brwi. Migotliwe światło pogłębiało cienie pod jego oczami, jeszcze bardziej uwypuklało wydatne kości policzkowe.

– Uważasz, że powinniśmy zlekceważyć jego życzenie? – zapytał.

– Myślę, że powinniście zrobić wszystko co w waszej mocy, nawet gdyby to oznaczało, że musicie go okłamać. Nie rozumiem, jak mogliście się pogodzić z jego umieraniem.

– A według mnie, to ty nie rozumiesz, że czasami jest tylko jeden wybór: między akceptacją a obłędem.

Za nimi rozległo się chrząknięcie.

– Co się tutaj dzieje?

Oboje byli tak pochłonięci rozmową, że nie usłyszeli kroków Jema. Will drgnął zaskoczony i obejrzał się na przyjaciela, który z chłodnym zainteresowaniem mierzył ich wzrokiem. Był ubrany, ale wyglądał, jakby dopiero co obudził się z gorączkowego snu. Włosy miał w nieładzie, policzki zarumienione.

Will wyglądał na zdziwionego i niezbyt uradowanego widokiem przyjaciela.

– Dlaczego wstałeś z łóżka?

– Wpadłem w holu na Charlotte. Powiedziała, że wszyscy spotykamy się w bawialni, żeby porozmawiać z Nathanielem Grayem. – Ton Jema był łagodny, a z wyrazu jego twarzy nie dało się odczytać, ile usłyszał z rozmowy Willa i Tessy. – Czuję się na tyle dobrze, żeby chociaż z wami posiedzieć.

– O, dobrze, że wszyscy tu jesteście!

Charlotte zbliżała się do nich szybkim krokiem. Za nią podążał Henry, a po obu jego bokach Jessamine i Sophie. Jessie włożyła jedną ze swoich najładniejszych sukien, z niebieskiego muślinu. Niosła koc, a pokojówka tacę z herbatą i kanapkami.

– To dla Nate'a? – spytała zaskoczona Tessa. – Herbata i koce?

Sophie pokiwała głową.

– Pani Branwell pomyślała, że pewnie będzie głodny...

– A ja pomyślałam, że może marznąć, bo ostatniej nocy miał dreszcze – wtrąciła z przejęciem Jessamine. – Mamy mu to zanieść?

Charlotte pytająco spojrzała na Tessę, co ją rozbroiło.

– Tak. Czeka na was.

– Dziękuję, Tesso – powiedziała miękko Charlotte i otworzyła drzwi bawialni.

Weszła do pokoju, a cała reszta za nią.

Tessa ruszyła za nimi, ale nagle poczuła dłoń na ramieniu, dotyk lekki jak piórko.

To był Jem.

– Zaczekaj chwileczkę – poprosił.

Przez otwarte drzwi dobiegał szmer głosów: przyjazny baryton Henry'ego, podekscytowany falset Jessamine.

– O co chodzi? – spytała Tessa.

Zawahał się. Jego dłoń spoczywająca na jej ramieniu była chłodna, palce cienkie jak patyki. Tessa zastanawiała się przez chwilę, czy skóra na jego kościach policzkowych, zaczerwienionych od gorączki, okazałaby się cieplejsza w dotyku,

– A moja siostra... – Do holu napłynął głos Nate'a. Brzmiał w nim niepokój. – Dołączy do nas? Gdzie ona jest?

– Mniejsza o to. – Jem z uspokajającym uśmiechem puścił jej ramię.

Po krótkim wahaniu Tessa odwróciła się i weszła do bawialni. Jem ruszył za nią.

Sophie klęczała przy kominku i rozpalała ogień. Nate siedział w fotelu, z kocem Jessamine na kolanach. Ona sama, sztywno wyprostowana na stołku obok niego, uśmiechała się dumnie. Branwellowie zajęli sofę naprzeciwko Graya; Charlotte aż pękała z ciekawości. Natomiast Will jak zwykle podpierał najbliższą ścianę i wyglądał jednocześnie na zirytowanego i rozbawionego.

Kiedy Jem stanął obok przyjaciela, Tessa całą uwagę skupiła na Nathanielu. Na jej widok brata opuściło napięcie, ale nadal wyglądał żałośnie. Nerwowo skubał koc. Tessa przeszła przez pokój i usiadła na pufie u jego stóp. Z trudem zwalczyła pokusę, żeby zmierzwić mu włosy albo poklepać go po ramieniu. Czuła na sobie oczy wszystkich obecnych. W bawialni panowała taka cisza, że można by usłyszeć, jak na podłogę upada szpilka.

– Przypuszczam, że wszyscy zostali sobie przedstawieni? – spytała Tessa.

Nathaniel, nadal mnąc koc, kiwnął głową.

– Panie Gray, rozmawialiśmy już z panem Mortmainem – zaczęła pani Branwell. – Dużo nam o panu opowiadał. A także o pańskiej sympatii dla Podziemnych. I o zamiłowaniu do hazardu.

– Charlotte! – obruszyła się Tessa.

– To prawda, Tessie – odezwał się Nate.

– Nikt nie wini twojego brata za to, co się stało, Tesso – powiedziała Charlotte i łagodnym tonem ponownie zwróciła się do Nathaniela: – Mortmain twierdzi, że kiedy pan przyjechał do Londynu, wiedział pan o jego zainteresowaniu praktykami okultystycznymi. Skąd się pan dowiedział, że on jest członkiem Klubu Pandemonium?

Nate się zawahał.

– Panie Gray, po prostu musimy zrozumieć, co się panu przydarzyło. Zainteresowanie de Quinceya pańską osobą... Wiem, że nie czuje się pan dobrze. Nie chcemy pana męczyć przesłuchaniami, ale gdyby mógł pan nam udzielić choć trochę informacji, byłaby to bardzo cenna pomoc...

– To wszystko przez przybory do szycia naszej ciotki Harriet – powiedział cicho Nathaniel.

Tessa zamrugała.

– Co takiego?

– Ciotka Harriet trzymała na szafce nocnej przy łóżku stare pudełko na biżuterię, które kiedyś należało do naszej matki. Mówiła, że przechowuje w nim przybory do szycia, ale ja... – Nathaniel wziął głęboki wdech i, mówiąc dalej, patrzył na siostrę: – Miałem długi. Zrobiłem kilka pochopnych zakładów, przegrałem trochę pieniędzy i byłem w kiepskiej sytuacji, ale nie chciałem, żebyście z ciotką się o tym dowiedziały. Pamiętałem, że mama nosiła złotą bransoletkę. Wbiłem sobie do głowy, że jej biżuteria nadal leży w szkatułce, bo ciotka Harriet jest zbyt uparta, żeby ją sprzedać. Przecież ją znałaś. No więc pomyślałem sobie, że gdybym zastawił bransoletkę, mógłbym spłacić długi. Tak więc pewnego dnia, kiedy zostałem sam w domu, otworzyłem szkatułkę. Oczywiście bransoletki w niej nie było, ale odkryłem podwójne dno. Nie znalazłem tam niczego wartościowego, tylko plik starych papierów. Kiedy usłyszałem, jak wchodzicie po schodach, chwyciłem je i zaniosłem do swojego pokoju.

Nate umilkł. Spojrzenia wszystkich były skierowane na niego. Po chwili Tessa nie wytrzymała i ponagliła brata:

– I co?

– To były kartki z pamiętnika matki – powiedział Nathaniel. – Kilku brakowało, ale reszta wystarczyła, żeby poskładać z nich dziwną historię. Wszystko zaczęło się wtedy, gdy nasi rodzice mieszkali w Londynie. Ojca często nie było, pracował w biurach Mortmaina w porcie, ale matka miała ciotkę Harriet do towarzystwa i mnie do wychowywania. Dopiero się urodziłem. Żyło im się dobrze, dopóki ojciec nie zaczął wracać wieczorami do domu coraz bardziej przygnębiony. Mówił, że w fabryce dzieją się dziwne rzeczy, że maszyneria źle funkcjonuje, o różnych porach słychać hałasy, a pewnej nocy zniknął nocny strażnik. Chodziły również plotki, że Mortmain angażuje się w praktyki okultystyczne. – Nate mówił tak, jakby wspominał i jednocześnie recytował opowieść. – Ojciec z początku lekceważył plotki, ale w końcu powtórzył je Mortmainowi, a ten przyznał, że to prawda. Domyślam się, że raczej wszystko zbagatelizował, jakby chodziło tylko o zabawę w czary, pentagramy i wywoływanie duchów. Powiedział, że należy do Klubu Pandemonium. Zaproponował, żeby ojciec przyszedł na jedno ze spotkań i przyprowadził ze sobą żonę.

– Naszą matkę? Niemożliwe, żeby tego chciał...

– Prawdopodobnie nie, ale mając młodą żonę i małe dziecko, ojciec zapewnie palił się do tego, żeby zadowolić pracodawcę.

– Powinien iść na policję...

– Bogaty człowiek, taki jak Mortmain, miał policję w kieszeni – odezwał się Will. – Gdyby wasz ojciec poszedł na policję, wyśmiano by go.

Nathaniel odgarnął włosy z czoła. Był spocony, kosmyki kleiły mu się do skóry.

– Mortmain przysłał po nich powóz późno w nocy, kiedy miasto już spało. Następnych kartek z pamiętnika brakowało, dlatego nie znam żadnych szczegółów dotyczących tamtej nocy. Rodzice pojechali do Klubu Pandemonium pierwszy raz, ale, jak się dowiedziałem, nie ostatni. W następnych miesiącach takich spotkań było kilka. Matka ich nienawidziła, ale jeździli na nie do czasu, aż nagle coś się zmieniło. Nie wiem, co się wydarzyło, bo znowu zabrakło paru stron. Domyśliłem się, że opuścili Londyn pod osłoną nocy, nie powiedzieli nikomu, dokąd jadą, nie zostawili nowego adresu. Po prostu zniknęli. W dzienniku nie ma nic o powodach...

Nate'a chwycił atak suchego kaszlu. Jessamine zerwała się ze stołka, rzuciła do tacy z herbatą, którą Sophie zostawiła na stole, i chwilę później wcisnęła Nathanielowi kubek do ręki. Posłała przy tym Tessie spojrzenie pełne wyższości, jakby dawała jej do zrozumienia, że to ona powinna zatroszczyć się o jej brata.

Nate napił się herbaty i podjął opowieść.

– Kiedy znalazłem kartki z pamiętnika, poczułem się tak, jakbym trafił na żyłę złota. Słyszałem o Mortmainie. Wiedziałem, że jest bogaty jak Krezus, nawet jeśli trochę szalony. Napisałem do niego list: że nazywam się Nathaniel Gray, jestem synem Richarda i Elizabeth Gray, że moi rodzice nie żyją i że w papierach matki znalazłem dowody na jego działalność okultystyczną. Dodałem, że bardzo chciałbym się z nim spotkać i omówić sprawę ewentualnego zatrudnienia. Uprzedziłem jednocześnie, że jeśli nie będzie miał ochoty mnie poznać, kilka gazet z pewnością zainteresuje się dziennikiem mojej matki.

– Co za przedsiębiorczość! – rzucił Will.

Nathaniel się uśmiechnął. Tessa posłała mu wściekłe spojrzenie.

– Nie bądź taki zadowolony z siebie – zbeształa brata. – Kiedy Will mówi „przedsiębiorcze", ma na myśli „niemoralne".

– Wcale nie – zaprotestował Will. – Mam na myśli dokładnie to, co mówię. Gdyby chodziło mi o rzecz „niemoralną", powiedziałbym: „Sam bym tak postąpił".

– Wystarczy, Will – odezwała się Charlotte. – Niech pan Gray dokończy swoją historię.

– Pomyślałem, że Mortmain przyśle łapówkę, żeby zamknąć mi usta – ciągnął Nathaniel. – Jednakże zamiast pieniędzy dostałem bilet pierwszej klasy do Londynu i oficjalną propozycję pracy zaraz po przybyciu na miejsce. Uznałem, że jestem na dobrej drodze do sukcesu, i po raz pierwszy w życiu nie zamierzałem niczego zepsuć. Gdy dotarłem do Londynu, poszedłem prosto do domu Mortmaina. Zaprowadzono mnie do jego gabinetu, a on sam powitał mnie bardzo ciepło, zapewnił, że bardzo się cieszy z naszego spotkania, i stwierdził, że jestem bardzo podobny do mojej drogiej matki. Potem spoważniał. Kazał mi usiąść i powiedział, że zawsze lubił moich rodziców i bardzo się zasmucił, kiedy opuścili Anglię. Nie wiedział, że nie żyją, dopóki nie dostał mojego listu. I nawet gdybym poszedł do gazet z tym, co o nim wiedziałem, chętnie dałby mi pracę i zrobił dla mnie wszystko ze względu na moich rodziców. Obiecałem mu, że dochowam tajemnicy, jeśli zabierze mnie na spotkanie Klubu Pandemonium, bo jest mi to winien. Prawda była taka, że moje zainteresowanie wzbudziła wzmianka o hazardzie w pamiętniku matki. Wyobrażałem sobie, że poznam grupę mężczyzn dostatecznie głupich, by wierzyć w magię i diabły. Uznałem, że nietrudno będzie wygrać trochę pieniędzy od takich durniów. – Nate zamknął oczy. – Wprawdzie niechętnie, ale Mortmain się zgodził. Chyba nie miał wyjścia. Tamtej nocy spotkanie odbywało się w domu de Quinceya. Gdy tylko przekroczyłem próg, zrozumiałem, że jestem głupcem. To nie była grupa amatorów bredzących o spirytyzmie, tylko prawdziwy Świat Cieni, o którym matka parę razy napomknęła w dzienniku. Nie potrafię opisać, jaki przeżyłem wstrząs, kiedy się rozejrzałem po pokoju i zobaczyłem niewyobrażalnie groteskowe istoty. Mroczne Siostry też tam były, śmiały się do mnie zza kart do wista, paznokcie miały jak szpony. Kobiety o twarzach i ramionach upudrowanych na biało szczerzyły się do mnie, a z kącików ich ust płynęły strużki krwi. Po podłodze śmigały małe stworzenia o oczach zmieniających kolor. Nawet nie przypuszczałem, że takie istnieją. Kiedy powiedziałem to Mortmainowi, odparł: „Są rzeczy na niebie i ziemi, Nathanielu, o których nie śniło się filozofom". Znałem te słowa dzięki tobie, Tesso. Czytałaś mi Szekspira, a ja czasami nawet cię słuchałem. Gdy tak rozmawialiśmy, podszedł do nas jakiś mężczyzna. Zobaczyłem, że Mortmain sztywnieje, jakby się go bał. Przedstawił nas sobie. Kiedy ten człowiek, de Quincey, się uśmiechnął, od razu wiedziałem, że nie jest człowiekiem. Nigdy wcześniej nie widziałem wampira, więc kiedy zobaczyłem jego zęby, tylko wytrzeszczyłem oczy. „Mortmain, znowu coś przede mną ukrywasz", rzekł de Quincey. „To ktoś więcej niż tylko nowy pracownik. To Nathaniel Gray, syn Elizabeth i Richarda Graya". Mortmain się zmieszał i coś wymamrotał. De Quincey parsknął śmiechem. „Słyszę różne rzeczy, Axelu", powiedział i zwrócił się do mnie. „Znałem twojego ojca. Lubiłem go nawet. Może zagramy w karty?". Mortmain lekko pokręcił głową, patrząc na mnie, ale ja oczywiście zauważyłem pokój karciany od razu po wejściu do domu. Ciągnęło mnie do stolików jak ćmę do ognia. Przez całą noc grałem w faraona z wampirem, dwoma wilkołakami i czarownikiem o niesfornych włosach. Wygrałem mnóstwo pieniędzy i wypiłem morze kolorowych musujących drinków, które roznoszono na srebrnych tacach. W którymś momencie Mortmain zniknął, ale mnie nie obchodziło nic oprócz gry. Wyszedłem o świcie, radosny i podekscytowany... ze stałym zaproszeniem od de Quinceya. Oczywiście byłem głupcem. Bawiłem się jak za dawnych czasów, bo drinki okazały się zmieszane z magicznymi uzależniającymi miksturami. W dodatku pozwolono mi wtedy wygrać.

Oczywiście wracałem, bez Mortmaina, co noc. Z początku nadal wygrywałem i dzięki temu mogłem wysyłać pieniądze tobie i ciotce Harriet. Z pewnością nie zarabiałem ich u Mortmaina. Chodziłem do biura nieregularnie, a poza tym nie mogłem się skupić nawet na prostych zadaniach, które mi zlecano. Myślałem tylko o klubie, drinkach i kartach. Potem zacząłem przegrywać. Im więcej pieniędzy traciłem, tym bardziej pragnąłem się odegrać. De Quincey zaproponował mi grę na kredyt, więc pożyczyłem pieniądze i przestałem chodzić do pracy. Spałem przez cały dzień, nocami grałem. Straciłem wszystko. – Mówił nieobecnym tonem. – Kiedy dostałem od ciebie list, że ciocia umarła, pomyślałem, że to kara za moje postępowanie. Od razu chciałem pobiec i kupić bilet do Nowego Jorku, ale nie miałem za co. Zrozpaczony poszedłem do klubu. Byłem nieogolony, przygnębiony, z przekrwionymi oczami. Musiałem wyglądać jak człowiek na dnie, bo właśnie wtedy de Quincey przyszedł do mnie z propozycją. Zaciągnął mnie do swojego gabinetu i oznajmił, że przegrałem więcej pieniędzy, niż kiedykolwiek będę w stanie oddać klubowi. Wyglądał na rozbawionego – diabeł – strzepywał niewidoczny pyłek z mankietów, uśmiechał się szeroko tymi zębami jak igły. Zapytał mnie, co byłbym w stanie oddać, żeby spłacić moje długi. Odparłem, że wszystko, a on na to: „A swoją siostrę?”.

Tessa poczuła na sobie wzrok wszystkich obecnych w pokoju. Przeszedł ją dreszcz

– I co jeszcze o mnie powiedział?

– Byłem całkowicie zaskoczony – mówił dalej Nate. – Nie pamiętałem, żebym rozmawiał z nim o tobie, ale tyle razy upiłem się w klubie, że... – Filiżanka zagrzechotała na spodku. Nathaniel odstawił ją gwałtownie na stół. – Spytałem go, czego może chcieć od mojej siostry, a on odparł, że ma powód sądzić, że jedno z dzieci Elizabeth Gray jest... wyjątkowe. Z początku myślał, że to ja, ale miał czas mnie poobserwować i doszedł do wniosku, że jedyne, co jest we mnie wyjątkowe, to moja głupota. – Ton Nate'a był gorzki. – I dodał: „Ale twoja siostra ma dar, którego ty nie masz. Nie zamierzam jej skrzywdzić. Jest zbyt ważna". Błagałem go, żeby powiedział mi coś więcej, ale był nieugięty. Albo dostarczę mu Tessę, albo umrę. I dał mi nawet wskazówki, co muszę zrobić.

Tessa odetchnęła powoli.

– De Quincey kazał ci napisać do mnie list – domyśliła się. – I przysłać bilet na statek. Kazał ci ściągnąć mnie do Londynu.

Oczy brata błagały ją, żeby go zrozumiała.

– Przysiągł, że cię nie skrzywdzi. Zapewniał, że chce jedynie nauczyć cię korzystania z twojego daru. Obiecywał, że będziesz szanowana i bogata ponad wszelkie wyobrażenie...

– No, tak, nie ma ważniejszej rzeczy od pieniędzy – przerwał mu Will. Jego oczy płonęły z oburzenia. Jem wyglądał na równie zgorszonego.

– To nie wina Nate'a! – wykrzyknęła Jessamine. – Nie słyszeliście? De Quincey by go zabił. Wiedział, kim jest Nathaniel, skąd pochodzi. I tak w końcu znalazłby Tessę, a Nate umarłby niepotrzebnie.

– Więc taka jest twoja obiektywna ocena, Jess? – rzucił Will. – I zapewne nie ma ona nic wspólnego z tym, że ślinisz się na widok brata Tessy, odkąd się pojawił. Każdy Przyziemny się nada, choćby zupełnie bezwartościowy...

Jessamine wydała z siebie gniewny pisk i wstała. Zaczęli na siebie krzyczeć, na co włączyła się Charlotte, podnosząc głos. Tessa przestała ich słuchać. Patrzyła na brata.

Od jakiegoś czasu wiedziała, że jest słaby, że to, co jej ciotka nazywała niewinnością, jest niczym innym jak dziecięcym zepsuciem. Jako chłopiec, pierworodny i piękny, Nate był księciem w swoim małym królestwie. I choć jako starszy brat powinien ją chronić, to zawsze ona i ciotka go chroniły.

Ale mimo wszystko go kochała. Obudziły się w niej dawne uczucia opiekuńcze.

– Jessamine ma rację! – oświadczyła, przekrzykując gniewne głosy. – Nie mógł odmówić de Quinceyowi, ale teraz nie ma sensu się o to kłócić. Musimy się dowiedzieć, jakie są plany de Quinceya. Mówił ci, czego ode mnie chce, Nate?

Nathaniel potrząsnął głową.

– Kiedy zgodziłem się ciebie tutaj ściągnąć, uwięził mnie w swoim domu. Kazał mi napisać do Mortmaina, że rezygnuję z pracy u niego. Biedak musiał myśleć, że odrzuciłem jego wspaniałomyślność. De Quincey nie zamierzał spuszczać mnie z oczu, dopóki nie znajdziesz się w jego rękach, Tessie. Ja byłem jego zabezpieczeniem. Dał Mrocznym Siostrom mój pierścień, żeby pokazały go tobie. Wciąż mi obiecywał, że nie zrobi ci krzywdy, a jedynie każe Siostrom nauczyć cię używania twojego daru. Mroczne Siostry meldowały mu codziennie o twoich postępach, więc wiedziałem, że żyjesz. Zacząłem obserwować działania Klubu Pandemonium. Zorientowałem się, że jest to organizacja hierarchiczna. Na obrzeżach kręcili się Mortmain i jemu podobni, a de Quincey i inni wysoko postawieni trzymali ich przy sobie ze względu na pieniądze. Kusili ich ochłapami magii i Świata Cieni, żeby wciąż wracali po więcej. Tacy jak Mroczne Siostry mieli więcej władzy i odpowiedzialności w klubie. Wszyscy byli istotami nadnaturalnymi, nie ludźmi. I wreszcie, na samym szczycie stał de Quincey. Inni nazywali go

Mistrzem. Często odbywali spotkania, na które nie zapraszali ludzi ani nikogo z dołów. Tam pierwszy raz usłyszałem o Nocnych Łowcach. De Quincey nimi gardzi. – Nathaniel spojrzał na Branwellów. – Ma do nich urazę, do was. Wciąż mówił, o ile byłoby lepiej, gdyby Nocni Łowcy zostali zniszczeni, a Podziemni mogli żyć i działać w spokoju...

– Co za bzdury! – Henry wyglądał na szczerze urażonego. – Nie wiem, o jakim spokoju on myśli, bez Nocnych Łowców.

– Mówił, że wcześniej nie było sposobu, żeby pokonać Nocnych Łowców, bo mają doskonałą broń. Podobno istnieje legenda, że Bóg uczynił Nocnych Łowców najlepszymi wojownikami, żeby żadna żywa istota nie mogła ich zabić. Więc de Quincey pomyślał: „A dlaczego nie istota, która w ogóle nie jest ożywiona?".

– Automaty – odezwała się Charlotte. – Armia maszyn.

Nate zrobił zdziwioną minę.

– Widzieliście je?

– Kilka zaatakowało twoją siostrę wczoraj w nocy – powiedział Will. – Na szczęście, my, Nocni Łowcy, potwory, byliśmy w pobliżu, żeby ją uratować.

– A ona też sobie nieźle radziła – dorzucił Jem.

– Wie pan coś o tych maszynach? – zapytała z przejęciem Charlotte. – Cokolwiek? Czy de Quincey w ogóle mówił o nich przy panu?

Nathaniel skulił się w fotelu.

– Tak, ale niewiele z tego rozumiałem. Nie mam głowy do takich rzeczy...

– To proste. – Henry mówił tonem człowieka, który próbuje uspokoić przestraszonego kota. – Teraz te sztuczne istoty de Quinceya są zwykłymi mechanizmami, które trzeba nakręcać jak zegary. Ale w jego bibliotece znaleźliśmy zapis czaru, świadczący o tym, że de Quincey szukał sposobu, żeby je ożywić, połączyć demoniczną energię z mechaniczną powłoką i tchnąć w nią życie.

– Właśnie o tym mówił! – przypomniał sobie Nathaniel, zadowolony z siebie jak dziecko, które na lekcji udzieliło prawidłowej odpowiedzi. Tessa zobaczyła podniecenie Nocnych Łowców. – Po to zatrudnił Mroczne Siostry. Nie tylko do szkolenia Tessy. Jak wiecie, one są czarownicami i miały wymyślić sposób, żeby tego dokonać. I wymyśliły. Zaledwie parę tygodni temu, ale im się udało.

– Tak? – Charlotte była mocno poruszona. – W takim razie, dlaczego de Quincey jeszcze nie przystąpił do działania? Na co czeka?

Nate przeniósł wzrok z jej niespokojnej twarzy na Tessę, a następnie rozejrzał się po pokoju.

– Myślałem, że wiecie. Powiedział, że czar wiążący można stworzyć tylko w czasie pełni księżyca. Mroczne Siostry wezmą się do pracy, a wtedy... W swojej kryjówce de Quincey zmagazynował dziesiątki tych stworów. Przypuszczam, że je ożywi i...

– Przy pełni księżyca? – Charlotte zerknęła za okno i przygryzła wargę. – To będzie niedługo, chyba jutro.

Jem wyprostował się raptownie i powiedział:

– Mogę sprawdzić w bibliotece. Zaraz wracam.

Kiedy zniknął za drzwiami, Charlotte zwróciła się do Nathaniela:

– Jest pan tego całkiem pewien?

Nate kiwnął głową i głośno przełknął ślinę.

– Kiedy Tessa uciekła Mrocznym Siostrom, de Quincey mnie o to obwinił, chociaż o niczym nie wiedziałem. Oświadczył, że za karę pozwoli Nocnym Dzieciom utoczyć mi krwi. Przed przyjęciem więził mnie przez kilka dni. Nie obchodziło go wtedy, co przy mnie mówi. Wiedział, że umrę. Usłyszałem, że Siostry opracowały czar wiążący. Nocni Łowcy mają wkrótce zostać zniszczeni, a wszyscy członkowie Klubu Pandemonium obejmą po nich rządy w Londynie.

– Masz pojęcie, gdzie de Quincey może się teraz ukrywać, skoro jego dom spłonął? – zapytał ochrypłym głosem Will.

Nathaniel wyglądał na wyczerpanego.

– Ma kryjówkę w Chelsea. Prawdopodobnie w niej się przyczaił razem z najbardziej zaufanymi. Zostało pewnie ze sto wampirów z jego klanu, których nie było w tamtą noc w jego domu. Wiem dokładnie, gdzie jest to miejsce. Mogę wam pokazać na mapie...

W tym momencie do pokoju wpadł jak burza Jem.

– Nie jutro, tylko dzisiaj! – zawołał. – Pełnia księżyca.

Rozdział siedemnasty

Wezwać ciemność

„Stara wieża kościelna i ogrodowy mur
Czarne w jesiennym deszczu,
Złowieszczy jęk posępnych wiatrów
Przyzywa ciemność".
– Emily Brontë, *Stara wieża kościelna*

Podczas gdy Charlotte popędziła do biblioteki, by zawiadomić Enklawę, że jeszcze tego wieczoru trzeba będzie przystąpić do ataku, Henry został w bawialni i wykazał się zadziwiającą cierpliwością, kiedy Nathaniel Gray pokazywał na mapie Londynu miejsce, gdzie, jak sądził, znajduje się kryjówka de Quinceya: dom w Chelsea, blisko Tamizy.

– Nie wiem, który to dokładnie, więc musicie być ostrożni – uprzedził Nate.

– Zawsze jesteśmy ostrożni – oświadczył pan Branwell i zignorował krzywe spojrzenie Willa.

Następnie wysłał Willa i Jema do zbrojowni razem z Thomasem, żeby przygotowali zapas serafickich noży i innej broni.

Tessa została w bawialni z Jessamine i Nate'em, natomiast Henry pośpieszył do krypty po swoje ostatnie wynalazki.

Kiedy wszyscy sobie poszli, Jessamine zaczęła skakać koło Nathaniela: dla niego rozpaliła ogień w kominku, przyniosła drugi koc, żeby okryć mu ramiona, i wreszcie zaproponowała, że poczyta mu na głos książkę, co nie spotkało się z jego entuzjastycznym przyjęciem. Obserwując ją, Tessa pomyślała, że jeśli dziewczyna ma nadzieję swoimi staraniami zdobyć jego serce, to czeka ją srogie rozczarowanie. Nate był przyzwyczajony do takiego traktowania i nawet go nie dostrzegał.

– I co teraz będzie? – zapytał w końcu, na pół zagrzebany pod górą koców – Pan i pani Branwell...

– Och, proszę mówić do nich Henry i Charlotte, jak wszyscy – wtrąciła Jessamine.

– Zawiadomią Enklawę, to znaczy resztę londyńskich Nocnych Łowców, o kryjówce de Quinceya i zaplanują atak – odparła Tessa. – Ale naprawdę, Nate, nie powinieneś martwić się tymi sprawami, tylko odpoczywać.

– Więc zostaniemy sami. – Nathaniel miał zamknięte oczy. – To duży, stary dom. Wydaje się dziwny.

– Och, Will i Jem nie pójdą z resztą – uspokoiła go Jessamine. – Słyszałam, jak Charlotte mówiła to w zbrojowni, kiedy poszłam po koc.

Nate otworzył oczy.

– Nie pójdą? – zdziwił się. – Dlaczego?

– Są za młodzi – wyjaśniła Jessamine. – Nocni Łowcy stają się dorosłymi w wieku osiemnastu lat, a w razie niebezpiecznych wypadów, w których bierze udział cała Enklawa, młodszych zwykle zostawia się w domu.

Tessa poczuła ulgę, ale ukryła ją, mówiąc pośpiesznie:

– Dziwne, bo przecież pozwolili Willowi i Jemowi iść do de Quinceya...

– I dlatego teraz nie mogą pójść z resztą. Benedict Lightwood twierdzi, że u de Quinceya wszystko poszło źle, bo Will i Jem są niedostatecznie wyszkoleni, ale ja nie wiem, dlaczego o niepowodzenie obwiniają Jema. Moim zdaniem Benedict tylko szuka pretekstu, żeby Gabriel mógł zostać w domu, choć ma już osiemnaście lat. Strasznie rozpieszcza swojego synalka. Kiedyś powiedział Charlotte, że już się zdarzało, że cała Enklawa ginęła jednej nocy, i dlatego Nefilim mają obowiązek chronić młodsze pokolenia, żeby kontynuowały ich dzieło.

Tessie ścisnął się żołądek, ale zanim zdążyła coś powiedzieć, do bawialni wszedł Thomas z naręczem złożonych ubrań.

– To stare rzeczy panicza Jema – powiedział do Nathaniela. Wyglądał na lekko zakłopotanego. – Zdaje się, że są panowie mniej więcej tego samego wzrostu, a panu przyda się coś do przebrania. Gdybyśmy teraz poszli do pańskiego pokoju, mógłby pan przymierzyć te rzeczy.

Jessamine przewróciła oczami. Być może uważała, że używane stroje nie są dostatecznie dobre dla Nathaniela.

– Dziękuję, Thomasie. – Nate wstał z fotela. – Przy okazji, przepraszam za moje wcześniejsze zachowanie. Miałem gorączkę. To jedyne wyjaśnienie.

Thomas poczerwieniał.

– Po prostu wykonywałem swoją robotę, proszę pana.

– Bez wątpienia bardzo dobrze. – Nathaniel uśmiechnął się ze znużeniem.

– Chyba powinieneś trochę się przespać – powiedziała z troską Tessa, gdy zauważyła ciemne sińce pod oczami brata. – Dopóki oni nie wrócą, nic więcej nie możemy zrobić.

– Właściwie mam dość odpoczynku – stwierdził Nate, patrząc na Jessamine i Tessę. – Człowiek musi w końcu stanąć na nogi, prawda? Ale chętnie bym coś zjadł i nie miałbym nic przeciwko towarzystwu. Może dołączę do was, gdy tylko się ubiorę?

– Oczywiście! – Jessamine była zachwycona. – Poproszę Agathę, żeby przygotowała nam coś lekkiego. A po jedzeniu może zagramy w karty. – Kiedy Thomas i Nathaniel wyszli z pokoju, klasnęła w ręce i rozpromienionym wzrokiem spojrzała na Tessę. – Będzie wesoło, prawda?

– Karty? – Tessa, która w pierwszej chwili oniemiała, słysząc jej propozycję, teraz odzyskała głos. – Uważasz, że powinniśmy grać w karty? Podczas gdy Henry i Charlotte będą walczyć z de Quinceyem?

– Tak jakby nasze snucie się z kąta w kąt mogło im pomóc! – prychnęła Jessamine. – Oni na pewno wolą, żebyśmy byli weseli i aktywni, a nie bierni i ponurzy.

Tessa zmarszczyła brwi.

– Nie sądzę, żeby proponowanie Nate'owi gry w karty było dobrym pomysłem – oświadczyła. – Dobrze wiesz, że mój brat ma... kłopot z hazardem.

– Nie zagramy na pieniądze – rzuciła beztrosko Jessamine. – To będzie zwykła zabawa. Doprawdy, Tesso, musisz wszystko psuć?

– Co takiego? Wiem, że starasz się uszczęśliwić Nate'a, ale to nie jest sposób...

– Za to ty jesteś biegła w sztuce zdobywania męskich uczuć? – odparowała Jessamine. Jej piwne oczy iskrzyły się gniewem. – Myślisz, że nie widziałam, jak patrzysz na Willa? Jakby on w ogóle był... Och! – Wyrzuciła ręce w górę. – Mniejsza o to.

Przyprawiasz mnie o mdłości. Idę porozmawiać z Agathą. – Wstała z krzesła i pomaszerowała przez pokój. W progu zatrzymała się i rzuciła przez ramię: – Wiem, że cię nie obchodzi, jak wyglądasz, ale powinnaś przynajmniej ułożyć włosy, Tesso. Przypominają ptasie gniazdo! – Trzasnęła za sobą drzwiami.

***

Słowa Jessamine, choć głupie i złośliwe, zabolały Tessę. Pośpieszyła do swojego pokoju, spryskała twarz wodą i przeczesała szczotką splątane włosy. Patrząc w lustro, starała się odpędzić myśl, czy wygląda jak siostra, którą zapamiętał Nate. Wolała sobie nie wyobrażać, jak bardzo się zmieniła.

Doprowadziwszy się do porządku, wybiegła na korytarz... i omal nie wpadła na Willa, który opierał się o ścianę naprzeciwko jej drzwi i oglądał sobie paznokcie. Jego zwykła pogarda dla etykiety wyrażała się w tym, że był w samej koszuli. Jego pierś przecinały liczne skórzane pasy. Przez plecy miał przewieszony długi cienki miecz, którego rękojeść wystawała nad ramieniem. W rękach trzymał kilka cienkich, białych serafickich noży.

– Ja... – W głowie Tessy rozbrzmiało echo słów Jessamine: „Myślisz, że nie widziałam, jak patrzysz na Willa?".

Miała nadzieję, że w korytarzu oświetlonym przez przyćmione magiczne światło jest zbyt ciemno, by Will zauważył jej rumieniec.

– Myślałam, że nie idziesz dzisiaj z Enklawą – wykrztusiła w końcu, żeby przerwać milczenie.

– Nie idę. Niosę to wszystko Charlotte i Henry'emu na dziedziniec. Benedict Lightwood przysyła po nich powóz. Wkrótce powinien nadjechać. – Chyba się uśmiechnął, ale Tessa nie była tego pewna. – Troszczysz się o moje bezpieczeństwo? A może zamierzałaś podarować mi wstążkę, żebym mógł ją nosić w czasie bitwy, jak Wilfred z Ivanhoe?

– Nigdy nie lubiłam tej książki – oświadczyła Tessa. – Rowena jest płaczliwą głuptaską. Ivanhoe powinien był wybrać Rebekę.

– Ciemnowłosą, a nie blondynkę? Naprawdę?

Tym razem Tessa była przekonana, że Nocny Łowca się uśmiecha.

– Will...?

– Tak?

– Myślisz, że Enklawie w końcu uda się go zabić? De Quinceya?

– Tak. – Powiedział to bez wahania. – Czas na negocjacje minął. Jeśli widziałaś kiedyś teriery wypuszczone za... cóż, nie sądzę, żebyś widziała. Ale właśnie tak będzie dzisiaj w nocy. Clave rozprawi się z wampirami, zetrze je na proch.

– Masz na myśli, że już nie będzie więcej wampirów w Londynie?

Will wzruszył ramionami.

– Zawsze są jakieś wampiry. Ale klan de Quinceya zniknie z powierzchni ziemi.

– A kiedy już będzie po wszystkim, kiedy Mistrz zginie, chyba już nie będzie powodu, żebyśmy z Nate'em mieszkali w Instytucie, prawda?

– Ja... – Will wyglądał na szczerze zaskoczonego. – Przypuszczam... Tak, to prawda. Sądzę, że wolałabyś mieszkać w mniej... niespokojnym lokum. Mogłabyś zobaczyć ładniejsze części Londynu. Westminster Abbey...

– Wolałabym wrócić do domu – wyznała Tessa. – Do Nowego Jorku.

Will milczał. Magiczne światło przygasło i w mroku Tessa nie widziała wyraźnie jego rysów.

– Chyba że miałabym powód, żeby zostać – dodała, zastanawiając się jednocześnie, co właściwie miała na myśli. Łatwiej jej się rozmawiało z Willem, kiedy nie widziała jego twarzy, a jedynie czuła jego bliskość.

Nie zauważyła, jak się poruszył, tylko poczuła jego palce na wierzchu dłoni.

– Tesso, nie martw się, proszę – powiedział. – Wkrótce wszystko się ułoży.

Jej serce załomotało boleśnie o żebra. Co się wkrótce ułoży? Nie miał chyba na myśli tego, co przypuszczała? Musiało mu chodzić o coś innego.

– A ty nie chcesz wrócić do domu? – spytała.

Nadal muskał jej dłoń.

– Nie mogę wrócić do domu.

– Ale dlaczego? – wyszeptała i poczuła, że Will się od niej odsuwa. – Wiem, że twoi rodzice przyjechali do Instytutu, kiedy miałeś dwanaście lat, a ty nie chciałeś się z nimi zobaczyć? Dlaczego? Co zrobili, że tak okropnie się zachowałeś?

– Nic nie zrobili. – Will potrząsnął głową. – Muszę już iść. Henry i Charlotte czekają.

– Will... – zaczęła, ale on już szedł w stronę schodów. Ciemna, smukła postać. – Will! – zawołała za nim. – Kto to jest Cecily?

Lecz on już zniknął w mroku.

***

Kiedy Tessa wróciła do bawialni, Nate i Jessamine już tam byli. Od razu podeszła do okna i wyjrzała przez nie. Słońce zachodziło, na dziedzińcu zebrali się Jem, Will i Branwellowie. Ich długie czarne cienie kładły się na stopniach Instytutu. Henry rysował sobie na ramieniu ostatni run *iratze*, Charlotte wydawała instrukcje podopiecznym. Jem kiwał głową, natomiast Will stał w buntowniczej postawie, z rękoma skrzyżowanymi na piersi. Chce iść z nimi, pomyślała Tessa. Jem prawdopodobnie też nie miał ochoty zostać w domu, ale nie protestował przeciwko decyzji starszych. Na tym polegała różnica między dwoma Nocnymi Łowcami. W każdym razie, jedna z różnic.

– Na pewno nie chcesz zagrać, Tessie?

Nate pytająco patrzył na siostrę. Siedział w fotelu, z pledem na nogach. Miał na sobie ubranie Jema. Jego włosy były lekko wilgotne, jakby je umył albo przeczesał mokrym grzebieniem. Na małym stoliku między nim a Jessamine, obok serwisu do herbaty i małego talerza z kanapkami, leżały rozłożone karty. Nate schudł, stwierdziła Tessa, ale Jem był tak szczupły, że jego koszula okazała się przyciasna na jej brata w kołnierzyku i mankietach. Z kolei Nocny Łowca miał szersze ramiona, dlatego marynarka trochę wisiała na Nathanielu.

Tessa znowu wyjrzała przez okno. Branwellowie właśnie wsiadali do dużego czarnego powozu z herbem w postaci dwóch płonących pochodni. Jem i Will gdzieś zniknęli.

– Na pewno – odpowiedziała za nią Jessamine. – Proszę tylko na nią spojrzeć. Ma minę pełną dezaprobaty.

Tessa oderwała wzrok od okna.

– Nie chodzi o dezaprobatę. Po prostu gra w karty wydaje mi się niewłaściwa, kiedy Henry, Charlotte i inni ryzykują życie.

– Tak, wiem, już to mówiłaś. – Jessamine odłożyła karty. – Doprawdy, Tesso. Tak się dzieje przez cały czas. Idą walczyć, wracają. Nie ma czym się denerwować.

Tessa przygryzła wargę.

– Czuję, że powinnam się pożegnać albo życzyć im powodzenia, ale przy tym całym zamieszaniu...

– Nie musisz się tym martwić – powiedział Jem, wchodząc do bawialni razem z Willem. – Nocni Łowcy nie żegnają się przed bitwą. Ani nie życzą sobie powodzenia. Trzeba się zachowywać tak, jakby ich powrót był pewny, a nie zależał od szczęścia.

– My nie potrzebujemy szczęścia – dodał Will, opadając na krzesło obok Jessamine. Dziewczyna posłała mu gniewne spojrzenie. – Przecież mamy niebiański mandat. Gdy się ma Boga po swojej stronie, po co szczęście? – Mówił zaskakująco gorzkim tonem.

– Och, nie psuj wszystkim nastroju – ofuknęła go Jessamine. – Gramy w karty. Możesz przyłączyć się do gry albo siedzieć cicho.

Will uniósł brew.

– W co gracie?

– W papieżycę Joannę – odparła chłodno Jessamine, rozdając karty. – Właśnie wyjaśniałam zasady panu Grayowi.

– Panna Lovelace mówi, że wygrywa się, pozbywając wszystkich kart. Trochę to dziwne. – Nate uśmiechnął się do niej przez stolik, a ona odpowiedziała mu tym samym, mizdrząc się irytująco.

Will wskazał na parujący kubek, który stał obok Nathaniela.

– Jest choć odrobina herbaty w tej brandy? – zapytał.

Nate poczerwieniał.

– Brandy dodaje sił.

– I często prowadzi ludzi prosto do przytułku – dorzucił Jem z lekkim napięciem w głosie.

– Doprawdy, wy dwaj! – zirytowała się Jessamine. – Prawdziwi hipokryci. Will nie jest abstynentem, a Jem... – Przygryzła wargę. – Po prostu się złościcie, bo Henry i Charlotte nie zabrali was ze sobą. Jesteście za młodzi. – Uśmiechnęła się do Nathaniela. – Ja wolę towarzystwo bardziej dojrzałych dżentelmenów.

Nate jest dokładnie dwa lata starszy od Willa, co raczej nie jest dużą różnicą wieku, ale w żadnym razie nie można go nazwać dojrzałym, pomyślała Tessa, ale zanim zdążyła się odezwać, po Instytucie rozszedł się potężny łoskot.

Nate uniósł brwi.

– Myślałem, że to nie jest prawdziwy kościół i że tu nie ma dzwonów.

– Bo nie ma. Ten dźwięk to nie dzwony kościelne. – Will wstał z krzesła. – To sygnał oznaczający, że ktoś jest na dole i domaga się rozmowy z Nocnymi Łowcami. A ponieważ James i ja jesteśmy tutaj jedynymi...

Spojrzał na Jessamine, jakby czekał na jej sprzeciw i oświadczenie, że ona też jest Nocnym Łowcą. Ale dziewczyna nadal wdzięczyła się do Nathaniela, podczas gdy on nachylał się, żeby powiedzieć jej coś do ucha. Żadne z nich nie zwracało uwagi na to, co się dzieje w pokoju.

Jem spojrzał na Willa i pokręcił głową, po czym obaj ruszyli do drzwi. Wychodząc z bawialni, Jem obejrzał się na Tessę i lekko wzruszył ramionami. „Szkoda, że nie jesteś Nocnym Łowcą", mówiły jego oczy, ale może tylko tak się jej zdawało. Może po prostu uśmiechał się do niej miło, bez żadnych ukrytych znaczeń.

Tymczasem Nate dolał do kubka gorącej herbaty z brandy. Oboje z Jessamine zrezygnowali z udawania, że grają w karty, i teraz szeptali coś cicho, pochyleni do siebie. Tessa czuła lekkie rozczarowanie. Oczekiwała, że ostatnie przeżycia czegoś nauczą jej brata, pokażą mu, że są na świecie sprawy ważniejsze niż chwilowe przyjemności. Po Jessamine nie spodziewała się niczego dobrego, ale to, co kiedyś wydawało się w Nathanielu czarujące, teraz drażniło jej nerwy w sposób, który ją samą zaskakiwał.

Znowu spojrzała za okno i zobaczyła na dziedzińcu nieznajomy powóz. Will i Jem stali na frontowych schodach. Był z nimi mężczyzna w wieczorowym stroju: eleganckim czarnym fraku, jedwabnym cylindrze i białej kamizelce, która aż lśniła w blasku magicznych pochodni. Wyglądał na Przyziemnego, ale trudno to było ocenić z tej odległości. Tessa zauważyła, że Will patrzy na przyjaciela, a Jem w odpowiedzi kiwa głową. Była ciekawa, o czym rozmawiają.

Przeniosła wzrok na powóz... i zmartwiała. Zamiast herbu na drzwiach była namalowana nazwa firmy: Mortmain i Spółka.

Mortmain! Człowiek, dla którego pracował jej ojciec, którego szantażował Nathaniel, który wprowadził jej brata do Świata Cieni. Co on tutaj robił?

Zerknęła na Nate'a i jej irytację zastąpiły opiekuńcze uczucia. Gdyby brat wiedział, że Mortmain tu jest, bez wątpienia by się zdenerwował. Najlepiej będzie, jeśli ona najpierw sprawdzi, co się dzieje. Odsunęła się od parapetu i cicho ruszyła do drzwi. Pogrążony w rozmowie z Jessamine Nathaniel nawet nie zauważył jej wyjścia.

***

O dziwo, łatwo znalazła drogę do wielkich kamiennych schodów, które biegły przez środek Instytutu. Chyba w końcu nauczyłam się rozkładu domu, stwierdziła, schodząc na parter. We frontowych drzwiach stał Thomas.

Twarz miał bardzo poważną, w ręce trzymał masywny miecz skierowany ostrzem do dołu. Wielkie podwoje Instytutu były otwarte, granatowy londyński zmierzch rozjaśniały magiczne pochodnie płonące na dziedzińcu.

– Panna Gray? – zdziwił się na jej widok sługa.

– Co się tam dzieje, Thomasie? – zapytała ściszonym głosem Tessa.

Chłopak wzruszył ramionami.

– Pan Mortmain chciał rozmawiać z panem i panią Branwell, ale ponieważ ich nie ma...

Tessa ruszyła do drzwi, ale zaniepokojony Thomas zastąpił jej drogę.

– Panno Gray, chyba nie...

– Będziesz musiał użyć tego miecza, żeby mnie powstrzymać, Thomasie – ostrzegła go chłodnym tonem Tessa.

Po chwili wahania sługa odsunął się na bok. Tessa miała nadzieję, że nie uraziła jego uczuć, choć on wyglądał bardziej na zdumionego niż obrażonego.

Minęła go i wyszła na stopnie Instytutu. Silny wiatr zmierzwił jej włosy i przyprawił o dreszcz.

U stóp schodów stał mężczyzna, którego widziała z okna. Okazał się drobniejszy, niż sądziła: niski, żylasty, o ogorzałej przyjaznej twarzy, ocienionej rondem cylindra. Mimo eleganckiego ubrania miał naturalny, bezpośredni sposób bycia marynarza albo handlowca.

– Tak, pan i pani Branwell byli tacy uprzejmi, że złożyli mi wizytę w zeszłym tygodniu – mówił właśnie. – I jak rozumiem, w swojej łaskawości zachowali nasze spotkanie w sekrecie.

– Nie powiedzieli Enklawie o pańskich okultystycznych eksperymentach, jeśli to ma pan na myśli – rzucił szorstko Will.

Mortmain poczerwieniał.

– Tak. To była wielka przysługa. Pomyślałem więc, że ją odwzajemnię... – Urwał i spojrzał ponad ramieniem Willa na Tessę. – Kolejny Nocny Łowca?

Przyjaciele obejrzeli się jednocześnie. Jem wyraźnie ucieszył się z jej przybycia, Will oczywiście wyglądał na zirytowanego i może odrobinę rozbawionego.

– Widzę, że nie mogłaś się powstrzymać, Tesso – skomentował i odwrócił się z powrotem do gościa. – To jest panna Gray. Siostra Nathaniela Graya...

– Dobry Boże! – wykrzyknął Mortmain. – Powinienem się domyślić. Jest pani do niego podobna, panno Gray...

– Nie sądzę – mruknął Will, ale tak cicho, że Mortmain raczej go nie usłyszał.

– Nie może pan się zobaczyć z Nathanielem – oświadczyła Tessa. – Nie wiem, czy właśnie po to pan przyjechał, ale mój brat nie czuje się dobrze. Musi dojść do siebie po ostatnich przejściach, a nie wracać do nich pamięcią.

Zmarszczki w kącikach ust Mortmaina się pogłębiły.

– Nie przyjechałem tutaj, żeby zobaczyć się z chłopakiem. Zdaję sobie sprawę, że go zawiodłem, strasznie zawiodłem. Pani Branwell mi to uświadomiła...

– Powinien pan się o niego zatroszczyć – stwierdziła Tessa. – A pan pozwolił, żeby mój brat pogrążył się w Świecie Cieni. – Sama była zaskoczona tą śmiałością, ale mówiła dalej. – Kiedy oznajmił, że idzie pracować u de Quinceya, powinien był pan coś zrobić. Wie pan, jakim człowiekiem jest de Quincey... jeśli w ogóle można go nazwać człowiekiem.

– Wiem. – Mortmain był szary na twarzy. – Dlatego tutaj jestem. Próbuję naprawić swoje błędy.

– Jak pan zamierza to zrobić? – odezwał się Jem czystym, silnym głosem. – I dlaczego teraz?

Mortmain spojrzał na Tessę.

– Pani rodzice byli dobrymi, miłymi ludźmi. Zawsze żałowałem, że wprowadziłem ich do Świata Cieni. W tamtym czasie myślałem, że to tylko świetna zabawa i rodzaj żartu. Później przekonałem się, że jest inaczej. Żeby zmazać swoją winę, powiem wam, co wiem. Nawet jeśli to będzie oznaczało, że muszę uciec z Anglii, żeby uniknąć gniewu de Quinceya. – Mortmain westchnął. – Jakiś czas temu de Quincey zamówił u mnie różne mechaniczne części: tryby, krzywki, przekładnie i tak dalej. Nie pytałem, po co ich potrzebuje. Nie pyta się o takie rzeczy Mistrza. Dopiero kiedy przyszli do mnie Nefilim, wpadło mi do głowy, że jego zamówienie może służyć niecnym celom. Zbadałem sprawę i dowiedziałem się, że de Quincey zamierza zbudować armię mechanicznych potworów, żeby zniszczyć Nocnych Łowców. – Pokręcił głową. – On i jemu podobni gardzą Nocnymi Łowcami, ale ja jestem człowiekiem i wiem, że tylko oni chronią nasz świat przed demonami. Nie mogę popierać tego, co robi de Quincey.

– Wszystko dobrze, ale nie mówi nam pan nic, czego byśmy już nie wiedzieli – stwierdził Will z nutą zniecierpliwienia w głosie.

– A wiecie, że de Quincey zapłacił dwóm czarownicom nazywanym Mrocznymi Siostrami, żeby stworzyły czar wiążący, który ożywiłby te stwory demoniczną energią? – spytał Mortmain.

– Tak – powiedział Jem. – Choć została tylko jedna Mroczna Siostra. Will jedną zabił.

– Ale ta druga wskrzesiła ją nekromanckim czarem – oznajmił Mortmain z nutą triumfu w głosie. – W tej chwili obie ukrywają się w Highgate, w rezydencji należącej kiedyś do pewnego czarownika, którego de Quincey kazał zabić. Pracują tam nad czarem wiążącym. Jeśli moje źródła mają rację, Mroczne Siostry wypróbują go dzisiaj w nocy.

– Dziękuję za informację – rzekł z zamyśloną miną Will. – Ale de Quincey już wkrótce nie będzie stanowił dla nas zagrożenia. Podobnie jak jego mechaniczne monstra.

Oczy Mortmaina się rozszerzyły.

– Clave zamierza wyruszyć przeciwko Mistrzowi? Dzisiaj?

– Chyba naprawdę zna pan wszystkie terminy. To bardzo denerwujące u Przyziemnego. – Will uśmiechnął się miło.

– To znaczy, że nic mi nie powiecie – stwierdził z żalem Mortmain. – Tak przypuszczałem. Ale błagam, żebyście ostrzegli Enklawę. De Quincey ma do dyspozycji setki tych mechanicznych stworzeń. Całą armię. W chwili kiedy Mroczne Siostry dopracują czar, ta armia ożyje i będzie gotowa na rozkazy de Quinceya. Lepiej w ogóle nie dopuścić do jej przebudzenia, bo inaczej pokonanie jej będzie prawie niemożliwe.

Tessa z przerażeniem spojrzała na Willa, ale i on, i Jem pozostali niewzruszeni.

– Wie pan, gdzie dokładnie w Highgate przebywają Mroczne Siostry? – zapytał Jem.

– Oczywiście – powiedział Mortmain i wyrecytował nazwę ulicy oraz numer domu.

Will pokiwał głową.

– Weźmiemy pańskie słowa pod rozwagę. Dziękujemy.

– Dobranoc, panie Mortmain – dodał Jem.

– Ale... – Mortmain wyglądał na zaskoczonego. – Nie zamierzacie nic zrobić?

– Powiedziałem, że się zastanowimy – odparł Will. – Natomiast pan wygląda na człowieka, któremu gdzieś się śpieszy.

– Co? – Mortmain spojrzał na swój wieczorowy strój i zaśmiał się krótko. – Chyba tak. Tylko... jeśli Mistrz się dowie, że wam to wszystko powiedziałem, moje życie znajdzie się w poważnym niebezpieczeństwie.

– Więc może pora na wakacje – podsunął Jem. – Słyszałem, że Italia jest przyjemna o tej porze roku.

Mortmain przeniósł wzrok na Willa, a następnie z powrotem na Jema. W końcu chyba się poddał. Zgarbił się lekko i spojrzał na Tessę.

– Gdyby mogła pani przekazać bratu moje przeprosiny...

– Nie sądzę – ucięła Tessa. – Ale dziękuję, panie Mortmain.

Po dłuższej chwili Mortmain ukłonił się i ruszył w stronę powozu. Wszyscy troje odprowadzili go wzrokiem. Na dziedzińcu rozbrzmiał głośno stuk końskich kopyt i wkrótce pojazd przejechał przez bramę Instytutu.

– I co zamierzacie zrobić w sprawie Mrocznych Sióstr? – spytała Tessa, kiedy powóz zniknął z widoku.

– Oczywiście je odnaleźć. – Will miał rumieńce na twarzy, oczy rozpromienione i błyszczące z podniecenia.

– Ale... może lepiej byłoby ostrzec Henry'ego, Charlotte i innych...

– Jak? – przerwał jej Will. – Moglibyśmy posłać Thomasa, żeby ostrzegł Enklawę, ale nie ma gwarancji, że dotarłby tam na czas, a jeśli Mrocznym Siostrom uda się ożywić armię, mógłby trafić w środek rzezi. Nie, musimy sami rozprawić się z Mrocznymi Siostrami. Już jedną wcześniej zabiłem. Jem i ja poradzimy sobie z dwiema.

– Ale może Mortmain się myli, może dostał fałszywe informacje? – zaniepokoiła się Tessa. – Macie tylko jego słowa.

– Może – zgodził się Jem. – Ale wyobrażasz sobie, co będzie, jeśli on mówi prawdę, a my go zlekceważymy i cała Enklawa zginie?

Tessie zamarło serce. Miał rację.

– Mogłabym wam pomóc. Już raz walczyłam z Mrocznymi Siostrami. Gdybyście mi pozwolili...

– Nie – uciął Will. – To wykluczone. Mamy tak mało czasu, żeby się przygotować, że musimy polegać na naszym doświadczeniu w walce. A ty nie masz żadnego.

– Walczyłam z de Quinceyem na przyjęciu...

– Powiedziałem „nie". – Ton Willa był kategoryczny.

Tessa spojrzała na Jema, ale on tylko przepraszająco wzruszył ramionami, więc skierowała wzrok z powrotem na Willa.

– A co z Boadyceą?

Przez chwilę myślała, że zapomniał, co opowiadał jej w bibliotece. Potem w kąciku jego ust pojawiło się drgnienie, jakby nie zdołał zapanować nad uśmiechem.

– Kiedyś będziesz Boadyceą, Tesso, ale nie dzisiaj – powiedział i zwrócił się do Jema: – Thomas musi przygotować powóz. Do Highgate nie jest blisko. Najlepiej ruszajmy natychmiast.

***

Noc zapadła nad miastem, kiedy Will i Jem stanęli przy powozie, gotowi do odjazdu. Podczas gdy Thomas sprawdzał uprząż koni, Will rysował na nagim przedramieniu Jema Znak stelą, która błyszczała biało w ciemności. Tessa okazywała dezaprobatę, obserwując ich ze schodów z uczuciem pustki w żołądku.

Upewniwszy się, że z uprzężą wszystko w porządku, Thomas wbiegł lekko po schodach. Tessa zatrzymała go, unosząc rękę.

– Już jadą? – spytała.

Sługa skinął głową.

– Wszystko gotowe do odjazdu, panienko.

Próbował nakłonić Nocnych Łowców, żeby zabrali go ze sobą, ale Will – wbrew temu, co wcześniej mówił Tessie – obawiał się, że Charlotte będzie zła na Thomasa za udział w wyprawie, więc kazał mu zostać.

– Poza tym, jakiś mężczyzna powinien chronić Instytut w czasie naszej nieobecności – dodał. – Nathaniel się nie liczy. – Po tych słowach zerknął z ukosa na Tessę, ale ona go zignorowała.

Will skończył rysować Znak i właśnie miał wskoczyć na siedzenie woźnicy. Jem na niego patrzył. Ich twarze były bladymi plamami w blasku pochodni. Tessa uniosła rękę, ale szybko ją opuściła. „Nocni Łowcy nie żegnają się przed bitwą. Ani nie życzą sobie powodzenia. Trzeba się zachowywać tak, jakby ich powrót był pewny, a nie zależał od szczęścia".

Chłopcy, jakby zaalarmowani jej gestem, skierowali na nią wzrok. Tessie się zdawało, że widzi błękit oczu Willa, nawet z tej odległości. Kiedy ich spojrzenia się spotkały, na jego twarzy odmalował się dziwny wyraz, jakby właśnie się obudził i zastanawiał, czy to sen czy jawa.

To Jem pierwszy się otrząsnął i wbiegł do niej po schodach. Z bliska Tessa zobaczyła wypieki na jego policzkach. Oczy miał jasne i płonące. Ciekawe, ile narkotyku pozwolił mu zażyć Will, żeby przyjaciel był gotowy do walki.

– Tesso... – zaczął.

– Nie zamierzałam was żegnać – powiedziała szybko. – Ale to dziwne... tak pozwolić wam odjechać bez słowa.

Jem spojrzał na nią dziwnie i zrobił coś, co ją zaskoczyło. Wziął ją za rękę, a Tessa zerknęła na swoje obgryzione paznokcie i nadal gojące się zadrapania na palcach.

Pocałował jej dłoń, ledwo dotknąwszy ustami, a jego włosy, lekkie i miękkie jak jedwab, musnęły przy tym nadgarstek. Tessę przeszedł dreszcz. Stała jak wmurowana, kiedy Jem się wyprostował i skrzywił usta w uśmiechu.

– Mispa – powiedział.

– Słucham?

– To rodzaj pożegnania bez słów „do widzenia" – wyjaśnił. – Fragment Biblii: „I Mispa, mówiąc: Niech Pan będzie stróżem między mną i między tobą, gdy się rozstaniemy".

Tessa nie zdążyła nic odpowiedzieć, bo odwrócił się i zbiegł po schodach do Willa, który czekał u stóp schodów nieruchomo jak posąg, z uniesioną głową. Jego dłonie w czarnych rękawiczkach były zaciśnięte w pięści po bokach. Ale kiedy Jem dotknął ramienia przyjaciela, ten odwrócił się ze śmiechem i, nie patrząc na Tessę, wskoczył na siedzenie woźnicy. Trzasnął z bata i powóz ruszył z turkotem. Brama zamknęła się za nim jak popchnięta niewidzialną ręką. Tessa usłyszała trzask zamku, a potem gdzieś w mieście rozbrzmiały dzwony kościoła.

Kiedy Tessa weszła do Instytutu, zobaczyła w holu Sophie i Agathę. Kucharka coś mówiła do pokojówki, ale ta najwyraźniej nie słuchała. Spojrzała na Tessę niemal identycznie, jak na dziedzińcu patrzył na nią Will. Ale to niedorzeczne, bo nie było na świecie dwojga ludzi mniej do siebie podobnych niż William Herondale i Sophie.

Tessa odsunęła się na bok, kiedy Agatha poszła zamknąć ciężkie podwoje. Kucharka pchnęła je, sapiąc lekko, i w tym momencie gałka jednej połowy zaczęła się obracać, choć nikt jej nie dotknął.

Sophie zmarszczyła brwi.

– Nie mogli chyba tak szybko wrócić, prawda?

Agatha spojrzała ze zdziwieniem na poruszającą się gałkę i zrobiła krok w tył, kiedy raptem drzwi otworzyły się przed nią szeroko.

Na progu stała postać oświetlona od tyłu przez zewnętrzną lampę. Przez chwilę Tessa widziała tylko, że przybysz jest wysoki i odziany w postrzępioną marynarkę. Agatha zmierzyła go wzrokiem i wyszeptała z przestrachem:

– O, Panie...

Postać się poruszyła, błysnął metal. Agatha krzyknęła i się zachwiała, jakby próbowała cofnąć się przed intruzem, ale coś jej w tym przeszkadzało.

– Dobry Boże w niebiosach – wykrztusiła Sophie. – Co to jest?

Przez chwilę Tessa widziała całą scenę jak zamrożoną: otwarte drzwi, automat z nagimi rękami, w tej samej znoszonej marynarce. I nadal – dobry Boże! – z krwią Jema na dłoniach, zaschniętymi brunatnymi plamami na szarawym ciele i na metalu w miejscach, gdzie została zdarta skóra. Jedna zakrwawiona dłoń chwyciła Agathę za nadgarstek, druga ściskała długi, cienki nóż. Tessa zrobiła krok do przodu, ale było już za późno. Stwór zamachnął się nożem i błyskawicznym ruchem wbił go w pierś kucharki.

Kobieta wydała z siebie zdławiony okrzyk i próbowała sięgnąć do rękojeści noża, a tymczasem obszarpany potwór stał nieruchomo. Potem z zatrważającą szybkością wyszarpnął ostrze, a Agatha runęła na podłogę. Automat nawet na nią nie spojrzał, tylko odwrócił się i wyszedł z Instytutu.

Sophie krzyknęła:

– Agatha!

Podbiegła do rannej, a tymczasem Tessa skoczyła do drzwi. Mechaniczny stwór schodził po schodach na pusty dziedziniec. Po co, u licha, tutaj przyszedł i dlaczego teraz odchodził? Nie było czasu, żeby się nad tym zastanawiać. Tessa sięgnęła do dzwonka i mocno pociągnęła za sznurek. Kiedy w budynku rozbrzmiał ostry dźwięk, zatrzasnęła podwoje, opuściła zasuwę i ruszyła Sophie na pomoc.

Wspólnymi siłami udało im się dźwignąć Agathę i na pół donieść, na pół zaciągnąć w drugi koniec przedsionka. Tam opadły przy niej na kolana. Sophie oderwała kilka pasów materiału od swojego białego fartucha i owiązała nimi ranę.

– Nie rozumiem, panienko – powiedziała z paniką w głosie. – Tych drzwi może dotknąć tylko ten, kto ma w żyłach krew Nocnego Łowcy, nie mówiąc o obróceniu gałki.

Ale on miał krew Nocnego Łowcy, pomyślała Tessa z nagłym przerażeniem. Krew Jema plamiącą jego metalowe dłonie jak farba. Czy to dlatego pochylił się nad Nocnym Łowcą tamtej nocy na moście? Dlatego uciekł, gdy już dostał to, czego chciał? I czy to nie oznaczało, że może wrócić w każdej chwili?

Zaczęła się podnosić z kolan, ale w tym momencie sztaba na drzwiach pękła z hukiem wystrzału i spadła na podłogę w dwóch kawałkach. Sophie krzyknęła, ale nie odsunęła się od Agathy, kiedy drzwi otworzyły się gwałtownie.

Schody Instytutu już nie były puste; roiły się nie od ludzi, tylko od mechanicznych monstrów o pustych twarzach, które gramoliły się po nich niezdarnie. Nie były identyczne jak te, które Tessa widziała wcześniej. Niektóre wyglądały, jakby złożono je pośpiesznie, tak że w ogóle nie miały twarzy, tylko owale z metalu z przyklejonymi tu i ówdzie nierównymi skrawkami ludzkiej skóry. O zgrozo, sporo z nich miało części maszynerii zamiast rąk czy nóg. U jednego automatu ramię zastępował sierp, inny szczycił się piłą, która sterczała z powiewającego rękawa koszuli jak parodia prawdziwej ręki.

Tessa rzuciła się do drzwi, żeby je zamknąć. Były ciężkie i przesuwały się straszliwie wolno. Za nią Sophie krzyczała bezradnie, Agatha milczała. Tessa wytężyła siły...

Zatoczyła się do tyłu i upadła, bo podwoje zostały wyrwane z zawiasów jak garść chwastów z ziemi. Automat cisnął drzwi na bok i ruszył przed siebie, stąpając z brzękiem metalowymi stopami po kamiennej posadzce. Za nim podążali jego mechaniczni bracia, co najmniej kilkunastu, z wyciągniętymi przed siebie monstrualnymi rękoma.

***

Zanim Will i Jem dotarli do rezydencji w Highgate, zaczął wschodzić księżyc. Ze wzgórza w północnej części Londynu roztaczał się wspaniały widok na stolicę, jasną w księżycowym blasku, który zmieniał mgłę i pył węglowy w srebrzystą chmurę. „Miasto ze snów dryfujące w powietrzu". Fragment wiersza nie wiadomo skąd pojawił się w umyśle Willa, ale Nocny Łowca miał tak napięte nerwy przed czekającą go bitwą, że nie mógł sobie przypomnieć reszty słów.

Wielką georgiańską budowlę stojącą w bujnym parku otaczał wysoki ceglany mur, tak że z ulicy widać było tylko pochyły mansardowy dach. Willa przeszedł dreszcz, ale nie zdziwiła go taka reakcja, bo znajdowali się blisko miejsca, gdzie w czasie wielkiej zarazy pochowano tysiące ciał. Z braku właściwego pogrzebu ich gniewne duchy nawiedzały okolicę jeszcze teraz. Właśnie z powodu ich aktywności nieraz przysyłano tu Willa i innych Nocnych Łowców.

Czarna metalowa brama osadzona w murze odstraszała intruzów, ale Znak otwarcia narysowany na ręce Jema szybko rozprawił się z zamkiem. Dwaj Nocni Łowcy wysiedli z powozu na krętym podjeździe, który prowadził do frontowych drzwi. Ścieżka była zarośnięta chwastami, wokół rozciągały się ogrody ze zrujnowanymi budynkami i poczerniałymi kikutami drzew.

Jem spojrzał na przyjaciela rozgorączkowanymi oczami.

– Zaczynamy?

Will wyjął zza pasa seraficki nóż.

– *Israfiel* – wyszeptał.

Broń rozjarzyła się jak błyskawica. Można by się spodziewać, że jaśniejące ostrza wydzielają ciepło, ale w dotyku były zimne jak lód. Will przypomniał sobie słowa Tessy, że piekło jest zimne, i omal się nie uśmiechnął na to wspomnienie. Ratowali życie ucieczką, dziewczyna powinna być przerażona, a zamiast tego opowiadała mu o *Inferno* z amerykańskim akcentem.

– Tak, już czas – powiedział.

Wspięli się po frontowych stopniach do drzwi. Ku ich zaskoczeniu okazało się, że nie są zaryglowane. Po lekkim pchnięciu otworzyły się z głośnym skrzypieniem. Nocni Łowcy weszli do środka, oświetlając sobie drogę blaskiem serafickich noży.

Znaleźli się w okazałym foyer. Łukowate okna kiedyś musiały robić imponujące wrażenie, teraz brakowało w nich połowy szyb, a ocalałe przecinała pajęczyna rys. Marmurowa posadzka była popękana, ze spojeń wyrastały chwasty, tak jak na brukowanym podjeździe. Szerokie, kręte schody prowadziły na ciemne pierwsze piętro.

– To chyba niewłaściwy adres – powiedział cicho Jem. – Wygląda, jakby nikt tu nie mieszkał od pięćdziesięciu lat.

Ledwo skończył mówić, gdy nocną ciszę przeszył dźwięk, od którego Willowi włoski zjeżyły się na karku, a Znaki na ramionach zaczęły piec. Był to śpiew, ale nieprzyjemny dla ucha. Takich tonów nigdy nie wyciągnąłby ludzki głos. Kryształowe wisiorki żyrandola zagrzechotały jak kieliszki wprawione w wibracje pstryknięciem palca.

– Ktoś tu jest – szepnął Will.

Obaj bez słowa odwrócili się plecami do siebie: Jem twarzą do otwartych drzwi, Will w stronę schodów.

Coś pojawiło się na ich szczycie. Z początku Will widział tylko poruszający się czarno-biały cień. W miarę jak zjawa sunęła na dół, śpiew stawał się głośniejszy, włoski na karku Willa jeżyły się coraz bardziej. Pot zrosił włosy na jego skroniach i spłynął po plecach mimo chłodnego powietrza.

Rozpoznał ją, kiedy znajdowała się w połowie schodów. Jej długie, kościste ciało było obleczone w bezkształtną szatę sięgającą stóp, podobną do habitu zakonnicy. W szponiastej ręce pani Dark niosła zgaszoną lampę. Dopiero kiedy zatrzymała się na podeście, Will zobaczył, że w drugiej ręce trzyma uciętą głowę siostry.

– Na Anioła! – wykrztusił. – Jem, spójrz.

Jem spojrzał i zaklął. Głowa pani Black dyndała na warkoczu siwych włosów, oczy były otwarte i białe jak gotowane jajka, usta rozchylone. Z ich kącika ciekła strużka zaschniętej czarnej krwi.

Pani Dark przestała śpiewać i zachichotała jak uczennica.

– Niełasdnie, oj, niełasdnie tak się włamywać do mojego domu – powiedziała. – Niegrzeczni mali Nocni Łowcy.

– Myślałem, że druga siostra żyje – wyszeptał Jem.

– Może pani Dark wskrzesiła siostrę, a potem odrąbała jej głowę? – zastanowił się Will. – Dużo pracy, mały zysk, ale z drugiej strony...

– Morderca! – warknęła pani Dark, wbijając wzrok w Willa. – Nie wystarczyło ci, że już raz zabiłeś moją siostrę? Musiałeś wrócić, żeby przeszkadzać mi w przywróceniu jej życia. Wiesz, jak to jest być zupełnie samym?

– Wiem aż za dobrze – odparł Will i zauważył, że Jem zerka na niego z ukosa. Głupiec ze mnie, pomyślał. Nie powinienem mówić takich rzeczy.

Pani Dark się zachwiała.

– Ty, jako śmiertelnik, jesteś sam tylko przez krótką chwilę, jeden oddech wszechświata. Moja samotność trwa wieki. Co to dla was za różnica? Z pewnością są w Londynie zbrodnie wymagające interwencji Nocnych Łowców, mroczniejsze niż moje żałosne próby przywrócenia Amelii życia.

Will spojrzał na Jema. Przyjaciel wzruszył ramionami. Najwyraźniej był równie zdezorientowany jak on.

– To prawda, że nekromancja jest wbrew Prawu, ale to samo dotyczy wiązania demonicznej energii – stwierdził Jem. – A to zdecydowanie wymaga naszej interwencji.

Pani Dark wlepiła w niego wzrok.

– Wiązanie demonicznej energii?

– Nie ma sensu udawać – powiedział Will. – Znamy wasze plany. Wiemy o automatach, o czarze wiążącym, o Mistrzu, którego teraz tropi reszta Enklawy. Ale to jego ostatnie chwile. Nie będzie na kogo się powoływać ani gdzie się ukryć.

W tym momencie pani Dark zbladła.

– Mistrz? – wyszeptała. – Znaleźliście Mistrza? Ale jak...

– De Quincey niedawno nam uciekł, ale tym razem wiemy, gdzie jest, i...

Jego słowa zagłuszył... śmiech. Pani Dark aż się przechyliła przez poręcz schodów, wyjąc z uciechy. Will i Jem patrzyli na nią z konsternacją. Kiedy się wyprostowała, po jej twarzy płynęły czarne łzy.

– De Quincey Mistrzem! – wykrzyknęła. – Ten mizdrzący się, zarozumiały wampir! To dopiero żart! Wy głupcy, wy mali głupcy!

Rozdział osiemnasty

Trzydzieści srebrników

„Albo nareszcie – sam Szatan! Ta, można
Sprzedać mu duszę – przy czym w cyrografy
Przemycić taki błąd, że bestia zdrożna
Puści mnie, nie chcąc się przyznać do gafy".
– Robert Browning, *Monolog w hiszpańskim klasztorze*
(Przełożył Stanisław Barańczak)

Tessa odsunęła się chwiejnie od drzwi. Sophie klęczała nad Agathą, przyciskając ręce do jej piersi. Krew sączyła się przez prowizoryczny bandaż. Twarz rannej miała upiorną woskową barwę, z jej gardła wydobywały się dźwięki jak z parującego czajnika. Na widok automatów jej oczy się rozszerzyły. Próbowała odepchnąć Sophie zakrwawionymi rękami, ale dziewczyna trzymała ją kurczowo.

– Sophie! – Po schodach zbiegł Thomas, biały jak płótno. W ręce ściskał masywny miecz. Towarzysząca mu Jessamine trzymała parasolkę. Za nimi biegł przerażony Nathaniel. – Co, u licha...

Thomas przeniósł wzrok z Sophie, Tessy i Agathy na drzwi i z powrotem. Automaty się zatrzymały. Stały w rzędzie tuż za progiem, sztywne jak marionetki, za sznurki których już nikt nie pociąga. Ich pusty wzrok był skierowany prosto przed siebie.

– Agatha! – Okrzyk Sophie przeszedł w zawodzenie. Kucharka leżała bez ruchu, oczy miała szeroko otwarte, ale niewidzące. Jej ręce opadły bezwładnie po bokach.

Choć Tessa czuła mrowienie na skórze, odwracając się plecami do intruzów, schyliła się i położyła dłoń na ramieniu Sophie. Pokojówka ją strząsnęła. Cicho skomlała jak kopnięty pies. Tessa obejrzała się na automaty. Nadal stały nieruchomo jak figury szachowe, ale jak długo mogło to trwać?

– Sophie, proszę!

Nathaniel oddychał spazmatycznie, wzrok miał utkwiony w drzwiach, twarz białą jak kreda. Sprawiał wrażenie, że chciałby się odwrócić i uciec. Jessamine zerknęła na niego z zaskoczeniem i pogardą, po czym odwróciła się do Thomasa.

– Postaw ją na nogi – poleciła. – Ciebie posłucha.

Rzuciwszy zaskoczone spojrzenie na Jessamine, sługa pochylił się i łagodnie, ale zdecydowanie oderwał Sophie od Agathy. Gdy ją podniósł, przywarła do niego mocno. Dłonie miała czerwone, jakby wyszła z rzeźni, fartuch rozdarty prawie na pół i poznaczony krwawymi śladami rąk.

– Panno Lovelace – powiedział Thomas cicho, obejmując dziewczynę wolną ręką – proszę zaprowadzić Sophie i pannę Gray do Sanktuarium...

– Nie! – rozbrzmiał w holu znajomy głos. – Zabierz służącą i idź z nią, dokąd chcesz. Ale panna Gray zostanie tutaj. Podobnie jak jej brat.

Tessa odwróciła się powoli.

Między znieruchomiałymi maszynami stał mężczyzna, który w jakiś magiczny sposób pojawił się znikąd. Wyglądał równie zwyczajnie jak ostatnio, ale teraz był bez kapelusza.

Mortmain.

Uśmiechał się, ale nie tak jak wcześniej, miło i życzliwie, tylko z niemal upiorną, złośliwą radością.

– Doskonała robota, Nathanielu Gray – powiedział. – Przyznaję, że moja wiara w pana została wystawiona na próbę, ale w godny podziwu sposób naprawił pan swoje wcześniejsze błędy. Jestem z pana dumny.

Tessa okręciła się i spojrzała na brata, ale Nate najwyraźniej zapomniał o jej obecności... o czyjejkolwiek obecności. Patrzył na Mortmaina z bardzo dziwną miną: mieszaniną strachu i uwielbienia. Po chwili ruszył przed siebie. Tessa chciała go zatrzymać, kiedy ją mijał, ale on z irytacją odtrącił jej rękę. W końcu stanął przed Mortmainem. Następnie padł przed nim na kolana, splótł ręce jak do modlitwy i wykrzyknął:

– Moim pragnieniem zawsze było służyć panu, Mistrzu!

***

Pani Dark nadal zanosiła się śmiechem.

– Co ma pani na myśli? – zapytał oszołomiony Jem, podnosząc głos, żeby go usłyszała.

Mimo opłakanego wyglądu pani Dark udało się przybrać triumfalną postawę.

– De Quincey nie jest Mistrzem, tylko głupią pijawką, nie lepszą od innych – odpowiedziała szyderczo. – To, że tak łatwo daliście się oszukać, dowodzi, że nie macie pojęcia, kim jest

Mistrz... ani co was czeka. Już jesteście martwi, Nocni Łowcy. Małe chodzące trupy.

Tego było za wiele dla Willa. Z gniewnym pomrukiem popędził w górę po schodach, ściskając seraficki nóż. Jem krzyknął za nim, żeby się zatrzymał, ale przyjaciel go nie posłuchał. Pani Dark, sycząc jak kobra, zamachnęła się i rzuciła odciętą głową siostry w napastnika. Nocny Łowca wrzasnął z odrazą i zrobił unik, a czarownica wykorzystała okazję, żeby zbiec po schodach i popędzić do łukowatego przejścia w zachodniej części foyer.

Tymczasem głowa stoczyła się po kilku stopniach i zatrzymała na bucie Willa. Ten spojrzał w dół i skrzywił się z obrzydzeniem. Jedna z powiek była zamknięta, język zwisał z ust, szary i skórzasty, zupełnie jakby pani Black z niego szydziła.

– Chyba zwymiotuję – wykrztusił Will.

– Nie ma czasu na wymioty – stwierdził rzeczowo Jem. – Chodźmy...

I pobiegł za panią Dark. Will kopnął uciętą głowę czarownicy czubkiem buta i ruszył w ślad za przyjacielem.

***

– Mistrz? – powtórzyła Tessa w osłupieniu. Przecież to niemożliwe. Mistrzem jest De Quincey. Te istoty na moście mówiły, że właśnie jemu służą. Nathaniel powiedział... Spojrzała na brata. – Nate?

Popełniła błąd, bo zwróciła na siebie uwagę Mortmaina. Mężczyzna uśmiechnął się szeroko.

– Łapcie zmiennokształtną – polecił mechanicznym stworom. – Nie pozwólcie jej uciec.

– Nate! – krzyknęła Tessa.

Ale brat nawet na nią nie spojrzał, kiedy automaty nagle ożyły i ruszyły w jej stronę z terkotem i pobrzękiwaniem. Jeden z nich otoczył jej pierś metalowymi rękami jak imadłem, wypychając z niej powietrze.

– Niech pani nie będzie zbyt surowa dla swojego brata, panno Gray – rzekł z uśmiechem Mortmain. – On naprawdę jest bystrzejszy, niż pani sądzi. To był jego pomysł, żeby wywabić stąd młodego Carstairsa i Herondale'a przydługą opowieścią, tak żebym ja mógł swobodnie tu wejść.

– Co się dzieje? – Głos Jessamine drżał, kiedy przenosiła wzrok z Nathaniela na Tessę i Mortmaina. – Nie rozumiem. Kto to jest, Nate? Dlaczego przed nim klęczysz?

– On jest Mistrzem – odparł Gray. – Jeśli masz choć trochę rozumu, ty też uklęknij.

Na twarzy Jessamine odmalowało się niedowierzanie.

– To jest de Quincey?

Oczy Nathaniela zapłonęły.

– De Quincey to poddany, zwykły wyrobnik. Odpowiada przed Mistrzem. Niewielu zna prawdziwą tożsamość Mistrza. Ja jestem jednym z wybrańców.

Jessamine prychnęła z pogardą.

– Wybranym, żeby przed nim klęczeć?

Gray zerwał się z podłogi i coś wrzasnął do Jessamine, ale Tessa nie usłyszała jego słów, bo stalowy manekin ścisnął ją mocniej, tak że ledwo mogła oddychać, a przed jej oczami zaczęły wirować ciemne plamy. Wydawało się jej, że Mortmain coś krzyknął do automatu, który ją trzymał, ale ten go nie posłuchał. Zaczęła drapać jego metalowe ręce słabnącymi palcami i nagle poczuła łaskotanie, jakby pod dekoltem sukni był uwięziony ptak albo motyl. Łańcuszek wiszący na jej szyi wibrował. Gdy udało się jej opuścić zamglony wzrok, ku swojemu zdumieniu ujrzała, że aniołek wysuwa się spod kołnierzyka i frunie w górę. Jego oczy wyglądały, jakby się jarzyły. Metalowe skrzydełka po raz pierwszy były rozpostarte, ich brzegi lśniły, ostre jak brzytwy. Anioł zanurkował jak szerszeń i ciął nimi głowę jej prześladowcy, aż posypały się czerwone iskry.

Spadając, oparzyły jej kark, ale ledwo to zauważyła. Kiedy golem rozluźnił chwyt, wywinęła mu się, a on zaczął wirować, machając na oślep rękami. Tessie nieoczekiwanie przypomniał się rysunek rozgniewanego dżentelmena na przyjęciu w ogrodzie, opędzającego się od os. Mortmain odrobinę za późno zauważył, co się dzieje, i krzykiem wydał rozkaz pozostałym automatom. Tessa rozejrzała się gorączkowo, ale nigdzie nie dostrzegła swojego obrońcy. Aniołek zniknął.

– Odsuń się, Tesso!

Zimna mała dłoń chwyciła ją za nadgarstek. Jessamine szarpnęła ją w tył i popchnęła w stronę schodów, a sama ruszyła do ataku, wymachując parasolką. Na jej twarzy zastygł wyraz determinacji. Ale to Thomas, który puścił Sophie i wyskoczył przed Nocną Łowczynię, zadał pierwszy cios. Przeciął mieczem pierś stwora, który na niego maszerował z wyciągniętymi rękami. Człowiek-maszyna zatoczył się do tyłu, terkocząc głośno. Czerwone iskry buchnęły z jego korpusu jak krew. Jessamine roześmiała się na ten widok i zatoczyła wokół siebie koło parasolką. Smagnęła nią nogi dwóch mechanicznych istot, a one przewróciły się i zaczęły podrygiwać jak ryby wyciągnięte z wody.

– Do diabła! – wykrzyknął Mortmain z wściekłością. – Ty... – Pstryknął palcami, wskazując na automat, który miał do prawego nadgarstka przyspawane coś w rodzaju metalowej rurki. – Pozbądź się Nocnej Łowczyni.

Golem uniósł sztywnym ruchem rękę. Z rury wystrzeliła smuga czerwonego ognia i trafiła Jessamine w pierś. Nocna Łowczyni wypuściła parasolkę z ręki, zatoczyła się do tyłu i runęła w drgawkach na podłogę. Oczy miała otwarte i szkliste.

Nathaniel, który stał obok Mortmaina i z boku obserwował walkę, wybuchnął śmiechem.

Tessa nagle poczuła nienawiść, zaskakującą w swojej intensywności. Chciała rzucić się na brata, rozorać mu paznokciami policzek, kopać, aż zacząłby krzyczeć. Wiedziała, że nie potrzeba mu wiele. Zawsze bał się bólu. Ruszyła do przodu, ale mechaniczne istoty, rozprawiwszy się z Jessamine, skierowały się w jej stronę. Tymczasem Thomas, z włosami przyklejonymi do twarzy i długim rozcięciem z przodu koszuli, zasłonił ją własnym ciałem. Doskonale radził sobie z mieczem, zadając nim silne, zamaszyste ciosy. Powinien posiekać napastników na wstążki, ale oni okazali się zadziwiająco zręczni. Uskakując mu z drogi, nadchodzili ze wzrokiem utkwionym w Tessie. Thomas odwrócił się i spojrzał na nią dzikim wzrokiem.

– Panno Gray! Proszę zabrać stąd Sophie!

Tessa się zawahała. Nie chciała uciekać, tylko walczyć. Ale pokojówka kuliła się za nią przerażona.

– Sophie! – krzyknął Thomas z nutą rozpaczy w głosie. – Biegnij! Do Sanktuarium!

– Nie! – ryknął Mortmain, odwracając się do mechanicznego stwora, który wcześniej zaatakował Jessamine.

Kiedy automat uniósł rękę, Tessa chwyciła Sophie za nadgarstek i pociągnęła ją do schodów. Czerwony piorun trafił w ścianę obok nich, osmalił kamień. Tessa krzyknęła, ale nie zwolniła kroku, tylko pobiegła w górę po marmurowych stopniach. Za nimi podążył zapach dymu i śmierci.

***

Will śmignął przez łukowate przejście w drugim końcu foyer... i zatrzymał się w pół kroku. Jem już tam był i rozglądał się oszołomiony. Choć w pomieszczeniu nie było innych drzwi, pani Dark zniknęła bez śladu.

Pokój najprawdopodobniej służył kiedyś jako jadalnia. Duże portrety wiszące na ścianach zostały pocięte na paski, tak że nie dało się rozpoznać, kogo przedstawiają. Wielki kryształowy żyrandol, ozdobiony girlandami szarych pajęczyn, które powiewały jak stare koronkowe zasłonki, niegdyś zapewne oświetlał okazały stół jadalny. Teraz zwieszał się nad nagą marmurową posadzką z namalowanymi na niej symbolami: pięcioramienną gwiazdą w kręgu wpisanym w kwadrat. Na środku pentagramu stał szkaradny kamienny posąg jakiegoś straszliwego demona o powykręcanych kończynach i szponiastych dłoniach. Z jego głowy wyrastały rogi.

Po całej podłodze walały się pozostałości czarnej magii: kości, pióra, kawałki skóry, sadzawki krwi, która musowała jak szampan, przewrócone puste klatki. Na niskim stoliku leżał cały zestaw zakrwawionych noży, stały kamienne misy wypełnione podejrzanymi ciemnymi płynami.

W odstępach między pięcioma rogami pentagramu widniały runy i esy-floresy, od których Willa rozbolały oczy. Były przeciwieństwem Znaków z *Szarej Księgi*, mówiących o chwale i pokoju. Te nekromanckie symbole oznaczały zniszczenie i śmierć.

– Jem, to nie są przygotowania do czaru wiążącego, tylko zwykła nekromancja – stwierdził Will.

– Pani Dark próbowała wskrzesić swoją siostrę. Czy nie to właśnie powiedziała?

– Tak, i nie udało się jej, ale nie robiła nic więcej. – Straszne podejrzenie zaczęło kiełkować w głowie Willa. – Nie sądzę, żeby te praktyki stanowiły dla nas jakieś zagrożenie.

Jem nie odpowiedział. Jego uwagę przyciągnęło coś, co znajdowało się po drugiej stronie pokoju.

– Tam jest kot – powiedział cicho, wskazując ręką. – W jednej z klatek.

Will powiódł spojrzeniem za jego wzrokiem. Rzeczywiście w jednej z zamkniętych klatek stojących pod ścianą siedział zjeżony szary kot.

– I co z tego?

– On żyje.

– To tylko kot. Mamy większe zmartwienia...

Ale Jem już ruszył w stronę klatki. Schylił się po nią i podniósł ją na wysokość oczu. Zwierzę okazało się szarym persem z płaskim pyszczkiem i żółtymi ślepiami, które wrogo łypały na Nocnego Łowcę. Nagle kot wygiął grzbiet i zasyczał głośno, wpatrując się w pentagram. Jem odwrócił się... i wytrzeszczył oczy.

– Will, patrz! – rzucił ostrzegawczym tonem.

Posąg ustawiony w środku pentagramu poruszył się i wyprostował. Jego oczy płonęły siarkowym blaskiem. Dopiero kiedy uśmiechnął się trzema rzędami ust, Will zorientował się, że to wcale nie jest rzeźba, tylko istota o twardej, szarej skórze przypominającej kamień. Demon.

Will odskoczył do tyłu i cisnął Israfielem, choć nie spodziewał się, żeby to coś dało. I miał rację. Kiedy nóż doleciał do pentagramu, odbił się od niewidzialnej ściany i ze szczękiem spadł na marmurową posadzkę. Demon zarechotał.

– Atakujesz mnie tutaj? – zapytał wysokim, cienkim głosem. – Mógłbyś sprowadzić przeciwko mnie cały niebieski zastęp i nic byś mi nie zrobił! Żadna anielska siła nie jest w stanie naruszyć tego kręgu!

– Pani Dark – wycedził Will przez zęby.

– Więc mnie poznajesz? Nikt nigdy nie twierdził, że Nocni Łowcy są bystrzy. – Demon obnażył zielonkawe kły. – To jest moja prawdziwa postać. Paskudna niespodzianka, co?

– Śmiem twierdzić, że jest lepiej – ocenił Will. – Wcześniej nie było na czym zawiesić oka, a teraz przynajmniej te rogi są spektakularne.

– Kim właściwie jesteś? – zapytał Jem, stawiając klatkę na podłodze. Kot siedział w niej nieruchomo. – Uważałem was za czarownice.

– Moja siostra była czarownicą – wysyczała dawna pani Dark. – Ja jestem pełnej krwi demonem, eidolonem, zmiennokształtnym. Jak wasza droga Tessa. Ale w przeciwieństwie do niej, ja nie umiem w pełni stać się osobą, której postać przybieram. Nie potrafię przeniknąć do umysłów żywych ani martwych. Dlatego Mistrz mnie nie chciał. – W głosie diabelskiej istoty zabrzmiała uraza. – Zatrudnił mnie i moją siostrę, żebym ją wyszkoliła. Jego małą protegowaną. Znamy różne sposoby na Zmianę. Potrafiłyśmy ją na niej wymusić. Ale ona wcale nie była nam wdzięczna.

– To musiało was zaboleć – stwierdził Jem łagodnym tonem. Will już otwierał usta, ale widząc ostrzegawcze spojrzenie przyjaciela, szybko je zamknął. – Tessa dostała to, czego wy pragnęłyście, ale tego nie doceniła.

– Nigdy nie zrozumiała, jaki spotkał ją zaszczyt. Jaką chwałą by się okryła. – Żółte oczy demona płonęły. – Kiedy uciekła, Mistrz wpadł we wściekłość. Rozczarowałyśmy go. Wyznaczył nagrodę za nasze głowy.

– Masz na myśli, że de Quincey chciał waszej śmierci? – zdziwił się Jem.

– Ile razy muszę wam powtarzać, że de Quincey nie jest Mistrzem? Mistrz to... – Demon warknął. – Próbujesz mnie podejść, ale nic z tego, mały Nocny Łowco.

Jem wzruszył ramionami.

– Nie może pani na wieki pozostać w tym pentagramie, pani Dark. W końcu zjawi się reszta Enklawy i weźmiemy panią głodem. A wie pani, jak Clave rozprawia się z tymi, którzy łamią Prawo.

Pani Dark zasyczała.

– Może Mistrz mnie opuścił, ale nadal bardziej boję się jego niż was czy Enklawy.

Bardziej niż Enklawy, pomyślał Will. Powinna się jej bać, ale nie było po niej widać strachu. Z jego doświadczenia wynikało, że jeśli ktoś się nie boi, chociaż powinien, powodem rzadko jest odwaga. Zwykle taki ktoś wie to, czego ty nie wiesz.

– Jeśli nie chcesz nam zdradzić, kto jest Mistrzem, może chociaż odpowiesz na proste pytanie. – W głosie Willa zabrzmiała stalowa nuta. – Czy Mistrzem jest Axel Mortmain?

Demon wydał przeciągły jęk, zakrył usta kościstymi rękami i opadł na ziemię. Jego oczy płonęły.

– Mistrz pomyśli, że to ja wam powiedziałam. Teraz już nigdy nie uzyskam jego przebaczenia...

– Mortmain? – powtórzył Jem. – Przecież to on nas ostrzegł... A, rozumiem. – Mocno zbladł. Will wiedział, że myśli przyjaciela mkną tą samą krętą drogą, co przed chwilą jego myśli. Pewnie pierwszy dotarłby do prawdy, bo był od niego bystrzejszy, ale brakowało mu skłonności do zakładania wszystkiego co najgorsze na temat ludzi. – Mortmain nas okłamał co do Mrocznych

Sióstr i czaru wiążącego. Właściwie to on zasugerował Charlotte, że Mistrzem jest de Quincey. Gdyby nie on, nigdy nie podejrzewalibyśmy wampira. Ale dlaczego to zrobił?

– De Quincey to wstrętna bestia – zawyła pani Dark, nadal przykucnięta w pentagramie. Najwyraźniej doszła do wniosku, że nie ma sensu dłużej kłamać. – Nie słuchał Mortmaina, sam chciał zostać Mistrzem. Taka niesubordynacja musi zostać ukarana.

Will napotkał wzrok przyjaciela. Obaj myśleli o tym samym.

– Mortmain dostrzegł okazję, żeby rzucić podejrzenie na rywala – domyślił się Jem. – To dlatego wybrał de Quinceya.

– I mógł ukryć plany automatów w bibliotece de Quinceya – dodał Will. – De Quincey nie przyznał się, że należą do niego ani ich nie rozpoznał, kiedy Charlotte mu je pokazała. A tamte automaty na moście z rozkazu Mortmaina twierdziły, że pracują dla wampira. To on odbił pieczęć de Quinceya na piersi mechanicznej dziewczyny i zostawił ją w Mrocznym Domu, żebyśmy ją znaleźli... a wszystko po to, żeby odwrócić podejrzenia od siebie.

– Ale Mortmain nie jest jedynym, który wskazał palcem de Quinceya – powiedział ponurym głosem Jem. – Zrobił to również Nathaniel Gray, brat Tessy. Kiedy dwóch ludzi powtarza to samo kłamstwo...

– Są w zmowie – dokończył Will.

Poczuł niemal coś w rodzaju satysfakcji, jednak nie na długo. Nie lubił Graya, nie mógł znieść tego, że Tessa traktuje brata, jakby nie był zdolny do złych rzeczy, i jednocześnie gardził samym sobą za tę zazdrość. Nie mylił się co do charakteru Nathaniela, ale ta świadomość wcale go nie ucieszyła.

– Nate Gray. – Pani Dark parsknęła wysokim, zawodzącym śmiechem. – Ludzki fagas Mistrza. Sprzedał mu własną siostrę za garść srebra. Ja nigdy bym tak nie potraktowała swojej. A wy mówicie, że demony są złe i dlatego ludzie potrzebują ochrony przed nimi!

Will ją zignorował. W głowie mu się mąciło. Dobry Boże, cała opowieść Nathaniela o de Quinceyu była kłamstwem, podstępem, który miał skierować Clave na zły trop. Dlaczego więc Mortmain pojawił się tuż po ich odjeździe? Żeby się nas pozbyć, Jema i mnie, pomyślał Will ponuro. Nate nie mógł wiedzieć, że my dwaj nie wyruszymy razem z Charlotte i Henrym. Musiał szybko coś wymyślić, kiedy zostaliśmy w domu. Stąd Mortmain i jego kolejne oszustwo. Nate od początku to wszystko z nim uknuł.

A teraz Tessa jest z nim sama. Will poczuł ściskanie w żołądku. Chciał popędzić do drzwi, wrócić do Instytutu i rozbić głowę Nathaniela o ścianę. Tylko lata treningu i strach o Henry'ego i Charlotte zatrzymały go na miejscu.

– Jaki jest jego plan? Co Enklawę spotka na Carleton Square? Pewna rzeź? Odpowiadaj! – Strach sprawił, że jego głos się załamał. – Albo dopilnuję, żeby Clave cię torturowało, zanim umrzesz. Co uknuł Mortmain?

Żółte oczy pani Dark rozbłysły.

– A na czym zależy Mistrzowi? – wysyczała. – Na czym mu zawsze zależało? On gardzi Nefilim, ale czego chce?

– Tessy – odpowiedział bez wahania Jem. – Ale ona jest bezpieczna w Instytucie i nawet jego przeklęta mechaniczna armia nie zdoła wedrzeć się do środka. Nawet bez nas...

– Kiedy jeszcze cieszyłam się zaufaniem Mistrza, rozmawiał ze mną o planie zaatakowania Instytutu – przerwała mu pani Dark. – Zamierzał pomazać ręce mechanicznych istot krwią Nocnego Łowcy, żeby w ten sposób otworzyć drzwi.

– Krwią Nocnego Łowcy? – powtórzył Will. – Ale...

– To moja krew. – Jem dotknął piersi.

Przez chwilę Will stał bez ruchu, gapiąc się na przyjaciela. Potem bez słowa odwrócił się i puścił biegiem przez jadalnię. Jem zatrzymał się tylko po to, żeby chwycić klatkę z kotem, i pognał za nim. Gdy dotarli do drzwi, te zatrzasnęły się, jakby pchnięte niewidzialną ręką. Will zatrzymał się raptownie i zdezorientowany obejrzał na Jema.

Pani Dark ryknęła śmiechem.

– Nefilim – wykrztusiła między kolejnymi atakami wesołości. – Głupi, głupi Nefilim. Gdzie jest teraz wasz anioł?

Na ich oczach ogromne płomienie buchnęły wzdłuż ścian, zaczęły lizać zasłony na oknach, sunąć po podłodze. Miały dziwną niebieskozieloną barwę i paskudny, intensywny zapach, odór demonów. Kot w klatce oszalał, zaczął się rzucać na pręty i miauczeć przeraźliwie.

Will wyciągnął zza pasa seraficki nóż i krzyknął:

– *Anael!*

Ostrze się rozjarzyło, ale pani Dark tylko zarechotała.

– Kiedy Mistrz zobaczy wasze zwęglone trupy, wtedy mi wybaczy! – wrzasnęła. – I przyjmie mnie z powrotem.

Zaniosła się jeszcze głośniejszym śmiechem, przenikliwym i strasznym. Pokój wypełnił się dymem. Jem zasłonił usta rękawem i rzucił do Willa zduszonym głosem:

– Zabij ją, a ogień zgaśnie.

– Nie sądzisz, że zrobiłbym to, gdybym mógł? – odburknął Will, ściskając rękojeść Anaela. – Ona jest w pentagramie.

– Wiem. Przetnij go.

Will od razu zrozumiał, o co chodzi przyjacielowi. Odwrócił się do pentagramu, uniósł jaśniejącego Anaela, przymierzył się i cisnął nim... nie w demona, tylko w gruby łańcuch podtrzymujący masywny żyrandol. Ostrze przecięło stalowe ogniwa jak papier, rozległ się głośny zgrzyt. Demon zdążył krzyknąć tylko raz, zanim spadła na niego śmiercionośna kometa z poskręcanego metalu i roztrzaskanego szkła. Will zasłonił oczy ramieniem, kiedy posypał się na nich gruz, kawałki kryształu i rdza. Podłoga zadrżała pod nim jak w czasie trzęsienia ziemi.

Gdy wszystko ucichło, Nocny Łowca otworzył oczy. Żyrandol leżał na posadzce niczym wrak ogromnego statku na dnie morza. Kurz unosił się z niego jak dym, spod stosu rozbitego szkła i metalu ściekał po marmurze strumyczek zielonkawoczarnej krwi...

Jem miał rację. Płomienie zgasły. On sam wpatrywał się w pobojowisko, trzymając klatkę z kotem. Jego jasne włosy były jeszcze bielsze od pyłu, policzki umazane sadzą.

– Ładna robota, Williamie – pochwalił.

Przyjaciel nie odpowiedział. Nie było czasu do stracenia. Bez trudu, jednym pchnięciem, otworzył drzwi i wybiegł z pokoju.

***

– To tutaj! – wysapała Sophie na podeście.

Tessa otworzyła drzwi i wypadła na korytarz, który się za nimi znajdował. Pokojówka uwolniła nadgarstek z jej uścisku i zasunęła zasuwę. Oparła się o drzwi i przez chwilę dyszała ciężko, z twarzą zalaną łzami.

– Panienka Jessamine – wyszeptała. – Myśli pani...

– Nie wiem. Ale słyszałaś Thomasa. Musimy dotrzeć do Sanktuarium. Tam będziemy bezpieczne. – Chciał, żebym zadbała o twoje bezpieczeństwo, dodała w myślach. – Będziesz mi musiała pokazać, gdzie to jest. Sama nie znajdę drogi.

Sophie wyprostowała się powoli i skinęła głową. W milczeniu poprowadziła ją krętymi korytarzami, aż w końcu dotarły do tego, który Tessa pamiętała z tego wieczoru, gdy poznała Camille. Pokojówka zdjęła lampę z uchwytu na ścianie, zapaliła ją i pośpieszyła dalej. Zatrzymała się dopiero przed wielkimi żelaznymi drzwiami, na których widniał symbol złożony z dwóch liter C. Nagle przyłożyła rękę do ust.

– Klucz! – wyszeptała. – Do diabła... przepraszam, panienko. Zapomniałam klucza!

Tessa poczuła falę bezsilnego gniewu, ale szybko się opanowała. W ramionach Sophie przed chwilą umarła jej przyjaciółka. Trudno było się dziwić jej roztargnieniu.

– Wiesz, gdzie jest?

Sophie kiwnęła głową.

– Pobiegnę po niego, a panienka tutaj zaczeka.

Tessa odprowadziła ją wzrokiem, a kiedy biały czepek zniknął za zakrętem korytarza, została sama w gęstym mroku; jedyne światło sączyło się spod drzwi Sanktuarium. Oparła się plecami o ścianę, jakby chciała w niej zniknąć. Wciąż miała przed oczyma krew płynącą z piersi Agathy i czerwone dłonie Sophie; słyszała ostry śmiech Nathaniela, kiedy Jessamine upadła...

Taki sam rozległ się teraz za nią w ciemności.

Pewna, że wyobraźnia płata jej figle, Tessa odwróciła się plecami do drzwi Sanktuarium. Przed nią w mrocznym korytarzu ktoś stał. Ktoś o jasnych włosach i uśmiechu przyklejonym do twarzy. Z długim, cienkim nożem w prawej ręce.

Nate.

– Moja Tessie – powiedział. – To było imponujące. Nie przypuszczałem, że potraficie tak biegać. – Obrócił nóż w palcach. – Niestety, pechowo dla ciebie mój pan obdarzył mnie pewnymi... mocami. Potrafię się poruszać szybciej, niż myślisz. – Uśmiechnął się zadowolony z siebie. – Zapewne dużo szybciej, sądząc po tym, jak dużo czasu zabrało ci zrozumienie, co się dzieje na dole.

– Nate. – Głos Tessy drżał. – Nie jest za późno. Jeszcze możesz się zatrzymać.

– Po co? – Brat spojrzał jej w oczy po raz pierwszy, odkąd ukląkł przed Mortmainem. – Mam zrezygnować ze zdobywania niewiarygodnej władzy? Przestać być ulubionym akolitą najpotężniejszego człowieka w Londynie? Byłbym głupcem, gdybym z tym skończył, siostrzyczko.

– Ulubionym akolitą? A gdzie on był, kiedy de Quincey omal nie wyssał ci krwi?

– Rozczarowałem go – odparł Nathaniel. – Ty też go rozczarowałaś. Uciekłaś Mrocznym Siostrom, wiedząc, ile to będzie mnie kosztować. Twoje siostrzane uczucia pozostawiają wiele do życzenia, Tessie.

– Ze względu na ciebie pozwoliłam, żeby Mroczne Siostry mnie dręczyły, Nate. Myślałam tylko o tobie. A ty... kazałeś mi wierzyć, że de Quincey jest Mistrzem, podczas gdy za tym wszystkim stał Mortmain, tak? To on chciał mnie tu sprowadzić. To on zatrudnił Mroczne Siostry. Całe ta opowieść o de Quinceyu służyła tylko wywabieniu Enklawy z Instytutu.

Nate uśmiechnął się z zadowoleniem.

– Jak to mawiała ciotka Harriet: „Mądrość poniewczasie to żadna mądrość"?

– Co Enklawa zastanie pod adresem, pod którym podobno znajduje się kryjówka de Quinceya? Nic? Pusty dom, wypaloną ruinę? – Zaczęła się cofać, aż trafiła plecami na zimne żelazne drzwi.

Brat ruszył za nią. Jego oczy lśniły jak ostrze w jego dłoni.

– O, nie. Akurat to była prawda. Po co Enklawa miałaby zbyt szybko się zorientować, że została oszukana? A tak czyszczenie kryjówki de Quinceya zajmie im trochę czasu. – Nate wzruszył ramionami. – To ty podsunęłaś mi pomysł, żeby winę za wszystko zrzucić na wampira. Po tym, co się wydarzyło tamtej nocy, i tak już był martwy. Zwrócił na siebie uwagę Nefilim, co czyniło go bezużytecznym dla Mortmaina. Wysłanie Enklawy, żeby się go pozbyć... cóż, to dwie pieczenie przy jednym ogniu, prawda? Całkiem sprytny plan, nie chwaląc się.

Jest z siebie dumny, z odrazą pomyślała Tessa. Miała ochotę plunąć mu w twarz, ale wiedziała, że powinna zachęcać go do mówienia, żeby przez ten czas zastanowić się nad wyjściem z sytuacji.

– Udało ci się nas oszukać – przyznała z niechęcią. – Ile z tej historii, którą nam opowiedziałeś, było prawdą, a ile kłamstwem?

– Sporo było prawdą, jeśli koniecznie chcesz wiedzieć. – Nathaniel złapał haczyk. – Najlepsze kłamstwa to te, w których jest ziarno prawdy. Przyjechałem do Londynu z takim zamiarem, że zaszantażuję Mortmaina swoją wiedzą na temat jego okultystycznej działalności. W rzeczywistości on wcale się tym nie przejął. Chciał mnie zobaczyć, bo nie był pewien, czy jestem pierwszym czy drugim dzieckiem naszych rodziców. – Uśmiechnął się szeroko. – Był bardzo zadowolony, kiedy się zorientował, że to nie ja jestem dzieckiem, którego szukał. Chodziło mu o dziewczynkę.

– Ale dlaczego chciał właśnie mnie?

Nate wzruszył ramionami.

– Nie wiem. I w ogóle mnie to nie obchodzi. Mortmain obiecał, że jeśli dostarczę mu ciebie, a ty spełnisz jego oczekiwania, uczyni mnie swoim uczniem. Po twojej ucieczce oddał mnie z zemsty de Quinceyowi. Kiedy mnie tutaj przynieśliście, do kwatery głównej Nefilim, otrzymałem drugą szansę. Mogłem dać Mistrzowi to, co wcześniej przeze mnie stracił.

– Skontaktowałeś się z nim? – Tessie zrobiło się niedobrze. – Zawiadomiłeś go, że tu trafiłeś i że jesteś gotów nas zdradzić? Przecież mogłeś zostać w Instytucie! Byłbyś bezpieczny!

– Bezpieczny i nic nieznaczący. Tutaj jestem zwykłym człowiekiem, słabym i godnym pogardy. Ale jako uczeń Mortmaina zostanę jego prawą ręką, kiedy będzie rządził Imperium Brytyjskim.

– Jesteś szalony – stwierdziła Tessa. – To wszystko jest niedorzeczne.

– Zapewniam cię, że nie. W przyszłym roku o tej porze Mortmain zamieszka w Pałacu Buckingham, a Imperium mu się pokłoni.

– Ale ciebie nie będzie u jego boku. Widzę, jak on na ciebie patrzy. Nie jesteś uczniem, tylko narzędziem. Kiedy Mortmain dostanie to, czego chce, wyrzuci cię jak śmieć.

Nate mocniej ścisnął nóż.

– Nieprawda.

– Prawda. Ciocia zawsze mówiła, że jesteś zbyt ufny. To dlatego tak kiepsko idzie ci w kartach. Sam kłamiesz, ale nie widzisz, kiedy ciebie okłamują. Ciocia mówiła...

– Ciotka Harriet. – Nate zaśmiał się cicho. – Taka głupia śmierć! Nie zdziwiłaś się, kiedy przysłałem ci pudełko czekoladek? Choć wiedziałem, że ty ich nie jadasz, a ona tak?

Tessę ogarnęły mdłości. Poczuła w żołądku ból, jakby ktoś przekręcił w nim nóż.

– Nate... ty nie... ciotka Harriet cię kochała!

– Nie masz o niczym pojęcia, Tessie. Żadnego. – Mówił szybko, gorączkowo. – Sądzisz, że jestem głupcem. Twoim głupim bratem, którego trzeba chronić przed światem, bo tak łatwo go oszukać i wykorzystać. Słyszałem nie raz, jak ty i ciotka Harriet o mnie rozmawiacie. Uważałyście, że nigdy do niczego nie dojdę, tak żebyście mogły być ze mnie dumne. A jednak coś osiągnąłem.

– Zostałeś mordercą – uświadomiła mu Tessa. – I uważasz, że powinnam być z ciebie dumna. Wstydzę się, że jesteś moim krewnym.

– Krewnym? Nie jesteś nawet człowiekiem, tylko nie wiadomo czym. Odkąd Mortmain powiedział mi, czym naprawdę jesteś, stałaś się dla mnie martwa. Nie mam siostry.

– Więc dlaczego wciąż nazywasz mnie Tessie – zapytała głosem tak cichym, że sama siebie ledwo usłyszała.

Nathaniel osłupiał. Odwzajemniając spojrzenie brata, którego uważała za najbliższą osobę na świecie, Tessa pomyślała, że żadne ludzkie serce nie jest w stanie znieść takiej zdrady. Kiedy nagle coś poruszyło się za jego plecami, uznała, że to omamy.

– Nie mówiłem do ciebie Tessie. – Był skonsternowany, niemal zagubiony.

Tessę ogarnął bezmierny smutek.

– Jesteś moim bratem, Nate. Zawsze nim będziesz.

Nathaniel zmrużył oczy. Tessa przez chwilę myślała, że może brat zastanawia się nad jej słowami.

– Gdy Mortmain już cię dostanie, będzie mi wdzięczny – powiedział. – I to zwiąże mnie z nim na zawsze.

Serce Tessy zamarło. Za plecami Nate'a znowu poruszył się jakiś cień. To nie wyobraźnia, stwierdziła. Coś się do nich zbliżało. Otworzyła usta, ale szybko je zamknęła. Sophie, pomyślała.

Miała nadzieję, że dziewczyna wykaże się rozsądkiem i ucieknie, zanim Nathaniel ruszy na nią z nożem.

– Chodźmy – rzekł Nate. – Nie ma powodu zwlekać. Mistrz nie zrobi ci krzywdy...

– Nie możesz być tego pewien. – Postać znajdowała się tuż za Nate'em. W jej ręce coś lśniło. Tessa starała się nie odrywać wzroku od twarzy brata.

– Mogę – rzucił niecierpliwym tonem. – Nie jestem głupcem, Tesso...

Nad jego głową wzniósł się raptem błyszczący przedmiot i opadł na nią z trzaskiem. Nate zatoczył się do przodu i runął na podłogę. Znieruchomiał na dywanie, krew splamiła jego jasne włosy, nóż wypadł mu z ręki.

W przyćmionym świetle Tessa zobaczyła, że stoi nad nim Jessamine z wyrazem wściekłości na twarzy. W lewej ręce nadal ściskała szczątki rozbitej lampy.

– Może nie jesteś głupcem, ale źle skończyłeś. – Z pogardą szturchnęła go czubkiem buta.

Tessa wytrzeszczyła oczy.

– Jessamine?

Nocna Łowczyni podniosła na nią wzrok. Dekolt sukni miała porwany, włosy w nieładzie, na prawym policzku widniał fioletowy siniak. Wypuściła lampę z ręki i niewiele brakowało, żeby znowu trafiła Nathaniela w głowę.

– Niepotrzebnie wybałuszasz oczy – rzuciła burkliwie. – Nic mi nie jest. To przecież nie o mnie im chodziło.

– Panno Gray! Panno Lovelace! – Sophie była zdyszana od biegania po schodach. W ręce trzymała klucz do Sanktuarium. Na widok nieprzytomnego Nate'a zaskoczona otworzyła usta. – Nic mu nie jest?

– A kogo to obchodzi? – warknęła Jessamine, schylając się po nóż upuszczony przez Nathaniela. – Po tych wszystkich kłamstwach, jakie nam opowiadał! Oszukał mnie! Naprawdę myślałam... – Oblała się ciemnym rumieńcem. – Zresztą, to teraz bez znaczenia. – Wyprostowała się i odwróciła do pokojówki, wysoko unosząc głowę: – Nie stój tak i nie gap się, Sophie, tylko wpuść nas do Sanktuarium, zanim Bóg wie co przyjdzie tu za nami i znowu spróbuje nas zabić.

***

Will wypadł z rezydencji jak burza, przyjaciel tuż za nim. Trawnik był oblany blaskiem księżyca, ich powóz stał na środku podjazdu. Jem stwierdził z ulgą, że żaden z koni nie spłoszył się mimo hałasów. Z drugiej strony, Balios i Xanthos od zawsze należały do Nocnych Łowców, więc pewnie widywały gorsze rzeczy.

– Will. – Jem zatrzymał się, ale próbował ukryć, że musi złapać oddech. – Powinniśmy jak najszybciej wracać do Instytutu.

– Zgadzam się z tobą w zupełności – odparł Will, przyglądając mu się uważnie.

Jem zastanawiał się, czy jego twarz jest taka czerwona i rozgorączkowana, jak się obawiał. Narkotyk, który przed wyjazdem zażył w dużej ilości, przestał działać szybciej niż zwykle. Kiedy indziej ta świadomość przyprawiłaby go o niepokój. Teraz odpędził tę myśl.

– Sądzisz, że Mortmain się spodziewał, że zabijemy panią Dark? – spytał nie tyle z ciekawości, ile dlatego, że potrzebował chwili, by odsapnąć, zanim wsiądzie do powozu.

Will rozpiął bluzę i szukał czegoś w kieszeni.

– Chyba tak – mruknął z roztargnieniem. – Albo miał nadzieję, że wszyscy się nawzajem pozabijamy, co bardzo by go ucieszyło. Najwyraźniej chciał przy okazji raz na zawsze pozbyć się de Quinceya, więc postanowił wykorzystać Nefilim jako osobistych zabójców. – Will wyjął z wewnętrznej kieszeni składany nóż i popatrzył na niego z satysfakcją. – Jeden koń jest dużo szybszy niż powóz.

– Powiedz, proszę, że nie zamierzasz zrobić tego, co podejrzewam.

Will otworzył nóż i ruszył podjazdem.

– Nie ma czasu do stracenia, James. A Xanthos sam pociągnie powóz, jeśli będziesz w nim tylko ty.

Jem starał się za nim nadążyć, ale ciężka klatka z kotem i gorączkowe wyczerpanie spowalniały jego kroki.

– Po co ci ten nóż? Chyba nie zabijesz koni?

– Oczywiście, że nie. – Will zaczął przecinać uprząż Baliosa, swojego ulubieńca.

– Aha, rozumiem – mruknął Jem. – Zostawisz mnie tutaj i pojedziesz wierzchem jak Dick Turpin. Oszalałeś?

– Ktoś musi zająć się kotem. – Odczepił konia od powozu i wskoczył na jego grzbiet.

– Ale... – Poważnie zaniepokojony Jem odstawił klatkę. – Will, nie możesz...

Przyjaciel wbił pięty w boki konia, Balios stanął dęba i zarżał. Jem mógłby przysiąc, że Will uśmiechał się szeroko, kiedy koń galopował do bramy. Po chwili obaj zniknęli mu z oczu.

Rozdział dziewiętnasty

Boadycea

„Nie zgłębi umysł – dobrze wiem:
Czemuż dobro w nas przeplata się ze złem?
Czemuż miast wiecznego dnia –
Noc między dniem a dniem?".
– Thomas Campion, *Grzeczna w rozmowie*
(Przełożył Stanisław Barańczak)

Kiedy drzwi Sanktuarium zamknęły się za nimi, Tessa rozejrzała się z lękiem.

W pomieszczeniu było mroczniej niż wtedy, gdy przyszła tutaj na spotkanie z Camille. W wielkich kandelabrach nie paliły się świece i tylko w kinkietach na ścianach migotało magiczne światło. Posąg anioła nadal ronił łzy do fontanny. W środku panował przejmujący chłód.

Tessa zadygotała.

Sophie też miała nietęgą minę. Schowała klucz do kieszeni i stwierdziła:

– Okropnie tu zimno.

– Nie zostaniemy tu długo – powiedziała Jessamine. W ręce nadal trzymała nóż Nathaniela. – Ktoś przyjdzie nas uratować. Will albo Charlotte...

– I natknie się na oddział mechanicznych potworów – przypomniała Tessa. – Nie wspominając o Mortmainie. – Zadrżała. – Nie jestem pewna, czy to będzie takie proste, jak twierdzisz.

Jessamine zmierzyła ją chłodnym wzrokiem.

– Nie musisz mówić w taki sposób, jakby to była moja wina. Nie wpadlibyśmy w takie tarapaty, gdyby nie ty.

Sophie stojąca między masywnymi kolumnami wyglądała na bardzo małą i kruchą. Jej głos odbił się echem od kamiennych ścian.

– To nie było miłe, panienko.

Jessamine usiadła na brzegu fontanny i natychmiast wstała, marszcząc brwi. Z irytacją otrzepała mokry tył sukni.

– Może nie, ale taka jest prawda. Mistrz zjawił się tutaj wyłącznie z powodu panny Gray.

– Mówiłam Charlotte, że to wszystko moja wina – odezwała się cicho Tessa. – Mówiłam jej, żeby mnie odesłała, ale nie chciała.

Jessamine potrząsnęła głową.

– Charlotte ma miękkie serce, podobnie jak Henry. A Will... Will uważa się za Galahada. Chce wszystkich ratować. Jem też. Żaden z nich nie jest praktyczny.

– Przypuszczam, że gdyby decyzja należała do ciebie... – zaczęła Tessa.

– Byłabyś już dawno na ulicy – dokończyła Jessamine. Widząc, jak pokojówka na nią patrzy, prychnęła. – Och, doprawdy! Nie bądź taka zasadnicza, Sophie. Agatha i Thomas nadal by żyli, gdybym ja tu rządziła, prawda?

Służąca zbladła. Blizna odznaczyła się na jej policzku jak ognista pręga.

– Thomas nie żyje?

Jessamine chyba się zreflektowała.

– Nie to miałam na myśli.

– Co się właściwie stało? – zapytała Tessa, patrząc na nią twardo. – Widziałam, że zostałaś ranna...

– I żadna z was nic nie zrobiła – odcięła się Jessamine. Zamaszyście usiadła na obmurowaniu fontanny, najwyraźniej zapomniawszy o sukni. – Byłam nieprzytomna, a kiedy się ocknęłam, zobaczyłam, że wszyscy zniknęliście oprócz Thomasa. Mormaina też nie było, zostały tylko te stwory. Kiedy jeden z nich ruszył na mnie, rozejrzałam się za parasolką, ale okazało się, że jest roztrzaskana na kawałki. Monstra otoczyły Thomasa. Pobiegłam do niego, ale kazał mi uciekać, więc... uciekłam. – Buntowniczo zadarła podbródek.

Oczy Sophie zapłonęły.

– I zostawiła go tam panienka? Samego?

Jessamine z trzaskiem odłożyła nóż na murek.

– Jestem damą, Sophie. Mężczyzna powinien bronić damy.

– Bzdury! – Pokojówka zacisnęła dłonie w pieści. – Jest panienka Nocnym Łowcą! A Thomas tylko Przyziemnym! Powinna mu była panienka pomóc. Nie zrobiła panienka tego, bo jest... samolubna! I... i okropna!

Jessamine osłupiała.

– Jak śmiesz tak do mnie mówić...

Urwała raptownie, kiedy drzwi Sanktuarium zadudniły jak od uderzenia czymś ciężkim. Po kolejnym łoskocie rozległ się znajomy głos:

– Tessa! Sophie!

– Och, dzięki Bogu. – Jessamine odetchnęła z ulgą, choć nie wiadomo, co bardziej ją ucieszyło: nadejście ratunku czy wybawienie od rozmowy z Sophie. Podbiegła do drzwi. – Ja też tu jestem!

– Jesteście całe? – W głosie Willa brzmiał niepokój, od którego Tessę ścisnęło w piersi. – Co się stało? Zobaczyłem, że drzwi Instytutu są otwarte. Jak, na Anioła, Mortmain tu wszedł?

– Jakoś ominął czary – odparła Jessamine, sięgając do klamki. – Nie mam pojęcia jak.

– Teraz to nieważne. Mortmain nie żyje. Mechaniczne stwory są zniszczone.

Will mówił pewnym tonem, więc dlaczego Tessa wcale nie poczuła się uspokojona? Odwróciła się i spojrzała na Sophie. Pokojówka wpatrywała się ze zmarszczonymi brwiami w drzwi. Jej wargi poruszały się lekko, jakby coś szeptała. Sophie ma Wzrok, przypomniała sobie Tessa. Niepokój wezbrał w niej jak fala.

– Jessamine! – krzyknęła. – Nie otwieraj...

Ale było już za późno. Drzwi się otworzyły, na progu stanął Mortmain w otoczeniu mechanicznych potworów.

***

Dzięki Aniołowi za czary, pomyślał Will. Widok chłopca pędzącego Farrington Road na karym koniu budziłby zdziwienie nawet w takiej zblazowanej metropolii jak Londyn. Jednakże za nim, choć spod końskich kopyt wzbijały się tumany kurzu, nikt nie odwrócił głowy ani nawet nie mrugnął okiem. Ale chociaż przechodnie najwyraźniej go nie widzieli, znajdowali powody, żeby usuwać mu się z drogi i nie zostać stratowanymi: upuszczone okulary, ominięcie kałuży.

Z Highgate do Instytutu było prawie pięć mil. Pokonanie tej odległości powozem zajęło Willowi i Jemowi prawie trzy kwadranse, jazda powrotna tylko dwadzieścia minut, ale kiedy Balios wpadł przez bramę Instytutu i zatrzymał się pod frontowymi schodami, był cały pokryty pianą.

Willowi zamarło serce. Drzwi były otwarte – szeroko otwarte, jakby zapraszały gości zbłąkanych pośród nocy. Niestety, zabraniało tego Prawo Przymierza. Miał rację – stało się coś złego.

Zsunął się z końskiego grzbietu. Jego buty głośno stuknęły o bruk. Rozejrzał się, gdzie przywiązać wierzchowca, ale ponieważ odciął uprząż, nie mógł tego zrobić, a poza tym Balios sprawiał wrażenie, że miał ochotę go ugryźć. Will wzruszył ramionami i ruszył po schodach.

***

Jessamine krzyknęła cicho i odskoczyła do tyłu, kiedy Mortmain wszedł do pokoju. Sophie schowała się za kolumnę. Tessa była zbyt wstrząśnięta, żeby się poruszyć. Cztery towarzyszące Mistrzowi automaty o twarzach lśniących jak metalowe maski patrzyły prosto przed siebie.

Za Mortmainem stał Nate. Głowę miał obwiązaną prowizorycznym, zakrwawionym bandażem. Dół koszuli, pożyczonej od Jema, był oddarty. Gray skierował nienawistne spojrzenie na Jessamine.

– Ty suko! – warknął i ruszył w jej stronę.

– Nathanielu! – Głos Mortmaina zabrzmiał jak trzask bicza. Gray zamarł. – To nie jest pora na małostkową zemstę. Potrzebuję jeszcze jednej rzeczy. Wiesz jakiej. Idź po nią.

Gray się zawahał. Patrzył na Jessamine jak kot na mysz.

– Nathanielu! Do zbrojowni. Natychmiast.

Nate przeniósł wzrok na siostrę i zamiast wściekłości na jego twarzy pojawił się szyderczy uśmieszek. Brat przez chwilę patrzył na Tessę, po czym obrócił się na pięcie i wymaszerował z pokoju. Dwa mechaniczne stwory podążyły za nim.

Mortmain uśmiechnął się miło.

– Wy dwie – powiedział, patrząc na Jessamine i Sophie – wynocha!

– Nie. – Cichy, ale zdecydowany głos należał do Sophie, choć, o dziwo, Jessamine również nie przejawiła ochoty, żeby wyjść z Sanktuarium. – Bez Tessy nigdzie nie pójdę.

Mortmain wzruszył ramionami.

– Dobrze. – Odwrócił się do automatów. – Nocna Łowczyni i służąca. Zabijcie je obie.

Pstryknął palcami i mechaniczne stwory ruszyły do przodu błyskawicznie jak czmychające szczury. Jessamine rzuciła się do ucieczki, ale zrobiła tylko kilka kroków, kiedy jeden z golemów złapał ją i podniósł z ziemi. Sophie pobiegła między kolumny jak Królewna Śnieżka uciekająca do lasu, ale drugi potwór szybko ją dogonił i powalił na podłogę. Pokojówka krzyknęła, natomiast Jessamine była zupełnie cicho. Prześladowca zacisnął metalową łapę na jej ustach, a drugą objął ją w pasie, wbijając palce w ciało. Dziewczyna bezradnie wierzgała nogami w powietrzu jak wisielec na szubienicy.

Tessa usłyszała własny głos, jakby należał do kogoś obcego:

– Przestań! Proszę, proszę, niech on przestanie!

Sophie wyrwała się trzymającemu ją stworowi i zaczęła uciekać na czworakach. Automat złapał ją za kostkę i szarpnął do tyłu po podłodze, drąc przy tym jej fartuch.

– Proszę – powtórzyła Tessa, wbijając wzrok w Mortmaina.

– Może pani to powstrzymać, panno Gray – powiedział. – Proszę mi obiecać, że nie spróbuje pani uciekać. – Jego oczy płonęły. – Wtedy każę je wypuścić.

Oczy Jessamine, widoczne nad metalową dłonią zaciśniętą na jej ustach, patrzyły na nią błagalnie. Sophie bezwładnie zwisała w rękach drugiego monstrum.

– Zostanę – oświadczyła Tessa. – Ma pan moje słowo. Oczywiście, że zostanę. Proszę je uwolnić.

Po dłuższej chwili ciszy Mortmain rzucił do swoich mechanicznych sług:

– Słyszeliście. Weźcie stąd dziewczyny i zaprowadźcie je na dół. Nie zróbcie im krzywdy. – Uśmiechnął się przebiegle. – Zostawcie mnie z panną Gray.

***

Jeszcze zanim Will wszedł przez frontowe drzwi, ogarnął go silny niepokój, że coś jest nie w porządku. Pierwszy raz wyczuł obecność czegoś nieludzkiego, demonicznego, kiedy miał dwanaście lat i trzymał w ręce tamto przeklęte pudełko... ale nigdy nie przypuszczał, że podobne wrażenie odniesie w Instytucie.

Gdy stanął w progu, najpierw zobaczył ciało Agathy. Kucharka leżała na plecach i szklistymi oczami wpatrywała się w sufit, przód prostej szarej sukni miała przesiąknięty krwią. Willa zalała fala takiej wściekłości, że zakręciło mu się w głowie. Przygryzł wargę, schylił się i zamknął kobiecie oczy. Potem się wyprostował i rozejrzał.

Wszędzie były ślady walki: kawałki metalu, pogięte i połamane tryby, plamy krwi zmieszane z kałużami oleju. Kiedy ruszył do schodów, nadepnął na roztrzaskaną parasolkę Jessamine. Zgrzytnął zębami i poszedł dalej.

Na najniższych stopniach leżał Thomas, z zamkniętymi oczami, nieruchomy w powiększającej się szkarłatnej sadzawce. Obok jego ręki spoczywał miecz o mocno wyszczerbionym i pogniatanym ostrzu, jakby używano go do rozbijania kamieni. Z piersi służącego sterczał wielki odłamek metalu. Wyglądał jak ułamana piła albo część jakiegoś innego narzędzia.

Will ukląkł obok Thomasa. W gardle czuł suche pieczenie, w ustach smak metalu i wściekłości. W czasie bitwy nie pozwalał sobie na żal. Oszczędzał emocje na później... te, których jeszcze nie nauczył się grzebać tak głęboko, żeby w ogóle ich nie doznawać. A próbował je pogrzebać odkąd skończył dwanaście lat. Teraz jego pierś ścisnęła się z bólu, ale przemówił spokojnym głosem:

– Witaj i żegnaj, Thomasie. *Ave*...

Silna ręka chwyciła go za nadgarstek. Zaskoczony Will spojrzał w dół i zobaczył, że Thomas patrzy na niego piwnymi oczami już zasnutymi bielmem śmierci.

– Nie... jestem – wykrztusił ranny z wyraźnym wysiłkiem – ... Nocnym Łowcą.

– Broniłeś Instytutu równie dobrze, jak broniłby go jeden z nas – zapewnił go Will.

– Nie. – Wyczerpany Thomas zamknął oczy. Jego pierś ledwo się unosiła, koszula była niemal czarna od krwi. – Pan by ich pokonał, paniczu Willu.

– Thomasie...

Chciał powiedzieć: „Nic nie mów i odpoczywaj, a wszystko będzie dobrze". Niestety, skłamałby. Żałował, że nie ma tu Jema, bo to jego chciałoby się mieć przy sobie w chwili śmierci.

On potrafiłby każdemu dodać otuchy, natomiast Will w duchu podejrzewał, że w większości sytuacji jego obecność tylko pogarsza sprawę.

– Ona żyje – powiedział Thomas, nie otwierając oczu.

– Co? – spytał zaskoczony Will.

– Ta, po którą pan wrócił. Tessa. Jest z Sophie. – Thomas mówił tak, jakby dla każdego było oczywiste, że William przybył ratować pannę Gray. Ranny zakaszlał. Z jego ust wypłynęła na brodę struga krwi. – Proszę zająć się Sophie, paniczu. Ona jest...

Ale Will nigdy się nie dowiedział, czym jest Sophie, bo uścisk Thomasa nagle zelżał, jego ręka opadła i ze stukiem uderzyła o kamienną posadzkę. Will się wyprostował. Widział śmierć tyle razy, że wiedział, kiedy ona nadchodzi. Nie musiał zamykać oczu zmarłemu; już były zamknięte.

– Śpij więc, dobry i wierny sługo Nefilim. – Te słowa same popłynęły mu z ust. – I dziękuję.

Czuł, że to za mało, ale nic więcej nie przyszło mu do głowy. Wstał i pobiegł w górę po schodach.

***

Drzwi zamknęły się za mechanicznymi stworami, w Sanktuarium zapadła cisza. Tessa słyszała za sobą plusk wody w fontannie.

Mortmain mierzył ją spokojnym wzrokiem. Wcale nie budził przerażenia. Niski, zwyczajny mężczyzna o ciemnych włosach, siwiejących na skroniach, i dziwnych jasnych oczach.

– Panno Gray, miałem nadzieję, że nasze pierwsze spotkanie będzie dla nas obojga przyjemniejszym przeżyciem – powiedział.

Tessę zapiekły oczy.

– Kim pan jest? Czarownikiem?

Mortmain uśmiechnął się przelotnie.

– Jedynie ludzką istotą, panno Gray.

– Ale uprawia pan magię. Mówił pan głosem Willa...

– Każdy może się nauczyć naśladować głosy po odpowiednim treningu – odparł Mortmain. – To prosta sztuczka. Nikt się jej nie spodziewa. Zwłaszcza Nocni Łowcy, którzy uważają, że ludzie w niczym nie są dobrzy, a w dodatku bezużyteczni.

– Wcale tak nie uważają – obruszyła się Tessa.

Mortmain wykrzywił usta.

– Szybko ich pani pokochała, swoich naturalnych wrogów. Wkrótce panią z tego wyleczymy. – Ruszył w jej stronę, a Tessa się skuliła. – Nie zrobię pani krzywdy. Chcę tylko coś pani pokazać. – Sięgnął do kieszeni płaszcza i wyjął z niej złoty zegarek, bardzo piękny, na grubym złotym łańcuszku.

Sprawdza, która godzina? W gardle Tessy wezbrał chichot. Stłumiła go czym prędzej.

Mortmain wyciągnął rękę.

– Proszę to wziąć, panno Gray.

Tessa zmierzyła go wzrokiem.

– Nie chcę tego.

Zrobił kolejny krok w jej stronę. Tessa zaczęła się cofać, aż spódnicami musnęła niski murek fontanny.

– Proszę wziąć zegarek, panno Gray.

Tessa pokręciła głową.

– Niech pani go weźmie albo przywołam z powrotem moje mechaniczne sługi i każę im zmiażdżyć gardła pani dwóch przyjaciółek. Wystarczy, że podejdę do drzwi i zawołam. Wybór należy do pani.

Tessa poczuła ściskanie w żołądku. Wpatrywała się w zegarek dyndający na złotym łańcuszku. Był nienakręcony. Wskazówki zatrzymały się na dwunastej. Na kopercie widniały litery J.T.S. wygrawerowane eleganckim pismem.

– Po co mam go wziąć? – zapytała prawie szeptem.

– Bo chcę, żeby pani się zmieniła – odparł Mortmain.

Tessa gwałtownie uniosła głowę i popatrzyła na niego z niedowierzaniem.

– Co takiego?

– Ten zegarek należał do kogoś, kogo bardzo pragnę znowu spotkać. – Głos Mortmaina był spokojny, ale krył się w nim dziwny, natarczywy ton, który przeraził Tessę bardziej niż wściekłość. – Wiem, że Mroczne Siostry panią tego nauczyły. Wiem, że zna pani swoją moc. Pani jedyna na świecie potrafi coś takiego zrobić. Wiem to, ponieważ ja panią stworzyłem.

– Pan mnie stworzył? – Tessa wytrzeszczyła oczy. – Nie mówi pan chyba... nie może pan być moim ojcem...

– Pani ojcem? – Mortmain zaśmiał się krótko. – Jestem człowiekiem, a nie Podziemnym. Nie ma we mnie krzty demona ani nie zadaję się z demonami. Nie łączą nas więzy krwi, panno Gray. A jednak gdyby nie ja, nie istniałaby pani.

– Nie rozumiem – wyszeptała Tessa.

– Nie musi pani rozumieć. – Mortmain wyraźnie tracił cierpliwość. – Musi pani jedynie zrobić to, co każę. A ja każę pani się zmienić. Teraz.

Było tak, jakby znowu stała przed Mrocznymi Siostrami, przerażona i czujna, z dudniącym sercem, bo kazano jej wejść do tej części umysłu, która ją przerażała, wkroczyć w mroczną nicość między jedną a drugą jaźnią. Może powinna spełnić polecenie: wziąć zegarek i znaleźć się w cudzej skórze, tak jak to robiła wcześniej, bez udziału woli.

Uciekając przed ostrym wzrokiem Mortmaina, spojrzała w dół i zobaczyła coś błyszczącego na murku fontanny, który miała tuż za sobą. Odblask wody, pomyślała... ale nie. To było coś innego.

– Nie – powiedziała niemal wbrew sobie.

Mortmain zmrużył oczy.

– Słucham?

– Powiedziałam „nie". – Tessa czuła się tak, jakby stała z boku i widziała siebie rzucającą wyzwanie Mortmainowi. – Nie zrobię tego. Chyba że powie mi pan, co miał na myśli, mówiąc, że mnie stworzył. Dlaczego taka jestem? Do czego potrzebuje pan mojego daru? Do czego chce mnie pan zmusić? Co pan zamierza oprócz zbudowania armii potworów. Nie jestem głupia jak mój brat.

Mortmain schował zegarek z powrotem do kieszeni. Jego twarz zmieniła się w brzydką maskę wściekłości.

– Istotnie, nie przypomina pani brata. On jest głupcem i tchórzem. Pani jest głupia, ale nie brak pani odwagi. Choć na niewiele się ona pani zda. Ale najbardziej ucierpią pani przyjaciele, a pani będzie na to patrzeć. – Odwrócił się na pięcie i pomaszerował do drzwi.

Tessa schyliła się i chwyciła lśniący przedmiot. To był nóż, który położyła tam Jessamine. Jego ostrze błyszczało w magicznym blasku Sanktuarium.

– Panie Mortmain, proszę się zatrzymać.

Mistrz odwrócił się i zobaczył nóż. Po jego twarzy przemknął wyraz rozbawienia i politowania.

– Doprawdy, panno Gray. Naprawdę pani myśli, że zrobi mi tym krzywdę? Sądziła pani, że przyszedłem tutaj nieuzbrojony? –

Odchylił lekko połę marynarki, pokazując kolbę pistoletu zatkniętego za pasek.

– Nie – powiedziała Tessa. – Nie sądzę, żebym mogła panu zrobić krzywdę. – Wycelowała czubek noża prosto w swoją pierś. – Ale jeśli zrobi pan jeszcze jeden krok do drzwi, uprzedzam, że przebiję sobie serce.

***

Naprawienie uprzęży przeciętej przez Willa zajęło Jemowi więcej czasu, niżby chciał. Księżyc stał wysoko na niebie, zanim powóz wtoczył się przez bramę Instytutu i zatrzymał u stóp schodów.

Niespętany Balios stał przy słupku poręczy i wyglądał na bardzo zmęczonego. Will musiał jechać jak szatan, pomyślał Jem, ale przynajmniej dotarł bezpiecznie. Niewiele go jednak ta świadomość pocieszyła, gdyż drzwi Instytutu stały otworem. Ten widok był równie niepokojący jak twarz bez oczu albo niebo bez gwiazd. Jema przeszył strach.

– Will?! – zawołał. – Słyszysz mnie?!

Nie doczekawszy się żadnej odpowiedzi, zeskoczył z kozła i sięgnął po laskę z jadeitową główką. Niepokojące było to, że zaczynały go boleć nadgarstki. Koniec działania demonicznego proszku zwykle objawiał się tępym pulsowaniem w stawach, które rozprzestrzeniało się powoli, aż w końcu całe ciało płonęło żywym ogniem. Teraz jednak nie mógł sobie pozwolić na ból. Musiał myśleć o innych. Nie potrafił zapomnieć obrazu Tessy na schodach i jej spojrzenia, kiedy wypowiadał słowa w starożytnym języku. Wyglądała na bardzo zatroskaną. Myśl, że martwiła się o niego, sprawiła mu wtedy nieoczekiwaną przyjemność.

Już miał ruszyć w górę po schodach, ale zobaczył, że ktoś po nich schodzi. Więcej niż jedna osoba. Cały tłum, oświetlony od tyłu przez blask Instytutu, tak że przez chwilę widział tylko sylwetki. Kilka wydawało się dziwnie zniekształconych.

– Jem! – Głos był wysoki, pełen rozpaczy. Znajomy.

Jessamine.

Jem wbiegł po kilku stopniach i zatrzymał się raptownie. Przed nim stał Nathaniel Gray w podartym, zakrwawionym ubraniu. Miał posępną minę, a głowę owiniętą prowizorycznym bandażem z plamą krwi na prawej skroni.

Po jego obu bokach kroczyły dwa automaty niczym posłuszni słudzy. Za nimi szły jeszcze dwa. Jeden niósł miotającą się Jessamine, drugi bezwładną, półprzytomną Sophie.

– Jem! – krzyknęła Nocna Łowczyni. – Nate to kłamca. Przez cały czas pomagał Mortmainowi... ma Pyxis...

Nathaniel odwrócił się i warknął do mechanicznego stwora:

– Ucisz ją!

Metalowe ramiona zacisnęły się mocniej, dziewczyna zakrztusiła się i umilkła. Jej twarz zbielała z bólu, wzrok pomknął ku automatowi stojącemu po prawej stronie Graya. Idąc za jej spojrzeniem, Jem zobaczył, że golem trzyma w rękach znajome złote pudełko. Pyxis.

Widząc jego minę, Nate uśmiechnął i powiedział:

– Może go dotknąć tylko Nocny Łowca i żadna inna żywa istota. Ale automaty nie są ożywione.

– Więc o to chodziło? – domyślił się zaskoczony Jem. – O Pyxis? Na co wam ono?

– Mój pan chce demonicznej energii i ją dostanie – odparł z patosem Gray. – I nie zapomni, że to ja ją zdobyłem.

Jem pokręcił głową.

– I co za to dostaniesz? Co ci dał, żebyś zdradził siostrę? Trzydzieści srebrników?

Twarz Nate'a się wykrzywiła. Przez chwilę Jemowi się zdawało, że pod przystojną maską dostrzega to, co się pod nią naprawdę kryje: coś złego, odpychającego, nienawistnego.

– Ta istota to nie jest moja siostra – oświadczył Nathaniel.

– Rzeczywiście, trudno uwierzyć, że ty i Tessa w ogóle macie ze sobą coś wspólnego, choćby kroplę krwi – odparował Jem, nie kryjąc pogardy. – Nie dorastasz jej do pięt.

Gray zmrużył oczy.

– Ona nic mnie nie obchodzi. Należy do Mortmaina.

– Nie wiem, co ci obiecał Mortmain, ale ja ostrzegam, że jeśli skrzywdzisz Jessamine albo Sophie i jeśli zabierzesz stąd Pyxis, Clave będzie cię ścigać, aż znajdzie cię i zabije.

Nathaniel wolno pokręcił głową.

– Nic nie rozumiesz – stwierdził. – Żaden Nefilim nie rozumie. Od was mogę oczekiwać jedynie tego, że pozwolicie mi żyć. A Mistrz może mi obiecać, że nigdy nie umrę. – Odwrócił się do automatu po lewej i rozkazał: – Zabij go!

Mechaniczny stwór skoczył. Był dużo szybszy od istot, które spotkali na moście Blackfriars. Jem ledwo zdążył wcisnąć guzik, który zwalniał ostrze ukryte w czubku laski, kiedy napastnik zaatakował. Nocny Łowca wbił ostrze w jego pierś i rozpłatał ją od jednego boku do drugiego. Automat zazgrzytał jak hamujący pociąg i odtoczył się, wirując niczym koło ogniste.

Trafiony fontanną czerwonych iskier Gray wrzasnął i zaczął je na sobie gasić. Jem skorzystał z okazji i jednym susem pokonał dwa stopnie, po czym ciął go przez plecy płazem broni. Powalony na kolana Nathaniel rozejrzał się w poszukiwaniu swojego mechanicznego obrońcy, ale ten zataczał się na schodach, nadal sypiąc iskrami. Broń Nocnego Łowcy poważnie go uszkodziła. Automat trzymający Pyxis stał kompletnie bez ruchu. Najwyraźniej miał inne zadanie niż obrona Graya.

– Zostawcie je! – krzyknął Nate do stworów trzymających Jessamine i Sophie. – Zabijcie Nocnego Łowcę! Zabijcie go, słyszycie?

Uwolnione dziewczyny runęły na ziemię. Obie ciężko dyszały, ale były żywe. Ulga Jema nie trwała jednak długo, bo druga para automatów ruszyła na niego z niewiarygodną szybkością. Pierwszego ciął laską, ale przeciwnik odskoczył do tyłu, poza jej zasięg. Drugi uniósł rękę, a właściwie nie rękę, tylko kwadratowy blok metalu o brzegach ząbkowanych jak u piły...

Za Jemem rozległ się wrzask i koło niego przemknął Henry, wywijając potężnym mieczem. Zamachnął się nim mocno i opuścił na uniesione ramię automatu. Metalowa ręka pofrunęła w powietrze, spadła na kamienie dziedzińca i potoczyła się po nich, krzesząc iskry, aż w końcu buchnęła płomieniami.

– Jem!

To był głos Charlotte, wysoki i ostrzegawczy. Nocny Łowca okręcił się błyskawicznie i zobaczył, że atakuje go drugi napastnik. Wbił mu ostrze w gardło, przecinając miedziane rurki znajdujące się w środku, a Charlotte smagnęła go batem po kolanach, ucinając nogi. Automat gruchnął na ziemię z przeciągłym wyciem. Pani Branwell, z bladą zaciętą twarzą, ponowie machnęła batem, a tymczasem Jem się odwrócił i zobaczył, że Henry opuszcza miecz. Jego przeciwnik zmienił się w kupę złomu.

Szczątki mechanizmów leżały rozrzucone po całym dziedzińcu, niektóre nadal płonęły. Jessamine podtrzymywała Sophie, na szyi której widniały ciemne siniaki. Gdy Nocna Łowczyni podniosła na niego wzrok, Jem pomyślał, że chyba po raz pierwszy dziewczyna sprawia wrażenie, jakby naprawdę się cieszyła, że go widzi.

– Uciekł – powiedziała. – Nathaniel. Zniknął razem z tamtym stworem... i z Pyxis.

– Nie rozumiem. – Zakrwawiona twarz Charlotte stężała. – Brat Tessy...

– Wszystko, co mówił, było kłamstwem – oświadczyła Jessamine. – A cała ta historia z wampirami służyła tylko odwróceniu waszej uwagi.

– Dobry Boże! – wykrztusiła pani Branwell. – Więc de Quincey nie kłamał... – Potrząsnęła głową, jakby chciała, żeby się w niej rozjaśniło. – Kiedy dotarliśmy do jego domu w Chelsea, zastaliśmy go tam z zaledwie kilkoma wampirami. Nie więcej jak sześcioma czy siedmioma, z pewnością nie z setką, przed którą ostrzegał nas Nathaniel. I nie było żadnych mechanicznych stworów. Benedict zabił de Quinceya, ale ten najpierw nas wyśmiał, że nazywamy go Mistrzem. Powiedział, że Mortmain zrobił z nas głupców. Mortmain! A ja myślałam, że on jest... zwykłym Przyziemnym.

Henry opadł na najwyższy stopień schodów. Jego miecz zabrzęczał na marmurze.

– To prawdziwa katastrofa.

– Will... Tessa... – wyszeptała Charlotte, nadal oszołomiona. – Gdzie oni są?

– Tessa w Sanktuarium. Z Mortmainem. Will... – Jessamine pokręciła głową. – Nawet nie wiedziałam, że wrócił.

– Jest w środku – odezwał się Jem. Przypomniał mu się jego narkotyczny sen: Instytut w płomieniach, dym nad Londynem, wielkie mechaniczne stwory kroczące między budynkami niczym monstrualne pająki. – Poszedł szukać Tessy.

***

Z twarzy Mortmaina odpłynęła krew.

– Co robisz?! – wykrzyknął, idąc w jej stronę.

Tessa przyłożyła czubek noża do piersi i pchnęła. Ból był ostry, nagły. Na sukni wykwitła krew.

– Niech pan się nie zbliża.

Mortmain zatrzymał się z twarzą wykrzywioną złością.

– Dlaczego pani sądzi, że obchodzi mnie, czy pani będzie żyć, czy umrze, panno Gray?

– Stworzył mnie pan – przypomniała Tessa. – Z jakiegoś powodu chciał pan, żebym istniała. Nie chciał pan, żeby Mroczne Siostry zrobiły mi trwałą krzywdę. Najwyraźniej jestem dla pana ważna. Nie ja sama, oczywiście, tylko mój dar. On się dla pana liczy. – Czuła ciepłą krew spływającą po skórze, ale ból był niczym w porównaniu z satysfakcją na widok strachu na twarzy Mortmaina.

– Czego pani ode mnie chce? – wycedził Mistrz.

– Nie, to pan niech mi powie, czego ode mnie chce? Dlaczego mnie pan stworzył. Proszę mi powiedzieć, kim są moi prawdziwi rodzice? Czy matka naprawdę była moją matką? Ojciec moim ojcem?

Mortmain posłał jej krzywy uśmiech.

– Zadaje pani niewłaściwe pytania, panno Gray.

– Dlaczego jestem... kim jestem, a Nate tylko człowiekiem? Dlaczego nie jest taki jak ja?

– Nathaniel jest pani bratem tylko w połowie. Zwykłą ludzką istotą, i to kiepskim egzemplarzem. Proszę nie żałować, że nie jest pani bardziej do niego podobna.

– Więc... – Serce Tessy dudniło – moja matka nie mogła być demonem. Ani żadną nadnaturalną istotą, skoro ciotka Harriet, jej rodzona siostra była człowiekiem. Czy to znaczy, że mój ojciec był demonem?

Mortmain uśmiechnął się szeroko, brzydko.

– Proszę odłożyć nóż, a odpowiem na pani pytania. Możemy nawet wezwać istotę, która panią spłodziła, jeśli pani tak bardzo zależy na poznaniu jej.

– Więc jestem czarownikiem – stwierdziła Tessa ze ściśniętym gardłem. – To chce mi pan powiedzieć?

Mortmaina popatrzył na nią z szyderstwem w jasnych oczach.

– Skoro się pani upiera, można to uznać za najlepsze określenie.

Tessa usłyszała w głowie głos Magnusa Bane'a: „Jesteś czarownicą. Możesz mi wierzyć". A jednak...

– Nie wierzę – powiedziała. – Moja matka nigdy by nie... Nie z demonem.

– Nie miała pojęcia, że była niewierna pani ojcu. – W głosie Mortmaina niemal brzmiało współczucie.

Żołądek Tessy zrobił fikołka. Brała pod uwagę wszystkie możliwości, ale kiedy na własne uszy słyszy się takie słowa, trudno nie przeżyć wstrząsu.

– Jeśli moim prawdziwym ojcem był demon, dlaczego nie mam znaków takich jak czarownicy? – zapytała.

W oczach Mortmaina błysnęła złośliwość.

– No właśnie, dlaczego? Może dlatego, że pani matka nie miała pojęcia, kim jest. Tak jak pani.

– Co pan ma na myśli? Moja matka była człowiekiem!

Mortmain pokręcił głową.

– Panno Gray, nadal zadaje pani niewłaściwe pytania. Musi pani jedynie zrozumieć, że było wiele planowania, żeby pani któregoś dnia się narodziła. Te plany powstały jeszcze beze mnie, ale ja wprowadziłem je w życie i wiedziałem, że nadzoruję stworzenie czegoś wyjątkowego. Czegoś wyjątkowego, co miało należeć do mnie. Wiedziałem, że pewnego dnia panią poślubię i że będzie pani moja na zawsze.

Tessa spojrzała na niego z przerażeniem.

– Ale dlaczego? Przecież pan mnie nie kocha. Nie zna mnie pan. Nawet pan nie wiedział, jak wyglądam! Mogłam być paskudna!

– To nie miałoby znaczenia. Może pani wyglądać pięknie albo strasznie. Twarz, którą pani teraz ma, to tylko jedna z tysiąca możliwych twarzy. Kiedy wreszcie pani zrozumie, że nie ma żadnej prawdziwej Theresy Gray?

– Niech się pan wynosi! – syknęła Tessa.

Mortmain popatrzył na nią jasnymi oczami.

– Co pani powiedziała?

– Niech pan się wynosi. Opuści Instytut. Zabierze ze sobą swoje monstra. Albo dźgnę się w serce.

Przez chwilę się wahał, zaciskając pięści po bokach. Podobnie musiał wyglądać, kiedy podejmował błyskawiczną decyzję w interesach: kupować czy sprzedawać? Inwestować czy oszczędzać? Był człowiekiem przyzwyczajonym do szybkiego oceniania sytuacji, a ona tylko dziewczyną. Jaką miała szansę go przechytrzyć?

Mormain wolno pokręcił głową.

– Nie wierzę, że pani to zrobi. Może sobie pani być czarownicą, ale nadal jest pani młodą dziewczyną, delikatną kobietą. – Zrobił krok w jej stronę. – Gwałt nie leży w pani naturze.

Tessa mocniej ścisnęła rękojeść noża. Czuła wszystko bardzo wyraźnie: twardą, gładką powierzchnię pod palcami, ból w miejscu, gdzie przebiła skórę, bicie własnego serca.

– Proszę nie podchodzić bliżej, bo to zrobię – ostrzegła drżącym głosem. – Wbiję nóż.

Drżenie w jej głosie najwyraźniej dodało mu pewności siebie, bo z zaciśniętymi zębami ruszył w jej stronę zdecydowanym krokiem.

– Nie zrobi pani tego.

Tessa usłyszała w głowie głos Willa: „Zażyła truciznę, żeby nie dać się pojmać Rzymianom. Była dzielniejsza od niejednego mężczyzny".

– Owszem, zrobię.

Musiał dostrzec jakąś zmianę w wyrazie jej twarzy, bo opuściła go pewność siebie. Ze strachem w oczach rzucił się do niej, desperacko sięgając po nóż. Tessa odwróciła się twarzą do fontanny. Ostatnią rzeczą, jaką zobaczyła, wbijając sobie nóż w pierś, była srebrna woda tryskająca w górę.

***

Willowi brakowało tchu, kiedy zbliżał się do drzwi Sanktuarium. Na klatce schodowej toczył walkę z dwoma automatami i myślał, że już po nim, ale wtedy pierwszy napastnik, kilka razy trafiony mieczem Thomasa, nagle się popsuł i wypchnął swojego towarzysza przez okno, a potem sam runął z hukiem ze schodów pośród zgrzytu żelastwa i syku iskier.

Will miał rany na dłoniach i ramionach od uszkodzonej metalowej powłoki przeciwników, ale nie zatrzymał się, żeby nałożyć sobie *iratze*. Nie było na to czasu. W biegu wyjął stelę i, nie zatrzymując się nawet na chwilę, przesunął nią po drzwiach Sanktuarium, rysując najszybszy Znak Otwarcia w swoim życiu.

Szczęknął zamek. Nocny Łowca w ułamku sekundy zamienił stelę na jeden z serafickich noży.

– *Jerahmeel* – wyszeptał, a kiedy ostrze zapłonęło białym płomieniem, kopniakiem otworzył drzwi Sanktuarium.

I zamarł z przerażenia. Przy fontannie, której woda była zabarwiona na różowo, leżała Tessa. Oczy miała zamknięte, przód jej biało-niebieskiej sukni był szkarłatny, wokół ciała powiększała się czerwona kałuża. Obok bezwładnej prawej ręki leżał nóż z rękojeścią umazaną krwią.

Klęczał przy niej Mortmain, trzymając dłoń na jej ramieniu. Kiedy drzwi otworzyły się gwałtownie, podniósł wzrok, po czym wstał chwiejnie i cofnął się od ciała Tessy. Ręce miał czerwone, na koszuli i spodniach krwiste plamy.

– Ja... – zaczął.

– Zabiłeś ją – rzucił oskarżycielsko Will.

Jego głos zabrzmiał dziwnie, jakby dochodził z bardzo daleka.

Will zobaczył bibliotekę w domu, w którym mieszkał z rodziną jako dziecko. Swoje ręce na pudełku, ciekawskie palce otwierające klamerkę. Krzyk wypełniający cały pokój. Droga do Londynu, srebrna w blasku księżyca. Słowa, które wciąż kołatały mu w głowie, gdy oddalał się od wszystkiego, co znał. Na zawsze.

Straciłem wszystko. Straciłem wszystko.

Wszystko.

– Nie. – Mortmain pokręcił głową. Bawił się srebrnym pierścieniem, który nosił na palcu prawej ręki. – Nawet jej nie tknąłem. Sama to zrobiła!

– Kłamiesz. – Will ruszył do przodu. Dotyk serafickiego noża był krzepiąco znajomy w świecie, który zmieniał się wokół niego jak krajobraz we śnie. – Wiesz, co się dzieje, kiedy wbijam taki nóż w ludzkie ciało? – wychrypiał, unosząc Jarahmeela. – Zaczyna płonąć. Umrzesz w cierpieniach, spalisz się od środka.

– Myślisz, że cierpisz z powodu jej straty, Williamie Herondale? – W głosie Mortmaina brzmiała udręka. – Twój smutek jest niczym w porównaniu z moim. Lata pracy i marzeń na marne.

– Więc się pociesz, że twój ból nie potrwa długo – odparował Will i rzucił się na niego z wyciągniętą bronią.

Poczuł, jak ostrze przebija marynarkę... i nie napotyka oporu. Zatoczył się do przodu, odzyskał równowagę i... wytrzeszczył oczy. Coś z brzękiem spadło na podłogę u jego stóp. Mosiężny guzik. Mrugał teraz do niego drwiąco z dołu niczym czyjeś oko.

Wstrząśnięty Will wypuścił z ręki seraficki nóż. Na kamiennej posadzce Jarahmeel nadal płonął. Mortmain zniknął bez śladu. Jak czarownik, który latami praktykował magię. Taka sztuka w wykonaniu człowieka, nawet z wiedzą okultystyczną...

To nie miało teraz znaczenia. Will mógł myśleć tylko o Tessie. Ze strachem i jednocześnie nadzieją podszedł do miejsca, gdzie leżała. Kiedy klękał i brał dziewczynę na ręce, fontanna wydawała swój przeklęty kojący szmer.

Trzymał ją tak jak wtedy na strychu, po spaleniu domu de Quinceya. Od tamtej pory to wspomnienie często nawiedzało go nieproszone. Teraz było torturą. Całą suknię, twarz i włosy Tessa miała zakrwawione. Will oglądał w życiu dość ran, by wiedzieć, że nie można stracić tyle krwi i przeżyć.

– Tesso – wyszeptał.

Przytulił ją; nie miało teraz znaczenia, co robił. Wtulił twarz w jej szyję tam, gdzie stykała się z ramieniem. Włosy zesztywniałe od krwi zadrapały go w policzek. Poczuł puls na skórze.

Zamarł. Puls? Jego serce podskoczyło. Odsunął Tessę od siebie i zobaczył, że patrzy na niego dużymi szarymi oczami.

– Will – wyszeptała. – To naprawdę ty?

W pierwszej chwili ogarnęła go bezmierna ulga, ale natychmiast zastąpiło ją obłędne przerażenie. Niedawno Thomas umarł na jego oczach, a teraz ona? Może da się ją uratować? Na pewno nie Znakami. Jak się leczy Podziemnych? Taką wiedzę posiedli tylko Cisi Bracia.

– Bandaże – mruknął Will. – Muszę zdobyć bandaże.

Gdy kładł ją podłodze, Tessa chwyciła go za nadgarstek.

– Musisz być ostrożny – powiedziała. – Mortmain... jest Mistrzem. Był tutaj...

– Cii. Oszczędzaj siły. Mortmain zniknął. Muszę sprowadzić pomoc...

– Nie. – Tessa ścisnęła mocniej jego rękę. – Nie musisz. To nie moja krew.

– Co? – wykrztusił Will. Może majaczyła, ale jej dłoń i głos były zadziwiająco silne jak na kogoś bliskiego śmierci. – Cokolwiek ci zrobił, Tesso...

– Ja sama to sobie zrobiłam – oświadczyła tym samym twardym głosem. – Tylko w taki sposób mogłam się go pozbyć. Inaczej nigdy by mnie tu nie zostawił. Gdyby myślał, że żyję...

– Ale...

– Zmieniłam się na krótką chwilę, kiedy wbijałam nóż. Ten pomysł podsunęły mi słowa Mortmaina o prostej sztuczce, której nikt się nie spodziewa.

– Nie rozumiem. A krew?

Tessa rozpromieniła się z ulgi i radości, że może mu opowiedzieć, co zrobiła.

– Mroczne Siostry kazały mi kiedyś zmienić się w kobietę, która zginęła od strzału. Gdy tylko przyjęłam jej postać, całą mnie obryzgała jej krew. Opowiadałam ci o tym? Nie. No, w każdym razie przypomniałam sobie tamten moment i znowu się w nią zmieniłam, tylko na chwilę, ale krew trysnęła tak samo jak wtedy. Odwróciłam się tyłem do Mortmaina, żeby nie widział mojej przemiany i upadłam do przodu, jakbym naprawdę wbiła w siebie nóż. Ale gwałtowność tak szybkiej Zmiany sprawiła, że zemdlałam. Świat pociemniał mi w oczach, a potem usłyszałam, jak Mortmain woła moje imię. Wiedziałam, że muszę udawać martwą. Obawiam się jednak, że odkryłby prawdę, gdybyś się nie zjawił. – Spojrzała na siebie i w jej głosie zabrzmiał lekki ton dumy, kiedy dodała: – Oszukałam Mistrza! Nie sądziłam, że to możliwe. Był taki pewny swojej wyższości. Ale przypomniałam sobie, co mówiłeś o Boadycei. Gdyby nie twoje słowa, Will...

Spojrzała na niego z uśmiechem, który skruszył resztki jego muru obronnego, nadwątlonego w momencie, kiedy sądził, że Tessa umarła. Przygarnął ją do siebie, a ona przez chwilę tuliła się do niego mocno, ciepła i żywa. Jej włosy musnęły jego policzek. Świat odzyskał barwy. Will znowu mógł swobodnie oddychać i napawać się zapachem soli, krwi, łez i Tessy.

Kiedy wysunęła się z jego objęć, jej oczy jaśniały.

– Usłyszałam twój głos i pomyślałam, że to sen – powiedziała. – Ale ty jesteś prawdziwy. – Powiodła wzrokiem po jego twarzy i uśmiechnęła się, jakby była zadowolona z tego, co znalazła. – Jesteś prawdziwy.

Will otworzył usta, żeby wypowiedzieć słowa, które miał na języku, gdy nagle ogarnęło go przerażenie, jakby, wędrując we mgle, zatrzymał się i zobaczył, że stoi o krok od przepaści. Tessa patrzyła na niego w taki sposób, jakby potrafiła czytać z jego oczu jak z książki. Nie zdążył tego ukryć.

– Will – wyszeptała. – Powiedz coś, Will.

Nie było nic do powiedzenia. Tylko pustka, taka jak przed nią, po niej i już zawsze.

Straciłem wszystko. Wszystko.

Rozdział dwudziesty

Straszny cud

„Każdy zabija kiedyś to, co kocha –
Chcę, aby wszyscy tę prawdę poznali.
Jeden to lepkim pochlebstwem uczyni.
Inny – spojrzeniem, co jak piołun pali.
Tchórz się posłuży wtedy pocałunkiem,
Człowiek odważny – ostrzem zimnej stali".

– Oscar Wilde, *Ballada o więzieniu w Reading*
(Przełożył Adam Włodek)

Żałobne Znaki miały u Nocnych Łowców barwę czerwoną. Kolorem śmierci była biel. Tessa nie przeczytała tego w *Kodeksie*, więc była zaskoczona, kiedy, wyglądając razem z Sophie przez okno biblioteki, zobaczyła pięcioro Nocnych Łowców wychodzących z Instytutu do powozu i ubranych całych na biało jak na ślub. Podczas czyszczenia kryjówki de Quinceya zginęło kilku członków Enklawy. Oficjalnie był to pogrzeb Nefilim, ale chowano również Thomasa i Agathę. Charlotte wyjaśniła jej, że czasami można zrobić wyjątek dla tych, którzy zginęli w służbie Clave.

Jednakże Sophie i Tessie nie pozwolono wziąć udziału w samej ceremonii. Pokojówka stwierdziła, że tak jest lepiej, bo nie chciałaby patrzeć, jak palą Thomasa i rozrzucają jego prochy w Cichym Mieście.

– Wolę go zapamiętać takim, jaki był. I Agathę też. – Potem zacisnęła usta i już nic więcej nie powiedziała.

Kilku Nocnych Łowców zgłosiło się na ochotnika do pilnowania Instytutu. Minie dużo czasu, pomyślała Tessa, zanim odważą się zostawić go niestrzeżonym.

Czas pogrzebu spędziła na czytaniu w niszy okiennej, ale to nie było nic o Nefilim, demonach czy Podziemnych. Wybrała *Opowieść o dwóch miastach* Dickensa, którą znalazła na półce Charlotte. Postanowiła nie myśleć o Mortmainie, o Thomasie i Agacie, o tym, co mówił jej Mistrz w Sanktuarium, a zwłaszcza o Nathanielu i o tym, gdzie on teraz może być. Każda myśl o bracie sprawiała, że zaczynały ją piec oczy.

Dwa dni wcześniej kazano jej stawić się przed Clave. W bibliotece Instytutu człowiek, którego inni nazywali Inkwizytorem, długo wypytywał ją o czas spędzony z Mortmainem, zwracając uwagę na każdą zmianę w jej opowieści, aż w końcu poczuła się wyczerpana. Interesował ich zegarek, który chciał jej dać Mortmain, ale oświadczyła, że nie wie, do kogo należał. Również Willowi zadali pytanie, co powiedział Mistrz, zanim zniknął. Will reagował na ich indagacje ponurym zniecierpliwieniem, co nikogo nie zdziwiło, aż w końcu odprawiono go za niegrzeczne zachowanie i niesubordynację.

Inkwizytor domagał się nawet, żeby Tessa zdjęła ubranie, bo chciał poszukać znaków czarownicy, ale Charlotte do tego nie dopuściła. Gdy wreszcie pozwolono Tessie odejść, popędziła za

Willem, ale on już zniknął. Od tamtej pory minęły dwa dni. W tym czasie rzadko go widywała. Prawie ze sobą nie rozmawiali, nie licząc okazjonalnej uprzejmej wymiany słów w obecności innych. Kiedy na niego patrzyła, uciekał wzrokiem. Gdy wychodziła z pokoju w nadziei, że pójdzie za nią, on zostawał. To było nie do wytrzymania.

Zastanawiała się, czy tylko ona uważa, że coś ważnego między nimi zaszło w Sanktuarium. Obudziła się wtedy z ciemności głębszej niż te, z którymi wcześniej zetknęła się w czasie Zmiany, i stwierdziła, że Will ją tuli, a na jego twarzy maluje się rozpacz, jakiej nigdy u niego nie widziała. I jeszcze ton, jakim wymówił jej imię, i to, jak na nią patrzył. Przecież nie mogła sobie tego wszystkiego wymyślić.

Z całą pewnością Willowi na niej zależało. Owszem, od samego początku był dla niej niegrzeczny, ale z drugiej strony, w powieściach zawsze tak się działo. Wystarczy spojrzeć, jak Darcy traktował Elizabeth Bennett, zanim się oświadczył. I w trakcie samych oświadczyn również. A Heathcliff jak się zachowywał wobec Cathy? Choć musiała przyznać, że w *Opowieści o dwóch miastach* zarówno Sydney Carton, jak i Charles Darnay byli bardzo uprzejmi dla Lucie Manette. „A jednak byłem na tyle słaby i jestem na tyle słaby, by pragnąć, aby pani dowiedziała się, jaką władzę ma pani nade mną; że z garstki popiołu, jaką jestem, zmieniam się w płomień...".

Kłopot w tym, że od nocy w Sanktuarium Will nawet na nią nie spojrzał ani nie wymówił jej imienia. Sądziła, że zna powód takiego zachowania. Domyśliła się go po sposobie, w jaki patrzyła na nią Charlotte i wszyscy pozostali. Było oczywiste, że Nocni Łowcy zamierzają ją odprawić.

I dlaczego nie mieliby tego zrobić? Instytut był przeznaczony dla Nefilim, a nie dla Podziemnych. Zwłaszcza że sprowadziła do tego miejsca śmierć i zniszczenie w krótkim czasie, który tu spędziła. Bóg tylko wie, co jeszcze by się wydarzyło, gdyby została. Oczywiście nie miała gdzie się podziać ani do kogo pójść, ale to przecież było nie ich zmartwienie. Prawo Przymierza to Prawo; nie można go łamać ani zmieniać. Może jednak zamieszka z Jessamine w jakimś małym domu w Belgravii? Mógł ją spotkać gorszy los.

Turkot kół powozu na bruku sygnalizujący powrót Nocnych Łowców z Cichego Miasta, wyrwał ją z ponurych rozmyślań. Sophie zbiegła po schodach, żeby ich przywitać, a Tessa wyjrzała przez okno.

Henry obejmował Charlotte, a ona wspierał się na jego ramieniu. Za nimi wysiadła z powozu Jessamine z jasnymi kwiatami wplecionymi we włosy. Tessa podziwiałaby jej wygląd, gdyby nie podejrzenie, że dziewczyna lubi pogrzeby, bo wie, jak ładnie jej w bieli. Następnie pokazał się Jem, a za nim Will. Wyglądali jak dwie figury szachowe z jakiejś dziwnej gry. Srebrne włosy jednego i czarne splątane drugiego kontrastowały z ich żałobnymi strojami. Biały Rycerz i Czarny Rycerz, pomyślała Tessa, kiedy wchodzili po schodach Instytutu.

Odłożyła książkę na siedzenie, kiedy drzwi się otworzyły i do biblioteki weszła Charlotte, ściągając rękawiczki. Kapelusz zdjęła już wcześniej, kasztanowe włosy okalały jej twarzy lokami skręconymi od wilgoci.

– Tak myślałam, że cię tu znajdę – powiedziała, idąc przez pokój. Usiadła na krześle naprzeciwko niszy, rzuciła białe rękawiczki na pobliski stolik i westchnęła.

– Czy... – zaczęła Tessa.

– Było strasznie? Tak. Nie cierpię pogrzebów, choć Anioł wie, że brałam udział w wielu. – Charlotte przygryzła wargę. – Mówię jak Jessamine. Zapomnij, że to powiedziałam. Poświęcenie i śmierć to część życia Nocnych Łowców.

– Wiem. – Tessie wydawało się, że słyszy bicie własnego serca, głuche jak tykanie starego zegara w wielkim pustym pokoju.

– Tesso... – zaczęła pani Branwell.

– Wiem, co zamierzasz powiedzieć. Wszystko w porządku.

Charlotte zamrugała.

– Wiesz?

– Chcecie, żebym odeszła. Spotkałaś się z Clave przed pogrzebem. Jem mi mówił. Nie wyobrażam sobie, żeby pozwolili mi zostać. Po tych wszystkich kłopotach i nieszczęściach, które na was ściągnęłam. Nate, Thomas i Agatha...

– Clave nie obchodzi Thomas ani Agatha.

– I jeszcze Pyxis.

– Tak – przyznała Charlotte. – Ale masz całkowicie mylne wyobrażenie o swojej sytuacji. Nie przyszłam cię prosić, żebyś odeszła, tylko żebyś została.

– Została? – Z pewnością Charlotte nie mogła mieć na myśli tego, co właśnie powiedziała. – Ale Clave... Muszą być źli...

– Są źli. Na Henry'ego i na mnie. Daliśmy się oszukać Mortmainowi. Wykorzystał nas, a my mu na to pozwoliliśmy. Byłam z siebie dumna, że tak sprytnie go podeszliśmy, i nawet nie pomyślałam, że to on wszystkim steruje. Nie zwróciłam uwagi na to, że nikt poza Mortmainem i twoim bratem nigdy nie potwierdził, że Mistrzem jest de Quincey. Wskazywały na niego tylko poszlaki, a ja w nie uwierzyłam.

– To było bardzo przekonujące – pocieszyła ją Tessa. – Pieczęć, którą znaleźliśmy na ciele Mirandy, słowa automatów na moście.

Charlotte westchnęła ciężko.

– Tę sztukę napisał i wystawił dla nas Mortmain. Wiesz, że choć usilnie szukaliśmy, nie znaleźliśmy żadnego śladu wskazującego na to, jacy Podziemni kierują Klubem Pandemonium? Jego przyziemni członkowie nie mają o niczym pojęcia, a odkąd zniszczyliśmy klan de Quinceya, Podziemni stracili do nas resztki zaufania.

– Minęło dopiero kilka dni. Znalezienie Mrocznych Sióstr zajęło Willowi sześć tygodni. Jeśli nadal będziecie szukać...

– Nie mamy tyle czasu. Jeśli Nathaniel powiedział Jemowi prawdę i Mortmain rzeczywiście planuje wykorzystać demoniczną energię z Pyxis, żeby ożywić swoje manekiny, zostało nam tyle czasu, ile zabierze mu otwarcie pudełka. – Charlotte lekko wzruszyła ramionami. – Oczywiście, Clave uważa, że to niemożliwe. Pyxis można otworzyć wyłącznie runami, a tylko Nocni Łowcy potrafią je rysować. Z drugiej strony, tylko Nocni Łowcy mają wstęp do Instytutu.

– Mortmain jest bardzo sprytny.

– Tak. – Charlotte mocno splotła dłonie na kolanach. – Wiedziałaś, że to Henry powiedział mu o Pyxis? Jak się nazywa i czemu służy?

– Nie... – Tessie zabrakło słów pocieszenia.

– Henry chce, żebym wyznała Clave prawdę, ale ja tego nie zrobię. Już i tak traktują go bardzo źle, a ja... – Głos Charlotte drżał, lecz jej drobna twarz była zacięta. – Clave ustanawia trybunał, który osądzi nasze postępowanie. Możliwe, że stracimy Instytut.

– Ale przecież świetnie go prowadziliście! – Tessa była wstrząśnięta. – Wszystko chodziło jak z zegarku.

Oczy Charlotte zaszły łzami.

– Dziękuję, Tesso. Faktem jest, że Benedict Lightwood zawsze chciał stanowiska szefa Instytutu dla siebie albo dla swojego syna. Lightwoodowie są bardzo dumni i nienawidzą przyjmować rozkazów. Gdyby nie to, że sam Konsul Wayland wyznaczył mnie na sukcesorkę mojego ojca, dyrektorem z pewnością zostałby Benedict. Dla mnie Instytut jest treścią życia. Zrobię wszystko, żeby go nie stracić. Gdybyś mogła mi pomóc...

– Ja? Ale co ja mogę zrobić? Nic nie wiem o polityce Nocnych Łowców.

– Sojusz z Podziemnymi to jedno z naszych najcenniejszych osiągnięć, Tesso. A jednym z powodów, dla których nadal kieruję Instytutem, jest moja znajomość z czarownikami takimi jak Magnus Bane i wampirami takimi jak Camille Belcourt. Ty też jesteś cennym nabytkiem. To, co potrafisz, już pomogło Enklawie. Pomoc, której udzielisz nam w przyszłości, może być nieoceniona. Wystarczy, że teraz staniesz po mojej stronie.

Tessa wstrzymała oddech. Przed jej oczami stanął Will – i to, jak na nią patrzył w Sanktuarium – ale ku własnemu zaskoczeniu stwierdziła, że nie tylko on przewija się w jej myślach. Był tam również Jem ze swoją dobrocią i delikatnymi rękami; Henry, który rozbawiał ją swoimi dziwnymi strojami i osobliwymi wynalazkami; i nawet Jessamine ze swoją gwałtownością i czasami zadziwiającą odwagą.

– A Prawo? – zapytała cicho.

– Żaden przepis nie zabrania, byś przebywała tutaj jako nasz gość – odparła Charlotte. – Dokładnie przeszukałam archiwa. Musisz tylko się zgodzić. Zostaniesz z nami, Tesso?

***

Tessa wbiegła po schodach na strych; po raz pierwszy od wieków jej serce było prawie lekkie. Samo poddasze wyglądało tak, jak je zapamiętała: wysokie, małe okna wpuszczające niewiele przedwieczornego światła. Na podłodze leżał przewrócony kubełek. Ominęła go w drodze do wąskich stopni, które prowadziły na dach.

„Często można go tam znaleźć, kiedy się martwi", powiedziała Charlotte. „A rzadko widziałam Willa tak strapionego. Śmierć Thomasa i Agathy okazała się dla niego większym ciosem, niż przewidywałam".

Schody kończyły się klapą w suficie, z zawiasami po jednej stronie. Tessa pchnęła ją i wgramoliła się na dach Instytutu.

Znalazła się na środku rozległej płaszczyzny otoczonej balustradą z kutego żelaza, która sięgała jej do pasa, a jej pręty były zakończone kwiatonami. W drugim końcu dachu, oparty o barierkę, stał Will. Nie odwrócił się nawet wtedy, gdy klapa zatrzasnęła się za nią, a ona zrobiła krok do przodu, wycierając podrapane dłonie o suknię.

– Will.

Nie poruszył się. Słońce już zachodziło w krwawej pożodze. Po drugiej stronie Tamizy kominy fabryczne buchały dymem, który układał się w ciemne palce na tle czerwonego nieba. Will opierał się o poręcz, jakby miał wszystkiego dosyć i zamierzał się nadziać na ostre zwieńczenia balustrady. Niczym nie dał po sobie poznać, że usłyszał Tessę, kiedy się zbliżyła i stanęła obok niego. Od tego miejsca dach opadał stromo ku brukowi, przyprawiając o zawrót głowy.

– Will – powtórzyła. – Co robisz?

Nie spojrzał na nią, tylko patrzył na miasto, ciemne kontury na tle czerwieniejącego nieba. Kopuła katedry św. Pawła lśniła w zamglonym powietrzu; Tamiza tu i ówdzie spięta czarnymi mostami, miała kolor mocnej herbaty. Na brzegu rzeki poruszały się ciemne postacie: ludzie, którzy w szlamie naniesionym przez wodę szukali rzeczy nadających się do sprzedania.

– Milton uważał, że piekło to miasto – odezwał się Will, nadal na nią nie patrząc. – Myślę, że w połowie miał rację. Może Londyn to przedsionek piekła, a my jesteśmy potępionymi duszami, które nie chcą do niego wejść ze strachu, że to, co znajdą po drugiej stronie, będzie jeszcze gorsze od tych okropieństw, które już znają.

– Will, o co chodzi? – zaniepokoiła się Tessa.

Jego palce zbielały, kiedy mocniej ścisnął poręcz. Dłonie miał pocięte i zadrapane w wielu miejscach, kostki otarte i czerwone, na twarzy widniały siniaki i cienie pod oczami. Dolna warga była rozcięta i spuchnięta, a on nie zrobił nic, żeby wykurować obrażenia. Tessa nie miała pojęcia dlaczego.

– Powinienem się domyślić, że to podstęp, że Mortmain kłamał. Charlotte często szczyci się moim zmysłem taktycznym, ale dobry taktyk nie może być ślepo ufny. Byłem głupcem.

– Charlotte uważa, że to jej wina, Henry obwinia siebie, a ja uważam, że to wszystko przeze mnie – rzuciła ze zniecierpliwieniem Tessa. – Trochę to dziwne, nie sądzisz?

– Przez ciebie? – W głosie Willa zabrzmiało szczere zdumienie. – Bo Mortmain miał obsesję na twoim punkcie? Nie wydaje mi się...

– Sprowadziłam tutaj Nathaniela – przerwała mu Tessa i, kiedy wypowiedziała te słowa, serce jej się ścisnęło. – I namawiałam was, żebyście mu zaufali.

– Kochałaś go – powiedział Will. – Był twoim bratem.

– Nadal nim jest i nadal go kocham. Ale wiem, jaki jest. Zawsze wiedziałam. Po prostu nie chciałam w to uwierzyć. Pewnie wszyscy czasami się oszukujemy.

– Tak. – Głos Willa był zdławiony i odległy. – Chyba tak.

– Przyszłam do ciebie, bo mam dobre wieści – oznajmiła Tessa. – Pozwolisz, że ci je przekażę?

– Jak chcesz.

– Charlotte mówi, że mogę zostać w Instytucie.

Will milczał.

– Twierdzi, że to nie jest wbrew Prawu – ciągnęła Tessa, nieco zdeprymowana. – A więc nie muszę odchodzić.

– Charlotte nigdy nie kazałaby ci odejść. Nie potrafi obojętnie przejść nawet obok muchy schwytanej w sieć pająka. – W głosie Willa nie było ani krzty uczucia. Po prostu stwierdzał fakt.

– Myślałam... – Radość Tesssy szybko się ulatniała. – Że choć trochę się ucieszysz. Myślałam, że stajemy się przyjaciółmi. – Zobaczyła, że Will przełyka ślinę, a jego dłonie mocniej zaciskają się na poręczy. – Zaczęłam cię podziwiać jako przyjaciółka – ciągnęła coraz cichszym głosem. – Zależy mi na tobie. – Chciała dotknąć jego dłoni, ale widząc napięcie w jego sylwetce i biel kostek, szybko zabrała rękę. Czerwone żałobne Znaki na bladej skórze stały się jeszcze wyraźniejsze, jakby wycięto je nożem. – Myślałam, że może...

W końcu Will odwrócił się i na nią spojrzał. Tessa była zaskoczona wyrazem jego twarzy. Cienie pod oczami wyglądały jak wgłębienia.

Czekała, aż Will powie to, co w takiej chwili powiedziałby bohater powieści. „Tesso, moje uczucia do ciebie stały się czymś więcej niż tylko przyjaźnią. Czymś o wiele rzadszym i cenniejszym niż ona...".

– Chodź tutaj. – W jego głosie nie było nic miłego. W postawie również. Tessa zwalczyła odruch, żeby się cofnąć. Gdy podeszła bliżej, wyciągnął ręce i lekko odgarnął kosmyki jej włosów za uszy. – Tess.

Jego oczy miały kolor zadymionego nieba, twarz, nawet posiniaczona, była piękna. Chciała go dotykać, pragnęła tego w jakiś nieokreślony, instynktowny sposób, którego nie potrafiła wyjaśnić ani kontrolować. Hamowała się tylko do chwili, kiedy ich usta się zetknęły. Poczuła sól na jego wargach i skaleczoną, delikatną skórę w miejscu, gdzie były pęknięte. Will wziął ją za ramiona i przyciągnął do siebie. Jeszcze mocniej niż na strychu poczuła, że porywa ją silna fala, która grozi wciągnięciem pod wodę, zmiażdżeniem, skruszeniem na pył.

Położyła dłonie na jego barkach, a on się cofnął i spojrzał na nią, oddychając ciężko. Oczy miał promienne, usta czerwone i nabrzmiałe od pocałunku.

– Może powinniśmy omówić szczegóły – powiedział.

Tessa odniosła wrażenie, jakby tonęła.

– Szczegóły? – wyszeptała.

– Jeśli masz tu zostać, w naszym interesie byłoby zachować dyskrecję. Może lepiej korzystać z twojego pokoju. Jem wpada do mojego jak do siebie. Mógłby się zdziwić, gdyby zastał drzwi zamknięte na klucz. Natomiast twoja sypialnia...

– Korzystać z mojego pokoju? – powtórzyła. – Do czego?

Usta Willa wykrzywiły się w kącikach. W tym momencie Tessa stwierdziła z lekkim zaskoczeniem, że choć te usta są pięknie uformowane, uśmiech Nocnego Łowcy jest zimny.

– Nie możesz udawać, że nie wiesz... Nie jesteś zupełną ignorantką, Tesso, mając takiego brata.

– Will. – Ciepło opuszczało Tessę jak morze cofające się z lądu. Zrobiło jej się zimno mimo letniego powietrza. – Nie jestem taka jak mój brat.

– Lubisz mnie. I wiesz, że ja ciebie podziwiam. Każda kobieta zauważy, że mężczyzna ją podziwia. A teraz przyszłaś mi powiedzieć, że zostajesz, więc daję ci to, czego, jak sądzę, pragnęłaś.

– Nie mówisz poważnie.

– A ty chyba sobie nie wyobrażałaś, że chodzi mi o coś więcej – odparował Will. – Nie ma przyszłości dla Nocnego Łowcy, który flirtuje z czarownikami. Można się z nimi przyjaźnić, zatrudniać ich, ale nie...

– Poślubiać ich? – dokończyła Tessa. W głowie miała wyraźny obraz morza. Cofnęło się całkowicie z brzegu, tak że widziała pozostawione na piasku małe, umierające stworzenia.

– Co za bezpośredniość! – Will uśmiechnął się nieprzyjemnie. Tessa miała ochotę go spoliczkować. – A czego właściwie się spodziewałaś?

– Nie spodziewałam się, że mnie obrazisz. – Z trudem zapanowała nad lekko drżącym głosem.

– Raczej nie obawiasz się niechcianych konsekwencji związku. Ponieważ czarownicy nie mogą mieć dzieci...

– Co? – Tessa cofnęła się gwałtownie, jakby ją popchnął. Ziemia zakołysała się pod jej nogami.

Słońce już prawie zaszło. W półmroku wyraźnie rysował się kontur jego twarzy i zmarszczki w kącikach ust, jakby dręczył go fizyczny ból.

– Nie wiedziałaś? Myślałem, że ktoś ci powiedział.

– Nie – wyszeptała Tessa. – Nikt mi nie powiedział.

Will patrzył na nią spokojnie.

– Jeśli nie interesuje cię moja propozycja...

– Przestań. – Każde jego słowo bolało jak skaleczenie odłamkiem szkła. – Jem mówi, że kłamiesz, żeby pokazać się jako zły człowiek. I może taka jest prawda albo po prostu on chce w to wierzyć. Ale nie ma powodu ani usprawiedliwienia dla takiego okrucieństwa.

Przez chwilę Will sprawiał wrażenie naprawdę wytrąconego z równowagi, ale ten wyraz zniknął z jego twarzy tak szybko, jak zmieniał się kształt chmury.

– Cóż więcej mogę powiedzieć?

Tessa bez słowa odwróciła się na pięcie i ruszyła w stronę schodów. Nie obejrzała się, żeby sprawdzić, czy za nią patrzy, czarna nieruchoma sylwetka na tle dogasającego pożaru na niebie.

***

„Dzieci Lilith, znane również jako czarownicy, są bezpłodne, podobnie jak muły czy inne krzyżówki. Nie mogą mieć potomstwa. Nie odnotowano żadnych wyjątków od tej reguły...".

Tessa uniosła wzrok znad *Kodeksu* i spojrzała niewidzącym wzrokiem w okno pokoju muzycznego, choć na zewnątrz było zbyt ciemno, żeby można coś zobaczyć. Schroniła się tutaj, bo nie chciała wracać do swojego pokoju, gdzie prędzej czy później Sophie albo Charlotte nakryłyby ją na rozczulaniu się nad sobą. Cienka warstwa kurzu pokrywająca wszystkie meble w tym pomieszczeniu dawała pewność, że tutaj raczej jej nie znajdą.

Dziwiła się, jak mogła wcześniej przeoczyć tę informację. Właściwie trafiła na nią nie w dziale *Kodeksu* poświęconym czarownikom, tylko w następnych: o podziemnych mieszańcach takich jak półfaerie czy półwilkołaki. Najwyraźniej nie było półczarowników. Will nie kłamał, żeby ją zranić, mówił prawdę. Co w pewnym sensie wydawało się jeszcze gorsze, bo powinien wiedzieć, że jego słowa będą dla niej ciosem.

Może miał rację? Czego naprawdę się spodziewała? Że Will się dla niej zmieni? Sophie ostrzegała ją, a ona jej nie posłuchała. Nie musiała zgadywać, co powiedziałaby ciotka Harriet o dziewczętach, które lekceważą dobre rady.

Cichy szmer przywołał ją do rzeczywistości. Odwróciła się i rozejrzała, ale w pierwszej chwili nic nie zauważyła. Pokój był oświetlony przez jeden magiczny kinkiet. Jego migotliwy blask tańczył na fortepianie, na wygiętym kształcie harfy przykrytej ciężkim płótnem. Nagle, tuż przy podłodze ujrzała dwa jasne punkciki o dziwnej żółto-zielonej barwie. Poruszały się w jej stronę, oba w tym samym tempie, niczym błędne ogniki.

Tessa odetchnęła z ulgą. Oczywiście!

– Tutaj, kotku. Kici, kici, chodź tutaj!

Miauczenie zagłuszył dźwięk otwierających się drzwi. Do pokoju wpadło silne światło, tak że przez chwilę postać stojąca w progu była tylko cieniem.

– Tesso, to ty?

Głos brzmiał tak samo jak tamtej nocy, kiedy weszła do obcej sypialni: „Will? Will, to ty?".

– Jem. Tak, to ja. Twój kot chyba tu się zabłąkał.

– Nie powiem, żebym był zaskoczony. – W głosie Jema brzmiało rozbawienie. W magicznym blasku wlewającym się z korytarza Tessa zobaczyła go wyraźnie. Tak jakkota, który siedział na podłodze i mył sobie pyszczek. Wyglądał na rozgniewanego, jak to zwykle persy. – Zdaje się, że jest włóczęgą. Zupełnie jakby się domagał, żeby go wszystkim przedstawić... – Jem zmierzył ją wzrokiem. – Co się stało?

Zaskoczona Tessa wymamrotała:

– D... dlaczego mnie o to pytasz?

– Widzę po twojej twarzy, że coś się stało. – Usiadł naprzeciwko niej na stołku od fortepianu. – Charlotte przekazała mi dobrą wiadomość. Przynajmniej ja uważam, że to dobra wiadomość. Ty nie jesteś zadowolona?

– Oczywiście, że jestem.

– Hm. – Jem nie wyglądał na przekonanego. Schylił się i wyciągnął rękę do kota, a ten podszedł i zaczął się o nią ocierać łebkiem. – Dobry Church.

– Church? A czy on nie był jednym z domowników pani Dark? Może to nie jest dla niego najlepsze imię.

– Nie był domownikiem, tylko biednym stworzeniem, które pani Dark zamierzała wykorzystać do swoich nekromanckich czarów – sprostował Jem z udawaną surowością. – Charlotte stwierdziła, że powinniśmy go zatrzymać, bo kot w kościele przynosi szczęście. Zaczęliśmy go więc tak nazywać. Church. – Wzruszył ramionami. – Jeśli imię uchroni go od kłopotów, tym lepiej.

– Zdaje mi się, że on patrzy na mnie z wyższością.

– Prawdopodobnie tak. Koty uważają się za lepsze od wszystkich. – Jem podrapał Churcha za uchem. – Co czytasz?

Tessa pokazała mu *Kodeks*.

– Will mi to dał...

Jem wziął od niej książkę tak szybkim ruchem, że Tessa nie zdążyła cofnąć ręki. *Kodeks* był otwarty na stronie, którą studiowała. Nocny Łowca spojrzał na tekst, potem na nią. Wyraz jego twarzy się zmienił.

– Nie wiedziałaś?

Tessa pokręciła głową.

– Co prawda nie marzyłam o dzieciach. Nie wybiegałam myślą tak daleko naprzód. Chodzi raczej o to, że kolejna cecha odróżnia mnie od ludzi. Czyni mnie potworem. Odmieńcem.

Jem milczał przez dłuższą chwilę, głaszcząc szare futerko kota.

– Może wyróżnianie się nie jest taką złą rzeczą – stwierdził w końcu. – Wydaje się, że jesteś czarownicą, ale nie masz znaku czarownicy, tylko zdolności, jakich nigdy wcześniej nie widzieliśmy. Skoro nie wiadomo tylu rzeczy, nie możesz pozwolić, żeby ta jedna informacja doprowadziła cię do rozpaczy.

– Nie rozpaczam – oświadczyła Tessa. – Chodzi o to... Nie spałam przez kilka ostatnich nocy. Myślałam o moich rodzicach. Ledwo ich pamiętam, ale nie mogę się nie zastanawiać. Podobno moja matka nie wiedziała, że mój ojciec był demonem, ale czy można wierzyć Mortmainowi? Nie wiedziała, kim jest, ale co to znaczy? Czy ja wiedziałam, że nie jestem człowiekiem? Czy to dlatego wyjechali z Londynu pod osłoną nocy? Jeśli narodziłam się w wyniku... czegoś strasznego, co zrobiono mojej matce bez jej wiedzy, to jak mogła mnie kochać?

– Twoi rodzice ukryli cię przed Mortmainem – przypomniał Jem. – Musieli wiedzieć, że chodzi mu o ciebie. Szukał cię przez te wszystkie lata, a oni cię chronili, najpierw twoi rodzice, a potem ciotka. Tak nie postępuje niekochająca rodzina. – Patrzył na nią z powagą. – Tesso, nie lubię składać obietnic, których nie mogę dotrzymać, ale jeśli rzeczywiście chcesz poznać prawdę o swojej przeszłości, poszukamy jej razem. Po tym wszystkim, co dla nas zrobiłaś, tyle jesteśmy ci winni. Jeśli tego pragniesz, możemy odkryć sekret, jak stałaś się tym, kim jesteś.

– Tak. Właśnie tego chcę.

– Może ci się nie spodobać to, co odkryjesz – uprzedził Jem.

– Lepiej znać prawdę. – Tessa była zaskoczona pewnością w swoim głosie. – Poznałam prawdę o Nathanielu i choć jest bolesna, to lepsze to niż kłamstwa. Lepsze niż narzucanie się z miłością komuś, kto nie może jej odwzajemnić. Lepsze niż trwonienie uczuć. – Jej głos drżał.

– Myślę, że on cię kocha, na swój sposób, ale nie zamartwiaj się takimi myślami. Równie wspaniale jest kochać, jak być kochanym. Miłości nie da się zmarnować.

– Po prostu to trudne. – Tessa wiedziała, że użala się nad sobą, ale nie potrafiła wziąć się garść. – Być takim samotnym.

Jem nachylił się i spojrzał na nią uważnie. Czerwone Znaki odznaczały się na jego bladej skórze jak ogień, przypominały Tessie wzory, które widziała na brzegach szat Cichych Braci.

– Moi rodzice nie żyją. Podobnie jak twoi, Willa i Jessie, nawet Henry'ego i Charlotte. Nie jestem pewien, czy w Instytucie ktoś nie jest sierotą. Zresztą, inaczej by nas tu nie było.

– Wiem. Przykro mi. Byłam samolubna, że nie pomyślałam...

Jem uniósł smukłą dłoń.

– Nie dziwię ci się – powiedział. – Może trafiłaś tutaj, bo jesteś samotna, ale ja też. I Will. I Jessamine. I nawet Charlotte i Henry. W jakim innym miejscu Henry mógłby mieć swoje laboratorium? Gdzie Charlotte mogłaby używać swojego błyskotliwego umysłu w taki sposób jak tutaj? I choć Jessamine udaje, że nienawidzi wszystkiego, a Will nigdy by nie przyznał, że czegoś potrzebuje, oboje znaleźli tutaj dom. W pewnym sensie nie jesteśmy w Instytucie dlatego, że nie mamy się gdzie podziać. Nie potrzebujemy innego miejsca, bo mamy Instytut, a mieszkający w nim są naszą rodziną.

– Ale nie moją.

– Mogą być. Kiedy pierwszy raz tutaj przyjechałem, miałem dwanaście lat. Zdecydowanie nie poczułem się jak w domu. Widziałem tylko, że Londyn nie jest taki jak Szanghaj, i tęskniłem za domem. Will poszedł więc do sklepu na East Endzie i kupił mi to. – Jem wyciągnął łańcuszek zawieszony na szyi, a Tessa zobaczyła, że błysk zieleni, który zauważyła już wcześniej, to kamień w kształcie zamkniętej dłoni. – Myślę, że spodobał mu się dlatego, że przypominał mu pięść. Ale to jadeit, a on wiedział, że jadeit pochodzi z Chin, więc przyniósł mi go i zawiesił na łańcuszku, do noszenia na szyi. I nadal go noszę.

Na wzmiankę o Willu Tessie ścisnęło się serce.

– Miło wiedzieć, że czasami potrafi być dobry – stwierdziła.

Jem popatrzył na nią bystrymi srebrnymi oczami.

– Kiedy tu wszedłem... wyraz na twojej twarzy... nie był taki z powodu tego, co przeczytałaś w *Kodeksie*, prawda? Chodziło o Willa. O to, co ci powiedział?

Tessa się zawahała.

– Dał jasno do zrozumienia, że nie chce mnie tutaj – odpowiedziała w końcu. – Że pozostanie w Instytucie nie jest szczęśliwym trafem, tak jak myślałam. Nie z jego punktu widzenia.

– A ja właśnie zrobiłem ci wykład, dlaczego powinnaś uważać go za swoją rodzinę – skomentował z lekkim żalem Jem. – Nic dziwnego, że wyglądałaś, jakbyś usłyszała jakąś straszną nowinę.

– Przepraszam – wyszeptała Tessa.

– Nie przepraszaj. To Will powinien przeprosić. – Oczy Jema pociemniały. – Wyrzucimy go na ulicę. Obiecuję, że do rana go tu nie będzie.

Tessa drgnęła i usiadła prosto.

– O, nie, chyba nie mówisz poważnie...

Uśmiechnął się szeroko.

– Oczywiście, że nie. Ale przez chwilę poczułaś się lepiej, co?

– To było jak piękny sen – potwierdziła Tessa, ale uśmiechnęła się przy tym, co ją samą zaskoczyło.

– Will jest... trudny – stwierdził Jem. – Ale w rodzinie tak bywa. Gdybym nie uważał Instytutu za najlepsze miejsce dla ciebie, Tesso, nie mówiłbym, że tak jest. I można stworzyć sobie własną rodzinę. Wiem, że nie czujesz się człowiekiem, tylko odmieńcem, niezasługującym na życie i miłość, ale... – Głos mu się lekko załamał. Po raz pierwszy Tessa usłyszała w nim niepewność. – Zapewniam cię, że właściwemu mężczyźnie to nie będzie przeszkadzać.

Zanim zdążyła odpowiedzieć, rozległo się stukanie w szybę. Spojrzała na Jema, a on wzruszył ramionami. Też usłyszał ten dźwięk. Tessa przeszła przez pokój i zobaczyła, że rzeczywiście coś jest na zewnątrz: ciemny skrzydlaty kształt. Jakby mały ptak próbował dostać się do środka. Spróbowała otworzyć okno, ale się zaklinowało.

Odwróciła się do Jema, ale on już stał obok niej. Coś ciemnego wfrunęło do środka i poleciało prosto ku Tessie. Ona chwyciła to w powietrzu i poczuła, że ostre metalowe skrzydełka trzepoczą we wnętrzu jej dłoni. Po chwili się złożyły. Oczy też się zamknęły. Aniołek znowu spokojnie trzymał miecz, jakby czekał na ponowne przebudzenie. Zegarowe serce tykało równomiernie.

Jem odwrócił się od okna. Jego zmierzwione włosy lśniły w żółtawym świetle jak białe złoto.

– Co to jest? – zapytał.

Tessa się uśmiechnęła.

– Mój aniołek.

Epilog

Zrobiło się późno. Powieki Magnusa Bane'a opadały ze zmęczenia. Czarownik odłożył *Pieśni* Horacego na stolik i spojrzał w zamyśleniu na zalane deszczem okna wychodzące na plac.

Mieszkał w domu lady Belcourt, ale gospodyni była nieobecna i nie zanosiło się na to, żeby szybko wróciła. Nie wcześniej niż za kilka dni, może dłużej. Wyjechała z miasta tamtej katastrofalnej nocy u de Quinceya i choć wysłał jej wiadomość, że już jest bezpiecznie, wątpił, czy Camille wkrótce się zjawi. Zastanawiał się, czy teraz, kiedy dokonała zemsty na klanie wampirów, będzie jeszcze pragnąć jego towarzystwa. Może posłużył jej tylko do tego, żeby jeszcze bardziej upokorzyć de Quinceya.

Zawsze mógł odejść. Spakować się, zostawić cały ten pożyczony luksus. Dom, służba, książki, nawet jego ubrania, należały do niej. On przyjechał do Londynu z niczym. Nie dlatego, że sam nie mógł zarobić pieniędzy. W przeszłości bywał całkiem zamożny, czasami, ale posiadanie dużych pieniędzy zwykle go nudziło. Jednakże czekanie tutaj, chociaż irytujące, było najpewniejszym sposobem na ponowne ujrzenie Camille.

Z rozmyślań wyrwało go pukanie do drzwi. Kiedy się odwrócił, zobaczył, że w progu stoi lokaj. Archer, który był niewolnikiem Camille od lat, patrzył na Magnusa z nienawiścią, bo uważał, że związek z czarownikiem nie jest właściwy dla jego ukochanej pani.

– Ktoś chce się z panem widzieć, proszę pana. – Ostatnie słowa Archer wymówił obraźliwym tonem.

– O tej porze? Kto to?

– Jeden z Nefilim. – Lekki niesmak zabarwił głos Archera. – Mówi, że ma do pana pilną sprawę.

Zatem to nie Charlotte, jedyna z londyńskich Nefilim, którą Magnus spodziewałby się tu zobaczyć. Przez kilka dni pomagał Enklawie. Obserwował przesłuchania wystraszonych Przyziemnych, którzy byli członkami Klubu Pandemonium, i na koniec używał magii, żeby wymazać z ich pamięci wspomnienia niedawnych przeżyć. Nieprzyjemne zadanie, ale Nocni Łowcy zawsze dobrze płacili, więc mądrze było pozostawać w ich łaskach.

– Jest bardzo mokry – dodał Archer, jeszcze bardziej zdegustowany.

– Mokry?

– Pada, proszę pana, a ten dżentelmen nie ma kapelusza. Zaproponowałem mu suche ubranie, ale odmówił.

– Dobrze, przyślij go więc.

Lokaj zacisnął usta.

– Czeka na pana w saloniku. Pomyślałem, że może chciałby ogrzać się przy kominku.

Magnus westchnął w duchu. Mógłby oczywiście zażądać, żeby Archer zaprowadził gościa do biblioteki, pokoju, który najbardziej lubił. Ale uznał, że to zbyt duży wysiłek jak na drobną zemstę, a poza tym lokaj dąsałby się na niego przez następne trzy dni.

– Dobrze.

Zadowolony Archer zniknął bezszelestnie, a Magnus sam ruszył do saloniku. Drzwi były zamknięte, ale spod framugi sączyło się światło.

Ulubiony pokój Camille został urządzony według jej gustu. Ściany pomalowano na kolor soczystego burgunda, meble z palisandru sprowadzono z Chin. Okna wychodzące na plac były zasłonięte aksamitnymi kotarami sięgającymi od sufitu do podłogi i odcinającymi całe światło. Ktoś stał przed kominkiem z rękami założonymi na plecach – ktoś smukły, o ciemnych włosach.

William Herondale.

Tak jak powiedział Archer, gość właśnie przyszedł z ulewnego deszczu. Ubranie miał przemoczone, włosy strąkami opadały mu na oczy, woda ściekała po twarzy jak łzy.

– Co, u licha, tutaj robisz, Williamie? – spytał Magnus, szczerze zaskoczony. – Coś się stało w Instytucie?

– Nie. – Nocny Łowca mówił zdławionym głosem. – Jestem tutaj w swojej sprawie. Potrzebuję twojej pomocy. Nie ma absolutnie nikogo, kogo mógłbym o nią poprosić.

– Naprawdę?

Bane uważniej przyjrzał się chłopakowi. Bywał zakochany wiele razy i zwykle każde piękno go poruszało, ale nie uroda Williama Herondale'a. W tym chłopcu kryło się coś dziwnego i mrocznego, co trudno było podziwiać. Zachowywał się tak, jakby maskował się przed całym światem. Ale teraz, pod tymi ociekającymi czarnymi włosami, twarz miał białą jak papier, a ręce zaciśnięte po bokach tak mocno, że aż drżały. Najwyraźniej toczył ze sobą jakąś zażartą, wewnętrzną walkę.

Magnus zamknął za sobą drzwi saloniku.

– No, dobrze, może mi powiesz, w czym problem?

Londyn Tessy

Londyn w *Mechanicznym aniele* jest połączeniem realnego i nierealnego, sławnego i zapomnianego. Geografia prawdziwego wiktoriańskiego Londynu została w dużym stopniu zachowana, ale nie zawsze było to możliwe. Dla tych, których interesuje Instytut: rzeczywiście istniał kościół All-Hallows-the-Less i spłonął w wielkim pożarze w 1666 roku, ale stał na Upper Thames Street, a nie tam, gdzie go u mieściłam, czyli niedaleko Fleet Street. Znający Londyn rozpoznają położenie Instytutu i kształt jego iglicy; to słynny St. Bride's Church, ulubiony przez dziennikarzy i w książce niewymieniony z nazwy, ponieważ zastąpił go Instytut. Plac Carleton nie istnieje, choć jest Carlton Square. Blackfriars Bridge, Hyde Park, Strand, wszystkie one istnieją i zostały opisane jak najwierniej. Czasami myślę, że miasta mają swój cień, w którym zachowały się wspomnienia wielkich wydarzeń i ważnych miejsc, gdy one same już przeminęły. Stąd „Diabelska Tawerna" na Fleet Street i Chancery, w której popijali Samuel Pepys i dr Samuel Johnson, ale chociaż gospoda została zburzona w 1787 roku, lubię myśleć, że Will ją odwiedza w 1878 roku.

Uwagi odnośnie do poezji

Cytaty umieszczone na początku rozdziałów pochodzą w większości z utworów poetyckich, które Tessa mogła znać ze swojej epoki albo z wcześniejszych okresów. Wyjątkiem jest wiersz Kiplinga na początku rozdziału czternastego, który został opublikowany jakieś dwadzieścia lat później, i *Pieśń o Tamizie* Elki Cloke, napisany specjalnie dla tej książki. Jej dłuższą wersję można znaleźć na internetowej stronie autorki: elkacloke.com

Podziękowania

Bardzo dziękuję za wsparcie matce i ojcu, a także Jimowi Hillowi i Kate Connor; Nao, Timowi, Davidowi i Benowi; Melanie, Jonathanowi i Helen Lewis; Florence i Joyce. Dla tych, którzy czytali, krytykowali i wskazywali anachronizmy – Clary, Eve Sinaiko, Sarah Smith, Delii Sherman, Holly Black, Sarah Rees Brennan, Justine Larbalestier – masa podziękowań. I dzięki dla tych, których uśmiechnięte twarze i sarkastyczne uwagi podtrzymywały mnie na duchu każdego dnia: Elki Cloke, Holly Black, Robin Wasserman, Maureen Johnson, Libby Bray i Sarah Rees Brennan. Dziękuję Margie Longorii za poparcie dla Project Book Babe. Dziękuję Lisie Gold: Research Maven (http://lisagoldresearch.wordpress.com) za pomoc w dokopaniu się do trudno dostępnych źródeł. Jak zawsze wyrazy wdzięczności dla mojego agenta Barry'ego Goldblatta, dla mojego wydawcy Karen Wojtyli; dla pracowników Simon&Schuster oraz Walker Books. I wreszcie podziękowania dla Josha, który robił dużo prania, podczas gdy ja robiłam korektę tej książki, ale skarżył się tylko czasami.

Spis treści

Pieśń Tamizy 6
Prolog 9
Rozdział pierwszy: Mroczny Dom 23
Rozdział drugi: Piekło jest zimne 38
Rozdział trzeci: Instytut 59
Rozdział czwarty: Jesteśmy cieniami 83
Rozdział piąty: *Kodeks Nocnych Łowców* 104
Rozdział szósty: Dziwna ziemia 133
Rozdział siódmy: Mechaniczna dziewczyna 161
Rozdział ósmy: Camille 179
Rozdział dziewiąty: Enklawa 203
Rozdział dziesiąty: Bladzi królowie i książęta 226
Rozdział jedenasty: Niewiele jest aniołów 251
Rozdział dwunasty: Krew i woda 276
Rozdział trzynasty: Coś mrocznego 295
Rozdział czternasty: Most Blackfriars 310
Rozdział piętnasty: Zagraniczne błoto 330
Rozdział szesnasty: Czar wiążący 345
Rozdział siedemnasty: Wezwać ciemność 370
Rozdział osiemnasty: Trzydzieści srebrników 396
Rozdział dziewiętnasty: Boadycea 419
Rozdział dwudziesty: Straszny cud 445
Epilog 464

Londyn Tessy 468
Uwagi odnośnie do poezji 469
Podziękowania 470

UPADLI

Lauren Kate

W Danielu Grigori jest coś boleśnie znajomego.

Luce Price zwraca uwagę na tajemniczego i zdystansowanego Daniela już pierwszego dnia w szkole Sword & Cross w dusznej Georgii. On jest jedynym jasnym punktem w miejscu, gdzie nie wolno korzystać z komórek, inni uczniowie to świry, a każdy ich ruch śledzą kamery.

Choć Daniel nie chce mieć nic wspólnego z Luce - i robi wszystko, żeby dać jej to wyraźnie do zrozumienia - dziewczyna nie potrafi się powstrzymać. Przyciągana niczym ćma do płomienia, musi dowiedzieć się, jaką tajemnicę ukrywa Daniel... nawet gdyby to miało ją zabić.

„Upadli" to powieść ekscytująca i romantyczna, połączenie wciągającego thrillera i historii miłosnej.

UDRĘKA

Lauren Kate

Drugi tom uzależniającego cyklu „Upadli", w którym...

MIŁOŚĆ NIGDY SIĘ NIE KOŃCZY.

Piekło na ziemi.

Tak właśnie czuje się Luce z dala od swojego chłopaka Daniela, upadłego anioła. Minęła cała wieczność, nim się odnaleźli, ale teraz znów muszą się rozstać. Daniel musi walczyć z Wygnańcami – nieśmiertelnymi, którzy pragną zabić Luce. Dziewczyna ukrywa się w Shoreline, szkole na skalistych wybrzeżach Kalifornii, gdzie przebywają wyjątkowo uzdolnieni uczniowie – Nefilim, potomkowie ludzi i upadłych aniołów. W Shoreline Lucy dowiaduje się, czym są cienie i jak może je wykorzystać, by zobaczyć swoje wcześniejsze wcielenia. Jednak im więcej się dowiaduje, tym bardziej prześladuje ją myśl, że Daniel nie powiedział jej wszystkiego. Coś przed nią ukrywa – coś niebezpiecznego.

A jeśli wersja przeszłości, którą opowiedział jej Daniel, nie jest prawdziwa?

A jeśli przeznaczeniem Luce jest życie z kimś innym?

MIASTO KOŚCI

TOM I CYKLU „DARY ANIOŁA"

Cassandra Clare

Tysiące lat temu, Anioł Razjel zmieszał swoją krew z krwią mężczyzn i stworzył rasę Nefilim, pół ludzi, pół aniołów. Mieszańcy człowieka i anioła przebywają wśród nas, ukryci, ale wciąż obecni, są naszą niewidzialną ochroną. Nazywają ich Łowcami Cieni.

Łowcy Cieni przestrzegają praw ustanowionych w Szarej Księdze, nadanych im przez Razjela. Ich zadaniem jest chronić nasz świat przed pasożytami, zwanymi demonami, które podróżują między światami, niszcząc wszystko na swej drodze. Ich zadaniem jest również utrzymanie pokoju między walczącymi mieszkańcami podziemnego świata, krzyżówkami człowieka i demona, znanymi jako wilkołaki, wampiry, czarodzieje i wróżki. W swoich obowiązkach są wspomagani przez tajemniczych Cichych Braci. Cisi Bracia mają zaszyte oczy i usta i rządzą Miastem Kości, nekropolią znajdującą się pod ulicami Manhattanu, w której leżą martwe ciała zabitych Łowców Cieni. Cisi Bracia prowadzą archiwa wszystkich Łowców Cieni, jacy kiedykolwiek żyli. Strzegą również Darów Anioła, trzech boskich przedmiotów, które anioł Razjel powierzył swoim dzieciom. Jednym z nich jest Miecz. Drugim Lustro. Trzecim Kielich.

Od tysięcy lat Cisi Bracia strzegli Darów Anioła. I było tak aż do Powstania, wojny domowej, która niemal na zawsze zniszczyła tajemny świat Łowców Cieni. I mimo że od śmierci Valentine'a, Łowcy Cieni, który rozpoczął wojnę, minęło wiele lat, rany, jakie zostawił, nigdy się nie zabliźniły.

Od Powstania minęło piętnaście lat. Jest upalny sierpień w tętniącym życiem Nowym Jorku. W podziemnym świecie szerzy się wieść, że Valentine powrócił na czele armii wyklętych. A Kielich zaginął...

MIASTO POPIOŁÓW

TOM II CYKLU „DARY ANIOŁA"

Cassandra Clare

Piętnastoletnia Clary Fray poszukując swojej zaginionej matki, trafia do tajemnego świata, położonego głęboko pod ulicami Nowego Jorku, zwanego Podziemnym Światem, pełnego tajemniczych wróżek, wampirów, hybryd człowieka i wampira, i demonów.

Clary jest rozdarta pomiędzy uczuciami, które żywi do dwóch chłopców – jej najlepszego przyjaciela, Simona, oraz do tajemniczego łowcy wampirów, półczłowieka, półanioła Jace'a. Okazuje się, że jej ojcem jest zbuntowany Nocny Łowca, Valentine, który jest winien morderstw i zdrady. Teraz powraca na czele wiernych mu zwolenników aby dokończyć przewrotu i dokonać eksterminacji wszystkich demonów i wampirów. Valentine odkrywa przed Clary straszną tajemnicę: ma ona brata i jest nim Jace. Valentine dokonuje napadu na siedzibę Nocnych Łowców i ucieka wraz z Jacem. Clary pozostaje sama i wyrusza do ostatniego schronienia Nocnych Łowców.

MIASTO SZKŁA

TOM III CYKLU „DARY ANIOŁA"

Cassandra Clare

W dwóch poprzednich tomach „Miasto Kości" i „Miasto popiołów", poznaliśmy główną bohaterkę bestsellerowej serii „Dary Anioła", Clary Fray – nastoletnią rudowłosą dziewczynę o skłonnościach do wpadania w tarapaty. Jej najlepszym i jedynym przyjacielem jest chłopak, matka jest roztrzepaną artystką, a miejscem rozrywki są ulice Manhattanu i nocne kluby. Tutaj tez Clary przezywa szereg mrożacych krew w zyłach przygód, zyskuje nowych przyjaciół i nie tylko...

W kolejnym tomie „Miasto szkła", pośród chaosu wojny Nocni Łowcy będą musieli się zdecydować, czy podejmą walkę u boku wampirów, wilkołaków i innych Podziemnych... czy przeciwko nim. Również Jace i Clary muszą podjąć ważną decyzję: czy pozwolić sobie na zakazaną miłość?

Cassandra Clare nienawidzi pisać w domu, ponieważ rozpraszają ją telewizyjne reality show oraz jej dwa koty. Najchętniej pisze w kawiarniach i restauracjach. Lubi pracować w towarzystwie przyjaciół, którzy pilnują, by dotrzymała terminów. Jest fanką internetowych społeczności, ma swój profil na Facebooku i YouTube.

MIASTO UPADŁYCH ANIOŁÓW

TOM IV CYKLU „DARY ANIOŁA"

Cassandra Clare

Miłość. Krew. Zdrada. Zemsta.

Kto przejdzie na stronę mroku? Kogo dopadnie miłość, a czyj związek nie przetrwa próby czasu? I kto zdradzi wszystko, w co do tej pory wierzył?

Czwarta część ekscytującej serii „Dary Anioła", jeszcze lepsza niż poprzednie.

MIASTO ZAGUBIONYCH DUSZ

TOM V CYKLU „DARY ANIOŁA”

Cassandra Clare

Jace jest teraz sługą zła, związanym na wieczność z Sebastianem. Tylko mała grupka Nocnych Łowców wierzy, że można go uratować. Żeby to zrobić, muszą zbuntować się przeciwko Clave. I muszą działać bez Clary. Bo Clary rozgrywa niebezpieczną grę zupełnie sama. Ceną przegranej jest nie tylko jej własne życie, ale również dusza Jace'a. Clary jest gotowa zrobić dla niego wszystko, ale czy nadal może mu ufać? I czy on jest naprawdę stracony? Jaka cena jest zbyt wysoka, nawet za miłość?